國家『十二五』重點圖書出版規劃項目

新編元稹集 六

[唐]元稹 原著

吳偉斌 輯佚 編年 箋注

陝西新華出版傳媒集團
三秦出版社

新編元積集第六册目録

1

元和五年庚寅(810) 三十二歲(續)

◎ 琵琶歌（寄管兒兼誨鐵山
此後並新題樂府）(一)①

琵琶宮調八十一，旋宮三調彈不出②。玄宗偏許賀懷智(二)，段師此藝還相匹③。自後流傳指撥衰，昆崙善才徒爾爲④。潁聲少得似雷吼，纏弦不敢彈羊皮⑤。人間奇事會相續，但有卞和無有玉⑥。段師弟子數十人(三)，李家管兒稱上足⑦。管兒不作供奉兒，抛在東都雙鬢絲⑧。逢人便請送杯盞，著盡功夫人不知⑨。李家兄弟皆愛酒(四)，我是酒徒爲密友⑩。著作曾邀連夜宿，中碾春溪華新綠⑪。平明船載管兒行，盡日聽彈無限曲⑫。曲名無限知者鮮，霓裳羽衣偏宛轉⑬。涼州大遍最豪嘈，六幺散序多籠撚(五)⑭。我聞此曲深賞奇，賞著奇處驚管兒(六)⑮。管兒爲我雙淚垂，自彈此曲長自悲(七)⑯。淚垂捍撥朱弦濕，冰泉鳴咽流鶯澀(八)⑰。因兹彈作雨霖鈴，風雨蕭條鬼神泣⑱。一彈旣罷又一彈，珠幢夜靜風珊珊⑲。低徊慢弄關山思，坐對燕然秋月寒⑳。月寒一聲深殿磬，驟彈曲破音繁併㉑。百萬金鈴旋玉盤，醉客滿船皆暫醒㉒。自兹聽後六七年，管兒在洛我朝天㉓。遊想慈恩杏園裏，夢寐仁風花樹前㉔。去年御史留東臺，公私慼促顏不開㉕。今春制獄正撩亂，晝夜推囚心似灰㉖。暫輟歸時尋著作，著作南園花拆萼(九)㉗。臙脂耀眼桃正紅，雪片滿溪梅已

2625

落㉘。是夕青春值三五,花枝向月雲含吐㉔。著作施轉命管兒,管兒久別今方睹㉚。管兒還為彈六幺,六幺依舊聲迢迢㉛。猿鳴雪岫来三峽,鶴唳晴空聞九霄㉜。遂巡彈得六幺徹,霜刀破竹無殘節㉝。幽關鴉軋胡雁悲,斷弦砉(皮骨相)騞(同上解)層冰裂㉞。我為含凄嘆奇絕,許作長歌始終說㉟。藝奇思寡塵事多,許來寒暑又經過㊱。如今左降在閑處,始為管兒歌此歌㊲。歌此歌,寄管兒(一〇)㊳。管兒管兒憂爾衰(一一),爾衰之後繼者誰㊴?繼之無乃在鐵山,鐵山已近曹穆間(二善才姓)㊵。性靈甚好功猶淺,急處未得臻幽閒㊶。努力鐵山勤學取,莫遣後來無所祖(一二)㊷。

録自《元氏長慶集》卷二六

[校記]

(一) 琵琶歌(寄管兒兼誨鐵山　此後並新題樂府):宋蜀本、蘭雪堂本、叢刊本、楊本、《全詩》、《全唐詩録》同,《石倉歷代詩選》無題注。

(二) 玄宗偏許賀懷智:宋蜀本、蘭雪堂本、叢刊本、楊本、《唐詩紀事》、《全詩》、《石倉歷代詩選》同,《全唐詩録》作"明皇偏許賀懷智",語義相同,不改。

(三) 段師弟子數十人:宋蜀本、蘭雪堂本、叢刊本、《唐詩紀事》、《全詩》、《全唐詩録》、《石倉歷代詩選》同,楊本作"段師弟子數千人",語義不同,楊本所云不合當時實際,可能"千"是"十"的刊誤,不從不改。

(四) 李家兄弟皆愛酒:宋蜀本、蘭雪堂本、叢刊本、《唐詩紀事》、《全詩》、《全唐詩録》同,《石倉歷代詩選》作"李家兄弟不愛酒",語義不同,也不合"醉客滿船皆暫醒"的詩意,不從不改。

（五）六幺散序多籠撚：原本、楊本、叢刊本、《全詩》、《石倉歷代詩選》作“六么散序多籠撚”，《全唐詩錄》作“六公散序多籠撚”，以下或作“六公”，或作“六幺”。錢校、宋蜀本、《唐詩紀事》作“綠腰散序多籠撚”，以下“六幺”，錢校、宋蜀本、《唐詩紀事》均作“綠腰”。我們以爲“六么”應該是“六幺”或“綠腰”之誤，“六幺”或“綠腰”因音近而混用，而“六幺”又因形近而誤爲“六么”。唐代教坊中有《六幺令》曲名，后用爲詞牌，又名《六幺》、《綠腰》。幺是小的意思，因此調羽弦最小，節奏繁急，故名。其詞爲雙調九十四字，仄韵。白居易《楊柳枝詞八首》一：“六么水調家家唱，白雲梅花處處吹。”梅堯臣《莫登楼》：“腰鼓百面紅臂鞲，先打六么後梁州。”張四維《雙烈記·策勛》：“一棒輕敲畫鼓，六么慢奏笙簧。”俞正燮《癸巳类稿·韓文荆公事輯》：“熙載自擊鼓，屋山舞六幺，每醉，以樂耶之，乃醒。”程大昌《演繁露·六么》：“段安節琵琶錄云：貞元中，康崑崙善琵琶，彈一曲新翻羽調綠腰。注云：‘綠腰即錄要也。本自樂工進曲。上令錄出要者。乃以爲名。誤言綠腰也。’據此，即錄要已訛爲綠腰，而白樂天集有聽綠腰，詩注云：‘即六么也。’今世亦有六么，然其曲已自有高平、仙呂兩調，又不與羽調相協，抑不知是唐世遺聲否耶？”王灼《碧鷄漫志》：“《六么》，一名《綠腰》，一名《樂世》，一名《錄要》。元微之《琵琶歌》云：‘綠腰散序多攏撚。’又云：‘管兒還爲彈綠腰，綠腰依舊聲迢迢。’又云：‘逡巡彈得六么徹，霜刀破竹無殘節。’沈亞之《歌者葉記》云：合韵奏綠腰’又志《盧金蘭墓》云：爲《綠腰》、《玉樹》之舞。《唐史·吐蕃傳》云：奏《涼州》、《胡渭》、《錄要》雜曲。段安節《琵琶錄》云：《綠腰》，本錄要也，樂工進曲，上令錄其要者。白樂天《楊柳枝詞》云：‘六么水調家家唱，白雪梅花處處吹。’又《聽歌六絶句》內《樂世》一篇云：‘管急絃繁拍漸稠，綠腰宛轉曲終頭。試知樂世聲聲樂，老病殘軀未免愁。’注云：‘《樂世》一名《六么》。’王建《宫詞》云：‘琵琶先排六么頭。’故知唐人以腰作么者，惟樂天與王建耳！……今六么行於世者，曰黄鍾羽，即俗呼般涉調；曰夾鍾羽，即俗呼中呂調；曰林鍾羽，即俗呼高平調；曰夷則羽，即俗呼仙呂調，皆羽調也。”袁文《甕牖閑評》卷五：“元微之詩云：‘六么散序多籠撚。’王建詩云：‘琵琶先抹綠腰頭。’蓋此曲先名録要，後改名綠腰，而今曲名六么者，偶從省耳，非有他説也。”本詩中的“六么”，據此改爲“六幺”。古人文獻中衆説紛紜，莫衷一是，難定是非曲直，我們據古人文獻推斷，也僅僅是一家之説而已。

（六）賞著奇處驚管兒：宋蜀本、蘭雪堂本、叢刊本、《唐詩紀事》、《石倉歷代詩選》、《全詩》、《全唐詩録》同，楊本作“賞者奇處驚管兒”，語義不通，疑是刊刻印刷之時誤丟了上面的草頭部。不從不改。

（七）自彈此曲長自悲：楊本、叢刊本、《全唐詩録》、《石倉歷代詩選》同，《唐詩紀事》、《全詩》注文作“自彈此曲長長悲”，語義不同，不改。

（八）冰泉嗚咽流鶯澀：楊本、叢刊本、《唐詩紀事》、《全詩》、《全唐詩録》、《石倉歷代詩選》同，宋蜀本作“水泉嗚咽流鶯澀”，語義不同，不改。疑“水”是“冰”的刊刻印刷時丟了旁邊的“水”之誤。

（九）著作南園花拆蕚：楊本、叢刊本、《唐詩紀事》、《全詩》同，《全唐詩録》、《石倉歷代詩選》作“著作南園花折蕚”，語義不同，不改。

（一○）歌此歌，寄管兒：宋蜀本、蘭雪堂本、叢刊本、《全詩》、《全唐詩録》同，《唐詩紀事》作“此歌寄”，前後脱三字。

（一一）管兒管兒憂爾衰：宋蜀本、蘭雪堂本、叢刊本、《全詩》、《全唐詩録》同，《石倉歷代詩選》脱此句。

（一二）莫遣後來無所祖：宋蜀本、蘭雪堂本、叢刊本、《唐詩紀事》、《全詩》、《全唐詩録》同，《石倉歷代詩選》作“莫遣後來無所阻”，語義難通，明顯是個誤字，不從不改。

[箋注]

①琵琶：彈撥樂器，初名批把，見《釋名·釋樂器》。此類樂器原

流行於波斯、阿拉伯等地，漢代傳入我國。後經改造，圓體修頸，有四弦、十二柱，俗稱“秦漢子”。一説，我國秦末百姓苦長城之役，弦鼗而鼓之，琵琶即始於此，見傅玄《琵琶賦序》。南北朝時又有曲項琵琶傳入我國，四弦，腹呈半梨形，頸上有四柱，橫抱懷中，用撥子彈奏，即現今琵琶的前身。唐宋以來經不斷改進，柱位逐漸增多，改橫抱爲豎抱，廢撥子，改用手指彈奏。現今民間的琵琶有十七柱，通常稱四相十三品，革新的琵琶有六相十八品，後者能彈奏所有半音，技法豐富，成爲重要的民族獨奏樂器。元稹《琵琶》：“學語胡兒撼玉玲，甘州破裹最星星。使君自恨常多事，不得工夫夜夜聽。”白居易《江南遇天寶樂叟》：“白頭病叟泣且言，禄山未亂入梨園。能彈琵琶和法曲，多在華清隨至尊。” 歌：詩體的一種。元稹《乐府古題序》：“《詩》訖於周，《離騷》訖於楚，是後詩之流爲二十四名：……謡、謳、歌、曲、詞、調。”徐師曾《文體明辨序説·樂府》：“《樂府》命題，名稱不一。蓋自琴曲之外，其放情長言，雜而無方者曰歌。”此言正與元稹詩題相符合。管兒：當時活動在洛陽的藝伎，曾從師於當時著名的琵琶高手段善本。貞元末、元和初，服務於洛陽李著作家，曾與元稹私下相悦，是元稹的初戀情人。元稹有《仁風李著作園醉後寄李十》詩紀實：“朧明春月照花枝，花下音聲是管兒。却笑西京李員外，五更騎馬趁朝時。”白居易的《和微之十七與君別及朧月花枝之詠》曾經對元稹加以戲謔：“別時十七今頭白，惱亂君心三十年。垂老休吟花月句，恐君更結後身緣。”關於元稹與管兒的相戀相識，爲歷來學者所忽略，因而在元稹詩文的編年造成諸多錯誤；筆者第一個發現元稹早年的初戀秘事，解開了元稹早年生活的諸多謎團，元稹早年創作的詩歌也因此得以合理編年。 鐵山：管兒的徒弟，餘不詳。

② 宮調：戲曲、音樂名詞。我國歷代稱宮、商、角、變徵、徵、羽、變宮爲七聲，其中任何一聲爲主均可構成一種調式。凡以宮爲主的調式稱宮，以其他各聲爲主的則稱調，統稱“宮調”。以七聲配十二

律,理論上可得十二宮、七十二調,合稱八十四宮調。但實際音樂中並不全用,如隋唐燕樂是根據琵琶的四根弦作爲宮、商、角、羽四聲,每弦上構成七調,得二十八宮調;南宋詞曲音樂衹用七宮十一調;元代北曲用六宮十一調;明清以來,南曲衹有五宮八調,通稱十三調,而最常用者不過五宮四調,通稱九宮。在一般人的話中,宮調亦常指樂曲。白居易《小童薛陽陶吹觱栗歌》:"碎絲細竹徒紛紛,宮調一聲雄出群。衆音覙縷不落道,有如部伍隨將軍。"白居易《寄崔少監》:"彈爲古宮調,玉水寒泠泠。自覺弦指下,不是尋常聲。" 旋宮:我國古代以十二律配七音,每律均可作爲宮音,旋相爲宮,故稱。自秦而後,旋宮聲廢。唐高祖武德間,祖孝孫修定雅樂,旋宮之聲復起。《郊廟歌辭·舒和》:"崇牙樹羽延調露,旋宮扣律掩承雲。誕敷懿德昭神武,載集豐功表睿文。"張方平《請郊祀用新樂事》:"自秦而下,旋宮聲廢。自漢至隋垂十代,凡數百年,所存者黄鍾之宮一調而已。十二律中惟用七聲,其餘五律謂之啞鍾。唐太宗用祖孝孫、張文收考定雅樂,而旋宮八十四調復見於時。"

③ 賀懷智:唐玄宗時著名藝人。《陝西通志·方伎》:"謝阿蠻(新豐人),新豐進女伶。謝阿蠻善舞,上與妃子就按于清元小殿,甯王吹玉笛,上羯鼓,妃子琵琶,馬仙期方響,李龜年觱篥,張野狐筚篥,賀懷智拍板。自旦至午,歡洽異常。"《太平御覽·琵琶》:"又曰開元中有賀懷智,善琵琶,以石爲槽,鷓雞筋作絃,用鐵撥弹之。" 段師:即唐唐玄宗時著名藝人段善本,善彈琵琶。李上交《近事會元》卷四:"古琵琶:《酉陽雜俎》云:琵琶用鷓雞弦,開元中段師名善本,能彈琵琶,用皮弦,賀懷智破撥,彈之不能成聲。"應撝謙《古樂書》卷下:"唐有康昆崙者,善琵琶,自號無敵。及聞段善本楓青之弹,驚而下拜。德宗命段授康,段奏曰:'昆崙本領邪雜,須令十年不近樂器,乃可授。今淫聲既熟,舉手即入焉! 何可用也? 須用二十左右國學生未學俗樂者,始肄時寧可不成聲音,久之漸熟,然後樂有可正之理。"

④ 自後:從此以後。《後漢書·周黨傳》:"及王莽竊位,託疾杜門。自後賊暴從橫,殘滅郡縣,唯至廣武,過城不入。"李清照《詞論》:"自後鄭衛之聲日熾,流靡之變日煩。" 流傳:傳下來,傳播開。《墨子·非命》:"聲聞不廢,流傳至今。"韓愈《湘中》:"猿愁魚踴水翻波,自古流傳是汨羅。蘋藻滿盤無處奠,空聞漁父扣舷歌。" 指撥:以指彈撥樂器的弦,用左手扣弦、揉弦是指法,用右手順手下撥或反手回撥是撥法,合稱"指撥"。顧況《李供奉彈箜篌歌》:"國府樂手彈箜篌,赤黃條索金鎝頭……起坐可憐能抱撮,大指調絃中指撥。"歐陽修《于劉功曹家見楊直講女奴彈琵琶》:"嬌兒身小指撥硬,功曹廳冷絃索鳴。" 昆崙:人名,即康昆崙。《律吕正義後編》卷八三:"涼州曲,本西涼所獻也,其聲本宮調,有大遍、小遍。貞元初,樂工康昆崙寓其聲於琵琶,奏於玉宸殿,因號玉宸宮調,合諸樂,則用黃鐘宮。" 善才:唐代琵琶師之稱。唐元和中,曹保有子善才,精通琵琶,因以"善才"稱琵琶師。白居易《琵琶引序》:"問其人,本長安倡女,嘗學琵琶於穆曹二善才。"又詩云:"曲罷曾教善才伏,妝成每被秋娘妒。"徒爾:徒然,枉然。任昉《述異記》卷四:"石犬不可吠,銅馳徒爾爲。"李頎《放歌行答從弟墨卿》:"徒爾當年聲籍籍,濫作詞林兩京客。"

⑤ 澒聲:聲音震響。樊宗師《絳守居園池記》:"崿眼澒耳。"樊宗師撰趙仁舉註吳師道許謙補正《絳守居園池記》:"李肇《國史補》:退之稱樊宗師爲文不剽襲,觀《絳守居園池記》,誠然亦太奇澀矣!本朝王晟、劉忱皆爲之注解,如瑤翻、碧瀲、崿眼、澒耳等語,皆前人所未道也。" 雷吼:雷聲震耳。張九齡《入廬山仰望瀑布水》:"灑流濕行雲,濺沫驚飛鳥。雷吼何噴薄,箭馳入窈窕。"陳耆卿《赤城志》卷二四:"三井在縣北二十里昭慶院東,唐時嘗遣使投金龍、白璧。舊傳爲尼所觸,一井自塞,其二深不可測。每春夏時,雨則衆流灌注,激湧雷吼,或云通海,又云海眼。" 纏弦不敢彈羊皮:程大昌《演繁露·琵琶皮弦》:"葉少蘊《石林語録》謂:'琵琶以放撥重爲,精絲弦不禁即斷,

故精者以皮為之。歐公時士人杜彬能之，故公詩云：坐中醉客誰最賢？杜彬琵琶皮作弦。因言杜彬恥以技傳，丐公為改.'予考公集所載《贈沈博士歌》誠有此兩句，然其下續云：'自從彬死世莫傳，玉練纙聲入黃泉。'則公詠皮弦時彬已死，安得有丐改事？恐石林別見一詩耶？陳後山亦疑無用皮者，然元稹《琵琶歌》：'傾聲少得似雷吼，纏弦不敢彈羊皮。'又曰：'鵾弦鐵撥響如雷。'房千里《大唐雜錄》載：春州土人彈小琵琶，以狗腸為弦，聲甚悽楚。合三物觀之，以皮造弦不為無證，若詳求元語，恐是羊皮為質，而練絲纏裹其上，資皮為勁而其聲還出於絲，故歐公亦曰'玉練纙聲'也。"岑參《秦箏歌送外甥蕭正歸京》："汝不聞秦箏聲最苦，五色纏絃十三柱。怨調慢聲如欲語，一曲未終日移午。"

　⑥ 人間：人類社會。《後漢書·卓茂傳》："凡人之生，群居雜處，故有經紀禮義以相交接。汝獨不欲修之，寧能高飛遠走，不在人間邪？"蘇軾《魚蠻子》："人間行路難，踏地出賦租。"塵世，世俗社會。《史記·留侯世家》："願棄人間事，欲從赤松子遊耳！"陶潛《庚子歲五月中從都還阻風于規林二首》二："靜念園林好，人間良可辭。"　奇事：稀奇之事。庾信《周譙國公夫人步陸孤氏墓誌銘》："山川奇事，風月無情。搖落丘隴，荒涼封域。"張說《大人迹》："躅似郊媒，痕同雷澤。曠古奇事，存乎帝籍。"　相續：相繼，前後連接。《漢書·五行志》："是時，太后三弟相續秉政。"元稹《有酒十章》六："櫻桃桃李相續開，間以木蘭之秀香徘徊。"　卞和：春秋楚人。《韓非子·和氏》："楚人和氏得玉璞楚山中，奉而獻之厲王。厲王使玉人相之，玉人曰：'石也。'王以和為誑，而刖其左足。及厲王薨，武王即位，和又奉其璞而獻之武王。武王使玉人相之，又曰：'石也。'王又以和為誑，而刖其右足。武王薨，文王即位，和乃抱其璞而哭於楚山之下，三日三夜泣盡而繼之以血。王聞之，使人問其故曰：'天下之刖者多矣！子奚哭之悲也？'和曰：'吾非悲刖也，悲夫寶玉而題之以石，貞士而名之以誑，

此吾所以悲也。'王乃使玉人理其璞而得寶焉！遂命曰'和氏之璧'。
夫珠玉，人主之所急也。和雖獻璞而未美，未爲主之害也，然猶兩足
斬而寶乃論，論寶若此，其難也！今人主之於法術也，未必和璧之急
也，而禁群臣士民之私邪？"李白《鞠歌行》："玉不自言如桃李，魚目笑
之下和恥。"

⑦　弟子：古時稱戲劇、歌舞藝人。白居易《長恨歌》："梨園弟子
白髪新，椒房阿監青娥老。"程大昌《演繁露》卷六："開元二年，玄
宗……選樂工數百人，自教法曲於梨園，謂之皇帝梨園弟子。至今謂
優女爲弟子，命伶魁爲樂營將者，此其始也。"　李家管兒：服務於李
家的歌舞藝人。《年譜》認爲管兒爲男性，姓李，元稹與其初次相識於
貞元十九年樊著作宗師家。《編年箋注》認爲："著作：指樊宗師，見卷
二《和樂天贈樊著作》注①。宗師元和三年登軍謀宏遠科，授著作佐
郎，分司東都。"但翻到所謂的"《和樂天贈樊著作》注①"，卻幷沒有
"著作"的有關新材料，《編年箋注》的參見，類如的情況屢見不鮮，所
謂的"參見"，看起來是節省了篇幅，實際上是浪費了讀者的時間，帶
給讀者不必要的麻煩。而所謂的"卷二"云云，更無法在《編年箋注》
中找到，《編年箋注》是把《元氏長慶集》中的"卷二"糊裏糊塗帶入根
本不分卷衹分編年的《編年箋注》中，給讀者製造不必要的麻煩。關
於《年譜》與《編年箋注》的説法，我們實在無法苟同，元稹《仁風李著
作園醉後寄李十》詩云："朧明春月照花枝，花下鶯聲是管兒。"首句已
被白居易矔栝入《和微之十七與君別及朧月花枝之詠》詩題之中，詩
云："別時十七今頭白，惱亂君心三十年。垂老休吟花月句，恐君更結
後身緣。"而元稹詩第二句提到的"管兒"，我們以爲可能即是白居易
詩中提到的元稹十七歲時相戀的女子。管兒事，本詩已提及，"段師
弟子數十人"四句與"李家兄弟皆愛酒"六句以及"夢寐仁風花樹前"
等句，已明言"著作"爲李姓，居地爲洛陽仁風坊，怎麼忽然"樊"、"李"
不分或"樊"、"李"相混？這正與另一首元稹的詩《仁風李著作園醉後

寄李十》相合。《仁風》詩所言"花下鶯聲是管兒"句,亦明言管兒爲女性。而樊著作宗師,據《新唐書》本傳,他於元和三年(808)才拜著作佐郎。無論我們以爲的元稹管兒相識的貞元十一年(795)之時,還是《年譜》以爲的元稹識管兒的貞元十九年(803),當時的樊宗師都還沒有拜著作佐郎,又如何能夠以"著作"稱之? 詩中雖有"李家管兒"之言,但這僅僅表明管兒是服務於李著作家的藝伎,並不一定姓李,更不是男性。　上足:猶高足,對徒弟的美稱。王勃《彭州九隴縣龍懷寺碑》:"孝恭法師、智開法師、宏嚮法師、寶積闍黎四上人者,並禪師之上足,而法門之領袖也。"張端義《貴耳集》卷上:"陸放翁,茶山(茶山居士曾幾)上足。"

⑧ 供奉:特指以某種技藝或姿色侍奉帝王。封演《封氏聞見記·貢舉》:"李右相在廟堂,進士王如泚者,妻公女,以伎術供奉。"指以某種技藝侍奉帝王的人。王建《老人歌》:"如今供奉多新意,錯唱當時一半聲。"　東都:歷代王朝在原京師以東的都城,隋唐時指洛陽,時京都在長安,洛陽在長安之東,故言。當時除洛陽稱東都外,同時並稱的還有南都荆南即江陵府,西都鳳翔,即元稹幼年投奔舅族之地,北都太原,李唐的發祥地。李適《餞唐永昌赴任東都》:"聞道飛鳧向洛陽,翩翩矯翮度文昌。因聲寄意三花樹,少室巖前幾過香?"《新唐書·高宗紀》:"〔顯慶二年十二月〕丁卯,以洛陽宮爲東都。"　雙鬢:頭上兩邊的鬢角。王維《秋夜獨坐》:"獨坐悲雙鬢,空堂欲二更。雨中山果落,燈下草蟲鳴。"李嘉祐《聞逝者自驚》:"願將從藥看真訣,又欲休官就本師。兒女眼前難喜捨,彌憐雙鬢漸如絲。"　絲:喻指白髮。范雲《有所思》:"欲知憂能老,爲視鏡中絲。"韋莊《鑷白》:"始因絲一縷,漸至雪千莖。"

⑨ 杯盞:酒杯,借指酒。元稹《酬友封話舊叙懷十二韵》:"乍見悲兼喜,猶驚是與非。身名判作夢,杯盞莫相違。"李彭《次韵謝朓觀朝雨》:"可憐南巷翁,携魚柳貫腮。餉我共杯盞,眷焉久徘徊。"　功

夫：謂作事所費的精力和時間。王涯《廣宣上人以詩賀放榜和謝》：
"延英面奉入春闈，亦選功夫亦選奇。在冶只求金不耗，用心空學秤
無私。"秦韜玉《燕子》："不知大廈許栖無？頻已銜泥入座隅。曾與佳
人並頭語，幾回抛却繡功夫。"

　　⑩ 李家兄弟：這裏指李建兄弟，其中包括任職著作郎的李建某
位兄長，很大可能是李建的兄長李遜。請讀者注意，這裏並沒有《年
譜》與《編年箋注》所言的"樊著作樊宗師"。　　愛酒：喜歡喝酒。李白
《月下獨酌四首》二："天若不愛酒，酒星不在天。地若不愛酒，地應無
酒泉。"杜甫《北鄰》："愛酒晉山簡，能詩何水曹。時來訪老疾，步屧到
蓬蒿。"　　酒徒：嗜酒的人。《韓非子·詭使》："今死士之孤飢餓乞於
道，而優笑酒徒之屬乘車衣絲。"韋應物《酒肆行》："長安酒徒空擾擾，
路傍過去那得知？"　　密友：最最親密的朋友，無話不談的朋友。元稹
《寶劍》："吾友有寶劍，密之如密友。我實膠漆交，中堂共杯酒。"姚合
《喜胡遇至》："窮居稀出入，門户滿塵埃。病少閑人問，貧唯密友來。"

　　⑪ 著作：仁風坊李姓住宅的主人。元稹有《仁風李著作園醉後
寄李十》詩，詩中的"李十"，傳統的説法認爲奪"一"，是元稹的密友李
建李十一，但李建當時不是著作郎，詩題中的"李著作"，應該是李建
的兄長李遜或者是李建同族兄長們中的某人，並且與元稹有過謀面
喝酒的機會，還是關係不錯的"密友"，本詩"著作曾邀連夜宿"之句已
經明確無誤地揭示了這一點。我們還有一個不成熟的想法，詩題中
的"李十"也許並沒有錯，他也許就是李十一李建同族中的某個兄長
李十，正在西京爲員外郎，也是仁風坊住宅的主人之一。這位員外郎
因李建的關係，與元稹也成了朋友。而當時的李建恐怕還不是員外
郎，正陪同元稹在洛陽仁風坊逗留，在朦朧的月光下，在搖曳起舞的
花枝中，津津有味地欣賞着管兒美妙的歌聲。否則就不好理解主人
不在家中陪伴，客人祇有歌女接待的道理。當然這僅是推測之言，除
了詩題中的"李十"以及李十一建肯定有一個兄長李十之外，別無證

據,有待證之他日。　連夜:夜以繼日,徹夜。武則天《臘日宣詔幸上苑》:"明朝遊上苑,火急報春知。花須連夜發,莫待曉風吹!"宋之問《廣州朱長史座觀妓》:"歌舞須連夜,神仙莫放歸! 參差隨暮雨,前路濕人衣。"　中碾春溪華新綠:意謂主人招待的是春天溪流上剛剛採來碾末成餅的茶葉,茶水一片碧綠,香甜可口。耿湋《發南康夜泊灘石中》:"倦客乘歸舟,春溪杳將暮。群林結暝色,孤泊有佳趣。"韋應物《對新篁》:"新綠苞初解,嫩氣笋猶香。含露漸舒葉。抽叢稍自長。"

⑫ 平明:猶黎明,天剛亮的時候。《荀子・哀公》:"君昧爽而櫛冠,平明而聽朝。"李白《遊太山六首》三:"平明登日觀,舉手開雲關。"盡日:猶終日,整天。《淮南子・氾論訓》:"盡日極慮而無益於治,勞形竭智而無補於主。"鄭璧《奉和陸魯望白菊》:"終朝疑笑梁王雪,盡日慵飛蜀帝魂。"

⑬ 霓裳羽衣:即《霓裳羽衣曲》。鄭嵎《津陽門詩》:"宸聰聽覽未終曲,却到人間迷是非。"自注:"葉法善引上入月宮,時秋已深,上苦淒冷,不能久留,歸,於天半尚聞仙樂。及上歸,且記憶其半,遂於笛中寫之。會西涼都督楊敬述進《婆羅門曲》,與其聲調相符,遂以月中所聞爲之散序,用敬述所進曲作其腔,而名《霓裳羽衣》法曲。"元稹《法曲》:"明皇度曲多新態,宛轉侵淫易沉著。赤白桃李取花名,霓裳羽衣號天落。"白居易《長恨歌》:"漁陽鼙鼓動地來,驚破霓裳羽衣曲。"　宛轉:形容聲音抑揚動聽。陳恕可《齊天樂・蟬》:"琴絲宛轉,弄幾曲新聲,幾番淒惋。"謂纏綿多情,依依動人。元稹《鶯鶯傳》:"天將曉,紅娘促去,崔氏嬌啼宛轉,紅娘又捧之而去。"謂使身體或物翻來覆去,不斷轉動。蘇軾《與吳秀才書》:"留示珠玉,正快如九鼎之珍,徒咀嚼一臠,宛轉而不忍下嚥也。"

⑭ 涼州:樂府《近代曲》名,屬宮調曲。原是涼州一帶的地方歌曲,唐開元中由西涼府都督郭知運進。《新唐書・禮樂志》:"而天寶

樂曲，皆以邊地名，若《凉州》、《伊州》、《甘州》之類。”王昌齡《殿前曲二首》二：“胡部笙歌西殿頭，梨園弟子和凉州。”杜牧《河湟》：“唯有凉州歌舞曲，流傳天下樂閑人。”　大遍：唐宋大曲用語。遍，樂曲的一套，每套大曲由十餘遍組成，凡完整演唱各遍的，稱大遍。《新唐書·禮樂志》：“《凉州曲》，本西凉所獻也，其聲本宮調，有大遍、小遍。”王灼《碧雞漫志》卷三：“凡大曲有散序、靸、排遍、攧、正攧、入破、虛催、實催、袞遍、歇指、殺袞，始成一曲，此謂大遍。”　豪嘈：形容聲音宏大、急驟而繁雜。《漁隱叢話·韓吏部》：“元微之詩云：‘凉州大遍最豪嘈，録要散序多籠撚。’濩索轉關，豈所謂豪嘈籠撚者邪?”王灼《碧雞漫志》：“元微之詩云：‘遶巡大遍梁州徹。’又云：‘梁大遍最豪嘈。’史及脞説謂有大遍、小遍，其誤職此乎?”　六幺：胡仔《漁隱叢話·韓吏部》：“唐起樂皆以絲聲，竹聲次之，樂家所謂細抹將來者是也，故王建宮詞云：‘琵琶先抹綠腰頭，小管丁寧側調愁。’近世以管色起樂，而猶存細抹之語，蓋沿襲弗悟爾。‘綠腰’本名‘録要’，後訛爲此名，今又謂之‘六么’，然‘六么’自白樂天時已若此，云不知何義也。”白居易《楊柳枝詞八首》一：“六么水調家家唱，白雪梅花處處吹。古歌舊曲君休聽，聽取新翻楊柳枝。”《古音駢字續編》卷二：“綠腰、六幺、録要，三同。”　散序：隋唐燕樂大麯的開始部分，散板，節奏自由，器樂獨奏、輪奏或合奏，不歌不舞。白居易《霓裳羽衣歌》：“散序六奏未動衣，陽臺宿雲慵不飛。”自注：“散序六遍無拍，故不舞也。”白居易《王子晉廟》：“鸞吟鳳唱聽無拍，多似霓裳散序聲。”　籠撚：彈奏琵琶的兩種指法。　籠：通“攏”，梳，整理。王建《宮詞一百首》二七：“琵琶先抹六幺（一作綠腰）頭，小管丁寧側調愁。半夜美人雙唱起。一聲聲出鳳皇樓。”白居易《琵琶行》：“輕攏慢撚抹復挑，初爲霓裳後六幺（一作綠腰）。大弦嘈嘈如急雨，小弦切切如私語。”　撚：彈撥琵琶的一種指法。張祜《王家琵琶》：“金屑檀槽玉腕明，子弦輕撚爲多情。”歐陽修《減字木蘭花》：“畫堂雅宴，一抹朱絃初入遍。慢撚輕籠，玉指纖纖嫩剥葱。"

⑮ 賞奇：賞識奇異。鄭昉《人不易知》："周行雖有實，殷鑒在前規。寅亮推多士，清通固賞奇。"司馬光《席君從於洛城種金橘今秋始結六實以其四獻開府太師招三客以賞之留守相公時賦詩以繼其事光竊不自揆輒依高韵繼成五章》："物不須多且賞奇，禦寒相見結庵時。江南江北徒虛語，盡信前書是不宜。" 奇處：勝過他人或他處的神奇之處。趙抃《同毛維瞻度支遊烟霞洞》："洞有烟霞寺挂牌，武林奇處稱吟懷。出城旌騎非虛往，同里交朋喜得偕。"道潛《次韵王潛翁題王孝孫所藏摩詰聽松圖》："輞川奇處固難評，眼裏瞳人要自明。落落信爲霜後操，蕭蕭那慮世間聲？"

⑯ 雙泪：兩眼流泪。崔峒《送皇甫冉往白田》："津樓故市無行客，山館空庭閉落暉。試問疲人與征戰，使君雙泪定沾衣。"武元衡《度東徑嶺》："又過雁門北，不勝南客悲。三邊上巖見，雙泪望鄉垂。"自悲：自我悲傷。耿湋《送王閏》："相送臨寒水，蒼然望故關……因將自悲泪，一灑別離間。"朱放《江上送別》："浦邊新見柳揺時，北客相逢只自悲。惆悵空知思後會，艱難不敢料前期。"

⑰ 捍撥：彈奏琵琶用的撥子，因其質地堅實，故稱。《新唐書·禮樂志》："象牙爲捍撥。"牛嶠《西溪子》："捍撥雙盤金鳳，蟬鬢玉釵揺動。" 朱弦：亦作"朱絃"，用熟絲製造的琴弦。《荀子·禮論》："《清廟》之歌，一唱而三嘆也。縣一鐘，尚拊之膈，朱絃而通越也。"《禮記·樂記》："《清廟》之瑟，朱弦而疏越。"鄭玄注："朱弦，練朱絃，練則聲濁。"孔穎達疏："案《虞書》傳云：古者帝王升歌《清廟》之樂，大瑟練弦。此云朱弦者，明練之可知也。云練則聲濁者，不練則體勁而聲清，練則絲熟而弦濁。"泛指琴瑟類絃樂器。李世民《春日玄武門宴群臣》："清尊浮綠醑，雅曲韵朱弦。"陸游《千峰榭宴坐》："朱弦静按新傳譜，黃卷閑披累譯書。" 冰泉：冰淵，唐代避李淵諱，以"泉"代淵。白居易《杭州刺史謝上表》："忝非土木，如履冰泉。合當鼎鑊之誅，尚忝

藩宣之寄。"清泉,常用其聲形容琴聲。韋莊《聽趙秀才彈琴》:"滿匣冰泉咽又鳴,玉音閑澹入神清。"　嗚咽:形容低沉淒切的聲音。蔡琰《胡笳十八拍》六:"夜聞隴水兮聲嗚咽,朝見長城兮路杳漫。"溫庭筠《更漏子》:"背江樓,臨海月,城上角聲嗚咽。"　流鶯:即鶯,流,謂其鳴聲婉轉。沈約《八詠詩·會圃臨東風》:"舞春雪,雜流鶯。"晏殊《酒泉子》:"春色初來,遍拆紅芳千萬樹,流鶯粉蝶鬥翻飛。"

⑱ 雨霖鈴:亦作"雨淋鈴",唐代教坊曲名。朱勝非《紺珠集·雨霖鈴》:"帝幸蜀,初入斜谷,霖雨彌旬,棧道中聞鈴聲。帝方悼念貴妃,因采其聲爲《雨霖鈴》曲以寄恨焉! 時梨園弟子張野狐一人善觱篥,因使吹之,遂傳於世。"張祜《雨霖鈴(明皇幸蜀,南入斜谷,屬霖雨彌旬,於棧道中聞鈴聲,與山相應,因采其聲爲〈雨霖鈴〉曲。時獨梨園善觱栗工張徽從至蜀,以其曲授之,後入法部)》:"雨霖鈴夜却歸秦,猶是張徽一曲新。長說上皇垂淚教,月明南內更無人。"　風雨:風和雨。《書·洪範》:"月之從星,則以風雨。"干寶《搜神記》卷一四:"王悲思之,遣往視覓,天輒風雨,嶺震雲晦,往者莫至。"蘇軾《次韵黃魯直見贈古風二首》一:"嘉穀臥風雨,稂莠登我場。"　蕭條:寂寞冷落,凋零。《楚辭·遠遊》:"山蕭條而無獸兮,野寂漠其無人。"曹植《贈白馬王彪》:"原野何蕭條? 白日忽西匿。"　鬼神:鬼與神的合稱。《禮記·仲尼燕居》:"鬼神得其饗,喪紀得其哀。"孔穎達疏:"鬼神得其饗者,謂天神人鬼各得其饗食也。"韓愈《原鬼》:"無聲與形者,鬼神是也。"

⑲ 珠幢:原爲寺院裏由許多珍珠裝飾而成的標識,供信徒禮拜。蘇軾《送曾仲殊通判如京師》:"應爲王孫朝上國,珠幢玉節與排衙。"陸游《老學庵筆記》卷九:"天下神霄,皆賜威儀,設於殿帳座外面南東壁,從東第一架六物,曰錦繖,曰絳節,曰寶蓋,曰珠幢,曰五明扇,曰旌從東,第二架六物,曰……"　幢:佛教的一種柱狀標幟,飾以雜彩,建於佛前,表示麾導群生、制伏魔衆之意。後用以稱經幢,即寫經於

其上的長筒圓形綢繒；亦用以稱石幢，即刻經於其上的石柱形小經塔。《大日經疏》卷九："梵云'馱嚩若'，此翻爲'幢'，梵云'計都'，此翻爲'旗'，其相稍異。幢但以種種雜綵幖幟莊嚴，計都相亦大同，而更加旒旗密號。"白居易《如信大師功德幢記》："幢高若干尺，圍若干尺，六隅七層，上覆下承，佛儀在上，經呪在中，記讚在下。"《法苑珠林》卷一二："〔阿鼻〕城內有七鐵幢，火湧如沸，鐵融，流迸湧出。" 珊珊：玉佩聲。杜甫《鄭駙馬宅宴洞中》："自是秦樓壓鄭谷，時聞雜佩聲珊珊。"形容風雨等聲音。辛棄疾《臨江仙》："夜雨南塘新瓦響，三更急雨珊珊。"

⑳ 低佪：徘徊，流連。《漢書・司馬相如傳》："低佪陰山翔以紆曲兮，吾乃今日睹西王母。"韓愈《駑驥》："駑驥不敢言，低佪但垂頭。"關山：關隘山嶺。《樂府詩集・木蘭詩》："萬里赴戎機，關山度若飛。"朱希濟《謁金門》："秋已暮，重疊關山歧路。嘶馬搖鞭何處去？曉禽霜滿樹。" 燕然：古山名，即今蒙古人民共和國境內的杭愛山，東漢永元元年，車騎將軍竇憲領兵出塞，大破北匈奴，登燕然山，刻石勒功，記漢威德。班固《封燕然山銘序》："遂踰涿邪，跨安侯，乘燕然，躡冒頓之區落，焚老上之龍庭。"《文心雕龍・銘箴》："若班固燕然之勒，張昶華陰之碣，序亦盛矣！"泛指邊塞，詩文中敘建立邊功時，常引用之。李嶠《餞薛大夫護邊》："佇見燕然上，抽毫頌武功。"范仲淹《漁家傲・秋思》："濁酒一杯家萬里，燕然未勒歸無計。" 秋月：秋夜的月亮。陶潛《辛丑歲七月赴假還江陵夜行塗口》："叩栧新秋月，臨流別友生。"杜甫《十七夜對月》："秋月仍圓夜，江村獨老身。"

㉑ 磬：古代打擊樂器，狀如曲尺，用玉、石或金屬製成，懸掛於架上，擊之而鳴。《詩・商頌・那》："既和且平，依我磬聲。"《左傳・襄公十一年》："凡兵車百乘，歌鐘二肆，及其鎛、磬，女樂二八。"杜預注："鎛、磬，皆樂器。" 曲破：唐宋樂舞名，大曲的第三段稱"破"，單演唱此段稱"曲破"，節奏緊促，有歌有舞。韓偓《橫塘》："風飄亂點更籌

轉,拍送繁弦曲破長。散客出門斜月在,兩眉愁思問橫塘。"《宋史·樂志》:"太宗洞曉音律,前後親製大小曲及因舊曲創新聲者,總三百九十,凡製大曲十八……曲破二十九。"　繁併:猶繁多。《舊唐書·柳公綽傳》:"公綽奏曰:'自幽鎮用兵,使命繁併,館遞匱乏,鞍馬多闕……'"《續資治通鑒·宋孝宗乾道六年》:"今措置臨安府自北郭稅務至鎮江府沿路一帶稅場內,地理接近收稅繁併去處,合行省罷,庶幾少寬商賈。"

　　㉒　百萬:形容數目極大。《史記·平原君虞卿列傳》:"今楚地方五千里,持戟百萬,此霸王之資也。"韓愈《出門》:"長安百萬家,出門無所之。"　金鈴:金屬製成的鈴。劉歆《西京雜記》卷一:"〔璧帶〕上設九金龍,皆銜九子金鈴,五色流蘇。"韋莊《貴公子》:"金鈴犬吠梧桐院,朱鬣馬嘶楊柳風。"　旋:回轉,旋轉。《楚辭·招魂》:"旋入雷淵,麋散而不可止些。"王逸注:"旋,轉也。"王安石《即事六首》六:"日月隨天旋,疾遲與天侔。"　玉盤:玉製的盤子,亦爲盤的美稱。張衡《四愁詩四首》二:"美人贈我金琅玕,何以報之雙玉盤?"白居易《琵琶行》:"嘈嘈切切錯雜彈,大珠小珠落玉盤。"　醉客:喝醉酒的人。《後漢書·吳祐傳》:"又安丘男子毋丘長與母俱行市,道遇醉客辱其母,長殺之而亡。"劉禹錫《更衣曲》:"庭前雪壓松桂叢,廊下點點懸紗籠。滿堂醉客爭笑語,嘈囋琵琶青幕中。"

　　㉓　"自茲聽後六七年"兩句:這兩句,是編年本詩的重要依據,幸請讀者注意。　六七年:六年與七年之間,大致確定的時間。元稹《連昌宮詞》:"兩京定後六七年,却尋家舍行宮前。莊園燒盡有枯井,行宮門閉樹宛然。"白居易《夜雨有念》:"自我向道來,於今六七年。鍊成不二性,消盡千萬緣。"　我朝天:指元稹貞元十八年冬天參加吏部乙科考試,貞元十九年春天及第之後在西京任職校書郎之事,以此前推"六七年",聽管兒彈琵琶之事當發生在貞元十一二年間,當時元稹十七八歲。　朝天:朝見天子。王維《聞逆賊凝碧池作樂》:"萬戶

傷心生野烟,百僚何日再朝天?"张孝祥《蝶恋花》:"待得政成民按堵,朝天衣袂翩翩舉。"

　　㉔"遊想慈恩杏園裏"兩句:關於元稹與管兒的初戀故事,請參閱拙稿《元稹考論》以及《元稹評傳》的有關篇章,特別請注意元稹作於元和五年春天元稹分司東都之時的《仁風李著作園醉後寄李十》詩以及白居易對元稹佚詩《十七與君別》的酬和之篇《和微之十七與君別及隴月花枝之詠》。元稹的《十七與君別》作於其出鎮浙東的寶曆元年,時距與管兒相識已有"三十年"之久。從中可見元稹對管兒感情的真摯深厚,難怪白居易酬和詩篇要以"惱亂君心三十年"、"恐君更結身後緣"來打趣自己的老朋友了。　　遊想:空想,徒然思念。道世《法苑珠林‧無記部》:"頌曰:昏沉睡蓋,遊想妄現。親族虛聚,徒霑美醆。既寤空無,妄生愛戀。雖通三性,終成七變。"魏野《次韵和酬洛下宋京見寄》:"聲名獨步向西都,主將風騷敵亞夫。龜洛泛應隨釣叟,龍門遊想領生徒。"　　慈恩:慈恩寺的省稱,在長安。盧綸《同錢郎中晚春過慈恩寺》:"不見僧中舊,仍逢雨後春。惜花將愛寺,俱是白頭人。"孟棨《本事詩‧徵異》:"時白尚書在京,與名輩遊慈恩,小酌花下。"　　杏園:園名,故址在今陝西省西安市郊大雁塔南,唐代新科進士賜宴之地。賈島《下第》:"下第隻空囊,如何住帝鄉? 杏園啼百舌,誰醉在花傍?"王定保《唐摭言‧慈恩寺題名遊賞賦詠雜記》:"神龍已來,杏園宴後,皆於慈恩寺塔下題名,同年中推一善書者紀之。"夢寐:謂睡夢。《後漢書‧郎顗傳》:"此誠臣顗區區之念,夙夜夢寐,盡心所計。"陳善《捫虱新話‧孔子夢周公》:"然孔子特以時無聖人,傷己之道不行也,曰:'周公之不可見,雖夢寐間亦不見之。'"　　仁風:這裏指洛陽的仁風坊。元稹《仁風李著作園醉後寄李十》:"朧明春月照花枝,花下鶯聲是管兒。却笑西京李員外,五更騎馬趁朝時。"尹占華在《〈鶯鶯傳〉是元稹自寓》撰文認爲:元稹《琵琶歌》中"遊想慈恩杏園裏,夢寐仁風花樹前"兩句"無非是回憶六七年前在長安杏園、慈恩

寺與朋友及管兒遊玩的情景"。借用尹文批評拙作的一句原話,尹文在這裏也"起碼犯了兩個錯誤":一是元稹與"管兒遊玩"在洛陽,讓元稹"夢寐"難忘的是洛陽仁風坊"花樹前"與管兒的那一段戀情;它並不發生在"長安杏園、慈恩寺"。在長安的杏園與慈恩寺,元稹僅僅是"遊想"亦即回憶自己與管兒在洛陽仁風坊相戀相戲的情景而已;二是元稹元和五年在江陵抒寫"遊想慈恩杏園裏,夢寐仁風花樹前"兩句時,回憶的不是"六七年前"的往事而是"十五六年"前的往事。詩中採用的是回憶語詞,幸請讀者辨別。"六七年前"元稹正在長安校書郎任上,履行"朝天"的職責,不在洛陽,並没有與管兒在一起。

　　㉕ 去年:剛過去的一年。杜甫《前苦寒行二首》二:"去年白帝雪在山,今年白帝雪在地。"蘇軾《中秋月三首》一:"殷勤去年月,瀲灩古城東。憔悴去年人,卧病破窗中。"　御史:官名,漢以後,御史職責則專司糾彈。《史記·蕭相國世家》:"秦御史監郡者與從事,常辨之。何乃給泗水卒史事,第一。"王讜《唐語林·補遺》:"御史主彈奏不法,肅清内外。唐興,宰輔多自憲司登鈞軸,故謂御史爲宰相。"這裏指元稹以監察御史的身份分司東都洛陽御史東臺。　東臺:唐時東都御史臺的省稱。趙璘《因話録·徵》:"武后朝,御史臺有左右肅政之號,當時亦謂之左臺、右臺,則憲府未曾有東西臺之稱,惟俗間呼在京爲西臺,東都爲東臺。"白居易《代書一百韵寄微之》:"南國人無怨,東臺吏不欺。"自注:"微之使東川,奏冤八十餘家,詔從而平之,因分司東都。"請讀者注意本句,元稹以監察御史身份分司東臺在元和四年,故本詩應該作於元和五年無疑。　公私:公家的事與私人的事,這裏指元稹分司東臺,懲辦東都權貴諸多不法之事,是謂公;元和四年七月九日,元稹的結髮妻子韋叢病故,元稹感傷不已,同時還要爲照料年幼的女兒而操心不已,是謂私。杜甫《憶昔二首》二:"憶昔開元全盛日,小邑猶藏萬家室。稻米流脂粟米白,公私倉廩俱豐實。"元稹《茅舍》:"農收次邑居,先室後臺樹。啓閉既及期,公私亦相借。"　蹙促:

猶逼迫。李白《古風》五二：“鳳饑不啄粟，所食唯琅玕。焉能與群雞，蹙促爭一餐？”白居易《長樂亭留別》：“昔時蹙促爲遷客，今日從容自去官。”

㉖　今春：這裏指元和五年的春天，元稹在東都“制獄”又在春天的，衹有元和五年的春天，這也是編年本詩的又一證據。杜審言《渡湘江》：“遲日園林悲昔遊，今春花鳥作邊愁。獨憐京國人南竄，不似湘江水北流。”沈佺期《雜詩三首》三：“可憐閨裏月，長在漢家營。少婦今春意，良人昨夜情。”　制獄：斷案。《大戴禮記·保傅》：“不中於制獄。”桓寬《鹽鐵論·詔聖》：“《春秋》原罪，《甫刑》制獄。”　撩亂：紛亂，雜亂。崔知賢《上元夜效小庾體》“今夜啓城闉，結伴戲芳春。鼓聲撩亂動，風光觸處新。”韋應物《答重陽》：“坐使驚霜鬢，撩亂已如蓬。”這裏的撩亂事是指元稹懲辦宰相杜佑的親黨杜兼，又借房式事召元稹回京，並在敷水驛遭到宦官的毒打，接着出貶江陵。《舊唐書·元稹傳》：“稹雖舉職，而執政有與礪厚者惡之，使還，令分務東臺。浙西觀察使韓皋封杖決湖州安吉令孫澥，四日內死。徐州監軍使孟昇卒，節度使王紹傳送昇喪柩還京，給券乘驛，仍於郵舍安喪柩。稹並劾奏以法。河南尹房式爲不法事，稹欲追攝，擅令停務，既飛表聞奏，罰式一月俸，仍召稹還京。宿敷水驛，內官劉士元後至，爭廳，士元怒排其戶，稹襪而走廳後。士元追之，後以箠擊稹傷面。執政以稹少年後輩，務作威福，貶爲江陵府士曹參軍。”《舊唐書·元稹傳》又引述元稹《同州刺史謝上表》：“及爲監察御史，又不規避，專心糾繩，復爲宰相怒臣不庇親黨，因以他事貶臣江陵判司。”《新唐書·元稹傳》亦云：“俄分司東都，時浙西觀察使韓皋杖安吉令孫澥，數日死。武寧王紹護送監軍孟昇喪乘驛，內喪郵中，吏不敢止。內園擅繫人踰年，臺不及知。河南尹誣殺諸生尹太階，飛龍使誘亡命奴爲養子，田季安盜取洛陽衣冠女，汴州没入死賈錢千萬……凡十餘事，悉論奏。會河南尹房式坐罪，稹舉劾，按故事追攝，移書停務。詔薄式罪，召稹

還。次敷水驛,中人仇士良夜至。積不讓,中人怒,擊積敗面。宰相以積年少輕樹威,失憲臣體,貶江陵士曹參軍,而李絳、崔羣、白居易皆論其枉。”　畫夜:白日和黑夜。劉商《銅雀妓》:“魏主矜蛾眉,美人美於玉。高臺無畫夜,歌舞竟未足。”劉禹錫《監祠夕月壇書事》:“西皞司分畫夜平,羲和停午太陰生。鏗鏘揖讓秋光裏,觀者如雲出鳳城。”　推囚:審問犯人。白居易《酬和元九東川路詩·山枇杷花二首》二:“若使此花兼解語,推囚御史定違程。”蘇軾《和蔡準郎中見邀游西湖三首》一:“君不見錢塘游宦客,朝推囚,暮決獄,不因人喚何時休!”　心似灰:猶“心灰”,謂心如死灰,極言消沉。白居易《冬至夜》:“心灰不及爐中火,鬢雪多於砌下霜。蘇軾《次韵答黄安中兼簡林子中》:“老去心灰不復然,一龕江海意方堅。”

　　㉗輟:中途停止,中斷。《論語·微子》:“〔長沮、桀溺〕耰而不輟。”何晏集解引鄭玄曰:“輟,止也。”楊師道《賦終南山用風字韵應詔》:“眷言懷隱逸,輟駕踐幽叢。白雲飛夏雨,碧嶺橫春虹。”　歸時:回歸的時間,這裏指元積奉詔返回京城的時間。王昌齡《送高三之桂林》:“留君夜飲對瀟湘,從此歸舟客夢長。嶺上梅花侵雪暗,歸時還拂桂花香。”李白《峩眉山月歌送蜀僧晏入中京》:“我似浮雲殢吴越,君逢聖主遊丹闕。一振高名滿帝都,歸時還弄峩眉月。”　著作:即“著作郎”,官名。三國魏明帝始置,屬中書省,掌編纂國史,其屬有著作佐郎(後代或稱佐著作郎)、校書郎、正字等。晉元康中改屬秘書省,稱爲大著作。唐代主管著作局,亦屬秘書省。《南史·百官志》:“晉武世,繆徵爲中書著作郎……著作郎謂之大著作,專掌史任。”劉知幾《史通·覈才》:“夫史才之難,其難甚矣!《晉令》云:‘國史之任,委之著作,每著作郎初至,必撰名臣傳一人。’斯蓋察其所由,苟非其才,則不可叨居史任。”這裏指李建的兄弟或者長輩中任職著作郎的某一人。　南園:泛指園圃。張協《雜詩》八:“借問此何時,蝴蝶飛南園?”柳宗元《冉溪》:“却學壽張樊敬侯,種漆南園待成器。”　花蕚:花

的組成部分之一,由若干萼片組成,包在花瓣外面,花開時托著花冠,簡稱萼,有時亦指花。張文琮《和楊舍人詠中書省花樹》:"花萼映芳叢,參差間早紅。因風時落砌,雜雨乍浮空。"杜甫《秋興八首》六:"瞿唐峽口曲江頭,萬里風烟接素秋。花萼夾城通御氣,芙蓉小苑入邊愁。" 拆:同"坼",裂開,綻開。《詩·大雅·生民》:"誕彌厥月,先生如達。不拆不副,無菑無害。"陸德明釋文:"坼。"李紳《杜鵑樓》:"杜鵑如火千房拆,丹檻低看晚景中。"

㉘ 臙脂:亦作"胭脂",一種用於化妝和國畫的紅色顏料,亦泛指鮮艷的紅色。杜甫《曲江對雨》:"林花着雨臙脂濕,水荇牽風翠帶長。"《敦煌曲子詞·柳青娘》:"故着胭脂輕輕染,淡施檀色注歌脣。"耀眼:光綫或色彩強烈,使人眼花。《南史·曹武傳》:"金翠耀眼,器服精華。"元稹《清都春霽寄胡三吳十一》:"蕊珠宮殿經微雨,草樹無塵耀眼光。白日當空天氣暖,好風飄樹柳陰涼。" 桃正紅:即"桃紅",粉紅色。劉遵《繁華應令》:"鮮膚勝粉白,慢臉若桃紅。"王仁裕《開元天寶遺事·紅汗》:"〔貴妃〕每至汗出,紅膩而多香,或拭之於巾帕之上,其色如桃紅也。" 雪片:比喻白色的花,這裏指白色的梅花。杜甫《寄楊五桂州譚》:"五嶺皆炎熱,宜人獨桂林。梅花萬里外,雪片一冬深。"黃庭堅《繡帶子·張寬夫園賞梅》:"東鄰何事,驚吹怨笛,雪片成堆?" 滿溪:意謂梅花花片滿空飛舞,滿溪流淌。王建《南澗》:"野桂香滿溪,石莎寒覆水。愛此南澗頭,終日潺湲裏。"李賀"土甑封茶葉,山杯鎖竹根。不知船上月,誰櫂滿溪雲?" 梅已落:意謂梅花紛紛落下,滿地滿溪。張翬《遊栖霞寺》:"泉聲無休歇,山色時隱見。潮來雜風雨,梅落成霜霰。"温庭筠《勒勒歌》:"羗兒吹玉管,胡姬踏錦花。却笑江南客,梅落不歸家。"

㉙ 青春:指春天,春季草木茂盛,其色青綠,故稱。《楚辭·大招》:"青春受謝,白日昭只。"王逸注:"青,東方春位,其色青也。"杜甫《聞官軍收河南河北》:"白日放歌須縱酒,青春作伴好還鄉。" 三五:

謂十五天。《禮記·禮運》:"是以三五而盈,三五而闕。"後以指農曆每月之十五日。《古詩十九首·孟冬寒氣至》:"三五明月滿,四五詹兔缺。"李嶠《月》:"桂滿三五夕,蓂開二八時。清輝飛鵲鑑,新影學蛾眉。"　花枝:開有花的枝條。王維《晚春歸思》:"春蟲飛網户,暮雀隱花枝。"岑參《稠桑驛喜逢嚴河南中丞便別》:"馼馬映花枝,人人夾路窺。離心且莫問,春草自應知。"　向月:迎著月亮,承受月光。岑參《胡笳歌送顏真卿使赴河隴》:"涼秋八月蕭關道,北風吹斷天山草。昆崙山南月欲斜,胡人向月吹胡笳。"顧況《悼稚》:"稚子比來騎竹馬,猶疑只在屋東西。莫言道者無悲事,曾聽巴猿向月啼。"　含吐:形容出没,隱現。李頎《無盡上人東林禪居》:"我心愛流水,此地臨清源。含吐山上日,蔽虧松外村。"白居易《三遊洞序》:"俄而峽山昏黑,雲破月出,光氣含吐,互相明滅。"

　㉚ 罇:盛酒器。陶潛《歸去來兮辭》:"携幼入室,有酒盈罇。"韓愈《芍藥歌》:"一罇春酒甘若飴,丈人此樂無人知。"代指酒。陸游《六日雲重有雪意獨酌》:"偶得名罇當痛飲,涼州那得真蒲萄?"　久別:分別很久。王勃《寒夜思友三首》一:"久別侵懷抱,他鄉變容色。月下調鳴琴,相思此何極。"劉長卿《喜李翰自越至》:"南浮滄海上,萬里到吳臺。久別長相憶,孤舟何處來?"　睹:看見,察看。《史記·趙世家》:"愚者暗成事,智者睹未形。"韓愈《順宗實錄》:"願一睹聖顏,因再拜而起。"

　㉛ 依舊:照舊。《南史·梁昭明太子統傳》:"天監元年十一月,立爲皇太子。時年幼,依舊居内。"趙璜《題七夕圖》:"明年七月重相見,依舊高懸織女圖。"　迢迢:時間久長貌。戴叔倫《雨》:"歷歷愁心亂,迢迢獨夜長。"獨孤及《和題藤架》:"人去藤花千里强,藤花無主爲誰芳? 相思歷亂何由盡? 春日迢迢如綫長。"

　㉜ 猿鳴:猿猴的嘶鳴。宋之問《發藤州》:"朝夕苦逴逴征,孤魂長自驚。泛舟依雁渚,投館聽猿鳴。"張説《和朱使欣道峽似巫山之作》:

"楚客思歸路,秦人謫異鄉。猿鳴孤月夜,再使淚沾裳。" 雪岫:積雪的峰巒。宋之問《餞中書侍郎來濟》:"雲峰衣結千重葉,雪岫花開幾樹妝?深悲黃鶴孤舟遠,獨對青山別路長。" 三峽:在重慶、湖北兩省市境内,長江上游的瞿塘峽、巫峽和西陵峽的合稱。左思《蜀都賦》:"經三峽之峥嶸,躡五屼之寒㵎。"陸游《登樓》:"歌聲哀怨傳三峽,行色淒涼帶百蠻。" 鶴唳:鶴鳴。王充《論衡·變動》:"夜及半而鶴唳,晨將旦而雞鳴。"沈佺期《峽山賦》:"閑憑晚閣,指天外之霞飛;夢斷曉鐘,聽雲間之鶴唳。" 晴空:清朗的天空。李白《秋登宣城謝朓北樓》:"江城如畫裏,山晚望晴空。兩水夾明鏡,雙橋落彩虹。"高適《金城北樓》:"北樓西望滿晴空,積水連山勝畫中。湍上急流聲若箭,城頭殘月勢如弓。" 九霄:天之極高處,高空。葛洪《抱朴子·暢玄》:"其高則冠蓋乎九霄,其曠則籠罩乎八隅。"武元衡《同幕中諸公送李侍御歸朝》:"巴江暮雨連三峽,劍壁危梁上九霄。"

㉝ 逡巡:從容,不慌忙。《莊子·秋水》:"東海之鱉,左足未入,而右膝已縶矣!於是逡巡而卻。"成玄英疏:"逡巡,從容也。"谷神子《博異志·楊真伯》:"年可二八,冠碧雲鳳翼冠,衣紫雲霞日月衣,精光射入,逡巡就坐。" 徹:盡,完。袁宏《後漢紀·質帝紀》:"冀復私召往來,生子伯玉,匿不敢出。壽知之,使其子河南尹徹滅友氏家。"杜甫《江畔獨步尋花七絕句》一:"江上被花惱不徹,無處告訴只顛狂。" 霜刀:雪亮鋒利的刀。杜甫《觀打魚歌》:"饔子左右揮霜刀,膾飛金盤白雪高。"張元幹《醉花陰·詠木犀》:"霜刀剪葉呈纖巧,手撚迎人笑。"

㉞ 幽關:深邃的關隘,緊閉的關門。何遜《答丘長史》:"伊我念幽關,夫君思贊務。"韓琮《潁亭》:"潁上新亭瞰一川,幾重舊址敞幽關。" 鴉軋:同"鴉軋",象聲詞,形容門户啓閉聲。元稹《表夏十首》二:"旬時得休浣,高卧閱清景。僮兒拂巾箱,鴉軋深林井。"陸龜蒙《連昌宮詞·門》:"日暮鳥歸宫樹綠,不聞鴉軋閉春風。" 胡雁:雁,

雁來自北方胡地,故稱。李白《山鷓鴣詞》:"嫁得燕山胡雁婿,欲銜我
向雁門歸。"李頎《古從軍行》:"胡雁哀鳴夜夜飛,胡兒眼淚雙雙落。"
舂麌:同"麌舂",物體破裂聲。沈佺期《霹靂引》:"始憂羽以麌舂,終
叩宮而砰騞。"杜甫《有事於南郊賦》:"既而脺脅脅胃,柴燎窟塊,麌舂
礚赫。"　　層冰:猶厚冰。盧照鄰《早度分水嶺》:"馬蹄穿欲盡,貂裘敝
轉寒。層冰橫九折,積石淩七盤。"辛棄疾《念奴嬌·和南澗載酒見過
雪樓觀雪》:"便擬明年,人間揮汗,留取層冰潔。"以上六句,形象而生
動地描寫讚揚了管兒精湛的琵琶技藝。

　　㉟含淒:飽含淒慘之情。李嘉祐《宋州東登望題武陵驛》:"梁宋
人稀鳥自啼,登艫一望倍含淒。白骨半隨河水去,黃雲猶傍郡城低。"
皇甫冉《之京留別劉方平》:"客子慕儔侶,含淒整晨裝。邀歡日不足,
況乃前期長!"　　奇絕:奇妙非常。陶潛《和郭主簿二首》二:"陵岑聳
逸峰,遙瞻皆奇絕。"歐陽修《送田畫秀才甯親萬州序》:"由此而上泝
江湍,入三峽,險怪奇絕,乃可愛也。"　　長歌:篇幅較長的詩歌。王績
《醉後》:"阮籍醒時少,陶潛醉日多。百年何足度?乘興且長歌。"司
空圖《馮燕歌》:"爲感詞人沈下賢,長歌更與分明説。"　　始終:自始至
終,一直。《後漢書·明德馬皇后》:"故寵敬日隆,始終無衰。"李肇
《唐國史補》卷上:"顏魯公之在蔡州,再從侄峴、家僮銀鹿始終隨之。"
蘇軾《論周穜擅議配享自劾劄子》一:"本朝自祖宗以來,推擇元勛重
望始終全德之人,以配食列聖。"

　　㊱藝奇:技藝高超精湛,這是讚揚管兒的琵琶技藝。易重《寄宜
陽兄弟》:"内庭再考稱文異,聖主宣名獎藝奇。故里仙才若相問,一
春攀得兩重枝。"梅堯臣《和永叔柘枝歌》:"小小寧聞怨曲長,盈盈自
解依儔侶。藝奇體妙按者誰?金貂大尹宴清池。"　　思寡:思路單一。
暫時沒有找到合適的書證。這是元稹對自己的自我檢討,半爲詩人
的謙詞。　　塵事:塵俗之事,這裏指元稹以監察御史身份分務東臺辦
理的許許多多案件,是大實話。陶潛《辛醜歲七月赴假還江陵夜行塗

口》："閑居三十載，遂與塵事冥。"孟浩然《游景空寺蘭若》："寥寥隔塵事，疑是入雞山。" 寒暑：寒冬暑夏，常指代一年。《易·繫辭》："寒往則暑來，暑往則寒來，寒暑相推而歲成焉！"《詩·小雅·小明》："二月初吉，載離寒暑。"高亨注："此句指……已經過一個寒暑，即一年。"本詩指許諾管兒賦寫詩篇在元和五年的春天，經過元和五年的夏天與冬天，即所謂的"寒暑"，亦即"暑夏寒冬"，直到同年的冬天才兌現自己的諾言。

㊲ 左降：貶官，多指京官降職到州郡。白居易《舟中雨夜》："船中有病客，左降向江州。"元稹《放言五首》五："三十年來世上行，也曾狂走趁浮名。兩迴左降須知命，數度登朝何處榮？" 閑處：謂在家閑居，或謂貶職在荒僻之地而又無可事事的職位。《晏子春秋·雜上二九》："閑處從容，不談議，則疏。"《後漢書·陳蕃傳》："蕃年十五，嘗閑處一室，而庭宇蕪穢。"

㊳ 寄：托人遞送。杜甫《述懷》："自寄一封書，今已十月後。"陸游《南窗睡起》："閑情賦罷憑誰寄？悵望壺天白玉京。"個別情況下也作贈送解。張固《幽閑鼓吹》："元載子名伯和，勢傾中外，時閫帥寄樂伎十人，既至半歲，無因得達，伺其門下。"貫休《閑居擬齊梁四首》三："山翁寄術藥，幸得秋病可。"王讜《唐語林·德行》："李師古跋扈，憚杜黃裳為相，未敢失禮，乃寄錢物百萬，並氈車一乘。使者未敢進，乃於宅門伺候。"這裏指前者而非後者，且這裏所舉後者的書證，從寬泛意義上講，也是"托人遞送"之意，除非有證據證明送者直接當面呈送被送者。

㊴ "管兒管兒憂爾衰"兩句：程國賦《論元稹的小說創作極其婚外戀》文云："元稹在元和五年（三十二歲）時作《琵琶歌》，《歌》中有'管兒不作供奉兒，拋在東都雙鬢絲'及'管兒管兒憂爾衰'等句，根據上述詩句，我們不禁有些疑問：女性能稱作'供奉兒'（陳國賦特地在"兒"字之下加了着重號）嗎？退一步說，即使管兒是女性，三十歲左

右的女人就會出現'雙鬢絲'嗎？有'衰'之憂嗎？可見管兒比元稹年長，元稹能與一個比自己年長的女人產生'初戀'嗎？"程國賦加"着重號"的意思是強調"女性"與"供奉兒"之間無法劃等號。關於女性不可能作"供奉兒"的說法，我們認爲可以也應該商榷。據《漢語大詞典》，"兒"在漢語裏有"古代年輕女子的自稱"、"兒女對父母的自稱"、"父母對兒女的稱呼"、"對年少男子的稱呼"等多種含義，元稹《鶯鶯傳》中崔鶯鶯回信張生，其中"玉環一枚，是兒嬰年所弄，寄充君子下體所佩"一句是一個明顯的例子。唐代張文成《遊仙窟》"十娘答曰：'兒年十七，死守一夫。'"就是又一個例子。在《遊仙窟》這篇傳奇中，篇中的四位女性——十娘、五嫂以及使女桂心、浣衣女子均以"兒"自稱，前後出現有十七次之多。同樣是《漢語大詞典》，關於"子"的含義也值得我們關注，可以作爲我們有力的旁證：子在古代有時也兼指兒女。《詩·小雅·斯干》："乃生男子，載寢之床……乃生女子，載寢之地。"《儀禮·喪服》："故子生三月，則父名之，死則哭之。"鄭玄注："凡言子者，可以兼男女。"《史記·淮南衡山列傳》："衡山王賜，王后乘舒生子三人，長男爽爲太子，次男孝，次女無采。又姬徐來生子男女四人。"《顏氏家訓·教子》："古者聖王有胎教之法，懷子三月，出居別宮。"韓愈《試大理評事王君墓誌銘》："生三子，一男二女。"又專指女兒。《詩·大雅·大明》："纘女維莘，長子維行。"毛傳："長子，長女也。"范攄《雲溪友議》卷一："濠梁人南楚材者，旅遊陳穎。歲久，穎守慕其儀範，將欲以子妻之。"陳與郊《文姬入塞》："曹丞相因念令先君是絕代儒宗，夫人是名公愛子，不忍埋沒這白草黃雲之外。"《漢語大詞典》"供奉"條下云："特指以某種技藝或姿色供奉帝王。"劉禹錫《聽舊宮人穆氏唱歌》："休唱貞元供奉曲，當時朝士已無多。"唐人詩中的"供奉"，即應是指唱這一類供奉之曲的宮廷藝人，其中也應包括女性藝人在內，元稹《琵琶歌》中的"不作供奉兒"云云是描述女性管兒有才不遇、因而沒有機遇作宮廷藝人的淒慘命運。確實，三十歲的女人一般不會"雙鬢絲",可是對藝術生命相對短暫的女藝人來說,如果被命運長期"拋在東都",出於名師"段師"門下,而在"數十人"師兄師妹中"稱上足",有着過人的"工夫"但却没有機會表露人前而"人不知",傳說中"一夜頭白"的故事雖不會真的發生,可長年憂愁也很難保證不會"雙鬢絲"的。遠的不說,就以元稹本人爲例,他在三十一歲之時,也就是寫這首詩歌的前一年就已生有白髮,元稹《酬翰林白學士代書一百韵》詩云:"甯牛終夜永,潘鬢去年衰。"其下特地注云:"予今年始三十二,去歲已生白髮。"元稹的另一首詩歌《寄隱客》亦云:"我年三十二,鬢有八九絲。"元稹在這首《琵琶歌》中要詠嘆的正是管兒這種有才不遇的不幸命運,在這兒詩人與管兒頗有同病相憐的情感。所以在詩歌的最後詩人才能發出"管兒管兒憂爾衰,爾衰之後繼者誰? 繼之無乃在鐵山,鐵山已近曹穆間"的感嘆。這裏發出憂嘆的是詩人自己而不是詩歌中的管兒,而且詩人在這兒擔憂的似乎不是管兒容貌的衰老,而是管兒技藝衰退創新無路之後的後繼乏人。因而根本不存在程文所云"三十歲左右的女人就會……有'衰'之憂嗎"的問題。程文的責問似乎没有讀懂或故意曲解元稹詩歌的原意,以此來否定元稹與管兒的初戀是站不住脚的。

⑩ 無乃:相當於"莫非"、"恐怕是",表示委婉測度的語氣。《論語·雍也》:"居敬而行簡,以臨其民,不亦可乎? 居簡而行簡,無乃太簡乎?"權德輿《建除詩》:"開濟今如此,英威古不殊。閉關草玄者,無乃誤爲儒!" 曹穆:作者原注:"二善才姓。"當時李唐著名的琵琶高手,活動在長安與洛陽京都地區。白居易《琵琶行序》:"元和十年,予左遷九江郡司馬。明年秋,送客溢浦口,聞船中夜彈琵琶者,聽其音,錚錚然有京都聲。問其人。本長安倡女。嘗學琵琶於穆曹二善才,年長色衰,委身爲賈人婦。"

⑪ 性靈:智慧,聰明。高適《答侯少府》:"東道有佳作,南朝無此人。性靈出萬象,風骨超常倫。"段安節《樂府雜録·琵琶》:"初,朱崖

李太尉有樂吏廉郊者,師於曹綱,盡綱之能。綱嘗謂儕流曰:'教授人亦多矣!未曾有此性靈弟子也。'" 急處:緊要關頭、關鍵之處。吳融《湖州晚望》:"兩條溪水分頭碧,四面人家入骨凉。獨鳥歸時雲鬥迴,殘蟬急處日爭忙。" 幽閑:柔順閑静。《詩·周南·關雎》:"窈窕淑女。"毛傳:"窈窕,幽閑也。"《後漢書·列女傳贊》:"端操有蹤,幽閑有容。"曾鞏《祭亡妻晁氏文》:"幽閑深謐,度量誰窺。"

㊷ 努力:勉力,盡力。《漢書·翟方進傳》:"蔡父大奇其形貌,謂曰:'小史有封侯骨,當以經術進,努力爲諸生學問。'"古樂府《長歌行》:"少壯不努力,老大乃傷悲。" 學取:學得,學著。元稹《六年春遣懷八首》八:"小於潘岳頭先白,學取莊周泪莫多。止竟悲君須自省,川流前後各風波。" 後來:指以後成長起來的人。《後漢書·盧植傳》:"宜置博士,爲立學官,以助後來,以廣聖意。"高彦休《唐闕史·崔相國請立太子》:"丞相太保崔公莊嚴宏厚,清雅公忠,善誘後來。" 祖:效法,承襲。《禮記·鄉飲酒義》:"亨狗於東方,祖陽氣之發於東方也。"鄭玄注:"祖,猶法也。"《史記·韓世家》:"秦王必祖張儀之故智。"陶翰《晚出伊闕寄河南裴中丞》:"秉志師禽尚,微言祖《莊》《易》。"

[編年]

　　《年譜》元和五年"詩編年"條下將本詩編入,没有列舉理由。但在譜文"二月中,於樊宗師家聽李管兒彈琵琶"後引述本詩,指出:"'著作'是樊宗師(《新唐書》卷一五九《樊宗師傳》云:'元和三年,擢"軍謀宏遠科",授著作郎。')。'是夕青春值三五'約是二月十五日,梅花落、桃花開之時。"在譜文十月之後十一月之前又說:"作《琵琶歌》,寄李管兒,兼誨其徒鐵山。"其後云:"《琵琶歌》題下注:'寄管兒,兼誨鐵山。'歌云:'今春制獄正撩亂……許作長歌始終說。藝奇思寡塵事多,許來寒暑又經過。如今左降在閑處,始爲管兒歌此歌……管兒管兒憂爾衰，爾衰之後繼者誰？繼之無乃在鐵山，鐵山已近曹穆間。性靈甚好功猶淺，急處未得臻幽閑。努力鐵山勤學取，莫遣後來無所祖。"《編年箋注》云："此詩作於元和五年（八一〇）二月，作者於樊宗師家聽李管兒彈琵琶，賦此詩。三月由東臺監察御史貶江陵士曹參軍。見下《譜》。"《年譜新編》亦編年元和五年，理由是："詩云：'去年御史留東臺，公私感促顏不開。今春制獄正撩亂，晝夜推囚心似灰。'"編排在《和樂天秋題曲江》、《酬樂天早夏見懷》、《和樂天秋題牡丹叢》等詩之前。

　　從《年譜》的引述中，似乎《琵琶歌》即作於元和五年十月之後十一月之前。《琵琶歌》云："去年御史留東臺，公私感促顏不開。今春制獄正撩亂，晝夜推囚心似灰。暫輟歸時尋著作，著作南園花坼萼。胭脂耀眼桃正紅，雪片滿溪梅已落。是夕青春值三五，花枝向月雲含吐。著作施樽命管兒，管兒久別今方睹。"我們以爲，詩歌在生動描述管兒的琵琶精深造詣之後，接着說："我爲含淒嘆奇絕，許作長歌始終說。藝奇思寡塵事多，許來寒暑又經過。如今左降在閑處，始爲管兒歌此歌。歌此歌，寄管兒，管兒管兒憂爾衰……"詩中的"今春"，限定詩歌必定作於元和五年；而"許來寒暑又經過"之句，請特別注意"經過"兩字，對照"今春"，"寒暑"爲"暑寒"的倒裝，祇能理解爲"夏暑冬寒"，此詩應作於元和五年冬天即將"經過"亦即就要結束之時，而不是作於元和五年十月之後十一月之前。賦詠的地點在江陵，而不是洛陽。

　　另外，《年譜》在這裏有好幾處誤導讀者：首先，詩中的"著作"不是樊著作宗師而是李姓著作，《琵琶歌》又云："李家兄弟皆愛酒，我是酒徒爲密友。著作曾邀連夜宿，中碾春溪華新綠。平明船載管兒行，盡日聽彈無限曲……自茲聽後六七年，管兒在洛我朝天。遊想慈恩杏園裏，夢寐仁風花樹前。"這裏的"著作"正是"李家兄弟"中的一個，亦即"著作曾邀連夜宿"中的"著作"。元稹"朝天"即來到西京參加考試並授職校書郎在貞元十八年與十九年,貞元十八年的"六七年"前,當爲貞元十一二年,元稹十七八歲,那個時候樊宗師還没有任職著作郎。《年譜》在貞元十九年"識樊宗師、李管兒"條下引述白居易的《病中得樊大書》"唯有東都樊著作"來加以證明,但白居易的《病中得樊大書》作於元和九年,不能説明樊宗師在貞元十七年就已任職著作郎了。本條《年譜》引述《新唐書・樊宗師傳》文云:"元和三年,擢'軍謀宏遠科',授著作郎。"即清楚説明了這一點。在這裏,《年譜》自己在否定自己,看來有點荒唐。而且管兒一直服務於李著作家,有元稹《仁風李著作園醉後寄李十》以及元和五年所作的本詩爲證,怎麽可能忽然跳槽跑到樊著作家,時間也正好在元和五年?《年譜》没有出示任何證據,讓人無法信從。第二,《年譜》駁斥前人"管兒女性説"云:"未是。管兒非女性。"我們以爲不確,上引《仁風李著作園醉後寄李十》詩"花下鶯聲是管兒"已明言管兒是女性。第三,《年譜》多次提到"李管兒",此説也不確。《琵琶歌》云:"段師弟子數十人,李家管兒稱上足。"説明管兒不一定是李姓,她僅僅是服務於李著作家的藝伎,至於她到底姓什麽,已無從考證。《唐五代人交往詩索引》也認爲"管兒"是"李管兒",同誤。

《編年箋注》編年"此詩作於元和五年(八一〇)二月,作者於樊宗師家聽李管兒彈琵琶,賦此詩。三月由東臺監察御史貶江陵士曹參軍"云云,意即本詩作於洛陽,錯誤更是不待言,同時也背離了《年譜》編年的本意,"見卜《譜》"云云又從何處説起?我們不知《編年箋注》的著者有没有看到、又如何解釋"我爲含凄嘆奇絶,許作長歌始終説。藝奇思寡塵事多,許來寒暑又經過。如今左降在閑處,始爲管兒歌此歌"這六句詩句?

《年譜新編》雖然明確本詩爲"元稹貶江陵所作詩",但其編年的理由含糊不清,似乎作於"今春"之後。其編排次序本身已經錯誤,似乎作於元稹剛剛到達江陵之時,在"初夏"與"秋題"之前,仍舊是誤導讀者。

◎ 寒①

　　江瘴節候暖，臘初梅已殘②。夜來北風至，喜見今日寒③。扣冰淺塘水，擁雪深竹欄④。復此滿樽醁，但嗟誰與歡⁽¹⁾⑤？

　　　　　　　　　　　　　　　　録自《元氏長慶集》卷七

[校記]

　　（一）但嗟誰與歡：楊本、叢刊本、《石倉歷代詩選》、《全詩》同，《佩文齋詠物詩選》作“但呼誰與歡”，語義相類，不改。

[箋注]

　　① 寒：這裏指寒冷的季節。《易·繫辞》：“寒往則暑來，暑往則寒來，寒暑相推而成歲焉！”張九齡《雜詩五首》二：“運命雖爲宰，寒暑自回薄。悠悠天地間，委順無不樂。”

　　② 江瘴：江上瘴氣，指江上的濕熱空氣。元稹《表夏十首》三：“江瘴夏炎早，蒸騰信難度。”蘇軾《杭州故人信至齊安》：“更將西庵茶，勸我洗江瘴。” 節候：時令氣候。《南齊書·褚炫傳》：“從宋明帝射雉，至日中，無所得……炫獨曰：‘今節候雖適，而雲露尚凝，故斯罩之禽，驕心未警。’”劉商《重陽日寄上饒李明府》：“重陽秋雁未啣蘆，始覺他鄉節候殊。” 臘：原爲祭名，古代稱祭百神爲“蜡”，祭祖先爲“臘”，秦漢以後統稱“臘”。《禮記·月令》：“〔孟冬之月〕天子乃祈來年于天宗，大割祠於公社及門閭，臘先祖五祀，勞農以休息之。”孔穎達疏：“臘，獵也，謂獵取禽獸以祭先祖五祀也。”《左傳·僖公五年》：“宮之奇以其族行，曰：‘虞不臘矣！’”杜預注：“臘，歲終祭衆神之名。”

本詩指歲末,因臘祭而得名,通指農曆十二月或泛指冬月,常與"伏"相對。楊惲《報孫會宗書》:"田家作苦,歲時伏臘,烹羊炮羔,斗酒自勞。"元稹《酬復言長慶四年元日郡齋感懷見寄》:"臘盡殘銷春又歸,逢新別故欲沾衣。" 梅:這裏指"臘梅",落葉灌木,冬季開花,花瓣外層黃色,內層暗紫色,香味濃。供觀賞。杜牧《正初奉酬歙州刺史邢群》:"翠巖千尺倚溪斜,曾得嚴光作釣家。越嶂遠分丁字水,臘梅遲見二年花。"薛逢《奉和僕射相公送東川李支使歸使府夏侯相公》:"寒柳翠添微雨重,臘梅香綻細枝多。" 殘:剩餘,殘存。杜甫《洗兵馬》:"祇殘鄴城不日得,獨任朔方無限功。"楊萬里《晴望》詩:"枸杞一叢渾落盡,只殘紅乳似櫻桃。"

③ 夜來:入夜。杜甫《遣懷》:"夜來歸鳥盡,啼殺後栖鴉。"孟浩然《春曉》:"春眠不覺曉,處處聞啼鳥,夜來風雨聲,花落知多少。"北風:北方吹來的風,亦指寒冷的風。《詩·邶風·北風》:"北風其涼,雨雪其雱。"楊衒之《洛陽伽藍記·城北》:"是時八月,天氣已冷,北風驅雁,飛雪千里。" 今日:本日,今天。《孟子·公孫丑》:"今日病矣!予助苗長矣!"韓愈《送張道士序》:"今日有書至。"

④ 扣冰:敲擊冰面,扣同"叩",敲擊。杜甫《破船》:"船舷不重扣,埋没已經秋。"喬知之《贏駿篇》:"歲歲年年奔遠道,朝朝暮暮催疲老。扣冰晨飲黃河源,拂雪夜食天山草。" 淺塘:水不多不深的池塘。徐照《宿永康》:"路有三千里,春容若未濃。淺塘饑鷺下,晴靄市烟衝。"陳獻章《看柳》:"淺塘低竹小坭村,黃土墻扃白板門。望見西頭楊柳樹,行人都訝是桃源。" 擁雪:面對大雪。張籍《送流人》:"擁雪添軍壘,收冰當井泉。"趙抃《寄酬梓路運使趙誠度支》:"喜君出使東川行,臘寒擁雪辭神京。" 深竹:茂密的竹林。劉長卿《集梁耿開元寺所居院》:"花雨晴天落,松風終日來。路經深竹過,門向遠山開。"韋應物《神靜師院》:"青苔幽巷遍,新林露氣微。經聲在深竹,高齋獨掩扉。"

　　⑤"復此滿樽酤"兩句：詩人流露的，是孤身一人身邊無人與歡的寂寞，是一種無可奈何的孤獨。　　樽：盛酒器。李白《前有樽酒行二首》一："春風東來忽相過，金樽淥酒生微波。"泛指杯盞。皎然《湖南草堂讀書招李少府》："藥院常無客，茶樽獨對余。"　　酤：美酒。王僧孺《在王晉安酒席數韻》："何因送款款，伴飲杯中酤？"楊萬里《夜宿房溪飲野人張珦家桂葉鹿蹄酒》："桂葉揉青作麴投，鹿蹄煮酤趁凉篘。"　　嗟：嘆息。《易•離》："日昃之離，不鼓缶而歌，則大耋之嗟。凶。"感嘆。曹丕《短歌行》："嗟我白髮，生一何早！"崔峒《送馮八將軍奏事畢歸滑臺幕府》："自嘆馬卿常帶疾，還嗟李廣不封侯。"　　歡：快樂，喜悦。《書•洛誥》："公功肅將祗歡。"孔穎達疏："公功已進且大矣！天下皆樂公之功，敬而歡樂。"潘岳《笙賦》："樂聲發而盡室歡，悲音奏而列坐泣。"謂使歡樂。韋莊《延興門外作》："馬足倦遊客，鳥聲歡酒家。"

［編年］

　　《年譜》將本詩編年於"庚寅至甲午在江陵府所作其他詩"欄内，理由是："詩云：'江瘴節候暖。'"《編年箋注》編年："此詩作於元和五年（八一〇）至元和九年（八一四）期間，元稹在江陵士曹任。見下《譜》。"《年譜新編》編年本詩於"元和五年至八年江陵作"，理由則是："詩云：'江瘴節候暖，臘初梅已殘。'"

　　我們認爲本詩可以進一步編年，詩中表明詩人對江陵冬天節候之暖感到驚奇不已，說明在北方長大的元稹初到江陵不久，見識的是長安沒有見識過的江陵較爲溫暖的冬天。這個沒有見識過的冬天，應該是元稹到達江陵之後的第一個冬天。而末句所言，又似乎表明當時詩人還是孤身一人，鬱鬱寡歡，亦即元和五年暮冬之前。而元和六年初春，元稹已經續娶安仙嬪爲妾。又據本詩"臘初"，臘是歲末，因臘祭而得名，通指農曆十二月或泛指冬月，常與

“伏”相對。《左傳·僖公五年》：“宮之奇以其族行，曰：‘虞不臘矣！’”杜預注：“臘，歲終祭眾神之名。”元稹《酬復言長慶四年元日郡齋感懷見寄》：“臘盡殘銷春又歸，逢新別故欲沾衣。”據此，本詩應作於元和五年歲末之時。

◎ 送東川馬逢侍御使回十韵①

風水荊門闊，文章蜀地豪②。眼青賓禮重，眉白衆情高③。思湧曾吞筆⁽一⁾，投虛慣用刀④。詞鋒倚天劍，學海駕雲濤⑤。南郡傳紗帳，東方讓錦袍⑥。旋吟新樂府，便續古離騷⑦。雪岸猶封草，春江欲滿槽⑧。餞筵君置醴，隨俗我鋪糟⑨。莫嘆巴三峽，休驚鬢二毛⑩。流年等頭過⁽二⁾，人世各勞勞⑪。

録自《元氏長慶集》卷一一

[校記]

（一）思湧曾吞筆：原本作"思勇曾吞筆"，楊本、叢刊本、《全詩》同，語義不佳，據《英華》改。

（二）流年等頭過：楊本、叢刊本、《全詩》同，錢校、《英華》作"流年等閑過"，《元稹集》、《編年箋注》據此改爲"流年等閑過"。我們以爲本句不誤，更不必改，"等頭"猶"等閑"，輕易之意，元稹同一時期的詩歌中已經一再運用，其《放言五首》二"竹枝待鳳千莖直，柳樹迎風一向斜。總被天公霑雨露，等頭成長盡生涯"就是其中的一個例子。白居易《勸行樂》"少年信美何曾久？春到雖遲不再逢。勸笑勝愁歌勝哭，請君莫道等頭空"是又一個例子，故李調元《方言藻》卷下對此特地説明："等閑與等頭，皆唐人方言，輕易之辭也。"

[箋注]

① 東川:這裏指劍南東川,領梓、遂、綿、劍、普、榮、合、渝、瀘、陵、昌十一州,府治梓州,即今天四川三臺縣。韋應物《送閻寀赴東川辟》:"冰炭俱可懷,孰云熱與寒? 何如結髮友,不得携手歡。"杜甫《冬狩行》:"君不見東川節度兵馬雄,校獵亦似觀成功。夜發猛士三千人,清晨合圍步驟同。"　馬逢:兩《唐書》無傳,《唐才子傳》云:"馬逢,關中人。貞元五年盧頊榜進士,佐鎮戎幕府。嘗從軍出塞得詩名,篇篇警策,有集今傳。"《唐才子傳》過於簡略,在傅璇琮先生主編的《唐才子傳校箋》中,吳汝煜先生有較多補充與考證。馬逢貞元五年與盧頊、楊巨源、裴度、胡証等人同科及第,估計馬逢因楊巨源的關係與元稹相識,貞元二十年時馬逢與元稹有唱和,元稹有《天壇上境》酬和,時馬逢爲盩厔縣尉,後轉咸陽尉,在江陵以侍御使的名義任職,元和六七年間轉任東川節度使府任職。馬逢存詩僅五首,如《部落曲》:"蕃軍傍塞游,代馬噴風秋。老將垂金甲,閼支著錦裘。珮戈蒙豹尾,紅旆插狼頭。日暮天山下,鳴笳漢使愁。"如《從軍》:"漢馬千蹄合一群,單于鼓角隔山聞。沙場風起紅樓下,飛上胡天作陣雲。"確實"警策",與元稹本詩讚譽馬逢詩篇之語相符。元稹《貞元二十年五月十四日夜宿天壇石幢側十五日得盩厔馬逢少府書知予遠上天壇因以長句見贈篇末仍云靈溪試爲訪金丹因於壇上還贈》:"野人性僻窮深僻,芸署官閑不似官。萬里洞中朝玉帝,九光霞外宿天壇。洪漣浩渺東溟曙,白日低回上境寒。因爲南昌檢仙籍,馬君家世奉還丹。"劉禹錫《重送鴻舉師赴江陵謁馬逢侍御》:"西北秋風凋蕙蘭,洞庭波上碧雲寒。茂陵才子江陵住,乞取新詩合掌看。"

② 風水:風和水,風和雨。《宋書·武帝紀》:"公中流蹙之,因風水之勢,賊艦悉泊西岸。"李遠《詠雁》:"關山多雨雪,風水損毛衣。"也指風光,風景。李紳《移九江》:"楚客喜風水,秦人悲異鄉。"　荆門:這裏指荆州。王維《寄荆州張丞相》:"所思竟何在? 悵望深荆門。舉

世無相識,終身思舊恩。"趙殿成注:"荆門:盛宏之《荆州記》:郡西沂江六十里,南岸有山名曰荆門,北岸有山名曰虎牙,二山相對,楚之西塞也。虎牙石壁紅色間有白文,如牙齒狀。荆門上合下開,開達山南,有門形,故因以爲名。然唐人多呼荆州爲荆門,文人稱謂如此,不僅指荆門一山矣!" 闊:或寬度,或長度。戴叔倫《送友人東歸》:"積夢江湖闊,憶家兄弟貧。裴回灞亭上,不語自傷春。"這裏指長度,形容荆門的雄偉氣勢。白居易《寄微之三首》一:"有山萬丈高,有江千里闊。" 文章:文辭或獨立成篇的文字。《史記·儒林列傳序》:"臣謹案詔書律令下者,明天人分際,通古今之義,文章爾雅,訓辭深厚,恩施甚美。"杜甫《偶題》:"文章千古事,得失寸心知。" 蜀地:巴蜀之地,這裏特指東川。貫休《壽春節進》:"聖運關天紀,龍飛古帝基。振搖三蜀地,聳發萬年枝。"吳融《追詠棠梨花十韵》:"蜀地從来勝,棠梨第一花。更應無軟弱,別自有妍華。" 豪:豪放,豪邁。杜甫《壯遊》:"性豪業嗜酒,嫉惡懷剛腸。"陸游《初寒》:"所慚才已盡,孤詠不能豪。"

③ 眼青:猶青眼,謂以正眼相看表示重視。眼睛平視則見黑眼珠,上視則見白眼珠,此謂之"青白眼",語出《世説新語·簡傲》"嵇康與吕安善"劉孝標注引《晉百官名》:"嵇喜字公穆,歷揚州刺史,康兄也。阮籍遭喪,往吊之。籍能爲青白眼,見凡俗之士,以白眼對之。及喜往,籍不哭,見其白眼,喜不懌而退。康聞之,乃齎酒挾琴而造之,遂相與善。"後因以"青白眼"表示對人的尊敬和輕視兩種截然不同的態度。王勃《送白七序》:"同人者,少方見阮籍之眼青;知我者,希不學馮唐之首白。"蘇軾《陳季常見過三首》一:"但得君眼青,不辭奴飯白。" 賓禮:上古朝聘之禮。《周禮·春官·大宗伯》:"以賓禮親邦國:春見曰朝,夏見曰宗,秋見曰覲,冬見曰遇,時見曰會,殷見曰同,時聘曰問,殷眺曰視。"孫詒讓正義:"謂制朝聘之禮,使諸侯親附,王亦使諸侯自相親附也。"古代五禮之一,指接待賓客的禮節。韓奕

《齊天樂・壽内》:"白頭尚舉齊眉案,相敬未忘賓禮。"也謂以上賓之禮相待。《國語・周語》:"賓禮贈餼,視其上而從之。"陸機《辨亡論》:"賓禮名賢,而張昭爲之雄;交御豪俊,而周瑜爲之傑。"引申爲敬重。《漢書・晁錯傳》:"賓禮長老,愛恤少孤。"《晉書・江灌傳》:"頃之,簡文帝又以爲撫軍司馬,甚相賓禮。"　眉白:這裏借馬良的典故稱頌馬逢。《三國志・馬良傳》:"馬良,字季常,襄陽宜城人也。兄弟五人,並有才名,鄉里爲之諺曰:'馬氏五常,白眉最良。'良眉中有白毛,故以稱之。"

④ 吞筆:猶含毫,比喻構思爲文。虞世南《勸學篇》:"余中宵之間,遂夢吞筆。既覺之後,若在胸臆。"元稹《郊天日五色祥雲賦》:"補天者,雖欲抑之而不出;吞筆者,安可寢之而無賦?"　用刀:義近"捉刀",曹操將接見匈奴來使,自以爲形陋不足以雄遠國,使崔季珪代,自己捉刀立床頭。會見完畢,使人問匈奴使:"魏王何如?"使答:"魏王雅量非常,然床頭捉刀人,此乃英雄也。"見《太平御覽》卷四四四引裴啓《語林》、劉義慶《世說新語・容止》,唐代劉知幾辨其非事實。見《史通・暗惑》。後因稱代人作文或頂替人做事爲"捉刀"。徐述夔《八洞天・補南陔》:"弱筆豈堪捉刀,還須先生自作。"俞樾《春在堂隨筆》卷一〇:"〔許三多〕於歸後,爲其婿捉刀,作試帖詩甚工。女子能詩者多,能爲試帖者頗少。"

⑤ 詞鋒倚天劍:詩人借宋玉之言,讚譽馬逢。　詞鋒:犀利的文筆或口才。徐陵《與楊僕射書》:"足下素挺詞鋒,兼長理窟,匡丞相解頤之說,樂令君清耳之談,向所諮疑,誰能曉喻?"李嘉祐《奉酬路五郎中院長新除工部員外見簡》:"詞鋒偏却敵,草奏直論兵。何幸新詩贈,真輸小謝名。"　倚天劍:形容極長的劍,語本宋玉《大言賦》:"方地爲車,圓天爲蓋,長劍耿耿倚天外。"李白《大獵賦》:"於是擢倚天之劍,彎落月之弓。"李白《司馬將軍歌》:"手中電曳倚天劍,直斬長鯨海水開。"　學海:這裏仍然借揚雄之言,讚揚馬逢。揚雄《法言・學

行》：“百川學海而至於海，丘陵學山不至於山，是故惡夫畫也。”言百川流行不息，所以至海；丘陵止而不動，所以不至於山，謂做學問當如河川流向大海，日進不已。北齊邢卲《廣平王碑》：“志猶學海，業比登山。” 雲濤：翻滾如波濤的雲，這裏形容文章的氣勢，讚譽馬逢駕取語言的得心應手。孟浩然《宿天台桐柏觀》：“日夕望三山，雲濤空浩浩。”蘇軾《武昌西山》：“歸來解劍亭前路，蒼崖半入雲濤堆。”

⑥ 南郡：這裏借稱荆州。李吉甫《元和郡縣志·襄州》：“秦兼天下，自漢以北爲南陽郡，今鄧州南陽縣是也。漢以南爲南郡，今荆州是也。”劉長卿《和樊使君登潤州城樓》：“江田漠漠全吳地，野樹蒼蒼故蔣州。王粲尚爲南郡客，別來何處更銷憂？”元積《奉和榮陽公離筵作》：“南郡生徒辭絳帳，東山妓樂擁油旌。” 紗帳：紗製帳幕，張設於殿堂，以隔内外。《後漢書·馬融傳》：“〔馬融〕常坐高堂，施絳紗帳。”《南齊書·高帝紀》：“内殿施黄紗帳，宮人皆著紫皮履。”雍陶《和河南白尹》：“藤架如紗帳，苔墙似錦屏。” 東方讓錦袍：這裏用宋之問奪袍故事。《唐詩紀事·宋之問》：“武后游龍門，命群官賦詩，先成者賜以錦袍。左史東方虬詩成，拜賜。坐未安，之問詩後成，文理兼美，左右莫不稱善，乃就奪錦袍衣之。其詞曰：‘宿雨霽氛埃，流雲度城闕。河堤柳新翠，苑樹花初發……’” 錦袍：即“錦袍仙”，語本《新唐書·李白傳》：“白自知不爲親近所容，益鷔放不自修，與知章、李適之、汝陽王璡、崔宗之、蘇晉、張旭、焦遂爲‘酒八仙人’。懇求還山，帝賜金放還。白浮游四方，嘗乘月……著宮錦袍坐舟中，旁若無人。”姚勉《水調歌頭·壽趙倅》：“長庚入夢，間生採石錦袍仙。”亦省稱“錦袍”。王奕《賀新郎》：“採石書生勛業在，吊錦袍、公子魂何處？”王奕《八聲甘州》：“安得錦袍西下，明月墮江濱！”

⑦ “旋吟新樂府”兩句：詩人是對自己接承楚辭的傳統，重創新題樂府創作的肯定。 旋：漫然，隨意。李白《少年行》：“好鞍好馬乞與人，十千五千旋沽酒。”劉克莊《滿江紅》：“且亂簪破帽，旋呼鳴瑟。”

吟：吟詠，誦讀。《莊子·德充符》："倚樹而吟。"成玄英疏："行則倚樹而吟詠。"韓愈《進學解》："先生口不絕吟於六藝之文，手不停披於百家之編。"指抒寫。劉勰《文心雕龍·明詩》："感物吟志，莫非自然。"

新樂府：一種用新題寫時事的樂府體詩，雖辭爲樂府，已不被聲律。此類新歌，創始于初唐，發展於李白、杜甫，至元稹、白居易更得到發揚光大，集其大成，並確定了新樂府的名稱。白居易《新樂府序》稱其創作宗旨爲規諷時事，"爲君爲臣爲民爲事而作，不爲文而作"，"欲聞之者深誠也"。　　離騷：文體之一種，魏慶之《詩人玉屑·詩體上》："風雅頌既亡，一變而爲離騷，再變而爲西漢五言，三變而爲歌行雜體，四變而爲沈宋律詩。"盧象《追凉歷下古城西北隅此地有清泉喬木》："未能齊得喪，時復誦離騷。閑蔭七賢地，醉餐三士桃。"陶翰《南楚懷古》："往事那堪問，此心徒自勞。獨餘湘水上，千載聞離騷。"

⑧"雪岸猶封草"兩句：兩句描繪了荆州的初春景象：意謂春天已經來臨，雪水融進江水，好像與江岸齊平，但岸邊的殘雪還蓋住已經蘇醒的小草。　　春江：春天的江。張若虛《春江花月夜》："灧灧隨波千萬里，何處春江無月明？"蘇軾《惠崇春江晚景二首》一："竹外桃花三兩枝，春江水暖鴨先知。"　　槽：水道，河床。元稹《酬劉猛見送》："去去我移馬，遲遲君過橋。雲勢正橫壑，江流初滿槽。"楊萬里《過封建寺下連魚灘》："江收衆水赴單槽，石壁當流鬥雪濤。"

⑨餞筵：送別的筵席。姚合《送狄尚書鎮太原》："授鉞儒生貴，傾朝赴餞筵。"白居易《別蘇州》："餞筵猶未收，征棹不可停。稍隔烟樹色，尚聞絲竹聲。"　　置醴：西漢楚元王劉交敬禮申公、白生、穆生等。穆生不嗜酒，每有宴集，楚元王皆特爲穆生置醴，醴，甜酒。後以"置醴"爲崇道尊賢的典實。杜甫《八哀詩·贈太子太師汝陽郡王璡》："晚年務置醴，門引申白賓。"白居易《題周皓大夫新亭子二十二韵一作浩》："置醴寧三爵，加籩過八珍。茶香飄紫笋，膾縷落紅鱗。"

隨俗：順應時尚，猶今之時髦。《史記·李斯列傳》："則是宛珠之簪、傅璣之珥、阿縞之衣、錦繡之飾不進於前，而隨俗雅化佳冶窈窕趙女不立於側也。”司馬貞索隱：“謂閑雅變化而能通俗也。”也指從俗，從眾。王符《潛夫論·交際》：“毀譽必參於效驗，不隨俗而雷同，不逐聲而寄論。”梅堯臣《寄題郢州白雪樓》：“至此和者纔數人，乃知高調難隨俗。” 餔糟：飲酒，吃酒糟。梅堯臣《和劉原甫十二月十日試墨》：“予無奈何亦思飲，飲竭罍甕從餔糟。”又作“餔糟啜醨”，意謂吃酒糟，喝薄酒，謂追求一醉。語本《楚辭·漁父》：“眾人皆醉，何不餔其糟而歠其醨？”呂向云：“餔糟歠醨，微同其事也。餔，食也。歠，飲也。糟、醨，皆酒滓。”洪興祖補注：“醨，薄酒也。”蘇軾《超然臺記》：“餔糟啜醨皆可以醉，果蔬草木皆可以飽。”

⑩ 三峽：重慶、湖北兩省市境內長江上游的瞿塘峽、巫峽和西陵峽的合稱。盧象《峽中作》：“高唐幾百里，樹色接陽臺……雲從三峽起，天向數峰開。”羊士諤《暮秋言懷》“馳暉三峽水，旅夢百勞關。非是淮陽薄，丘中只望還。” 二毛：黑白相間的頭髮，常用以指老年人。潘岳《秋興賦序》：“余春秋三十有二，始見二毛”，後因以“二毛”指三十餘歲。羊士諤《在郡三年今秋見白髮聊以書事》：“二毛非騎省，朝鏡忽秋風。絲縷寒衣上，霜華舊簡中。”元積《酬翰林白學士代書一百韻》：“甯牛終夜永，潘鬢去年衰（予今年始三十二，去歲已生白髮）。”

⑪ 流年：如水般流逝的光陰、年華。沈佺期《覽鏡》：“恍忽夜川裏，蹉跎朝鏡前。紅顏與壯志，太息此流年。”黃滔《寓言》：“流年五十前，朝朝倚少年。流年五十後，日日侵皓首。” 人世：人間，人類社會，人生。陳子昂《同王員外雨後登開元寺南樓因酬暉上人獨坐山亭有贈》：“水月心方寂，雲霞思獨玄。寧知人世裏，疲病得攀緣。”杜甫《奉送二十三舅錄事之攝彬州》：“衰老悲人世，驅馳厭甲兵。” 勞勞：辛勞，忙碌。李賀《題歸夢》：“長安風雨夜，書客夢昌谷……勞勞一寸心，燈花照魚目。”梅堯臣《曉》：“人世紛紛事，勞勞只自爲。”

［編年］

　　《年譜》編年本詩於"庚寅至甲午在江陵府所作其他詩"，没有説明理由。《編年箋注》編年本詩云："此詩作於江陵期間，見下《譜》。"《年譜新編》編年本詩於元和九年末或者十年初"江陵作"，有譜文"本年末或次年初，劍南東川從事馬逢'使回'，元稹以詩送之"説明。

　　我們以爲，本詩確實作於江陵時期，但如果僅僅以作於"庚寅至甲午在江陵府所作其他詩"來敷衍，固然保險更無任何風險，但這樣隨隨便便敷衍讀者，是否是學術研究應有的態度？ 自己的良心何在？ 研究者的責任何在？ 我們認爲應該進一步細化：劉禹錫有《重送鴻舉赴江陵謁馬逢侍御》詩，據《唐才子傳校箋》考證，作於郎州司馬期間，亦即永貞元年至元和九年間，文云："西北秋風雕蕙蘭，洞庭波上碧雲寒。茂陵才子江陵住，乞取新詩合掌看。"裴度有《劉太真神道碑銘并序》文，作於元和八年，文云："其在幕府者……殿中侍御使盧璠、馬逢。"結合元稹本詩對"二毛"的抒情，根據元稹元和五年三十二歲時已經生有白髮的哀嘆，根據本詩"莫嘆巴三峽，休驚鬢二毛"的感嘆，本詩應該是元和六年的詩篇。又根據本詩"雪岸猶封草，春江欲滿槽"的節候描寫，以及元稹元和五年夏季才到達江陵的事實，則馬逢由江陵轉任東川，接着回江陵公幹，隨後回歸東川，與詩題"回"字呼應，本詩應該在元和六年的初春時節。

　　元稹本詩則是在江陵送別馬逢之作。《年譜新編》所言不妥，元和九年元稹已經三十六歲，三十一歲就生有白髮的詩人，經過五年歲月的摧殘，元稹頭上的白髮更多了。而且元和九年秋冬，元稹正活躍在平定淮西叛亂的第一綫，而元和十年的初春，元稹已經跋涉在返回京城的道路上，有《西歸絶句十二首》爲證，怎麽還可能在江陵送別馬逢？

◎ 送嶺南崔侍御(一)①

我是北人長北望，每嗟南雁更南飛②。君今又作嶺南別，南雁北歸君未歸③。洞主參承驚矛角，島夷安集慕霜威④。黃家賊（黃少卿）用鑱（小稍短矛）刀利，白水郎行旱地稀⑤。蜃吐朝光樓隱隱，鰲吹細浪雨霏霏⑥。毒龍蛻骨轟雷鼓，野象埋牙斸石磯⑦。火布垢塵須火浣，木綿溫軟當綿衣⑧。桄榔麵磣（食有沙）檳榔澀，海氣常昏海日微⑨。蛟老變爲妖婦女，舶來多賣假珠璣⑩。此中無限相憂事，請爲殷勤事事依⑪。

錄自《元氏長慶集》卷一七

［校記］

（一）送嶺南崔侍御：本詩存世各本，包括楊本、叢刊本、《全詩》諸本在內，未見異文。

［箋注］

① 嶺南：分嶺南西道桂管經略觀察使府與嶺南東道節度使府，這裏指後者。《舊唐書·地理志》："嶺南東道節度使，治廣州，管廣、韶、循、崗、恩、春、賀、朝、端、藤、康、封、瀧、高、義、新、勤、寶等州。"張說《嶺南送使》："秋雁逢春返，流人何日歸？將余去國淚，灑子入鄉衣。"孫逖《送趙評事攝御史監軍嶺南》："議獄持邦典，臨戎假憲威。風從閶闔去，霜入洞庭飛。" 崔侍御：即元稹《紀懷贈李六戶曹崔二十功曹五十韵》詩題中的"崔二十功曹"，岑仲勉《唐人行第錄》認爲：

“名未詳。”其實是元稹的制科同年崔琯，他們元和元年同登“才識兼茂明於體用科”，元和五年又恰恰在江陵相會。不久，崔琯從江陵轉任嶺南，元稹有多篇詩歌送行。這個“崔侍御”，并非學術界此前誤認爲的崔二十二詔。如《年譜》在“元稹江陵交遊”欄內就指出：“元稹《送崔侍御之嶺南二十韵》自注：‘自江陵士曹拜。’白居易《送客春遊嶺南二十韵》自注：‘并擬微之送崔二十二之作。’對照起來看，元稹所送之江陵士曹參軍崔侍御即崔二十二詔。”顯然，《年譜》在這裏已經分不清崔詔與崔琯的區別，很不應該。“崔二十二”詔，據元稹《元和五年予官不了罰俸西歸三月六日至陝府與吳十一兄端公崔二十二院長思愴曩游因投五十韵》提供的證據，當時在陝府，上年三月六日，元稹曾經與其在那兒相會。兩個“崔”並非一人，據白居易《商山路有感序》，崔二十二詔病故於長慶二年之前，而崔二十琯，據《舊唐書·崔琯傳》，大和、會昌年間還在人間：“（大和）六年十二月出爲江陵尹、御史大夫、荆南節度使。”“會昌中遷銀青光禄大夫，檢校吏部尚書、興元尹，充山南西道節度使。”　侍御：唐代稱殿中侍御史、監察御史爲侍御，後世因沿襲此稱。李白有《贈韋侍御黃裳》詩，王琦注引《因話録》：“御史臺三院，一曰臺院，其僚曰侍御史，衆呼爲端公；二曰殿院，其僚曰殿中侍御史，衆呼爲侍御；三曰察院，其僚曰監察御史，衆呼亦曰侍御。”李頎《送崔侍御赴京》：“緑槐蔭長路，駿馬垂青絲。柱史謁承明，翩翩將有期。”儲光羲《同張侍御宴北樓》：“今之太守古諸侯，出入雙旌垂七旒。朝覽干戈時聽訟，暮延賓客復登樓。”

　　②北人：泛稱北方之人。《顔氏家訓·風操》：“南人賓至不迎，相見捧手而不揖，送客下席而已；北人迎送並至門，相見則揖，皆古之道也。”王安石《紅梅》：“春半花纔發，多應不奈寒。北人初未識，渾作杏花看。”　北望：向北而望，思念家鄉。沈佺期《神龍初廢逐南荒途出郴口北望蘇耽山》：“少曾讀仙史，知有蘇耽君。流望來南國，依然會昔聞。”李頎《送從弟遊江淮兼謁鄱陽劉太守》：“潯陽北望鴻雁回，

溢水東流客心醉。須知聖代舉賢良,不使遺才滯一方。” 雁:候鳥名,雁爲候鳥,每年春分後飛往北方,秋分後飛回南方。《詩·小雅·鴻雁》:“鴻雁於飛,肅肅其羽。”毛傳:“大曰鴻,小曰雁。”韓愈《量移袁州酬張韶州》:“北望詎令隨塞雁,南遷繞免葬江魚。”大雁南飛,節令應該是八月秋分,即八月中旬。

③ “君今又作嶺南別”兩句:本聯第二句有“南雁北歸”之語,考其節令,應該是春分,即二月中旬。 嶺南:地名。宋之問《在荊州重赴嶺南》:“夢澤三秋日,蒼梧一片雲。還將鶵鷺羽,重入鷗鴣群。”張說《嶺南送使》:“秋雁逢春返,流人何日歸? 將余去國泪,灑子入鄉衣。” 南雁:候鳥。儲光羲《山居貽裴十二迪》:“衡陽今萬里,南雁將何歸?”鄭谷《越鳥》:“宿霜南雁不到處,倚櫂北人初聽時。梅雨滿江春草歇,一聲聲在荔枝枝。”

④ 洞主:古代南方少數民族部落首領。《陳書·周迪傳》:“琳至溢城,新吳洞主餘孝頃舉兵應琳。”王建《送流人》:“水國山魈引,蠻鄉洞主留。” 參承:參見侍候。王羲之《明府帖》:“前從洛至此,未及就彼參承,願夫子勿悒悒矣!”《舊唐書·唐彦謙傳》:“時楊守亮鎮興元,素聞其名,彦謙以本府參承。守亮見之,喜握手曰:‘聞尚書名久矣! 邂逅於茲。’” 豸角:獬豸的角,獬豸是古代傳說中神獸,生一角,能別曲直,觸邪佞,常常代喻御史。白居易《和夢遊春詩一百韵》:“鷹韝中病下,豸角當邪觸。糾謬静東周,申冤動南蜀。”黄滔《遇羅員外衮》:“豸角戴時垂素髮,鶏香含處隔青天。” 島夷:古指我國東部近海一帶及海島上的居民。《書·禹貢》:“大陸既作,島夷皮服。”皇甫曾《送徐大夫赴南海》:“海内求民瘼,城隅見島夷。” 安集:安定輯睦。《史記·曹相國世家》:“天下初定,悼惠王富於春秋,參盡召長老諸生,問所以安集百姓。”葉適《舒彦升墓誌銘》:“余偶爲蘄州,被使一路,奉上指盡力安集,歲餘方少定。” 霜威:嚴威。《晉書·索綝傳》:“孤恐霜威一震,玉石俱摧。”李白《至鴨欄驛上白馬磯贈裴侍御》:“情

親不避馬，爲我解霜威。”本詩是指崔琯舊日御史的威嚴。

⑤ 黃家賊：南方少數民族的首領之一，先後叛變與順從李唐，反復無常。《新唐書·南蠻傳》：“貞元十年，黃洞首領黃少卿者，攻邕管，圍經略使。孫公器請發嶺南兵窮討之，德宗不許，命中人招諭，不從，俄陷欽、橫、潯、貴四州，少卿子昌沔趫勇，前後陷十三州，氣益振。乃以唐州刺史陽旻爲容管招討經略使，引師掩賊，一日六七戰，皆破之，侵地悉復。元和初，邕州擒其別帥黃承慶。明年，少卿等歸款，拜歸順州刺史，弟少高爲有州刺史。”此後又叛，但那是本詩賦詠之後，故不涉及。　　白水：水名，源出湖北省棗陽市東大阜山，相傳漢光武帝舊宅在此。《文選·張衡〈東京賦〉》：“乃龍飛白水，鳳翔參墟。”薛綜注：“白水，謂南陽白水縣也，世祖所起之處也。”李白《上雲樂》：“赤眉立盆子，白水興漢光。”王琦注引《後漢書》：“光武舊宅在今隨州棗陽東南，宅旁二里有白水焉！即張衡所謂‘龍飛白水’也。”

⑥ 蜃：大蛤。李時珍《本草綱目·車螯》：“蜃與蛟蜃之蜃，同名異物。《周禮》：鼈人掌互物，春獻鼈蜃，秋獻龜魚，則蜃似爲大蛤之通稱。”《左傳·昭公二十年》：“海之鹽蜃，祈望守之。”杜預注：“蜃，大蛤也。”《太平廣記》卷四六六引《嶺南異物志·陰火》：“海中所生魚蝦，置陰處有光。”蜃亦即“蜃氣”，一種大氣光學現象，光綫經過不同密度的空氣層後發生顯著折射，使遠處景物顯現在半空中或地面上的奇異幻象，常發生在海上或沙漠地區。古人誤以爲蜃吐氣而成，故稱。《史記·天官書》：“海旁蜄氣象樓臺，廣野氣成宮闕然。”蕭綱《吳郡石像碑》：“遙望海中，若二人像。朝視沉浮，疑諸蜃氣。夕復顯晦，乍若潛火。”　　朝光：早晨的陽光。鮑照《代堂上歌行》：“陽春孟春月，朝光散流霞。”杜甫《晦日尋崔戢李封》：“朝光入甕牖，尸寝驚弊裘。”　　隱隱：隱約不分明貌。鮑照《還都道中三首》二：“隱隱日沒岫，瑟瑟風發谷。”歐陽修《蝶戀花》：“隱隱歌聲歸棹遠，離愁引著江南岸。”　　鰲：傳說中海中能負山的大鰲或大龜。《楚辭·天問》：“鰲戴山抃，何以安

之?"王逸注:"《列仙傳》曰:有巨靈之鼇,背負蓬萊之山而抃舞。"洪興祖補注:"《玄中記》云:即巨龜也,一云海中大鼈。"李白《猛虎行》:"巨鼇未斬海水動,魚龍奔走安得寧?" 細浪:微小的波紋。杜甫《城西陂泛舟》:"魚吹細浪搖歌扇,燕蹴飛花落舞筵。"白居易《秋日與張賓客舒著作同遊龍門醉中狂歌凡二百三十八字》:"秋天高高秋光清,秋風裏裏秋蟲鳴。嵩峰餘霞錦綺卷,伊水細浪鱗甲生。" 霏霏:雨雪盛貌。《詩·小雅·采薇》:"今我來思,雨雪霏霏。"范仲淹《岳陽樓記》:"若夫淫雨霏霏,連月不開。"

⑦ 毒龍:凶惡的龍。楊衒之《洛陽伽藍記·聞義里》:"〔復西行〕三日至不可依山,其處甚寒,冬夏積雪,山中有池,毒龍居之。"《新五代史·唐莊宗神閔敬皇后劉氏傳》:"吾有毒龍五百,當遣一龍揭片石,常山之人,皆魚鼈也。" 蛻骨:脫骨。《初學記》卷三〇引曹植《神龜賦》:"蛇折鱗於平皋,龍蛻骨於深谷。"李紳《靈蛇見少林寺》:"已應蛻骨風雷後,豈效銜珠草莽間?" 轟:衝擊,轟擊。元稹《放言五首》三:"霆轟電烻數聲頻,不奈狂夫不藉身。"劉禹錫《踏潮歌》:"屯門積日無迴飈,滄波不歸成踏潮。轟如鞭石矻且搖,亘空欲駕黿鼉橋。"雷鼓:大鼓,以聲大如雷,故稱。《荀子·解蔽》:"心不使焉!則白黑在前而目不見,雷鼓在側而耳不聞。"楊倞注:"雷鼓,大鼓,聲如雷者。"劉義慶《世說新語·言語》:"若不一叩洪鐘,伐雷鼓,則不識其音響也。" 野象:自然界沒有經過馴化的象。顏真卿《撫州臨川縣井山華姑仙壇碑銘》:"有野象爲獵人所射,來姑前姑爲拔箭。其後每至齋時,即銜蓮藕以獻姑。"周必大《武泰軍節度使贈太尉鄭公興裔神道碑》:"漳州野象害稼,民設機穽而獲,州縣追取其齒,無敢捕者,悉條奏罷。" 埋牙:野象的一種天生本能,將斷牙埋藏。湛若水《交南賦》:"鼇足立極,孰睹裁之?象能埋牙,誰親掘之?"周瑛《臨江仙》:"滇海雲深逢老象,時於沙底埋牙。知君歸興入春賖,鳳山烟雨裏,數盡舊時花。" 斸:掘。賈思勰《齊民要術·種竹》:"正月二月中,斸取

西南引根並莖，芟去葉，於園內東北角種之。”張碧《農父》：“運鋤耕斸侵星起，隴畝豐盈滿家喜。”　石磯：水邊突出的巨大巖石。張旭《桃花溪》：“隱隱飛橋隔野烟，石磯西畔問漁船。”韓愈《送區册序》：“與之翳嘉林，坐石磯，投竿而漁，陶然以樂，若能遺外聲利而不厭乎貧賤也。”

⑧　火布垢塵須火浣：火布指火浣布。《宋書·夷蠻傳論》：“通犀、翠羽之珍，蛇珠、火布之異。”《顏氏家訓·歸心》：“漢武不信弦膠，魏文不信火布。”火浣布即石棉布。《列子·湯問》：“火浣之布，浣之必投於火。”《後漢書·大秦國傳》：“作黃金塗、火浣布……凡外國諸珍異皆出焉！”蔡絛《鐵圍山叢談》卷五：“及哲宗朝，始得火浣布七寸……大抵若今之木棉布。色微青黯，投之火中則潔白，非鼠毛也。”木綿：亦作“木棉”，落葉喬木，先葉開花，大而紅，結卵圓形蒴果，種子的表皮有白色纖維，質柔軟，又名攀枝花、英雄樹。《太平御覽》卷九六〇引郭義恭《廣志》：“木緜樹赤華，爲房甚繁，偪則相比，爲緜甚軟，出交州永昌。”章碣《送謝進士還閩》：“却擁木綿吟麗句，便攀龍眼醉香醪。”　綿衣：亦作“緜衣”，內裝絲綿的衣服。王建《秋夜》：“夜久葉露滴，秋蟲入户飛。臥多骨髓冷，起覆舊綿衣。”宋代無名氏《釋常談·挾纊》：“著緜衣，謂之挾纊。”

⑨　桄榔：亦作“桄桹”，木名，俗稱砂糖椰子、糖樹，常緑喬木，羽狀複葉，小葉狹而長，肉穗花序的汁可製糖，莖中的髓可製澱粉，葉柄基部的棕毛可編繩或製刷子。《後漢書·夜郎傳》：“句町縣有桄桹木，可以爲麵，百姓資之。”《文選·左思〈蜀都賦〉》：“布有橦華，麵有桄榔。”劉逵注引張揖曰：“桄榔，樹名也，木中有屑如麵，可食，出興古。”　檳榔：木名，棕櫚科常緑喬木，產於熱帶，羽狀複葉。嵇含《南方草木狀·檳榔》：“檳榔樹，高十餘丈，皮似青桐，節如桂竹……實大如桃李。”《南史·劉穆之傳》：“〔穆之〕食畢求檳榔。江氏兄弟戲之曰：‘檳榔消食，君乃常飢，何忽須此？’”　海氣：海面上或江面上的霧

氣。《漢書‧武帝紀》："朕巡荊揚，輯江淮物，會大海氣，以合泰山。"張子容《永嘉即事寄贛縣袁少府瓘》："海氣朝成雨，江天晚作霞。"海日：海上的太陽。王灣《次北固山下》："海日生殘夜，江春入舊年。鄉書何處達？歸雁洛陽邊。"李白《夢遊天姥吟留別》："腳著謝公屐，身登青雲梯。半壁見海日，空中聞天雞。"

⑩ 蛟老：義近"蛟人"，傳說居於海底的人。木華《海賦》："其垠則有天琛水怪，蛟人之室。"任昉《述異記》卷上："蛟人，即泉先也，又名泉客。" 妖婦：妖綃艷麗的女子。《晉書‧景帝紀》："又於廣望觀下作遼東妖婦，道路行人莫不掩目。"白居易《紫藤》："又如妖婦人，綢繆蠱其夫。奇邪壞人室，夫惑不能除。" 舶來：指外洋船舶載貨前來。劉禹錫《南海馬大夫遠示著述兼酬拙詩輒著微誠再有長句時蔡戎未弭故見於篇末》："連天浪靜長鯨息，映日帆多寶舶來。聞道楚氛猶未滅，終須旌斾掃雲雷。"《舊唐書‧李勉傳》："前後西域舶泛海至者歲纔四五，勉性廉潔，舶來都不檢閱。" 珠璣：珠寶，珠玉。《墨子‧節葬》："諸侯死者，虛車府，然後金玉珠璣比乎身。"《文選‧揚雄〈長楊賦〉》："後宮賤瑇瑁而疏珠璣。"李善注："字書曰'……璣，小珠也。'"

⑪ 無限：沒有窮盡，謂程度極深，範圍極廣。元稹《酬段丞與諸棋流會宿見贈》："此中無限興，唯怕俗人知。"謝逸《柳梢青‧離別》："無限離情，無窮江水，無邊山色。" 相憂：打擾。白居易《病中五絕句》五："交親不要苦相憂，亦擬時時强出遊。但有心情何用腳？陸乘肩轝水乘舟。"李頻《喜友人屬圖南及第》："相憂過已切，相賀似身榮。心達無前後，神交共死生。" 殷勤：情意深厚。李頎《送劉方平》："別離斗酒心相許，落日青郊半微雨。請君騎馬望西陵，爲我殷勤弔魏武。"孟浩然《送張子容進士赴舉》："夕曛山照滅，送客出柴門。惆悵野中別，殷勤岐路言。" 事事：猶件件，樣樣。崔顥《入若耶溪》："巖中響自答，溪裏言彌靜。事事令人幽，停橈向餘景。"李白《春歸終南

山松龕舊隱》:"我來南山陽,事事不異昔。却尋溪中水,還望巘下石。"

[編年]

《年譜》編年本詩於"庚寅至甲午在江陵府所作其他詩"欄内,理由是:"詩云:'我是北人長北望。'"《編年箋注》編年:"元稹此詩作於江陵時期,詳卜《譜》。"《年譜新編》編年本詩於"庚寅至甲午在江陵府所作其他詩"欄内,理由是:"《唐會要》卷八七'轉運鹽鐵總叙'云:'(元和八年)以崔倰爲揚子留後、淮嶺以來兩税使,崔杭爲江陵留後、荆南以來兩税使。'五代有崔杭,與此非一人。"

元稹一生在南地任職絶非僅僅祇是江陵一地,還有浙東、武昌、通州三地,《年譜》與《編年箋注》如何可以祇憑"我是北人長北望"一句,就斷言本詩作於江陵時期? 我們也實在搞不清楚《年譜新編》所列資料與本詩編年"庚寅至甲午在江陵府所作其他詩"欄内又有什麼關係? 而且這條引文明顯有誤,應該是"(元和)八年,以崔倰爲揚子留後、淮嶺以東兩税使,崔祝爲江陵留後、荆南以東兩税使。"人名、官職均有誤。元稹有《有唐贈太子少保崔公墓誌銘》,對崔倰生平的記載甚爲詳盡,其中所述江陵前後崔倰的歷職爲:"轉膳部員外郎、轉運使官,會朝廷始置兩税使,俾之聽郡縣,授公檢校膳部郎中襄州湖鄂之税皆蒞焉! 且主轉運留務於江陵……歲餘計奏,憲宗皇帝深嘉之,面命金紫,加檢校職方郎中。移治留務於揚子,仍兼淮浙宣建等兩税使。"官職無"侍御史",任職地無"嶺南",不知《年譜新編》又如何將本詩中的"崔侍御"與崔倰扯上關係?

而要準確編年本詩,首先必須搞清"崔侍御"到底是誰? 元稹《紀懷贈李六户曹崔二十功曹五十韻》中有句云:"甲科崔並鷟,柱史李齊昇。"已經把詩題中的"李六户曹"與"崔二十功曹"揭示。抛開李六景儉不説,這位"崔二十功曹"應該是元稹的"甲科同年",亦即元和元年的"才識兼茂明於體用科"亦即制科的同年。據《舊唐書·元稹傳》記載:"二十八應制舉才識兼茂明於體用科,登第者十八人,稹爲第一。"徐松《登科記考》元和元年制科及第名單中正有"崔琯",並指出《册府元龜》作"崔詔"、《唐會要》作"崔綰""皆誤。據《唐大詔令集·放制舉人敕》以及《册府元龜》中均有"崔詔"在列,"崔詔"應該是"崔詔"之誤,崔詔應該是登第十八人之一。但點閲《唐大詔令集·放制舉人敕》的名單,人數僅僅祇有十六人,與《舊唐書·元稹傳》所云"登第者十八人"的人數明顯不符,同時也與元稹《紀懷贈李六户曹崔二十功曹五十韵》詩中所云"甲科崔並鷲"不合,因此我們以爲"崔琯"、"蕭睦"正是《唐大詔令集·放制舉人敕》誤漏的第"十八人",崔詔、崔琯都應該是元稹的制科同年。而《舊唐書·崔琯傳》:"(崔)頲有子八人,皆至達官,時人比漢之荀氏,號曰'八龍'。長曰琯,貞元十八年進士擢第,又制策登科,釋褐諸侯府。""(大和)六年十二月出爲江陵尹、御史大夫、荊南節度使。""會昌中遷銀青光禄大夫,檢校吏部尚書、興元尹,充山南西道節度使。"而"崔琯"亦有《舊唐書·崔琯傳》爲證,崔琯毫無疑問應該是元和元年制科登第的十八人之一。而崔詔雖然也是元稹的制科同年,但元和五年的三月六日,元稹與吳士矩、崔詔相會於陝州,時間僅僅過去了數月,崔詔又如何能够突然離開任職"院長"的陝州,出現在千里之外的江陵,成爲"功曹參軍",與李景儉、元稹成爲同僚? 而《舊唐書·崔琯傳》中所謂"崔琯"的"制策登科",應該就是元和元年的"才識兼茂明於體用科"登第,所云的"釋褐諸侯府",正是指崔琯來到江陵府任職功曹參軍之職,不久前往嶺南任職。此人是崔琯,此事與崔詔無關。

要證實"崔侍御"就是崔二十崔琯,還必須掃清另外一個障礙:白居易《送客春遊嶺南二十韵(因叙嶺南方物以論之,并擬微之送崔二十二之作)》所説的"擬微之送崔二十二之作",就是元稹的另一篇《送崔侍御之嶺南二十韵》,如果確實是"崔二十二"崔詔,那末我們前面論證"崔侍御"就是"崔二十功曹"崔琯的結論豈非無法成立？而事實是：白居易原唱詩題題注中的"崔二十二"版本有誤，應該是"崔二十"，亦即崔琯。此點朱金城《白居易集校箋·送客春遊嶺南二十韵》已經作了校箋："宋本'崔二十二'作'崔二十一'。城按：崔詔是時方爲果州刺史，安能遠遊嶺南？見白氏《東南行一百韵》詩箋。元稹貶江陵時又作有《送嶺南崔侍御》、《送崔侍御之嶺南二十韵》（自注云：'自江陵士曹拜。'《紀懷贈李六户曹崔二十功曹五十韵》等詩，疑'崔二十功曹'，乃元和元年與元稹同登才識兼茂明於體用科之崔琯，則'崔二十二'、'崔二十一'俱爲'崔二十'之訛文。何校'二十二'作'二十三'，疑亦非是。）"白居易原唱《送客春遊嶺南二十韵（因叙嶺南方物以論之，并擬微之送崔二十二之作）》僅僅是仿照元稹《送崔侍御之嶺南二十韵》詩中提及的嶺南物候，給自己的客人提個醒而已。白居易詩題中的"客"，並非是元稹《送嶺南崔侍御》、《送崔侍御之嶺南二十韵》兩詩中的"崔侍御"，如果是"崔侍御"，無論是白居易還是元稹，都不會以"客"稱呼自己的制科同年。

　　前面我們已經說過，元稹有《紀懷贈李六户曹崔二十功曹五十韵》，賦詠於元和五年夏秋之時，説明其時崔琯還在荆南節度使府功曹參軍任上。其後，在户曹參軍頻頻與士曹參軍元稹相聚的時候，這位"崔二十功曹"崔琯似乎在元稹的詩篇中消失了，原因無他，就是這位"崔二十功曹"崔琯已經卸任，拜受新職"嶺南侍御"，出現在元稹詩篇中的，也就變成了"崔侍御"。本詩開頭云："君今又作嶺南別，南雁北歸君未歸。"爲我們揭示了"崔侍御"卸任荆南節度使府"功曹參軍"之舊任，前往嶺南拜受"侍御"新職具體時間，也就是本詩賦詠的具體時間是"南雁北歸"之時，節令應該是春分之時。合前後材料推之，崔琯離開江陵應該在元和六年的二月中旬春分之時。

◎ 送崔侍御之嶺南二十韻(并序)(一)①

古朋友別,皆贈以言②。況南方物候飲食,與北土異。其甚者,夷民喜聚蠱。秘方云:以含銀變黑爲驗(二),攻之重雄黄③。海物多肥腥,啖之好嘔泄,驗方云:備之在鹹食④。嶺外饒野菌,視之蟲蠹者無毒⑤。羅浮生異果,察其鳥啄者可餐⑥。大抵珠璣瑇瑁之所聚,貴潔廉;湮鬱暑濕之所蒸,避溢欲⑦。其餘道途所慎、離愴之懷,盡之二百言矣!叙不復云⑧。

漢法戎施幕,秦官郡置監⑨。蕭何歸舊印(三),鮑永授新銜⑩。幣聘雖盈篋,泥章未破緘⑪。蛛懸絲繚繞,鵲報語詀諵⑫。再礪神羊角,重開憲簡函(崔君前任已爲御史)⑬。鞏纓驄赳赳,綬珮繡毿毿⑭。逸翮憐鴻翥,離心覺刃劖⑮。聯游虧片玉,洞照失明鑒⑯。遙想車登嶺,那無淚滿衫⑰!茅蒸連蟒氣,衣漬度梅黬(痕也,聚氣也)(四)⑱。象鬥緣溪竹,猿鳴帶雨杉(五)⑲。颮風狂浩浩,韶石峻嶄嶄⑳。宿浦宜深泊,祈瀧在至誠㉑。瘴江乘早度(六),毒草莫親芟㉒。試蠱看銀黑,排腥貴食鹹㉓。菌須蟲已蠹,菜重鳥先鵮(鳥啄也)㉔。冰瑩懷貪水,霜清顧痛巖(七)㉕。珠璣當盡擲,薏苡詎能讒㉖?荊俗欺王粲(八),吾生問季咸㉗。遠書多不達,勤爲枉緘緘㉘。

[校記]

(一)送崔侍御之嶺南二十韻(并序):楊本、《全詩》同,叢刊本作"送侍御之嶺南二十韻(并序)",《英華》作"送崔侍御之嶺南二十韻",

後面無序文,録以備考。

　（二）以含銀變黑爲驗:原本作"以含金變黑爲驗",與本詩"試盡看銀黑"不符,據楊本、《全詩》改,叢刊本作"以含銀變黑爲驗",僅録以備考。

　（三）蕭何歸舊印:楊本、《全詩》其後有注文"自江陵士曹拜",叢刊本其後注文"自江陵工曹拜",《英華》作"自江陵曹拜",元稹《酬李甫見贈十首各酬本意次用舊韵》一:"親情書札相安慰,多道蕭何作判司。"注文表述與"多道蕭何作判司"、"蕭何歸舊印"不符,不改。

　（四）衣漬度梅膩(痕也,聚氣也):楊本、叢刊本、《英華》、《全詩》無注文。

　（五）猿鳴帶雨杉:楊本、叢刊本、《全詩》同,《英華》、《全詩》注作"猿啼帶雨杉",語義相類,不改。

　（六）瘴江乘早度:楊本、叢刊本、《全詩》同,《英華》、《全詩》注作"瘴江期早度",語義相類,不改。

　（七）霜清顧痛巖:楊本、叢刊本、《全詩》同,《英華》、《全詩》注作"霜清頭痛巖",語義不同,不改。

　（八）荆俗欺王粲:楊本、叢刊本、《全詩》同,《英華》作"荆俗期王粲",語義不同,後者與元稹當時的處境不符,不改。

［箋注］

　① 崔侍御之嶺南:元稹另有《送嶺南崔侍御》詩,這兩處"崔侍御",其實就是一個人,亦即元稹的制科同年崔二十琯。當時崔琯在江陵任職功曹參軍,與士曹參軍元稹、户曹參軍李景儉是同僚。所謂"嶺南崔侍御",就是崔琯即將在嶺南節度使府擔任的新職。白居易元和十三年有《送客春遊嶺南二十韵(因叙嶺南方物以諭之,并擬微之送崔二十二之作)》,元稹又有《和樂天送客遊嶺南二十韵》詩,我們順便在這裏提及,詳情將在元稹編年《和樂天送客遊嶺南二十韵》詩

時述及。《年譜》在"元稹江陵交遊"欄內指出："元稹《送崔侍御之嶺南二十韻》自注：'自江陵士曹拜。'白居易《送客春遊嶺南二十韻》自注：'并擬微之送崔二十二之作。'對照起來看，元稹所送之江陵士曹參軍崔侍御即崔二十二詔。"顯然，《年譜》在這裏是自己也搞糊塗了，分不清崔詔與崔琯的區別。其實，白居易詩篇的題注"崔二十二"有誤，應該是"崔二十"，辨正已見上篇。

② 朋友：同學，志同道合的人，後泛指交誼深厚的人。《易·兌》："君子以朋友講習。"孔穎達疏："同門曰朋，同志曰友。朋友聚居，講習道義。"《後漢書·馬援傳》："春卿事季孟，外有君臣之義，內有朋友之道。" 贈言：用良言相勉勵，多用於臨別之時。語本《荀子·非相》："故贈人以言，重於金石珠玉。"駱賓王《夏日游德州贈高四》："贈言雖欲盡，機心庶應絕。"沈佺期《送陸侍御餘慶北使》："古人貴將命，之子出轅軒。受委當不辱，隨時敢贈言。"

③ 物候：動植物隨季節氣候變化而變化的週期現象，泛指時令。《初學記》卷三引蕭綱《晚春賦》："嗟時序之迴斡，嘆物候之推移。"元稹《玉泉道中作》："楚俗物候晚，孟冬纔有霜。" 北土：泛指北部地方。應瑒《侍五官中郎將建章臺集詩》："往春翔北土，今冬客南淮。"李公佐《南柯太守傳》："親家翁職守北土，信問不絕。卿但具書狀知聞，未用便去。" 夷：我國古代中原地區華夏族對東部各族的總稱，亦泛稱中原以外的各族。《禮記·王制》："東方曰夷。"《孟子·梁惠王》："蒞中國而撫四夷也。" 蠱：傳說一種人工培育的毒蟲。《文選·鮑照〈苦熱行〉》："含沙射流影，吹蠱痛行暉。"李善注引顧野王《輿地志》："江南數郡有畜蠱者，主人行之以殺人，行食飲中，人不覺也。其家絕滅者，則飛遊妄走，中之則斃。"《通志·六書》："造蠱之法，以百蟲置皿中，俾相啖食，其存者爲蠱，故從蟲皿也。" 秘方：奇秘或巧妙的方法。玄奘《大唐西域記·馱那羯磔迦國》："神乃授秘方而謂之曰：'此巖石內有阿素洛宮，如法行諸，石壁當開。'"陸游《食

薺》：“采擷無闕日，烹飪有秘方。”古稱“禁方”，指秘傳而不公開的藥方。梅堯臣《和韓五持國乞分道損山藥》：“人事固已然，秘方看繫肘。”蘇軾《答富道人》：“承錄示秘方及寄遺藥，具感厚意。” 含銀變黑：銀質的用具，如果遇到毒物，則引起化學反應，銀質用具變成黑色。暫無其他書證。 雄黄：礦物名，也稱雞冠石，橘黄色，有光澤，可製造烟火、染料等，中醫用作解毒殺蟲藥。葛洪《抱朴子·登涉》：“昔圓丘多大蛇，又生好藥。黄帝將登焉！廣成子教之佩雄黄，而衆蛇皆去。”韓愈《故幽州節度判官贈給事中清河張君墓誌銘》：“醫餌之藥，其物多空青、雄黄，諸奇怪物，劑錢至十數萬。”

④ 海物：指海魚等海產物品。《書·禹貢》：“厥貢鹽絺，海物惟錯。”孫星衍注引鄭玄曰：“海物，海魚也。”陸機《齊謳行》：“海物錯萬類，陸產尚千古。” 肥腥：肥膩腥氣。楊士瀛《吐瀉方論》：“胃傷暑毒，露卧卑濕，當風取涼，風冷邪氣入於腸胃，加以嗜好肥腥，飲啖生冷，居處不節，激而發焉！”周王朱橚《嬰孩癖積脹滿門》：“小兒結癥成塊者，爲不慎滋味，嘗喫滑膩肥腥膻，瓜菓冒口不和，結實難化癥痞於胸膈之間。” 啖：吃。《墨子·魯問》：“楚之南有啖人之國者。”蘇軾《惠州一絶》：“日啖荔枝三百顆，不妨長作嶺南人。” 嘔泄：吐瀉。《素問·六元正紀大論》：“厥陰所至，爲脅痛嘔泄。”杜甫《北征》：“老夫情懷惡，數日嘔泄卧。” 鹹：像鹽那樣的味道。《書·洪範》：“土爰稼穡，潤下作鹹。”白居易《奉和汴州令狐相公二十二韵》：“陸珍熊掌爛，海味蟹螯鹹。”

⑤ 嶺外：指五嶺以南地區。《後漢書·順帝紀》：“九真太守祝良、交阯刺史張喬慰誘日南叛蠻，降之，嶺外平。”高適《送柴司户之嶺外》：“嶺外資雄鎮，朝端寵節旄。” 野菌：野外自然生長的菌類植物。鄭巢《題崔行先石室别墅》：“桂陰生野菌，石縫結寒澌。更喜連幽洞，唯君與我知。”孫應時《秋雨旬日偶成》：“積雨斷行迹，滿門秋草深。老禾眠水底，野菌出墻陰。” 蠹：蛀蝕。《公羊傳·宣公十二年》：“古

者杅不穿,皮不蠹,則不出於四方。《莊子·人間世》:"散木也……以爲門户則液橫,以爲柱則蠹。"

⑥ 羅浮:山名,在廣東省東江北岸,風景優美,爲粤中遊覽勝地。晉代葛洪曾在此山修道,道教稱爲"第七洞天"。相傳隋代趙師雄在此夢遇梅花仙女,後多爲詠梅典實。徐陵《奉和山地》:"羅浮無定所,鬱島屢遷移。"劉恂《嶺表録異》卷中:"南海以竹爲甑者,類見之矣!皆羅浮之竹也。" 異果:不同平常的水果。白居易《宿張雲舉院》:"美醖香醪嫩,時新異果鮮。夜深唯畏曉,坐穩不思眠。"李頻《留題姚氏山齋》:"異果因僧摘,幽窗爲燕開。春遊何處盡?欲别幾遲回。"啄:鳥用嘴取食。《詩·小雅·小宛》:"交交桑扈,率場啄粟。"韓愈《送浮屠文暢師序》:"夫鳥,俛而啄,仰而四顧。"

⑦ 珠璣:珠寶,珠玉。杜牧《題新定八松院小石》:"雨滴珠璣碎,苔生紫翠重。"許渾《酬副使鄭端公見寄》:"笙磬有文終易别,珠璣無價竟難酬。" 瑇瑁:亦作"玳瑁",爬行動物,形似龜。甲殻黄褐色,有黑斑和光澤,可做裝飾品。李時珍《本草綱目·玳瑁》〔集解〕引范成大《虞衡志》:"玳瑁生海洋深處,狀如龜黿,而殻稍長,背有甲十二片,黑白斑文,相錯而成。"司馬相如《子虚賦》:"其中則有神龜蛟鼉,瑇瑁鱉黿。"李白《去婦詞》:"常嫌玳瑁孤,猶羨鴛鴦偶。"這裏指玳瑁的甲殻,亦指用其甲殻製成的裝飾品。鮑照《擬行路難十八首》一:"奉君金巵之美酒,瑇瑁玉匣之雕琴。"施肩吾《代征婦怨》:"畫裙多泪鴛鴦濕,雲鬢慵梳玳瑁垂。" 潔廉:清白廉潔。《莊子·徐無鬼》:"其爲人,潔廉善士也。"元稹《唐故中大夫尚書刑部侍郎上柱國隴西縣開國男贈工部尚書李公墓誌銘》:"性潔廉,而遏貪有才者皆進之。" 湮鬱:謂心情抑鬱不暢快。孫樵《序陳生舉進士》:"久憤湮鬱,一旦决發,若風波之得宣泄。"陳鑒之《暮登蓬萊閣》:"危欄散湮鬱,已暮亦登臨。" 暑濕:亦作"暑溼",炎熱潮濕。《史記·大宛列傳》:"条支在安息西數千里,臨西海,暑濕。"韓愈《唐故江西觀察使韋公墓誌銘》:"爲

瓦屋萬三千七百,爲重屋四千七百,民無火憂,暑濕則乘其高。”　溢:滿,充塞。《荀子·王制》:“筐篋已富,府庫已實,而百姓貧,夫是之謂上溢而下漏。”鮑照《秋夕》:“幽闈溢凉吹,閑庭滿清暉。”　欲:欲望,嗜欲。《舊唐書·陸贄傳》:“其要在於失人肆欲則必蹶,任人從衆則必全,此乃古今所同,而物理之所壹也。”蘇軾《諫買浙燈狀》:“窮天下之嗜欲,不足以易其樂。”

⑧ 道途:道路,路途。《荀子·成相》:“正直惡,心無虔,邪枉辟回失道途。”裴鉶《传奇·许栖巖》:“有蕃人牽一馬,瘦削而價不高,因市之而歸。以其將遠涉道途,日加芻秣,而肌膚益削。”　離愴:因別離而悲傷。道潛《寄張明甫朝奉》:“揭來石頭城,邂逅慰離愴。携手雨花臺,俛仰得超放。”亦即“愴離”,李白《秋浦寄内》:“雖不同辛苦,愴離各自居。”

⑨ 漢法:漢代的法律制度。《史記·田叔列傳》:“今梁王不伏誅,是漢法不行也。”《新唐書·張九齡傳》:“九齡曰:‘漢法非有功不封,唐遵漢法,太宗之制也。’”　幕:“幕府”的簡稱,古代將帥的府署。《晉書·劉琨祖逖傳論》:“劉琨弱齡,本無異操,飛纓賈謐之館,借箸馬倫之幕。”白居易《寄王質夫》:“我守巴南城,君佐征西幕。”這裏指“崔侍御”崔琯到嶺南節度使府,充任幕僚之職。　秦官:秦代官制,設御史大夫,職副丞相,位甚尊,並以御史監郡,遂有糾察彈劾之權,蓋因近臣使作耳目。王維《酬比部楊員外暮宿琴臺朝躋書閣率爾見贈之作》:“舊簡拂塵看,鳴琴候月彈。桃源迷漢姓,松樹有秦官。”嚴維《酬王侍御西陵渡見寄》:“前年萬里別,昨日一封書。郢曲西陵渡,秦官使者車。”　監:古代官名,多指主管監察的官員。《史記·五帝本紀》:“〔黃帝〕置左右大監。”《新唐書·后妃傳·則天武皇后》:“置控鶴府,有監有丞及主簿、録事等,監三品。”這裏指“崔御史”。崔琯名義上是代皇帝監視地方官員,實質上祇是一個普通的幕僚,並無“御史監郡”的職能。

⑩ "蕭何歸舊印"兩句:意謂元稹自己被罷免了監察御史的職務,來到江陵任職,而"崔御史"崔琯卻前往嶺南再次擔任"御史"之新職。　蕭何:西漢著名的丞相,後來喻指有才幹的官員,這裏借喻元稹自己。劉長卿《送李使君貶連州》:"賈誼辭明主,蕭何識故侯。漢廷當自召,湘水但空流。"元稹《酬李甫見贈十首各酬本意次用舊韵》一:"親情書札相安慰,多道蕭何作判司。"　鮑永:漢代名臣,這裏以其曾任"郡功曹",類比時爲荆南節度使府功曹參軍的崔琯。《後漢書·鮑永傳》:"鮑永,字君長,上黨屯留人也……初爲郡功曹……帝嘉其略封爲關内侯遷揚州牧……建武十一年徵爲司隸校尉……詔書迎拜爲兖州牧。"《編年箋注》注云:"元稹以蕭何、鮑永比崔詔,期許甚高。"這裏《編年箋注》至少犯了兩個錯誤:一、本詩的"崔侍御"是崔二十琯,並非崔二十二詔;此時的崔二十二詔,還在陝府爲"院長",元稹《元和五年予官不了罰俸西歸三月六日至陝府與吳十一兄端公崔二十二院長思愴曩游因投五十韵》就是最清楚不過的明證。二、本詩的"蕭何"是詩人自比,元稹《酬李甫見贈十首各酬本意次用舊韵》一"親情書札相安慰,多道蕭何作判司"就是最有力的證據;"鮑永"才是他擬比的崔二十琯。

⑪ 幣聘:聘請賢人用的禮物。彭汝礪《和千乘先生詩》:"天下久思安石起,時人争笑孟軻迂。何時幣聘來莘畝,佇聽嘉言上禁途?"王之道《論收復當自陝西始奏議》:"國家以生靈爲念,固應許其自新,有如三事所宜審處:一正名分,二減幣聘,三畫疆界。"　篋:小箱子,藏物之具。大曰箱,小曰篋。《左傳·昭公十三年》:"衛人使屠伯饋叔向羹與一篋錦。"《史記·樗里子甘茂列傳》:"樂羊返而論功,文侯示之謗書一篋。"　泥章:封泥上所蓋的印章,義同"泥封",古人封緘書函多用封泥封住繩端打結處,蓋上印章稱"泥封"。又書簡用青泥,詔書用紫泥,登封玉檢用金泥。《東觀漢記·鄧訓傳》:"又知訓好以青泥封書,從黎陽步推鹿車於洛陽市藥……並載青泥一襆,至上谷遺

訓。"羅隱《秋曉寄友人》:"手中綵筆誇題鳳,天上泥封獎狎鷗。" 緘:書函。韋應物《答崔都水》:"常緘素札去,適杆華章還。"白居易《初與元九別後忽夢見之》:"開緘見手札,一紙十三行。"

⑫ 蛛:蜘蛛,節肢動物。尾部分泌黏液,凝成細絲,織成網,用來捕食昆蟲。臺城妓《詩》:"網斷蛛猶織,梁春燕不歸。那堪回首處,江步野棠飛?"孫覿《次韵王子欽》:"蟻穿萬孔萃,蛛挂千絲擾。" 繚繞:纏繞。李白《黃葛篇》:"黃葛生洛溪,黃花自綿冪。青烟蔓長條,繚繞幾百尺。"李邕《詠雲》:"綵雲驚歲晚,繚繞孤山頭。散作五般色,凝爲一段愁。" 鵲報:鵲的鳴叫聲,民俗以爲喜兆,謂靈鵲報喜。白居易《秦中吟十首·五絃》:"又如鵲報喜,轉作猿啼苦。十指無定音,顛倒宮徵羽。"晁采《寄文茂》:"並蒂已看靈鵲報,倩郎早覓買花船。" 詁諵:低聲碎語。元稹《臺中鞫獄憶開元觀舊事呈損之兼贈周兄四十韵》:"蠻民詁諵訴,嚙指明痛癢。"吳萊《寄陳生》:"胡然獨處不我即,坐以魯史攻詁諵。"

⑬ 神羊:獬豸的別稱,傳說是一種能以其獨角辨別邪佞的神獸,亦指御史所戴的獬豸冠。《後漢書·輿服志》:"獬豸神羊,能別曲直,楚王嘗獲之,故以爲冠。"權德輿《祭故薛殿中文》:"今則繆盭,天心茫茫。追維明靈,夙播馨芳。解巾秘府,累冠神羊。" 憲簡:指御史彈奏所用的白簡。《晉書·傅玄傳》:"玄天性峻急,不能有所容;每有奏劾,或值日暮,捧白簡,整簪帶,竦踊不寐,坐而待旦。"顏真卿《喜皇甫曾侍御見過南樓翫月七言重聯句》:"頃持憲簡推高步,獨占詩流橫素波。"

⑭ 鞶纓:古代天子諸侯或顯貴者挽馬的帶飾。歐陽修《賞以春夏賦》:"夫賜以鞶纓,示假人而取誚;贈其袞冕,譏錫命以非宜。"劉攽《爲馮翰林入院謝對衣鞍轡馬狀》:"臣叨職禁近,已愧菲材;拜賜宸廷,何勝厚幸?矧其王閑駿足,内帑褚衣,環金在躬,鞶纓照乘,顧惟涼德,徒積靦顔。" 驄:指御史所乘的馬。王由禮《驄馬》:"行行苦不

倦，唯當御史驄。"高適《送李侍御赴西安》："行子對飛蓬，金鞭指鐵
驄。"　赳赳：威武雄健貌。《詩·周南·兔罝》："赳赳武夫，公侯干
城。"毛傳："赳赳，武貌。"《舊唐書·張仲武傳》："漁陽突騎，燕歌壯
氣，赳赳元戎，眈眈虎視。"　緌：古代帽帶的下垂部分。《禮記·內
則》："冠緌纓。"孔穎達疏："結纓頷下以固冠，結之餘者，散而下垂，謂
之緌。"潘岳《西征賦》："飛翠緌，拖鳴玉，以出入禁門者衆矣！"　珮：
玉佩，古人佩帶的飾物。《墨子·辭過》："鑄金以爲鉤，珠玉以爲珮。"
李賀《黃頭郎》："水弄湘娥珮，竹啼山露月。"　縿縿：下垂貌。《詩傳
旁通·旒縿》："《詩詁》曰：'旒所垂爲旒，衆旒所著爲縿縿者，旌旗之
正幅也。著者，綴也，縿音衫，著，直略切。"李存《流民歌》："邠徐二州
皆凶災，流民如雲過江來。布衣縿縿泥水破，黑妻騎驢兒在懷。"

⑮ 逸翮：指疾飛的鳥。郭璞《遊仙詩七首》四："逸翮思拂霄，迅
足羨遠遊。"蘇軾《謝秋賦試官啓》："翻然如界之羽翼，追逸翮以並遊；
沛然如假之舟航，臨長川而獲濟。"　鴻翥：鴻鵠高飛，借指遠行。《文
選·曹植〈七啓〉》："翔爾鴻翥，濈然鳧没。"李善注引《爾雅》："翥，舉
也。"朱敦儒《念奴嬌·約友中秋游長橋魏倅邦式不預》："我遇清時無
箇事，好約鶯遷鴻翥。"　離心：別離之情。楊素《贈薛播州》："木落悲
時暮，時暮感離心。離心多苦調，詎假雍門琴？"寇準《夏日》："離心杳
杳思遲遲，深院無人柳自垂。"　剗：刺，砭刺。《太平御覽》卷八四六
引《世說新語》："又設大針於座端，客有酒輒剗之，驗醉醒也。"楊樹達
《積微居小學金石論叢·字義同源於語源同例證·釋鑱》："《說文》四
篇下《刀部》云：'剗，斷也，一曰剟也。'按剟下云：'砭刺也。'《西京賦》
云：'又簇之所攙角。'注云：'攙角，貫刺之。'蓋銳謂之剗，石針謂之
鑱，砭刺謂之剗，貫刺謂之鑱，以言傷人謂之鑱，其義一也。"

⑯ 聯遊：結伴而遊。武元衡《和楊三舍人晚秋與崔二舍人張秘
監苗考功同遊昊天觀時中書寓直不得陪隨因追往年曾與舊僚聯遊此
觀紀題在壁已有淪亡書事感懷輒以呈寄兼呈東省三給事之作楊君見

徵鄙詞因以繼和》：“瑤圃高秋會，金閨奉詔辰。朱輪天上客，白石洞
中人。”程端禮《春日》二：“遙遙有客聯遊騎，脈脈無言獨倚樓。”　片
玉：比喻群賢之一。《晉書‧郗詵傳》：“〔武帝〕問詵曰：‘卿自以爲何
如？’詵對曰：‘臣舉賢良對策，爲天下第一，猶桂林之一枝、昆山之片
玉。’”黃滔《代鄭郎中上興道鄭相書》：“逮夫片玉昇科，兼金列牓，雖
登龍群彥，同戴丘山，而附鳳一心，偏投膠漆。”　洞照：明察。袁宏
《三國名臣序贊》：“英英文若，靈鑒洞照，應變知微，探賾賞要。”《舊唐
書‧李德裕傳》：“陛下至聖至明，細微洞照。”　明鑒：稱人善於識別
事物，明察事物。《三國志‧楊俊傳》：“俊自少及長，以人倫自任。同
郡審固、陳留衛恂本皆出自兵伍，俊資拔獎致，咸作佳士……其明鑒
行義多此類也。”《晉書‧王恭傳》：“賴先帝明鑒，浸潤不行。”

　　⑰　遙想：悠遠地思索，遠距離的想像。孫綽《游天台山賦》：“非
夫遠寄冥搜，篤信通神者，何肯遙想而存之？”陶潛《遊斜川詩序》：“遙
想靈山，有愛嘉名。”　登嶺：盤山而上。李適《答宋十一崖口五渡見
贈》：“聞君訪遠山，躋險造幽絶……登嶺亦泝溪，孤舟事沿越。”儲光
羲《終南幽居獻蘇侍郎三首時拜太祝未上》一：“暮春天氣和，登嶺望
層城。朝日懸清景，巍峩宮殿明。”　那無：哪裏能够没有。杜甫《季
秋蘇五弟纓江樓夜宴崔十三評事韋少府侄三首》三：“對月那無酒？
登樓況有江！聽歌驚白鬢，笑舞拓秋窗。”元稹《寄樂天》：“無身尚擬
魂相就，身在那無夢往還？直到他生亦相覓，不能空記樹中環。”

　　⑱　茅：草名，禾本科。《本草》謂茅有白茅、菅茅、黃茅、香茅、芭
茅等，葉皆相似。又謂夏花者爲茅，秋花者爲菅，俗稱茅草者指白茅。
《詩‧豳風‧七月》：“晝爾于茅。”鄭玄箋：“女當晝日往取茅歸。”杜甫
《茅屋爲秋風所破歌》：“八月秋高風怒號，卷我屋上三重茅。”這裏指
生長茅草的潮濕土壤。　蒸：熱。《素問‧五運行大論》：“其令鬱
蒸。”王冰注：“鬱，盛也，蒸，熱也。”杜甫《夔府書懷》：“地蒸餘破扇，冬
暖更纖絺。”王安石《洪範傳》：“火言炎，則水冽，土蒸，木溫，金清，皆

可知也。” 蟒氣：大蟒吞吐的毒氣，其實是當地鬱蒸的氣候所致，不完全是蟒氣，詩人已經指出這一點。董嗣杲《過安慶舊城》：“蟒氣纏荒塔，螢光出廢池。纖纖城角草，應是得春遲。”《佩文韻府》卷六四之一：“蟒氣：《博物志》：天門郡有蟒，開口廣丈餘，前後失人，皆此蟒氣所噏上。” 漬：謂塵垢等積在物體上。杜淹《詠寒食鬥雞應秦王教》：“飛毛遍綠野，灑血漬芳叢。”蘇軾《虛飄飄三首》一：“塵漬雨桐葉，霜飛風柳條。” 梅黮：“黮”同“點”，黑斑，污垢，衣物受潮所生的黴點，常常發生在南方的黃梅季節，故言“梅黮”。《楚辭·九辯》：“竊不自聊而願忠兮，或黮點而污之。”馬茂元注：“黮，滓垢，點，也是污的意思。”元稹《閑二首》二：“青衫經夏黮，白髮望鄉稠。”《淵鑒類函·雨》引《武昌記》：“夏至有梅雨，沾衣皆黮。”

⑲ 象鬥：大象爭鬥，義近“鬥象”。沈佺期《赦到不得歸題江上石》：“山空聞鬥象，江靜見游犀。翰墨思諸季，裁縫憶老妻。” 溪竹：生長在溪邊的竹林。王建《贈洪誓師》：“相伴尋溪竹，秋苔襪履青。”杜荀鶴《和舍弟題書堂》：“巖泉遇雨多還鬧，溪竹惟風少即涼。藉草醉吟花片落，傍山閑步藥苗香。” 猿鳴：猿子嘶鳴。宋之問《發藤州》：“朝夕苦遄征，孤魂長自驚。泛舟依雁渚，投館聽猿鳴。”張說《和朱使欣道峽似巫山之作》：“楚客思歸路，秦人謫異鄉。猿鳴孤月夜，再使泪沾裳。” 杉：常綠喬木，高可達三十米以上，樹冠的形狀像塔，葉綫狀披針形，果子球形。王維《韋侍郎山居》：“幸忝君子顧，遂陪塵外蹤。閑花滿巖谷，瀑水映杉松。”杜牧《題池州弄水亭》：“杉樹碧爲幢，花駢紅作堵。”

⑳ 颶風：中國古籍中明以前將颱風稱爲颶風，明以後按風情不同有颱風和颶風之分。顧雲《天威行》：“颶風忽起雲顛狂，波濤擺掣魚龍殭。海神怕急上岸走，山靈股慄入石藏。”李肇《唐國史補》卷下：“南海人言，海風四面而至，名曰颶風。” 浩浩：風勢强勁貌。孟雲卿《古別離》：“人皆箅年壽，死者何曾老？少壯無見期，水深風浩浩。”辛

棄疾《木蘭花慢》："是天外，空汗漫，但長風浩浩送中秋。"　韶石：山巖名，在廣東省曲江縣（舊屬韶州），傳說舜游登此石，奏《韶》樂，因名。酈道元《水經注・溱水》："其高百仞，廣圓五里，兩石對峙，相去一里，小大略均，似雙闕，名曰韶石。"韓愈《量移袁州張韶州端公以詩相賀因酬之》："暫欲繫船韶石下，上賓虞舜整冠裾。"　嶄嶄：亦作"嶃嶃"，高峻貌。梅堯臣《同永叔子聰游嵩山賦十二題》一一："日夕望蒼崖，嶄嶄在天外。及來步其巔，下見河如帶。"彭汝礪《六月自西城歸》："嶄嶄邊傍石，出没競譎詭。細垂一絲縷，大作十虎兒。"

㉑ 宿浦：停泊在港灣。錢起《早下江寧》："霜蘋留楚水，寒雁別吳城。宿浦有歸夢，愁猿莫夜鳴。"姚合《和李補闕曲江看蓮花》："曉多臨水立，夜只傍堤眠。金似明沙渚，燈疑宿浦船。"　深泊：深深下錨。韓雍《湖口阻風撥悶》："江頭日日南風惡，上下風帆總深泊。行人欲渡未能渡，獨倚蓬窗嘆蕭索。"　祈：向天或神求禱。《書・召誥》："我非敢勤，惟恭奉幣，用供王能祈天永命。"孔傳："求天長命，將以慶王多福。"韓愈《潮州祭神文》："謹以清酌庶修之奠，祈於大湖神之靈。"　瀧：下雨貌，引申爲下雨。《説文・水部》："瀧，雨瀧瀧兒。"水流聲。蘇軾《宿南山蟠龍寺》："谷中暗水響瀧瀧，嶺上疏星明煜煜。"　至誠：指極其和順的德行。《書・大禹謨》："至誠感神。"孔傳："誠，和。"孔穎達疏："帝至和之德尚能感於冥神。"皮日休《江南書情二十韻寄秘閣韋校書貽之商洛宋先輩垂文二同年》："寡合無深契，相期有至誠。他年如訪問，烟蔦暗影影。"

㉒ 瘴江：含有瘴氣的江流。宋之問《早發韶州》："日夜清明少，春冬霧雨饒。身經火山熱，顏入瘴江消。"張説《南中送北使二首》二："待罪居重譯，窮愁暮雨秋。山臨鬼門路，城繞瘴江流。"　度：通"渡"，過江湖。《漢書・賈誼傳》："若夫經制不定，是猶度江河亡維楫。"《南史・孔范傳》："長江天塹，古來限隔，虜軍豈能飛度？"　毒草：有毒的草。《漢書・賈捐之傳》："顓顓獨居一海之中，霧露氣濕，

多毒草蟲蛇水土之害，人未見虜，戰士自死。”《後漢書·哀牢傳》：“雲南縣有神鹿，兩頭，能食毒草。” 芟：除草。《詩·周頌·載芟》：“載芟載柞，其耕澤澤。”毛傳：“除草曰芟，除木曰柞。”《宋史·蘇雲卿傳》：“披荆畚礫爲圃，藝植耘芟，灌溉培壅，皆有法度。”

㉓ “試蠱看銀黑”兩句：意謂測試蠱毒要看銀質的器皿是否變黑，排解海物腥膻的辦法就祇有在煮熟的海物裏多多加鹽。 蠱：傷害人的熱毒惡氣。《史記·秦本紀》：“〔德公〕二年，初伏，以狗禦蠱。”張守節正義：“蠱者，熱毒惡氣爲傷害人，故磔狗以禦之。”《左傳·昭公元年》：“何謂蠱？”孔穎達疏：“以毒藥藥人，令人不自知者，今律謂之蠱毒。” 腥：腥氣。《禮記·月令》：“其味辛，其臭腥。”杜甫《垂老別》：“積屍草木腥，流血川原丹。”葷腥，帶腥氣的食物。鮑照《升天行》：“何時與爾曹，啄腐共吞腥？” 鹹：像鹽那樣的味道。李時珍《本草綱目·金石五·鹵鹹》：“鹹音有二：音鹹者，潤下之味；音減者，鹽土之名。後人作鹻、作鹻，是矣！”《書·洪範》：“土爰稼穡，潤下作鹹。”白居易《奉和汴州令狐相公二十二韻》：“陸珍熊掌爛，海味蟹螯鹹。”

㉔ “菌須蟲已蠹”兩句：兩句即是本詩詩序“嶺外饒野菌，視之蟲蠹者無毒。羅浮生異果，察其鳥啄者可餐”的再次復述。 菌：蕈，菌子，高等菌類，有的可供食用，如香菇。賈思勰《齊民要術·素食》：“菌，一名地雞。口未開，內外全白者佳；其口開裏黑者，臭不堪食。”黃庭堅《次韻子瞻春菜》：“驚雷菌子出萬釘，白鵝截掌鱉解甲。” 蠹：蛀蝕。《公羊傳·宣公十二年》：“古者杠不穿，皮不蠹，則不出於四方。”《莊子·人間世》：“散木也……以爲門户則液樠，以爲柱則蠹。”損害，敗壞。《戰國策·秦策》：“韓亡則荆魏不能獨立，則是一舉而壞韓蠹魏。”高誘注：“蠹，害也。”王明清《揮麈後録》卷三：“自古爲臣之奸，未有如（蔡）京今日爲甚。爰自崇寧已來，交通閹寺，通謁宮禁，蠹國用則若糞土，輕名器以市私恩。” 鵠：鳥啄物。馬元調注：“鳥啄

也。"章孝標《鷹》："可惜忍飢寒日暮，向人鶻斷碧絲縧。"

　　㉕"冰瑩懷貪水"兩句：讚揚廉潔官吏的典故，事見《晉書·吳隱之傳》："拜奉朝請尚書郎，累遷晉陵太守，在郡清儉，妻自負薪。入爲中書侍郎、國子博士、太子右衞率，轉散騎常侍，領著作郎。孝武帝欲用爲黄門郎，以隱之貌類簡文帝，乃止。尋守廷尉、秘書監、御史中丞，領著作如故，遷左衞將軍。雖居清顯，禄賜皆班親族，冬月無被，嘗澣衣，乃披絮，勤苦同於貧庶。廣州包帶山海，珍異所出，一篋之寶，可資數世。然多瘴疫，人情憚焉！唯貧宴不能自立者，求補長史，故前後刺史皆多黷貨。朝廷欲革嶺南之弊，隆安中以隱之爲龍驤將軍、廣州刺史，假節領平越中郎將。未至州二十里，地名石門，有水曰貪泉，飲者懷無厭之欲。隱之既至，語其親人曰：'不見可欲，使心不亂，越嶺喪清，吾知之矣！'乃至泉所酌而飲之，因賦詩曰：'古人云此水，一歃懷千金。試使夷齊飲，終當不易心。'及在州，清操逾厲，常食不過菜及乾魚而已。帷帳器服，皆付外庫，時人頗謂其矯，然亦始終不易。帳下人進魚，每剔去骨存肉，隱之覺其用意，罰而黜焉！"　冰瑩：謂寒冰光亮透明。元稹《諭寶二首》二："鏡懸奸膽露，劍拂妖蛇裂。珠生照乘光，冰瑩環坐熱。"歐陽修《少年游》："玉壺冰瑩獸爐灰。人起繡簾開。春叢一夜，六花開盡，不待剪刀催。"　貪水：貪泉之水。楊炯《唐恒州刺史建昌公王公神道碑》："遷合浦兮太守，爲廣州兮刺史。臨漲海兮明珠，飲石門兮貪水。"佛教語，謂貪愛之情能吸引物，又滋長惡法如水。《楞嚴經》卷八："是故十方一切如來色目多求，同名貪水。菩薩見貪，如避瘴海。"貪水即"貪泉"，泉名，在廣東省南海縣，亦即崔琯要去的嶺南。據《晉書·吳隱之傳》：晉代吳隱之操守清廉，爲廣州刺史，未至州二十里，地名石門，有水曰貪泉，相傳飲此水者，即廉士亦貪。隱之酌而飲之，因賦詩曰："古人云此水，一歃懷千金。試使夷齊飲，終當不易心。"及在州，清操愈厲。王勃《滕王閣詩序》："酌貪泉而覺爽，處涸轍以猶歡。"　霜清：形容秋水明净，潔净。

張九齡《赴使瀧峽》:"霜清百丈水,風落萬重林。"皇甫冉《寄劉方平大谷田家》:"冰結泉聲絕,霜清野翠濃。"整肅,肅清。李白《贈宣城趙太守悦》:"持斧佐三軍,霜清天北門。"

㉖ 珠璣當盡擲:事見《後漢書‧鍾離意傳》:漢代,交阯太守張恢坐臧千萬,徵還京師伏法。没收全部資產,登記入庫,同時撥出部份分賜大臣,鍾離意也自然得到了一大批珠寶。不想鍾離意將得到的珠寶全部丢在地上,也不向皇上謝恩。皇上感到奇怪,問其緣故,鍾離意答道:"我聽説孔子雖然乾渴異常,但却不肯喝一口盗泉的水,曾參在勝母之間前面倒車改道,就在于名聲不正。現在皇上賞賜的是他人貪贓枉法得來的東西,我又怎麼可以接受,又怎麼可以向皇上謝恩呢?"皇帝深受感動,另從國庫中撥出三十萬庫錢賞賜鍾離意。珠璣:珠寶,珠玉。《墨子‧節葬》:"諸侯死者,虚車府,然後金玉珠璣比乎身。"《文選‧揚雄〈長楊賦〉》:"後宮賤瑇瑁而疏珠璣。"李善注:"字書曰'璣,小珠也。'" 薏苡詎能讒:事見《後漢書‧馬援傳》:"初,援在交阯,常餌薏苡實,用能輕身省欲,以勝瘴氣。南方薏苡實大,援欲以爲種,軍還,載之一車。時人以爲南土珍怪,權貴皆望之。援時方有寵,故莫以聞。及卒後,有上書譖之者,以爲前所載還,皆明珠文犀,馬武與於陵侯侯昱等皆以章言其狀,帝益怒。援妻孥惶懼不敢以喪還舊塋,裁買城西數畝地槀葬而已,賓客故人莫敢弔會。嚴與援妻子草索相連,詣闕請罪,帝乃出松書以示之,方知所坐,上書訴冤,前後六上,辭甚哀切,然後得葬。" 薏苡:植物名,一年生或多年生草本植物,莖直立,葉緣狀披針形,穎果卵形,淡褐色。子粒(薏苡仁)含澱粉,供食用、釀酒、並入藥,莖葉可作造紙原料。《後漢書‧馬援傳》:"初,援在交阯,常餌薏苡實,用能輕身省慾,以勝瘴氣。"蘇軾《和王鞏六首並次韻》五:"巧語屢曾遭薏苡,庾詞聊復託芎藭。"

㉗ 荆俗:荆南的風俗風氣。李商隱《人日即事》:"鏤金作勝傳荆俗,翦綵爲人起晉風。獨想道衡時思苦,離家恨得二年中。"唐代無名

氏《佚句》："蘭湯備浴傳荊俗，水馬浮江吊屈魂。"　王粲：著名的才子，有文名於當時，甚爲後世稱揚。本詩是詩人自喻，類如之篇還有《過襄陽樓呈上府主嚴司空樓在江陵節度使宅北隅》："有時水畔看雲立，每日樓前信馬行。早晚暫教王粲上，庾公應待月分明。"關於王粲，《三國志·王粲傳》："王粲，字仲宣，山陽高平人也⋯⋯初，粲與人共行，讀道邊碑，人問曰：'卿能暗誦乎？'曰：'能！'因使背而誦之，不失一字。觀人圍棋，局壞，粲爲覆之，棋者不信，以帊蓋局，使更以他局爲之，用相比校，不誤一道，其强記默識如此。性善算，作算術，略盡其理。善屬文，舉筆便成，無所改定，時人常以爲宿構，然正復精意覃思，亦不能加也。著詩賦論議垂六十篇，建安二十一年從征吳，二十二年春道病卒，時年四十一。"　吾生：謂己之生命。《莊子·養生主》："吾生也有涯，而知也無涯，以有涯隨無涯，殆已。"陶潛《歸去來兮辭》："善萬物之得時，感吾生之行休。"　季咸：傳說中的古代神巫名。《莊子·應帝王》："鄭有神巫曰季咸，知人之死生存亡，禍福壽夭，期以歲月旬日，若神。鄭人見之，皆棄而走。"《隋書·藝術傳序》："語醫，則文摯、扁鵲、季咸、華佗。"王安石《答俞秀老》："雖神如季咸，終亦失而走。"

　　㉘"遠書多不達"兩句：意謂遠書往往無法送到，因此即使辛辛勤勤經常賦詩寄往遠方，也是徒然。　遠書：送往遠方或遠方送來的書信。江淹《傷友人賦》："永遠書於江澨，結深痛於爾魂。"杜牧《秋岸》："曾入相思夢，因憑附遠書。"　枉：徒然，白費。李白《清平調詞三首》二："一枝紅艷露凝香，雲雨巫山枉斷腸。借問漢宮誰得似？可憐飛燕倚新粧。"許裳《野步》："物外趣都別，塵中心枉勞。沿溪收墮果，坐石喚飢猱。"摻摻：義近"摻摻"，盛大衆多貌。《南齊書·祥瑞志》引王子年歌："三禾摻摻林茂孳，金刀利刃齊刈之。"也作女子之手纖美貌。李咸用《塘上行》："紅綃摻水蕩舟人，畫橈摻摻柔黃白。"納蘭性德《和元微之雜憶詩》二："春葱背癢不禁爬，十指摻摻剝嫩芽。"

[編年]

《年譜》編年本詩於"庚寅至甲午在江陵府所作其他詩"欄内，没有理由。《編年箋注》編年："元稹此詩作於江陵士曹期間，見下《譜》。"《年譜新編》編年本詩於"庚寅至甲午在江陵府所作其他詩"欄内，理由是："白居易《送客春游嶺南二十韵》擬此篇，一般酬和。"《年譜》并没有説明理由，所以《編年箋注》的"見下《譜》"也就等於没有説明理由。而《年譜新編》所云"白居易《送客春游嶺南二十韵》擬此篇"是對的，但白居易的《送客春游嶺南二十韵》與本詩祇是"擬"，并不存在"一般酬和"的關係。

本詩應該與元稹《送嶺南崔侍御》爲同時之作，所不同的本詩是五言詩，而《送嶺南崔侍御》爲七言詩而已。《送嶺南崔侍御》編年於元和六年二月中旬春分之時，本詩也應該與其同時。而本詩所云"蕭何歸舊印，鮑永授新銜"，正好切合這一時段，意即我元稹剛剛被罷免監察御史之職，而你崔琯却又再次出任"御史"新職前往嶺南。因元稹被罷免監察御史還不到一年，故詩人耿耿於懷，時刻銘記在心。

◎ 酬友封話舊叙懷十二韵（依次重用为韵）(一)①

風波千里别，書信二年稀②。乍見悲兼喜，猶驚是與非③。身名判作夢，杯盏莫相違④！草館同床宿，沙頭待月歸⑤。春深鄉路遠，老去宦情微⑥。魏闕何由到？荆州且共依⑦！人欺翻省事，官冷易藏威⑧。但擬馴鷗鳥(二)，無因用弩機⑨。開張圖卷軸(三)，顛倒醉衫衣(四)⑩。蓴菜銀絲嫩，鱸魚雪片肥⑪。憐君詩似湧，蹋馬筆如飛⑫。會遣諸伶唱，篇篇入禁闈(五)⑬。

録自《元氏長慶集》卷一一

［校記］

（一）酬友封話舊叙懷十二韵(依次重用爲韵)：楊本、叢刊本、《全詩》同,《寶氏聯珠集》題作“酬寶七相贈依次重用本韵”。

（二）但擬馴鷗鳥：楊本、叢刊本、《全詩》同,《寶氏聯珠集》作“剩擬馴鷗鳥”,語義不同,不改。

（三）開張圖卷軸：蘭雪堂本、叢刊本、《全詩》同,楊本作“門張圖卷軸”,語義不同,不改。《寶氏聯珠集》作“看和松葉酒”,語義不同,不改。

（四）顛倒醉衫衣：楊本、叢刊本、《全詩》同,《寶氏聯珠集》作“間施稻田衣”,語義不同,不改。

（五）篇篇入禁闈：《全詩》、《寶氏聯珠集》同,楊本、叢刊本作“篇篇入禁圍”,語義相類,不改。但據寶鞏原唱,作“篇篇入禁闈”是。

［箋注］

① 酬友封話舊叙懷十二韵：寶鞏原唱爲《江陵遇元九李六二侍御紀事書情呈十二韵》,詩云：“自見人相愛,如君愛我稀。好閑容問道,攻短每言非。夢想何曾間,追歡未省違。看花憐後到,避酒許先歸。柳寺春堤遠,津橋曙月微。漁翁隨去處,禪客共因依。蓬閣初疑義,霜臺晚畏威。學深通古字,心直觸危機。肯滯荆州掾,猶香柏署衣。山連巫峽秀,田傍渚宮肥。美玉方齊價,遷鶯尚怯飛。佇看霄漢上,連步待彤闈。”原唱可與本詩參讀,其中提及對元稹的評價,值得讀者朋友們注意。　友封：即寶鞏,褚藏言《寶鞏傳》：“府君諱鞏,字友封。家世所傳,載於首序。府君元和二年舉進士,與今東都留守左僕射孫公簡、故吏部侍郎興元節度使王公源中、中書舍人崔公咸、制誥李公正封同年上第。府君世傳五言詩,頗得其妙。故相淮陽公鎮滑臺,辟爲從事,釋褐授秘校。淮陽移鎮渚宮,遷峴首,改協律郎。二

府專掌奏記。淮陽下世，司空薛公平鎮青社，辟公爲掌書記，又改節度判官副使，累遷至大理評事監察御史裏行殿中侍御史檢校祠部員外郎，加章服。後薛公入爲民籍，府君除侍御史，轉司勛員外郎，遷刑部郎中。文昌故事文酒之爲，由公復振也。故相左轄元稹觀察浙東，固請公副戎，分實舊交，辭不能免，遂除秘書少監兼中丞，加金紫。無何，元公下世，公亦北歸，道途遘疾，迨至輦下，告終於崇德里之私第，享年六十。有子六人。長曰景餘，疾殁世。次師裕，見任晉陽令。俱力學修文，孝敬相率。公溫仁華茂，風韻峭逸。遇境必言詩，言之必破的。佳句不泯，傳於人間。文集散落，未暇編錄。"

② 風波：猶潮流，常常比喻變動的政治形勢。《後漢書‧馮衍傳》："棄衡石而意量兮，隨風波而飛揚。"劉長卿《罷攝官後將還舊居留辭李侍御》："江海今爲客，風波失所依。白雲心已負，黃綬計仍非。"本詩是指元稹元和四年與五年在監察御史任上得罪宰相杜佑以及其他權貴重臣之事。　千里別：《舊唐書‧地理志》："荊州江陵府⋯⋯在京師東南一千七百三十里，至東都一千三百一十五里。"洛陽至江陵，一千三百一十五里，故言"千里"。皇甫曾《過劉員外長卿別墅》："謝客開山後，郊扉積水通。江湖千里別，衰老一尊同。"白居易《自江陵之徐州路上寄兄弟》："岐路南將北，離憂弟與兄。關河千里別，風雪一身行。"這裏指元稹元和五年二月在洛陽與竇鞏分別之事。　書信：指傳送書札的使者，書指函札，信指使人。《晉書‧陸機傳》："初，機有駿犬名曰黃耳，甚愛之。既而羈寓京師，久無家問，笑語犬曰：'我家絕無書信，汝能齎書取消息不？'犬搖尾作聲，機乃爲書，以竹筒盛之而繫其頸。犬尋路南走，遂至其家，得報還洛。"陳鵠《耆舊續聞》卷六："一日，公廳肅客，有急足聲。喏云：某知州府有書信，今且往某州下書，回途却請回信。"指信札。王駕《古意》："一行書信千行泪，寒到君邊衣到無？"　二年：這裏指元稹與竇鞏元和五年二月在洛陽分別之後，至此元和六年，時間已經跨年頭而成爲兩年。李

百藥《奉和初春出遊應令》:"柳色迎三月,梅花隔二年。日斜歸騎動,餘興滿山川。"張説《南中別陳七李十》:"二年共遊處,一旦各西東。請君聊駐馬,看我轉征蓬。"　稀:疏,不密。曹操《短歌行》:"月明星稀,烏鵲南飛。"陶潛《歸園田居六首》三:"種豆南山下,草盛豆苗稀。"少,不多。《古詩十九首・西北有高樓》:"不惜歌者苦,但傷知音稀。"杜甫《曲江二首》二:"酒債尋常行處有,人生七十古來稀。"這裏指元稹與竇鞏兩年來聯繫不多,書信稀少。

③ "乍見悲兼喜"兩句:朋友相見,自然喜出望外;但兩人仕途坎坷,悲從中而來。更爲傷心的是:詩人的是與非無人理會,無從辯白,讓人哀傷,使人痛心。　乍見:忽然看見,猛然一見。《孟子・公孫丑》:"今人乍見孺子將入於井,皆有怵惕惻隱之心。"朱熹集注:"乍,猶忽也。"祖珽《望海》:"時看遠鴻度,乍見驚鷗起。"皇甫冉《贈鄭山人》:"乍見還州里,全非隱姓名。枉帆臨海嶠,賃酒秣陵城。"　悲兼喜:即悲與喜,亦謂又悲又喜。《淮南子・原道訓》:"樂作而喜,曲終而悲,悲喜轉而相生。"裴鉶《傳奇・聶隱娘》:"後五年,尼送隱娘歸……一家悲喜,問其所學。"　是與非:即"是非",對的和錯的,正確與錯誤。《禮記・曲禮》:"夫禮者,所以定親疏,決嫌疑,別同異,明是非也。"陶潛《擬挽歌辭三首》一:"得失不復知,是非安能覺?"儲光羲《樵父詞》:"終年登險阻,不復憂安危。蕩漾與神遊,莫知是與非。"

④ "身名判作夢"兩句:意謂身名如夢,茫茫不見前程,但老朋友相見,不要辜負了眼前的美酒,痛快飲酒,暫時麻痺一下受傷的靈魂吧!　身名:身體和名譽。《列子・説符》:"仁義使我身名並全。"曹植《求自試表》:"墳土未乾,而身名並滅。"聲譽,名望。謝靈運《遊山》:"身名竟誰辨?圖史終磨滅。"白居易《妻初授邑號告身》:"倚得身名便慵墮,日高猶睡綠窗中。"　杯盞:酒杯,借指酒。元稹《琵琶歌》:"逢人便請送杯盞,著盡工夫人不知。"義近"杯杓",借指飲酒。《史記・項羽本紀》:"張良入謝,曰:'沛公不勝杯杓,不能辭。'"《漢書・息

夫躬傳》:"霍顯之謀,將行於杯杓;荆軻之變,必起於幃幄。" 相違:互相避開,互相推託。《左傳·成公十六年》:"有淖於前,乃皆左右相違於淖。"陶潛《歸去來兮辭》:"世與我而相違,復駕言兮焉求?"

⑤ 草館:粗劣的住所,草率而成的房屋。王建《江館對雨》:"鳥聲愁雨似秋天,病客思家一向眠。草館門臨廣州路,夜聞蠻語小江邊。"樓鑰《攻愧集·北行日錄》:"頃之,俟行李裝船了却,具衣冠入草館。"這裏指元稹在江陵的住處,參見元稹《江邊四十韻》之"官借江邊宅,天生地勢坳。欹危饒壞構,迢遞接長郊⋯⋯"數句。 同床:共床而眠。《史記·田叔列傳褚少孫論》:"兩人同床卧。"覺範《送覺先歸大梁二首》二:"閑人忙事莫參差! 各夢同床暗發嗟。相值一歡難把玩,摩頭輪子看京華。"吕本中《竹夫人》:"與君宿昔尚同床,正坐西風一夜凉。便學短檠墙角棄,不如團扇篋中藏。" 沙頭:當時的小地名古沙頭市的略稱,即今湖北省沙市。杜甫《送王十六判官》:"買薪猶白帝,鳴櫓已沙頭。"蘇軾《荆州十首》五:"沙頭烟漠漠,來往厭喧卑。"沙頭與荆州(即江陵)相連。 待月:在月光下等待某一時刻的到來。白居易《首夏同諸校正遊開元觀因宿玩月》:"置酒西廊下,待月杯行遲。須臾金魄生,若與吾徒期。"元稹《鶯鶯傳》:"待月西廂下,迎風户半開。拂墙花影動,疑是玉人來。"

⑥ 春深:春意濃郁。儲光羲《釣魚灣》:"垂釣綠灣春,春深杏花亂。"秦觀《次韵裴仲謨和何先輩》:"支枕星河横醉後,入簾飛絮報春深。" 鄉路:還鄉之路。沈約《爲柳世隆讓封公表》:"還軸歸驂,再踐鄉路。"歐陽詹《蜀中將回留辭韋相公》:"明晨首鄉路,迢遞孤飛翼。"宦情:做官的志趣、意願。白居易《祭弟文》:"吾去年春授秘書監,賜紫。今年春除刑部侍郎。孤苦零丁,又加衰疾,殆無生意,豈有宦情?"陸游《宿武連縣驛》:"宦情薄似秋蟬翼,鄉思多於春繭絲。"做官的心情。柳宗元《柳州二月榕葉落盡偶題》:"宦情羈思共悽悽,春半如秋意轉迷。"

⑦ 魏闕：古代宮門外兩邊高聳的樓觀，這裏借指朝廷。《莊子·讓王》：“身在江海之上，心居乎魏闕之下。”孟浩然《久滯越中貽謝南池會稽賀少府》“未能忘魏闕，空此滯秦稽。” 何由：亦作“何繇”，從何處，從什麼途徑。《楚辭·天問》：“上下未形，何由考之？”王昌齡《送韋十二兵曹》：“出處兩不合，忠貞何由伸？”

⑧ 人欺：被人欺壓。韋應物《逢楊開府》：“武皇升仙去，憔悴被人欺。讀書事已晚，把筆學題詩。”洪朋《得黔州消息》：“豈有高明爲鬼瞰？真成憔悴被人欺。陛下寬仁過文帝，歸來前席亦何遲！” 省事：減少事務，引申爲方便，不費事。劉禹錫《閑坐憶樂天以詩問酒熟未》：“減書存眼力，省事養心王。君酒何時熟？相携入醉鄉。”白居易《除官赴闕留贈微之》：“兩鄉默默心相別，一水盈盈路不通。從此津人應省事，寂寥無復遞詩筒。” 官冷：無權無責無事的閑官。劉禹錫《酬思黯代書見戲》：“官冷如漿病滿身，凌寒不易過天津。少年留取多情興，請待花時作主人。”白居易《寄楊六（楊攝萬年縣尉，余爲贊善大夫）》：“青宮官冷靜，赤縣事繁劇。一閑復一忙，動作經時隔。”藏：隱藏，潛匿。《易·繫辭》：“顯諸仁，藏諸用，鼓萬物而不與聖人同憂。”《史記·魏公子列傳》：“公子聞趙有處士毛公藏於博徒，薛公藏於賣漿家，公子欲見兩人，兩人自匿不肯見公子。” 威：顯示的使人畏懼懾服的力量。《老子》：“民不畏威，則大威至。”高亨正詁：“言民不畏威，則君之威權礙止而不通行也。”韓愈《黃家賊事宜狀》：“長有守備，不同客軍，守則有威，攻則有利。”

⑨ 鷗鳥：此處用典，自喻“海上之人”。潘自牧《記纂淵海·鷗》采自《列子》：“海上之人有好鷗鳥者，每旦之海上，從鷗鳥遊。鷗鳥之至者，數百往而不止。其父曰：‘吾聞鷗鳥皆從汝遊，汝取來吾玩之！’明日之海上，鷗鳥舞而不下也。”張九齡《初發江陵有懷》：“極望涔陽浦，江天渺不分。扁舟從此去，鷗鳥自爲群。”盧象《家叔徵君東溪草堂二首》二：“今朝共遊者，得性閑未歸。已到仙人家，莫驚鷗鳥飛！”

弩機：裝置在弩的木臂後部的機械，控制發射用，青銅制。構件有鉤弦的"牙"、牙外的"郭"、郭上的瞄準器"望山"、郭下的扳機"懸刀"。扳動懸刀，牙向下縮，所鉤住的弦彈出，箭就被發射出去。弩機最早見於戰國，盛行於漢、晉。沈括《夢溪筆談·器用》："予頃年在海州，人家穿地得一弩機，其望山甚長，望山之側爲小矩，如尺之有分寸。"陳師道《捕狼》："寧知射生手，已發弩機張。會便烏鳶飽，空令豺虎傷。"李綱《題富鄭公畫像》："萊公庭爭乃親討，貔虎百萬從六飛。弩機暗發虜酋殂，震怖屈膝祈完歸。"

⑩ 開張：打開，展開。韓愈《送文暢師北遊》："開張篋中寶，自可得津筏。"李山甫《下第獻所知三首》三："十年磨鏃事鋒銛，始逐朱旗入戰場。四海風雲難際會，一生肝膽易開張。" 卷軸：指裱好有軸可卷舒的書籍或字畫等，後世書籍裝訂成冊，乃專指有軸的字畫。葉德輝《書林清話·書之稱卷》："《舊唐書·經籍志》：'集賢院御書，經庫皆鈿白牙軸，朱帶，白牙籤。'蓋隋、唐間簡冊已亡，存者止卷軸，故一書又謂之幾軸。韓愈詩：'鄴侯家多書，插架三萬軸。一一懸牙籤，新若手未觸。'三萬軸即三萬卷也。"錢起《初至京口示諸弟》："新詩添卷軸，舊業見兒孫。點檢平生事，焉能出華門？" 顛倒：上下、前後或次序倒置。酈道元《水經注·河水》："夫《琴操》以爲孔子臨狄水而歌矣！曰：狄水衍兮風揚波，船楫顛倒更相加。"《文心雕龍·定勢》："效奇之法，必顛倒文句，上句而抑下，中辭而出外，回互不常。"這裏是"顛倒衣裳"的縮語，謂急促惶遽中不暇整衣。《詩·齊風·東方未明》："東方未明，顛倒衣裳。顛之倒之，自公召之。"毛傳："上曰衣，下曰裳。"鄭玄箋："絜壺氏失漏刻之節，東方未明而以爲明，故群臣促遽顛倒衣裳。"孔穎達疏："傳：上曰衣，下曰裳。此其相對定稱，散則通名曰衣……傳言此，解其顛倒之意，以裳爲衣，今上者在下，是謂顛倒也。"本意是諷刺朝廷興居無節，號令不時，使小官吏忙忙碌碌，後多以比喻倫常失秩。《後漢書·皇后紀序》："爰逮戰國，風憲逾薄，適情

任欲,顛倒衣裳,以至破國忘身,不可勝數。"謂匆忙情急之中舉止失措。劉義慶《世説新語·言語》:"邊文禮見袁奉高,失次序。奉高曰:'昔堯聘許由而無怍色,先生何爲顛倒衣裳?'"　衫衣:亦即衣衫,單衣,亦泛指衣服。元稹《酬樂天得稹所寄紵絲布白輕庸製成衣服以詩報之》:"溢城萬里隔巴庸,紵薄綈輕共一封。腰帶定知今瘦小,衣衫難作遠裁縫。"杜荀鶴《山中寡婦》:"夫因兵死守蓬茅,麻苧衣衫鬢髮焦。桑柘廢來猶納税,田園荒盡尚徵苗。"

⑪ "莼菜銀絲嫩"兩句:《晉書·張翰傳》:"張翰字季鷹,吳郡吳人也……翰因見秋風起,乃思吳中菰菜莼羹鱸魚膾,曰:'人生貴得適志,何能羈宦數千里以要名爵乎?'遂命駕而歸……或謂之曰:'卿乃可縱適一時,獨不爲身後名邪?'答曰:'使我有身後名,不如即時一杯酒!'時人貴其曠達性。"此處詩人即借用張翰的故事抒發自己的感慨。　莼菜:又名鳧葵,多年生水草,葉片橢圓形,浮水面,莖上和葉的背面有粘液,花暗紅色,嫩葉可做湯菜。賀知章《答朝士》:"鈒鏤銀盤盛蛤蜊,鏡湖莼菜亂如絲。鄉曲近來佳此味,遮渠不道是吳兒。"劉長卿《早春贈別趙居士還江左》:"歸路隨楓林,還鄉念莼菜。"　鱸魚:王鏊《姑蘇志》卷一四:"鱸魚:即四腮鱸,出吳江長橋南者味美,肉緊縷而爲鱠,經日不變。出橋北者,三腮味鹹,肉慢,隋煬帝謂'金虀玉鱠',東南佳味也。"崔顥《維揚送友還蘇州》:"長安南下幾程途,得到邗溝吊綠蕪。渚畔鱸魚舟上釣,羨君歸老向東吳。"王昌齡《趙十四兄見訪》:"嵇康殊寡識,張翰獨知終。忽憶鱸魚鱠,扁舟往江東。"

⑫ "憐君詩似湧"兩句:讚揚竇鞏的詩思如湧泉,而快捷又倚馬可待。　躆馬:亦即"倚馬可待",形容才思敏捷,爲文頃刻而成。張説《奉和聖製行次成皋(太宗擒竇建德處)應制》:"軒臺百年外,虞典一巡中。戰龍思王業,倚馬賦神功。"李白《與韓荆州朝宗書》:"必若接之以高宴,縱之以清談,請日試萬言,倚馬可待。"

⑬ 伶:古樂官名,相傳黃帝時有伶倫,世掌樂官。又春秋時周有

司樂官伶州鳩，後因稱樂官、樂人爲"伶"。孟郊《教坊歌兒》："十歲小小兒，能歌得朝天……去年西京寺，衆伶集講筵。"元稹本句所述，與開元中王昌齡、高適、王之渙旗亭畫壁的故事相類，乃唐時風氣所致，《子史精華·旗亭畫壁》記載尤爲詳細："薛用弱《集異記》：開元中，詩人王昌齡、高適、王渙之齊名，時風塵未偶，而遊處略同。一日天寒微雪，三詩人共詣旗亭，貰酒小飲。忽有梨園伶官十數人登樓會宴，三詩人因避席隈映擁爐火以觀焉！俄有妙妓四輩尋迹而至，奢華艷曳，都冶頗極，旋則奏樂，皆當時之名部也。昌齡等私相約曰：'我輩各擅詩名，每不自定其甲乙。今者可以密觀諸伶所謳，若詩入韵詞之多者，則爲優矣！'俄而一伶拊節而唱，乃曰：'寒雨連江夜入吳，平明送客楚山孤。洛陽親友如相問，一片冰心在玉壺。'昌齡則引手旗亭曰：'一絕句。'尋又一伶謳之曰：'開篋泪沾臆，見君前日書。夜臺何寂寞！猶是子雲居。'適則引手畫壁曰：'一絕句。'又一伶謳曰：'奉帚平明金殿開，强將團扇共徘徊。玉顏不及寒鴉色，猶帶昭陽日影來。'昌齡則又引手畫壁曰：'二絕句。'渙之自以詩名已久，因謂諸人曰：'此輩皆潦倒樂官，所唱皆巴人下里之詞耳！豈陽春白雪之曲俗物敢近哉？'因指諸妓之中最佳者曰：'待此子所唱如非我詩，吾即終身不敢與子爭衡矣！脱是吾詩，子等當須列拜床下，奉吾爲師……'因歡笑而俟之。須臾次至雙鬟，散聲則曰：'黄河遠上白雲間，一片孤城萬仞山。羌笛何須怨楊柳，春風不度玉門關。'渙之即揶揄二子曰：'田舍奴，我豈妄哉！'因大諧笑。諸伶不諭其故，皆起詣曰：'不知諸郎君何此歡噱？'昌齡等因話其事，諸伶競拜曰：'俗眼不識神仙，乞降清重，俯就筵席！'三子從之，飲醉竟日。" 禁闈：宮廷門户，指宮内或朝廷。杜甫《送盧十四弟侍御護韋尚書靈櫬之晉歸上都二十韵》："戎狄乘妖氣，塵沙落禁闈。往年朝謁斷，他日掃除非。"吴融《閿鄉寓居十首·阿對泉》："六載抽毫侍禁闈，可堪多病決然歸。五陵年少如相問，阿對泉頭一布衣。"

[編年]

　　《年譜》編年本詩於元和六年，理由是："褚藏言《竇氏聯珠集》《竇鞏集》《江陵遇元九李六二侍御紀事書情呈十二韵》之後，附載元稹此詩，題爲《酬竇七相贈依次重用本韵》，署名爲：'江陵府士曹參軍元稹。'元詩云：'春深鄉路遠。''荆州且共移。'"《編年箋注》編年本詩云："元稹此詩作於元和六年(八一一)，時在江陵府士曹參軍任。"没有說明理由。《年譜新編》亦編年元和六年，理由同《年譜》所示。

　　我們認爲，本詩云："風波千里别，書信二年稀。"元稹與竇鞏分别於元和五年二月底的洛陽，下推"二年"，當爲元和六年。詩中有"春深鄉路遠"之句，此詩當作於元和六年的春天。而竇鞏《自京將赴黔南》詩云："風雨荆州二月天，問人初顧峽中船。西南一望雲和水，猶道黔南有四千。"竇群元和六年九月才自黔州改任開州刺史，元和六年二月間竇群還在黔州，與詩中"黔南"云云一致，竇鞏前往黔州投奔兄長竇群路過荆州即江陵是合乎情理的，也與本詩所述一一相符，因此我們認爲本詩應該作於元和六年二月間。但我們不得不指出：竇鞏元和七年又一次來到江陵，而兩者並非一回事。

◎ 酬竇校書二十韵(次本韵)(一)①

　　鷗鷺原相得(二)，杯觴每共傳②。芳遊春爛熳，晴望月團圓③。調笑風流劇，論文屬對全④。賞花珠並綴(三)，看雪璧常連(四)⑤。竹寺荒唯好(五)，松齋小更憐(六)⑥。潛投孟公轄，狂乞莫愁錢⑦。塵土抛書卷，槍籌弄酒權⑧。令誇齊箭道(七)，力鬥抹弓弦⑨。但喜添樽滿(八)，誰憂乏桂然(九)⑩？漸輕身外役，渾證飲中禪⑪。及我辭雲陛，逢君仕圃田⑫。音徽千里斷，魂夢兩情偏⑬。足聽猿啼雨，深藏馬腹鞭⑭。官醪半清濁，夷饌雜腥膻(一〇)⑮。顧影無依倚,甘心守静專⑯。那知暮江上,俱會落英前⑰。款曲生平在,悲凉歲序遷⑱。鶴方同北渚,鴻又過南天⑲。麗句慚虛擲,沉機懶强牽⑳。粗酬珍重意,工拙定相懸㉑。

録自《元氏長慶集》卷一一

[校記]

(一)酬竇校書二十韵(次本韵):楊本、叢刊本、《全詩》同,《英華》作"酬竇校書二十韵(次用本韵)",語義相類,不改。

(二)鷗鷺原相得:《淵鑑類函》同,楊本、叢刊本、《英華》、《全詩》作"鷗鷺元相得",兩字相通,不改。

(三)賞花珠並綴:楊本、叢刊本、《全詩》同,錢校、《英華》、《淵鑑類函》作"詠花珠並綴",語義不同,不改。

(四)看雪璧常連:楊本、叢刊本、《全詩》、《英華》、《淵鑑類函》同,盧校宋本作"看雪璧相連",語義不同,不改。

(五)竹寺荒唯好:楊本、叢刊本、《全詩》、《淵鑑類函》同,《英華》作"竹籜荒唯好",語義不同,不改。

(六)松齋小更憐:《全詩》、《淵鑑類函》同,楊本、叢刊本、《英華》作"松栽小更憐","松齋"與上句"竹寺"相呼應,不從不改。

(七)令誇齊箭道:楊本、叢刊本、《全詩》、《淵鑑類函》同,錢校、《英華》作"令誇齊箭到",語義不同,不改。

(八)但喜添樽滿:楊本、叢刊本、《全詩》同,錢校、《英華》、《淵鑑類函》作"但喜深樽滿",語義不佳,不從不改。

(九)誰憂乏桂然:原本作"誰憂泛桂然",楊本、叢刊本同,據錢校、《全詩》、《英華》、《淵鑑類函》改。《英華》作"誰憂乏桂燃","然"與"燃"相類,不改。

（一〇）夷饌雜腥膻：楊本、叢刊本、《全詩》、《英華》同，《淵鑑類函》作“野水隱潺湲”，語義不同，不改。

[箋注]

① 竇校書：即竇鞏，字友封，元稹的親密朋友之一。終兩人一生，交往甚密，酬和甚多，值得讀者關注。本詩爲和篇，竇鞏原唱已經散失。元稹《答友封見贈》：“荀令香銷潘簟空，悼亡詩滿舊屏風。扶床小女君先識，應爲些些似外翁。”元稹《和友封題開善寺十韵》：“梁王開佛廟，雲構歲時遥。珠綴飛閑鴿，紅泥落碎椒。”

② 鷗：水鳥名，頭大，嘴扁平，趾間有蹼，翼長而尖，羽毛多，灰白色，生活在海洋及内陸河川，以魚類和昆蟲等爲食，種類繁多。李時珍《本草綱目·鷗》：“鷗者浮水上，輕漾如漚也……在海者名海鷗，在江者名江鷗。”《後漢書·馬融傳》：“水禽鴻鵠、鴛鴦、鷗鷺、鶬鴰。”李賢注：“鷗，白鷗也。”盧照鄰《過東山谷口》：“迹異人間俗，禽同海上鷗。” 鷺：鳥類的一科，嘴直而尖，頸長，飛翔時縮着頸，白鷺、蒼鷺較爲常見。李時珍《本草綱目·禽·鷺》：“鷺，水鳥也。林栖水食，群飛成序，潔白如雪，頸細而長，脚青善翹，高尺餘，解指短尾，喙長三寸，頂有長毛十數莖。”世人有“鷗鷺盟”的説法，猶鷗盟。元稹《代曲江老人百韵》：“弟兄書信斷，鷗鷺往來馴。”元稹《開元觀閑居酬吳士矩侍御三十韵》：“貂蟬徒自寵，鷗鷺不相嫌。” 相得：彼此投合。《史記·魏其武安侯列傳》：“相得歡甚，無厭，恨相知晚也。”張説《酬崔光禄冬日述懷贈答》：“中路一分手，數載來何遲？求友還相得，群英復在兹。” 杯觴：酒杯。《三國志·胡綜傳》：“性嗜酒，酒後歡呼極意，或推引杯觴，搏擊左右。”也指行酒、飲酒。劉禹錫《戲贈樂天兼見示》：“白家唯有杯觴興，欲把頭盤打少年。” 共傳：謂大家都傳誦或稱説。《史記·廉頗藺相如列傳》：“和氏璧，天下所共傳寶也。”杜甫《奉贈王中允维》：“共傳收庾信，不比得陳琳。”

③爛漫：亦作"爛熳"、"爛縵"，形容光彩四射。王延壽《魯靈光殿賦》："丹彩之飾，徒何爲乎，漼漼汗汗，流離爛漫。"色澤絢麗。沈約《奉華陽王外兵》："爛熳屜雲舒，嶔崟山海出。"杜甫《追酬故高蜀州人日見寄》："錦里春光空爛熳，瑤墀侍臣已冥寞。" 團圓：圓貌。盧綸《送張成季往江上賦得垂楊》："露繁光的皪，日麗影團圓。若到隋堤望，應逢花滿船。"元稹《高荷》："種藕百餘根，高荷縐四葉。颸閃碧雲扇，團圓青玉疊。"

④調笑：戲謔取笑。辛延年《羽林郎》："依倚將軍勢，調笑酒家胡。"李白《書懷贈南陵常贊府》："歲星入漢年，方朔見明主。調笑當時人，中天謝雲雨。" 風流：灑脱放逸，風雅瀟灑。牟融《送友人》："衣冠重文物，詩酒足風流。"宋之問《餞湖州薛司馬別駕促嚴程離筵多故》："鎮静移吳俗，風流在漢京。會看陳仲舉，從此拜公卿。" 論文：評論文人及其文章。曹丕有《典論·論文》，亦泛指談論文章。杜甫《春日憶李白》："渭北春天樹，江東日暮雲。何時一樽酒，重與細論文？"杜甫《懷舊》："老罷知明鏡，悲来望白雲。自從失詞伯，不復更論文。" 屬對：謂詩文對仗。元稹《叙詩寄樂天書》："聲勢沿順，屬對穩切者爲律詩。"《新唐書·宋之問傳》："魏建安後汔江左，詩律屢變，至沈約、庚信，以音韵相婉附，屬對精密。"

⑤賞花：欣賞花朵，賞識美景。韋同則《仲月賞花》："梅花似雪柳含烟，南地風光臘月前。把酒且須拼却醉，風流何必待歌筵！"花蕊夫人徐氏《宫詞》一八："殿前排宴賞花開，宮女侵晨探幾回？斜望花開遙舉袖，傳聲宣唤近臣來。" 珠並綴：即珠綴，連綴珍珠爲飾的什物。蕭綱《東飛伯勞歌二首》二："網户珠綴曲瓊鉤，芳茵翠被香氣流。"李華《詠史十一首》一一："泥沾珠綴履，雨濕翠毛簪。" 看雪：欣賞雪景，感嘆冬景。元稹《酬樂天喜鄰郡》："湖翻白浪常看雪，火照紅妝不待春。老大那能更争競？任君投募醉鄉人。"白居易《天宫閣早春》："天宫高閣上何頻？每上令人耳目新。前日晚登緣看雪，今朝晴

望爲迎春。"　璧常連：即"璧連"，亦作"璧聯"，日月合璧，比喻人才和美好的事物聚合在一起。王僧孺《謝曆表》："璧聯珠燦，輪映階平。"黃滔《南海幕和段先輩送韋侍御赴闕》："璧連標格驚分散，雪課篇章互唱酬。"

⑥ 竹寺：竹林中的寺院。李嘉祐《送王正字山寺讀書》："山階閑聽法，竹寺獨看書。"李洞《對棋》："雨點匦中漬，燈花局上吹。秋濤寒竹寺，此與謝公知。"　松齋：指山林別墅或隱者房舍。張説《扈從幸韋嗣立山莊應制序》："嵐氣入野，榛烟出谷。魚潭竹岸，松齋藥畹。"孟郊《游韋七洞庭別業》："松齋何用掃？蘿院自然滌。"

⑦ 潛投：暗暗投向。方孝孺《明故贈將仕佐郎禮部員外郎瞿府君行狀》："甋工王氏大雪凍餓不能起，竈突無烟。府君憫之，天明携錢二十緡，潛投窗隙而去。"　孟公轄：熱情留客飲酒之典，典出《前漢書·遊俠傳》："陳遵，字孟公，杜陵人也……遵耆酒（師古曰：耆讀曰嗜），每大飲，賓客滿堂，輒關門，取客車轄投井中，雖有急，終不得去（師古曰：既關閉門，又投車轄也。而説者便欲改'轄'字爲'鎋'，雲門之鎋鑰，妄穿鑿耳！鎋自主人所執，何煩投井也）。"　莫愁：古樂府中傳説的女子，一説爲洛陽人，另一説爲石城人（在今湖北省鍾祥縣），也有説爲金陵石城（今南京市）人。《舊唐書·音樂志》："石城有女子名莫愁，善歌謡，《石城樂》和中復有'莫愁'聲，故歌云：'莫愁在何處？莫愁石城西，艇子打兩槳，催送莫愁來。'"這裏稱代一般陪酒歌伎。

⑧ 塵土：這裏指塵世，塵事。王建《外按》："夾城門向野田開，白鹿非時出洞來。日暮秦陵塵土起，從東外按使初回。"沈亞之《送文穎上人遊天台》："莫説人間事，崎嶇塵土中。"　書卷：書籍，古代書本多作卷軸，故稱爲"書卷"。韋應物《假中枉盧二十二書亦稱臥疾兼訝李二久不訪因以詩答書因亦戲李二》："微官何事勞趨走？服藥閑眠養不才。花裏棋盤憎鳥污，枕邊書卷訝風開。"張繼《送顧況泗上覲叔父》："吳鄉歲貢足嘉賓，後進之中見此人。別業更臨洙泗上，擬將書

卷對殘春。” 槍籌：義近“酒籌”，古代飲酒時用以記數或行令的籌子。嵇含《南方草木狀·越王竹》：“越王竹，根生石上，若細荻，高尺餘，南海有之。南人愛其青色，用爲酒籌雲。”白居易《同李十一醉憶元九》：“花時同醉破春愁，醉折花枝當酒籌。” 酒權：稱酒的秤。馮山《詠雪》：“味宜茶品試，力與酒權爭。佳景誰能賞？幽吟似有情。”

⑨ 箭道：舊時官府所設練習射箭的場所。李商隱《失猿》：“祝融南去萬重雲，清嘯無因更一聞。莫遣碧江通箭道，不教腸斷憶同群。”李商隱《偶成轉韵七十二句贈四同舍》：“武威將軍使中俠，少年箭道驚楊葉。” 弓弦：弓上的弦。《管子·形勢》：“射者，弓弦發矢也。”駱賓王《從軍行》：“弓弦抱漢月，馬足踐胡塵。不求生入塞，唯當死報君。”

⑩ 樽：泛指杯盞。岑參《南溪別業》：“竹徑春來埽，蘭樽夜不收。逍遙自得意，鼓腹醉中遊。”杜甫《客至》：“盤餐市遠無兼味，樽酒家貧只舊醅。肯與鄰翁相對飲，隔籬呼取盡餘杯。” 桂然：意即然桂，典出李昉《太平御覽》卷九五七：“《春秋後語》曰：蘇秦在楚三年，乃得見談。卒辭行，威王曰：‘寡人聞先生若聞古人，今先生不遠千里而臨寡人，曾不肯留，願聞其說！’蘇秦對曰：‘楚國之食貴於玉，薪貴于桂，謁者難得見於鬼，王難得見於帝。今令臣食玉炊桂，因鬼見帝，何事不去？’威王曰：‘先生就舍，寡人聞命矣！’”這裏意謂爲了痛快飲酒，可以不計貴賤。

⑪ “漸輕身外役”兩句：意謂慢慢放棄自身之外的一切操勞，糊裏糊塗祇在杯酒裏討生活尋樂趣，亦即杜甫詩歌所云“莫思身外無窮事，且盡生前有限杯”之意。 身外：自身之外。陸機《豪士賦序》：“心玩居常之安，耳飽從諛之說，豈識乎功在身外，任出才表者哉！”杜甫《絕句漫興九首》四：“二月已破三月來，漸老逢春能幾回？莫思身外無窮事，且盡生前有限杯。” 渾：苟且度過，苟且獲取。齊己《寄谷山長老》：“遊遍名山祖遍尋，却來塵世渾光陰。”糊塗。孫光憲《北夢

瑣言》卷一：“〔唐文宗皇帝〕又問蕢曰：‘卿家有何圖書？’蕢曰：‘家書悉無，唯有文貞公笏在。’文宗令進來。鄭覃在側曰：‘在人不在笏。’文宗曰：‘卿渾未曉，但甘棠之義，非要笏也。’”　禪：佛教語，梵語“禪那”之略。原指静坐默念，引申爲禪理、禪法、禪學。王景《奉和九月九日登慈恩寺浮圖應制》：“玉輦移中禁，珠梯覽四禪。重階清漢接，飛寶紫霄懸。”杜甫《宿贊公房》：“放逐寧違性，虛空不離禪。”本詩是指以酒爲仙以酒爲佛。

⑫　雲陛：指巍峨的宮殿，雲，極言其高。賈至《侍宴曲》：“雲陛寒珠宸，天墀覆綠楊。”這裏借指朝廷與天子。劉禹錫《賀除虔王等表》：“不獲仰謝雲陛，陳露血誠。”此處是指元稹元和五年自監察御史被貶出謫江陵士曹參軍之事。　　圃田：這裏指古澤藪名，故地在今河南中牟縣西。《周禮·夏官·職方氏》：“河南曰豫州，其山鎮曰華山，其澤藪曰圃田。”《竹書紀年》卷下：“三月，爲大溝於北郛，以行圃田之水。”亦稱“圃澤”。《列子·仲尼》：“鄭之圃澤多賢，東里多才。”張堪注：“〔圃澤〕圃田也。在中牟縣。”圃田應該是指竇鞏出任的地方。

⑬　音徽：猶音訊，書信。《文選·陸機〈擬庭中有奇樹〉》：“歡友蘭時往，迢迢匿音徽。”李周翰注：“音徽，言文章、書信。”錢起《哭辛霽》“昨夜故人泉下宿，今朝白髮鏡中垂。音徽寂寂空成夢，容範朝朝無見時。”　千里：指路途遙遠或面積廣闊。《左傳·僖公三十二年》：“師之所爲，鄭必知之，勤而無所，必有悖心，且行千里，其誰不知？”杜淹《寄贈齊公》：“去去逾千里，悠悠隔九天。郊野間長薄，城闕隱凝烟。”　魂夢：夢，夢魂。李嘉祐《江湖秋思》：“素浪遙疑八溪水，清楓忽似萬年枝。嵩南春遍傷魂夢，壺口雲深隔路歧。”戎昱《贈岑郎中》：“童年未解讀書時，誦得郎中數首詩。四海烟塵猶隔闊，十年魂夢每相隨。”　兩情：指雙方的感情、情意。權德輿《古離別》：“雞鳴東方曙，鳳駕臨通逵。欲出强移步，欲留難致辭。兩情不得已，念此留何爲。”秦觀《鵲橋仙》：“兩情若是久長時，又豈在、朝朝暮暮。”　偏：疏

遠。劉向《列女傳·魏芒慈母》:"其父爲其孤也,而使妾爲其繼母,繼母如母,爲人母而不能愛其子,可謂慈乎? 親其親而偏其假,可謂義乎?"片面。劉劭《人物志·接識》:"其爲人也,務以流數,杼人之所長,而爲之名目,如是兼也;如陳以美,欲人稱之,不欲知人之所有,如是者偏也。"蘇軾《南省說書十道·問〈小雅〉周之衰》:"故曰二子者,皆得其偏而未備也。"

⑭ "足聽猿啼雨"兩句:意謂我在江陵日日夜夜聽膩了巴猿在雨中的哀鳴,你在圃田却天天提著馬鞭與馬牛做伴。 猿啼雨:猿猴在雨中的哀鳴。宋之問《端州別袁侍郎》:"泪來空泣臉,愁至不知心。客醉山月静,猿啼江樹深。"齊己《送人往長沙》:"荆門歸路指湖南,千里風帆興可諳。好聽鷓鴣啼雨處,木蘭舟晚泊春潭。" 馬腹:馬的腹部。《左傳·宣公十五年》:"古人有言曰:'雖鞭之長,不及馬腹。'"吴均《從軍行》:"陣頭橫却月,馬腹帶連錢。"

⑮ 醪:汁渣混合的酒,又稱濁酒,也稱醪糟。陸采《明珠記·訪俠》:"午烹香茗,暮飲村醪。"也作酒的總稱。《新唐書·鄭從讜傳》:"從讜以餼醪犒軍。"蘇軾《讀孟郊詩二首》一:"不如且置之,飲我玉色醪。"官醪是由官家管理的酒。張耒《補之》:"官醪聊且醉,古錦不成題。空對燈花喜,重城隔夜闈。" 清濁:清水與濁水。《詩·邶風·谷風》:"涇以渭濁。"毛傳:"涇渭相入而清濁異。"高適《贈别王七十管記》:"隨波混清濁,與物同醜麗。" 夷饌:北方少數民族的食物,目前暫時没有找到合適的書證。 腥膻:難聞的腥味。沈約《需雅八首》三:"終朝采之不盈掬,用拂腥膻和九穀。"杜甫《白鳧行》"故畦遺穗已蕩盡,天寒歲暮波濤中。鱗介腥羶素不食,終日忍飢西復東。"

⑯ "顧影無依倚"兩句:詩人意謂自從裴垍謝世,白居易回到渭村守喪,自己在朝中已經無人爲自己説話分辯,唯一的辦法就是在貶謫之地静静地等待回朝消息的到來。 顧影:亦作"顧景",自顧其影,有自矜、自負之意。《後漢書·南匈奴傳》:"昭君豐容靚飾,光明

漢宮，顧景裴回，竦動左右。”王安石《明妃曲》一：“低迴顧影無顏色，尚得君王不自持。”　依倚：倚靠，依傍。王充《論衡·論死》：“秋氣爲呻鳴之變，自有所爲。依倚死骨之側，人則謂之骨尚有知，呻鳴於野。”張籍《征婦怨》：“婦人依倚子與夫，同居貧賤心亦舒。”　甘心：願意。《詩·衛風·伯兮》：“願言思伯，甘心首疾。”張鷟《遊仙窟》：“千看千意密，一見一憐深。但當把子手，寸斬亦甘心。”　靜專：溫雅的品性。柳宗元《河間傳》：“辭曰：聞婦之道，以貞順靜專爲禮。”柳宗元《上桂州李中丞薦盧遵啓》：“獨內弟盧遵其行類諸父，靜專溫雅，好禮而信飾，以文墨達於政事。”

⑰ 那知：哪裏料想得到。《夜宴安樂公主新宅》：“金牓重樓開夜扉，瓊筵愛客未言歸。銜歡不覺銀河曙，盡醉那知玉漏稀？”崔顥《代閨人答輕薄少年》：“花間陌上春將晚，走馬鬥雞猶未返。三時出望無消息，一去那知行近遠！”　暮江：臨近暮晚的江岸。劉長卿《重送裴郎中貶吉州》：“猿啼客散暮江頭，人自傷心水自流。同作逐臣君更遠，青山萬里一孤舟。”錢起《江行無題一百首》一〇〇：“遠謫歲時晏，暮江風雨寒。仍愁繫舟處，驚夢近長灘。”　落英：落花。《楚辭·離騷》：“朝飲木蘭之墜露兮，夕餐秋菊之落英。”武元衡《唐昌觀玉蕊花》：“琪樹年年玉蕊新，洞宮長閉彩霞春。日暮落英鋪地雪，獻花無復九天人。”

⑱ 款曲：猶衷情，誠摯殷勤的心意。秦嘉《留郡贈婦》：“念當遠別離，思念敘款曲。”高適《同韓四薛三東亭翫月》：“款曲故人意，辛勤清夜言。”　生平：素來，有生以來。錢起《江行無題一百首》四九：“土曠深耕少，江平遠釣多。生平皆棄本，金革竟如何？”　悲涼：悲傷淒涼。班固《白虎通·崩薨》：“黎庶殞涕，海內悲涼。”杜甫《地隅》：“喪亂秦公子，悲涼楚大夫。”　歲序：歲時的順序，歲月。駱賓王《憲臺出繫寒夜有懷》：“生死交情異，殷憂歲序闌。空餘朝夕鳥，相伴夜啼寒。”曾鞏《太平州與本路轉運狀》：“伏念更移歲序，阻越道途。”

⑲ 鶴:鳥綱鶴科各種類的統稱,這裏暗喻竇鞏。　北渚:北面的水涯,這裏指圃田。《楚辭·九歌·湘君》:"鼂騁鶩兮江皋,夕弭節兮北渚。"王逸注:"渚,水涯也。"陸游《北渚》:"北渚露濃蘋葉老,南塘雨過藕花稀。"　鴻:大雁,這裏指詩人自己。　南天:南方的天空,這裏指江陵。李頎《送盧少府赴延陵》:"行人懷寸祿,小吏獻新圖。北固波濤險,南天風俗殊。"李白《陪族叔刑部侍郎曄及中書賈舍人至遊洞庭五首》一:"洞庭西望楚江分,水盡南天不見雲。""鶴"與"鴻"兩兩相並,"北渚"與"南天"對舉成文。

⑳ "麗句慚虛擲"兩句:這是詩人對竇鞏詩篇的讚譽之辭。　麗句:妍麗華美的句子。韓愈《和虞部盧四汀酬翰林錢七徽赤藤杖歌》:"妍辭麗句不可繼,見寄聊且慰分司。"晏幾道《臨江仙》:"東野亡來無麗句,於君去後少交親。"　沉機:亦作"沈機"、"沈幾"、"沉幾",事物隱微的徵兆。《後漢書·光武帝紀贊》:"光武誕命,靈貺自甄,沈幾先物,深略緯文。"李賢注:"幾者,動之微也。物,事也。沈深之幾,先見於事也。"王叡《將略論》:"孔明創蜀,決沈機二三策,遂成鼎峙。英雄之大略,將帥之弘規也。"猶深謀。溫庭筠《四皓》:"商於角里便成功,一才沈機萬古同。但得戚姬甘定分,不應真有紫芝翁。"羅鄴《上東川顧尚書》:"輕財重義真公子,長策沈機繼武侯。龍節坐持兵十萬,可憐三蜀盡無憂。"

㉑ 粗酬:粗粗酬和。趙嘏《寄歸》:"桃花塢接啼猿寺,野竹亭通畫鷁津。早晚粗酬身事了,水邊歸去一閑人。"　珍重:珍貴。戎昱《送李參軍》:"好住好住王司戶,珍重珍重李參軍。一東一西如別鶴,一南一北似浮雲。"白居易《初與元九別後忽夢見之悵然感懷》:"一章一遍讀,一句十回吟。珍重八十字,字字化爲金。"　工拙:猶言優劣。《呂氏春秋·知度》:"若此,則工拙愚智勇懼可得以故易官。"黃滔《唐昭宗實錄》:"明試殿庭,題目盡取於《典》《墳》,賦詠用觀其工拙。"相懸:亦作"相縣",差別大,相去懸殊。《荀子·修身》:"彼人之才性

之相縣也,豈若跛鱉之與六驥足哉!"朱熹《答張敬夫書》:"務使州縣貧富不至甚相懸,則民力之慘舒亦不至大相絕矣!"以上兩句,是詩人的謙辭。

[編年]

　　《年譜》編年本詩於元和六年,理由是:"元詩云:'及我辭雲陛,逢君仕圃田。音徽千里斷,魂夢兩情偏⋯⋯那知暮江上,俱會落英前。'指江陵相會。"《編年箋注》編年云:"元稹和作成於元和六年(八一一),時在江陵士曹任。見下《譜》。"《年譜新編》亦編年本詩於元和六年。

　　我們以為,根據元稹所云"及我辭雲陛,逢君仕圃田。音徽千里斷,魂夢兩情偏⋯⋯那知暮江上,俱會落英前"的詩句,屬於分別之後的首次相見。元稹《酬友封話舊叙懷十二韵》有"風波千里別,書信二年稀"之句,元稹與竇鞏分別於元和五年二月底的洛陽,下推"二年",當為元和六年,詩中"春深鄉路遠"之句,表明此詩當作於元和六年的春天。而竇鞏《自京將赴黔南》:"風雨荆州二月天,問人初顧峽中船。西南一望雲和水,猶道黔南有四千。"表明"春天"的具體時日應該是"二月"。"落英"有的出現在暮春,但也有的出現在仲春季節,主要根據春天花類開放的早遲而定,因此本詩當作於元和六年"二月荆州天"之時,《年譜》、《編年箋注》、《年譜新編》"元和六年"的編年,過於籠統。

■ 酬送竇鞏自京中赴黔南^{(一)①}

據竇鞏《自京師將赴黔南》

[校記]

　　(一)酬送竇鞏自京中赴黔南:元稹本佚失詩所據竇鞏《自京師

將赴黔南》、《竇氏聯珠集》、《墨莊漫録》、《唐百家詩選》、《唐詩紀事》、
《萬首唐人絶句》、《古詩鏡・唐詩鏡》、《全蜀藝文志》、《全詩》卷八八
三、《全唐詩録》均歸名竇鞏。《全詩》卷二七一歸屬竇鞏之兄竇群，
《貴州通志》歸屬於竇鞏之兄竇庠。根據我們在元稹《酬友封話舊叙
懷十二韵》中的考證，《自京師將赴黔南》的著作權應該歸屬竇鞏。

[箋注]

① 酬送竇鞏自京中赴黔南：竇鞏《自京師將赴黔南》："風雨荆州
二月天，問人須雇峽中船。西南一望雲和水，猶道黔南有四千。"但今
存元稹詩文集中未見酬和，據補。 竇鞏：字友封，行七，元稹的朋
友。元稹出貶江陵，竇鞏曾兩次探望逗留。元稹出鎮浙東觀察使、武
昌軍節度使，元稹又先後辟竇鞏爲副使。《舊唐書・元稹傳》："會稽
山水奇秀，稹所辟幕職，皆當時文士。而鏡湖、秦望之遊，月三四焉！
而諷詠詩什，動盈卷帙。副使竇鞏，海内詩名，與稹酬唱最多，至今稱
蘭亭絶唱。"《寶刻叢編》卷二："《唐幡竿頌》：唐竇鞏撰并書，長慶四年
十月立（《金石録》）。" 京中：即京城。丁仙芝《京中守歲》："守歲多
然燭，通宵莫掩扉。客愁當暗滿，春色向明歸。"耿湋《之江淮留別京
中親故》："長雲迷一雁，漸遠向南聲。已帶千霜鬢，初爲萬里行。"
黔南：貴州省的别稱，貴州本别稱"黔"，又因位於國土南部，故名。吕
温《二月一日是貞元舊節有感絶句寄黔南竇三洛陽盧七》："同事先皇
立玉墀，中和舊節又支離。今朝各自看花處，萬里遥知掩泪時。"白居
易《送蕭處士遊黔南》："能文好飲老蕭郎，身似浮雲髻似霜。生計抛
來詩是業，家園忘却酒爲鄉。"

[編年]

未見《元稹集》採録，也未見《年譜》、《年譜新編》、《年譜新編》採

錄與編年。

　　元稹《酬友封話舊叙懷十二韵》:"風波千里別,書信二年稀。"元稹與竇鞏分別於元和五年二月底的洛陽。元稹《答友封見贈》:"荀令香銷潘簟空,悼亡詩滿舊屏風。扶床小女君先識,應爲些些似外翁。"從元和五年下推"二年",當爲元和六年。詩中有"春深鄉路遠"之句,《酬友封話舊叙懷十二韵》當作於元和六年的春天。而竇鞏《自京將赴黔南》"風雨荆州二月天,問人初顧峽中船。西南一望雲和水,猶道黔南有四千"云云即是竇鞏元和六年春天探望元稹之事,兩者一一相符。竇群元和六年九月才自黔州改任開州刺史,元和六年二月間竇群還在黔州,故《自京將赴黔南》的作者應該是竇鞏而不是竇群。竇鞏與元稹是多年的朋友,其前往投奔黔南的兄長竇群路過荆州即江陵合乎情理,因此我們認爲《自京將赴黔南》應該作於元和六年二月間,元稹已經佚失的酬和之篇也應該撰作於送別竇鞏之時,地點在江陵,元稹時任江陵士曹參軍。

◎ 送友封^{(一)①}

　　輕風略略柳欣欣^(二),晴色空濛遠似塵^②。斗柄未回猶帶閏,江痕潛上已生春^③。蘭成宅裏尋枯樹,宋玉亭前別故人^④。心斷洛陽三兩處,窈娘堤抱古天津^{(三)⑤}。

　　　　　　　　　　　　　　　　　　録自《元氏長慶集》卷一八

[校記]

　　(一) 送友封:楊本、叢刊本、《全詩》、《全唐詩録》同,盧校宋本作"重送友封",《石倉歷代詩選》作"送友",語義不同,不改。

　　(二) 輕風略略柳欣欣:楊本、叢刊本、《全詩》、《全唐詩録》同,

《石倉歷代詩選》作“輕風略略柳條新”，語義不同，不改。

（三）窈娘堤抱古天津：原本作“窈娘提抱古天津”，楊本、叢刊本、《石倉歷代詩選》同，據《全詩》、《全唐詩録》改。

［箋注］

① 送友封：本詩是元稹元和六年送別前來江陵拜訪元稹的竇鞏之作，友封是竇鞏的字，時在“二月荆州天”之時。元稹《和友封題開善寺十韵》：“亞樹牽藤閣，横查壓石橋。竹荒新笋細，池淺小魚跳。”元稹《送友封二首》二：“惠和坊裏當時別，豈料江陵送上船。鵬翼張風期萬里，馬頭無角已三年。”

② 輕風：輕捷的風。張協《雜詩十首》三：“翳翳結繁雲，森森散雨足。輕風摧勁草，凝霜竦高木。”孫逖《和左司張員外自洛使入京中路先赴長安逢立春日贈韋侍御等諸公》“忽覩雲間數雁回，更逢山上正花開。河邊淑氣迎芳草，林下輕風待落梅。”也作微風解。杜牧《早春閣下寓直蕭九舍人亦直内署因寄書懷四韵》：“玉漏輕風順，金莖淡日殘。王喬在何處？清漢正驂鸞。” 略略：微微。王周《遊仙都觀》：“冷杉枯柏路盤空，毛髮生寒略略風。兩漢真仙在何處？巡香行繞蕊珠宫。”陳與義《長干行》：“妾家長千里，春慵晏未起。花香襲夢回，略略事梳洗。” 欣欣：草木茂盛貌。戴叔倫《屯田詞》：“春來耕田遍沙磧，老稚欣欣種禾麥。麥苗漸長天苦晴，土乾确确鉏不得。”戴叔倫《南軒》：“面山如對畫，臨水坐流觴。更愛閑花木，欣欣得向陽。” 晴色：晴天的景象。盧宗回《登長安慈恩寺塔》：“渭水寒光摇藻井，玉峰晴色上朱闌。九重宫闕參差見，百二山河表裏觀。”姚合《寄主客劉郎中》：“嵩山晴色來城裏，洛水寒光出岸邊。清景早朝吟麗思，題詩應費益州箋。” 空濛：迷茫貌，縹緲貌。杜甫《渼陂西南臺》：“仿像識鮫人，空濛辨魚艇。錯磨終南翠，顛倒白閣影。”蘇軾《飲湖上初晴後雨》一：“水光瀲灩晴方好，山色空濛雨亦奇。欲把西湖比西子，淡妝濃抹

總相宜。”也指縹緲、迷茫的境界，與“遠似塵”相呼應。權德輿《桃源篇》：“漸入空濛迷鳥道，寧知掩映有人家。麗眉秀骨争迎客，鑿井耕田人世隔。”梅堯臣《讀裴如晦萬里集書其後》：“宋子序其端，精悍孰鉗縶。搜新造空濛，俗眼不得入。”

③ 斗柄：北斗柄，指北斗的第五至第七星，即衡、開泰、搖光。北斗，第一至第四星像斗，第五至第七星像柄。《國語·周語》：“日在析木之津，辰在斗柄。”韋應物《擬古詩十二首》六：“天河橫未落，斗柄當西南。”邢雲路《古今律曆考》卷九：“楚辭曰：‘攝提貞于孟陬兮，惟庚寅吾以降。’言斗柄指寅爲正月也。《鶡冠子》亦云：‘斗柄東指，天下皆春；斗柄南指，天下皆夏；斗柄西指，天下皆秋；斗柄北指，天下皆冬。柄運於上，事立於下，此聖人究道之情、究道之法也。殊不知正月指寅，周時則然，而後亦各異矣！” 江痕：江水浸濕江岸的痕迹。杜牧《奉送中丞姊夫儔自大理卿出鎮江西叙事書懷因成十二韵》：“一聲仙妓唱，千里暮江痕。私好初童稚，官榮見子孫。”蘇轍《陰晴不定簡唐覯秘校並敫吳二君五首》一：“江痕漲猶在，梅氣潤相侵。”

④ 蘭成宅：陳思《小字録·蘭成》：“庾信字子山，父肩吾，梁太子中庶子，小字蘭成，幼而俊邁，聰敏絶倫。有天竺僧呼信爲蘭成，因以爲小字。使西魏，留長安。周孝閔帝踐祚，拜洛州刺史。後作《哀江南賦》，有曰：‘王子洛濱之歲，蘭成射策之年。’”張説《過庾信宅》：“蘭成追宋玉，舊宅偶詞人。筆湧江山氣，文驕雲雨神。”麗德公《同鹿門少年馬紹隆冥遊詩》：“高名宋玉遺閑麗，作賦蘭成絶盛才。誰似遼東千歲鶴，倚天華表却歸來？” 枯樹：凋枯之樹。《晉書·王羲之傳》：“觀其字勢疏瘦，如隆冬之枯樹。”杜甫《乾元中寓居同谷縣作歌七首》五：“四山多風溪水急，寒雨颯颯枯樹濕。” 宋玉亭：古亭名，在荆州。杜甫《送李功曹之荆州充鄭侍御判官重贈》：“曾聞宋玉宅，每欲到荆州（洙曰：韓愈爲江陵法曹，亦云‘宋玉亭邊不得見’，《哀江南賦》‘誅茅之宅’，師曰：按余知古諸宮故事曰：庾信因侯景之亂自建康遁歸江

陵,居宋玉故宅,宅在城北三里,故其賦云'誅茅'。宋玉之宅穿徑臨江之府,子美在夔詠懷古迹云:'摇落深知宋玉悲……江山故宅空文藻。'又移居夔州入宅詩云:'宋玉歸州宅,雲通白帝城。'(疑歸州亦有宋玉宅,非止於荆州)。"杜牧《送劉秀才歸江陵》:"綵服鮮華覲渚宫,鱸魚新熟别江東。劉郎浦夜侵船月,宋玉亭春弄袖風。" 故人:舊交,老友,本詩是指竇鞏。《史记·范雎蔡泽列传》:"公之所以得無死者,以綈袍戀戀,有故人之意,故釋公。"王维《送元二使安西》:"勸君更盡一杯酒,西出陽關無故人。"

⑤"心斷洛陽三兩處"兩句:心斷:猶心碎。江淹《四時賦》:"若乃旭日始曖,蕙草可織。園桃紅點,流水碧色。思舊都兮心斷,憐故人兮無極。"孟浩然《入峽寄弟》:"浦上思歸戀,舟中失夢魂。泪沾明月峽,心斷鶺鴒原。"元稹與竇鞏元和五年二月匆匆分别於洛陽,故這裏説到"心斷",提及洛陽的"窈娘堤"、"天津橋"。窈娘堤與天津橋都在洛陽,白居易《天津橋》:"津橋東北斗亭西,到此令人詩思迷。眉月晚生神女浦,臉波春傍窈娘堤。"姚合《過天津橋晴望》:"閑立津橋上,寒光動遠林。皇宫對嵩頂,清洛貫城心。"羅虬《比紅兒詩》一〇〇:"花落塵中玉墮泥,香魂應上窈娘堤。欲知此恨無窮處,長倩城烏夜夜啼。"

[編年]

《年譜》編年本詩於元和六年,理由是:"詩云:'輕風略略柳欣欣……蘭成宅裏尋枯樹,宋玉亭前别故人。'以上元稹與竇鞏江陵唱和之詩,俱元和六年春作。"《編年箋注》編年云:"元稹此詩作於元和六年(八一一),時在江陵士曹任。見卞《譜》。"《年譜新編》亦編年元和六年,没有説明理由。

我們以爲,本詩詩云:"宋玉亭前别故人。"又提及"蘭成宅",而"宋玉亭"、"蘭成宅"都在江陵,此詩應該作於江陵。而詩又云:"江痕潛上已生春。"應該作於早春季節。結合元稹《酬竇校書二十韵》、《酬友封話舊叙懷十二韵》以及竇鞏《江陵遇元九李六二侍御紀事書情呈十二韵》、《自京師將赴黔南》諸詩,可以確定本詩應該作於元和六年二月的江陵,竇鞏逗留江陵之後,前往黔州投奔兄長竇群。《年譜》、《編年箋注》、《年譜新編》不僅編年籠統,而且没有正當的編年理由。

■ 酬樂天獨酌見憶(一)①

據白居易《獨酌憶微之》

[校記]

　　(一)酬樂天獨酌見憶:元稹本佚失詩所據白居易《獨酌憶微之》,見《白氏長慶集》、《萬首唐人絶句》、《白香山詩集》、《全詩》,除《白氏長慶集》將"與君春别又逢春"作"與君春别又逢君"外,其他悉同,《白氏長慶集》意見不可取,因"與君春别又逢春"與上句"獨酌花前醉憶君"呼應。

[箋注]

　　① 酬樂天獨酌見憶:白居易《獨酌憶微之(時對所贈盞)》:"獨酌花前醉憶君,與君春别又逢春。惆悵銀杯來處重,不曾盛酒勸閑人。"不見元稹酬篇,據補。　獨酌:獨飲。鮑照《園葵賦》:"獨酌南軒,撫琴孤聽。"《新唐書·馬周傳》:"周命酒一斗八升,悠然獨酌,衆異之。"

[編年]

　　未見《元稹集》採録,也未見《年譜》、《年譜新編》、《年譜新編》採録與編年。

　　朱金城先生《白居易集箋校》編年白居易詩於元和五年。白居易詩"與君春別又逢春"之句，表明白居易詩必定賦作於元和六年春天，白居易時在長安，職任京兆府戶曹參軍。元稹已經佚失的酬和詩篇也一定撰作於元和六年的春天，地點在江陵，元稹時任江陵士曹參軍之職。

◎ 説　劍①

　　吾友有寶劍，密之如密友②。我實膠漆交(一)，中堂共杯酒③。酒酣肝膽露，恨不眼前剖④。高唱荊卿歌，亂擊相如缶⑤。更擊復更唱，更舞亦更壽(二)⑥。白虹坐上飛，青蛇匣中吼⑦。我聞音響異，疑是干將偶(三)⑧。爲君再拜言：神物可見不⑨？君言我所重，我自爲君取(四)⑩。迎篋已焚香(五)，近鞘先澤手⑪。徐抽寸寸刃，漸屈彎彎肘⑫。殺殺霜在鋒，團團月臨紐⑬。逡巡潜虬躍，矍律驚左右⑭。霆電滿室光，蛟龍逐奮走(六)⑮。我爲捧之泣(七)：此劍別來久(八)⑯。鑄時堇山破(九)，藏在松桂朽⑰。幽質獄中埋(一〇)，神人水心守⑱。本是稽泥滓(一一)，果非雷煥有⑲。我欲評劍功，願君良聽受⑳：劍可剗犀兕，劍可切瓊玖㉑。劍決天外雲，劍衝日中斗㉒。劍隳妖蛇腹，劍拂佞臣首㉓。太古初斷鼇，武王親擊紂㉔。燕丹卷地圖，陳平綰花綬㉕。曾被桂樹枝，寒光射林藪㉖。曾經鑄農器，利用剪稂莠㉗。神物終變化，復爲龍牝牡㉘。晉末武庫燒，脱然排戶牗㉙。爲欲掃群胡，散作彌天帚㉚。自兹失所往(一二)，豪英共爲詬㉛。今復誰人鑄，挺然千載後㉜？既非古風胡(一三)，無乃近鷗九㉝。自我與君遊，平生益自負㉞。況擎寶劍出，重以雄心扣^㉟。此劍何太奇！此心何太厚^㊱！勸君慎所寶^(一四)，所用無或苟^㊲。潛將辟魑魅，勿但驚妾婦^{(一五)㊳}。留斬泓下蛟，莫試街中狗^㊴。君今困泥滓，我亦坌塵垢^㊵。俗耳驚大言，逢人少開口^㊶。

録自《元氏長慶集》卷二

［校記］

（一）我實膠漆交：楊本、叢刊本、《全詩》、《全唐詩録》同，《唐文粹》作“我寶膠漆交”，語義不同，不改。

（二）更舞亦更壽：蘭雪堂本、叢刊本、《全唐詩録》、《全詩》注同，楊本、《唐文粹》、《全詩》作“更酌亦更壽”，語義不同，不改。

（三）疑是干將偶：楊本、《唐文粹》、《全詩》同，語義通順。蘭雪堂本、叢刊本、《全唐詩録》、《全詩》注作“疑是十將聞”，宋蜀本作“疑是十將偶”，語義不通，疑是刊刻之誤，不改。

（四）君言我所重，我自爲君取：楊本、叢刊本、《全詩》、《全唐詩録》同，《唐文粹》作“君言亦可見，復言我自取”，語義不佳，不改。

（五）迎篋已焚香：楊本、叢刊本、《全詩》、《全唐詩録》同，《唐文粹》作“迎匣已焚香”，兩字相通，不改。

（六）蛟龍逐奮走：蘭雪堂本、叢刊本、《全唐詩録》、《全詩》注同，楊本、《唐文粹》、《全詩》作“蛟龍繞身走”，語義不同，不改。

（七）我爲捧之泣：楊本、《唐文粹》、《全詩》同，蘭雪堂本、叢刊本、《全唐詩録》、《全詩》注作“何人爲鑄之”，語義不同，不改。

（八）此劍別來久：楊本、《唐文粹》、《全詩》同，蘭雪堂本、叢刊本、《全唐詩録》、《全詩》注作“干將別來久”，語義不同，不改。

（九）鑄時菫山破：《唐文粹》、《全詩》注同，楊本、叢刊本、《全詩》、《全唐詩録》作“鑄時近山破”，語義不同，不改。

（一〇）幽質獄中埋：蘭雪堂本、叢刊本同，楊本、《全詩》作“幽匣獄底埋”，宋蜀本、《唐文粹》作“幽匣獄邊埋”，語義相類，不改。

（一一）本是稽泥淬：蘭雪堂本、叢刊本、《唐文粹》、《全詩》同，楊本作“本用泥稽淬”，錢校作“本用稽泥淬”，語義相類，不改。

（一二）自茲失所往：楊本、叢刊本、《唐文粹》、《全詩》、《全唐詩錄》同，盧校作“自茲失所在”，語義相類，不改。

（一三）既非古風胡：《唐文粹》、《全詩》、《全唐詩錄》同，楊本、叢刊本、《全詩》注作“既非古風壺”，語義不同，不改。

（一四）勸君慎所寶：楊本、叢刊本、《全唐詩錄》、《全詩》注同，錢校、《唐文粹》、《全詩》作“勸君慎所用”，語義相類，不改。

（一五）勿但驚妾婦：蘭雪堂本、叢刊本、《全唐詩錄》、《全詩》注同，楊本、《唐文粹》、《全詩》作“勿但防妾婦”，語義近似，不改。

［箋注］

① 說劍：評議劍術，評論劍道。李白《秋夜獨坐懷故山》：“莊周空說劍，墨翟恥論兵。”竇鞏《老將行》：“唯有酬恩客，時聽說劍來。”白居易有《李都尉古劍》，可謂與本詩異曲而同工：“古劍寒黯黯，鑄來幾千秋？白光納日月，紫氣排斗牛。有客借一觀，愛之不敢求。湛然玉匣中，秋水澄不流。至寶有本性，精剛無與儔。可使寸寸折，不能繞指柔。願快直士心，將斷佞臣頭。不願報小怨，夜半刺私讎。勸君慎所用，無作神兵羞。”詩人如此熱情讚揚“寶劍”，顯然不僅僅是對“干將”的喜愛，而是有所政治寄託有所政治期待，詩歌清楚地表露了詩人希望李景儉與自己一樣，能够共同具備“潛將辟魑魅，勿但驚妾婦。留斬泓下蛟，莫試街中狗”的雄心壯志。

② 吾友：我的朋友，這裏指詩人的朋友李景儉。崔曙《登水門樓見亡友張貞期題望黃河詩因以感興》：“吾友東南美，昔聞登此樓。人隨川上逝，作書向壁中。”孟浩然《尋天台山》：“吾友太乙子，餐霞臥赤

城。欲尋華頂去,不憚惡溪名。"　　寶劍:劍的美稱,原指特別鋒利而稀有的珍貴的劍,後泛指一般的劍。袁康《越絕書·外傳記寶劍》:"昔者越王勾踐有寶劍五,聞於天下。"王涯《塞下曲二首》二:"年少辭家從冠軍,金妝寶劍去邀勛。"　　密:貼近,親密。韓愈《南山詩》:"或戾若仇讎,或密若婚媾。"孟郊《秋懷十五首》一〇:"孤隔文章友,親密蒿萊翁。"　　密友:最親近、要好的朋友。嵇康《琴賦》:"華堂曲宴,密友近賓。蘭肴兼御,旨酒清醇。"蘇洵《衡論·遠慮》:"今夫一家之中,必有宗老,一介之士,必有密友,以開心胸,以濟緩急,奈何天子而無腹心之臣乎?"

③ 膠漆:比喻情誼極深,親密無間。白居易《和寄樂天》:"賢愚類相交,人情之大率。然自古今來,幾人號膠漆?"辛文房《唐才子傳·白居易》:"與元稹極善膠漆,音韵亦同。"　　中堂:正中的廳堂。《儀禮·聘禮》:"公側襲受玉于中堂與東楹之間。"鄭玄注:"中堂,南北之中也。"《文選·張衡〈西京賦〉》:"促中堂之陜坐,羽觴行而無筭。"薛綜注:"中堂,中央也。"　　杯酒:指飲酒。司馬遷《報任少卿書》:"未嘗銜杯酒,接殷勤之歡。"《新唐書·張延賞傳》:"吾武夫,雖有舊惡,杯酒間可解。"

④ 酒酣:謂酒喝得盡興,暢快。《史記·高祖本紀》:"酒酣,高祖擊築,自爲歌詩。"裴駰集解引應劭曰:"不醒不醉曰酣。"左思《詠史八首》六:"荊軻飲燕市,酒酣氣益振。"　　肝膽:比喻關係密切。葛洪《抱朴子·嘉遯》:"離同則肝膽爲胡越,合異則萬殊而一和。"《文心雕龍·附會》:"故善附者異旨如肝膽,拙會者同音如胡越。"比喻真心誠意。《史記·淮陰侯列傳》:"臣願披腹心,輸肝膽,效愚計,恐足下不能用也。"曾鞏《送宣州杜都官》:"江湖一見十年舊,談笑相逢肝膽傾。"比喻勇氣、血性。韓愈《贈別元十八協律六首》四:"窮途致感激,肝膽還輪囷。"王十朋《前詩送三鄉丈行雖各獻芹然非所以勉子大夫茂明大對之意更爲古詩一章》:"徒令天下慷慨士,肝膽一劍生光芒。"

剖:破開。《書·泰誓》:"斮朝涉之脛,剖賢人之心。"《莊子·逍遙遊》:"剖之以爲瓢。"

⑤ 高唱荆卿歌:事見《史記·刺客列傳》:"荆軻者,衛人也。其先乃齊人,徙於衛,衛人謂之慶卿。之燕,燕人謂之荆卿。荆卿好讀書、擊劍……遂發(往秦),太子及賓客知其事者,皆白衣冠以送之至易水之上,既祖,取道,高漸離擊築,荆軻和而歌,爲變徵之聲,士皆垂淚涕泣。又前而歌曰:'風蕭蕭兮易水寒,壯士一去兮不復還!'復爲羽聲忼慨,士皆瞋目,髮盡上指冠,於是荆軻就車而去,終已不顧。"李賀《白虎行》:"漸離擊築荆卿歌,荆卿把酒燕丹語。劍如霜兮膽如鐵,出燕城兮望秦月。" 亂擊相如缶:事見《史記·廉頗藺相如列傳》:"秦王飲酒酣,曰:'寡人竊聞趙王好音,請奏瑟!'趙王鼓瑟,秦御史前書曰:'某年月日,秦王與趙王會飲,令趙王鼓瑟。'藺相如前曰:'趙王竊聞秦王善爲秦聲,請奉盆缻秦王以相娛樂!'秦王怒,不許,於是相如前進缻,因跪請秦王。秦王不肯擊缻,相如曰:'五步之內,相如請得以頸血濺大王矣!'左右欲刃相如,相如張目叱之,左右皆靡,於是秦王不懌,爲一擊缻。相如顧召趙御史書曰:'某年月日,秦王爲趙王擊缻。'"汪遵《澠池》:"西秦北趙各稱高,池上張筵列我曹。何事君王親擊缶? 相如有劍可吹毛。"胡曾《澠池》:"日照荒城芳草新,相如曾此挫強秦。能令百二山河主,便作樽前擊缶人。"

⑥ 擊:打,敲打。《詩·邶風·擊鼓》:"擊鼓其鏜。"韓愈《送孟東野序》:"金石之無聲,或擊之鳴,人之於言也亦然。" 唱:歌唱,吟詠。陸機《文賦》:"譬偏絃之獨張,含清唱而靡應。"王勃《秋日登洪府滕王閣餞別序》:"漁舟唱晚,響窮彭蠡之濱;雁陣驚寒,聲斷衡陽之浦。"舞:揮動,舞動。《禮記·樂記》:"説之,故言之;言之不足,故長言之;長言之不足,故嗟嘆之;嗟嘆之不足,故不知手之舞之、足之蹈之也。"《山海經·海外西經》:"形天與帝至此爭神,帝斷其首,葬之常羊之山,乃以乳爲目,以臍爲口,操干戚以舞。" 壽:祝福。韓愈《送石處

2724

士序》：“又酌而祝曰：凡去就出處何常，惟義之歸。遂以爲先生壽。”
張耒《離泗州有作》：“清歌一曲主人酒，主人壽客客舉手。”引申爲問
候。韓愈《送幽州李端公序》：“端公歲時來壽其親東都，東都之大夫
士莫不拜於門。”

⑦ 白虹：寶劍名。崔豹《古今注·興服》：“吳大帝有……寶劍
六：一曰白虹，二曰紫電，三曰辟邪，四曰流星，五曰青冥，六曰百里。”
吳淑《事類賦·劍》：“陽紋陰縵之奇，紫電白虹之異。” 青蛇：古寶劍
名，亦泛指劍。白居易《漢高皇帝親斬白蛇賦》：“彼戮鯨鯢與截犀兕，
未若我提青蛇而斬白蛇。”元稹《三嘆三首》一：“雄爲光電烻，雌但深
泓澄。龍怒有奇變，青蛇終不驚。”

⑧ 音響：聲音。劉義慶《世説新語·言語》：“若不一叩洪鐘，伐
雷鼓，則不識其音響也。”元稹《清都夜境》：“南廂儼容衛，音響如可
聆。” 干將：古劍名，相傳春秋吳有干將、莫邪夫婦善鑄劍，爲闔閭鑄
陰陽劍，陽曰“干將”，陰曰“莫邪”。干將藏陽劍獻陰劍，吳王視爲重
寶。《太平御覽》卷三四三引《列異志》載：楚人干將、莫邪夫婦爲楚王
鑄雌雄二劍，三年乃成。干將以誤期自分必死，乃留雄劍囑其妻：若
生男，告以劍所在。干將果被殺。其子長，得客助捨身爲父復仇。韓
翃《送劉侍御赴陝州》：“金羈映驌驦，後騎佩干將。”葉適《贈趙季清縣
丞》：“五月涼如秋，照夜干將白。”

⑨ 拜言：恭手或跪拜，執禮相告，也作書面套語。韋應物《發廣
陵留上家兄兼寄上長沙》：“拜言不得留，聲結淚滿裳。”韓愈《後十九
日復上書》：“二月十六日，前鄉貢進士韓愈，謹再拜言相公閣下。”
神物：神靈、怪異之物。《易·繫辭》：“探賾索隱，鈎深致遠，以定天下
之吉凶，成天下之亹亹者，莫大乎蓍龜。是故天生神物，聖人則之。”
李白《梁甫吟》：“張公兩龍劍，神物合有時。”

⑩ “君言我所重”兩句：意謂我從來就尊重你的話語，讓我親自
爲你取來。 重：指尊敬、敬重，重視。曹丕《典論·論文》：“則古人

賤尺璧而重寸陰,懼乎時之過已。"范仲淹《送徐登山人》:"重君愛詩書,孜孜不知老。"

⑪ 篋:小箱子,藏物之具。大曰箱,小曰篋。《史記·樗里子甘茂列傳》:"樂羊返而論功,文侯示之謗書一篋。"韓愈《送文暢師北遊》:"開張篋中寶,自可得津筏。" 焚香:點燃檀香等香料,燒香。庾信《三月三日華林園馬射賦》:"屬車釃酒,複道焚香。"杜甫《冬到金華山觀》:"焚香玉女跪,霧裏仙人來。" 鞘:鞘子,刀劍套。《西京雜記》卷一:"開匣拔鞘,輒有風氣,光彩射人。"張協《雜詩十首》八:"長鋏鳴鞘中,烽火列邊亭。" 澤手:謂手相搓揉。《禮記·曲禮》:"共飯不澤手。"鄭玄注:"澤謂捼莎也。"孔穎達疏:"古之禮,飯不用箸,但用手,既與人共飯,手宜絜淨,不得臨食始捼莎手乃食,恐爲人穢也。"《困學紀聞·儀禮》:"《理道要訣》云:周人尚以手搏食,故《記》云共飯不澤手,蓋弊俗漸改未盡。"

⑫ 寸寸:一寸一寸地。枚乘《諫吳王書》:"夫銖銖而稱之,至石必差;寸寸而度之,至丈必過。"蘇軾《雜說》:"今吾十口之家,而共百畝之田,寸寸而取之,日夜以望之,鋤耰銍艾,相尋於其上者如魚鱗,而地力竭矣!"每段,每截。《晉書·郗超傳》:"超取視,寸寸毀裂。"刃:刀鋒,刀口。《書·費誓》:"礪乃鋒刃。"孔傳:"磨礪鋒刃。"《北史·叔孫俊傳》:"俊覺悅舉動有異,乃於悅懷中得兩刃匕首,遂執悅殺之。" 彎彎:彎曲貌。張籍《樵客吟》:"日西待伴同下山,竹擔彎彎向身曲。"楊萬里《竹枝歌》六:"月子彎彎照幾州?幾家歡樂幾家愁?"肘:上下臂相接處可以彎曲的部位。《左傳·成公二年》:"自始合,而矢貫余手及肘。"薛昭蘊《幻影傳·陳季卿》:"翁乃於肘受解一小囊,出藥方寸,止煎一杯。"

⑬ 殺殺:謂刀劍鋒利,寒光逼人。元稹《五弦彈》:"嗚嗚暗溜咽冰泉,殺殺霜刀澀寒鞘。"柳開《上郭太傅書》:"天順者何?兵主殺殺,主陰陰,主悽慘。" 團團:圓貌。班婕妤《怨歌行》:"裁爲合歡扇,團

團似明月。"謝惠連《七月七日夜詠牛女》："團團滿葉露，析析振
條風。"

⑭　逡巡：頃刻，極短時間。元稹《古社》："飛聲鼓鼙震，高焰旗幟
翻。逡巡荆棘盡，狐兔無子孫。"張祜《偶作》："遍識青霄路上人，相逢
祇是語逡巡。"　潛虬：猶潛龍，喻有才德而未爲世重用之人。李白
《贈別舍人弟臺卿之江南》："令弟經濟士，謫居我何傷。潛虬隱尺水，
著論談興亡。"孟郊《寄張籍》："浮雲何當來？潛虬會飛騰。"　鬱律：
高聳貌。獨孤及《題思禪寺上方》："攀雲到金界，合掌開禪扃。鬱律
衆山抱，空濛花雨零。"宋祁《圜丘賦》："上崔嵬以鬱律兮，外博敞而神
麗。"　左右：各方面。《資治通鑑・後唐明宗天成元年》："嗣源危殆
者數四，賴宣徽使李紹宏左右營護，以是得全。"曾鞏《祭亡妻晁氏
文》："事姑之禮，左右無違。"

⑮　霆電：疾雷閃電，喻威猛無比的力量。《漢書・武帝紀》："取
新壘其如拾芥，撲朱爵其猶掃塵。霆電外駭，省闥內傾。"賀鑄《彭城
三詠》："秦蛇已中斷，劉項方龍戰。叱咤沮風雲，睢盱走霆電。"　滿
室：充滿整個房間。劉長卿《宿雙峰寺寄盧七李十六》："寥寥禪誦處，
滿室蟲絲結。獨與山中人，無心生復滅。"陳羽《經夫差廟》："姑蘇城
畔千年木，刻作夫差廟裏神。冠蓋寂寥塵滿室，不知簫鼓樂何人？"
蛟龍：古代傳說的兩種動物，居深水中，相傳蛟能發洪水，龍能興雲
雨。劉長卿《橫龍渡》："空傳古岸下，曾見蛟龍去。秋水晚沈沈，猶疑
在深處。"孟浩然《與黃侍御北津泛舟》："津無蛟龍患，日夕常安流。
本欲避驄馬，何如同鷁舟？"

⑯　捧：兩手承托。《莊子・達生》："〔委蛇〕其爲物也，惡聞雷車
之聲，則捧其首而立。"韓愈《和虞部盧四酬翰林錢七赤藤杖歌》："歸
來捧贈同舍子，浮光照手欲把疑。"　泣：無聲流淚或低聲而哭。
《易・屯》："得敵，或鼓或罷，或泣或歌。"蘇軾《前赤壁賦》："舞幽壑之
潛蛟，泣孤舟之嫠婦。"

⑰ 鑄:熔煉金屬或以液態非金屬材料澆製成器的統稱。《管子·任法》:"昔者堯之治天下也……猶金之在鑪,恣冶之所以鑄。"《北齊書·文宣帝紀》:"己丑,改鑄新錢。" 董山:地名,古人歐冶子造劍之地。《太平寰宇記·越州》:"赤董山:在縣北三十三里。《會稽記》:昔歐冶造劍於此山,云涸若耶而採銅,破赤董而取錫。" 藏在松桂朽:"桂"疑是"柱"之誤,事見干寶《搜神記》卷一一:"楚干將莫邪爲楚王作劍,三年乃成,王怒,欲殺之。劍有雌雄,其妻重身當産,夫語妻曰:'吾爲王作劍,三年乃成,王怒,往必殺我。汝若生子,是男,大告之曰:'出戶望南山,松生石上,劍在其背。'於是即將雌劍往見楚王。王大怒,使相之,劍有二,一雄一雌,雌來雄不來,王怒,即殺之。莫邪子名赤,比後壯,乃問其母曰:'吾父所在?'母曰:'汝父爲楚王作劍,三年乃成,王怒殺之。去時囑我:語汝子,出戶望南山,松生石上,劍在其背。'於是子出戶南望,不見有山,但覩堂前松柱下,石砌之上,即以斧破其背,得劍,日夜思欲報楚王。王夢見一兒,眉間廣尺,言欲報讎。王即購之千金,兒聞之,亡去,入山行歌。客有逢者,謂:'子年少,何哭之甚悲耶?'曰:'吾,干將莫邪子也。楚王殺吾父,吾欲報之!'客曰:'聞王購子頭千金,將子頭與劍來,爲子報之!'兒曰:'幸甚!'即自刎,兩手捧頭及劍,奉之立僵。客曰:'不負子也!'於是屍乃仆。客持頭往見楚王,王大喜。客曰:'此乃勇士頭也! 當於湯鑊煮之!'王如其言,煮頭三日三夕不爛,頭踔出湯中,瞋目大怒。客曰:'此兒頭不爛,願王自往臨視之,是必爛也!'王即臨之,客以劍擬王,王頭隨墮湯中,客亦自擬己頭,頭復墮湯中。三首俱爛,不可識別,乃分其湯肉葬之,故通名'三王墓',今在汝南北宜春縣界。"

⑱ "幽質獄中埋"兩句:典出《晉書·張華傳》:"初,吳之未滅也,斗牛之間常有紫氣,道術者皆以吳方強盛,未可圖也,惟華以爲不然。及吳平之後,紫氣愈明。華聞豫章人雷煥妙達緯象,乃要煥宿,屏人曰:'可共尋天文,知將來吉凶!'因登樓仰觀,煥曰:'僕察之久矣! 惟

斗牛之間頗有異氣。'華曰：'是何祥也？'煥曰：'寶劍之精上徹於天耳！'華曰：'君言得之！吾少時有相者言吾出六十，位登三事，當得寶劍佩之，斯言豈效與？'因問曰：'在何郡？'煥曰：'在豫章豐城。'華曰：'欲屈君爲宰，密共尋之，可乎？'煥許之，華大喜，即補煥爲豐城令。煥到縣，掘獄屋基，入地四丈餘，得一石函，光氣非常，中有雙劍，並刻題一曰龍泉，一曰太阿，其夕斗牛間氣不復見焉！煥以南昌西山北巖下土以拭劍，光芒艷發。大盆盛水，置劍其上，視之者精芒炫目。遺使送一劍并土與華，留一自佩。或謂煥曰：'得兩送一，張公豈可欺乎？'煥曰：'本朝將亂，張公當受其禍！此劍當繫徐君墓樹耳！靈異之物，終當化去，不永爲人服也！'華得劍，寶愛之，常置坐側。華以南昌土不如華陰赤土，報煥書曰：'詳觀劍文，乃干將也，莫邪何復不至？雖然，天生神物終當合耳！'因以華陰土一斤致煥，煥更以拭劍，倍益精明。華誅，失劍所在。煥卒，子華爲州從事，持劍行經延平津，劍忽於腰間躍出墮水，使人沒水取之，不見劍，但見兩龍各長數丈，蟠縈有文章，沒者懼而反。須臾光彩照水，波浪驚沸，於是失劍。華嘆曰：'先君化去之言，張公終合之論，此其驗乎？'　神人：謂神和人。《書·舜典》："八音克諧，無相奪倫，神人以和。"《左傳·昭公元年》："爲晉正卿，以主諸侯，而僑於隸人，朝不謀夕，棄神人矣！"杜預注："民爲神主，不恤民，故神人皆去。"　水心：水中央。王安石《平甫與寶覺遊金山思大覺并見寄及相見得詩次韵二首》二："漳南開士好叢林，慧劍何年出水心？"又"水心劍"的省稱，"水心劍"是傳說中的寶劍名。吳均《續齊諧記·曲水》："秦昭王三月上巳置酒河曲，見金人自河而出奉水心劍，曰：'令君制有西夏。'及秦霸諸侯，乃因此處立爲曲水。"宋之問《桂州三月三日》："西夏黄河水心劍，東周清洛羽觴杯。"

⑲ 稽泥：這裏指會稽山之泥。　泥：塵土，土壤。王褒《責髯奴文》："汗垢流離，污穢泥土。"蘇軾《次顏長道韵送傅倅》："去歲雲濤浮汴泗，與君泥土滿衣纓。"　淬：鍛造鐵器之時，把燒紅的鍛件浸入水

中,急速冷却,以增強硬度。《戰國策·燕策》:"於是太子預求天下之利匕首,得趙人徐夫人之匕首,取之百金,使工以藥淬之。以試人,血濡縷,人無不立死者。"吳師道補注:"《說文》徐云:'淬,劍燒而入水也。'此謂以毒藥染鍔而淬之也。"王褒《聖主得賢臣頌》:"清水淬其鋒,越砥斂其鍔。"　果非雷煥有:事見《晉書·張華傳》,言寶劍最終離開張華與雷煥,化龍而去。李群玉《寶劍》:"雷煥豐城掘劍池,年深事遠迹依稀。泥沙難掩衝天氣,風雨終思發匣時。"李涉《與弟渤新羅劍歌》:"刃邊颯颯塵沙缺,瘢痕半是蛟龍血。雷煥張華久已無,沉冤知向何人說?"

⑳ "我欲評劍功"兩句:意謂在老朋友面前,我評說一番劍的功用,祈望老朋友你能夠聽我述說和接受。　功:功夫,謂技術和技術修養、造詣。《太平御覽》卷九一八引《幽明錄》:"鷄遂作人語,與處宗談論,極有言致……處宗因此言功大進。"賈島《寄柳舍人宗元》:"格與功俱造,何人意不降!"　聽受:聽取接受。劉攽《賈公行狀》:"及領京畿,官吏謁見言事,皆得傾竭盡意,語有中理,未嘗不委曲聽受,皆過所望。"文彥博《乞繼上奏封細陳事理》:"比聞聽受詞訟,日不暇給,安能助朕求賢哉! 斯言之責,誠為至當。"

㉑ 劓:割,截斷。《禮記·文王世子》:"其刑罪,則纖劓。"鄭玄注:"纖,讀為殲,殲,刺也。劓,割也。"薛用弱《集異記·蔣琛》:"刺洪鐘之劍,不劓几上之肉。"　犀兕:犀牛和兕。《列子·仲尼》:"吾之力能裂犀兕之革,曳九牛之尾。"左思《吳都賦》:"烏菟之族,犀兕之黨。"切:加工珠寶骨器的工藝名稱。《周禮·天官·大宰》:"五曰百工,飭化八材。"鄭玄注引鄭司農云:"珠曰切。"《詩·大雅·卷阿》:"如圭如璋。"孔穎達疏:"圭、璋是玉之成器,切、磋是治玉之名。"　瓊玖:瓊和玖,泛指美玉。《詩·衛風·木瓜》:"投我以木瓜,報之以瓊玖。"毛傳:"瓊、玖,玉名。"錢起《酬長孫繹藍溪寄杏》:"芳馨來滿袖,瓊玖願酬篇。"

㉒　天外：天之外，極言高遠。宋玉《大言賦》：“方地爲車，圓天爲蓋，長劍耿耿倚天外。”岑參《送崔子還京》：“匹馬西從天外歸，揚鞭只共鳥爭飛。”　日中：正午。《左傳・昭公元年》：“叔孫歸，曾夭御季孫以勞之，旦及日中不出。”楊伯峻注：“季孫以旦至叔孫家，候至中午，叔孫仍不出户接見。”《史記・司馬穰苴列傳》：“穰苴既辭，與莊賈約曰：‘旦日日中會於軍門。’”　斗：星宿名，因象斗形，故以爲名，指北斗七星。《易・豐》：“豐其蔀，日中見斗。”李鼎祚集解引虞翻曰：“斗，七星也。”指二十八宿之一，北方玄武七宿的第一宿，又稱南斗，有星六顆。《詩・小雅・大東》：“維南有箕，不可以簸揚。維北有斗，不可以挹酒漿。”孔穎達疏：“箕斗並在南方之時，箕在南而斗在北，故云南箕北斗。”

㉓　劍隳妖蛇腹：這裏化用劉邦的故事，《史記・高祖本紀》：“高祖以亭長爲縣送徒酈山，徒多道亡。自度比至皆亡之，至豐西澤中，止飲，夜乃解縱所送徒，曰：‘公等皆去，吾亦從此逝矣！’徒中壯士願從者十餘人。高祖被酒，夜徑澤中，令一人行前。行前者還報曰：‘前有大蛇當徑，願還。’高祖醉曰：‘壯士行，何畏！’乃前，拔劍擊斬蛇，蛇遂分爲兩，徑開。行數里，醉，因臥。後人來至蛇所，有一老嫗夜哭。人問何哭，嫗曰：‘人殺吾子，故哭之。’人曰：‘嫗子何爲見殺？’嫗曰：‘吾子，白帝子也，化爲蛇，當道，今爲赤帝子斬之，故哭。’人乃以嫗爲不誠，欲笞之，嫗因忽不見。後人至，高祖覺，後人告高祖，高祖乃心獨喜，自負，諸從者日益畏之。”　隳：毀壞，廢棄。《老子》：“故物或行或隨，或歔或吹，或强或羸，或載或隳。”陸德明釋文：“隳，毀也。”《吕氏春秋・必己》：“合則離，愛則隳。”高誘注：“隳，廢也。”　妖蛇：有害之蛇。文珦《陟三十六渡溪唐隝嶺》：“風緊妖蛇出，烟昏異鳥啼。蜀僧言劍閣，與此亦相齊。”楊載《送張宣撫使嶺南二首》二：“引弓飛惡鳥，拔劍斬妖蛇。遲子歸來日，燕南看雪花。”　拂：斫。《漢書・王莽傳》：“方今天下聞崇之反也，咸欲褰衣手劍而叱之。其先至者，則拂

2731

其頸，衝其匈，刃其軀，切其肌。”王念孫《讀書雜誌·漢書》：“拂，讀爲
‘刜’，刜，斫也。”陸龜蒙《早秋吳體寄襲美》：“安得彎弓如明月，快箭
拂下西飛鵬？” 佞臣：奸邪諂上之臣。桓寬《鹽鐵論·論儒》：“子瑕，
佞臣也。”白居易《李都尉古劍》：“願快直士心，將斷佞臣頭。”

㉔ 太古：遠古，上古。《荀子·正論》：“太古薄葬，故不扣也。”韓
愈《原道》：“曷不爲太古之無事？” 鰲：傳說中海中能負山的大鼈或
大龜。《楚辭·天問》：“鰲戴山抃，何以安之？”王逸注：“《列仙傳》曰：
有巨靈之鰲，背負蓬萊之山而抃舞。”洪興祖補注：“《玄中記》云：即巨
龜也，一云海中大鼈。”李白《猛虎行》：“巨鰲未斬海水動，魚龍奔走安
得寧？” 武王：即周武王。《詩·大雅·江漢》：“文武受命，召公維
翰。”鄭玄箋：“昔文王武王受命，召康公爲之楨榦之臣以正天下。”《國
語·晉語》：“周之大功在武，天祚將在武族。” 紂：商代最後一個君
主的諡號，一作受，亦稱帝辛，相傳是個暴君，歷代著作中多作爲暴君
的典型。《史記·殷本紀》：“帝乙崩，子辛立，是爲帝辛，天下謂之
紂。”裴駰集解引《諡法》：“殘義損善曰‘紂’。”李涉《詠古》：“紂虐武既
賢，風雲固可求。順天行殺機，所向協良謀。”

㉕ 燕丹卷地圖：這裏化用“圖窮匕見”的歷史故事。《戰國策·
燕策》載：戰國時，燕太子丹派荆軻去刺秦王，荆軻以燕督亢地圖卷匕
首獻於秦王。展圖將盡，匕首露，軻以匕首刺秦王，不中被殺。駱賓
王《於易水送人》：“此地別燕丹，壯士髮衝冠。昔時人已没，今日水猶
寒。”王昌齡《雜興》：“可悲燕丹事，終被狼虎滅。一舉無兩全，荆軻遂
爲血。” 陳平縚花綬：陳平是漢代丞相，出身貧窮，輔助劉邦平定天
下，維繫劉家天下。《史記·陳丞相世家》：“陳丞相平者，陽武户牖鄉
人也。少時家貧，好讀書。有田三十畝，獨與兄伯居。伯常耕田，縱
平使游學。平人長美色，人或謂陳平曰：‘貧何食而肥若是！’其嫂嫉
平之不視家生産，曰：‘亦食糠覈耳！有叔如此，不如無有！’伯聞之，
逐其婦而棄之。及平長，可娶妻，富人莫肯與者，貧者平亦恥之。久

之，戶牖富人有張負，張負女孫五嫁而夫輒死，人莫敢娶。平欲得之，邑中有喪，平貧，侍喪，以先往後罷爲助。張負既見之喪所，獨視偉平，平亦以故後去。負隨平至其家，家乃負郭窮巷，以弊席爲門，然門外多有長者車轍。張負歸，謂其子仲曰：‘吾欲以女孫予陳平！’張仲曰：‘平貧不事事！一縣中盡笑其所爲，獨奈何予女乎？’負曰：‘人固有好美如陳平而長貧賤者乎？’卒與女。爲平貧，乃假貸幣以聘，予酒肉之資以内婦。負誠其孫曰：‘毋以貧故事人不謹，事兄伯如事父，事嫂如母！’”經過陳平不懈的個人奮鬥，最終成爲“縮花綬”的丞相，在漢代作出傑出的貢獻。張説《五君詠五首·魏齊公元忠》：“入相廊廟靜，出軍沙漠霽。見深呂禄憂，舉後陳平計。”崔峒《贈元秘書》：“秦地謬爲門下客，淮陰徒笑市中人。也聞阮籍尋常醉，見説陳平不久貧。”縮：繫結。《漢書·周勃傳》：“絳侯縮皇帝璽，將兵於北軍，不以此時反，今居一小縣，顧欲反邪！”顔師古注：“縮謂引結其組。”劉孝標《廣絶交論》：“近世有樂安任昉，海内髦傑，早縮銀黄，夙昭民譽。”　花綬：繫官印用的織有花彩的絲帶。庾肩吾《九日侍宴樂游苑應令》：“雕材濫杞梓，花綬接鵷鴻。”張説《恩賜樂遊園宴》：“花綬光連榻，朱顔暢飲醇。”

　　㉖“曾被桂樹枝”兩句：化用季札挂劍的故事。《史記·吳太伯世家》：“季札之初使，北過徐君。徐君好季札劍，口弗敢言，季札心知之。爲使上國，未獻。還至徐，徐君已死，於是乃解其寶劍繫之徐君冢樹而去。從者曰：‘徐君已死，尚誰予乎？’季子曰：‘不然！始吾心已許之，豈以死倍吾心哉！’”　被：表示被動，猶讓，爲。《北史·麥鐵杖傳》：“吾荷國恩，今是死日。我得被殺，爾當富貴。”褚載《吊秦叟》：“市西樓店金千秤，渭北田園粟萬鍾。兒被殺傷妻被虜，一身隨駕到三峰。”　寒光：使人膽寒的光，多指刀劍的閃光，亦借指刀劍。盧綸《難縮刀子歌》：“黄金鞘裏青蘆葉，麗若翦成錴且翠。輕冰薄玉狀不分，一尺寒光堪決雲。”祖詠《望薊門》：“燕臺一望客心驚，簫鼓喧喧漢

將營。萬里寒光生積雪,三邊曙色動危旌。" 林藪:山林與澤藪。《管子·立政》:"修火憲,敬山澤,林藪積草,天財之所出,以時禁發焉!"李白《大獵賦》:"窮遐荒,蕩林藪,扼土㹥,殪天狗。"

㉗ 農器:農用器具。《韓詩外傳》卷九:"鑄庫兵以爲農器。"鮑照《河清頌》:"銷我長劍,歸爲農器。" 稂莠:泛指對禾苗有害的雜草,常比喻害群之人。《後漢書·王符傳》:"夫養稂莠者傷禾稼,惠奸軌者賊良民。"舒元輿《坊州按獄》:"去惡猶農夫,稂莠須耘耨。"

㉘ 神物:神靈、怪異之物。《易·繫辭》:"探賾索隱,鈎深致遠,以定天下之吉凶,成天下之亹亹者,莫大乎蓍龜。是故天生神物,聖人則之。"李白《梁甫吟》:"張公兩龍劍,神物合有時。" 牝牡:鳥獸的雌性和雄性。《荀子·非相》:"夫禽獸有父子而無父子之親,有牝牡而無男女之別。"劉知幾《史通·敘事》:"董生乘馬,三年不知牝牡。"

㉙ "晉末武庫燒"兩句:這裏仍然用干將、莫邪的典故,意謂它們離開人間,飛天而去。《晉書·張華傳》:"武庫火,華懼因此變作,列兵固守,然後救之。故累代之寶及漢高斬蛇劍、王莽頭、孔子履等盡焚焉!時華見劍穿屋而飛,莫知所向。"元稹《蟲豸詩七篇·巴蛇》三:"漢帝斬蛇劍,晉時燒上天。" 武庫:儲藏兵器的倉庫。《漢書·毋將隆傳》:"武庫兵器,天下公用。"獨孤及《賈員外處見中書賈舍人巴陵詩集覽之懷舊代書寄贈》:"暫若窺武庫,森然矛戟寒。" 戶牖:門窗。《淮南子·氾論訓》:"夫戶牖者,風氣之所從往來。"《後漢書·王充傳》:"戶牖墻壁各置刀筆,著《論衡》八十五篇,二十餘萬言。"

㉚ 胡:古代稱北方和西方的民族如匈奴等爲胡,對西域諸國,漢、魏、晉、南北朝人皆稱曰胡(包括印度、波斯、大秦等),唐人對印度則不稱胡,有時也特指中亞粟特人。《周禮·考工記序》:"粵無鎛,燕無函,秦無廬,胡無弓車。"鄭玄注引鄭司農曰:"胡,今匈奴。"高適《陪竇侍御靈雲南亭宴詩序》:"凉州近胡,高下其池亭,蓋以耀蕃落也。" 彌天:滿天,極言其大。應璩《報東海相梁季然書》:"頓彌天之網,收

萬仞之魚。”邵伯温《聞見前録》卷六：“臣今獨興沮衆之言，深負彌天之過。”　帚：掃除刷洗穢物的用具，多將植物束其幹，散其枝葉、毫端而成。《禮記·曲禮》：“凡爲長者糞之禮，必加帚於箕上，以袂拘而退，其塵不及長者。”《南齊書·王思遠傳》：“既去之後，猶令二人交帚拂其坐處。”

㉛　豪英：指豪傑英雄。《戰國策·齊策》：“内牧百姓，循撫其心，振窮補不足，布德於民，外懷戎翟，天下之賢士，陰結諸侯之雄俊豪英。”李白《鄴中贈王大》：“投軀寄天下，長嘯尋豪英。”　詬：羞辱。《荀子·解蔽》：“案强鉗而利口，厚顏而忍詬，無正而恣睢，妄辨而幾利。”司馬遷《報任少卿書》：“行莫醜於辱先，詬莫大於宫刑。”辱罵，罵詈。《左傳·哀公八年》：“八年春，宋公伐曹，將還，褚師子肥殿。曹人詬之，不行。”杜預注：“詬，詈辱也。”葉適《中奉大夫太常少卿直秘閣致仕薛公墓誌銘》：“太守所遣卒詬於庭，公囚之。守怒，罷。”

㉜　挺然：挺拔特立貌。《南史·柳世隆傳》：“挺然自立，不與衆同。”杜甫《課伐木序》：“維條伊枚，正直挺然。”　千載：千年，形容歲月長久。《漢書·王莽傳》：“於是群臣乃盛陳‘莽功德致周成白雉之瑞，千載同符’。”韓愈《歧山下》：“自從公旦死，千載閟其光。”

㉝　古風：古人之風，指質樸淳古的習尚、氣度和文風。《文選·謝惠連〈祭古冢文〉》：“仰羨古風，爲君改卜。”吕延濟注：“《禮記·月令》：‘孟春之月，掩骼埋胔。’此爲古風也，謂卜改葬也。”韓愈《王公神道碑銘》：“天子曰：王某之文可思，最宜爲誥，有古風。”　胡：代詞，表示疑問或反詰，爲什麼，問原因。《史記·平原君虞卿列傳》：“楚王叱曰：‘胡不下！吾乃與而君言，汝何爲者也？’”歐陽修《秋聲賦》：“此秋聲也，胡爲而來哉？”　無乃：亦作“無迺”，相當於“莫非”、“恐怕是”，表示委婉測度的語氣。《論語·雍也》：“居敬而行簡，以臨其民，不亦可乎？居簡而行簡，無乃太簡乎？”韓愈《行難》：“由宰相至百執事凡幾位，由一方至一州凡幾位，先生之得者，無乃不足充其位邪？”　鴟

九：亦作"鴉九"，人名，唐有張鴉九，善鑄劍，其所造劍名鴉九劍。白居易《鴉九劍》："歐冶子死千年後，精靈暗授張鴉九。鴉九鑄劍吳山中，天與日時神借功。"《佩文韵府》卷八八："鴉九劍：李白詩：拙妻鴉九劍，及此二龍隨。"

㉞ 君：對對方的尊稱，猶言您。李商隱《夜雨寄北》："君問歸期未有期，巴山夜雨漲秋池。"羅隱《酬章處士見寄》："中原甲馬未曾安，今日逢君事萬端。"這裏指李景儉，他們的交遊開始於貞元十九年（803）元稹與韋叢結婚之時，李景儉曾經是元稹岳丈韋夏卿的幕僚，結束於長慶二年（822）李景儉謝世之時。　平生：指平素的志趣、情誼、業績等。張說《清夜酌》："秋陰士多感，雨息夜無塵。清樽宜明月，復有平生人！"王適《蜀中言懷》："棄置如天外，平生似夢中。蓬心猶是客，華髮欲成翁。"　自負：自許，自以為了不起。《史記·李將軍列傳》："李廣才氣，天下無雙，自負其能。"司空圖《與李生論詩書》："愚幼常自負，既久而逾覺缺然。"

㉟ 擎：舉起，向上托。劉義慶《世説新語·紕漏》："婢擎金澡盆盛水，琉璃盌盛澡豆。"徐延壽《人日剪綵》："帖燕留妝户，黏雞待餉人。擎來問夫婿，何處不如真？"　寶劍：劍的美稱，原指特別鋒利而稀有的珍貴的劍，後泛指一般的劍。張華《博物志》卷六："寶劍名：鈍鉤、湛盧、豪曹、魚腸、巨闕，五劍皆歐冶子所作。"王涯《塞下曲二首》二："年少辭家從冠軍，金妝寶劍去邀勳。"　雄心：雄壯的理想和抱負。阮瑀《為曹公作書與孫權》："示之以禍難，激之以恥辱，大丈夫雄心，能無憤發！"蘇軾《白帝廟》："遠略初吞漢，雄心豈在夔？"

㊱ 奇：珍奇，稀奇。《荀子·非相》："今世俗之亂君，鄉曲之儇子，莫不美麗、姚冶，奇衣、婦飾。"楊倞注："奇衣，珍異之衣。"韓愈《唐故監察御史衛府君墓誌銘》："我聞南方多水銀丹砂，雜他奇藥，爐爲黃金，可餌以不死。"　厚：敦厚，厚道。《書·君陳》："惟民生厚，因物有遷。"孔傳："言人自然之性敦厚。"《論語·學而》："曾子曰：'慎終，

追遠,民德歸厚矣!'"

㊲　慎:謹慎,慎重。《易·頤》:"君子以慎言語,節飲食。"孔穎達疏:"故君子觀此頤象,以謹慎言語,裁節飲食。"杜甫《鄭典設自施州歸》:"名賢慎所出,不肯妄行役。"　無或:不要。《呂氏春秋·貴公》:"故《鴻範》曰:'無或作好,遵王之道;無或作惡,遵王之路。'"高誘注:"或,有也。"元結《招陶別駕家陽華作》:"陶家世高逸,公忍獨不然。無或畢婚嫁,竟爲俗務牽!"　苟:隨便,馬虎,不審慎。《史記·遊俠列傳》:"而布衣之徒,設取予然諾,千里誦義,爲死不顧世,此亦有所長,非苟而已也。"柳宗元《覃季子墓銘》:"覃季子,其人生愛書,貧甚,尤介特,不苟受施。"

㊳　魑魅:古謂能害人的山澤之神怪,亦泛指鬼怪,常喻指壞人或邪惡勢力。《漢書·王莽傳》:"敢有非井田聖制無法惑衆者,投諸四裔,以禦魑魅。"顏師古注:"魑,山神也。魅,老物精也。"《文選·張衡〈東京賦〉》:"捎魑魅,斮獝狂。"薛綜注:"魑魅,山澤之神。"　妾婦:小妻,側室。《左傳·襄公十二年》:"夫婦所生若而人,妾婦之子若而人。"泛指婦女,特指奴婢。《孟子·滕文公》:"以順爲正者,妾婦之道也。"文天祥《虎頭山》:"妾婦生何益?男兒死未休。"

㊴　泓:水深廣貌。郭璞《江賦》:"極泓量而海運,狀滔天以森茫。"杜甫《劉九法曹鄭瑕邱石門宴集》:"晚來橫吹好,泓下亦龍吟。"蛟:古代傳說中的一種龍,常居深淵,能發洪水。王昌齡《小敷谷龍潭祠作》:"跳波沸峥嶸,深處不可挹。昏爲蛟龍怒,清見雲雨入。"劉長卿《橫龍渡》:"空傳古岸下,曾見蛟龍去。秋水晚沈沈,猶疑在深處。"狗:即犬。《爾雅·釋畜》:"未成豪,狗。"郝懿行義疏:"狗,犬通名,若對文則大者名犬,小者名狗。"陶潛《歸園田居六首》一:"狗吠深巷中,雞鳴桑樹巔。"比喻壞人。王符《潛夫論·潛嘆》:"而驕妒者,噬賢之狗也。人君內秉伐賢之斧,權噬賢之狗,而外招賢,欲其至也,不亦悲乎!"這裏喻指一般的邪惡勢力。

⑩ 困:窮盡。《國語・越語》:"日困而還,月盈而匡。"韋昭注:"困,窮也。"劉長卿《冬夜宿揚州開元寺烈公房送李侍御之江東》:"遷客投百越,窮陰淮海凝。中原馳困獸,萬里棲飢鷹。" 泥滓:猶污濁,比喻恥辱。《文選・潘岳〈西征賦〉》:"奮迅泥滓。"李善注引李陵《與蘇武書》:"言爲瑕穢,動增泥滓。"皮日休《移元徵君書》:"得喪不可搖其心,榮辱不能動其志,桎梏冠冕,泥滓祿位。"比喻卑下的地位。潘岳《西征賦》:"或被髮左衽,奮迅泥滓。"元稹《答姨兄胡靈之見寄五十韻》:"潦倒沉泥滓,欹危踐矯衡。" 坌:塵埃等粉狀物粘著於他物。玄奘《大唐西域記・瞿薩旦那國》:"王乃下令,宜以沙土坌此異人。時羅漢身蒙沙土,觫口絶糧。"《舊五代史・高劢傳》:"劢伺守者稍惰,佯爲乞食者,過危垣,取殍者衣,坌身易服,得他兒抱之行,出東郊門。" 塵垢:灰塵和污垢。《國語・晉語》:"亡人之所懷挾纓纕,以望之塵垢者。"韋昭注:"言塵垢不敢當盛也。"柳宗元《馬室女雷五葬志》:"家貧,歲不易衣,而天姿潔清修嚴,恒若簪珠璣,衣紈縠,寥然不易爲塵垢雜。"猶污染,污損。莊忌《哀時命》:"務光自投於深淵兮,不獲世之塵垢。"韋應物《答令狐侍郎》:"白玉雖塵垢,拂拭還光輝。"

⑪ 俗耳:聽慣塵世之聲的耳朵。韓愈《縣齋讀書》:"哀狖醒俗耳,清泉潔塵襟。"司馬扎《彈琴》:"凉室無外響,空桑七弦分。所彈非新聲,俗耳安肯聞?" 大言:指謀劃大事之言。《禮記・表記》:"事君大言入則望大利,小言入則望小利。"孔穎達疏:"大言,謂立大事之言。"正大的言論。《莊子・齊物論》:"大言炎炎,小言詹詹。"成玄英疏:"夫詮理大言,猶猛火炎燎原野,清蕩無遺。" 開口:指說話。《史記・魏公子列傳》:"公子誠一開口請如姬,如姬必許諾。"岑參《臨洮客舍留別祁四》:"客舍洮水聒,孤城胡雁飛。心知別君後,開口笑應稀。"

[編年]

　　《年譜》未對本詩編年,《編年箋注》將本詩列入"未編年詩",《年譜新編》編年本詩於"庚寅至甲午在江陵府所作其他詩"欄內,理由是:"詩云:'吾友有寶劍,密之如密友。我實膠漆交,中堂共杯酒……君今困泥滓,我亦坌塵垢。'"吾友'當指李景儉。"

　　我們以爲,從本詩"君今困泥滓,我亦坌塵垢"的表述,聯繫元稹《酬別致用》"君今虎在柙,我亦鷹就羈"的詩句,我们以爲"吾友"就是也貶斥在江陵爲户曹參軍的李景儉。詩中的主人公既然已經確定是李景儉,那末再將本詩編年於"庚寅至甲午在江陵府所作其他詩"欄內就很不應該,因爲李景儉最遲離開江陵離開元稹在元和七年年末,因此元和八年、元和九年完全可以排除。而從本詩"我實膠漆交,中堂共杯酒。酒酣肝膽露,恨不眼前剖。高唱荊卿歌,亂擊相如缶。更擊復更唱,更舞亦更壽"的詩句,可以看出本詩吟賦於酒席之上。而元稹《飲致用神麯酒三十韻》:"每恥窮途哭,今那客泪零。"兩詩所抒發的感情完全一致,應該是同時之作,都是在酒席之上賦成,亦即作於元和六年的春天。

◎ 諭寶二首(一)①

　　沉玉在弱泥,泥弱玉易沈②。扶桑寒日薄,不照萬丈心③。安得潛淵虬,拔壑超鄧林④!泥封泰山阯,水散旱天霖⑤。洗此泥下玉,照耀臺殿深⑥。刻爲傳國寶,神器人不侵⑦。

　　冰置白玉壺,始見清皎潔⑧。珠穿殷紅縷,始見明洞澈⑨。鏌鋣無人淬,兩刃幽壞鐵⑩。秦鏡無人拭,一片埋霧月⑪。驥踠環堵中,骨附筋入節(二)⑫。虬蟠尺澤內,魚貫蛙同穴⑬。舮艎無巨海,浮浮矜瀗溮^(三)⑭。棟梁無廣厦,顛倒卧霜雪⑮。大鵬無長空,舉翮受羈綫⑯。豫樟無厚地^(四),危柢真虺虺尵⑰。圭璧無卞和,甘與頑石列⑱。舜禹無陶堯,名隨腐草滅⑲。神功伏神物,神物神乃别⑳。神人不世出,所以神功絕㉑。神物豈徒然?用之乃施設^(五)㉒。禹功九州理,舜德天下悦㉓。璧充傳國璽^(六),圭用祈太折㉔。千尋豫樟幹^(七),九萬大鵬歇㉕。棟梁庇生民,舮艎濟来哲㉖。虹騰旱天雨,驥騁流電掣㉗。鏡懸奸膽露,劍拂妖蛇裂㉘。珠生照乘光,冰瑩環坐熱㉙。此物比在泥,斯言爲誰發㉚?于今盡凡耳^(八),不爲君不説^(九)㉛。

録自《元氏長慶集》卷二

[校記]

(一)諭寶二首:宋蜀本、《唐文粹》、《全詩》同,楊本、叢刊本作"諭寶",本組詩爲二首,不改。

(二)骨附筋入節:蘭雪堂本、叢刊本、《唐文粹》、《全詩》同,楊本作"骨附箸入節",語義不通,不從不改。

(三)浮浮矜瀗溮:楊本、叢刊本、《全詩》同,《唐文粹》作"浮枰矜瀗溮",語義不同,不改。

(四)豫樟無厚地:楊本、叢刊本、《全詩》同,《唐文粹》作"豫章無厚地",語義不同,不改。

(五)用之乃施設:蘭雪堂本、叢刊本、《全詩》同,楊本、《唐文粹》作"用之有施設",語義不同,不改。

(六)璧充傳國璽:原本作"璧用充傳璽",《全詩》注同,楊本作"璧□充傳璽",叢刊本作"璧國充傳璽",據錢校宋本、《唐文粹》、《全詩》改。

（七）千尋豫樟幹：《全詩》同，楊本、《唐文粹》作“千尋豫章幹”，語義相通，不改。蘭雪堂本、叢刊本作“木尋豫章幹”，語義不通，不從不改。

（八）于今盡凡耳：蘭雪堂本、叢刊本、《唐文粹》、《全詩》同，楊本作“凡今盡凡耳”，語義不同，不改。

（九）不爲君不說：原本作“不爲君陳說”，叢刊本、《全詩》注同，據楊本、《唐文粹》、《全詩》作“不爲君不說”，語義更佳，據改。

［箋注］

① 諭：比喻，比擬。《戰國策·齊策》：“請以市諭：市，朝則滿，夕則虛，非朝愛市而夕憎之也；求存故往，亡故去。”《顏氏家訓·教子》：“當以疾病爲諭，安得不用湯藥針艾救之哉？”　寶：玉石、玉器的總稱。《國語·魯語》：“莒太子僕弒紀公，以其寶來奔。”韋昭注：“寶，玉也。”《公羊傳·莊公六年》：“冬，齊人來歸衛寶。”何休注：“寶者，玉物之凡名。”詩人以寶爲喻，意有所指，敬請讀者注意。

② 沈：没入，沉没。《詩·小雅·菁菁者莪》：“汎汎楊舟，載沈載浮。”《莊子·人間世》：“散木也，以爲舟則沈。”　玉：温潤而有光澤的美石。《詩·小雅·鶴鳴》：“它山之石，可以攻玉。”泛指玉石的製品，如圭璧、玉佩、玉簪、玉帶等。《書·舜典》：“修五禮、五玉、三帛、二生、一死贄。”孔穎達疏：“五玉：公、侯、伯、子、男所執之圭璧也。”《禮記·曲禮》：“君無故玉不去身。”孔穎達疏：“玉，謂佩也。”　弱：鬆軟，軟爛。束皙《餅賦》：“立冬猛寒，清晨之會，涕凍鼻中，霜凝口外，充盈解戰，湯餅爲最，弱似春縣，白若秋練。”賈思勰《齊民要術·作魚鮓》：“炊秔半飯爲糝，飯欲剛，不宜弱；弱則爛鮓。”　沈：滅絶，消失。劉向《新序·雜事三》：“然則荆軻之沉七族，要離燔妻子，豈足爲大王道哉！”韓愈《衢州徐偃王廟碑》：“諸國既皆入秦爲臣屬，秦無所取利，上下相賊害，卒償其國而沈其宗。”

③ 扶桑:神話中的樹名。《山海經·海外東經》:"湯谷上有扶桑,十日所浴,在黑齒北。"郭璞注:"扶桑,木也。"《海内十洲記·帶洲》:"多生林木,葉如桑。又有椹,樹長者二千丈,大二千餘圍。樹兩兩同根偶生,更相依倚,是以名爲扶桑也。"傳說日出於扶桑之下,拂其樹杪而升,因謂爲日出處,亦代指太陽。《楚辭·九歌·東君》:"暾將出兮東方,照吾檻兮扶桑。"王逸注:"日出,下浴於湯谷,上拂其扶桑,爰始而登,照曜四方。"陶潛《閑情賦》:"悲扶桑之舒光,奄滅景而藏明。"逯欽立校注:"扶桑,傳說日出的地方,這裏代指太陽。" 寒日:寒冬的太陽。陶潛《答龐參軍》:"慘慘寒日,蕭蕭其風。"李百藥《登葉縣故城謁沈諸梁廟》:"總轡臨秋原,登城望寒日。" 萬丈:形容很長很高或很深。《淮南子·兵略訓》:"是故善用兵者,勢如決積水於千仞之堤,若轉員石於萬丈之溪。"李白《古風》一六:"吳水深萬丈,楚山邈千重。"

④ 淵:深潭。《詩·小雅·鶴鳴》:"魚潛在淵,或在於渚。"陸機《答張士然》:"余固水鄉士,惣轡臨清淵。" 虬:傳說中的一種無角龍。《楚辭·離騷》:"馳玉虬以桀鷖兮,溘埃風余上征。"王逸注:"有角曰龍,無角曰虬。"洪興祖補注:"虬,龍類也。"《文選·揚雄〈甘泉賦〉》:"駟蒼螭兮六素虬,蠖略蕤綏,灕虖縿纚。"李善注引《說文》:"虬,龍無角者。" 鄧林:古代神話傳說中的樹林。《山海經·海外北經》:"誇父與日逐走,入日。渴欲得飲,飲於河渭,河渭不足,北飲大澤。未至,道渴而死。棄其杖,化爲鄧林。"郭璞《山海經圖贊》:"神哉誇父,難以理尋,傾沙逐日,遯形鄧林。" 壑:山谷,坑地。《文選·張衡〈西京賦〉》:"毚兔聯猭,陵巒超壑。"李善注:"壑,阬谷也。"韓愈《送惠師》:"遂登天台望,衆壑皆嶙峋。"指海。《莊子·天地》:"夫大壑之爲物也,注焉而不滿,酌焉而不竭。"

⑤ 泥封:古人封緘書函多用封泥封住繩端打結處,蓋上印章稱"泥封"。又書簡用青泥,詔書用紫泥,登封玉檢用金泥。《東觀漢

記·鄧訓傳》:"又知訓好以青泥封書,從黎陽步推鹿車於洛陽市藥……並載青泥一襆,至上谷遺訓。"羅隱《秋曉寄友人》:"手中綵筆誇題鳳,天上泥封獎獮鷗。"　泰山:山名,在山東省中部,古稱東嶽,爲五嶽之一,也稱岱宗、岱山、岱嶽、泰岱,主峰玉皇頂在泰安市北,古代帝王常在泰山舉行封禪大典。《詩·魯頌·閟宮》:"泰山巖巖,魯邦所詹。"酈道元《水經注·禹貢山水澤地所在》:"泰山爲東嶽,在泰山博縣西北,岱宗也,王者封禪於其山,示增高也,有金策玉檢之事焉!"　旱天霖:事見騶忌子聽琴的故事。《唐宋詩醇·聽賢師琴》:"《復齋漫録》曰:元微之詩:'爾生不我待,我願裁爲琴。宮絃春似君,君若春日臨。商絃廉似臣,臣作旱天霖。'蓋取《史記》騶忌子聞齊威王鼓琴而爲説曰:'大絃濁以春溫者,君也;小絃廉折以清者,相也。'《西清詩話》乃云:東坡聽惟賢琴,有'大絃春溫和且平,小絃廉折亮以清'之句,至謂東坡未知琴趣,不獨琴爲然,殊不知亦取騶琴之事耳!可謂不學!"元稹《桐花》:"宮弦春以君,君若春日臨。商弦廉以臣,臣作旱天霖。"

⑥ 照耀:强烈的光綫映射。李白《夢遊天姥吟留別》:"青冥浩蕩不見底,日月照耀金銀臺。"劉子翬《渡淮》:"皎皎初日光,照耀草木新。"　臺:高而上平的方形建築物,供觀察眺望用。《國語·楚語》:"故先王之爲臺榭也,榭不過講軍實,臺不過望氛祥。故榭度於大卒之居,臺度於臨觀之高。"韋昭注:"積土爲臺。"杜甫《登高》:"萬里悲秋常作客,百年多病獨登臺。"　殿:高大房屋的通稱。《漢書·霍光傳》:"鴞數鳴殿前樹上。"顏師古注:"古者屋室高大,則通呼爲殿耳!非止天子宮中。"《後漢書·蔡茂傳》:"茂初在廣漢,夢坐大殿。"李賢注:"屋之大者,古通呼爲殿也。"指帝王宸居。《莊子·説劍》:"莊子入殿門不趨,見王不拜。"《史記·秦始皇本紀》:"乃營作朝宫渭南上林苑中,先作前殿阿房,東西五百步,南北五十丈,上可以坐萬人,下可以建五丈旗。"

⑦ 傳國寶：即傳國璽。《新五代史·梁本紀》：“象先遣趙巖持傳國寶至東都，請王入洛陽。”蘇頌《賀受傳國璽》：“臣某言：伏聞五月日皇帝御大慶殿受傳國寶者，天開炎統，受命冠于百王，神啓坤珍，得寶充於八璽。” 神器：代表國家政權的實物，如玉璽、寶鼎之類，借指帝位、政權。《漢書·叙傳》：“世俗見高祖興於布衣，不達其故，以爲適遭暴亂，得奮其劍，遊説之士至比天下於逐鹿，幸捷而得之，不知神器有命，不可以智力求也。”顔師古注引劉德曰：“神器，璽也。”杜甫《送從弟亞赴河西判官》：“經綸皆新語，足以正神器。”仇兆鰲注引《漢書注》：“神器，政令也。”

⑧ 冰置白玉壺：即“玉壺冰”，喻高潔清廉。鮑照《代白頭吟》：“直如朱絲繩，清如玉壺冰。”黄庭堅《奉和公擇舅氏送吕道人研長韵》：“奉身玉壺冰，立朝朱絲絃。” 皎潔：明亮潔白。班婕妤《怨歌行》：“新裂齊紈素，皎潔如霜雪。裁爲合歡扇，團團似明月。”李端《和李舍人直中書對月見寄》：“嬋娟更稱憑高望，皎潔能傳自古愁。”清白，光明磊落。葛洪《抱朴子·廣譬》：“玄冰未結，白雪不積，則青松之茂不顯；俗化不弊，風教不積，則皎潔之操不别。”謝靈運《日出東南隅行》：“美人卧屏席，懷蘭秀瑶璠。皎潔秋松氣，淑德春景暄。”

⑨ 殷紅：深紅，紅中帶黑。杜甫《韋諷録事宅觀曹將軍畫馬圖歌》：“内府殷紅瑪瑙盤，婕好傳詔才人索。”元積《鶯鶯詩》：“殷紅淺碧舊衣裳，取次梳頭暗澹妝。” 縷：綫。《孟子·滕文公》：“麻縷絲絮輕重同，則賈相若。”《後漢書·王符傳》：“或斷截衆縷，繞帶手腕。” 洞澈：亦作“洞徹”，透明，清澈。沈約《新安江至清淺深見底貽京邑遊好》：“洞徹隨清淺，皎鏡無冬春。”歐陽詹《智達上人水精念珠歌》：“良工磨拭成貫珠，泓澄洞澈看如無。”

⑩ 鏌鋣：即莫邪，劍、戟之屬，常指利劍。或謂春秋吴莫邪善鑄劍，故稱。《莊子·大宗師》：“今之大冶鑄金，金踴躍曰‘我且必爲鏌鋣’，大冶必以爲不祥之金。”成玄英疏：“鏌鋣，古之良劍名也。昔吴

人干將爲吳王造劍,妻名鏌鎁,因名雄劍曰干將,雌劍曰鏌鎁。"楊宇《贈舍弟》:"袖裏鏌鎁光似水,丈夫不合等閑休。"　淬:鍛造時,把燒紅的鍛件浸入水中,急速冷却,以增强硬度。《戰國策·燕策》:"於是太子預求天下之利匕首,得趙人徐夫人之匕首,取之百金,使工以藥淬之。以試人,血濡縷,人無不立死者。"吳師道補注:"《説文》徐云:'淬,劍燒而入水也。'此謂以毒藥染鍔而淬之也。"皎然《因游支硎寺寄邢端公》:"切玉鋒休淬,垂天翅罷翔。"引伸謂鍛煉,錘煉。元稹《祭淮瀆文》:"電淬爪牙,雷憤胸臆。"《新唐書·李抱真傳》:"繕甲淬兵,遂雄山東,天下稱昭義步兵爲諸軍冠。"　兩刃:兩條刀鋒。韋應物《古劍行》:"千年土中兩刃鐵,土蝕不入金星滅。沈沈青脊鱗甲滿,蛟龍無足蛇尾斷。"《舊唐書·闞稜傳》:"闞稜,齊州臨濟人,善用大刀,長一丈,施兩刃,名爲拍刃。"　幽壤:猶地下,九泉之下。《晉書·禮志》:"若埋之幽壤,於情理未必咸盡。"杜牧《忍死留別獻鹽鐵裴相公二十叔》:"青春辭白日,幽壤作黃埃……孤墳三尺土,誰可爲培栽?"

⑪"秦鏡無人拭"兩句:意謂即使是秦鏡,如果沒有人經常擦抹清除污垢,那也祇會變成一個充滿烟霧而不見人形的圓形銅盤。秦鏡:亦作"秦鑑",傳説秦始皇有一方鏡,能照見人心的善惡。《西京雜記》卷三:"高祖初入咸陽宮,周行庫府,金玉珍寶不可稱言……有方鏡,廣四尺,高五尺九寸。表裏有明,人直來照之,影則倒見;以手捫心而來,則見腸胃五臟,歷然無硋;人有疾病在内,掩心而照之,則知病之所在。又女子有邪心,則膽張心動。秦始皇常以照宮人,膽張心動者則殺之。高祖悉封閉以待項羽,羽併將以東,後不知所在。"司空曙《故郭婉儀挽歌》:"一日辭秦鏡,千秋別漢宮。"　拭:揩,擦。劉向《説苑·正諫》:"晉平公使叔嚮聘於吳,吳人拭舟以逆之。"張泌《蝴蝶兒》:"無端和泪拭燕脂。"

⑫"驥跼環堵中"兩句:即使是一匹駿馬,如果長期被綣在狹小的天地裏不讓活動,那末它的筋骨也會板結在一起,以後再也難以奔

馳。　驥：駿馬。曹操《步出夏門行・龜雖壽》："老驥伏櫪，志在千里。烈士暮年，壯心不已。"孫奕《履齋示兒編・因物得名》："冀北出良馬，則名馬曰驥。"　跼：局限於，囿於。顏延之《赭白馬賦》："跼鑣蹀之牽制，隘通都之圈束。"元稹《制誥序》："拘以屬對，跼以圓方，類之於賦判者流，先王之約束蓋掃地矣！"　環堵：四周環著每面一方丈的土墙，形容狹小、簡陋的居室。《禮記・儒行》："儒者有一畝之宮，環堵之室。"鄭玄注："環堵，面一堵也。五版爲堵，五堵爲雉。"《淮南子・原道訓》："環堵之室，茨之以生茅，蓬户瓮牖，揉桑爲樞。"高誘注："堵長一丈，高一丈，故曰環堵，言其小也。"　附：依傍。《古詩十九首・冉冉孤竹生》："與君爲新婚，兔絲附女蘿。"依附。《史記・淮南衡山列傳》："厲王蚤失母，常附呂后，孝惠、呂后時以故得幸無患害。"　筋：肌肉，肌腱或附在骨頭上的韌帶。《周禮・天官・瘍醫》："凡藥，以酸養骨，以辛養筋，以鹹養脈。"《韓非子・奸劫弑臣》："卓齒之用齊也，擢湣王之筋，懸之廟梁，宿昔而死。"　節：骨節，人身及動物骨骼聯接的部分。《呂氏春秋・開春》："飲食居處適，則九竅百節千脈皆通利矣！"董仲舒《春秋繁露・人副天數》："人有三百六十節，偶天之數也。"

⑬　虯蟠：謂盤屈如虯龍。皎然《詠史》："鸞鍛樂迍邅，虯蟠甘窘束。"杜牧《題青雲館》："虯蟠千仞劇羊腸，天府由來百二強。四皓有芝輕漢祖，張儀無地與懷王。"　尺澤：小池。《文選・宋玉〈對楚王問〉》："夫尺澤之鯢，豈能與之量江海之大哉！"李善注："尺澤，言小也。"柳宗元《詔追赴都迴寄零陵親故》："每憶纖鱗遊尺澤，翻愁弱羽上丹霄。"　魚貫：遊魚先後接續，比喻一個挨一個地依序進行。《三國志・鄧艾傳》："山高谷深，至爲艱險……將士皆攀木緣崖，魚貫而進。"陳子良《贊德上越國公楊素》："雁行蔽虜甸，魚貫出長城。"　蛙：兩栖動物，捕食昆蟲，對農業有益。種類很多，常見背色青綠者謂之青蛙，又曰雨蛙，背有黃色縱綫者謂之金綫蛙。《禮記・月令》："〔孟

夏之月〕螻蟈鳴。"鄭玄注："螻蟈,蛙也。"韓愈《晝月》："兔入臼藏蛙縮肚,桂樹林株女閉戶。"　同穴:謂共同穴居。左思《魏都賦》："㩴惟庸蜀與鴝鵲同窠,句吳與䵷蠭同穴。"《後漢書·杜篤傳》："於是同穴裘褐之域,共川鼻飲之國,莫不袒跣稽顙,失氣虜伏。"

⑭　艅艎:吳王大艦名,後泛稱大船、大型戰艦。郭璞《江賦》："漂飛雲,運艅艎。"陸龜蒙《自遣詩三十首》四:"長鯨好鱠無因得,乞取艅艎作釣舟。"　巨海:大海。李白《贈昇州王使君忠臣》："賢人當重寄,天子借高名。巨海一邊靜,長江萬里清。"元稹《苦雨》："東西生日月,晝夜如轉珠。百川朝巨海,六龍蹋亨衢。"　浮浮:水或雨雪盛貌。《詩·大雅·江漢》："江漢浮浮,武夫滔滔。"朱熹集傳:"浮浮,水盛貌。"《詩·小雅·角弓》："雨雪浮浮,見晛曰流。"　瀎瀿:疾流貌。王沂《設問·嵩問》："其水則發源濼川,入於龍門,瀎瀿砏汃,㴉㴉沄沄,逆射橫流,百川皆集。"

⑮　棟梁:房屋的大梁。《莊子·人間世》："仰而視其細枝,則拳曲而不可爲棟梁。"《舊唐書·趙憬傳》："大廈永固,是棟梁榱桷之全也;聖朝致理,亦庶官群吏之能也。"　廣廈:亦作"廣夏",高大的房屋。《三國志·劉廙傳》："殿下可高枕於廣夏,潛思於治國。"杜甫《茅屋爲秋風所破歌》："安得廣廈千萬間,大庇天下寒士俱歡顏!"　顛倒:上下、前後或次序倒置。酈道元《水經注·河水五》："夫《琴操》以爲孔子臨狄水而歌矣!曰:狄水衍兮風揚波,船楫顛倒更相加。"《文心雕龍·定勢》："效奇之法,必顛倒文句,上句而抑下,中辭而出外,回互不常。"　霜雪:霜和雪。《莊子·馬蹄》："馬蹄可以踐霜雪。"《大戴禮記·曾子天圓》："陰氣勝則凝爲霜雪。"

⑯　大鵬:鵬,傳說中的大鳥。《莊子·逍遙遊》："鵬之徙於南冥也,水擊三千里。"成玄英疏:"大鵬既得適南溟,不可決然而起,所以舉擊兩翅,動蕩三千,踉蹌而行,方能離水。"王符《潛夫論·釋難》:"是故大鵬之動,非一羽之輕也;騏驥之速,非一足之力也。"　長空:

指天空,天空遼闊無垠,故稱。蕭統《弓矢贊》:"楊葉命中,猿墮長空。"辛棄疾《太常引》:"乘風好去,長空萬里,直下看山河。" 舉翮:展翅起飛。左思《詠史八首》八:"習習籠中鳥,舉翮觸四隅。"杜甫《醉歌行》:"驊騮作駒已汗血,鷙鳥舉翮連青雲。" 羈緤:束縛。劉義慶《世說新語·傷逝》:"自稽生夭、阮公亡以來,便爲時所羈緤。"王安石《酬沖卿月晦夜有感》:"君方感莊周,浩蕩擺羈緤。"

⑰ 豫樟:亦作"豫章",木名,枕木與樟木的並稱。《史記·司馬相如列傳》:"其北則有陰林巨樹,梗枏豫章。"張守節正義:"案:《活人》云:'豫,今之枕木也。章,今之樟木也。二木生至七年,枕樟乃可分別。'"白居易《寓意詩五首》一:"豫樟生深山,七年而後知。挺高二百尺,本末皆十圍。" 厚地:指大地。《後漢書·仲長統傳》:"當君子困賤之時,跼高天,蹐厚地,猶恐有鎮厭之禍也。"白居易《重賦》:"厚地植桑麻,所要濟生民。" 危柢:不穩的根基,因"無厚地"所致。柢,根基,基礎。《文選·司馬相如〈封禪文〉》:"導一莖六穗於庖,犧雙觡共柢之獸。"李善注引服虔曰:"觡,角也。柢,本也。武帝獲白麟,角共一本。"元載《故相國杜鴻漸神道碑》:"公有濟世戡難之才,遺物離人之政。自深根以寧柢,每乘流而汩波。" 桅虓:動搖不安貌。盧注《酒胡子》:"同心相遇思同歡,擎出酒胡當玉盤。盤中桅虓不自定,四座清賓注意看。"《朱子語類》卷一四:"安,只是無桅虓之意。"

⑱ 圭璧:古代帝王、諸侯祭祀或朝聘時所用的一種玉器。《詩·大雅·雲漢》:"靡神不舉,靡愛斯牲。圭璧既卒,寧莫我聽。"朱熹集傳:"圭璧,禮神之玉也。"封演《封氏聞見記·紙錢》:"按古者享祀鬼神有圭璧幣帛,事畢則埋之。"泛指貴重的玉器。《新唐書·陳子昂傳贊》:"子昂乃以王者之術勉之,卒爲婦人訕侮不用,可謂薦圭璧於房闥,以脂澤污漫之也。"《隸續·米巫祭酒張普題字》:"此碑字畫放縱欹斜,略無典則,乃群小所書。以同時石刻雜之,如瓦礫之在圭璧中也。" 卞和:春秋楚人,相傳他得玉璞,先後獻給楚厲王和楚武王,都

被認爲欺詐,受刑砍去雙脚。楚文王即位,他抱璞哭於荆山下,文王使人琢璞,得寶玉,名爲"和氏璧"。《史記·魯仲連鄒陽列傳》:"昔卞和獻寶,楚王刖之。"李白《鞠歌行》:"玉不自言如桃李,魚目笑之卞和耻。" 頑石:未經斧鑿的石塊,堅石。楊巨源《奉酬寶郎中早入省苦寒見寄》:"玄冥怒含風,群物戒嚴節。空山頑石破,幽澗層冰裂。"元稹《相憶淚》:"除非入海無由住,縱使逢灘未擬休。會向伍員潮上見,氣充頑石報心讎。" 列:陳列,排列。揚雄《長楊賦》:"羅千乘於林莽,列萬騎於山隅。"杜甫《後出塞五首》二:"平沙列萬幕,部伍各見招。"

⑲ 舜禹:虞舜和夏禹的並稱。《史記·五帝本紀》:"自黃帝至舜禹,皆同姓而異其國號,以章明德。"《晉書·元帝紀》:"願陛下存舜禹至公之情,狹由巢抗矯之節。" 陶堯:傳説中古帝陶唐氏之號。《易·繫辭》:"神農氏没,黄帝、堯、舜氏作。"《史記·五帝本紀》:"帝嚳崩而摯代立。帝摯立不善而弟放勛立,是爲帝堯。" 腐草:腐敗的草。《逸周書·時訓》:"大暑之日,腐草化爲螢。"李商隱《隋宫》:"於今腐草無螢火,終古垂楊有暮鴉。"

⑳ 神功:神一般的功績,舊時多用以頌揚帝王。《晉書·赫連勃勃載記》:"鴻績侔於天地,神功邁於造化。"《文選·任昉〈到大司馬記室箋〉》:"神功無紀,作物何稱!"吕延濟注:"謂高祖神妙之功無能記述。"神靈的功力。《南史·謝惠連傳》:"〔靈運〕忽夢見惠連,即得'池塘生春草',大以爲工,常云:'此語有神功,非吾語也。'"黃滔《大唐福州報恩定光多寶塔碑記》:"仲氏司徒自清源聞而感,鑄而資,雖從人力,悉類神功。" 神物:神靈、怪異之物。《易·繫辭》:"探賾索隱,鈎深致遠,以定天下之吉凶,成天下之亹亹者,莫大乎蓍龜。是故天生神物,聖人則之。"李白《梁甫吟》:"張公兩龍劍,神物合有時。" 神:神靈,神仙,宗教及神話中所指的超自然體。《禮記·祭法》:"山林川谷丘陵,能出雲爲風雨,見怪物,皆曰神。"孔穎達疏:"風雨雲露並益

於人，故皆曰神而得祭也。"劉向《説苑·修文》："神者，天地之本，而爲萬物之始。"

㉑ 神人：神奇非凡的人，謂其姿容、行止、技藝等非常人所及。桓譚《新論》："天下神人五：一曰神仙，二曰隱淪，三曰使鬼物，四曰先知，五曰鑄凝。"王嘉《拾遺記·周靈王》："〔西施、鄭旦〕二人當軒並坐，理鏡靚妝於珠幌之内，竊窺者莫不動心驚魄，謂之神人。"猶神仙，古代道教和方士理想中所謂修真得道而長生不死的人。《史記·封禪書》："乃益發船，令言海中神山者數千人求蓬萊神人。"揚雄《長楊賦》："聽廟中之雍雍，受神人之福祐。" 不世：非一世所能有，罕有，多謂非凡。《後漢書·隗囂傳》："足下將建伊、吕之業，弘不世之功。"李賢注："不世者，言非代之所常有也。"徐陵《爲貞陽侯與太尉王僧辯書》："戮不世之渠凶，殲滔天之巨寇。" 絶：斷絶，净盡。《論語·衛靈公》："在陳絶糧，從者病，莫能興。"《後漢書·馬援傳》："名滅爵絶，國土不傳。"

㉒ 徒然：僅僅如此。《史記·春申君列傳》："今君相楚二十餘年，而王無子，即百歲後將更立兄弟……君又安得長有寵乎？非徒然也，君貴用事久，多失禮於王兄弟，兄弟誠立，禍且及身，何以保相印江東之封乎？"猶枉然，白白地，不起作用。任昉《爲范始興作求立太宰碑表》："瞻彼景山，徒然望慕。"杜荀鶴《亂後宿南陵廢寺》："男兒仗劍酬恩在，未肯徒然過一生。" 施設：實施，實行。《史記·孫子吳起列傳論》："世俗所稱師旅，皆道《孫子》十三篇、吴起《兵法》。世多有，故弗論，論其行事所施設者。"韓愈《上兵部李侍郎書》："今者入守内職，爲朝廷大臣。當天子新即位，汲汲于理化之日，出言舉事，宜必施設。"猶施展。蘇舜欽《答杜公書》："蓋或得其位而無其才，有其才而無其時者多矣！丈人才位如此，而又當有爲之時，是天付之全，而使施設才業之秋也。"

㉓ 禹功：指夏禹治水的功績。《左傳·昭公元年》："美哉禹功，

明德遠矣！微禹，吾其魚乎！"陳子昂《白帝城懷古》："荒服仍周甸，深山尚禹功。巖懸青壁斷，地險碧流通。"　九州：古代分中國爲九州，説法不一。《書·禹貢》作冀、兗、青、徐、揚、荆、豫、梁、雍；《爾雅·釋地》有幽、營兩州而無青、梁兩州；《周禮·夏官·職方》有幽、並兩州而無徐、梁兩州。後以"九州"泛指天下，全中國。《楚辭·離騷》："思九州之博大兮，豈惟是其有女？"陸游《示兒》："死去元知萬事空，但悲不見九州同。"另外還有一種"大九州"的説法：中國僅僅是其中之一州，戰國時鄒衍稱中國爲赤縣神州，謂"中國外如赤縣神州者九，乃所謂九州也"。《淮南子·地形訓》："何謂九州？東南神州曰農土，正南次州曰沃土，西南戎州曰滔土，正西弇州曰並土，正中冀州曰中土，西北台州曰肥土，正北泲州曰成土，東北薄州曰隱土，正東陽州曰申土。"　舜德：即指虞舜相傳受陶堯禪讓，自己後來又禪位於大禹，不以天下爲私有的美德。司空曙《御製雨後出城觀覽敕朝臣已下屬和》："薰弦歌舜德，和鼎致堯名。"馬植《奉和白敏中聖道和平致茲休運歲終功就合詠盛明呈上》："舜德堯仁化犬戎，許提河隴款皇風。指揮貙虎皆神算，恢拓乾坤是聖功。"　天下：古時多指中國範圍内的全部土地。李白《勞勞亭》："天下傷心處，勞勞送客亭。春風知別苦，不遣柳條青。"徐九皋《送部四鎮人往單於別知故》："天下今無事，雲中獨未寧。忝驅更戍卒，方遠送邊庭。"　悦：悦服。《孟子·滕文公》："及至葬，四方來觀之，顔色之戚，哭泣之哀，吊者大悦。"《後漢書·張玄傳》："温聞大震，不能對，良久謂玄曰：'處虚，非不悦子之言，顧吾不能行，如何？'"

㉔ 璧：泛指美玉。鮑照《河清頌》："如彼七緯，累璧重珠。"劉知幾《史通·探賾》："蓋明月之珠不能無瑕，夜光之璧不能無纇。"　傳國璽：秦以後皇帝世代相傳的印章，又稱秦璽，唐改稱傳國寶。相傳秦始皇得藍田玉，雕爲印，上紐交五龍，正面刻李斯所寫篆文"受命於天，既壽永昌"八字，秦亡歸漢。後來封建王朝以璽有"受命於天"之

文,爭以得璽爲符瑞,秦璽已亡,歷代多自刻製,文亦有同有異。《漢書·元后傳》:"初,漢高祖入咸陽至霸上,秦王子嬰降於軹道,奉上始皇璽。及高祖誅項籍,即天子位,因御服其璽,世世傳受,號曰漢傳國璽。"《晉書·元帝紀》:"〔太興元年〕十二月,劉聰故將王騰、馬忠等誅靳準,送傳國璽於劉曜。" 圭:古代帝王諸侯朝聘、祭祀、喪葬等舉行隆重儀式時所用的玉製禮器,長條形,上尖下方,其名稱、大小因爵位及用途不同而異。《儀禮·聘禮》:"所以朝天子,圭與繅皆九寸,剡上寸半,厚半寸,博三寸。"鄭玄注:"圭,所執以爲瑞節也,剡上象天圜地方也……九寸,上公之圭也。"賈公彥疏:"凡圭,天子鎮圭,公桓圭,侯信圭,皆博三寸,厚半寸,剡上左右各寸半,唯長短依命數不同。"劉向《説苑·修文》:"諸侯以圭爲贄,圭者玉也,薄而不撓,廉而不劌,有瑕於中,必見於外,故諸侯以玉爲贄。" 祈:向天或神求禱。《詩·小雅·甫田》:"琴瑟擊鼓,以御田祖,以祈甘雨,以介我稷黍。"韓愈《潮州祭神文》:"謹以清酌脯修之奠,祈於大湖神之靈。" 太折:即"泰折",古代祭地神之處,在都城北郊。《禮記·祭法》:"燔柴於泰壇,祭天也;瘞埋於泰折,祭地也。"鄭玄注:"壇、折,封土爲祭處也。"孔穎達疏:"'瘞埋於泰折祭地也'者,謂瘞繒埋牲,祭神州地祇於北郊也。"《樂府詩集·唐祭神州樂章》:"泰折嚴享,陰郊展敬。"

㉕ 千尋:古以八尺爲一尋,"千尋"形容極高或極長。左思《吳都賦》:"擢本千尋,垂蔭萬畝。"劉禹錫《西塞山懷古》:"千尋鐵索沉江底,一片降旛出石頭。" 九萬:指九萬里,極言大鵬一次飛行之遠。盧象《青雀歌》:"啾啾青雀兒,飛來飛去仰天池。逍遙飲啄安涯分,何假扶搖九萬爲?"李白《古風》三三:"憑陵隨海運,燀赫因風起。吾觀摩天飛,九萬方未已。"

㉖ 庇:保護,保佑。《宋書·武帝紀》:"其名賢先哲,見優前代,或立德著節,或寧亂庇民,墳塋未遠,並宜灑掃。"憑依,寄託。《左傳·僖公二十五年》:"信,國之寶也,民之所庇也。"任昉《到大司馬記

室箋》:"含生之倫,庇身有地。"　生民:人民。《書·畢命》:"道洽政治,澤潤生民。"曹操《蒿里行》:"生民百遺一,念之斷人腸。"　來哲:後世智慧卓越的人。《文選·班固〈幽通賦〉》:"若胤彭而偕老兮,訴來哲而通情。"呂延濟注:"若得續彭祖之年,俱老聃之壽,當告之來智與之通情。"白居易《才識兼茂明於體用科策》:"精求古人之意,啓迪來哲之懷。"

㉗　旱天:長期缺雨或長期無雨的天氣。白居易《題平泉薛家雪堆莊》:"蹙爲宛轉青蛇項,噴作玲瓏白雪堆。赤日旱天長看雨,玄陰臘月亦聞雷。"徐鉉《常州驛中喜雨》:"颯颯旱天雨,涼風一夕迴。遠尋南畝去,細入驛亭來。"　流電:閃電。《藝文類聚》卷六引李康《遊山序》:"蓋人生天地之間也,若流電之過戶牖,輕塵之栖弱草。"王讜《唐語林·補遺》:"馬馳不止,迅若流電。"　掣:牽曳,牽引。《呂氏春秋·具備》:"吏方將書,宓子賤從旁時掣搖其肘。吏書之不善,則宓子賤爲之怒。"杜甫《寓目》:"羌女輕烽燧,胡兒掣駱駝。"

㉘　奸膽:猶奸心。元稹《崔郾授諫議大夫制》:"昔我太宗文皇帝,以魏徵爲人鏡,而奸膽形於下,逆耳聞於上。"强至《上運使工部》:"幹濟謀無敵,澄清志不回。詔言迎刃破,奸膽望風摧。"　妖蛇:怪異有害的蛇。元稹《説劍》:"劍決天外雲,劍衝日中鬥。劍瀝妖蛇腹,劍拂佞臣首。"文珦《陟三十六渡溪唐陽嶺》:"風緊妖蛇出,烟昏異鳥啼。蜀僧言劍閣,與此亦相齊。"

㉙　冰瑩:謂寒冰光亮透明。元稹《送崔侍御之嶺南》:"冰瑩懷貪水,霜清顧痛巖。珠璣當盡擲,薏苡詎能讒?"元稹《哭吕衡州六首》一:"氣敵三人傑,交深一紙書。我投冰瑩眼,君報水憐魚。"　環坐:圍繞而坐。元稹《答姨兄胡靈之見寄五十韵》:"環坐唯便草,投盤暫廢觚。"洪邁《夷堅丁志·仙舟上天》:"見一舟淩虛直上,數道士環坐笑語,須臾抵天表。"

㉚　比:介詞,待到,等到。《左傳·莊公十二年》:"陳人使婦人飲之

酒,而以犀革裹之,比及宋,手足皆見。"《百喻經·醫與王女藥令卒長大喻》:"比得藥頃,王要莫看,待與藥已,然後示王。" 發:抒發,發泄。《楚辭·離騷》:"懷朕情而不發兮,余焉能忍與此終古?"班固《西都賦》:"願賓攄懷舊之蓄念,發思古之幽情。"表達,說出。沈作喆《寓簡》卷一〇:"大抵譏誚之語,先發者未必切害,而報復者往往奇險深酷。"

㉛"于今盡凡耳"兩句:意謂在當今的人世間、宦場上,都是普普通通的人們,他們的凡耳聽不進聽不得我這樣的議論,如果不是像你李景儉這樣信得過的朋友,我還不準備這樣直白地剖露自己的心聲。凡耳:常人的耳朵,指普通人。丘遲《題琴朴奉柳吳興》:"凡耳非所別,君子特見知。"覺範《讀龍勝尊者語》:"鼓聲無作者,有作必有處。乃知畢竟空,誑惑凡耳故。" 爲:是。劉向《説苑·辨物》:"其在鳥則雄爲陽,雌爲陰。"毛文錫《醉花間》:"風搖玉珮清,今夕爲何夕。" 陳説:叙述情況。顏真卿《叙石幢事》:"每至良辰美景,勝引佳遊,必扶侍左右,笑言陳説,親朋往來莫知太夫人之有苦也。"尹洙《上吕相公書二首》二:"自羌虜犯邊,某嘗獻書論事,又得陳説左右……"

[編年]

未見《年譜》編年本詩,《編年箋注》編年本詩於"未編年詩"欄内,《年譜新編》編年本詩於"庚寅至甲午在江陵府所作其他詩"欄内,没有説明編年理由。

我們以爲,本詩確實是作於元稹江陵士曹參軍期間,但可以具體編年:本詩云:"於今盡凡耳,不爲君不説。"聽起來非常耳熟,在元稹的《説劍》裏面,詩人也説過類如的話語:"俗耳驚大言,逢人少開口。"而在江陵,能夠讓元稹如此推心置腹的朋友,我們以爲非李景儉莫屬,而李景儉於元和七年離開江陵,此詩必定作於李景儉離開江陵之前。《説劍》與《論寶二首》兩詩應該是同一時間段的先後之作,應該編排在一起,亦即作於元和六年春天。

◎ 野節鞭①

神鞭鞭宇宙，玉鞭鞭騏驥②。緊紉野節鞭，本用鞭贔屭③。使君鞭甚長，使君馬亦利④。司馬並馬行，司馬馬顛頓⑤。短鞭不可施，疾步無由致⑥。使君駐馬言：願以長鞭遺⑦。此遺不尋常，此鞭不容易⑧。金堅無繳繞，玉滑無塵膩⑨。青蛇坼生石（一），不刺山阿地⑩。烏龜旋眼班，不染江頭淚（二）⑪。長看雷雨痕，未忍駑駘試⑫。持用換所持，無令等閑棄⑬！答云君何奇，贈我君所貴⑭。我用亦不凡，終身保明義⑮。誓以鞭奸頑，不以鞭蹇躓⑯。指撝狡兔蹤，決撻怪龍睡⑰。惜令寸寸折（三），節節不虛墜⑱。因作換鞭詩，詩成謂同志⑲。而我得聞之，笑君年少意⑳。安用換長鞭，鞭長亦奚爲㉑？我有鞭尺餘，泥抛風雨漬㉒。不擬閑贈行，惟將爛誇醉㉓。春來信馬頭，款緩花前轡㉔。願我遲似掔（四），饒君疾如翅㉕。

錄自《元氏長慶集》卷三

［校記］

（一）青蛇坼生石：楊本、叢刊本、《佩文齋詠物詩選》、《淵鑑類函》、《全詩》同，宋蜀本作“龍蛇坼生石”，語義不同，不改。《淵鑑類函》僅節引本詩十二句。

（二）不染江頭淚：原本作“不染紅頭淚”，語義不佳，據楊本、叢刊本、《佩文齋詠物詩選》、《淵鑑類函》、《全詩》改。

（三）惜令寸寸折：楊本、叢刊本、《全詩》同，宋蜀本、《佩文齋詠物詩選》作"借令寸寸折",語義不同,不改。

(四)願我遲似攣:楊本、叢刊本、《佩文齋詠物詩選》、《全詩》同,盧校宋本作"顧我遲似攣",語義不同,不改。

[箋注]

① 野節鞭:竹子自然形成的現成馬鞭,不同於人工製造的其他馬鞭。關於馬鞭,唐人詩篇詠及的,有高適《詠馬鞭》:"龍竹養根凡幾年,工人截之爲長鞭,一節一目皆天然。珠重重,星連連,繞指柔純金堅繩。不直規,不圓把,向空中,捎一聲,良馬有心日馳千。"戎昱《賦得鐵馬鞭》:"成器雖因匠,懷剛本自天。爲憐持寸節,長擬静三邊。未入英髦用,空存鐵石堅。希君剖腹取,還解抱龍泉。"元稹本人也曾經將竹鞭贈送好友劉禹錫,元稹《劉二十八以文石枕見贈仍題絶句以將厚意因持壁州鞭酬謝兼廣爲四韵》:"枕截文瓊珠綴篇,野人酬贈壁州鞭。用長時節君須策,泥醉風雲我欲眠。歌盷彩霞臨藥竈,執陪仙仗引爐烟。張騫却上知何日?隨會歸期在此年!"本詩證明江陵地區有竹子製成的"野節鞭"的存在,請讀者記住這個話頭。

② "神鞭鞭宇宙"句:典見《楚辭·離騷》:"吾令羲和弭節兮,望崦嵫而未迫。路漫漫其修遠兮,吾將上下而求索。"李白《長歌行》:"大力運天地,羲和無停鞭。"杜甫《同諸公登慈恩寺》:"羲和鞭白日,少昊行清秋。秦山忽破碎,涇渭不可求。" 宇宙:天地。《莊子·讓王》:"余立於宇宙之中,冬日衣皮毛,夏日衣葛絺;春耕種,形足以勞動;秋收斂,身足以休食;日出而作,日入而息,逍遙於天地之間。"《淮南子·原道訓》:"横四維而含陰陽,紘宇宙而章三光。"高誘注:"四方上下曰宇,古往今來曰宙,以喻天地。" 騏驥:駿馬。枚乘《七發》:"將爲太子馴騏驥之馬,駕飛軨之輿,乘牡駿之乘。"韓愈《駑驥贈歐陽詹》:"騏驥生絶域,自矜無匹儔。"

③ 緊絕:義未詳,疑與"緊健"義近,緊凑有力。鍾嶸《詩品》卷

中:"彥伯《詠史》,雖文體未遒,而鮮明緊健,去凡俗遠矣!"李士瞻《題張樗寮楷書公孫大娘舞劍器行》:"宜官無徒梁鵠往,隱鋒藏角尤爲難。大書五寸徑方丈,字貴緊健力出□。"　贔屭:又作"贔屓",蠵龜的別名,舊時石碑下的石座相沿雕作贔屭狀,即取其力大能負重之義。白居易《題海圖屏風》:"或者不量力,謂茲鰲可求。贔屭牽不動,綸絕沉其鈎。"司馬光《謁三門禹祠》:"贔屭青崖裂,喧豗白浪豪。客舟浮木葉,生理脫鴻毛。"

④ 使君:漢時稱刺史爲使君。《玉臺新詠·日出東南隅行》:"使君從南來,五馬立踟躕。"尊稱州郡長宮。《三國志·劉璋傳》:"〔張松〕還,疵毀曹公,勸璋自絕,因說璋曰:'劉豫州,使君之肺腑,可與交通。'"張籍《蘇州江岸留別樂天》:"莫忘使君吟詠處,汝墳湖北武丘西。"　利:疾,迅猛。《淮南子·墜形訓》:"輕土多利,重土多遲。"高誘注:"利,疾也。"《晉書·王濬傳》:"風利,不得泊也。"

⑤ 司馬:官名,唐制,節度使屬僚有行軍司馬,又於每州置司馬,常常安排貶謫或閑散的人。張九齡《和王司馬折梅寄京邑昆弟》:"離別念同嬉,芬榮欲共持。獨攀南國樹,遙寄北風時。"宋之問《送許州宋司馬赴任》:"潁郡水東流,荀陳兄弟遊。偏傷茲日遠,獨向聚星州。"　顦顇:亦作"顦悴",形容枯槁瘦弱。禰衡《鸚鵡賦》:"音聲悽以激揚,容貌慘以顦顇。"《顏氏家訓·勉學》:"齊孝昭帝侍婁太后疾,容色顦悴,服膳減損。"

⑥ 疾步:快步。司馬光《答彭朝議寂書》:"譬如駑馬,聞騏驥嘶鳴,不自量度,踴躍躑躅,亦欲疾步而從之。"陸游《謁凌雲大像》:"不辭疾步登重閣,聊欲今生識偉人。"　無由:沒有門徑,沒有辦法。《儀禮·士相見禮》:"某也願見,無由達。"鄭玄注:"無由達,言久無因緣以自達也。"李德裕《二猿》:"無由碧潭飲,爭接綠蘿枝。"

⑦ 駐馬:使馬停下不走。崔融《留別杜審言並呈洛中舊遊》:"駐馬西橋上,回車南陌頭。故人從此隔,風月坐悠悠。"蔣吉《高溪有

懷》：“駐馬高溪側，旅人千里情。” 遺：給予，饋贈。《書·大誥》：“寧王遺我大寶龜，紹天明即命。”蘇軾《論高麗買書利害札子》：“高麗所得賜予，若不分遺契丹，則契丹安肯聽其來貢？”

⑧ 尋常：平常，普通。劉禹錫《烏衣巷》：“舊時王謝堂前燕，飛入尋常百姓家。”葉適《寶謨閣直學士贈光禄大夫劉公墓誌銘》：“今不過尋常文書，肯首而退爾。” 不容：不允許。《左傳·昭公元年》：“五降之後，不容彈矣！”朱熹《乞修德政以弭天變狀》：“其勢不容少緩。”易：交換。《易·繫辭》：“日中爲市，致天下之民，聚天下之貨，交易而退，各得其所。”《史記·廉頗藺相如列傳》：“趙惠文王時，得楚和氏璧。秦昭王聞之，使人遺趙王書，願以十五城請易璧。”

⑨ 繳繞：即“繳繞”，圍繞、纏繞。元稹《江邊四十韻》：“總無籬繳繞，尤怕虎咆哮。”白居易《早梳頭》：“年事漸蹉跎，世緣方繳繞。不學空門法，老病何由了？” 塵膩：猶言污濁。元稹《元和五年予官不了罰俸西歸三月六日至陝府與吳十一兄端公崔二十二院長思愴曩遊因投五十韻》：“春衫未成就，冬服漸塵膩。”元稹《祭亡友文》：“君雖促齡，實大其志。呼吸風雲，擺落塵膩。”

⑩ 青蛇：古寶劍名，亦泛指劍。郭震《古劍篇》：“精光黯黯青蛇色，文章片片綠龜鱗。非直結交遊俠子，亦曾親近英雄人。”白居易《漢高皇帝親斬白蛇賦》：“彼戮鯨鯢與截犀兕，未若我提青蛇而斬白蛇。” 坼：裂開，分裂。《淮南子·本經訓》：“天旱地坼。”杜甫《登岳陽樓》：“吳楚東南坼，乾坤日夜浮。”拆毀。韓愈《御史臺上論天旱人饑狀》：“至聞有棄子逐妻，以求口食，坼屋伐樹，以納稅錢。” 山阿：山的曲折處。《楚辭·九歌·山鬼》：“若有人兮山之阿，被薜荔兮帶女蘿。”王逸注：“阿，曲隅也。”嵇康《幽憤》：“采薇山阿，散髮巖岫。”

⑪ 烏龜：爬行動物，體扁有硬甲，頭尾四肢能縮入殼内，生活在河流、湖泊裏，龜甲能入藥，亦叫金龜，俗稱王八。韓愈《月蝕詩效玉川子作》：“烏龜怯奸怕寒，縮頸以殼自遮。”呂巖《七言》二三：“山上長

男騎白馬，水邊少女牧烏龜。"　江頭：江邊，江岸。楊廣《鳳媚歌》："三月三日向江頭，正見鯉魚波上游。"姚合《送林使君赴邵州》："江頭斑竹尋應遍，洞裏丹砂自採還。"

⑫ 雷雨：由積雨雲形成的一種天氣現象，降水伴隨著閃電和雷聲，往往發生在夏天的下午。《易·解》："天地解而雷雨作。"韋莊《暴雨》："江村入夏多雷雨，曉作狂霖晚又晴。"　駑駘：指劣馬。《楚辭·九辯》："却騏驥而不乘兮，策駑駘而取路。"李群玉《驄馬》："青芻與白水，空笑駑駘肥。"

⑬ 無令：不使。《魏書·高祖紀》："一夫制治田四十畝，中男二十畝，無令人有餘力，地有遺利。"岑參《送王伯倫應制授正字歸》："科斗皆成字，無令錯古文。"　等閑：輕易，隨便。劉長卿《避地江東留別淮南使院諸公》："何辭向物開秦鏡，却使他人得楚弓。此去行持一竿竹，等閑將狎釣漁翁。"張謂《湖上對酒行》："夜坐不厭湖上月，晝行不厭湖上山。眼前一尊又長滿，心中萬事如等閑。"無端，平白。劉禹錫《竹枝詞》："長恨人心不如水，等閑平地起波瀾。"　棄：拋棄。《韓非子·難勢》："夫棄隱栝之法，去度量之數，使奚仲爲車，不能成一輪。"韓愈《秋懷詩十一首》一○："敗蔬千金棄，得比寸草榮。"

⑭ 奇：出人意外，使人不測，多指奇兵或奇謀。《老子》："以奇用兵，以無事取天下。"劉向《列女傳·晉羊叔姬》："且吾聞之有奇福者必有奇禍，有甚美者必有甚惡。"　貴：貴重，重要。《孟子·盡心》："民爲貴，社稷次之，君爲輕。"《漢書·食貨志》："錢益多而輕，物益少而貴。"

⑮ 不凡：不平常，傑出。《後漢書·度尚傳》："吏人謂之神明。"李賢注引謝承《後漢書》："〔尚〕擢門下書佐朱俊，恒嘆述之，以爲有不凡之操。"干寶《搜神記》卷一六："生隨之去，入華堂，室宇器物不凡。"終身：一生，終竟此身。《禮記·王制》："大夫廢其事，終身不仕，死以士禮葬之。"《漢書·司馬遷傳》："蓋鍾子期死，伯牙終身不復鼓琴。"

明義：聖明的道義。賈誼《新書·匈奴》："宜以厚德懷服四夷，舉明義博示遠方。"猶要旨。《三國志·崔琰傳》："蓋聞盤于游田，《書》之所戒，魯隱觀魚，《春秋》譏之，此周孔之格言，二經之明義。"

⑯ 奸頑：奸詐不法的人。羅隱《西塞山》："嶺梅乍暖殘妝恨，沙鳥初晴小隊閑。波闊魚龍應混雜，壁危猿狖奈奸頑！"呂南公《追難皮日休鄙孝議》："天下之奸頑，冀倖者時甚不少。" 蹇躓：困頓顛僕，不順利。王勃《爲人與蜀城父老書二首》二："低心於蹇躓之辰，忍恥於恓惶之日哉！"高適《留別鄭三韋九兼洛下諸公》："蹇躓蹉跎竟不成，年過四十尚躬耕。"指駑馬。陳去疾《賦得騏驥長鳴》："騏驥忻知己，嘶鳴忽異常……何言從蹇躓？今日逐騰驤。"

⑰ 指麾：亦作"指麾"、"指揮"，以手或手持物揮動示意。《鶡冠子·博選》："憑幾據杖，指麾而使，則廝役者至。"李頎《題璿公山池》："指揮如意天花落，坐臥閑房春草深。" 狡：少壯的狗。《説文·犬部》："狡，少犬也。"《淮南子·俶真訓》："狡狗之死也，割之猶濡。"高誘注："狡，少也。" 兔：動物名，通稱兔子，頭部略似鼠，耳長，上唇中部裂齶，尾短而上翹，前肢較後肢短，能跑善躍，有野生，亦有家飼。《韓非子·五蠹》："田中有株，兔走觸株，折頸而死。"曹植《名都篇》："馳馳未能半，雙兔過我前。攬弓捷鳴鏑，長驅上南山。" 蹤：腳印，蹤迹。《史記·蕭相國世家》："高帝曰：'夫獵，追殺獸兔者狗也，而發蹤指示獸處者人也。'"《初學記》卷二九引傅玄《走狗賦》："於是尋漏迹，躡遺蹤，形疾騰波，勢如駭龍。"痕迹。韓愈《祭河南張員外文》："南上湘水，屈氏所沈。二妃行迷，泪蹤染林。"洪邁《夷堅補志·辟兵咒》："既覺，筆蹤歷歷在目，自爾日誦百二十遍。" 決撻：用鞭、杖拷打。孫覿《和州與運使陳靖直書》："夫爲郡太守，至決撻無事以慰塞猾吏，可見官弱，而侃殊不滿，遂令母投牒訴于使司。"朱熹《乞住催被災州縣積年舊欠狀》："遽於此時催理積年舊欠，上下相乘，轉相督促，使斯民方幸脱於溝壑之憂，而一旦便罹追呼決撻，囚繫之苦甚可哀

痛。"　怪龍:行爲古怪的龍。杜甫《黃魚》:"泥沙卷涎沫,回首怪龍鱗。"李清《中元日鮑端公宅遇吳天師聯句》:"怪龍隨羽翼,青節降雲烟。"

⑱　寸寸:一寸一寸地。枚乘《諫吳王書》:"夫銖銖而稱之,至石必差;寸寸而度之,至丈必過。"蘇軾《雜說》:"今吾十口之家,而共百畝之田,寸寸而取之,日夜以望之,鋤耰銍艾,相尋於其上者如魚鱗,而地力竭矣!"猶言漸漸。李世民《賦得白日半西山》:"岑霞漸漸落,溪陰寸寸生。"白居易《中書連直寒食不歸因懷元九》:"鬢髮莖莖白,光陰寸寸流。"　節節:逐次,逐一。白居易《畫竹歌》:"人畫竹身肥擁腫,蕭畫莖瘦節節竦。人畫竹梢死羸垂,蕭畫枝活葉葉動。"王貞白《送芮尊師》:"石上菖蒲節節靈,先生服食得長生。早知避世憂身老,近日登山覺步輕。"　虛墜:憑空墜落。蕭綱《箏賦》:"足使長廊之瓦虛墜,梁上之塵染衣。"李白《單父東樓秋夜送族弟沈之秦》"折翮翻飛隨轉蓬,聞弦虛墜下霜空。聖朝久棄青雲士,他日誰憐張長公?"

⑲　因:連詞,因而,因此。《孟子·梁惠王》:"若民,則無恒產,因無恒心。"柳宗元《三戒·永某氏之鼠》:"〔某氏〕以爲己生歲值'子';鼠,子神也,因愛鼠,不畜猫犬。"　同志:志趣相同,志向相同。《國語·晉語》:"同德則同心,同心則同志。"《後漢書·卓茂傳》:"初,茂與同縣孔休、陳留蔡勛、安衆劉宣、楚國龔勝、上黨鮑宣六人同志,不仕王莽時,並名重當時。"指志趣相同的人。《周禮·地官·大司徒》:"五曰聯朋友。"鄭玄注:"同志曰友。"葉適《司農卿湖廣總領詹公墓誌銘》:"公率同志請於周丞相,反覆極論,責以變通之理。"

⑳　聞:指聽說,知道。《左傳·隱公元年》:"公聞其期,曰:'可矣!'"魏徵《諫太宗十思疏》:"臣聞求木之長者,必固其根本。"　年少:年輕。《戰國策·趙策》:"寡人年少,涖國之日淺,未嘗得聞社稷之長計。"韓愈《論淮西事宜狀》:"恐其年少,未能理事。"　意:胸懷,內心。《漢書·高帝紀》:"寬仁愛人,意豁如也。"《玉臺新詠·古詩

〈爲焦仲卿妻作〉》："吾意久懷忿，汝豈得自由！"

㉑ 安：代詞，表示疑問，相當於"什麼"、"什麼地方"。《禮記·檀弓上》："泰山其頽，則吾將安仰？"《史記·項羽本紀》："沛公安在？" 奚：疑問詞，猶何，何事，什麼事。《論語·子路》："衛君待子而爲政，子將奚先？"《莊子·駢拇》："問臧奚事，則挾筴讀書；問穀奚事，則博塞以遊。"

㉒ 風雨：風和雨。蘇軾《次韵黃魯直見贈古風二首》一："嘉穀卧風雨，稂莠登我場。"比喻危難和惡劣的處境。《漢書·朱博傳》："〔朱博〕稍遷爲功曹，伉俠好交，隨從士大夫，不避風雨。" 漬：謂塵垢等積在物體上，積在物體上的滓垢。韓愈《喜侯喜至贈張籍張徹》："如以膏濯衣，每漬垢逾染。又如心中疾，針石非所砭。"蘇軾《虛飄飄三首》一："塵漬雨桐葉，霜飛風柳條。"

㉓ 不擬：不打算。杜甫《陪章留後侍御宴南樓》："出號江城黑，題詩蠟炬紅。此身醒復醉，不擬哭途窮。"令狐楚《遠別離二首》二："玳織鴛鴦履，金裝翡翠簪。畏人相問著，不擬到城南。" 贈行：臨別相贈。《漢書·段會宗傳》："雖然，朋友以言贈行，敢不略意。"顏師古注："贈行謂將別相贈也。"李白《送魯郡劉長史遷弘農長史》："相國齊晏子，贈行不及言。" 爛醉：大醉。杜甫《杜位宅守歲》："誰能更拘束？爛醉是生涯。"辛棄疾《鷓鴣天·用前韵賦梅》："直須爛醉燒銀燭，橫笛難堪一再風。"

㉔ 春來：春天以來。包融《賦得岸花臨水發》："照灼如臨鏡，芊茸勝浣紗。春來武陵道，幾樹落仙家？"王維《桃源行》："當時只記入山深，青溪幾曲到雲林？春來遍是桃花水，不辨仙源何處尋？" 信馬頭：任馬行走而不加約制。岑參《與獨孤漸道別長句兼呈嚴八侍御》："興來浪迹無遠近，及至辭家憶鄉信。無事垂鞭信馬頭，西南幾欲窮天盡。"白居易《且遊》："弄水迴船尾，尋花信馬頭。眼看筋力減，遊得且須遊。" 款緩：徐行貌。呂南公《奉和內翰太中臘雪出郊長句》：

"傳聲賓從暫紆餘,命酌聖賢同款緩。飛花滿席不須拂,小大入腸寧復亂!"　轡:借指馬。《文選·左思〈吳都賦〉》:"飛輕軒而酌綠醽,方雙轡而賦珍羞。"李周翰注:"雙轡則四馬也。"《新唐書·劉沔傳》:"開成三年,突厥劫營田,沔發吐渾、契苾、沙陀部萬人擊之,賊一轡無返者。"

㉕　攣:抽搐,痙攣。《素問·皮部論》:"其(邪)留於筋骨之間,寒多則筋攣骨痛。"王冰注:"攣,急也。"元稹《望雲騅馬歌》:"肉綻筋攣四蹄脫,七馬死盡無馬騎。"　饒:連詞,相當於"任憑"、"儘管"。白居易《戲答諸少年》:"顧我長年頭似雪,饒君壯歲氣如雲。朱顏今日雖欺我,白髮他時不放君。"杜牧《猿》:"月白烟青水暗流,孤猿銜恨叫中秋。三聲欲斷疑腸斷,饒是少年今白頭。"　翅:鳥類和昆蟲等動物用以飛行的羽翼,通稱"翅膀"。《楚辭·嚴忌〈哀時命〉》:"爲鳳皇作鶉籠兮,雖翕翅其不容。"王逸注:"翅,一作翼。"鮑照《舞鶴賦》:"驚身蓬集,矯翅雪飛。"

[編年]

　　《年譜》編年本詩於"庚寅至甲午在江陵府所作其他詩"欄內,幷引述陳寅恪的話說:"陳《箋》第五章云:'《元氏長慶集》第三卷中諸詩,其詞句之可考者,多是微之在江陵之作品。'"《年譜》接著加了按語:"陳寅恪考證尚欠精確……《野節鞭》無具體地名。"儘管如此,《年譜》還是將本詩編年於"庚寅至甲午在江陵府所作其他詩"欄內。《編年箋注》編年本詩:"此詩作於元和九年(八一四),元稹時在江陵士曹參軍任。參閱下《譜》。"未見《年譜新編》編年本詩。

　　《年譜》編年本詩於"庚寅至甲午在江陵府所作其他詩"欄內,稍顯籠統。而《編年箋注》編年本詩於元和九年,沒有根據,而且將自己的意見强加於《年譜》,很不應該。《年譜新編》既然在全書之後設有"無法編年作品"一欄,就應該將自己無法編年的元稹作品編入其中,以示向讀者負責。不過,《年譜新編》這樣的疏漏已經不是第一次了,讀者使用《年譜新編》時衹能自己小心了。

　　我們經過本次詩文編年箋注的全面排比,覺得本詩流露的思想情緒,與《和樂天折劍頭》非常相似,應該作於同一時期。而在江陵的朋友中,能够與元稹互稱"同志"的,也非李景儉莫屬。李景儉在元和七年離開江陵,根據詩中"春來信馬頭,款緩花前轡"的詩句,本詩應該作於春天,亦即元和六年或元和七年的春天。而元稹的《和樂天折劍頭》作於元和六年,因此本詩也應該作于元和六年的春天。

◎ 和樂天折劍頭①

　　聞君得折劍,一片雄心起②。詎意鐵蛟龍(一),潛在延津水③。風雲會一合(二),呼吸期萬里④。雷震山嶽碎,電斬鯨鯢死⑤。莫但寶劍頭,劍頭非此比⑥。

録自《元氏長慶集》卷二

[校記]

　　(一)詎意鐵蛟龍:《全詩》同,楊本、叢刊本作"詎憶鐵蛟龍",語義不同,不改。

　　(二)風雲會一合:楊本、《全詩》同,叢刊本作"風雲劍一合",《記纂淵海》僅引述以下四句,其中"雷震山嶽碎"作"雷研山岳碎",語義不同,不改。

[箋注]

　　① 和樂天折劍頭:白居易原唱《折劍頭》:"拾得折劍頭,不知折之由。一握青蛇尾,數寸碧峰頭。疑是斬鯨鯢,不然刺蛟虬。缺落泥

土中，委棄無人收。我有鄙介性，好剛不好柔。勿輕直折劍，猶勝曲全鉤。” 折劍頭：斷折的寶劍頭。白居易《湖亭晚望殘水》：“泓澄白龍臥，宛轉青蛇屈。破鏡折劍頭，光茫又非一。”黃庭堅《答雍熙光老頌》：“獨弄參軍無鼓笛，右軍池裏泛漁舟。豈知劍外雍熙老，收得黃巢折劍頭。”又“折劍”與之同義，劉長卿《疲兵篇》：“陣雲泱漭屯塞北，羽書紛紛來不息。孤城望處增斷腸，折劍看時可霑臆？”白居易《聞李尚書拜相因以長句寄賀微之》：“那知淪落天涯日，正是陶鈞海內年！肯向泥中拋折劍，不收重鑄作龍泉。”

②君：對對方的尊稱，猶言您。孫翃《奉酬張洪州九齡江上見贈》：“受命讝封疆，逢君牧豫章。於焉審虞芮，復爾共舟航。”蔡希寂《洛陽客舍逢祖詠留宴》：“縣縣鐘漏洛陽城，客舍貧居絕送迎。逢君貰酒因成醉，醉後焉知世上情？” 雄心：遠大的理想與雄壯的抱負。李益《送常曾侍御使西蕃寄題西川》：“凉王宮殿盡，蕪没隴雲西。今日聞君使，雄心逐鼓鼙。”張祜《鴻溝》：“龍蛇百戰争天下，各制雄心指此溝。寧似九州分國土，地圖初割海中流。”

③詎：副詞，表示反詰，相當於“豈”、“難道”。《莊子·齊物論》：“雖然，嘗試言之：庸詎知吾所謂知之非不知邪？庸詎知吾所謂不知之非知邪？”陶潛《讀山海經十三首》一〇：“徒設在昔心，良辰詎可待？” 意：意料，猜測。《孫子·計》：“攻其無備，出其不意。”《新唐書·尉遲敬德傳》：“衆人意公必叛。” 鐵蛟龍：這裏比喻龍泉、太阿兩劍。劉長卿《古劍》：“龍泉間古匣，苔蘚淪此地。何意久藏鋒，翻令世人棄！”錢起《送屈突司馬充安西書記》：“海月低雲施，江霞入錦車。遙知太阿劍，計日斬鯨魚。” 延津水：即“延平津”，古代津渡名。晉時屬延平縣（今福建省南平市東南），故稱。據《晉書·張華傳》載，豐城令雷煥得龍泉、太阿兩劍，以其一與張華。後華被誅，劍即失其所在。雷煥死，其子持劍行經延平津，劍忽躍出墮水。使人入水取之，但見兩龍蟠縈，波浪驚沸，劍亦從此亡去。黃滔《浙幕李端公泛建

溪》："更愛延平津上過，一雙神劍是龍鱗。"唐暄《贈亡妻張氏》："嶧陽
桐半死，延津劍一沈。如何宿昔內，空負百年心！"

④ 風雲：《易·乾》："雲從龍，風從虎，聖人作而萬物覩。"意謂同
類相感應，後因以"風雲"比喻遇合、相從。荀悅《漢紀·高祖紀贊》：
"高祖起於布衣之中，奮劍而取天下，不由唐虞之禪，不階湯武之王，
龍行虎變，率從風雲，征亂伐暴，廓清帝宇。"王勃《上明員外啓》："神
交可託，風雲於杵臼之間。" 呼吸：猶吞吐，形容氣盛勢大。《尚書大
傳》卷一："陽盛則籲荼萬物而養之外也，陰盛則呼吸萬物而藏之內
也。"鄭玄注："籲荼，氣出而溫；呼吸，氣入而寒。"李白《經亂離後書懷
贈韋太守良宰》："君王棄北海，掃地借長鯨。呼吸走百川，燕然可
摧傾。"

⑤ 山嶽：高大的山。孫綽《游天台山賦》："天台山者，蓋山嶽之
神秀也。"范仲淹《岳陽樓記》："日星隱曜，山岳潛形。" 鯨鯢：即鯨，
雄曰鯨，雌曰鯢。盧綸《奉陪渾侍中上巳日泛渭河》："舟檝方朝海，鯨
鯢自曝腮。"比喻凶惡的敵人。《左傳·宣公十二年》："古者明王伐不
敬，取其鯨鯢而封之，以爲大戮。"杜預注："鯨鯢，大魚名，以喻不義之
人吞食小國。"《晉書·潛帝紀》："掃除鯨鯢，奉迎梓宮。"《資治通鑑·
晉潛帝建興元年》引此文，胡三省注曰："鯨鯢，大魚，鈎網所不能制，
以此敵人之魁桀者。"

⑥ "莫但寶劍頭"兩句：意謂不僅僅要寶重手中已經斷折的劍
頭，更要具備寧折不彎的氣概和雖敗仍然一往直前的氣質。 莫但：
不僅僅。元稹《楚歌十首》六："千乘徒虛爾，一夫安可輕？殷勤聘名
士，莫但倚方城！"劉駕《獻賀觴》："莫但取河湟河湟非邊疆願今日入
處亦似天中央。" 寶：珍愛，珍視。《書·旅獒》："不寶遠物，則寶人
格。所寶惟賢，則邇人安。"《孟子·盡心》："寶珠玉者，殃必及身。"
比：介詞，比起……來，用來比較性狀和程度的差別。劉義慶《世說新
語·文學》："方響則金聲，比德則玉亮。"劉長卿《餞王相公出牧括

州》："緒雲詎比長沙遠,出牧猶承明主恩。城對寒山開畫戟,路飛秋葉轉朱轓。"

［編年］

　　《年譜》編年本詩於元和五年,理由是:"《全唐詩》卷四二四載白居易《贈樊著作》、《折劍頭》、《登樂遊園望》、《酬元九對新栽竹有懷見寄》、《感鶴》等詩,編排在《春雪》之前。《春雪》是'元和歲在卯,六年春二月'作。"結論是:"《贈樊著作》至《感鶴》等詩約作於元和五年。"《編年箋注》編年:"元稹和作成於元和五年(八一〇)貶江陵時,詳卞《譜》。"《年譜新編》編年本詩於"元和五年前所作其他詩"欄內,理由是:"白居易原唱爲《折劍頭》,一般酬和。"

　　我們不得不遺憾地再次說明,詩人詩文集編排的前後次序並不就是詩人詩歌創作的前後次序,沒有散佚散失的白居易詩文集是如此,已散佚散失重新編集的元稹詩文集更是如此。即以《年譜》標舉的《全唐詩》卷四二四白居易部分詩歌爲例,依照白居易詩文集原詩的次序,據朱金城先生的《白居易集箋校》的編年,《贈樊著作》作於元和五年,《蜀路石婦》作于元和元年,《折劍頭》作於元和二年至元和六年,《登樂遊園望》和《酬元九對新栽竹有懷見寄》則作於元和五年,《感鶴》作於元和二年至元和六年,《春雪》作於元和六年。我們同意朱金城先生對白居易《折劍頭》編年,結合元稹在《思歸樂》中流露出來的"金埋無土色,玉墜無瓦聲。劍折有寸利,鏡破有片明"思想,根據元稹《說劍》的賦詠時間,我們以爲本詩應該與《說劍》作於同時,亦即元和六年春天。這一時期元稹白居易聯繫密切,唱和不斷,因此元稹的和作大約也與白居易的原唱大致同時。

◎ 和樂天感鶴⁽⁻⁾①

　　我有所愛鶴，毛羽霜雪妍②。秋宵一滴露⁽ᵓ⁾，聲聞林外天⁽ᵓ⁾③。自隨衛侯去，遂入大夫軒④。雲貌久已隔⁽ᵓ⁾，玉音無復傳⑤。吟君感鶴操，不覺心惕然⑥。無乃予所愛，誤爲微物遷⑦？因茲諭直質，未免柔細牽⑧。君看孤松樹，左右蘿蔦纏⑨。既可習爲鮑⁽ᵓ⁾，亦可薰爲荃⑩。期君常善救，勿令終棄捐⑪。

録自《元氏長慶集》卷二

［校記］

　　（一）和樂天感鶴：楊本、叢刊本、《錦繡萬花谷》、《淵鑑類函》、錢校宋本、《古今事文類聚》、《全詩》題均同，唯《錦繡萬花谷》、《古今事文類聚》祇選録前十句，《淵鑑類函》選録前十二句。

　　（二）秋宵一滴露：原本作"秋望一滴露"，楊本、叢刊本、《錦繡萬花谷》、《淵鑑類函》同，語義不佳，錢校宋本、《古今事文類聚》、《全詩》作"秋宵一滴露"，據改。

　　（三）聲聞林外天：原本作"聲洞林外天"，楊本、叢刊本、《錦繡萬花谷》、《淵鑑類函》同，語義不佳，《全詩》、《古今事文類聚》作"聲聞林外天"，據改。

　　（四）雲貌久已隔：楊本、叢刊本、《淵鑑類函》、《全詩》同，《古今事文類聚》、《錦繡萬花谷》作"雪貌久已隔"，語義不通，不改。

　　（五）既可習爲鮑：原本作"既可習爲飽"，楊本、叢刊本、《全詩》同，語義難通，疑爲"鮑"之誤，徑改。

［箋注］

① 和樂天感鶴：白居易原唱《感鶴》：“鶴有不群者，飛飛在野田。饑不啄腐鼠，渴不飲盜泉。貞姿自耿介，雜鳥何翩翩！同遊不同志，如此十餘年。一興嗜欲念，遂爲矰繳牽。委質小池内，爭食群雞前。不惟懷稻粱，兼亦競腥羶。不惟戀主人，兼亦狎烏鳶。物心不可知，天性有時遷。一飽尚如此，況乘大夫軒。”可與本詩參讀。楊維楨《鳴鶴軒記》對元積白居易的感鶴有所感慨：“抑余有感鶴者，不能不爲中孚通也。唐元和詩人嘗悼鶴以飽食易天，直至爭腐雞鶩前，狎群烏鳶之内，乘大夫軒遂有禄位，則玉音沉乎其無闃矣！” 感鶴：因鶴而產生的感慨與感傷。除白居易原唱外，還有林同孝《庾域(母好鶴唳，域營求不怠，忽雙鶴來下，戴良自據地作驢鳴以娛母)》：“惜矣戴良誤，賢哉庾域誠。真能感鶴唳，何至學驢鳴！”楊維楨《鳴鶴軒記》：“抑余有感鶴者，不能不爲中孚通也。”

② 鶴：鳥綱鶴科各種類的統稱，我國常見的有丹頂鶴、白鶴、灰鶴、黑頸鶴、赤頸鶴、白頭鶴、白枕鶴、蓑羽鶴等，古代詩詞圖畫中常指丹頂鶴或白鶴。王昌齡《送萬大歸長沙》：“桂陽秋水長沙縣，楚竹離聲爲君變。青山隱隱孤舟微，白鶴雙飛忽相見。”崔塗《送友人》：“登高迎送遠，春恨併依依。不得滄洲信，空看白鶴歸。” 毛羽：鳥的羽毛。《史記・蘇秦列傳》：“毛羽未成，不可以高蜚。”元積《大觜烏》：“群烏飽粱肉，毛羽色澤滋。” 霜雪：霜和雪。《莊子・馬蹄》：“馬蹄可以踐霜雪。”《大戴禮記・曾子天圓》：“陰氣勝則凝爲霜雪。” 妍：美麗，美好。陸機《吳王郎中時從梁陳作》：“玄冕無醜士，冶服使我妍。”《魏書・崔浩傳》：“浩纖妍潔白，如美婦人。”

③ 秋宵：秋夜。曹松《僧院松》：“此木韵彌全，秋宵學瑟絃。”韋莊《撫盈歌》：“玉庭兮春晝，金屋兮秋宵。” 露：夜晚或清晨近地面的水汽遇冷凝結於物體上的水珠，通稱露水。喬知之《從軍行》：“南庭結白露，北風掃黄葉。此時鴻雁來，驚鳴催思妾。”劉希夷《江南曲八

首》二：“艷唱潮初落，江花露未晞。春洲驚翡翠，朱服弄芳菲。” 聲聞：音信。《漢書·蘇武傳》：“前發匈奴時，胡婦適產一子通國，有聲問來，願因使者致金帛贖之。”《北史·劉炫傳》：“炫與妻子，相去百里，聲聞斷絕。”

④ “自隨衛侯去”兩句：這裏化用衛懿公重鶴而遭國人背棄的典故。《左傳·閔公二年》：“冬十二月，狄人伐衛。衛懿公好鶴，鶴有乘軒者。將戰，國人受甲者皆曰：‘使鶴，鶴實有禄位，余焉能戰？’及狄人戰於熒澤，衛師敗績，遂滅衛。” 衛侯：即衛懿公。《史記·晉世家》：“衛侯請盟晉，晉人不許。衛侯欲與楚，國人不欲，故出其君以説晉。”盧肇《漢堤詩序》：“昔狄敗衛侯於熒澤，齊桓公帥諸侯城緣陵以居之，而衛國忘亡，君子是以稱桓公之德。” 大夫：古職官名，周代在國君之下有卿、大夫、士三等，各等中又分上、中、下三級，後因以大夫爲任官職者之稱。秦漢以後，中央要職有御史大夫，備顧問者有諫大夫、中大夫、光禄大夫等，唐宋尚存御史大夫及諫議大夫。駱賓王《樂大夫挽詞五首》一：“可嘆浮生促，籲嗟此路難。丘陵一起恨，言笑幾時歡？”張説《送郭大夫元振再使吐蕃》：“犬戎廢東獻，漢使馳西極。長策問酋渠，猜阻自夷殄。” 軒：古代一種前頂較高而有帷幕的車子，供大夫以上乘坐。《左傳·哀公十五年》：“大子與之言曰：‘苟使我入獲國，服冕乘軒，三死無與。’”杜預注：“軒，大夫車。”羅隱《送程尊師東遊有寄》：“且憑鶴駕尋滄海，又恐犀軒過赤城。”

⑤ 雲貌：猶言仙風道貌。元稹《哭吕衡州六首》二：“望有經綸釣，虔收宰相刀，江文駕風遠，雲貌接天高。”白居易《舟中李山人訪宿》：“軒軒舉雲貌，豁豁開清襟。” 隔：阻隔，間隔。《戰國策·趙策》：“秦無韓魏之隔，禍中於趙矣！”李白《江行寄遠》：“疾風吹片帆，日暮千里隔。” 玉音：對別人言辭的敬稱。曹植《七啓》：“將敬滌耳，以聽玉音。”元稹《酬李甫見贈十首》一〇：“開坼新詩展大璆，明珠炫轉玉音浮。” 無傳：沒有傳播。韓愈《南山詩》：“得非施斧斤，無乃假

2770

詛呪。鴻荒竟無傳，功大莫酬儅。”《新五代史·宦者傳贊》：“國家興
廢之際，豈無謀臣之略，辯士之談？而文字不足以發之，遂使泯然無
傳於後世。”

⑥操：琴曲。《史記·宋微子世家》：“紂爲淫泆，箕子諫，不
聽……乃被髮詳狂而爲奴，遂隱而鼓琴以自悲，故傳之曰《箕子操》。”
裴駰集解引應劭《風俗通》：“其道閉塞憂愁而作者，命其曲曰操。操
者，言遇菑遭害，困厄窮迫，雖怨恨失意，猶守禮義，不懼不懾，樂道而
不改其操也。”酈道元《水經注·汶水》：“昔夫子傷政道之陵遲，望山
而懷操，故琴操有《龜山操》焉！”這裏的感鶴操是指白居易的原唱。
惕然：憂慮貌。元稹《兩省供奉官諫駕幸溫湯狀》：“六軍守衛於空宮，
百吏宴安於私室，忝爲臣子，誰不惕然？”陸游《歲暮感懷》：“長老日零
落，念之心惕然。”

⑦無乃：猶“無奈”，謂無可奈何。《戰國策·秦策》：“楚懼而不
進，韓必孤，無奈秦何矣！”徐陵《洛陽道二首》一：“潘郎車欲滿，無奈
擲花何？”猶可惜，用於句首，表示由於某種原因而不能實現預期的願
望或意圖。張元幹《念奴嬌》：“笑撚黃花，重題黃葉，無奈歸期促。”
微物：原指細小的東西，小的生物。陸倕《新刻漏銘》：“昔嘉量微物，
盤盂小器，猶其昭德記功，載在銘典。”這裏喻指卑下者。《南史·周
朗傳》：“朗悖禮利口，宜合翦戮，微物不足亂典刑，特鎖付邊郡。”
遷：流放，放逐。《書·皋陶謨》：“何憂乎驩兜？何遷乎有苗？”孔傳：
“禹言有苗、驩兜之徒，其佞如此，堯畏其亂政，故遷放之。”蔡沈集傳：
“遷，竄。”韓愈《八月十五夜贈張功曹》：“遷者追迴流者還，滌瑕蕩垢
朝清班。”貶謫，降職。《漢書·王尊傳》：“有詔左遷尊爲高陵令，數
月，以病免。”柳宗元《哭連州凌員外司馬》：“出守烏江滸，老遷湟水
湄。”舊注：“凖由和州降連州司馬。湟水，連州也。”

⑧諭：比喻，比擬。《顏氏家訓·教子》：“當以疾病爲諭，安得不
用湯藥針艾救之哉？”熊孺登《至日荷李常侍過郊居》：“盡搜天地物，

無論此時情。” 直質：正直樸實的資質。《國語·晉語》：“其冠也，和安而好敬，柔惠小物，而鎮定大事，有直質而無流心，非義不變，非上不舉。”宋庠《賜新授同知樞密院張觀讓恩命不允批答》：“卿懿行雅材，素襟直質。曩緣士選，來冠賢科。” 柔細：柔軟纖細。《新唐書·朱桃椎傳》：“其爲屩，草柔細，環結促密，人爭躡之。”范成大《范村菊譜略》：“曰垂絲菊花，蕊深黃，莖極柔細，隨風動搖，如垂絲海棠。”這裏喻指微物，與上聯呼應。 牽：牽制。《管子·法法》：“令出而不行謂之牽。”尹知章注：“牽，牽於左右。”吳曾《能改齋漫録·記事一》：“久之，乙既有室，不令，日咻其夫使叛其兄，乙牽於愛而聽之。”

⑨ 孤松：單獨生長的松樹。陶潛《歸去來兮辭》：“景翳翳以將入，撫孤松而盤桓。”張説《遙同蔡起居偃松篇》：“清都衆木總榮芬，傳道孤松最出群。” 蘿蔦：女蘿和蔦，兩種蔓生植物，常緣樹而生。《詩·小雅·頍弁》：“蔦與女蘿，施于松柏。”沈約《郊居賦》：“室暗蘿蔦，檐梢松栝。” 纏：糾纏，攪擾。陶潛《歲暮和張常侍》：“民生鮮常在，矧伊愁苦纏。”杜甫《丹青引贈曹將軍霸》：“但看古來盛名下，終日坎壈纏其身。”

⑩ 習：習慣，習慣於。《論語·陽貨》：“性相近也，習相遠也。”秦觀《以德分人謂之聖論》：“夫天下之人因其性而觀之，則未嘗不同；因其習而觀之，則未嘗不異。” 鮑：鹽漬魚，乾魚。《史記·貨殖列傳》：“鮐鮆千斤，鮿千石，鮑千鈞。”司馬貞索隱：“魚漬云鮑。”李賀《苦晝短》：“劉徹茂陵多滯骨，嬴政梓棺費鮑魚。” 薰：薰蒸。《莊子·天地》：“五臭薰鼻，困惾中顙。”段成式《酉陽雜俎續集·支諾臯》：“〔韋氏女〕八歲，忽清晨薰衣覘妝。”張耒《春望》：“暖日晴薰草，清淮闊浸天。” 荃：香草名，即昌蒲，多喻君主。《楚辭·離騷》：“荃不察余之中情兮，反信讒而齌怒。”王逸注：“荃，香草。以諭君也。”洪興祖補注：“荃與蓀同。”曹植《九詠》：“茵蔫兮蘭席，蕙幬兮荃床。”

⑪ 期：希望，企求。《書·大禹謨》：“刑期於無刑，民協於中，時

乃功。"蔡沈集傳:"其始雖不免於刑,而實所以期至於無刑之地。"韓愈《哭楊兵部凝陸歙州參》:"人皆期七十,纔半豈蹉跎?" 　君:對對方的尊稱,猶言您。《史記·張儀列傳》:"張儀曰:'嗟乎,此在吾術中而不悟,吾不及蘇君明矣!'"羅隱《酬章處士見寄》:"中原甲馬未曾安,今日逢君事萬端。"這裏的"君"指白居易。 　救:糾正。《禮記·學記》:"教也者,長善而救其失者也。"安慰,寬解。《楚辭·九章·抽思》:"道思作頌,聊以自救兮。"朱熹集注:"救,解也。" 　棄捐:抛棄,廢置。《淮南子·覽冥訓》:"棄捐五帝之恩刑,推厥三王之法籍。"高適《行路難二首》一:"黃金如斗不敢惜,片言如山莫棄捐。"

[編年]

　　《年譜》編年本詩於元和五年,理由是同《年譜》編年《和樂天折劍頭》所述。《編年箋注》編年本詩:"作于元和五年(八一○)貶江陵時,詳卞《譜》。"未見《年譜新編》對本詩的編年。

　　我們以爲,詩人詩文集編排的前後次序並不就是詩人詩歌創作的前後次序,沒有散佚散失的白居易詩文集是如此,已散佚散失重新編集的元稹詩文集更是如此。我們遵循朱金城先生對白居易原唱《感鶴》等詩的編年,結合元稹生平的具體情況,根據元稹詩中"無乃予所愛,誤爲微物遷? 因茲諭直質,未免柔細牽。君看孤松樹,左右蘿蔦纏"提供的信息,我們以爲本詩應該作於元和六年,大約與《和樂天折劍頭》作於同時,通過本詩向白居易述說自己的困境,又借助《和樂天折劍頭》表明自己雖然遭到暫時失敗,但決不肯屈服的決心。

◎ 遣春十首①

曉月籠雲影，鶯聲餘霧中⁽一⁾②。暗芳飄露氣，輕寒生柳風③。冉冉一趨府，未爲勞我躬④。因茲得晨起，但覺情興隆⑤。

久雨憐霽景，偶來堤上行⑥。空濛天色嫩，杳森江面平⁽二⁾⑦。百草短長出，衆禽高下鳴⑧。春陽各有分，予亦澹無情⑨。

鏡皎碧潭水，微波粗成文⑩。烟光垂碧草⁽三⁾，瓊脈散纖雲⑪。岸柳好陰影，風裾遺垢氛⁽四⁾⑫。悠然送春目，八荒誰與群⑬？

低迷籠樹烟，明淨羃霞日⁽五⁾⑭。陽焰波春空，平湖漫凝溢⁽六⁾⑮。雪鷺遠近飛，渚牙淺深出⑯。江流復浩蕩，相爲坐紆鬱⁽七⁾⑰。

暄寒深淺春，紅白前後花⁽八⁾⑱。顏色詎相讓？生成良有涯⑲。梅芳勿自早，菊秀勿自賒⑳。各將一時意，終年無再華㉑。

高屋童稚少，春來歸燕多㉒。葺舊良易就，新院亦已羅㉓。俯憐雛化卵，仰愧鵬無寮㉔。巢棟與巢幕，秋風俱奈何㉕！

撩亂撲樹蜂，摧殘戀芳蕊⁽九⁾㉖。風吹雨又頻，安得繁於綺㉗？酒杯沈易過，世事紛何已㉘。莫倚顏似花，君看歲如水㉙。

繞郭高高冢，半是荊王墓㉚。後嗣熾陽臺，前賢甘菙路^㉛。善惡徒自分，波流盡東注^㉜。胡然不飲酒，坐落桐花樹^㉝?

花陰莎草長，藉莎閑自酌^㉞。坐看鶯鬥枝，輕花滿尊杓^㉟。葛巾竹稍挂，書卷琴上閣^㊱。沽酒過此生，狂歌眼前樂^㊲。

梨葉已成陰，柳條紛起絮^㊳。波渌紫屏風^(一〇)，螺紅碧籌筋^㊴。三杯面上熱，萬事心中去^㊵。我意風散雲，何勞問行處^㊶?

録自《元氏長慶集》卷七

［校記］

（一）鶯聲餘霧中：原本作“鶯深餘霧中”，叢刊本、《古詩鏡・唐詩鏡》同，據楊本、《全詩》改。

（二）杳淼江面平：宋蜀本、蘭雪堂本、叢刊本、《全詩》同，楊本作“杳淼江面平”，語義不佳，不從不改。

（三）烟光垂碧草：楊本、蘭雪堂本、叢刊本、《全詩》同，宋蜀本作“烟光委繁草”，語義不同，不改。

（四）風裾遺垢氛：宋蜀本、叢刊本、蘭雪堂本、《全詩》同，楊本作“風裾遣垢氛”，語義不同，不改。

（五）明淨冪霞日：宋蜀本、蘭雪堂本、叢刊本同，楊本、《全詩》作“明淨當霞日”，語義不同，不改。

（六）平湖漫凝溢：楊本、叢刊本同，《全詩》在“凝”字下注：“一作疑”，語義不同，不改。

（七）相爲坐紆鬱：楊本、叢刊本、《全詩》同，宋蜀本作“胡爲坐紆鬱”，語義不同，不改。

（八）紅白前後花：原本作“紅日前後花”，楊本、叢刊本同，據錢校，《全詩》改。

（九）摧殘戀芳蕊：原本作"摧殘戀房蕊"，楊本、叢刊本、《全詩》、《古詩鏡・唐詩鏡》同，語義不佳，據宋蜀本改。

（一〇）波淥紫屏風：楊本、叢刊本同，《全詩》作"波綠紫屏風"，兩字語義有相通之處，不改。

［箋注］

① 遣春：排除春天的煩悶，抒發春天的感慨。徐凝《春飲》："烏家若下蟻還浮，白玉尊前倒即休。不是春來偏愛酒，應須得酒遣春愁。"蘇軾《杭州牡丹開時僕猶在常潤周令作詩見寄次其韵復次一首送赴闕》："羞歸應爲負花期，已是成陰結子時。與物寡情憐我老，遣春無恨賴君詩。" 遣：排除，抒發。《晉書・王濬傳》："吾始懼鄧艾之事，畏禍及，不得無言，亦不能遣諸胸中，是吾褊也。"元稹《白氏长庆集序》："夫以諷諭之詩長於激，閑適之詩長於遣。"

② 曉月：拂曉的殘月。謝靈運《廬陵王墓下作》："曉月發雲陽，落日次朱方。"李群玉《自灃浦東游江表》："哀砧擣秋色，曉月啼寒蛩。" 雲影：雲的影像。蕭繹《夜宿柏齋》："燭暗行人静，簾開雲影入。"葉夢得《滿江紅》："雲影淡，天容窄。曉風漪十頃，暖浮晴色。"鶯聲：黃鶯的啼鳴聲。錢起《送陸郎中》："鶯聲出漢苑，柳色過漳河。相憶情難盡，離居春草多。"白居易《春江》："鶯聲誘引來花下，草色勾留坐水邊。唯有春江看未厭，縈砂繞石綠潺湲。" 餘霧：没有完全散去的迷霧。耿湋《寒蜂採菊蕊》："遊颺下晴空，尋芳到菊叢……去住霑餘霧，高低順過風。"韋驤《南湖晚霽》："雨脚隨雲斷，湖光帶日還。微虹初照水，餘霧尚懷山。"

③ 暗芳：色彩並不明艷的花朵。宋之問《夜飲東亭》："暗芳足幽氣，驚栖多衆音。高興南山曲，長謠横素琴。"韋莊《春日》："忽覺東風景漸遲，野梅山杏暗芳菲。落星樓上吹殘角，偃月營中挂夕暉。" 露

氣:水汽。《禮記·月令》:"〔孟春之月〕東風解凍。"孔穎達疏:"謂之
寒露,言露氣寒將欲凝結。"李百藥《秋晚登古城》:"霞景煥餘照,露氣
澄晚清。" 輕寒:微寒。蕭綱《與蕭臨川書》:"零雨送秋,輕寒迎節。
江楓曉落,林葉初黃。"薛奇童《楚宮詞二首》一:"禁苑春風起,流鶯繞
合歡。玉窗通日氣,珠箔捲輕寒。" 柳風:指春風。宋之問《寒食還
陸渾別業》:"洛陽城裏花如雪,陸渾山中今始發。且別河橋楊柳風,
夕卧伊川桃李月。"溫庭筠《更漏子》二:"蘭露重,柳風斜,滿庭堆
落花。"

④ 冉冉一趨府:形容下級官吏在上司面前雖然小心翼翼但仍然
動輒得罪的困窘之貌。 冉冉:匆忙貌。白居易《郡中春宴因贈諸
客》:"是時歲二月,玉曆布春分。頒條示皇澤,命宴及良辰。冉冉趨
府吏,蚩蚩聚州民。"陶翰《晚出伊闕寄河南裴中丞》:"退無偃息資,進
無當代策。冉冉時將暮,坐爲周南客。" 趨:古代的一種禮節,以碎
步疾行表示敬意。《史記·蕭相國世家》:"賜帶劍履上殿,入朝不
趨。"《舊唐書·李源傳》:"寺之正殿,即憕之寢室,源過殿必趨,未嘗
登踐。" 躬:身,身體。《史記·司馬相如列傳》:"心煩於慮而身親其
勞,躬胝無胈,膚不生毛。"司馬貞索隱引張揖曰:"躬,體也。"韓愈《太
原王公神道碑銘》:"祛蔽於目,釋負於躬。"將身腰彎下。《管子·霸
形》:"桓公變躬遷席,拱手而問曰:'敢問何謂其本?'"

⑤ 情興:情趣興致。蘇宇《東峰亭各賦一物得寒溪草》:"餘芳幽
處老,深色望中寒。幸得陪情興,青青賞未闌。"康駢《劇談錄·白傅
乘舟》:"白尚書爲少傅,分務洛師,情興高逸。" 隆:盛,興盛。《禮
記·樂記》:"是故樂之隆,非極音也。"鄭玄注:"隆,猶盛也。"劉向《説
苑·談叢》:"意不並鋭,事不兩隆。盛於彼者,必衰於此;長於左者,
必短於右。"

⑥ 久雨:連續下雨。杜甫《久雨期王將軍不至》:"天雨蕭蕭滯茅
屋,空山無以慰幽獨。"杜甫《晴二首》一:"久雨巫山暗,新晴錦繡文。

碧知湖外草,紅見海東雲。” 霽景:雨後晴明的景色。陳子昂《晦日宴高氏林亭詩序》:“山河春而霽景華,城闕麗而年光滿。”唐彥謙《蒲津河亭》:“宿雨清秋霽景澂,廣亭高樹向晨興。”

⑦ 空濛:亦作“空蒙”,迷茫貌,縹緲貌。謝朓《觀朝雨》:“空濛如薄霧,散漫似輕埃。”杜甫《渼陂西南臺》:“仿像識鮫人,空蒙辨魚艇。”天色:天空的顏色。《書·禹貢》“禹錫玄圭,告厥成功”孔傳:“玄,天色。”岑參《與鄠縣群官泛渼陂》:“萬頃浸天色,千尋窮地根。” 杳渺:浩渺貌。李白《西施》:“提攜館娃宮,杳渺詎可攀!一破夫差國,千秋竟不還。”白居易《過駱山人野居小池(駱生棄官居此二十餘年)》:“紅芳照水荷,白頸觀魚鳥。拳石苔蒼翠,尺波烟杳渺。” 江面:大江的水面。劉滄《宿題金山寺》:“一點青山翠色危,雲巘不掩與星期。海門烟樹潮歸後,江面山樓月照時。”李煜《憶江南》三:“閑夢遠,南國正芳春。船上管絃江面綠,滿城飛絮混輕塵。愁殺看花人。”

⑧ 百草:各種草類,亦指各種花木。《莊子·庚桑楚》:“夫春氣發而百草生,正得秋而萬寶成。”杜甫《自京赴奉先縣詠懷五百字》:“歲暮百草零,疾風高岡裂。” 短長:短與長,矮與高。《管子·明法解》:“尺寸尋丈者,所以得短長之情也,故以尺寸量短長,則萬舉而萬不失矣!”李白《金陵酒肆留別》:“請君試問東流水,別恨與之誰短長?”亦指丈量物之長度。元稹《永福寺石壁法華經記》:“上下其石六尺有五寸,短長其石五十七尺有六寸。” 衆禽:諸鳥,普通的鳥。禰衡《鸚鵡賦》:“配鸞皇而等美,焉比德於衆禽?”杜甫《畫鶻行》:“側腦看青霄,寧爲衆禽没。” 高下:上和下,高和低。《老子》:“長短相形,高下相傾。”《國語·楚語》:“地有高下,天有晦明。”

⑨ 春陽:陽春。焦贛《易林·井之巽》:“春陽生草,夏長條枝。”舊題枚乘《雜詩九首》七:“蘭若生春陽,涉冬猶盛滋。”春天的陽光。荀悦《申鑒·雜言》:“喜如春陽,怒如秋霜。”陸雲《晉故豫章内史夏府君誄》:“閑非秋厲,惠淑春陽。” 有分:有分別,有區别。《莊子·齊

物論》:"夫道未始有封,言未始有常,爲是而有畛也,請言其畛:'……有倫,有義,有分,有辯。'"郭慶藩集釋:"群分而類別也。"劉長卿《舟中送李十八》:"釋子身心無有分,獨將衣鉢去人群。相思晚望西林寺,唯有鐘聲出白雲。"　無情:沒有感情,沒有情趣。《漢書·公孫弘傳》:"齊人多詐而無情,始爲與臣等建此議,今皆背之,不忠。"崔塗《春夕》:"水流花謝兩無情,送盡東風過楚城。"

⑩"鏡皎碧潭水"兩句:意謂如鏡面一樣清澈見底的潭水,漾起細小的波紋,粗粗看去,如一幅幅艷麗的圖畫。　鏡:鏡子。《莊子·天下》:"其動若水,其静若鏡,其應若響。"古樂府《木蘭詩》:"當窗理雲鬢,挂鏡帖花黄。"　皎:光明,光亮。曹植《洛神賦》:"遠而望之,皎若太陽升朝霞;迫而察之,灼若芙蕖出淥波。"白居易《詠興·池上有小舟》:"薰若春日氣,皎如秋水光。"這裏是以鏡子之光潔明亮比喻湖水之清澈明亮。　碧潭:清澈見底的潭水。陳子昂《征東至淇門答宋十一參軍之問》:"碧潭去已遠,瑤華折遺誰? 若問遼陽戍,悠悠夭際旗。"宋鼎《酬故人還山》:"舉櫂乘春水,歸山撫歲華。碧潭宵見月,紅樹曉開花。"　微波:微小的波浪。劉向《新序·雜事》:"引纖繳,揚微波,折清風而殞。"許渾《泛五雲溪》:"急瀨鳴車軸,微波漾釣筒。"

⑪烟光:雲靄霧氣。元稹《飲致用神麴酒三十韻》:"雪映烟光薄,霜涵霽色冷。"黄庭堅《題宗室大年畫二首》一:"水色烟光上下寒,忘機鷗鳥恣飛還。"也指春天的風光。黄滔《祭崔補闕》:"閩中二月,烟光秀絶。"　碧草:青草。江淹《貽袁常侍》:"幽冀生碧草,沅湘含翠烟。"陳子昂《春臺引》:"感陽春兮生碧草之油油,懷宇宙以傷遠,登高臺而寫憂。"　脈:血管。《素問·脈要精微論》:"夫脈者,血之府也。"王冰注:"府,聚也,言血之多少皆聚見於經脈之中也。"《左傳·僖公十五年》:"張脈僨興,外强中乾。"楊伯峻注:"脈,即今之血管。"這裏以"瓊脈"比喻天空的雲彩如動物的血管一般縱横交錯,猶如瓊枝。纖雲:細微而色淡的雲彩。韓愈《八月十五夜贈張功曹》:"纖雲四卷

天無河,清風吹空月舒波。沙平水息聲影絶,一杯相屬君當歌。"元稹
《松鶴》:"是時晴景麗,松梢殘雪薄。日色相玲瓏,纖雲映羅幕。"

⑫　岸柳:湖邊或者河邊的柳樹。岑參《漢上題韋氏莊》:"水痕侵
岸柳,山翠借厨烟。調笑提筐婦,春來蠶幾眠?"羅隱《關亭春望》:"關
畔春雲拂馬頭,馬前春事共悠悠。風摇岸柳長條困,露裹山花小朶
愁。"　陰影:陰暗的影子。韓愈《春雪》:"城險疑懸布,砧寒未搗綃。
莫愁陰景促,夜色自相饒。"元稹《三月二十四日宿曾峰館夜對桐花寄
樂天》:"葉新陰影細,露重枝條弱。夜久春恨多,風清暗香薄。"　風
裾:飄飄欲飛貌。元稹《春餘遣興》:"步屧恣優遊,望山多氣象。雲葉
遥卷舒,風裾動蕭爽。"卞永譽《書畫彙考·蘭花》二:"風裾月珮紫霞
紳,秀質亭亭似玉人。要使春風常在目,自和殘墨與傳神。"　垢氛:
污濁的氣氛。陳子昂《感遇詩三十八首》一一:"吾愛鬼谷子,青溪無
垢氛。囊括經世道,遺身在白雲。"元稹《大雲寺二十韵》:"地勝宜臺
殿,山晴離垢氛。現身千佛國,護世四王軍。"

⑬　悠然:閑適貌,淡泊貌。陶潛《飲酒二十首》五:"採菊東籬下,
悠然見南山。"杜甫《寄賈司馬嚴使君》:"故人俱不利,謫宦兩悠然。"
春目:意謂滿眼春景。李程《春臺晴望》:"曲臺送春目,景物麗新晴。
靄靄烟收翠,忻忻木向榮。"李群玉《漢陽春晚》:"白雲蔽黄鶴,緑樹藏
鸚鵡。憑高送春目,流恨傷千古。"　八荒:八方荒遠的地方。李亨
《麟德殿宴百僚》:"憂勤承聖緒,開泰喜時康。恭己臨群后,垂衣御八
荒。"李商隱《題漢祖廟》:"乘運應須宅八荒,男兒安得戀池隍?君王
自起新豐後,項羽何曾在故鄉?"這裏指江陵。

⑭　低迷:迷離,迷濛。元稹《紅芍藥》:"受露色低迷,向人嬌婀
娜。"李煜《臨江仙》:"别巷寂寥人散後,望殘烟草低迷。"　樹烟:籠罩
在樹林間的烟霧。元稹《解秋十首》一○:"漠漠江面燒,微微楓樹烟。
今日復今夕,秋懷方浩然。"雍裕之《江邊柳》:"嫋嫋古堤邊,青青一樹
烟。若爲絲不斷,留取繫郎船。"　明净:明麗而潔净。鮑照《學古》:

“凝膚皎若雪,明浄色如神。”元稹《元和五年予官不了罰俸西歸三月六日至陝府與吳十一兄端公崔二十二院長思愴曩遊因投五十韵》:“凌晨過杏園,曉露凝芳氣。初陽好明浄,嫩樹憐低庫。” 霞日:早上或晚上被紅霞簇擁的太陽。韓愈《感春五首》五:“辛夷花房忽全開,將衰正盛須頻來。清晨輝輝燭霞日,薄暮耿耿和烟埃。”張宏範《題池州九華山二首》一:“霞日晚時山更翠,江鷗潛處蓼偏紅。樓間多少前賢句,惆悵烟嵐自古同。”

⑮ 陽焰:亦作“陽焱”,指浮塵爲日光所照時呈現的一種遠望似水如霧的自然景象,佛經中常用以比喻事物之虛幻不實者,語本《楞伽經》卷二:“譬如群鹿爲渴所逼,見春時焰而作水想,迷亂馳趣不知非水。”白居易《和夢遊春詩一百韵》:“膏明誘暗蛾,陽焱奔痴鹿。”有時也指熾熱的陽光。齊己《移居西湖作二首》一:“火雲陽焰欲燒空,小檻幽窗想舊峰。” 平湖:水滿溢與湖堤齊平。張説《遊洞庭湖》:“平湖曉望分,仙嶠氣氛氳。鼓枻乘清渚,尋峰弄白雲。”張均《和尹懋秋夜遊滆湖二首》一:“遠水沈西日,寒沙聚夜鷗。平湖乘月滿,飛棹接星流。” 凝溢:水滿溢貌。元稹《閨晚》:“紅裙委磚階,玉爪劈朱橘。素臆光如砑,明瞳艷凝溢。”

⑯ 雪鷺:即白鷺。李紳《憶東湖》:“菱歌罷唱鸂舟迴,雪鷺銀鷗左右來。”毛文錫《應天長》:“蘆洲一夜風和雨,飛起淺沙翹雪鷺。”遠近:遠方和近處。《易·繫辭》:“其受命也如響,無有遠近幽深,遂知來物。”元稹《使東川·江樓月》:“誠知遠近皆三五,但恐陰晴有異同。萬一帝鄉還潔白,幾人潛傍杏園東?” 渚牙:洲上初生的草芽。韓愈《東都遇春》:“岸樹共紛披,渚芽相緯經。”王洋《和伯氏寄周秀實》:“山巔富蔬菜,渚牙長菰蒲。屈曲一徑寬,於焉寄其孥!” 淺深:深和淺。《禮記·王制》:“意論輕重之序,慎測淺深之量以别之。”《文心雕龍·頌贊》:“雖淺深不同,詳略各異,其褒德顯榮,典章一也。”

⑰ 江流:江水形成的洪流。宋之問《入瀧州江》:“孤舟泛盈盈,

江流日縱橫。夜雜蛟螭寢,晨披瘴癘行。"張説《深渡驛》:"旅泊青山夜,荒庭白露秋。洞房懸月影,高枕聽江流。"　浩蕩:水壯闊貌。潘岳《河陽縣作二首》二:"洪流何浩蕩!修芒鬱苕嶢。"司馬光《留別東郡諸僚友》:"津涯浩蕩雖難測,不見驚瀾曾覆舟。"　紆鬱:抑鬱,鬱積。《楚辭·九嘆·憂苦》:"願假簧以舒憂兮,志紆鬱其難釋。"王逸注:"紆,屈也;鬱,愁也。"杜甫《畫鶻行》:"吾今意何傷,顧步獨紆鬱。"

⑱ 暄寒:猶寒暑,亦指年歲。《陳書·徐陵傳》:"況吾生離死別,多歷暄寒,孀室嬰兒,何可言念!"黃滔《刑部鄭郎中啓》:"遂使一換暄寒,三更揚曆。"　深淺:原指水的深淺程度,引申指事物的輕重、大小、多少等。董仲舒《春秋繁露·正貫》:"論罪源深淺,定法誅,然後絕屬之分別矣!"獨孤及《和贈遠》:"借問離居恨深淺,祗應獨有庭花知。"偏義,指深。李持正《明月逐人來·上元》:"星河明澹,春來深淺,紅蓮正滿城開遍。"　紅日:太陽,因其放射出紅色光輝,故稱。王建《宮詞一百首》一:"蓬萊正殿壓金鰲,紅日初生碧海濤。"李煜《浣溪沙》:"紅日已高三丈透,金鑪次第添香獸。"　前後:表示時間的先後,即從開始到結束的一段時間。《史記·魯仲連鄒陽列傳》:"趙孝成王時,而秦王使白起破趙長平之軍前後四十餘萬,秦兵遂東圍邯鄲。"韓愈《論佛骨表》:"惟梁武帝在位四十八年,前後三度施佛。"

⑲ 顏色:色彩。韋應物《詠水精》:"映物隨顏色,含空無表裏。持來向明月,的皪愁成水。"岑參《優鉢羅花歌》:"白山南,赤山北。其間有花人不識,綠莖碧葉好顏色。"　相讓:互相謙遜,彼此讓步。《左傳·隱公九年》:"戎輕而不整,貪而無親,勝不相讓,敗不相救。"杜甫《劍門》:"至今英雄人,高視見霸王。併吞與割據,極力不相讓。"　生成:養育。《晉書·應詹傳》:"〔韋泓〕既受詹生成之惠,詹卒,遂製朋友之服,哭止宿草。"長成。杜甫《屏迹二首》二:"桑麻深雨露,燕雀半生成。"范仲淹《水車賦》:"假一轂汲引之利,爲萬頃生成之惠。"　有涯:有邊際,有限。《莊子·養生主》:"吾生也有涯,而知也無涯。"《文

心雕龍・序志》："贊曰：生也有涯，無涯惟智。"

⑳　梅芳：即梅花。高正臣《晦日置酒林亭》："柳翠含烟葉，梅芳帶雪花。光陰不相借，遲遲落景斜。"宋祁《南方未臘梅花已開北土雖春未有秀者因懷昔時賞玩成憶梅詠》："江南寒意薄，未臘見梅芳。爲有輕盈態，都無淺俗香。"　菊秀：即菊花。劉禹錫《晚歲登武陵城顧望水陸恨然有作》："霜輕菊秀晚，石淺水紋斜。樵音繞故壘，汲路明寒沙。"蘇轍《次韵呂君興善寺静軒》："小軒迎客如招隱，野鳥窺人自識機。窗外竹深孤鶴下，階前菊秀晚蜂飛。"

㉑　一時：一個時期，一個不長的時期。《孟子・公孫丑》："彼一時也，此一時也。"張説《耗磨日飲》："春來半月度，俗忌一時閑。不酌他鄉酒，惟堪對楚山。"　終年：全年，一年到頭。王維《答張五弟》："終南有茅屋，前對終南山。終年無客常閉關，終日無心長自閑。"丘爲《湖中寄王侍御》："日日湖水上，好登湖上樓。終年不向郭，過午始梳頭。"　再華：再次開花。李綱《建溪再得雪鄉人以爲宜茶》："閩嶺今冬雪再華，清寒芳潤最宜茶。泛甌欲鬥千金價，著樹先開六出花。"張嵲《初夏晚興》："朅來歲再華，及此身方強。豈但理茨棟，種樹日望長。"

㉒　"高屋童稚少"兩句：詩人看到成雙捉對的燕子一一歸來，情不自禁想起空堂堂破屋裏自己孤身一人的生活，自然而然看著自己身邊已經失去母親的女兒保子，孤零零地默默呼喊著"媽媽"的淒苦情景。　童稚：亦作"童樨"，兒童，小孩。《後漢書・鄧禹傳》："父老童樨，垂髮戴白，滿其車下。"劉長卿《送姨子弟往南郊》："別時兩童稚，及此俱成人。"　歸燕：自南方回歸北方的燕子。王維《春中田園作》："歸燕識故巢，舊人看新曆。臨觴忽不御，惆悵遠行客。"李白《搗衣篇》："閨裏佳人年十餘，嚬蛾對影恨離居。忽逢江上春歸燕，銜得雲中尺素書。"

㉓　"葺舊良易就"兩句：元稹到江陵之後，被安排在江邊的一所

破舊宅院之中，靠近江邊，蚊子蒼蠅晝夜輪番出沒，喧鬧異常。後來官府爲其修繕，差強人意。　羅：羅致，存在。《漢書·王莽傳》：“網羅天下異能之士。”梅堯臣《送正仲都官知睦州》：“灘上嚴子祠，繫船聊經過，其人當漢興，富貴不可羅。”參閱元積《江邊四十韵（官爲修宅卒然有作因招李六侍御）》以及《蟲豸詩七篇序》。

㉔“俯憐雛化卵”兩句：詩人觸景生情，引起結束自己單身生活、組織家庭、照顧女兒的想法。這種想法非常自然也合乎生活的常理。但陳寅恪先生、劉逸生先生却認爲：元積這樣做是對亡妻韋叢的背叛。在兩位先生看來，似乎元積三十一歲喪妻以後祇有終身不娶，才算是對亡妻的忠誠。繩之於唐代的婚姻習俗，以此苛求元積顯然不合情理。　雛：原指小雞，泛指幼禽或幼獸，這裏借指小兒，幼兒，暗喻保子。杜甫《徐卿二子歌》：“丈夫生兒有如此二雛者，異時名位豈肯卑微休。”蘇軾《與孫知損運使書》：“覘者多云可汗老疾，欲傳雛。雛爲人猜忌好兵，邊人盡知之。”　鵬：傳說中最大的鳥。《莊子·逍遙遊》：“北冥有魚，其名爲鯤，鯤之大不知其幾千里也。化而爲鳥，其名爲鵬，鵬之背不知其幾千里也。怒而飛，其翼若垂天之雲。”韓愈《海水》：“海有吞舟鯨，鄧有垂天鵬。”本詩是詩人的自喻。

㉕棟：屋的正梁。《易·繫辭》：“上古穴居而野處，後世聖人易之以宮室，上棟下宇，以待風雨。”韓愈《陪杜侍御遊湘西兩寺》：“大廈棟方隆，巨川楫行剡。”　幕：泛指衙署。白居易《行次夏口先寄李大夫》：“連山斷處大江流，紅斾逶迤鎮上游。幕下翱翔秦御史，軍前奔走漢諸侯。”李頻《送崔侍御書記赴山北座主尚書招辟》：“書記向丘門，旌幢夾轂尊。從來遊幕意，此去并酬恩。”這裏詩人以“巢棟”喻在朝廷爲官，“巢幕”則暗喻詩人在幕府任職。　秋風：秋季的風。曹丕《燕歌行二首》一：“秋風蕭瑟天氣涼，草木搖落露爲霜。”杜甫《奉和嚴鄭公軍城早秋》：“秋風嫋嫋動高旌，玉帳分弓射虜營。”　奈何：怎麼樣，怎麼辦。《戰國策·趙策》：“辛垣衍曰：‘先生助之奈何？’魯連曰：

‘吾將使梁及燕助之，齊楚則固助之矣！’”《楚辭·九歌·大司命》：“羌愈思兮愁人，愁人兮奈何？”

㉖ 撩亂：紛亂，雜亂。齊己《寺居》：“鄰井雙梧上，一蟬鳴隔牆。依稀舊林日，撩亂繞山堂。”蔣吉《出塞》：“瘦馬羸童行背秦，暮鴉撩亂入殘雲。北風吹起寒營角，直至榆關人盡聞。”　撲樹：圍繞樹木而飛來飛去。田雯《三月三十日》：“撲樹雙鳥至，迎風一蝶飛。明宵即入夏，遲暮惜芳菲。”田雯《江神廟》：“昏燈懸白晝，斷戟卧青苔。高浪連崖動，神鴉撲樹來。”　蜂：膜翅類昆蟲，多有毒刺，喜群居，種類甚多。《詩·周頌·小毖》：“莫予荓蜂，自求辛螫。”朱熹集傳：“蜂，小物而有毒。”《資治通鑑·周威烈王二十三年》：“蝱、蟻、蜂、蠆，皆能害人。”胡三省注：“蜂，細腰而能螫人。”　摧殘：毀損，使殘敗。張衡《西京賦》：“梗林爲之靡拉，撲叢爲之摧殘。”寒山《詩》一九一：“昨見河邊樹，摧殘不可論。”　芳蕊：花蕊。許敬宗《同前擬》：“遊人倦蓬轉，鄉思逐雁來。偏想臨潭菊，芳蕊對誰開？”司馬光《陝城桃李零落已盡硤石山中今方盛開馬上口占》：“西望飛花千樹暗，東來芳蕊一番新。行人不惜泥塗倦，喜見年光兩處春。”

㉗ 風吹雨又頻：意謂風雨交加，頻繁侵凌。蜀太后徐氏《題金華宮》：“雨滌前山淨，風吹去路開。翠屏夾流水，何必羨蓬萊？”劉禹錫《春有情篇》：“雨頻催發色，雲輕不作陰。縱令無月夜，芳興暗中深。”安得：怎麼能够。杜甫《晝夢》：“故鄉門巷荊棘底，中原君臣豺虎邊。安得務農息戰鬥，普天無吏橫索錢。”元稹《古決絕詞三首》一：“君情既決絕，妾意亦參差。借如死生別，安得長苦悲？”　綺：有花紋的絲織品。《古詩十九首·客從遠方來》：“客從遠方來，遺我一端綺。”韓愈《許國公神道碑銘》：“既至，獻馬三千匹，絹五十萬匹，他錦紈綺繢又三萬，金銀器千。”華麗，美盛。《後漢書·宦者傳序》：“嬪媛、侍兒、歌童、舞女之玩，充備綺室。”《文心雕龍·原道》：“山川煥綺，以鋪理地之形。”

㉘ 酒杯：喝酒用的杯子。錢起《觀法駕自鳳翔迴》："周慚散馬出，禹讓濬川迴。欲識封人願，南山舉酒杯。"沈遘《次韻和少述秋興》："勝事祇隨詩句盡，壯懷猶向酒杯舒。" 世事：世務，塵俗之事。《文選·張衡〈歸田賦〉》："超埃塵以遐逝，與世事乎長辭。"李善注："世務紛濁，以喻塵埃。"《晉書·阮籍傳》："籍本有濟世志，屬魏晉之際天下多故，名士少有全者，籍由是不與世事，遂酣飲爲常。"指社交應酬、人情世故。《宋書·庾登之傳》："登之雖不涉學，善於世事，王弘、謝晦、江夷之徒，皆相知友。"

㉙ 倚：憑靠。《論語·衛靈公》："立則見其參於前也，在輿則見其倚於衡也。"杜甫《佳人》："天寒翠袖薄，日暮倚修竹。"憑藉，仗恃，依賴。李白《扶風豪士歌》："作人不倚將軍勢，飲酒豈顧尚書期？" 顏似花：意謂容貌如花。郭翼《行路難七首》六："開白開紅接芳葉，撩亂二月三月時。昔日美人顏似花，看花暮去朝復來。"歐陽詹《汝川行》："輕綃裙露紅羅襪，半蹋金梯倚枝歇。垂空玉腕若無骨，映葉朱唇似花發。" 歲如水：意謂歲月如水，一去不返。鄧牧《雷殿畫壁》："歲月如水流，藝學日零圮。君看郭恕先，畫妙託仙死。"李賢《雜詩十二首》六："歲月如水流，暮景忽然值。白髮不再黑，隙駒一何駛！"

㉚ 郭：外城，古代在城的週邊加築的一道城墻。《禮記·禮運》："城郭溝池以爲固。"蘇頲《九月九日望蜀臺》："蜀王望蜀舊臺前，九日分明見一川。北料鄉關方自此，南辭城郭復依然。" 高高：一個高似一個。陸敬《巫山高》："巫岫鬱岧嶤，高高入紫霄。白雲抱危石，玄猨挂迴條。"庾抱《臥痾喜霽開扉望月簡宮內知友》："高高侵地鏡，皎皎徹天津。色麗班姬篋，光潤洛川神。" 冢：山頂。《詩·小雅·十月之交》："百川沸騰，山冢崒崩。"鄭玄注："山頂曰冢。"《文選·潘岳〈射雉賦〉》："鳴雄振羽，依於其冢。"李善注："冢，山巔也。"本詩是指個個看來都是山，但大半卻是荊王之墳墓。 荊王：楚王，詩賦中常指楚襄王，詠誦傳說中襄王與巫山神女性愛故事，見宋玉《高唐賦序》、《神

女賦序》。沈佺期《巫山高二首》二：“神女向高唐，巫山下夕陽。裴回作行雨，婉孌逐荆王。”本詩是泛稱楚國歷代君王。楊師道《詠笙》：“短長插鳳翼，洪細摹鸞音。能令楚妃嘆，復使荆王吟。”

㉛　後嗣：後代，子孫。《書·伊訓》：“敷求哲人，俾輔於爾後嗣。”元稹《告贈皇祖祖妣文》：“公實能德，延於後嗣。”　陽臺：宋玉《高唐賦序》：“昔者先王嘗遊高唐，怠而晝寢，夢見一婦人，曰：‘妾巫山之女也，爲高唐之客，聞君遊高唐，願薦枕蓆。’王因幸之。去而辭曰：‘妾在巫山之陽，高丘之岨，旦爲朝雲，暮爲行雨，朝朝暮暮陽臺之下。’”後遂以“陽臺”指男女歡會之所。嚴續姬《贈別》：“風柳搖搖無定枝，陽臺雲雨夢中歸。”曾覿《菩薩蠻》：“陽臺雲易散，往事尋思懶。”　前賢：前代的賢人或名人。陸機《豪士賦》：“巍巍之盛，仰邈前賢。洋洋之風，俯冠來籍。”杜甫《戲爲六絶句》一：“今人嗤點流傳賦，不覺前賢畏後生。”　蓽路：用荆竹編的車。柴車，喻指簡陋的生活。《史記·楚世家》：“昔我先王熊繹辟在荆山，蓽露藍蔞以處草莽，跋涉山林以事天子。”黃庭堅《祭李彥深文》：“嗚呼彥深！蓽路泥塗，賢於駟馬之駕；席門風雨，安於數仞之堂。”

㉜　善惡：好壞，褒貶。《楚辭·離騷》：“世幽昧以眩曜兮，孰云察余之善惡。”韓愈《答劉秀才論史書》：“後之作者，在據事迹實録，則善惡自見。”朱熹注：“褒貶。”　自分：自料，自以爲。《漢書·蘇武傳》：“自分已死久矣！王必欲降武，請畢今日之歡，效死於前。”曹植《上責躬應詔詩表》：“心離志絶，自分黃耇無復執珪之望。”　波流：水流，支流。劉向《説苑·雜言》：“錯吾軀於波流，而吾不敢用私。”薛用弱《集異記補編·崔圓》：“是日風色恬和，波流静謐。”　東注：東流入海。崔融《擬古》：“飲馬臨濁河，濁河深不測。河水日東注，河源乃西極。”岑參《驪姬墓下作》：“驪姬北原上，閉骨已千秋。滄水日東注，惡名終不流。”

㉝　胡然：爲何，表示疑問或反詰。《詩·鄘風·君子偕老》：“胡

然而天地？胡然而帝也？"鄭玄箋："胡，何也。帝，五帝也，何由然女見尊如天帝乎？"張九齡《高齋閑望言懷》："坐惜芳時宴，胡然久滯留？"謂不知何故，表示不明原因。白居易《大官乏人策》："問：國家臺袞之材，臺省之器，胡然近日稍乏其人，將欲救之，其故安在？"歐陽修《自叙》："余本漫浪者，茲亦漫爲官。胡然類鴟夷，託載隨車轅。" 飲酒：喝酒。《國語·晉語》："〔史蘇〕飲酒出。"韓愈《順宗實錄》："天下吏人，詣至後，出臨三日皆釋服，無禁婚嫁、祠祀、飲酒、食肉。" 坐落：停留，落脚。戴衢《句》："坐落千門日，吟殘午夜燈。"齊己《孫支使來借詩集因有謝》："相尋江島上，共看夏雲根。坐落遲遲日，新題互把論。" 桐花樹：即桐樹。李伯魚《桐竹贈張燕公》："北竹青桐北，南桐綠竹南。竹林君早愛，桐樹我初貪。"杜甫《送賈閣老出汝州》："西掖梧桐樹，空留一院陰。艱難歸故里，去住損春心。"

㉞ 花陰：爲花叢遮蔽不見日光之處。岑參《省中即事》："竹影遮窗暗，花陰拂簟凉。君王新賜筆，草奏向明光。"鄭谷《寄贈孫路處士》："知己凋零垂白髮，故園寥落近滄波。酒醒蘚砌花陰轉，病起漁舟鷺迹多。" 莎草：多年生草本植物，多生於潮濕地區或河邊沙地，莖直立，三棱形，葉細長，深綠色，質硬有光澤，夏季開穗狀小花，赤褐色，地下有細長的匍匐莖，並有褐色膨大塊莖，塊莖稱"香附子"，可供藥用。李白《憶舊遊寄譙郡元參軍》："浮舟弄水簫鼓鳴，微波龍鱗莎草綠。"顧況《悲歌四首》二："越人翠被今何寂？獨立江邊莎草碧。紫燕西飛欲寄書，白雲何處逢來客？" 自酌：斟酒自飲。陶潛《歸去來兮辭》："引壺觴以自酌，眄庭柯以怡顏。"韓愈《幽懷》："豈無一尊酒，自酌還自吟？"

㉟ 坐看：猶行看，旋見，形容時間短暫。李白《古風》二六："坐看飛霜滿，凋此紅芳年。"杜甫《鳳凰臺》："坐看彩翮長，縱意八極周。" 鬥枝：義近"枝鬥"，在樹枝上嬉鬧。韓琮《楊柳枝詞》："枝鬥纖腰葉鬥眉，春來無處不如絲。霸陵原上多離別，少有長條拂地垂。"謝薖《種竹》："直取內含素，豈唯枝鬥青。龍鍾玉川子，猶擬抱添丁。" 尊：古

盛酒器,用作祭祀或宴享的禮器,這裏泛指一般盛酒器。元稹《寒》:
"扣冰淺塘水,擁雪深竹闌。復此滿尊醁,但嗟誰與歡!"李咸用《和人
湘中作》:"湘川湘岸兩荒涼,孤雁號空動旅腸。一棹寒波思范蠡,滿
尊醇酒憶陶唐。"　杓:杓子。《漢書·息夫躬傳》:"霍顯之謀將行於
杯杓,荆軻之變必起於帷幄。"蘇軾《汲江煎茶》:"大瓢貯月歸春甕,小
杓分江入夜瓶。"

⑯　葛巾:用葛布製成的頭巾。《宋書·陶潛傳》:"郡將候潛,值
其酒熟,取頭上葛巾漉酒,畢,還復著之。"陸游《老學庵筆記》卷一〇:
"魏文帝善彈棋,不復用指,第以手巾角拂之,有客自謂絕藝,及召見,
但低首以葛巾角拂之,文帝不能及也。"　竹稍:本詩指矮竹的旁枝。
楊簡《明融》二:"仰首看空閑顧盼,聚頭竊語足商量。竹稍忽作瀟然
韵,正是雲門第一章。"方回《喜雪》:"兒童踴躍歡聲起,鳥雀摧藏過翼
稀。想見竹稍亞梅處,家人掃徑望予歸。"　書卷:書籍,古代書本多
作卷軸,故稱爲"書卷"。《南史·臧嚴傳》:"孤貧勤學,行止書卷不離
手。"韋應物《假中枉盧二十二書亦稱卧疾兼訝李二久不訪問以詩答
書因亦戲李二》:"微官何事勞趨走? 服藥閑眠養不才。花裏棋盤憎
鳥污,枕邊書卷訝風開。"　琴:樂器名,這裏指古琴,傳爲神農創制,
琴身爲狹長形,木質音箱,面板外側有十三徽,底板穿"龍池"、"鳳沼"
二孔,供出音之用,上古作五弦,至周增爲七弦,古人把琴當作雅樂。
《詩·小雅·鹿鳴》:"我有嘉賓,鼓瑟鼓琴。"王維《竹里館》:"獨坐幽
篁裏,彈琴復長嘯。"　閣:安放。張鷟《遊仙窟》:"十娘則喚桂心,並
呼芍藥,與少府脱鞾履,疊袍衣,閣襆頭,挂腰帶。"蘇軾《謫居三適·
午窗坐睡》:"蒲團蟠兩膝,竹几閣雙肘。"

⑰　"沽酒過此生"兩句:元稹有《放言五首》,其中有句云:"近來
逢酒便高歌,醉舞詩狂漸欲魔。五斗解醒猶恨少,十分飛盞未嫌多。
眼前讎敵都休問,身外功名一任他。死是等閑生也得,擬將何事奈吾
何?"又云:"三十年來世上行,也曾狂走趁浮名。兩回左降須知命,數

度登朝何處榮？乞我杯中松葉滿，遮渠肘上柳枝生。他時定葬燒缸地，賣與人家得酒盛。”可與本詩這兩句參讀，思想脈絡非常一致。沽酒：從市上買來的酒，買酒。《論語·鄉黨》：“沽酒、市脯，不食。”韓愈《贈崔立之評事》：“墙根菊花好沽酒，錢帛縱空衣可準。” 此生：這輩子。王績《石竹詠》：“嘆息聊自思，此生豈我情？昔我未生時，誰者令我萌？”李商隱《馬嵬二首》二：“海外徒聞更九州，他生未卜此生休。空聞虎旅鳴宵柝，無復雞人報曉籌。” 狂歌：縱情歌詠。徐幹《中論·夭壽》：“或披髮而狂歌，或三黜而不去。”杜甫《贈李白》：“痛飲狂歌空度日，飛揚跋扈爲誰雄？”

㊳ 梨葉：梨樹的葉子。岑參《懷葉縣關操姚曠韓涉李叔齊》：“斜日半空庭，旋風走梨葉。去君千里地，言笑何時接？”岑參《楊固店》：“客舍梨葉赤，鄰家聞擣衣。夜來嘗有夢，墜淚緣思歸。” 成陰：梨樹葉子投在地上的成片陰影。元稹《使東川·西縣驛》：“去時樓上清明夜，月照樓前撩亂花。今日成陰復成子，可憐春盡未還家。”白居易《玩新庭樹因詠所懷》：“靄靄四月初，新樹葉成陰。動搖風景麗，蓋覆庭院深。” 柳條：柳樹的枝條。蕭綱《春日想上林》：“柳條恒著地，楊花好上衣。”劉禹錫《送春詞》：“蘭蕊殘妝含露泣，柳條長袖向風揮。”秦觀《如夢令》：“樓外殘陽紅滿，春入柳條將半。” 柳絮：柳樹的種子，有白色絨毛，隨風飛散如飄絮，因以爲稱。庾肩吾《春日》：“桃紅柳絮白，照日復隨風。”杜甫《絕句漫興九首》五：“顛狂柳絮隨風舞，輕薄桃花逐水流。”

㊴ 淥：同“醁”，醽醁的省稱，美酒名。崔國輔《對酒吟》：“寄言世上諸少年，平生且盡杯中淥。”蘇轍《同李偁鈞訪趙嗣恭留飲南園晚衙先歸》：“勸我一振衣上黃，臨風共倒樽中淥。” 屏風：室內陳設，用以擋風或遮蔽的器具，上面常有字畫。《史記·孟嘗君列傳》：“孟嘗君待客坐語，而屏風後常有侍史，主記君所與客語，問親戚居處。”劉餗《隋唐嘉話》卷中：“太宗令虞監寫《烈女傳》以裝屏風，未及求本，乃暗

書之，一字無失。”　螺紅：這裏指以鸚鵡螺做成的酒杯。《天中記·紅螺》：“紅螺大小亦類鸚鵡螺，殼薄而紅，亦堪爲酒器。刳小螺爲足，綴以膠漆，尤可佳尚也。”李石《寄題用之太丞真意閣》：“真醫曾活水中龍，三卷奇書玉笈中。酒熟定應登傑閣，與龍對酌海螺紅（用之居龍水，故以孫真人活龍事實之。紅螺，觴名，上所賜用之者，今無恙否）。”　碧籌：綠色酒籌。白居易《與諸客空腹飲》：“碧籌攢采椀，紅袖拂骰盤。”黄滔《江州夜宴獻陳員外》：“清管徹時斟玉醑，碧籌回處擲金船。”　筯：同“箸”。劉義慶《世説新語·忿狷》：“王藍田性急，嘗食雞子，以筯刺之不得，便大怒，舉以擲地。”韓愈《順宗實録》：“良久，宰相杜佑、高郢、珣瑜皆停筯以待。”

⑭　三杯：三杯酒，極言數量不多。李白《金陵三首》三：“六代興三國，三杯爲爾歌。苑方秦地少，山似洛陽多。”賈至《對酒麴二首》二：“春來酒味濃，舉酒對春叢。一酌千憂散，三杯萬事空。”　萬事：一切事。《墨子·貴義》：“子墨子曰：‘萬事莫貴於義。’”李白《古風》五九：“萬事固如此，人生無定期。”

⑪　“我意風散雲”兩句：意謂我現在的意思是心灰意冷，已經没有任何的風雲之志，還管它今天到東明天到西！　風雲：比喻雄韜大略或高情遠志。《文選·沈約〈齊故安陸昭王碑文〉》：“氣蘊風雲，身負日月。”李善注：“賢者有風雲之智，故吐文萬牒。”王勃《秋日游蓮池序》：“人間齷齪，抱風雲者幾人？”　何勞：猶言何須煩勞，用不著。劉長卿《奉陪鄭中丞自宣州解印與諸侄宴餘干古溪》：“度雨諸峰出，看花幾路迷。何勞問秦漢，更入武陵溪。”張謂《杜侍御送貢物戲贈》：“銅柱朱崖道路難，伏波横海舊登壇。越人自貢珊瑚樹，漢使何勞獬豸冠！”　行處：隨處，到處。杜甫《曲江二首》二：“朝回日日典春衣，每日江頭盡醉歸。酒債尋常行處有，人生七十古來稀。”元稹《和樂天夢亡友劉太白同遊二首》二：“老來東郡復西州，行處生塵爲喪劉。縱使劉君魂魄在，也應至死不同遊。”

[編年]

《年譜》"庚寅至甲午在江陵府所作其他詩"欄內將本詩編入,所述的理由是:"第一首云:'冉冉一趨府。'是士曹掾口吻。第二首云:'偶來堤上行……遞淼江面平。'第四首云:'渚牙淺深出……江流復浩蕩。'是江陵風光。第八首云:'繞郭高高冢,半是荆王墓。'"《編年箋注》同意《年譜》意見,"組詩《遣春十首》……作於元和五年(八一〇)至九年(八一四)期間,元稹時在江陵士曹參軍任。"理由是:"見卞《譜》。"《年譜新編》編年本組詩於元和六年,理由是:"其六云:'葺舊良易就,新院亦已羅。'約元和六年作。"

我們仍然認爲《年譜》、《編年箋注》的編年不够確切,所述理由僅僅是説明元稹詩反映的是江陵風光,没有説明是何年。據元稹《酬翰林白學士代書一百韵序》,元稹的女兒保子于元和五年十月來到江陵,但元稹自己的貶謫却遙遙無期,回京無望。故《遣春十首》第六首云:"高屋童稚少,春來歸夢多……俯憐雛化卵,仰愧鵬無窠。"明言自己孤獨一人,没有納妾,衹有女兒在自己身邊。元稹出貶江陵,是在暮春季節,三月二十四日還在赴任江陵途中,其《三月二十四日宿曾峰館夜對桐花寄樂天》詩就是最好的最鐵的證據。又據我們在《表夏十首》中所述元和五年元稹在江陵無春天而元和六年暮春已納安氏爲妾的情况來看,此詩應當作於元稹納妾安氏之前,亦即元和六年春天無疑。同首詩又云"葺舊良易就,新院亦已羅",與元稹初到江陵所作《江邊四十韵序》云"官爲修宅,卒然有作"相吻合。而從第二首所云"春陽各有分,予亦澹無情"、第十首所云"三杯面上熱,萬事心中丢"來看,也與元稹初到江陵的消極情緒相吻合。

《年譜新編》一反自己唯《年譜》、《編年箋注》馬首是瞻的慣例,轉而别創新見,本來應該祝賀。但《年譜新編》出版於二〇〇四年十一月,它的編年與我們的意見基本一致。我們在《廣西師大學報》二〇〇一年第二期發表《元稹詩文編年别解》一文,已經得出本組詩作於元和六年春天的結論。《年譜新編》的著者還曾經就我們的《元稹詩文編年別解》一文中的某一問題與筆者商榷，我們想周氏無論如何應該看到本人編年本詩的這一結論，却不知爲何他將其以爲誤者拿出來批判，而將其以爲準確者就不聲不響作爲自己的成果收入自己的大著？

◎ 六年春遣懷八首①

　　傷禽我是籠中鶴，沈劍君爲泉下龍（一）②。重纜猶存孤枕在，春衫無復舊裁縫③。

　　檢得舊書三四紙，高低闊狹粗成行（二）④。自言併食尋常事（三），唯念山深驛路長⑤。

　　公無渡河（樂府題）音響絶，已隔前春復去秋⑥。今日閑窗拂塵土，殘弦猶迸細箜篌（四）⑦。

　　婢僕曬君餘服用，嬌癡稚女繞床行⑧。玉梳鈿朵香膠解，盡日風吹瑇瑁箏⑨。

　　伴客銷愁長日飲（五），偶然乘興便醺醺⑩。怪來醒後傍人泣，醉裏時時錯問君⑪。

　　我隨楚澤波中梗，君作咸陽泉下泥⑫。百事無心值寒食，身將稚女帳前啼⑬。

　　童稚癡狂撩亂走，繡球花仗滿堂前（六）⑭。病身一到緦帷下，還向臨階背日眠⑮。

　　小於潘岳頭先白，學取莊周淚莫多⑯。止竟悲君須自省，川流前後各風波⑰。

録自《元氏長慶集》卷九

2793

[校記]

（一）沈劍君爲泉下龍：楊本、叢刊本、《全詩》、《全唐詩録》同，《萬首唐人絶句》作“沉劍君來泉下龍”，語義不佳，不改。

（二）高低闊狹粗成行：楊本、叢刊本、《全詩》、《全唐詩録》同，《萬首唐人絶句》作“高低闊狹但成行”，語義不佳，不改。

（三）自言併食尋常事：原本作“自言併食尋高事”，楊本、叢刊本、《全詩》、《萬首唐人絶句》同，《全唐詩録》作“自言併食尋常事”，文意通順，據改。

（四）殘弦猶迸細箜篌：楊本、叢刊本、《萬首唐人絶句》、《全唐詩録》同，錢校、《全詩》作“殘弦猶迸鈿箜篌”，語義不同，不改。

（五）伴客銷愁長日飲：楊本、叢刊本、《全唐詩録》同，以下兩首，《萬首唐人絶句》没有採録。

（六）繡球花仗滿堂前：楊本、叢刊本、《全詩》同，《萬首唐人絶句》作“綵球花仗滿堂前”，語義相類，不改。

[箋注]

① 六年春：元和六年的春天，時元稹貶任江陵士曹參軍。韓愈《辛卯年雪》：“元和六年春，寒氣不肯歸。河南二月末，雪花一尺圍。”白居易《春雪》：“元和歲在卯，六年春二月。月晦寒食天，天陰夜飛雪。” 遣懷：猶遣興。杜甫《上水遣懷》：“我衰太平時，身病戎馬後。蹭蹬多拙爲，安得不皓首？”白居易《遣懷》：“寓心身體中，寓性方寸内。此身是外物，何足苦憂愛！”

② 傷禽我是籠中鶴：詩人出貶江陵，猶如受傷的飛禽，又像關在籠中的仙鶴，不能走動，更無法高飛。 傷禽：受過傷的鳥。鮑照《東門行》：“傷禽惡弦驚，倦客惡離聲。”劉禹錫《微之鎮武昌中路見寄藍橋懷舊之作凄然繼和兼寄安平》：“宿草恨長在，傷禽飛尚遲。”元稹自

己的詩篇，劉禹錫的評價，可謂的當。也比喻經過禍患、心有餘悸的人，典出《戰國策·楚策》："雁從東方來，更贏以虛發而下之。魏王曰：'然則射可至此乎？'更贏曰：'此孽也。'王曰：'先生何以知之？'對曰：'其飛徐而鳴悲，飛徐者故瘡痛也，鳴悲者久失群也，故瘡未息而驚心未去也。'"《晉書·苻生載記》："傷弓之鳥，落於虛發。"　籠：用竹片編成的盛物的器具。韓愈《和水部張員外宣政衙賜百官櫻桃》："香隨翠籠擎初到，色映銀盤寫未停。"飼養鳥、蟲、家禽等的籠子。《莊子·天下》："夫得者困，可以爲得乎？則鳩鴞之在於籠也，亦可以爲得矣！"韓愈《與張十八同效阮步兵"一日復一夕"》："譬如籠中鶴，六翮無所搖。"　鶴：鳥綱鶴科各種類的統稱。謝惠連《雪賦》："皓鶴奪鮮，白鷳失素。"王昌齡《武陵龍興觀黃道士房問易因贈》："齋心問易太陽宮，八卦真形一氣中。仙老言餘鶴飛去，玉清壇上雨濛濛。"沈劍君爲泉下龍：這裏是讚揚亡妻韋叢的賢明達理，甘心貧苦的品行。　沈劍：義同"埋劍"，典出《晉書·張華傳》：張華時見有紫氣映射於斗牛二宿之間，邀雷煥共議，以爲係寶劍之光上沖所致，當在豫章豐城，因命雷爲豐城令訪察其物。煥到縣，掘獄屋基，入地四丈餘，果得龍泉、太阿二寶劍，後以"埋劍"喻被埋沒或不得彰顯。沈佺期《移禁司刑》："埋劍誰當辨？偷金以自誣。"杜甫《秦州見敕目除薛三璩畢四曜兼述索居》："掘獄知埋劍，提刀見發硎。"《分門集注》引梅堯臣注："喻薛畢二子幾年埋沒，今始奮發。"　泉下：黃泉之下，指人死後埋葬之處，迷信指陰間。《周書·晉蕩公護傳》："死若有知，冀奉見於泉下爾。"熊孺登《寒食野望》："拜掃無過骨肉親，一年唯此兩三辰。塚頭莫種有花樹，春色不關泉下人。"　龍：通"壟"，墳墓。《山海經·大荒西經》"顓頊死即復蘇"郭璞注引《淮南子》："后稷龍在建木西，其人死復蘇，其中爲魚。"袁珂校注："郭注引《淮南子·墜形篇》文，今本云：'后稷壟在建木西，其人死復蘇，其半魚在其間。'故郭注龍當爲壟。"

③ 重纊：厚絲綿，亦指用厚絲綿製的衣被。潘岳《悼亡詩三首》二：“豈曰無重纊，誰與同歲寒？歲寒無與同，朗月何朧朧！”蘇頲《夜發三泉即事》：“重纊濡莫解，懸旌凍猶揭。下奔泥棧榰，上覲雲梯設。” 孤枕：獨枕，借指獨宿、獨眠。李白《月下獨酌四首》三：“醉後失天地，兀然就孤枕。”李商隱《戲贈張書記》：“別館君孤枕，空庭我閉關。” 春衫：春天的衣衫。岑參《送魏四落第還鄉》：“東歸不稱意，客舍戴勝鳴。臘酒飲未盡，春衫縫已成。”錢起《故王維右丞堂前芍藥花開悽然感懷》：“芍藥花開出舊欄，春衫掩淚再來看。主人不在花長在，更勝青松守歲寒。” 無復：不再，不會再次。《呂氏春秋·義賞》：“詐僞之道，雖今偷可，後將無復。”陳奇猷校釋：“此文意謂詐僞之道，雖今可以苟且得利，後將不可復得利也。”《晉書·王導傳》：“桓彝見朝廷微弱……憂懼不樂。往見導，極談世事，還，謂顗曰：‘向見管夷吾，無復憂矣！’” 裁縫：裁剪縫綴衣服。《周禮·縫人》：“女工八十人。”鄭玄注：“女工，女奴曉裁縫者。”鮑照《代陳思王〈白馬篇〉》：“僑裝多闕絕，旅服少裁縫。”

④ “檢得舊書三四紙”兩句：舊書是妻子學習時遺留之物，說明元稹的妻子韋叢在努力讀書，但文化水準可能有限。 檢得：查到。白居易《醉中見微之舊卷有感》：“今朝何事一霑襟？檢得君詩醉後吟。老淚交流風病眼，春箋搖動酒杯心。”李德裕《宰相與王宰書》：“至於孫承宗，阻命在鎮，猶遣親弟承恭自太原詣張相上表祈哀，憲宗不許。旋又遣男知感知信入朝，屬淄青殄滅，因制使楊僕射檢得文案，方知危害武相本在淄青，承宗無盜殺之罪，方獲昭雪。” 舊書：過去遺留下來的書寫品，這裏指韋叢讀書學習之物。皇甫冉《送魏六侍御葬》：“哭葬寒郊外，行將何所從……舊書曾諫獵，遺草議登封。”張籍《送友人歸山》：“出山成北首，重去結茅廬。移石修廢井，掃龕盛舊書。” 三四：表示爲數不多。張九齡《戲題春意》：“一作江南守，江林三四春。相鳴不及鳥，相樂喜關人。”歐陽修《歸自謠》：“春艷艷，江上

晚山三四點。”　高低:高高低低,或高或低。許渾《金陵懷古》:“松楸遠近千官塚,禾黍高低六代宮。”張碧《山居雨霽即事》:“斷續古祠鴉,高低遠村笛。”　闊狹:寬與狹,距離的遠近。《史記·天官書》:“大小有差,闊狹有常。”裴駰集解引孟康曰:“闊狹,若三台星相去遠近。”《顏氏家訓·歸心》:“百里之物,數萬相連,闊狹從斜,常不盈縮。”猶疏密。《史記·李將軍列傳》:“廣訥口少言,與人居則畫地爲軍陳,射闊狹以飲。”裴駰集解引如淳曰:“射戲求疏密,持酒以飲不勝者。”成行:排成行列。傅玄《雜詩》:“繁星依青天,列宿自成行。”杜甫《贈衛八處士》:“昔別君未婚,男女忽成行。”

　　⑤　自言併食尋常事:意謂元稹的妻子韋叢自以爲腸胃之病是平平常常的毛病,不必大驚小怪,興師動衆。　自言:自己以爲,自己認爲。王績《古意六首》五:“桂樹何蒼蒼? 秋來花更芳。自言歲寒性,不知露與霜。”喬知之《贏駿篇》:“噴玉長鳴西北來,自言當代是龍媒。萬里鐵關行入貢,九重金闕爲君開。”　併食:猶言“傷食”、“厭食”,中醫學病症名,由脾胃損傷而致食欲下降,身體虛弱。《醫宗金鑒·清胃理脾湯》:“清胃理脾治濕熱,傷食平胃酌三黃,大便粘穢小便赤,飲食愛冷口舌瘡。”注:“傷食,謂傷食病症,如痞脹、噉嘔、不食、吞酸、惡心、噫氣之類。”盧延讓《謝楊尚書惠櫻桃》:“春來老病尤珍荷,併食中腸似火燒。”疑元稹的妻子韋叢平時並不重視自己的病,認爲祇是平平常常的小事,最後終於死於脾胃病。　尋常:平常,普通。劉禹錫《烏衣巷》:“舊時王謝堂前燕,飛入尋常百姓家。”葉適《寶謨閣直學士贈光禄大夫劉公墓誌銘》:“今不過尋常文書,肯首而退爾。”　唯念山深驛路長:意謂雖然自己後悔不已,但死者不可復生,現在自己擔心的祇能是埋葬妻子的墳地離開江陵太遠,妻子的喪柩又深埋地下,夫妻謀面又何其難哉!　唯念:唯一思念,祇是擔心。羊士諤《郡樓晴望二首》一:“地遠秦人望,天晴社燕飛。無功慚歲晚,唯念故山歸。”沈千運《汝墳示弟妹》:“唯念得爾輩,相看慰朝夕。平生兹已矣,此外

盡非適。” 山深：大山深處。孟貫《夏日登瀑頂寺因寄諸知己》：“曾於塵裏望，此景在烟霄。巖静水聲近，山深暑氣遙。”杜荀鶴《山中寄詩友》：“山深長恨少同人，覽景無時不憶君。庭果自從霜熟後，野猿頻向屋邊聞。” 驛路：驛道，大道。《宋書·劉勔傳》：“臣又以爲鄖城是賊驛路要戍，且經蠻接嶺，數百里中裹糧潛進，方出平地。”王昌齡《送吴十九往沅陵》：“沅江流水到辰陽，溪口逢君驛路長。”

⑥ 公無渡河：樂府歌辭名。《樂府詩集》附於相和歌辭《箜篌引》下。四言四句，以歌辭首句“公無渡河”而名。崔豹《古今注·音樂》：“《箜篌引》，朝鮮津卒霍里子高妻麗玉所作也。子高晨起刺船而櫂，有一白首狂夫披髮提壺亂流而渡，其妻隨呼止之不及，遂墮河水死。於是援箜篌而鼓之，作《公無渡河》之歌，聲甚悽愴，曲終自投河而死。霍里子高還，以其聲語妻麗玉。玉傷之，乃引箜篌而寫其聲，聞者莫不墮淚飲泣焉！麗玉以其聲傳鄰女麗容，名曰《箜篌引》焉！”這裏以霍里子高妻麗玉暗比自己的妻子韋叢。 音響：聲音。《列子·周穆王》：“音響所來，王耳亂不能得聽。”元稹《清都夜境》：“南廂儼容衛，音響如可聆。” 已隔前春復去秋：韋叢病故於元和四年七月九日，本詩作於元和六年春天，有詩題爲證，因此本詩的“前春”就是元和五年的春天，而“去秋”也就是元和五年的秋天。元稹《順宗至德大聖大安孝皇帝挽歌詞三首》二：“前春文祖廟，大舜嗣堯登。及此逾年感，還因是月崩。”杜甫《去秋行》：“去秋涪江木落時，臂槍走馬誰家兒？到今不知白骨處，部曲有去皆無歸。”

⑦ 今日：目前，現在。《穀梁傳·僖公五年》：“今日亡虢，而明日亡虞矣！”駱賓王《爲徐敬業討武曌檄》：“請看今日之域中，竟是誰家之天下？” 閑窗：無關緊要的窗户，平常並不開啓。姚合《題刑部馬員外修行里南街新居》：“帝里誰無宅？青山祇屬君。閑窗連竹色，幽砌上苔文。”曹唐《贈南嶽馮處士二首》一：“白石溪邊自結廬，風泉滿院稱幽居。鳥啼深樹斸靈藥，花落閑窗看道書。” 塵土：細小的灰

土。李正封《洛陽清明日雨霽》："曉日清明天,夜來嵩少雨。千門尚烟火,九陌無塵土。"劉禹錫《紀南歌》："風烟紀南城,塵土荆門路。天寒多獵騎,走上樊姬墓。"　箜篌:古代撥絃樂器名,有豎式和卧式兩種,自西域傳入,並非華夏舊器。《舊唐書·音樂志》:"〔卧箜篌〕形似瑟而小,七弦,用撥彈之……豎箜篌漢靈帝好之,體曲而長,二十有二弦,豎抱於懷,用兩手齊奏,俗謂之擘箜篌。"張説《贈崔二安平公樂世詞》:"地濕莓苔生舞袖,江聲怨嘆入箜篌。自憐京兆雙眉撫,會待南來五馬留。"　弦:樂器上用以發聲的綫,一般用絲綫、銅絲或鋼絲製成。《禮記·樂記》:"昔者舜作五弦之琴以歌《南風》。"左思《蜀都賦》:"巴姬彈弦,漢女擊節。"也指絃樂器。《淮南子·原道訓》:"建鍾鼓,列管弦,席旃茵,傅旄象。"高誘注:"弦,琴瑟也。"

　　⑧ 婢僕:謂男女奴僕。白居易《續古詩十首》七:"豪家多婢僕,門内頗驕奢。"《新五代史·王殷傳》:"及爲刺史,政事有小失,母責之,殷即取杖授婢僕,自笞於母前。"　餘服:其餘的衣服,多餘的衣服。《後漢書·禰衡傳》:"衡進至操前而止,吏訶之曰:'鼓史何不改裝,而輕敢進乎?'衡曰:'諾!'於是先解衵衣,次釋餘服,裸身而立。"多餘閑置的衣服。白居易《知足吟》:"不種一隴田,倉中有餘粟。不採一株桑,箱中有餘服。"這裏指韋叢病故之後遺留下來的衣服。嬌痴:天真可愛而不解事。宋之問《放白鷴篇》:"著書晚下麒麟閣,幼稚嬌痴侯門樂。"韓愈《芍藥歌》:"嬌痴婢子無靈性,競挽春衫來比並。欲將雙頰一晞紅,緑窗磨遍青銅鏡。"　稚女:幼女,少女。蕭衍《采菱曲》:"河南稚女珠腕繩,金翠搖首紅顔興。"元稹《城外回謝子蒙見諭》:"稚女憑人問,病夫空自哀。潘安寄新詠,仍是夜深來。"這裏指元稹與韋叢的唯一存世的女兒保子,當時大約六七歲。第六、第七兩首的"稚女"、"童稚"都是指保子。　繞床行:圍繞座椅或卧床而反反復復奔跑嬉戲。李白《長干行二首》一:"妾髮初覆額,折花門前劇。郎騎竹馬來,繞床弄青梅。"盧綸《苦雨聞包諫議欲見訪戲贈》:"草氣

厨烟咽不開，繞床連壁盡生苔。常時多病因多雨，那敢煩君車馬来！"

⑨　玉梳：梳之美稱。陸佃《依韵和雙頭芍藥十六首》一〇："曾教王母藏青鳥，擬問嫦娥借玉梳。尊得花王威勢重，也應知慕藺相如。"李綱《江月五首》四："四更山吐月，夜静月尤明。玉梳挂碧落，銀漢自從横。"　鈿：用金、銀、玉、貝等製成的花朵狀的首飾。劉孝威《採蓮曲》："露花時濕釧，風莖乍拂鈿。"白居易《長恨歌》："六軍不發無奈何，宛轉蛾眉馬前死。花鈿委地無人收，翠翹金雀玉搔頭。"　香膠：膠名。張華《博物志》卷二："漢武帝時，西海國有獻膠五兩者，帝以付外庫。餘膠半兩，西使佩以自隨。後從武帝射於甘泉宫，帝弓弦斷，從者欲更張弦，西使乃進，乞以所送餘香膠續之，座上左右莫不怪。西使乃以口濡膠爲以住斷弦兩頭，相連注弦，遂相著。帝乃使力士各引其一頭，終不相離。"白居易《葺池上舊亭》："軟火深土爐，香毬小瓷榼。中有獨宿翁，一燈對一榻。"　盡日：猶終日，整天。《淮南子·氾論訓》："盡日極慮而無益於治，勞形竭智而無補於主。"鄭璧《奉和陸魯望白菊》："終朝疑笑梁王雪，盡日慵飛蜀帝魂。"　玳瑁：爬行動物，形似龜，甲殼黄褐色，有黑斑和光澤，可做裝飾品，這裏指用作箏的裝飾品。李白《對酒》："青黛畫眉紅錦靴，道字不正嬌唱歌。玳瑁筵中懷裏醉，芙蓉帳底奈君何？"韓翃《别李明府》："寵光五世腰青組，出入珠宫引簫鼓。醉舞雄王玳瑁床，嬌嘶駿馬珊瑚柱。"　箏：撥絃樂器，形似瑟，傳爲秦時蒙恬所作，其弦數歷代由五弦增至十二弦、十三弦、十六弦，現經改革，增至十八弦、二十一弦、二十五弦等。王昌齡《青樓怨》："香幃風動花入樓，高調鳴箏緩夜愁。腸斷關山不解説，依依殘月下簾鈎。"常建《高樓夜彈箏》："高樓百餘尺，直上江水平。明月照人苦，開簾彈玉箏。"

⑩　伴客：陪伴客人。杜甫《奉酬李都督表丈早春作》："力疾坐清曉，來時悲早春。轉添愁伴客，更覺老隨人。"皇甫冉《賦得越山三韵》："西陵猶隔水，北岸已春山。獨鳥連天去，孤雲伴客還。"　銷愁：

又作“消愁”，消除憂愁。《顏氏家訓·雜藝》：“彈棊亦近世雅戲，消愁釋憒時可爲之。”李白《宣州謝朓樓餞別校書叔雲》：“抽刀斷水水更流，舉杯消愁愁更愁。”　長日：指整天、終日。儲光羲《送王上人還襄陽》：“天花滿南國，精舍在空山。雖復時來去，中心長日閑。”劉長卿《送宣尊師醮畢歸越》：“晨香長日在，夜磬滿山聞。揮手桐溪路，無情水亦分。”　偶然：間或，有時候。元稹《劉氏館集隱客歸和子元及之子蒙晦之》：“偶然沽市酒，不越四五升。”蘇軾《和子由澠池懷舊》：“泥上偶然留指爪，鴻飛那復計東西！”　乘興：趁一時高興，興會所至。王績《醉後》：“阮籍醒時少，陶潛醉日多。百年何足度！乘興且長歌。”蘇軾《題永叔會老堂》：“乘興不辭千里遠，放懷還喜一樽同。”醺醺：酣醉貌。岑參《送羽林長孫將軍赴歙州》：“驛舫宿湖月，州城浸海雲。青門酒樓上，欲別醉醺醺。”戴叔倫《山居》：“麋鹿自成群，何人到白雲？山中無外事，終日醉醺醺。”

　　⑪“怪來醒後傍人泣”兩句：詩人在這組詩歌中回憶的都是生活中的瑣碎小事，但正是這些小事，透露詩人對妻子的一片深情厚意。如本首，妻亡情在，雖死猶生，故驚怪他人之悲泣，誤問已卒之妻子。這個細節説明詩人一直沒有把妻子當成已經亡故之人，詩人思想深處對妻子的愛意於無意中自然泄露。劉克莊《後村詩話》卷二：“李雁湖《悼亡》云：‘一杯漫道愁能遣，幾度醒來錯喚君。’然元稹已云：‘怪來醒後旁人泣，醉裏時時錯問君。’此尤是暗合。”　怪來：驚疑。王維《班婕妤》：“怪來妝閣閉，朝下不相迎。總在春園裏，花間笑語聲。”楊萬里《紫宸殿拜表賀雪》：“怪來臘日起春風，一夜瓊花發禁中。”　醒後：酒醒之後。許瑤《題懷素上人草書》：“志在新奇無定則，古瘦灕縹半無墨。醉來信手兩三行，醒後却書書不得。”元稹《初寒夜寄盧子蒙》“月是陰愁鏡，寒爲寂寞資。輕寒酒醒後，斜月枕前時。”　醉裏：酒醉之時。張九齡《天津橋東旬宴得歌字韻》：“泉鮪歡時躍，林鶯醉裏歌。賜恩頻若此，爲樂奈人何！”李嶠《餞駱四二首》一：“平生何以

樂？斗酒夜相逢。曲中驚別緒，醉裏失愁容。" 時時：常常。《史記・袁盎晁錯列傳》："袁盎雖家居，景帝時時使人問籌策。"李咸用《題劉處士居》："溪鳥時時窺户牖，山雲往往宿庭除。"

⑫ 楚澤：古楚地有雲夢等七澤，後以"楚澤"泛指楚地或楚地的湖澤。劉長卿《觀校獵上淮西相公》："龍驤校獵邵陵東，野火初燒楚澤空。"許棠《登凌歊臺》："江截吴山斷，天臨楚澤遙。" 梗：強硬，凶猛。《楚辭・九章・橘頌》："淑離不淫，梗其有理兮！"王逸注："梗，強也。"王讜《唐語林・言語》："高麗雖平，餘寇尚梗，西道經略，兵猶未停。"抵禦，抗拒。《新唐書・太穆竇皇后》："吾國未靖，虜且強，願抑情撫接，以取合從，則江南，關東不吾梗。" 咸陽：地名，元稹家族的祖塋在那兒。白居易《唐故武昌軍節度處置等使正議大夫檢校户部尚書鄂州刺史兼御史大夫賜紫金魚袋尚書右僕射河南元公墓誌銘并序》："（元稹）以六年七月十二日祔葬於咸陽縣奉賢鄉洪瀆原，從先宅兆也。"宋之問《魯忠王挽詞三首》："同盟會五月，歸葬出三條。日慘咸陽樹，天寒渭水橋。"李端《贈康洽》："邇來七十遂無機，空是咸陽一布衣。後輩輕肥賤衰朽，五侯門館許因依。" 泉下：黄泉之下，指人死後埋葬之處，迷信者指陰間。《周書・晉蕩公護傳》："死若有知，冀奉見於泉下爾。"熊孺登《寒食野望》："塚頭莫種有花樹，春色不關泉下人。"

⑬ 百事：各種事務，事事。《史記・淮陰侯列傳》："審豪氂之小計，遺天下之大數，智誠知之，決弗敢行者，百事之禍也。"韋應物《東林精舍見故殿中鄭侍御題詩追舊書情悌泗橫集因寄呈閻澧州馮少府》："平生忽如夢，百事皆成昔。結騎京華年，揮文篋笥積。" 無心：猶無意，没有打算。《東觀漢記・寇恂傳》："皇甫文，峻之腹心，其所計事者也，今來不屈，無心降耳！"陶潛《歸去來辭》："雲無心以出岫，鳥倦飛而知還。" 寒食：節日名，在清明前一日或二日。杜淹《詠寒食鬥雞應秦王教》："寒食東郊道，揚鞲競出籠。花冠初照日，芥羽正

生風。"韋承慶《寒食應制》:"鳳城春色晚,龍禁早暉通。舊火收槐燧,
餘寒入桂宮。"　將:扶助,扶持。《詩·周南·樛木》:"樂只君子,福
履將之。"鄭玄箋:"將,猶扶助也。"《三國志·華佗傳》:"行數里,昕卒
頭眩墮車,人扶將還,載歸家,中宿死。"白居易《康日華贈坊州刺史
制》:"矧吾褒贈以榮之,惻隱以將之。"　帳:床帳。《淮南子·道應
訓》:"偷則夜解齊將軍之幬帳而獻之。"王宋《雜詩》:"翩翩床前帳,張
以蔽光輝。"辛棄疾《祝英臺近·晚春》:"羅帳燈昏,哽咽夢中語。"

⑭ 痴狂:無知而縱情任性。蘇頌《累年告老恩旨未俞詔領祠宮
遂還鄉開燕閑無事追省平生因成感事述懷詩五言一百韵示兒孫輩使
知遭遇終始之意以代家訓故言多不文》:"我昔就學初,韶童齒未齔。
嚴親念痴狂,小藝誘愚鈍。"程俱《秋日市區作》:"尚有平生懷,崟崎類
痴狂。佳時坐自失,恐復墮渺茫。"　撩亂:紛亂,雜亂。岑參《巴南舟
中思陸渾別業》:"瀘水南州遠,巴山北客稀。嶺雲撩亂起,溪鷺等閑
飛。"李康成《自君之出矣》:"自君之出矣,弦吹絕無聲。思君如百草,
撩亂逐春生。"　繡球:用五色絲綢縶成的球狀物,古代宮廷樂隊舞蹈
用的道具,亦用作女子居室或床上的裝飾品,這裏是指供保子嬉戲的
玩具。《宋史·樂志》:"三曰拋球樂隊,衣四色繡羅寬衫,繫銀帶,奉
繡球。"趙令時《侯鯖錄》卷二:"余少從李慎言希古學,自言昔夢中至
一宮殿,有儀衛,中數百妓拋球,人唱一詩:'朝來自覺承恩最,笑倩傍
人認繡球。'又云:'隋家宮殿鎖清秋,曾見嬋娟颺繡球。'"　花仗:原
指儀仗隊所用的有裝飾的刀槍,這裏指兒童的玩具。《舊唐書·李密
傳》:"密以父蔭爲左親侍,嘗在仗下。"《新唐書·儀衛志》:"凡朝會之
仗,三衛番上,分爲五仗,號衙內五衛。"王建《宮詞一百首》一八:"五
更三點索金車,盡放宮人出看花。仗下一時催立馬,殿頭先報內園
家。"　堂前:正房前面。陶潛《歸園田居六首》一:"榆柳蔭後檐,桃李
羅堂前。"杜甫《又呈吳郎》:"堂前撲棗任西鄰,無食無兒一婦人。"正
廳。朱慶餘《近試上張籍水部》:"洞房昨夜停紅燭,待曉堂前拜

舅姑。"

⑮ 病身：體弱多病之身。張籍《感春》："遠客悠悠任病身，誰家地上又逢春？"白居易《彭蠡湖晚歸》："何必爲遷客！無勞是病身。"總帷：設於靈堂的帷幕。歐陽詹《銅雀妓》："嗚咽總帷前，歌聲苦於哭。"李中《哭舍弟二首》二："舊詩傳海嶠，新塚枕江湄。遺稚嗚嗚處，黃昏繞總帷。" 臨階：臨近臺階處。盧照鄰《臨階竹》："封霜連錦砌，防露拂瑤階。聊將儀鳳質，暫與俗人諧。"范朝《寧王山池》："水勢臨階轉，峰形對路開。槎從天上得，石是海邊來。" 背日：背對太陽光綫。李世民《儀鸞殿早秋》："寒驚薊門葉，秋發小山枝。松陰背日轉，竹影避風移。"盧照鄰《酬楊比部員外暮宿琴堂朝躋書閣率爾見贈之作》："空谷歸人少，青山背日寒。羨君栖隱處，遙望在雲端。"

⑯ 潘岳：《晉書·潘岳傳》："潘岳，字安仁，榮陽中牟人也……岳少以才穎，見稱鄉邑，號爲奇童。"潘岳中年喪妻，有《悼亡詩三首》傳名後世。潘岳三十二歲頭上始見白髮，而元積三十一歲已生白髮，元積《酬翰林白學士代書一百韻》："甯牛終夜永，潘鬢去年衰（予今年始三十二，去歲已生白髮）。"這就是"頭先白"的由來。張九齡《故榮陽君蘇氏挽歌詞三首》三："舊室容衣奠，新塋拱樹栽。唯應月照簟，潘岳此時哀。" 莊周：戰國時哲學家，著作有《莊子》。《莊子·至樂第十八》："莊子妻死，惠子吊之，莊子則方箕踞鼓盆而歌。"這是本句的由來。柳宗元《朗州竇常員外寄劉二十八詩見促行騎走筆酬贈》："投荒垂一紀，新詔下荊扉。疑比莊周夢，情如蘇武歸。"徐夤《蝴蝶二首》一："防患每憂雞雀口，憐香偏繞綺羅衣。無情豈解關魂夢！莫信莊周説是非！"

⑰ 止竟：畢竟，究竟。司空圖《漫書五首》三："愛憎止竟須關分，莫把微才望所知。"韋莊《多情》："止竟多情何處好？少年長抱長年悲。" 悲君：爲他人的不幸而悲傷，這裏是指爲韋叢的病故而悲傷。杜甫《贈別何邕》："生死論交地，何由見一人？悲君隨燕雀，薄宦走風

塵。"司空曙《送流人》:"聞説南中事,悲君重竄身。山村楓子鬼,江廟
石郎神。" 自省:自行省察,自我反省。《論語·里仁》:"子曰:'見賢
思齊焉,見不賢而内自省也。'"《漢書·董仲舒傳》:"國家將有失道之
敗,而天乃先出災害以譴告之,不知自省,又出怪異以警懼之,尚不知
變,而傷敗乃至。"蘇轍《分司南京到筠州謝表》:"捫必自省,事猶可
追。" 川流:河水流動。韋應物《登西南岡卜居遇雨尋竹浪至灃墳縈
帶數里清流茂樹雲物可賞》:"登高創危構,林表見川流。微雨颯已
至,蕭條川氣秋。"李觀《授衣賦》:"窮秋之月,寒露既降。陽精既衰,
陰氣初壯。川流清迴,天宇寥曠。" 前後:用於空間,指事物的前邊
和後邊。《書·冏命》:"惟予一人無良,實賴左右前後有位之士,匡其
不及。"《左傳·隱公九年》:"戎人之前遇覆者奔,祝聃逐之。衷戎師,
前後擊之,盡殪。"表示時間的先後,即從開始到結束的一段時間。
《史記·魯仲連鄒陽列傳》:"趙孝成王時,而秦王使白起破趙長平之
軍前後四十餘萬,秦兵遂東圍邯鄲。"韓愈《論佛骨表》:"惟梁武帝在
位四十八年,前後三度施佛。" 風波:比喻糾紛或亂子。張説《送岳
州李十從軍桂州》:"送客之江上,其人美且才。風波萬里闊,故舊十
年來。"鮑溶《行路難》:"入宫見妒君不察,莫入此地生風波。"

[編年]

　　《年譜》編年本詩於元和六年,理由是:"陳《箋》《艷詩及悼亡詩》
云:'其第貳拾肆至第三拾壹《六年春遣懷八首》,則元和六年在江陵
所作。'孝萱案:元詩有'百事無心值寒食'(第六首)之句,可以進一步
肯定爲元和六年寒食作。"《編年箋注》没有明確編年,祇是對詩題的
"六年"注釋云:"六年指元和六年(八一一),元稹時在江陵士曹任。"
如果再連及詩題中的"春"字,可以理解《編年箋注》應該是編年元和
六年的春天。《年譜新編》亦編年元和六年,没有説明理由,但其有譜
文云:"寒食節,作詩悼念韋叢。"其下引述本組詩第六首作爲證據。

我們的意見是本組詩作於元和六年寒食節,與《年譜》、《年譜新編》編年意見同。我們與《年譜》、《年譜新編》相同,因爲元稹本人已經提供了明確無誤的資訊:"六年春"、"寒食"、"公無渡河音響絶,已隔前春復去秋"等等,没有人面對這樣明確的資訊還會編錯年。遺憾的是,就是在這樣的情況下,《編年箋注》僅僅編年元和六年春天,没有進一步明確到寒食節。

◎ 欲　曙(一)①

江堤閲暗流,漏鼓急殘籌②。片月低城堞,稀星轉角樓③。鶴媒華表上,鸜鵒柳枝頭④。不爲來趨府,何因欲曙遊⑤?

録自《元氏長慶集》卷一四

[校記]

(一)欲曙:本詩存世各本。包括楊本、叢刊本、《佩文齋詠物詩選》、《全詩》諸本,未見異文。

[箋注]

① 欲曙:天快要放亮。袁恕己《詠屏風》:"鳥驚疑欲曙,花笑不關春。山對彈琴客,溪留垂釣人。"韋應物《聽鶯曲》:"東方欲曙花冥冥,啼鶯相喚亦可聽。乍去乍來時近遠,纔聞南陌又東城。" 欲:將要。《後漢書·趙孝王良傳》:"汝與伯升志操不同,今家欲危亡,而反共謀如是!"許渾《咸陽城東樓》:"溪雲初起日沉閣,山雨欲來風滿樓。" 曙:天亮,破曉。《楚辭·九章·悲回風》:"涕泣交而淒淒兮,思不眠以至曙。"王逸注:"曙,明也。"曹植《洛神賦》:"夜耿耿而不寐,

靄繁霜而至曙。"

②　江堤:沿江的堤岸。白居易《浦中夜泊》:"暗上江堤還獨立,
水風霜氣夜稜稜。"鄭谷《曲江春草》:"花落江堤蔟暖烟,雨餘草色遠
相連。"　暗流:伏流,潛流。王勃《焦岸早行和陸四》:"複嶂迷晴色,
虛巖辨暗流。"楊萬里《泊光口》:"忽有暗流江底出,滾翻水面作車
輪。"悄悄流動。杜牧《猿》:"月白烟青水暗流,孤猿銜恨叫中秋。"
漏鼓:報更漏的鼓。酈道元《水經注·穀水》:"城上西面列觀,五十步
一睥睨,屋臺置一鐘,以和漏鼓。"杜甫《奉送嚴公入朝十韵》:"漏鼓還
思晝,宮鶯罷囀春。"　殘籌:餘下的曉籌,義近"夜籌"。劉緩《照鏡
賦》:"夜籌已竭,曉鐘將絕。窗外明來,帷前影滅。荆王欲起,侍妾應
還。"劉禹錫《早秋集賢即事》:"樹含秋露曉,閣倚碧天秋。灰琯應新
律,銅壺添夜籌。"　籌:古代投壺所用的矢。《禮記·投壺》:"籌,室
中五扶,堂上七扶,庭中九扶。"陳澔集説:"籌,矢也。"王維《和賈舍人
早朝大明宫之作》:"絳幘雞人送曉籌,尚衣方進翠雲裘。九天閶闔開
宫殿,萬國衣冠拜冕旒。"

③　片月:弦月。徐陵《走筆戲書應令》:"片月窺花簟,輕寒入錦
巾。"陸游《漁父》:"片月又生紅蓼岸,孤舟常佔白鷗波。"　城堞:城上
的矮墙。賈誼《新書·春秋》:"及翟伐衛,寇挾城堞矣!"泛指城墙。
白居易《大水》:"潯陽郊郭間,大水歲一至。閭閻半漂蕩,城堞多傾
墜。"蘇舜欽《詣匭疏》:"聞河東地大震裂,湧水,壞屋廬城堞。"　稀
星:稀疏的星。杜甫《倦夜》:"重露成涓滴,稀星乍有無。"白居易《待
漏入閣書事奉贈元九學士閣老》:"稀星點銀礫,殘月墮金環。"　角
樓:古代供瞭望和防守用的城樓,建於城垣四角,故稱。《宋書·沈文
秀傳》:"時白曜在城西南角樓,裸縛文秀至曜前,執之者令拜。"貫休
《桐江閑居作十二首》一:"猛燒侵茶塢,殘霞照角樓。坐來還有意,流
水面前流。"

④　鶴媒:捕鶴者用來誘捕野鶴的鶴。陸龜蒙《鶴媒歌》:"偶繫漁

舟汀樹枝，因看射鳥令人悲。盤空野鶴忽然下，背翳見媒心不疑。"陸游《古意》二："夜泊武昌城，江流千丈清。寧爲雁奴死，不作鶴媒生。"　華表：古代用以表示王者納諫或指示道路的木柱。崔豹《古今注·問答釋義》："程雅問曰：'堯設誹謗之木，何也？'答曰：'今之華表木也，以橫木交柱頭，狀若花也，形似桔槔，大路交衢悉施焉！或謂之表木，以表王者納諫也，亦以表識衢路也。'"楊衒之《洛陽伽藍記·龍華寺》："〔洛水〕南北兩岸有華表，舉高二十丈，華表上作鳳凰，似欲沖天勢。"周祖謨注："華表，所以表識道路者也……古代建築前路邊每有石華表。"古代設在橋梁、宮殿、城垣或陵墓等前兼作裝飾用的巨大柱子，設在陵墓前的又名"墓表"。一般爲石造，柱身往往雕有紋飾。庾信《燕歌行》："定取金丹作幾服，能令華表得千年。"杜甫《陪李七司馬皂江上觀造竹橋》："天寒白鶴歸華表，日落青龍見水中。"　鶡鴠：鳥名。《新唐書·五行志》："十三年十月，懷州鶡鴠巢內有黃雀往來哺食。"歐陽詹《晨裝行》："村店月西入，山枝鶡鴠聲。求燈徹夜席，束囊事晨征。"亦稱"批鶡"。盧延讓《冬夜》："樹上諮諏批鶡鳥，窗間壁駁叩頭蟲。"吳融《聞提壺鳥》："早於批鶡巧於鶯，故國春林足此聲。"鶡鴠也是一種鳥，似鳩，身黑尾長而有冠，春分始見，凌晨先雞而鳴，其聲"加格加格"，農家以爲下田之候，俗稱催明鳥。韓偓《春恨》："殘夢依依酒力餘，城頭鶡鴠伴啼烏。"歐陽修《鶡鴠詞》："紅紗蠟燭愁夜短，綠窗鶡鴠催天明。"　柳枝：柳樹的枝條。岑參《送懷州吳別駕》："灞上柳枝黃，壚頭酒正香。春流飲去馬，暮雨濕行裝。"張謂《郡南亭子宴》："亭子春城外，朱門向綠林。柳枝經雨重，松色帶烟深。"

⑤　趨府：趕往官署。劉長卿《送史九赴任寧陵兼呈單父史八時監察五兄初入臺》："趨府弟聯兄，看君此去榮。春隨千里道，河帶萬家城。"韋應物《趨府候曉呈兩縣僚友》："趨府不遑安，中宵出戶看。滿天星尚在，近壁燭仍殘。"　趨：疾行，奔跑。《論語·微子》："孔子下，欲與之言。趨而辟之，不得與之言。"《公羊傳·桓公二年》："殤公

知孔父死己必死,趨而救之,皆死焉!"何休注:"趨,走也。"　府:官署,漢至南北朝多指高級官員及諸王治事之所,後世泛指一般官署。《周禮‧大宰》:"以八法治官府。"鄭玄注:"百官所居曰府。"《三國志‧諸葛亮傳》:"建興元年,封亮武鄉侯,開府治事。"本詩指江陵府。何因:什麼緣故,爲什麼。《周書‧薛善傳》:"時晉公護執政,儀同齊軌語善云:'兵馬萬機,須歸天子,何因猶在權門?'"韋應物《淮上喜會梁川故人》:"何因北歸去,淮上對秋山?"　曙遊:絕早出行,義近"晨遊"。白居易《宿紫閣山北村》:"晨遊紫閣峰,暮宿山下村。村老見余喜,爲余開一尊。"姚合《遊杏溪蘭若》:"踏得度溪灣,晨遊暮不還。月明松影路,春滿杏花山。"

[編年]

　　《年譜》編年本詩於"庚寅至甲午在江陵府所作其他詩"欄內,理由是:"詩云:'江堤閱暗流,漏鼓急殘籌……不爲來趨府,何因欲曙遊?'是士曹掾口吻。"《編年箋注》編年:"《欲曙》……作於江陵時期。見下《譜》。"《年譜新編》也編年於"庚寅至甲午在江陵府所作其他詩"欄內,理由是:"詩云:'江堤閱暗流……不爲來趨府,何因欲曙遊?'"故意刪除"漏鼓急殘籌"一句,以表示自己與《年譜》的區別。其實在我們看來,"漏鼓急殘籌"是引出"何因欲曙遊"的關鍵之句,不應該刪除。

　　我們以爲,本詩"江堤閱暗流,漏鼓急殘籌"之句與"不爲來趨府,何因欲曙遊"的描述,可以確定其爲江陵時期的詩作。但這樣編年是籠統有餘,精細不足。本詩的"鶗鴂",是"春分始見"的鳥,透露了詩篇作於春天的信息,本詩應該是春天所作。而元稹《遣春十首》一:"曉月籠雲影,鶯聲餘霧中。暗芳飄露氣,輕寒生柳風。冉冉一趨府,未爲勞我躬。因茲得晨起,但覺情興隆。"與本詩的描述可謂異曲同工,而元稹《遣春十首》作於元和六年的春天,本詩也應該作於同一時期。

◎ 陪諸公游故江西韋大夫通德湖舊居有感題四韵兼呈李六侍御即韋大夫舊寮也^{(一)①}

高墉行馬接通湖，巨壑藏舟感大夫^②。塵壁暗埋悲舊札，風簾吹斷落殘珠^③。烟波漾日侵隤岸，狐兔奔叢拂坐隅^④。唯有滿園桃李下，賸門偏拜阮元瑜^⑤。

録自《元氏長慶集》卷一八

[校記]

（一）陪諸公游故江西韋大夫通德湖舊居有感題四韵兼呈李六侍御即韋大夫舊寮也：本詩存世各本，包括楊本、叢刊本、《全詩》在內，未見異文。

[箋注]

① 諸公：諸多年老長者。《史記·田叔列傳》："叔爲人刻廉自喜，喜遊諸公。"張守節正義："諸公謂丈人行也。"泛稱各位人士。杜甫《醉时歌》："諸公袞袞登臺省，廣文先生官獨冷。"元積《病卧聞幕中諸公徵樂會飲因有戲呈三十韵》："瀌落因寒甚，沉陰與病偕。藥囊堆小案，書卷塞空齋。" 江西韋大夫：即元積岳丈韋夏卿的再從弟韋丹。《新唐書·韋丹傳》："韋丹字文明，京兆萬年人……丹蚤孤，從外祖顔真卿學，擢明經……順宗爲太子，以殿中侍御史召爲舍人。新羅國君死，詔拜司封郎中往吊。故事，使外國，賜州縣十官，賣以取貲，號'私覿官'。丹曰：'使外國，不足于貲，宜上請，安有貿官受錢？即具疏所宜費，帝命有司與之，因著令……劉闢反，議者欲釋不誅，丹上

疏,以爲'孝文世,法廢人慢,當濟以威,今不誅闕,則可使者唯兩京耳',憲宗褒美……徙爲江南西道觀察使,丹計口受俸,委餘於官,罷八州冗食者,收其財……有吏主倉十年,丹覆其糧,亡三千斛,丹曰:'吏豈自費邪?'籍其家,盡得文記,乃權吏所奪,丹召諸吏曰:'若恃權取於倉,罪也,與若期一月還之。'皆頓首謝,及期,無敢違。有卒違,令當死,釋不誅,去,上書告丹不法,詔丹解官待辨。會卒,年五十八。驗卒所告,皆不實,丹治狀愈明……子宙……宙弟岫……"韓愈《唐故江西觀察使韋公墓誌銘》:"春秋五十八,薨於元和五年八月六日。"杜牧也有《唐故江西觀察使武陽公韋公遺愛碑》,可參閱。　通德湖:韋丹的私人別業,在江陵府之東。《北夢瑣言·韋宙相足穀翁》:"唐相國韋公宙善治生,江陵府東有別業,良田美産,最號膏腴,而積稻如坻,皆爲滯穗。大中初除廣州節度使,宣宗以番禺珠翠之地,垂貪泉之戒,京兆從容奏對曰:'江陵莊積穀尚有七十堆,固無所貪。'宣皇曰:'此可謂之足穀翁也!'"　兼呈:同時送呈。兼是副詞,俱,同時。《韓非子·五蠹》:"儒以文亂法,俠以武犯禁,而人主兼禮之,此所以亂也。"柳宗元《三戒·永某氏之鼠》:"(鼠)晝累累與人兼行。"呈是送上,呈報。《晉書·石季龍載記》:"遂以事爲可呈呈之,季龍恚曰:'此小事,何足呈也。'時有所不聞,復怒曰:'何以不呈?'"《周書·宗懍傳》:"使制《龍川廟碑》,一夜便就,詰朝呈上。"　李六侍御:即李景儉,時在江陵府爲户曹參軍。　韋大夫舊寮:李景儉曾是韋夏卿的幕僚,受到韋夏卿的賞識。《新唐書·韋夏卿傳》:"辟士如路隋、張賈、李景儉等,至宰相達官,故世稱知人。"據本詩,李景儉又曾經是韋丹的"舊寮",元稹是韋夏卿的女婿,又是李景儉的朋友,這個説法應該是可信無誤的。

②墉:城墻。柳宗元《永州崔中丞萬石亭記》:"御史中丞清河男崔公來蒞永州,閑日登城北墉。"墻垣。皎然《同李洗馬入餘不溪經辛將軍故城》:"高墉暮草遍,大樹野風悲。"特指高墻。《書·梓材》:"若

作室家，既勤垣墉，惟其塗塈茨。"陸德明釋文："馬云：卑曰垣，高曰墉。" 行馬：攔阻人馬通行的木架，一木橫中，兩木互穿以成四角，施之於官署前，以爲路障，俗亦稱鹿角，古謂樊柘。《周禮·天官·掌舍》："掌舍掌王之會同之舍，設樊柘再重。"鄭玄注："樊柘謂行馬，行馬再重者，以周圍，有外內別。"李商隱《九日》："郎君官貴施行馬，東閣無因再得窺。" 通湖：通德湖的簡稱。 巨壑：深溝大谷。王勃《深灣夜宿》："津塗臨巨壑，村宇架危岑。"朱熹《卧龍之遊》："邀君康山遊，聽此巨壑淙。" 藏舟：《莊子·大宗師》："夫藏舟於壑，藏山於澤，謂之固矣！然而夜半有力者負之而走，昧者不知也。"王先謙集解："舟可負，山可移。宣云：'造化默運，而藏者猶謂在其故處。'"後用以比喻事物不斷變化，不可固守。駱賓王《樂大夫挽詞五首》二："居然同物化，何處欲藏舟？"岑參《韓員外夫人清河縣君崔氏挽歌二首》二："遽聞傷別劍，忽復嘆藏舟。" 大夫：古職官名，周代在國君之下有卿、大夫、士三等；各等中又分上、中、下三級，後因以大夫爲任官職者之稱。秦漢以後，中央要職有御史大夫，備顧問者有諫大夫、中大夫、光祿大夫等，唐宋尚存御史大夫及諫議大夫，出任外地節度使的方面大員，也常常挂有"御史大夫"、"諫議大夫"的榮銜。這裏指韋丹，杜牧即有《進撰故江西韋大夫遺愛碑文表》之文，題稱韋丹爲"大夫"。

③ 塵壁：積滿灰塵的墙壁。白居易《題流溝寺古松》："烟葉葱蘢蒼塵尾，霜皮剥落紫龍鱗。欲知松老看塵壁，死却題詩幾許人？"强至《升之元真觀讀書》："案冗書籤滿，窗明樹影孤。徘徊拂塵壁，一半舊題無。" 札：書信。《古詩十九首·孟冬寒氣至》："客從遠方來，遺我一書札。上言長相思，下言久離別。"杜甫《冬晚送長孫漸舍人歸州》："會面思來札，銷魂逐去檣。" 風簾：指遮蔽門窗的簾子。謝朓《和王主簿季哲怨情》："花叢亂數蝶，風簾入雙燕。"范成大《愛雪歌》："須臾未遽妨性命，呼童盡捲風簾鈎。" 珠：珍珠，蛤蚌殼內由分泌物結成的有

光小圓球,常作貴重飾物。《國語·楚語》:"珠,足以御火災,則寶之。"
韋昭注:"珠,水精。"李白《白胡桃》:"疑是老僧休念誦,腕前推下水精
珠。"玉珠。《文選·左思〈蜀都賦〉》:"其中則有青珠黃環。"劉逵注:"青
珠,出蜀郡平澤。"李賀《夜來樂》:"劍崖鞭節青石珠,白驄吹湍凝霜鬚。"

④烟波:指烟霧蒼茫的水面。江總《秋日侍宴婁苑湖應詔》:"霧
開樓闕近,日迴烟波長。"王定保《唐摭言·怨怒》:"淇水烟波,半含春
色。"　漾:水動盪貌。謝靈運《山居賦》:"引修堤之透迤,吐泉流之浩
漾。"權德輿《奉送韋起居老舅百日假滿歸嵩陽舊居》:"舊塋窮杳窱,
新潭漾淪漣。"　隤:崩頹,墜下。《文選·宋玉〈高唐賦〉》:"磐石險
峻,傾崎崖隤。"李善注:"《廣雅》曰:'隤,壞也。'"柳宗元《天對》:"行
鴻下隤,厥丘乃降。"　狐兔:狐和兔。揚雄《長楊賦》:"虎豹狄獂,狐
兔麋鹿。"崔顥《古遊俠呈軍中諸將》:"地迴鷹犬急,草深狐兔肥。"
坐隅:座位旁邊。杜甫《北風》:"隱幾看帆席,雲山湧坐隅。"蘇軾《鶴
嘆》:"園中有鶴馴可呼,我欲呼之立坐隅。"

⑤滿園:遍及全園,佈滿全園。韋應物《園亭覽物》:"積雨時物
變,夏綠滿園新。殘花已落實,高笋半成筠。"王建《荒園》:"朝日滿園
霜,牛衝籬落壞。掃掠黃葉中,時時一窠薤。"　桃李:桃花與李花。
《詩·召南·何彼襛矣》:"何彼襛矣,華如桃李。"李白《對酒》:"勸君
莫拒杯,春風笑人來。桃李如舊識,傾花向我開。"　膺門:《後漢書·
李膺傳》:"是時朝庭日亂,綱紀穨弛,膺獨持風裁,以聲名自高。士有
被其容接者,名爲登龍門。"後以"膺門"借指名高望重者的門下。杜
牧《昔事文皇帝》:"吠聲嗾國獝,公議怯膺門。"貫休《別盧使君》:"幸
到膺門下,頻蒙俸粟分。"　阮元瑜:阮瑀,字元瑜,爲曹操掌記室,善
軍國書檄,後因以喻指執掌文書的官員。杜甫《送蔡希魯都尉還隴右
因寄高三十五書記》:"因君問消息,好在阮元瑜。"白居易《醉送李協
律赴湖南辟命因寄沈八中丞》:"不羨君官羨君幕,幕中收得阮元瑜。"
本詩讚美的是李景儉。

[編年]

《年譜》編年本詩於“庚寅至甲午在江陵府所作其他詩”欄內，理由是：“《全唐文》卷五六六韓愈《唐故江西觀察使韋公墓誌銘》云：‘公諱丹……爲東川節度使、御史大夫……拜洪州刺史、江南西道觀察使……薨於元和五年八月六日。’（參閱同書卷七五四杜牧《唐故江西觀察使武陽公韋公遺愛碑》）《新唐書》卷七十四上《宰相世系表》四上《韋氏（鄖公房）表》云：韋丹子韋寘、韋宙、韋審。孫光憲《北夢瑣言》卷三《韋宙相足谷翁》云‘唐相國韋公宙……江陵府東有別業’云云。可見韋丹的‘通德湖舊居’在江陵府。”《編年箋注》編年：“元稹此詩作於江陵時期。”理由是：“見下《譜》。”《年譜新編》編年本詩在“庚寅至甲午在江陵府所作其他詩”欄內，理由同《年譜》及《編年箋注》。

《年譜》等引述雖多，但僅説明“通德湖舊居”在江陵府而已，仍然祇能把本詩籠統編年元稹江陵任內。元稹《去杭州》：“柳陰覆岸鄭監水，李花壓樹韋公園。”其中的“韋公園”即是指韋丹的江陵別業。其實從編年角度來看，詩題中的“兼呈李六侍御即韋大夫舊寮也”十三字就可以解決問題，因爲此詩必定作於元稹和李景儉都在江陵府之時，亦即元和七年李景儉離開江陵之前。詩云：“唯有滿園桃李下，膺門偏拜阮元瑜。”雖然是用典，其實也是寫景，此詩應該作於春天。而韋丹病故於“元和五年八月六日”，詩題稱“故江西韋大夫”，説明韋丹已經謝世，離開韋丹謝世最近的春天應該是元和六年三月“滿園桃李”之時。

元稹與李景儉同在江陵前後三年，元和五年元稹到達江陵時春天已經過去，何況韋丹“元和五年八月六日”謝世，元和五年春天不當稱“故江西韋大夫”，可以排除。李景儉元和七年離開江陵，具體時間不明，也許在三月之前，也許在三月之後，難以確定。但元稹因爲與韋夏卿的特殊關係，李景儉是韋丹“舊寮”，而韋丹的“舊居”就在江陵府旁邊，元稹也好，李景儉也罷，儘早觀賞“滿園桃李”應該是情理之中的事情，因此我們認爲本詩大致的寫作時間應與《飲致用神麴酒三十韵》一致，當作於元和六年的三月桃李盛開之時。

◎ 飲致用神麴酒三十韵^{(一)①}

七月調神麴，三春釀綠醽②。雕鐫荆玉盞，烘透內丘瓶③。試滴盤心露，疑添案上螢④。滿尊凝止水，祝地落繁星⑤。翻陋瓊漿濁，唯聞石髓馨⑥。冰壺通角簟，金鏡徹雲屏⑦。雪映烟光薄，霜涵霽色泠⑧。蚌珠懸皎晶，桂魄倒瓔溟⑨。畫灑蟬將飲，宵暉鶴誤聆⑩。琉璃驚太白，鍾乳訝微青⑪。詎敢辭濡首？并憐可鑒形⑫。行當遣俗累，便得造禪扃⑬。何憚説千日？甘從過百齡⑭。但令長泛蟻，無復恨漂萍⑮。膽壯還增氣，機忘反自冥⑯。瓮眠思畢卓，糟籍憶劉伶⑰。仿佛中聖日，希夷來大庭^{(二)⑱}。眼前須底物，座右任他銘⑲。刮骨都無痛，如泥未擬停⑳。殘觴猶漠漠，華燭已熒熒㉑。真性臨時見，狂歌半睡聽㉒。喧闐爭意氣，調笑學娉婷㉓。酩酊焉知極？羈離忽暫寧㉔。雞聲催欲曙，蟾影照初醒㉕。咽絶鵑啼竹，蕭撩雁去汀㉖。遙城傳漏箭，鄉寺響風鈴㉗。楚澤一爲梗，堯階屢變蓂㉘。醉荒非獨此，愁夢幾曾經㉙？每耻窮途哭，今那客泪零㉚？感君澄醴酒，不遣渭和涇㉛。

録自《元氏長慶集》卷一三

[校記]

（一）飲致用神麴酒三十韵：楊本、叢刊本、《全詩》同，《唐詩紀事》引録本詩前四句,題作“神麴酒”,語義相類,不改。

　　(二)希夷來大庭:原本作“希夷夾大庭”,叢刊本、《全詩》同,語義不順,據楊本改。

［箋注］

　　① 致用:元稹朋友李景儉,字致用,時貶謫在江陵,爲荆南節度使府的户曹參軍。元和七年,李景儉離開江陵,元稹有《酬别致用》、《送致用》兩詩贈行。　　神麴:一種酒藥,用以釀酒。王績《看釀酒》:“六月調神麴,正朝汲美泉。從来作春酒,未省不經年。”元稹《酬樂天勸醉》:“神麴清濁酒,牡丹深淺花。少年欲相飲,此樂何可涯?”

　　② 調:調和,調配。《禮記·内則》:“凡和,春多酸,夏多苦,秋多辛,冬多鹹,調以滑甘。”《吕氏春秋·察今》:“嘗一脟肉,而知一鑊之味,一鼎之調。”高誘注:“調,調和也。”　　三春:春季的三個月:農曆正月稱孟春,二月稱仲春,三月稱季春。班固《終南山賦》:“三春之季,孟夏之初,天氣肅清,周覽八隅。”李白《别氈帳火爐》:“離恨屬三春,佳期在十月。”也指春季的第三個月,暮春。岑參《臨洮龍興寺玄上人院同詠青木香叢》:“六月花新吐,三春葉已長。”　　釀:釀造,原專指釀酒,後亦指利用發酵作用釀造蜜、醋、醬等。《西京雜記》卷四引鄒陽《酒賦》:“清者爲酒,濁者爲醴。清者聖明,濁者頑騃,皆麴糱丘之麥,釀野田之米。”《三國志·簡雍傳》:“時天旱禁酒,釀者有刑。”　　緑醽:酒名,亦泛指美酒。《文選·左思〈吴都賦〉》:“飛輕軒而酌緑醽,方雙轡而賦珍羞。”劉逵注引《湘州記》:“‘湘州臨水縣有醽湖,取水爲酒,名曰緑醽。’”韋莊《耒陽縣浮山神廟》:“山曾堯代浮洪水,地有唐臣奠緑醽。”

　　③ 雕鎪:猶雕刻。黄滔《水殿賦》:“皆以綵飾無比,雕鎪罕量。”孟元老《東京夢華録·河道》:“近橋兩岸,皆石壁,雕鎪海馬水獸飛雲之狀。”　　荆玉:荆山之玉,即和氏璧一類的寶玉。盧諶《覽古》:“連城

既僞往,荊玉亦真還。"徐鉉《和徐秘書》:"年少支離奈命何！悲秋懷
舊苦吟多。龍泉有氣終難掩,荊玉無瑕豈憚磨！"　烘透:晶瑩剔透
貌。劉過《醉中偶成》:"秋葉冷吟風浩蕩,晚林烘透日玲瓏。腰間若
佩滁州印,定有人呼作醉翁。"《太平御覽·蝦》:"《嶺表錄異》曰:海蝦
皮殼嫩紅色……腦殼烘透,彎環尺餘,何止於盃盂也。"

　　④"試滴盤心露"兩句:疑是對某兩種或一種菜肴的描繪,具體
不詳。　　盤:用於盛食承物的敞口、扁淺器皿。《史記·滑稽列傳》:
"日暮酒闌,合尊促坐,男女同席,履舃交錯,杯盤狼藉。"《後漢書·隗
囂傳》:"牽馬操刀,奉盤錯鍉,遂割牲而盟。"　　露:夜晚或清晨近地面
的水汽遇冷凝結於物體,通稱露水。《詩·召南·行露》:"豈不夙夜?
謂行多露。"杜甫《月夜憶舍弟》:"露從今夜白,月是故鄉明。"這裏應
該指某種菜肴。　　案:器具名,几桌。《東觀漢記·劉玄載記》:"更始
韓夫人尤嗜酒,每侍飲,見常侍奏事,輒怒曰:'帝方對我飲,正用此時
持事來乎！'起抵破書案。"李白《下途歸石門舊物》:"羨君素書常滿
案,含丹照白霞色爛。"　　螢:螢火蟲。《禮記·月令》:"(季夏之月)腐
草爲螢。"鄭玄注:"螢,飛蟲,螢火也。"杜牧《秋夕》:"紅燭秋光冷畫
屏,輕羅小扇撲流螢。"這裏應該指某種菜肴。

　　⑤尊:古盛酒器,用作祭祀或宴享的禮器。早期用陶制,後多以
青銅澆鑄。鼓腹侈口,高圈足,形制較多,常見的有圓形及方形,盛行
於商及西周。字亦作"樽"、"罇"。《說文·酉部》:"尊,酒器也。"段玉
裁注:"凡酒必實於尊,以待酌者。"朱駿聲通訓:"尊爲大名,彝爲上,
卣爲中,罍爲下,皆以待祭祀賓客之禮器也。"也泛指一般盛酒器。元
積《有酒》:"有酒有酒香滿尊,君寧不飲開君顏。"　　止水:静止的水。
《莊子·德充符》:"仲尼曰:'人莫鑑於流水而鑑於止水。'"成玄英疏:
"止水所以留鑑者,爲其澄清故也。"王僧孺《從子永寧令謙誄》:"邃若
凝雲,潔如止水。"　　祝地:古人有以酒酹地表示祭奠或立誓的習慣。
柳開《宋故贈大理評事柳公墓誌銘》:"我之諸父藏于此,連連珠攢列

兩世。河東郡姓生孝義,祈天祝地相傳繼。"韓琦《故樞密直學士禮部尚書贈左僕射張公神道碑銘》:"公閱之,以酒酹地,曰:'汝之婦翁,智人也。時以子幼,故以此屬汝。不然子死汝手矣!'乃命以其財三與婿,而七與其子,皆泣謝而去,服公明斷。" 繁星:繁密的衆星。傅玄《雜詩三首》一:"繁星依青天,列宿自成行。"曾鞏《荔枝四首》一:"誰能有力如黃犢? 摘盡繁星始下來。"

⑥ 瓊漿:仙人的飲料,喻美酒。《楚辭·招魂》:"華酌既陳,有瓊漿些。"楊萬里《謝陳希顏惠兔羓》:"偷將缺吻吸瓊漿,蛻盡骨毛作仙子。" 石髓:即石鐘乳,古人用於服食,也可入藥。《晉書·嵇康傳》:"康又遇王烈,共入山,烈嘗得石髓如飴,即自服半,餘半與康,皆凝而爲石。"沈約《游沈道士館》:"朋來握石髓,賓至駕輕鴻。"

⑦ 冰壺:借指月亮或月光。元積《獻滎陽公詩五十韵》:"冰壺通皓雪,綺樹眇晴烟。"楊萬里《中秋前二夕釣雪舟中靜坐》:"人間何處冰壺是? 身在冰壺却道非。" 角簟:細竹篾或白藤織成的席。《資治通鑑·後晉高祖天福七年》:"地衣,春夏用角簟,秋冬用木綿。"胡三省注:"角簟,剖竹爲細篾,織之,藏節去筍,瑩滑可愛,南蠻或以白藤爲之。"秦觀《寄題倪敦復北軒》:"觥籌交錯銀河挂,文史縱橫角簟鋪。" 金鏡:銅鏡。《晉書·赫連勃勃載記》:"絡以隋珠,綷以金鏡。"許渾《送盧先輩自衡岳赴復州嘉禮二首》一:"秋水靜磨金鏡土,夜深寒結玉壺冰。" 雲屏:有雲形彩繪的屏風,或用雲母作裝飾的屏風。張協《七命》:"雲屏爛汗,瓊璧青葱。"劉長卿《昭陽曲》:"芙蓉帳小雲屏暗,楊柳風多水殿凉。"

⑧ 烟光:雲靄霧氣。杜甫《後遊》:"野潤烟光薄,沙暄日色遲。"黃庭堅《題宗室大年畫二首》一:"水色烟光上下寒,忘機鷗鳥恣飛還。" 霽色:晴朗的天色。李嶠《霧》:"涿鹿妖氛靜,丹山霽色明。類烟飛稍重,方雨散還輕。"王安石《和王勝之雪霽借馬入省》:"前年臘歸三見白,霽色嶺上班班留。"

⑨ 蚌珠：亦作“蜯珠”，蚌所產之珍珠。《後漢書·西南夷傳·哀牢》：“出銅、鐵、鉛、錫、金、銀、光珠、虎魄、水精、琉璃、軻蟲、蚌珠。”李賢注：“徐衷《南方草物狀》曰：‘凡採珠，常三月，用五牲祈禱，若祠祭有失，則風攪海水，或有大魚在蚌左右。蜯珠長三寸半，凡二品珠也。’” 皎皛：光亮潔白。盧照鄰《獄中學騷體》：“夫何秋夜之無情兮，皎皛悠悠而太長。”盧肇《天河賦》：“吹玉葉而將落，泛金波而共流。皎皛無際，闌干自浮。” 桂魄：指月亮。駱賓王《傷祝阿王明府》：“嗟乎！輪銷桂魄，驪珠毀貝闕之前；斗散紫氛，龍劍沒延平之水。”周邦彦《南柯子·詠梳兒》：“桂魄分餘暈，檀槽破紫心。” 瀅溟：水杳遠貌。《文選·木華〈海賦〉》：“經途瀅溟，萬萬有餘。”李善注：“瀅溟，猶絕遠杳冥也。”歐陽詹《回鸞賦》：“櫛繽紛於瀅溟，駢駱驛乎虛無。”

⑩ 蟬將飲：蟬是昆蟲名，夏秋間由幼蟲蛻化而成，吸樹汁爲生，古人誤以爲蟬吸風飲露爲生，故言。曹植《蟬賦》：“栖高枝而仰首兮，賴朝露之清流；隱柔桑之稠葉兮，快閑居而遁暑。”溫嶠《蟬賦》：“飢噆晨風，渴飲朝露。” 宵暉：指月亮。元稹《春六十韻》：“晝漏頻加箭，宵暉欲半弓。”趙佶《宮詞》二九一：“元夕風光屬太平，燭龍銜耀照嚴城。鰲峰屹立通明觀，絳炬宵輝上下明。” 鶴誤聆：蔡卞《毛詩名物解·鶴》：“鶴形狀似鵝，青腳素翼，常夜半鳴，故《淮南子》曰：雞鳴將旦，鶴警夜半。其鳴高亮，聞八九里，雌者聲差下。舊云此鳥性警，至八月白露降流於草木，涓滴有聲，因即高鳴相警，移徙所宿處，慮有變害也。”

⑪ 琉璃：亦作“琉璃”，一種有色半透明的玉石。《後漢書·大秦傳》：“土多金銀奇寶、有夜光璧、明月珠、駭雞犀、珊瑚、虎魄、琉璃、琅玕、朱丹、青碧。”戴埴《鼠璞·琉璃》：“琉璃，自然之物，彩澤光潤逾於衆玉，其色不常。” 太白：即大白，大酒杯。孔平仲《孔氏談苑·上馬杯》：“萊公酌太白飲之，曰‘上馬杯’。” 鍾乳：鍾乳石。《後漢書·和

熹鄧皇后》：“後嘗夢捫天，蕩蕩正青，若有鍾乳狀，乃仰嗽飲之。”吳兢《貞觀政要·納諫》：“太子右庶子高季輔上疏陳得失，特賜鍾乳一劑，謂曰：‘卿進藥石之言，故以藥石相報。’” 微青：略帶青白的顏色。杜甫《泊松滋江亭》：“沙帽隨鷗鳥，扁舟繫此亭。江湖深更白，松竹遠微青。”司馬光《小詩招僚友晚遊後園二首》二：“麥田小雨隴微青，草樹欣欣照晚晴。花下客來醒亦好，猶勝閉户過清明。”

⑫ 詎敢：豈敢，怎敢。張衆甫《寄興國池鶴上劉相公》：“獨立秋天静，單栖夕露繁。欲飛還斂翼，詎敢望乘軒？”韓愈《謝自然詩》：“觀者徒傾駭，躑躅詎敢前？” 濡首：語出《易·未濟》：“上九，有孚於飲酒，無咎。濡其首，有孚失是。象曰：‘飲酒濡首，亦不知節也。’”後以“濡首”謂沉湎於酒而有失本性常態之意。王粲《酒賦》：“昔在公旦，極兹話言，濡首屢舞，談易作難。”蘇軾《次韵舒教授寄李公擇》：“去年逾月方出晝，爲君劇飲幾濡首。今年過我雖少留，寂寞陶潛方止酒。”可鑒：可以照物。張佐《秦鏡》：“皎色新磨出，圓規舊鑄成。愁容如可鑒，當欲拂塵纓。”王禹偁《白龍泉》：“岸石何鑿鑿！渤潏湧山脚。含虚光可鑒，倒影壁如削。”

⑬ 俗累：世俗事務的牽累。沈約《東武吟行》：“霄轡一永矣！俗累從此休。”杜甫《橋陵詩三十韵因呈縣内諸官》：“何當擺俗累，浩蕩乘滄溟？” 禪扃：佛寺之門。獨孤及《題思禪寺上方》：“攀雲到金界，合掌開禪扃。”指禪房。劉禹錫《贈別約師》：“師逢吳興守，相伴住禪扃。”

⑭ 憚：畏難，畏懼。《詩·小雅·緜蠻》：“豈敢憚行？畏不能趨。”鄭玄箋：“憚，難也。”《後漢書·南蠻西南夷傳序》：“兵士憚遠役，遂反，攻其府。” 千日：這裏指“千日酒”，古代傳説中山人狄希能造千日酒，飲後醉千日。張華《博物志》卷五：“昔劉玄石於中山酒家酤酒，酒家與千日酒，忘言其節度，歸至家當醉，而家人不知，以爲死也，權葬之。酒家計千日滿，乃憶玄石前來酤酒，醉向醒耳！往視之，云

玄石亡來三年,已葬。於是開棺,醉始醒。俗云:玄石飲酒,一醉千日。"韓偓《江岸閑步》:"青布旗誇千日酒,白頭浪吼半江風。"張表臣《珊瑚鉤詩話》卷三:"酒有'若下春',謂烏程也;'九醞',謂宜城也;'千日',中山也;'蒲桃',西涼也。" 從:跟從,跟隨。《詩·邶風·擊鼓》:"從孫子仲,平陳與宋。"杜甫《石壕吏》:"老嫗力雖衰,請從吏夜歸。" 百齡:猶百年,指長久的歲月,亦指人的一生。蔡邕《翠鳥詩》:"馴心託君素,雌雄保百齡。"李德裕《寄題惠林李侍郎舊館》:"百齡惟待盡,一世樂長貧。"

⑮ 泛蟻:亦作"汎蟻",浮在酒上的泡沫,借指酒。元稹《賦得玉卮無當》:"泛蟻功全小,如虹色不移。"方干《袁明府以家醞寄余余以山梅答贈非唯四韻兼亦雙關》:"罇罍泛蟻堪嘗日,童稚驅禽欲熟時。"無復:不再,不會再次。《呂氏春秋·義賞》:"詐偽之道,雖今偷可,後將無復。"陳奇猷校釋:"此文意謂詐偽之道,雖今可以苟且得利,後將不可復得利也。"《晉書·王導傳》:"桓彝見朝廷微弱……憂懼不樂,往見導,極談世事,還,謂顗曰:'向見管夷吾,無復憂矣!'" 漂萍:漂流不定的浮萍,比喻人東奔西走,行止無定,這裏是詩人自喻。杜甫《東屯月夜》:"抱疾漂萍老,防邊舊穀屯。"李群玉《將之吳越留別坐中文酒諸侶》:"明朝即漂萍,離恨無由宣。"

⑯ 膽壯:膽子大,有勇氣。賈島《老將》:"膽壯亂鬚白,金瘡蠹百骸。旌旗猶入夢,歌舞不開懷。"高駢《嘆征人》:"心堅膽壯箭頭親,十載沙場受苦辛。力盡路傍行不得,廣張紅旆是何人?" 氣:指精神狀態,情緒。《史記·淮南衡山列傳》:"當今諸侯無異心,百姓無怨氣。"韓愈《送浮屠文暢師序》:"措之於其躬,體安而氣平。" 機忘:即"忘機",消除機巧之心,常用以指甘於淡泊,與世無爭。王勃《江曲孤鳧賦》:"爾乃忘機絕慮,懷聲弄影。"司馬光《花庵獨坐》:"忘機林鳥下,極目塞鴻過。爲問市朝客,紅塵深幾何?" 冥:高遠。謝靈運《擬魏太子鄴中集·劉楨》:"唯羨肅肅翰,繽紛戾高冥。"黃節注:"冥,遠

也。"王令《闻大学议》:"籠禽不天飛,詎識雲漢冥?"

⑰ 甕眠思畢卓:晉代畢卓嗜酒如命,常醉眠於甕側,後以"甕眠"稱醉眠。《晉書·畢卓傳》:"畢卓,字茂世,新蔡鮦陽人也。父諶,中書郎。卓少希放達,爲胡母輔之,所知太興末爲吏部郎。常飲酒廢職,比舍郎釀熟,卓因醉夜至其甕間,盜飲之,爲掌酒者所縛。明旦視之,乃畢吏部也,遽釋其縛,卓遂引主人宴於甕側,致醉而去。卓嘗謂人曰:'得酒滿數百斛船,四時甘味置兩頭,右手持酒杯,左手持蟹螯拍,浮酒船中,便足了一生矣!'及過江,爲溫嶠平南長史,卒官。"王績《戲題卜舖壁》:"且逐劉伶去,宵隨畢卓眠。不應長賣卜,須得杖頭錢。"韓宗文《醉眠亭三首》二:"得酒休論飲得仙,醉中遺物爲神全。世間反覆無窮事,吏部難忘抱甕眠。" 糟籍憶劉伶:劉伶愛酒,名聞古今,事見《晉書·劉伶傳》。又劉伶《酒德頌》:"先生於是方捧罌承槽,銜杯漱醪,奮髯踑踞,枕麴藉糟,無思無慮,其樂陶陶。兀然而醉,豁爾而醒,静聽不聞雷霆之聲,熟視不覩泰山之形,不覺寒暑之切肌,利欲之感情。"竇冀《懷素上人草書歌》:"長幼集,賢豪至,枕糟籍麴猶半醉。"白居易《效陶潛體詩十六首》一三:"楚王疑忠臣,江南放屈平。晉朝輕高士,林下棄劉伶。"許渾《淮陰阻風寄呈楚州韋中丞》:"垂釣荆江欲白頭,江魚堪釣却西游。劉伶臺下稻花晚,韓信廟前楓葉秋。"

⑱ 仿佛:隱約,依稀。《楚辭·遠遊》:"時仿佛以遙見兮,精皎皎以往來。"洪興祖補注:"《説文》云:仿佛,見不諟也。"李紳《華山慶雲見》:"依稀來鶴態,仿佛列仙群。" 中聖:酒醉的隱語。李白《贈孟浩然》:"醉月頻中聖,迷花不事君。"秦觀《次韻夏侯太沖秀才》:"或時得名酒,亭午猶中聖。" 希夷:《老子》:"視之不見名曰夷,聽之不聞名曰希。"河上公注:"無色曰夷,無聲曰希。"後因以"希夷"指虛寂玄妙。蕭統《謝敕參解講啓》:"至理希夷,微言淵奧,非所能鑽仰。"權德輿《奉和鄭賓客相公攝官豐陵扈從之作》:"莫究希夷理,空懷涣汗恩。"大庭:語出《莊子·胠篋》:"子獨不知至德之世乎?昔者容成氏、大庭

氏、伯皇氏、中央氏、栗陸氏、驪畜氏、軒轅氏、赫胥氏、尊盧氏、祝融
氏、伏戲氏、神農氏，當是時也，民結繩而用之，甘其食，美其服，樂其
俗，安其居，鄰國相望，雞狗之音相聞，民至老死而不相往來，若此之
時，則至治已。”

⑲ 眼前：眼睛面前，跟前。沈約《和左丞庾杲之病》：“待漏終不
溢，囂喧滿眼前。”杜甫《草堂》：“眼前列杻械，背後吹笙竽。” 底物：
此物。杜甫《解悶十二首》七：“陶冶性靈在底物，新詩改罷自長吟。
孰知二謝將能事，頗學陰何苦用心。”孫魴《春苔》：“底物最牽吟，秋苔
獨自尋。何時連夜雨？疊翠滿松陰。” 座右：座位的右邊，古人常把
所珍視的文、書、字、畫放置於此。杜甫《天育驃騎歌》：“故獨寫真傳
世人，見之座右久更新。”《舊唐書·劉子玄傳》：“居史職者，宜置此書
於座右。” 銘：記載，鏤刻。《國語·魯語》：“故銘其栝曰‘肅慎氏之
貢矢’。”韋昭注：“刻曰銘。”曾鞏《寄歐陽舍人書》：“蓋古之人有功德
材行志義之美者，懼後世之不知，則必銘而見之。”

⑳ “刮骨都無痛”兩句：描摹醉酒時祇關心美酒不問其餘的神
態。 刮骨：用刀刮除骨上的藥毒以治創傷。《三國志·關羽傳》：
“羽嘗爲流矢所中，貫其左臂，後創雖愈，每至陰雨，骨常疼痛，醫曰：
‘矢鏃有毒，毒入於骨，當破臂作創，刮骨去毒，然後此患乃除耳！’羽
便伸臂令醫劈之。時羽適請諸將飲食相對，臂血流離，盈於盤器，而
羽割炙引酒，言笑自若。”庾信《周柱國大將軍紇干弘神道碑》：“公入
仕四十五年，身經一百六戰……刮骨傅藥，事同關羽。”王維《燕支
行》：“報讎只是聞嘗膽，飲酒不曾妨刮骨。”本詩所用，正是“刮骨不曾
妨飲酒”之意。 如泥：爛醉如泥。張説《舞馬千秋萬歲樂府三首》
二：“更有銜杯終宴曲，垂頭掉尾醉如泥。”李白《夜泛洞庭尋裴侍御清
酌》：“曲盡酒亦傾。北窗醉如泥。人生且行樂，何必組與珪！” 擬：
打算，準備。《北齊書·神武帝紀》：“遣領軍將軍婁昭……并州刺史
高隆擬兵五萬，以討荆州。”柳永《鳳栖梧》：“擬把疏狂圖一醉，對酒當

歌,強樂還無味。" 停:停止。《莊子·德充符》:"平者,水停之盛也。"韓愈《三星行》:"箕獨有神靈,無時停簸揚。"

㉑ 殘觴:杯中殘酒。王恭《邢逸人寒夜見過》:"每憶家林結弟兄,別來空感故鄉情。天涯白首重相見,客裏殘觴且共傾。" 觴:盛滿酒的杯,亦泛指酒器。《禮記·投壺》:"命酌,曰:'請行觴。'"韓愈《送窮文》:"子飯一盂,子啜一觴。" 漠漠:寂靜無聲貌。《荀子·解蔽》:"掩耳而聽者,聽漠漠而以爲哅哅。"楊倞注:"漠漠,無聲也。"陶潛《命子》:"紛紛戰國,漠漠衰周。"逯欽立注:"漠漠,寂寞無聞。" 華燭:華美的燭火。曹植《七啓》:"華燭爛,幄幕張,動朱脣,發清商。"辛棄疾《滿江紅·和楊民瞻送祐之弟還侍浮梁》:"珠淚爭垂華燭暗,雁行欲斷哀箏切。" 熒熒:光閃爍貌。秦嘉《贈婦詩》:"飄飄帷帳,熒熒華燭。"貫休《行路難四首》一:"君不見燒金煉石古帝王,鬼火熒熒白楊裏。"

㉒ 真性:天性,本性。《莊子·馬蹄》:"馬,蹄可以踐霜雪,毛可以禦風寒,齕草飲水,翹足而陸:此馬之真性也。"李彥遠《采桑》:"何以變真性? 幽篁雪中綠。"佛教語,謂人本具的不妄不變的心體。《楞嚴經》卷一:"此是前塵虛妄相想,惑汝真性。"《景德傳燈録·婆舍斯多》:"我今悟真性,無道亦無理。" 臨時:謂當其時其事。《後漢書·段潁傳》:"臣每奉詔書,軍不內御,願卒斯言,一以任臣,臨時量宜,不失權便。"張九齡《敕西州都督張待賓書》:"自外臨時皆委卿量事。"狂歌:縱情歌詠。徐幹《中論·夭壽》:"或披髮而狂歌,或三黜而不去。"杜甫《贈李白》:"痛飲狂歌空度日,飛揚跋扈爲誰雄?" 半睡:似睡非睡。元稹《生春二十首》一五:"何處生春早? 春生半睡中。見燈如見霧,聞雨似聞風。"皮日休《夜會問答十首》五:"金火障(日休問龜蒙),紅獸飛來射羅幌。夜來斜展掩深爐,半睡芙蓉香蕩漾。"

㉓ 喧闐:喧嘩,熱鬧。杜甫《鹽井》:"君子慎止足,小人苦喧闐。"蘇軾《竹枝歌》:"水濱擊鼓何喧闐! 相將扣水求屈原。" 意氣:精神,

神色。《晏子春秋·問》:"寡人意氣衰,身病甚。"《史記·李將軍列傳》:"會日暮,吏士皆無人色,而廣意氣自如。"　調笑:唐代曲名。白居易《代書詩一百韻寄微之》:"打嫌調笑易,飲訝卷波遲。"自注:"拋打曲有《調笑》,飲酒有《卷白波》。"　娉婷:姿態美好貌。辛延年《羽林郎》:"不意金吾子,娉婷過我廬。"柳宗元《韋道安》:"貨財足非恡,二女皆娉婷。"這裏反用其意,形容詩人與酒友李景儉等醉酒之後東搖西歪的醉態。

㉔ 酩酊:大醉貌。焦贛《易林·井之師》:"醉客酩酊,披髮夜行。"元稹《酬樂天勸醉》:"半酣得自恣,酩酊歸太和。"　焉知:哪裏知道。蔡希寂《洛陽客舍逢祖詠留宴》:"絲絲鐘漏洛陽城,客舍貧居絕送迎。逢君貰酒因成醉,醉後焉知世上情?"韋應物《與友生野飲效陶體》:"聊舒遠世蹤,坐望還山雲。且遂一歡笑,焉知賤與貧?"　極:達到頂點、最高限度。《史記·李斯列傳》:"物極則衰,吾未知所稅駕也。"《文心雕龍·通變》:"夫誇張聲貌,至漢初已極。"　羈離:飄泊他鄉。高適《東平贈狄司馬》:"耿介抱三事,羈離從一官。"杜甫《重贈鄭鍊》:"江山路遠羈離日,裘馬誰爲感激人?"　寧:安寧。《書·大禹謨》:"野無遺賢,萬邦咸寧。"孔傳:"賢才在位,天下安寧。"劉義慶《世說新語·言語》:"明公蒙塵路次,群下不寧,不審尊體起居如何?"

㉕ 雞聲:公雞天明前的啼叫聲。錢起《贈闕居齊六司倉》:"始覺衡門下,翛然太古時。雞聲共鄰巷,燭影隔茅茨。"竇常《奉使西還早發小磧館寄盧滁州邁》:"野棠花覆地,山館夜來陰。馬迹穿雲去,雞聲出澗深。"　蟾影:月影,月光。徐晦《海上生明月賦》:"水族將蟾影交馳,浪花與桂枝相送。"張子容《璧池望秋月》:"滿輪沈玉鏡,半魄落銀鈎。蟾影搖輕浪,菱花渡淺流。"

㉖ 咽絕:謂停止發聲。韓愈《嘲鼾睡》:"雄哮乍咽絕,每發壯益倍。"劉敞《蟬》:"風林含咽絕,露葉動蕭騷。"　鵑:鳥名,又名子規、杜宇。常璩《華陽國志·蜀志》:"時適二月,子鵑鳥鳴,故蜀人悲子鵑鳥

鳴也。"王維《送梓州李使君》:"萬壑樹參天,千山響杜鵑。山中一夜雨,樹杪百重泉。" 蕭飋:大雁鳴叫起飛貌。暫無書證。 雁:候鳥名,形狀略似鵝,頸和翼較長,足和尾較短,羽毛淡紫褐色。善於游泳和飛行。《詩·小雅·鴻雁》:"鴻雁於飛,肅肅其羽。"毛傳:"大曰鴻,小曰雁。"韓愈《量移袁州酬張韶州》:"北望詎令隨塞雁,南遷纔免葬江魚。" 汀:水邊平地,小洲。《説文·水部》:"汀,平也。"段玉裁注:"謂水之平也,水準謂之汀,因之洲渚之平謂之汀。李善引《文字集略》云:'水際平沙也。'乃引伸之義耳!"謝靈運《登臨海嶠與從弟惠連》:"顧望脰未悁,汀曲舟已隱。"張若虛《春江花月夜》:"空裏流霜不覺飛,汀上白沙看不見。"

㉗ 漏箭:漏壺的部件,上刻時辰度數,隨水浮沉以計時。白居易《聞楊十二新拜省郎遙以詩賀》:"文昌新入有光輝,紫界宮墻白粉闌。曉日雞人傳漏箭,春風侍女護朝衣。"陸游《晨起》:"夜潤熏籠煖,燈殘漏箭長。" 鄉寺:鄉村寺廟。溫庭筠《贈越僧岳雲二首》一:"一室故山月,滿瓶秋澗泉。禪庵過微雪,鄉寺隔寒烟。"蘇頌《送若訥上人歸衢州》:"懇謝蘭袍寵,恩頒寶字新。重還鄉寺日,學侶益歸親。" 風鈴:殿閣塔檐的懸鈴,風吹發出響聲,故稱。唐彥謙《過三山寺》:"一僧歸晚日,群鷺宿寒潮。遙聽風鈴語,興亡話六朝。"李洞《秋宿青龍禪閣》:"風鈴亂僧語,霜栰欠猿啼。閣外千家月,分明見裏迷。"

㉘ 楚澤:古楚地有雲夢等七澤,後以"楚澤"泛指楚地或楚地的湖澤。劉長卿《觀校獵上淮西相公》:"龍驤校獵邵陵東,野火初燒楚澤空。"許裳《登淩歊臺》:"江截吳山斷,天臨楚澤遙。" 梗:草木的枝、莖或根。《戰國策·齊策》:"今子,東國之桃梗也,刻削子以爲人。"吳師道補注:"梗,枝梗也。"駱賓王《從軍中行路難》:"飄梗飛蓬不暫安,捫藤引葛度危巒。" 堯階:即帝王宮殿的臺階,因始於唐堯之時,故言"堯階"。葛洪《抱朴子·對俗》:"唐堯觀蓂莢以知月。"陸龜蒙《京口與友生話別》:"歷自堯階數,書因禹穴探。" 蓂:即蓂莢。

古代傳說中的一種瑞草，它每月從初一至十五每日結一莢，從十六至月終每日落一莢。所以從莢數多少，可以知道是何日。《竹書紀年》卷上："有草夾階而生，月朔始生一莢，月半而生十五莢；十六日以後日落一莢，及晦而盡。月小，則一莢焦而不落。名曰蓂莢，一曰曆莢。"庾信《舟中望見》："灰飛重暈闕，蓂落獨輪斜。"韓愈《答張徹》："赦行五百里，月變三十蓂。"

㉙ "醉荒非獨此"兩句：意謂像這樣放縱狂飲，並非僅此一次，這是因爲生活中的挫折、愁夢一個跟著一個。　荒：縱欲迷亂，逸樂過度。《孟子·梁惠王》："從獸無厭謂之荒，樂酒無厭謂之亡。"吳兢《貞觀政要·刑法》："內荒伐人性，外荒蕩人心。"　愁夢：令人發愁的夢境。戎昱《歲暮客懷》："歲華南去後，愁夢北來頻。惆悵江邊柳，依依又欲春。"戴叔倫《對酒示申屠學士》："三重江水萬重山，山裏春風度日閑。且向白雲求一醉，莫教愁夢到鄉關！"　曾經：表示從前經歷過或有過某種行爲或情況。徐陵《走筆戲書應令》："曾經新代故，那惡故迎新？"周密《杏花天》："金池瓊苑曾經醉，是多少紅情綠意！"

㉚ 窮途：亦作"窮塗"，絕路，比喻處於極爲困苦的境地。鮑照《代昇天行》："窮途悔短計，晚志重長生。"蘇軾《丙子重九二首》二："窮塗不擇友，過眼如亂雲。"　客泪：離鄉遊子的眼泪。沈約《晨征聽曉鴻》："聞雁夜南飛，客泪夜沾衣。"韓愈《晚次宣溪絕句》："客泪數行先自落，鷓鴣休傍耳邊啼。"

㉛ 醴酒：甜酒。《禮記·喪大記》："始食肉者，先食乾肉；始飲酒者，先飲醴酒。"元稹《祭淮瀆文》："維元和九年歲次甲午十二月朔甲辰某日辰，使謹遣某，用少牢醴酒之奠，昭禱於淮瀆長源公之靈。"不遣：不能消除，不能排遣。陸機《豪士賦序》："而成王不遣嫌吝於懷，宣帝若負芒刺於背，非其然者歟？"《太平廣記》卷二二二引《命定錄·梁十二》："無言恨云：忘却他，不遣家內知。"　渭涇：猶涇渭，比喻清濁、高下之分，涇渭指涇水和渭水。曹植《贈丁儀王粲》："山岑高

無極,涇渭揚濁清。"杜甫《驄馬行》:"晝洗須騰涇渭深,夕趨可刷幽並夜。"古人謂涇濁渭清(實爲涇清渭濁),因常用"涇渭"喻人品的優劣清濁,事物的真僞是非。《晉書·王濛傳》:"夫軍國殊用,文武異容,豈可令涇渭混流,虧清穆之風。"劉知幾《史通·采撰》:"況古今路阻,視聽壤隔,而談者或以前爲後,或以有爲無。涇渭一亂,莫之能辨。"詩人自喻爲涇濁,他喻李景儉爲渭清,當然這是詩人的自謙之詞。

[編年]

《年譜》編年本詩於"庚寅至甲午在江陵府所作其他詩"欄內,理由是:"每恥窮途哭,今那客淚零。"《編年箋注》編年:"此詩作於江陵期間。見下《譜》。"《年譜新編》編年本詩於"庚寅至甲午在江陵府所作其他詩"欄內,理由是:"詩云:'楚澤一爲梗,堯階屢變夔……每恥窮途哭,今那客淚零?''致用',李景儉字。"

《年譜》、《編年箋注》表述的理由與編年江陵任內沒有直接的關係,無法作爲編年本詩的證據。《年譜新編》的"楚澤一爲梗"雖然可以勉強作爲編年江陵的理由,但編年"庚寅至甲午在江陵府所作其他詩"欄內仍然不妥。

我們以爲,李景儉先元稹貶任江陵,據元稹《叙詩寄樂天書》表述,李景儉在元和七年離開江陵,因此本詩不可能作於元和八年、元和九年。本詩云:"七月調神麴,三春釀綠醽。"又云:"咽絕鵑啼竹,蕭撩雁去汀。"而杜鵑"啼竹",大雁"去汀"北歸,都應該發生在暮春三月之時,也與"三春"即"三月暮春"的含義兩相切合,故我們以爲本詩應該作於元和六年或元和七年的暮春三月,從李景儉應該盡老朋友"地主之誼"的角度看,以元和六年的暮春三月最爲可能。

◎ 春六十韵①

　　節應寒灰下，春生返照中②。未能消積雪，已漸少回風③。迎氣邦經重，齋誠帝念隆④。龍驤紫宸北，天壓翠壇東⑤。仙仗搖佳彩，榮光答聖衷⑥。便從威仰座，隨入大羅宮⑦。先到璇淵底，偷穿璕瑁櫳（一）⑧。館娃朝鏡晚，太液曉冰融⑨。撩摘芳情遍（二），搜求好處終⑩。九霄渾可可，萬姓尚忡忡⑪。晝漏頻加箭，宵暉欲半弓（三）⑫。驅令三殿出，乞與百蠻同⑬。直自方壺島，斜臨絕漠戎⑭。南巡曖珠樹（四），西轉麗崆峒⑮。度嶺梅甘坼，潛泉脉暗洪⑯。悠悠鋪塞草，舟舟着江楓⑰。蠶役提筐妾（五），耘催荷篠翁⑱。既蒸難發地，仍送懶歸鴻⑲。約略環區宇，殷勤綺鎬鄷⑳。華山青黛撲，渭水碧沙蒙（六）㉑。宿露清餘靄，晴烟塞迥空㉒。燕巢纔點綴，鶯舌最惺憁（七）㉓。膩粉梨園白，臙脂桃徑紅㉔。鬱金垂嫩柳，晉畫委高籠㉕。地甲門闌大，天開禁披崇㉖。層臺張舞鳳，閣道架飛虹㉗。麴糵調神化（八），鵷鷺竭至忠（九）㉘。歌聲齊錫宴（一〇），車服獎庸功㉙。俊造興時用（一一），閭閻賀歲豐㉚。倡樓歌細細（一二），農野麥芃芃（一三）㉛。貴主驕矜盛，豪家恃賴雄㉜。偏霑打球彩，頻得鑄錢銅㉝。專殺擒楊若，殊恩赦鄧通㉞。女孫新在內，嬰稚近封公㉟。游衍關心樂，詩書對面聾㊱。盤筵饒異味，音樂斥庸工㊲。酒愛油衣淺，杯誇瑪瑙烘㊳。挑鬟玉釵髻，刺繡寶裝攏㊴。啓齒呈編貝，彈絲動削葱㊵。醉圓雙媚靨，波溢兩明瞳㊶。但賞歡無極，那知恨亦充㊷。洞房閑窈窕，庭院獨蔥蘢㊸。謝砌萎殘絮，班窗網曙蟲㊹。望夫身化

石，爲伯首如蓬⑮。顧我沉憂士，騎他老病驄⑯。靜街乘曠
蕩，初日接瞳矓⑰。飲敗肺常渴，魂驚耳更聰⑱。虛逢好陽
艷，其那苦昏慘⑲。僬僽還移步，持疑又省躬⑳。慵將疲頓
質，漫走倦羸尫㉑。季月行當暮，良辰坐嘆窮㉒。晉悲焚介
子，魯願浴沂童㉓。燧改鮮妍火(一四)，陰繁晻澹桐(一五)㉔。瑞
雲低唇唇，香雨潤濛濛㉕。藥溉分窠數，籬栽備幼冲㉖。種莎
憐見葉，護笋冀成筒㉗。有夢多爲蝶，因搜定作熊㉘。漂沉隨
壞芥(一六)，榮茂委蒼穹㉙。震動風千變，晴和鶴一冲㉚。丁寧
搴芳侶，須識未開叢㉛。

録自《元氏長慶集》卷一三

［校記］

（一）偷穿璹瑘櫳：蘭雪堂本、叢刊本、《全詩》同，楊本作"□穿璹
瑘櫳"，不從不改。

（二）撩摘芳情遍：蘭雪堂本、叢刊本、《全詩》同，楊本作"撩摘芳
□遍"，不從不改。

（三）宵暉欲半弓：叢刊本、《全詩》同，楊本作"霄暉欲半弓"，語
義難通，不從不改。

（四）南巡曖珠樹：蘭雪堂本、叢刊本、《全詩》同，楊本作"南巡暖
珠樹"，語義相類，不改。

（五）蠶役提筐妾：原本、叢刊本、《全詩》作"蠶役投筐妾"，語義
不佳，據楊本改。

（六）渭水碧沙蒙：叢刊本、《全詩》同，楊本作"渭水碧紗蒙"，語
義不同，不改。

（七）鶯舌最惺憁：蘭雪堂本、叢刊本、《全詩》同，楊本作"鶯舌最
醒憁"，語義難通，不從不改。

（八）麴糵調神化：《全詩》同，楊本作"麴糵調神力"，叢刊本作"麴糵調神□"，語義不同，不改。

（九）鴻鸞竭至忠：原本、蘭雪堂本、叢刊本作"鴻鸞竭志忠"，據楊本、《全詩》改。

（一〇）歌聲齊錫宴：叢刊本同，楊本、《全詩》作"歌鍾齊錫宴"，語義不同，不改。

（一一）俊造興時用：叢刊本、《全詩》同，楊本作"俊造欣時用"，語義不同，不改。

（一二）倡樓歌細細：蘭雪堂本、叢刊本同，楊本、《全詩》作"倡樓妝燁燁"，語義不同，不改。

（一三）農野麥芃芃：蘭雪堂本。叢刊本同，楊本、《全詩》作"農野綠芃芃"，語義不同，不改。

（一四）燧改鮮妍火：蘭雪堂本、叢刊本、《全詩》同，楊本作"燧改鮮研火"，語義難通，不從不改。

（一五）陰繁晻澹桐：蘭雪堂本、叢刊本、《全詩》同，楊本作"花繁晻澹桐"，語義不同，不改。

（一六）漂沉隨壤芥：原本作"漂沉隨壞芥"，楊本、叢刊本、《全詩》同，語義難通，元稹《酬翰林白學士代書一百韵》有"浮榮齊壤芥，閑氣詠江蘺"之句，據此徑改。

［箋注］

① 春六十韵：本篇是寫於春天的詩歌，但又不完全是歌詠春天的詩篇，而是詩人對自己過去的回顧，羼雜著元稹對道教的嚮往，尤其是對不幸個人生活的追憶，流露出對新生活的期盼與憧憬，反映了詩人痛苦而複雜的心路歷程。　春：春天。張說《奉和三日祓禊渭濱應制》："青郊上巳豔陽年，紫禁皇遊祓渭川。幸得歡娛承湛露，心同草樹樂春天。"司空曙《峽口送友人》："峽口花飛欲盡春，天涯去住淚

沾巾。来時萬里同爲客，今日翻成送故人。”

② 寒灰：指葭灰，古人燒葦膜成灰，分置十二律管中，放密室内，以占節候。某一節候至，相應律管中的葭灰即自行飛出。張說《扈從幸韋嗣立山莊應制》：“寒灰飛玉琯，湯井駐金輿。既得方明相，還尋大隗居。”白居易《酬盧秘書二十韻》：“晦厭鳴雞雨，春驚震蟄雷。舊恩收墜履，新律動寒灰。” 返照：原指夕陽，落日。駱賓王《夏日遊山家同夏少府》：“返照下層岑，物外狎招尋。”夕照，傍晚的陽光。劉長卿《碧澗別墅喜皇甫侍御相訪》：“荒村帶返照，落葉亂紛紛。”猶反映，本詩兼有另一層含義，亦即指用佛性對照檢查自己。《壇經·行由品》：“與汝説者，即非密也；汝若返照，密在汝邊。”《五燈會元·六祖大鑒禪師法嗣·章敬懷暉禪師》：“若能返照，無第二人。”

③ 積雪：堆積起來的雪。張籍《寄別者》：“積雪無平岡，空山無人蹊。”皇甫冉《送令狐明府》：“荒林藏積雪，亂石起驚湍。” 回風：旋風。《楚辭·九章·悲回風》：“悲回風之搖蕙兮，心冤結而内傷。”李頎《登首陽山謁夷齊廟》：“落日吊山鬼，回風吹女蘿。”

④ 迎氣：上古於立春日祭青帝，立夏日祭赤帝，立秋日祭白帝，立冬日祭黑帝；後漢除祭四帝外，又於立秋前十八日祭黃帝，用以迎接四季，祈求豐年，謂之“迎氣”。《後漢書·明帝紀》：“〔永平二年〕始迎氣於五郊。”《隋書·禮儀志》：“後齊五郊迎氣，爲壇各於四郊，又爲黃壇於未地。”張九齡《立春日晨起對積雪》：“今年迎氣始，昨夜伴春回……東郊齋祭所，應見五神來。” 邦經：國家的常法。韓愈《魏博節度觀察使沂國公先廟碑銘》：“提壇籍户，來復邦經。”蘇舜欽《論宣借宅事》：“今兹醫卜庸流，濫有求請，煩瀆天聽，侵亂邦經。” 齋誠：齋戒虔誠。鄭谷《谷初忝諫垣今憲長薛公方在西閣知奬隆異以四韻代述榮感》：“自拂青萍知有地，齋誠旦夕望爲霖。”韓琦《釋奠廟中作》：“舍奠修彝禮，齋誠致吉蠲。普天同日祀，聖道幾人傳？”

⑤ 龍驤：昂舉騰躍貌。王績《過漢故城》：“大漢昔未定，强秦猶

擅場。中原逐鹿罷，高祖鬱龍驤。"楊巨源《觀打球有作》："親掃球場如砥平，龍驤驟馬曉光晴。入門百拜瞻雄勢，動地三軍唱好聲。"　紫宸：宮殿名，天子所居，唐宋時爲接見群臣及外國使者朝見慶賀的内朝正殿，在大明宫内。杜甫《冬至》："杖藜雪後臨丹壑，鳴玉朝來散紫宸。心折此時無一寸，路迷何處是三秦？"竇牟《望終南》："九陌峰如墜，千門翠可團。欲知形勝盡，都在紫宸看。"　翠壇：祭祀神仙的壇。江淹《蕭太傅東耕咒文》："呈典緇耦，獻禮翠壇，宜民宜稼。"曹秀先《聖主躬耕耤田恭紀四首》一："五輅星馳駐翠壇，西南郊外擁千官。雞翹豹尾因風動，玉帶銀魚拂曉寒。"

⑥ 仙仗：神仙的儀仗，韋莊《尹喜宅》："紫氣已隨仙仗去，白雲空向帝鄉消。"《雲笈七籤》卷六四："龍軒鶴騎，仙仗森列，駐於空界。"這裏指皇帝的儀仗。岑參《奉和中書賈至舍人早朝大明宫》："金闕曉鐘開萬户，玉階仙仗擁千官。"　榮光：敬稱尊者容顏。魏元忠《修書院學士奉敕宴梁王宅賦得門字》："大君敦宴賞，萬乘下梁園……榮光開帳殿，佳氣滿旌門。"陸堅《奉和聖製送張説上集賢學士賜宴賦得今字》："書殿榮光滿，儒門喜氣臨。"　聖衷：天子的心意。張九齡《奉和聖製過王浚墓》："孤績淪千載，流名感聖衷。萬乘度荒隴，一顧凜生風。"李商隱《今月二日不自量度輒以詩一首四十韻干瀆尊嚴伏蒙仁恩俯賜披覽獎逾其實情溢於辭顧惟疏蕪曷用酬戴輒復五言四十韻詩獻上亦詩人詠嘆不足之義也》："縈滯喧人望，便蕃屬聖衷。天書何日降？庭燎幾時烘？"

⑦ 威仰：即靈威仰，亦即青帝，五帝之一，東方之神，春神。《禮記·大傳》："禮，不王不禘，王者禘其祖之所自出，以其祖配之。"鄭玄注："王者之先祖，皆感大微五帝之精以生：蒼則靈威仰，赤則赤熛怒，黄則含樞紐，白則白招拒，黑則汁光紀。"《隋書·禮儀志》："春迎靈威仰者，三春之始，萬物稟之而生，莫不仰其靈德，服而畏之也。"《舊唐書·禮儀志》："愚以爲告朔之日，則五方上帝之一帝也。春則靈威

仰,夏則赤熛怒,秋則白招拒,冬則葉光紀。" 大羅:即大羅天,道教所稱三十六天中最高一重天。《雲笈七簽》卷二一:"《玉京山經》曰:玉京山冠于八方諸大羅天……《元始經》云:大羅之境,無復真宰,惟大梵之氣,包羅諸天太空之上。"王維《送王尊師歸蜀中拜掃》:"大羅天上神仙客,濯錦江頭花柳春。"李商隱《留贈畏之三首(時將赴職梓潼遇韓朝廻作)》一:"空記大羅天上事,衆仙同日詠霓裳。"

⑧ 璿淵:玉池,亦爲池的美稱。陳旅《西山詩》:"窈窕紺園夕,珠林映璿淵。"蔡羽《游鄧尉山煮七寶泉》:"玉音丁丁竹外聞,璿淵清空出樹根。" 玳瑁:爬行動物,形似龜,甲殼黃褐色,有黑斑和光澤,可做裝飾品。李時珍《本草綱目·玳瑁》〔集解〕引范成大《虞衡志》:"玳瑁生海洋深處,狀如龜黿,而殼稍長。背有甲十二片,黑白斑文,相錯而成。"這裏指玳瑁的甲殼,指用其甲殼製成的裝飾品。王建《宮詞一百首》八五:"窗窗戶戶院相當,總有珠簾玳瑁床。雖道君王不來宿,帳中長是炷牙香。"施肩吾《代征婦怨》:"畫裙多淚鴛鴦濕,雲鬟慵梳玳瑁垂。" 櫳:用同"攏",梳理。元稹《生春二十首》一七:"何處春生早?春生綺戶中。玉櫳穿細日,羅幔張輕風。"元稹《早春尋李校書》"款款春風澹澹雲,柳枝低作翠櫳帬。梅含雞舌兼紅氣,江弄瓊花散綠紋。"

⑨ 館娃:古代吳宮名,春秋吳王夫差爲西施所造,吳人呼美女爲娃,館娃宮爲美女所居之宮,在今蘇州市西南靈巖山上,靈巖寺即其舊址。白居易《楊柳枝》:"蘇州楊柳任君誇,更有錢塘勝館娃。"李紳《回望館娃故宮》:"因問館娃何所恨?破吳紅臉尚開蓮。" 太液:古池名,漢代太液池在陝西省長安縣西。武帝元封元年(公元前一一〇年)開鑿,周回十頃,池中築漸臺,高二十餘丈,又起三山,以象瀛洲、蓬萊、方丈三神山,刻金石爲魚龍奇禽異獸之屬。又唐太液池,在大明宮中含凉殿後,中有太液亭。杜審言《望春亭侍遊應詔》:"帝出明光殿,天臨太液池。堯樽隨步輦,舜樂繞行麾。"李白《宮中行樂詞八

首》八：“鶯歌聞太液，鳳吹繞瀛洲。”

⑩ 撩摘：摘取。蘇頌《方公説通直見示與小子京和答棋詩四篇因次本韻繼蒙寵惠前後凡十五篇牽強奉答》：“縱有文章憂瓿醬，劇無機智懶行棋。愛君高唱多才思，撩摘羈懷入小詩。”黃之雋《美人四十首》三八：“美人隔霄漢，曾約此重過……撩摘芳情遍，東風蘭杜多。”芳情：男女間之春意，春天的氣息。元稹《早春尋李校書》：“今朝何事偏相覓？撩亂芳情最是君。”白居易《題靈隱寺紅辛夷花戲酬光上人》：“芳情香思知多少？惱得山僧悔出家。”　搜求：尋找，尋求。元稹《奉和權相公行次臨闕驛逢鄭僕射相公歸朝俄頃分途因以奉贈詩十四韻》：“帝下赤霄符，搜求造化爐。中台歸內座，太一直南都。”薛逢《開元後樂》：“中原駿馬搜求盡，沙苑年來草又芳。”　好處：美好的時候，美好的處所。韓愈《早春呈水部張十八員外二首》一：“最是一年春好處，絕勝花柳滿皇都。”范成大《許季韶水鄉席上》：“青山綠浦竹間明，彷佛苕溪好處行。”

⑪ 九霄：原指天之極高處，這裏喻指皇帝。包佶《奉和常閣老晚秋集賢院即事寄贈徐薛二侍郎》：“九霄偏眷顧，三事早提携。”黃滔《敷水廬校書》：“九霄無詔下，何事近清塵？”又道家謂仙人居處。《文選·沈約〈游沈道士館〉》：“銳意三山上，托慕九霄中。”張銑注：“九霄，九天仙人所居處也。”李白《明堂賦》：“比乎昆山之天柱，蠹九霄而垂雲。”王琦注：“按道書，九霄之名，謂赤霄、碧霄、青霄、絳霄、黅霄、紫霄、練霄、玄霄、縉霄也。一説以神霄、青霄、碧霄、丹霄、景霄、玉霄、琅霄、紫霄、火霄爲九霄。”也喻皇帝居處，借指帝王。杜甫《臘日》：“口脂面藥隨恩澤，翠管銀罌下九霄。”黃滔《敷水廬校書》：“九霄無詔下，何事近清塵？”　可可：模糊貌，隱約貌。薛昭藴《浣溪沙八首》五：“瞥地見時猶可可，却來閑處暗思量，如今情事隔仙鄉。”周密《南樓令·次陳君衡韻》：“暗想芙蓉城下路，花可可，霧冥冥。”　萬姓：萬民。顧況《宮詞五首》五：“金吾持戟護新檐，天樂聲傳萬姓瞻。

樓上美人相倚看,紅妝透出水精簾。"元稹《連昌宮詞》:"驅令供頓不敢藏,萬姓無聲淚潛墮。" 忡忡:憂愁貌。《詩·召南·草蟲》:"未見君子,憂心忡忡。"白居易《旅次華州贈袁右丞》:"方今天子心,憂人正忡忡。安得天下守,盡得如袁公!"

⑫ 晝漏:謂白天的時間。漏,漏壺,古代計時的器具。杜甫《紫宸殿退朝口號》:"晝漏希聞高閣報,天顏有喜近臣知。宮中每出歸東省,會送夔龍集鳳池。"楊億《咸平六年二月十八日扈從宸游因成紀事二十二韻》:"玉輅天行健,金壺晝漏長。" 箭:古代置計時器漏壺下用以指示時刻之物。《周禮·夏官·挈壺氏》:"分以日夜。"鄭玄注:"漏之箭,晝夜共百刻。"杜甫《奉贈太常張卿垍二十韻》:"靈虬傳夕箭,歸馬散霜蹄。"仇兆鰲注引陸倕《新漏刻銘》:"靈虬承注,陰蟲吐噏。銅史司刻,金徒抱箭。" 宵暉:這裏指月亮。元稹《飲致用神麴酒三十韻》:"晝灑蟬將飲,宵暉鶴誤聆。"朱熹《題畫》:"神鈞舞空洞,玄露湛宵暉。山中玉斧家,胡不一來嬉?" 半弓:半弓形,形容弦月。蘇軾《行瓊儋間肩輿坐睡夢中得句云千山動鱗甲萬谷酣笙鐘覺而遇清風急雨戲作此數句》:"四州環一島,百洞蟠其中。我行西北隅,如度月半弓。"郭鈺《和羅習之見寄因簡劉淵》:"古陂淨瀉秋千頃,歸路斜分月半弓。"

⑬ 驅令:猶逼令。元稹《臺中鞫獄憶開元觀舊事呈損之兼贈周兄四十韻》:"驅令選科目,若在闤與闠。"元稹《連昌宮詞》:"明年十月東都破,御路猶存禄山過。驅令供頓不敢藏,萬姓無聲淚潛墮。" 三殿:即唐代大明宮之麟德殿。《玉海·唐三殿》:"三殿者,麟德殿也,一殿而有三面,故名。亦曰三院,結鄰郁儀樓,即三殿之東西廊也。"杜甫《送翰林張司馬南海勒碑》:"詔從三殿去,碑到百蠻開。"韓愈《鳳翔隴州節度使李公墓誌銘》:"十三年,公與忠武軍節度使司空光顏、邠甯節度使尚書釗俱來朝,上爲之燕三殿。" 百蠻:古代南方少數民族的總稱,後也泛稱其他少數民族。李世民《正日臨朝》:"條風開獻

節，灰律動初陽。百蠻奉遐賝，萬國朝未央。"《舊唐書·辛替否傳》：
"千里萬里，貢賦於郊；九夷百蠻，歸款于闕。"

　　⑭ 方壺：傳說中的神山名，一名方丈。《列子·湯問》："渤海之
東，不知幾億萬里，有大壑焉……其中有五山焉：一曰岱輿，二曰員
嶠，三曰方壺，四曰瀛洲，五曰蓬萊。"殷敬順釋文："一曰方丈。"班固
《西都賦》："濫瀛洲與方壺，蓬萊起乎中央。"上官昭容《游長寧公主流
杯池二十五首》七："莫論圓嶠，休說方壺。何如魯館，即是仙都。"元
稹《和樂天招錢蔚章看山絕句》："碧落招邀閑曠望，黃金城外玉方
壺。"　絕漠：同"絕幕"，橫渡沙漠。《後漢書·西域傳序》："浮河絕
漠，窮破虜庭。"李賢注："沙土曰漠，直度曰絕也。"楊炯《後周青州刺
史齊貞公宇文公神道碑》："亞夫真將，去病元勛，持兵對揖，絕漠行
軍。"耿湋《出塞》："漢家邊事重，竇憲出臨戎。絕漠秋山在，陽關舊路
通。"同"絕幕"，極遠的沙漠地區。李世民《飲馬長城窟行》："胡塵清
玉塞，羌笛韵金鉦。絕漠干戈戢，車徒振原隰。"

　　⑮ 南巡：天子巡行南方。《宋書·文帝紀》："昔漢章南巡，加恩
元氏。"張謂《邵陵作》："嘗聞虞帝苦憂人，祇爲蒼生不爲身。已道一
朝辭北闕，何須五月更南巡！"　珠樹：神話、傳說中的仙樹。《山海
經·海內西經》："開明北有視肉、珠樹、文玉樹、玗琪樹。"李白《送賀
監歸四明應制詩》："借問欲栖珠樹鶴，何年却向帝城飛？"黃滔《寄同
年崔學士》："雖知珠樹懸天上，終賴銀河接世間。"　崆峒：山名，在今
甘肅平涼市西，相傳是黃帝問道於廣成子之所，後亦以指仙山。曹唐
《仙都即景》："旌節暗迎歸碧落，笙歌遙聽隔崆峒。"一說黃帝問道於
廣成子之山在今河南臨汝縣西南。舒元輿《橋山懷古》："襄城迷路問
童子，帝鄉歸去無人留。崆峒求道失遺迹，荆山鑄鼎餘荒丘。"另有山
在山西臨汾市南、江西贛縣南等說法。古人認爲北極星居天之中，斗
極之下是空桐（崆峒），洛陽據地之中，故以崆峒代指洛陽。李賀《仁
和里雜叙皇甫湜》："明朝下元復西道，崆峒叙別長如天。"

⑯ 嶺：這裏特指五嶺。《史記·南越列傳》："會暑濕，士卒大疫，兵不能逾嶺。"韓愈《送鄭尚書序》："嶺之南，其州七十，其二十二隸嶺南節度府。" 坼：特指植物的種子或花芽綻開。李德裕《憶春耕》："郊外杏花坼，林間布穀鳴。原田春雨後，溪水夕流平。"沈千運《感懷弟妹》："今日春氣暖，東風杏花坼。" 潛泉：看不見的地下泉水。李中《遙賦義興潛泉》："見說靈泉好，潺湲興莫窮。誰當秋霽後，獨聽月明中？"《續資治通鑑長編·哲宗元符二年閏九月》："詔賜永祐陵東南明光神廟爲靈原廟，以有司言舊有泉出至廟下伏流，去年補治溝井，潛泉忽通流故也。"

⑰ 悠悠：思念貌，憂思貌。《詩·邶風·終風》："莫往莫來，悠悠我思。"鄭玄箋："言我思其如是，心悠悠然。"喬知之《定情篇》："去時恩灼灼，去罷心悠悠。" 塞草：邊塞之地的野草。李義府《和邊城秋氣早》："關樹凋涼葉，塞草落寒花。霧暗長川景，雲昏大漠沙。"苑咸《送大理正攝御史判涼州別駕》："雪下天山白，泉枯塞草黃。佇聞河隴外，還繼海沂康。" 冉冉：迷離貌。范成大《秋日雜興六首》二："西山在何許？冉冉紫翠間。"謝無量《西湖旅興寄懷伯兄五十韻》："籬村深冉冉，桃澗碧娟娟。" 江楓：臨近江湖的楓樹。劉長卿《秋杪江亭有作》："寂寞江亭下，江楓秋氣斑。世情何處澹？湘水向人間。"李白《同友人舟行遊台越作》："楚臣傷江楓，謝客拾海月。懷沙去瀟湘，挂席泛溟渤。"

⑱ "蠶役提筐妾"兩句：意謂春天是農忙季節，女人背著一筐筐桑葉，料理自家的蠶寶寶；男人拿着除草的農具，正在田間忙碌，即使是年紀不小的老翁也不閑着。 蠶役：義近"蠶作"，養蠶的勞作。鮑照《詠采桑》："季春梅始落，工女事蠶作。"李白《陌上桑》："美女渭橋東，春還事蠶作。" 提筐：能够手提的採集桑葉之竹編容器。常建《陌上桑》："翳翳陌上桑，南枝交北堂。美人金梯出，素手自提筐。"陸龜蒙《採桑》："皓齒還如貝色含，長眉亦似烟華貼。鄰娃盡著繡襠襦，

獨自提筐采蠶葉。” 耘：除草。《詩・周頌・載芟》：“千耦其耘，徂隰徂畛。”陸德明釋文：“耘，除草也。”《墨子・三辯》：“農夫春耕、夏耘、秋斂、冬藏。” 篠：用同“蓧”，古代在田裏除草用的一種工具，一般用竹子製成。庾信《竹杖賦》：“終堪荷篠，自足驅禽。”按《論語・微子》：“子路從而後，遇丈人以杖荷蓧。”張九齡《自始興溪夜上赴嶺》：“日落青巖際，溪行綠篠邊。去舟乘月後，歸鳥息人前。”

⑲ 蒸：同“烝”，冬祭名。《國語・魯語》：“夏父弗忌爲宗，烝將躋僖公。”韋昭注：“凡祭祀，秋曰嘗，冬曰烝。”董仲舒《春秋繁露・四祭》：“春曰祠，夏曰礿，秋曰嘗，冬曰烝。” 歸鴻：歸雁，詩文中多用以寄託歸思。嵇康《贈秀才入軍五首》四：“目送歸鴻，手揮五弦。”張喬《登慈恩寺塔》：“斜陽越鄉思，天末見歸鴻。”

⑳ 約略：粗略，不詳盡。白居易《答客問杭州》：“爲我踟蹰停酒盞，與君約略説杭州。”大致，大體上。元稹《授齊煦等縣令制》：“今一邑之長，古一國之君也。刑罰紀綱，約略受制於朝廷。”略微，輕微，不經意。梅堯臣《元日》：“草率具盤餐，約略施粉黛。”仿佛，依稀。晏幾道《清平樂》：“去時約略黄昏，月華却到朱門。” 區宇：境域，天下。元稹《賀誅吳元濟表》：“威動區宇，道光祖宗。”陳亮《重建紫霄觀記》：“本朝混一區宇，是觀因以不廢。” 殷勤：情意深厚。王績《在京思故園見鄉人問》：“斂眉俱握手，破涕共銜杯。殷勤訪朋舊，屈曲問童孩。”劉長卿《送李七之笮水謁張相公》：“惆悵青春晚，殷勤濁酒壚……梁園舊相識，誰憶臥江湖？” 鎬鄠：都是水名，都在今陝西省境內。《文選・司馬相如〈上林賦〉》：“酆、鎬、潦、潏，紆餘委蛇，經營乎其內。”張揖注：“鎬在昆明池北。”《後漢書・段熲傳》：“詔遣大鴻臚持節慰勞於鎬。”李賢注：“鎬，水名，在今長安縣西。”《元和郡縣志》：“豐水出縣東南終南山，自發源北流，經縣東二十八里北流入渭。”也可以理解爲地名，鎬是鎬京。《詩・小雅・魚藻》：“王在在鎬，豈樂飲酒。”朱熹集傳：“王何在乎？在乎鎬京也。”《吕氏春秋・疑似》：“周宅

酆鎬，近戎人。”酆本爲商代崇侯虎邑，周文王滅崇後曾都於此，後爲周武王之弟的封國。故地在今陝西省户縣北。《左傳·僖公二十四年》：“畢、原、酆、郇，文之昭也。”杜預注：“酆國在始平鄠縣東。”《文選·班固〈西都賦〉》：“遂繞酆、鄗，歷上蘭。”李善注引《世本》：“武王在酆鎬。”

㉑ 華山：山名，五嶽之一，在陝西省華陰市南，北臨渭河平原，屬秦嶺東段，又稱太華山、西嶽。有蓮花（西峰）、落雁（南峰）、朝陽（東峰）、玉女（中峰）、五雲（北峰）等峰，爲遊覽勝地。李益《入華山訪隱者經仙人石壇》：“三考西嶽下，官曹少休沐。久負青山諾，今還獲所欲。”白居易《旅次華州贈袁右丞》：“渭水綠溶溶，華山青崇崇。山水一何麗？君子在其中。” 青黛：青黑色的顔料，古代女子常用以畫眉。李白《對酒》：“青黛畫眉紅錦靴，道字不正嬌唱歌。”元稹《答姨兄胡靈之見寄五十韵》：“觀松青黛笠，欄藥紫霞英。” 渭水：黄河最大的支流，源出今甘肅渭源縣烏鼠山，東流整個渭河平原，在潼關縣流入黄河。白居易《孟夏思渭村舊居寄舍弟》：“故園渭水上，十載事樵牧。手種榆柳成，陰陰覆墙屋。”許渾《咸陽城東樓》：“鳥下綠蕪秦苑夕，蟬鳴黄葉漢宫秋。行人莫問當年事，故國東來渭水流。” 碧沙：因水色清澈見底，沙粒也似乎成了綠色。杜審言《和韋承慶過義陽公主山池五首》三：“携琴繞碧沙，摇筆弄青霞。”曹唐《劉阮洞中遇仙子》：“碧沙洞裏乾坤别，紅樹枝前日月長。”

㉒ 宿露：夜裏的露水。李世民《詠雨》：“新流添舊潤，宿露足朝烟。”文同《露香亭》：“宿露蒙曉花，婀娜清香發。” 靄：雲氣，烟霧。韋應物《芳樹》：“風條灑餘靄，露葉承新旭。”柳永《雨霖鈴》：“念去去、千里烟波，暮靄沉沉楚天闊。” 晴烟：晴天的烟雲。《漢江宴别》：“漢廣不分天，舟移杳若仙。秋虹映晚日，江鶴弄晴烟。”戴叔倫《崇德道中》：“暖日菜心稠，晴烟麥穗抽。” 迥空：高曠的天空。李頻《八月十五夜對月》：“陰盛此宵中，多爲雨與風……抱濕離遥海，傾寒向迥

空。"許棠《汝州郡樓望嵩山》："不共衆山同，岧嶤出迴空。幾層高鳥外，萬仞一樓中。"

㉓ 燕巢：燕子的窩。薛業《洪州客舍寄柳博士芳》："去年燕巢主人屋，今年花發路傍枝。"雍陶《秋居病中》："荒簷數蝶懸蛛網，空屋孤螢入燕巢。"　點綴：打點，加以襯托或裝飾，使原有事物更加美好。李賀《十二月樂辭·八月》："悠悠飛露姿，點綴池中荷。"元稹《酬樂天江樓夜吟稹詩因成三十韻》："點綴工微者，吹噓勢特然。"這裏的點綴，是指元和五年荆南節度使府剛剛爲元稹修理了江邊的廢舊住宅一事，元稹有《江邊四十韻》叙事抒情。　鶯舌：鶯聲。元稹《過襄陽樓呈上府主嚴司空樓在江陵節度使宅北隅》："襄陽樓下樹陰成，荷葉如錢水面平。拂水柳花千萬點，隔林鶯舌兩三聲。"花蕊夫人徐氏《宮詞》六〇："春殿千官宴却歸，上林鶯舌報花時。"　惺憁：義同"惺忪"，惺忪，形容聲音輕快。貫休《施萬病丸》："我聞昔有海上翁，鬢眉皎白塵土中。葫蘆盛藥行如風，病者與藥皆惺憁。"周邦彦《望江南》："無個事，因甚斂雙蛾？淺淡梳妝疑見畫，惺忪言語勝聞歌。何況會婆娑！"

㉔ 膩粉：猶脂粉，本詩指梨花的花粉。白居易《戲題木蘭花》："紫房日照燕脂坼，素艷風吹膩粉開。"張泌《滿宮花》："膩粉瓊妝透碧紗，雪休誇。"　梨園：古地名，在今陝西淳化，本爲漢武帝所築梨園，植梨樹百株，後以爲鎮名，這裏僅僅指一般種植梨樹的果園。《相里使君宅聽澄上人吹小管》："秦僧吹竹閉秋城，早在梨園稱主情。今夕襄陽山太守，座中流泪聽商聲。"李德裕《述夢詩四十韻》："夕閲梨園騎，宵聞禁仗蔡（每梨園獵回，或抵暮夜，院門常見歸騎）。"　胭脂：一種用於化妝和國畫的紅色顏料，亦泛指鮮艷的紅色，本詩比喻桃花的花粉。杜甫《曲江對雨》："林花著雨臙脂濕，水荇牽風翠帶長。"元稹《琵琶歌》："暫輟歸時尋著作，著作南園花坼萼。臙脂耀眼桃正紅，雪片滿溪梅已落。"所描寫的就是"胭脂桃徑紅"的喜人景象。

㉕ 郁金：多年生草本植物，薑科，葉片長圓形，夏季開花，穗狀花序圓柱形，白色。有塊莖及紡錘狀肉質塊根，黃色，有香氣。中醫以塊根入藥，古人亦用作香料，泡製鬱鬯，或浸水作染料。李白《春日獨坐寄鄭明府》：“燕麥青青遊子悲，河堤弱柳郁金枝。”段成式《柔卿解籍戲呈飛卿三首》三：“郁金種得花茸細，添入春衫領裏香。” 嫩柳：剛剛長出葉芽的柳樹。文德皇后《春遊曲》：“上苑桃花朝日明，蘭閨艷妾動春情。井上新桃偷面色，檐邊嫩柳學身輕。”楊玉環《贈張雲容舞(雲容妃侍兒善爲霓裳舞，妃從幸繡嶺宮時贈此詩)》：“羅袖動香香不已，紅蘂裊裊秋烟裏。輕雲嶺上乍搖風，嫩柳池邊初拂水。” 罯：覆蓋貌。元稹《大雲寺》：“果枝低罯罯，花雨澤雱雱。”梅堯臣《正仲見贈依韵和答》：“譬彼捕長鯨，區區只持罯。青天挂虹霓，踴跂不可擎。”

㉖ 甲：亦即“甲乙”，特指春季。《禮記·月令》：“〔孟春之月〕日在營室，昏參中，旦尾中，其日甲乙。”孔穎達疏：“其當孟春、仲春、季春之時，日之生養之功，謂爲甲乙。”《管子·四時》：“是故春三月，以甲乙之日發五政。”尹知章注：“甲乙統春之三時也。” 門闌：門框或闌柵欄。王充《論衡·亂龍》：“故今縣官斬桃爲人，立之門側，畫虎之形，著之門闌。”也借指家門、門庭。杜甫《李監宅二首》一：“門闌多喜色，女婿近乘龍。” 天開：謂天予開發、啓示。《史記·魏世家》：“以是始賞，天開之矣！”曹植《王仲宣誄》：“天開之祚，末胄稱王。”這裏指日行北歸、陽氣復生。 禁掖：謂宮中旁舍，亦泛指宮廷。杜甫《奉留贈集賢院崔于二學士》：“欲整還鄉斾，長懷禁掖垣。”白居易《中書舍人韋貫之授禮部侍郎制》：“頃以詞藻選登禁掖，秉筆書命，時稱得人。”

㉗ 層臺：重臺，高臺。《楚辭·招魂》：“層臺累榭，臨高山些。”王逸注：“層、累，皆重也。”酈道元《水經注·河水》：“東門側有層臺，秀出雲表。” 舞鳳：舊傳國家太平，君王仁慈，則鳳凰來儀，因以“舞鳳”

爲文教昌明之典。李嶠《瑟》："伏羲初製法，素女昔傳名。流水嘉魚
躍，叢臺舞鳳驚。"薛存誠《御題國子監門》："爲著盤龍迹，能彰舞鳳
蹄。"　閣道：複道。李治《幸秦始皇陵（景龍三年十二月十八日）》：
"阿房久已滅，閣道遂成墟。"王維《奉和聖製從蓬萊向興慶閣道中留
春雨中春望之作應制》："鑾輿迴出仙門柳，閣道回看上苑花。"　飛
虹：天空中的彩虹，其狀如飛，故言。鮑照《白雲》："命娥雙月際，要媛
兩星間。飛虹眺卷河，汎霧弄輕絃。"楊榮《李白贊》："匡廬之山，神秀
所鍾。瀑布千尺，宛然飛虹。"

㉘ 曲蘗：原指幼芽屈曲，這裏應該是釀製各種酒類的酒藥。《六
家詩名物疏・酒》："《月令》云：仲冬之月，乃命大酋：秫稻必齊，曲蘗
必時，湛熾必潔，水泉必香，陶器必良，火齊必得，兼用六物，大酋監
之，毋有差貸。"《詩傳名物集覽・摽有梅》："《書》曰：若作酒醴，爾惟
曲蘗；若作和羹，爾惟鹽梅。蓋造而始之者曲蘗也，調而成之者鹽梅
也。"　神化：神妙地潛移默化。語出《易・繫辭》："神而化之，使民宜
之。"《文子・精誠》："是故刑罰不足以移風，殺戮不足以禁奸，唯神化
爲貴。"　鵷鸞：比喻朝官。高適《東平旅遊奉贈薛太守二十四韻》：
"鵷鸞粉署起，鷹隼柏臺秋。"劉克莊《水調歌頭・和林卿韻》："永別鵷
鸞，已盟猿鶴，肯學周顒出草堂。"比喻賢者。王勃《秋日楚州郝司戶
宅餞崔使君序》："城池當要害之沖，寮寀盡鵷鸞之選。"蘇軾《葉公秉
王仲至見和次韻答之》："共喜鵷鸞歸禁籞，心知日月在重霄。"　至
忠：忠誠到極點。《漢書・谷永傳》："三上封事，然後得召，待詔一句，
然後得見，夫由疏賤納至忠甚苦。"吳融《赴闕次留獻荊南成相公三十
韻》："臨事成奇策，全身仗至忠。解鞍欺李廣，袁弩笑臧洪。"

㉙ 歌聲：歌唱之聲。《漢書・元帝紀贊》："元帝多材藝，善史書，
鼓琴瑟，吹洞簫，自度曲，被歌聲，分刌節度，窮極幼眇。"王昌齡《少年
行》："高閣歌聲遠，重門柳色深。"　錫：賜予。《詩・大雅・崧高》：
"既成藐藐，王錫申伯：四牡蹻蹻，鉤膺濯濯。"鄭玄箋："召公營位，築

之已成，以形貌告於王，王乃賜申伯。"陸游《過張王行廟》："善人錫之福，奸偽亦擊汝。"　宴：喜樂，歡樂。《古詩十九首·青青陵上柏》："極宴娛心意，戚戚何所迫！"謂安樂，逸樂。陸龜蒙《苔賦》："哀者貴兮樂者賤，貴者危兮賤者宴。"宴請，即請人吃酒飯或聚在一起吃酒飯。李朝威《柳毅傳》："明日，又宴毅於凝碧宮。"筵席，酒席，宴會。《舊唐書·憲宗紀》："〔元和二年正月〕丁巳，停中和、重陽二節賜宴。"車服：車輿禮服。《書·舜典》："敷奏以言，明試以功，車服以庸。"孔傳："功成則賜車服以表顯其能用。"孔穎達疏："人以車服爲榮，故天子之賞諸侯，皆以車服賜之。"何景明《滕王閣歌》："置酒歌兮張燕會，儼車服兮盛文儒。"　庸功：功績，功勳。《後漢書·朱佑傳贊》："帝績思乂，庸功是存。"李賢注："庸，勳也。言將興帝績，則念勳功之臣也。"元稹《加陳楚檢校左僕射制》："苟有庸功，豈無後命？"

　　㉚ 俊造：《禮記·王制》："司徒論選士之秀者而升之學，曰俊士。升于司徒者不征於鄉，升于學者不征于司徒，曰造士。"後因以"俊造"指才智傑出的人。《三國志·武帝紀》："其令郡國各修文學，縣滿五百戶置校官，選其鄉之俊造而教學之。"也指科舉。李德裕《進上尊號玉册文狀》："臣本以門蔭入仕，不由俊造之選，獨學無友，未嘗琢磨。"時用：《易·坎》："王公設險，以守其國。險之時用大矣哉！"王弼注："非用之常，用有時也。"本指在特定時間的作用，後指爲當世所用。《北史·李彪傳》："〔彪〕識性嚴聰，學博墳籍，剛辯之才，頗堪時用。"爲世所用，亦指治世之才。嵇康《與山巨源絕交書》："足下若嬲之不置，不過欲爲官得人，以益時用耳！"梅堯臣《依韵和丁元珍見寄》："實慚寡時用，又顧無奇行。"　閭閻：原指里巷內外的門，後多借指里巷，泛指民間，借指平民。白居易《湖亭望水》："岸沒閭閻少，灘平船舫多。"劉禹錫《同州刺史謝上表》："閭閻凋瘵，遠近共知。"　歲豐：年穀豐收。沈佺期《奉和洛陽翫雪應制》："氛氳生浩氣，颯沓舞回風。宸藻光盈尺，賡歌樂歲豐。"白居易《太平樂詞二首》一："歲豐仍節儉，時

泰更銷兵。聖念長如此，何憂不太平！"

　　㉛ 倡樓：倡女所居處，亦即妓院。白居易《悲哉行》："朝從博徒飲，暮有倡樓期……聲色狗馬外，其餘一無知。"徐凝《翫花五首》四："誰家躑躅青林裏？半見殷花焰焰枝。憶得倡樓人送客，深紅衫子影門時。"　細細：輕微。杜甫《宣政殿退朝晚出左掖》："宮草微微承委佩，爐烟細細駐遊絲。"緩緩。王安石《招葉致遠》："山桃溪杏兩三栽，嫩蕊商量細細開。最是一年春好處，明朝有意抱琴來。"　農野：村野，田野。劉禹錫《和浙西李大夫晚下北固山喜徑松成陰悵然懷古偶題臨江亭幷浙東元相公所和依本韵》："頒條風有自，立事言無苟。農野聞讓耕，軍人不使酒。"元稹《桐花》："劍士還農野，絲人歸織紝。"　芃芃：茂盛貌。《詩·鄘風·載馳》："我行其野，芃芃其麥。"毛傳："麥芃芃然方盛長。"曾鞏《泰山謝雨文》："黍芃芃而擢秀，粟蘎蘎而敷榮。"

　　㉜ 貴主：尊貴的公主。《後漢書·竇憲傳》："今貴主尚見枉奪，何況小人哉！"白居易《渭村退居寄禮部崔侍郎翰林錢舍人詩一百韵》："貴主冠浮動，親王轡鬧裝。"　驕矜：驕傲自負。《韓非子·難一》："使小臣有智能而遁桓公，是隱也，宜刑；若無智能而虛驕矜桓公，是誣也，宜戮。"《史記·魏公子列傳》："公子聞之，意驕矜而有自功之色。"　豪家：指有錢有勢的人家。封演《封氏聞見記·除蠹》："蜀漢風俗，縣官初臨，豪家必先饋餉，令丞以下皆與之平交。"崔顥《贈懷一上人》："法師東南秀，世實豪家子。削髮十二年，誦經峨眉裏。"　恃賴：依賴，憑藉。《後漢書·袁安傳》："自天子及大臣皆恃賴之。"《南史·魯廣達傳》："公，國之重臣，吾所恃賴。"

　　㉝ 打球：一種盛行於當時宮廷、官府等處的文娛體育活動，一般要騎馬進行。開元中起居郎蔡孚有《打球篇》序云："臣謹按打球者，往之蹴踘古戲也。黃帝所作兵勢，以練武士，知有材也。"張建封《酬韓校書愈打球歌》："僕本修文持筆者，今來帥領紅旌下。不能無事習

蛇矛,閑就平場學使馬……” 頻得鑄錢銅:包括下句"殊恩赦鄧通",說的都是鄧通的典故,《史記·佞幸列傳》:"鄧通,蜀郡南安人也,以濯船爲黃頭郎。孝文帝夢欲上天,不能,有一黃頭郎從後推之上天,顧見其衣裻帶後穿,覺而之漸臺,以夢中陰目求推者郎,即見鄧通其衣後穿,夢中所見也。召問其名姓,姓鄧氏名通。文帝説焉!尊幸之日異,通亦願謹不好外交,雖賜洗沐不欲出於是。文帝賞賜通巨萬,以十數官至上大夫。文帝時時如鄧通家遊戲,然鄧通無他能,不能有所薦士,獨自謹其身以媚上而已。上使善相者相通曰:'當貧餓死!'文帝曰:'能富通者,在我也,何謂貧乎於是?'賜鄧通蜀嚴道銅山,得自鑄錢。鄧氏錢布天下,其富如此。文帝嘗病癰,鄧通常爲帝唶吮之,文帝不樂,從容問通曰:'天下誰最愛我者乎?'通曰:'宜莫如太子。'太子入問病,文帝使唶癰,唶癰而色難之。已而聞鄧通常爲帝唶吮之,心慚,由此怨通矣!及文帝崩,景帝立,鄧通免,家居。居無何,人有告鄧通盜出徼外鑄錢,下吏驗問,頗有之,遂竟案,盡沒入,鄧通家尚負責數巨萬。長公主賜鄧通,吏輒隨沒入之,一簪不得著身,於是長公主乃令假衣食,竟不得名一錢,寄死人家。"杜牧《杜秋娘詩》:"蘇武却生返,鄧通終死飢。"徐夤《詠錢》:"幾怪鄧通難免餓,須知夷甫不曾言。"

㉞專殺:指無須稟命而可自行誅戮。班固《白虎通·考黜》:"賜以鈇鉞,使得專殺。"這裏指擅自殺人。《漢書·刑法志》:"吏不專殺,法無二門,輕重當罪,民命得全。"《舊唐書·柳仲郢傳》:"富平縣人李秀才,籍在禁軍,誣鄉人斫父墓柏,射殺之,法司以專殺論。" 楊若:歐陽詢《藝文類聚》卷三三:"魏志曰:楊阿若,後名豐,字伯陽。少遊俠,常以報仇解怨爲事,故時人爲之號曰:'東市相斫楊阿若,西市相斫楊阿若。'" 殊恩:特別的恩寵,常指帝王的恩寵,所言即本詩上兩句所述。《後漢書·杜詩傳》:"上書乞避功德,陛下殊恩,未許放退。"杜甫《建都十二韻》:"牽裾恨不死,漏網辱殊恩。"

㉟ "女孫新在内"兩句：意謂由於年幼的孫女剛剛入宮伴駕，她家中同樣年幼的男孩們最近則成了一個個的封翁。　女孫：孫女。《史記·陳丞相世家》："張負女孫五嫁而夫輒死，人莫敢娶。"《漢書·張湯傳》："其女孫敬爲霍氏外屬婦，當相坐。"顏師古注："女孫，即今所謂孫女也。"　嬰稚：謂幼年。《魏書·劉裕傳》："闔門嬰稚，莫不鑽截。"《顏氏家訓·教子》："當及嬰稚，識人顏色，知人喜怒，便加教誨。"　封公：即封君，受有封邑的貴族。《韓非子·和氏》："昔者吳起教楚悼王以楚國之俗曰：'大臣太重，封君太衆，若此則上偪主而下虐民，此貧國弱兵之道也。'"《漢書·食貨志》："封君皆氏首仰給焉！"顏師古注："封君，受封邑者，謂公主及列侯之屬也。"

㊱ "游衍關心樂"兩句：意謂這些得寵的人們，祇關心遊樂之事，面對詩書，一竅不通，祇能裝聾作啞。　遊衍：恣意遊逛。《詩·大雅·板》："昊天曰旦，及爾遊衍。"毛傳："遊，行；衍，溢也。"孔穎達疏："遊行衍溢，亦自恣之意也。"宋之問《郡宅中齋》："王子事黃老，獨樂恣遊衍。"　關心：心中不忘。王維《酬張少府》："晚年唯好靜，萬事不關心。自顧無長策，空知返舊林。"李嘉祐《送蘇修往上饒》："世事關心少，漁家寄宿多。蘆花泊舟處，江月奈人何！"　樂：快樂，歡樂。《史記·刺客列傳》："高漸離擊築，荊軻和而歌於市中，相樂也，已而相泣，旁若無人者。"歐陽修《醉翁亭記》："然而禽鳥知山林之樂，而不知人之樂；人知從太守遊而樂，而不知太守之樂其樂也。"　詩書：《詩經》和《尚書》。《左傳·僖公二十七年》："《詩》、《書》，義之府也；《禮》、《樂》，德之則也。"張說《奉和聖製途次陝州應》："周召嘗分陝，詩書空復傳。何如萬乘睹，追賞二南篇。"也泛指書籍。蔡希寂《同家兄題渭南王公別業》："曾爲詩書癖，寧惟耕稼任。"　對面：當面，面對面。陶潛《搜神後記》卷六："日已向出，天忽大霧，對面不相見。"杜甫《茅屋爲秋風所破歌》："南村群童欺我老無力，忍能對面爲盜賊。公然抱茅入竹去，脣焦口燥呼不得。"　聾：愚昧，不明事理。《左傳·僖

公二十四年》："即聾、從昧、與頑、用嚚,奸之大者也。"《左傳·宣公十四年》："鄭昭、宋聾、晉使不害。"杜預注："聾,闇也。"楊伯峻注："昭謂眼明,聾則耳不聰。此猶言鄭解事,宋不解事。"

㊲ 盤筵:猶宴席。韓愈《示爽》："念汝欲別我,解裝具盤筵。"白居易《游平泉宴浥澗宿香山石樓贈座客》："採摘助盤筵,芳滋盈口腹。" 異味:異常的美味。《後漢書·光武帝紀》："往年已救郡國,異味不得有所獻御。"王安石《再用前韵寄蔡天啓》："昔功恐唐捐,異味今得餂。" 音樂:古代音、樂有別。《禮記·樂記》："凡音之起,由人心生也。人心之動,物使之然也。感於物而動,故形於聲。聲相應,故生變。變成方,謂之音。比音而樂之,及干戚羽旄,謂之樂。"後稱"音樂",指用有組織的樂音表達人們的思想感情,反映社會生活的一種藝術。《三國志·周瑜傳》："瑜少精意於音樂,雖三爵之後,其有闕誤,瑜必知之,知之必顧。"元稹《追昔遊》："謝傅堂前音樂和,狗兒吹笛膽娘歌。" 庸工:這裏指爲"貴主"與"豪家"服務的演奏者。 庸:後多作"傭",受雇用的勞動力。《韓非子·五蠹》："澤居苦水者,買庸而決竇。"《漢書·欒布傳》:"〔彭越〕賣庸於齊,爲酒家保。"

㊳ 油衣:用桐油塗製而成的雨衣。劉孝威《行還值雨又爲清道所駐》："微風生棨傳,輕雨潤帷裳。油衣分竸道,小蓋列成行。"吳曾《能改齋漫錄·逸文》："孔公借油衣,叟曰:'某寒不出,熱不出,風不出,雨不出,未嘗置油衣也。'孔公不覺頓忘宦情。"本詩是藉以油衣的顏色來形容酒的顏色。 瑪瑙:礦物名,玉髓的一種,品類甚多,顏色光美,可製器皿及裝飾品。曹丕《瑪瑙勒賦序》:"瑪瑙,玉屬也。出自西域,文理交錯,有似馬腦,故其方人因以名之。"錢起《瑪瑙杯歌》:"瑤溪碧岸生奇寶,剖質披心出文藻。良工雕飾明且鮮,得成珍器入芳筵。"

㊴ 鬟:古代婦女的環形髮髻。辛延年《羽林郎》:"頭上藍田玉,耳後大秦珠。兩鬟何窈窕!一世良所無。"杜甫《月夜》:"香霧雲鬟

濕,清輝玉臂寒。”　玉釵:玉製的釵,由兩股合成,燕形。司馬相如《美人賦》:“玉釵挂臣冠,羅袖拂臣衣。”李白《白紵辭三首》三:“高堂月落燭已微,玉釵挂纓君莫違。”　髻:在頭頂或腦後盤成各種形狀的髮髻。《後漢書·馬廖傳》:“長安語曰:‘城中好高髻,四方高一尺。’”萬楚《茱萸女》:“復得東鄰伴,雙爲陌上姝。插枝向高髻,結子置長裾。”　刺繡:以針穿引彩綫,在織物上刺出字畫的美術工藝。王充《論衡·程材》:“齊部世刺繡,恒女無不能。”李白《贈張公洲革處士》:“井無桔槹事,門絶刺繡文。長揖二千石,遠辭百里君。斯爲真隱者,吾黨慕清芬。”　寶裝:用珠寶加以裝飾的衣服,也指精美的裝束。韋莊《和鄭拾遺秋日感事一百韵》:“寶裝軍器麗,麝裹戰袍香。”石承進《三朝聖政録》:“太祖平蜀,閲孟昶宮中物,有寶裝溺器,遽命碎之,曰:‘以此奉身,不亡何待?’”　攏:梳理,整理。韓偓《信筆》:“睡髻休頻攏,春眉忍更長。”李珣《南鄉子》九:“攏雲髻,背犀梳,焦紅衫映緑羅裙。”

⑩　啓齒:露出牙齒,開口説話。白居易《得潮州楊相公繼之書并詩以此寄之》:“詩情書意兩殷勤,來自天南瘴海濱。初覩銀鉤還啓齒,細吟瓊什欲霑巾。”韓偓《荔枝三首》二:“封開玉籠雞冠濕,葉襯金盤鶴頂鮮。想得佳人微啓齒,翠釵先取一雙懸。”　編貝:編排起來的貝殼,常用以比喻潔白整齊的牙齒。《韓詩外傳》卷九:“目如擗杏,齒如編貝。”梅堯臣《采芝》:“齒如編貝嚼明月,曼倩不復饞腸鳴。”　彈絲:彈奏絃樂器。江總《宴樂修堂應令》:“彈絲命琴瑟,吹竹動笙簧。”和凝《宮詞百首》四七:“吹竹彈絲珠殿響,墜仙雙降五雲中。”　削葱:喻指女子修長纖細白嫩的手指。典出《玉臺新詠·古詩〈爲焦仲卿妻作〉》:“腰若流紈素,耳著明月璫。指如削葱根,口如含朱丹。纖纖作細步,精妙世無雙。”

⑪　媚靨:謂女子兩頰討人喜歡的酒窩。劉言史《贈陳長史妓(本内宫人)》:“寶鈿雲和玉禁仙,深含媚靨裹朱弦。春風不怕君王恨,引

2849

出幽花落外邊。"曾覿《鵲橋仙》:"嬌波媚靨,尊前席上,只是尋常梳裹。" 明瞳:猶明眸。元稹《閨晚》:"素臆光如硏,明瞳艷疑溢。"楊士奇《盤龍曉翠詩》:"初旭明瞳矓,宿靄静陰翳。"

㊷ 賞:玩賞,欣賞。《管子·霸言》:"夫使國常無患,而名利並至者,神聖也。國在危亡而能壽者,明聖也。是故先王之所師者,神聖也;其所賞者,明聖也。"尹知章注:"賞,謂樂翫也。"謝朓《直中書省》:"朋情以鬱陶,春物方駘蕩。安得凌風翰,聊恣山泉賞。" 無極:中國古代哲學中認爲形成宇宙萬物的本原,以其無形無象,無聲無色,無始無終,無可指名,故曰無極。《老子》:"爲天下式,常德不忒,復歸於無極。"這裏作無窮盡無邊際解。《左傳·僖公二十四年》:"女德無極,女怨無終。"元稹《奉和竇容州》:"自嘆風波去無極,不知何日又相逢?" 那知:那裏知曉。劉長卿《送康判官往新安》:"不向新安去,那知江路長!猿聲近廬霍,水色勝瀟湘。"岑參《宿鐵關西館》:"塞迴心常怯,鄉遥夢亦迷。那知故園月,也到鐵關西!" 恨:怨恨,仇視。《荀子·堯問》:"處官久者士妒之,禄厚者民怨之,位尊者君恨之。"《史記·淮陰侯列傳》:"大王失職入漢中,秦民無不恨者。" 充:足,滿。《周禮·天官·大府》:"凡萬民之貢,以充府庫。"鄭玄注:"充,猶足。"《楚辭·離騷》:"蘇糞壤以充幃兮。"王逸注:"充,猶滿也。"

㊸ 洞房:幽深的内室,多指卧室、閨房。沈亞之《賢良方正能直言極諫策》:"市言唯恐田園陂地之不廣也,簪珥羽鈿之不侈也,洞房綺闥之不邃也。"特指新婚夫婦的卧室。朱慶餘《近試上張籍水部》:"洞房昨夜停紅燭,待曉堂前拜舅姑。" 窈窕:嫻静貌,美好貌。《詩·周南·關雎》:"窈窕淑女,君子好逑。"毛傳:"窈窕,幽閑也。"韓愈《送區弘南歸》:"蜃沈海底氣升霏,彩雉野伏朝扇翬,處子窈窕王妃,苟有令德隱不菲。" 庭院:正房前的院子,泛指院子。《南史·陶弘景傳》:"〔弘景〕特愛松風,庭院皆植松。每聞其響,欣然爲樂。"辛棄疾《滿江紅·暮春》:"庭院静,空相憶。" 葱蘢:形容草木青翠而茂

盛。柳宗元《酬賈鵬山人郡内新栽松寓興見贈二首》一："積雪表明秀，寒花助葱蘢。"白居易《題流溝寺古松》："烟葉葱蘢蒼塵尾，霜皮剥落紫龍鱗。"

④④　謝砌縈殘絮：這裏説的是晉代謝道韞的典故，《晉書·王凝之妻謝氏》有詳細記載，《河南通志·列女傳》文云："晉王凝之妻謝氏，名道韞，陽夏人，安西將軍奕之女。幼聰敏才辨，嘗内集，雪下，叔父安曰：'此雪何所似？'從子朗曰：'撒鹽空中差可擬。'道韞曰：'未若柳絮因風起。'安大奇之。後適王氏，遭孫恩之難，舉厝自若。既聞夫及諸子爲賊所害，方命婢肩輿抽刃出門，亂兵稍至，手殺數人，賊不敢犯。其外孫劉濤時年數歲，恩又欲害之，道韞曰：'事在王門，何關他族？必如此，寧先見殺！'恩雖毒虐，爲之改容，乃不害濤。自爾鰲居會稽家中，莫不嚴肅，所著有詩賦誄頌。"　班窗網曙蟲：這裏用的是班婕好的典故，劉向《續古列女傳·班婕好》有記載："班婕好者，左曹越騎班況之女，漢孝成皇帝之婕好也。賢才通辯，始選入後宮爲小使，俄而大幸爲婕好。成帝游於後庭，嘗欲與婕好同輦，辭曰：'觀古圖畫賢聖之君，皆有名臣在側。三代之末主，乃有女嬖。今欲同輦，得無似之乎？'上善其言而止，太后聞而喜曰：'古有樊姬，今有班婕好。'……自鴻嘉之後，成帝稍隆於女寵，婕好進侍者李平平得幸，立爲婕好……所謂衛婕好也。其後趙飛燕姊妹有寵驕妬，譖訴班婕好……婕好恐久見危，求供養皇太后于長信宮，上許焉！婕好退處東宮，作賦自傷曰：'……'至成帝崩，婕好充奉園陵，薨，因葬園中。君子謂班婕好辭同輦之言，蓋宣后之志也。進李平於同列，樊姬之德也。釋詛祝之譖，定姜之知也。求供養于東宮，寡李之行也。及其作賦，哀而不傷，歸命不怨……"

⑤　望夫身化石：各地望夫石的古迹較多，均屬民間傳説，謂婦人佇立望夫日久化而爲石。《初學記》卷五引劉義慶《幽明録》："武昌北山有望夫石，狀若人立。古傳云：昔有貞婦，其夫從役，遠赴國難，攜

弱子餞送北山,立望夫而化爲立石。"遼寧省興城市西南望夫山之望夫石,則傳爲孟姜女望夫所化。其他如寧夏回族自治區隆德縣西南、江西省分宜縣昌山峽水中、貴州省貴陽市北谷頂壩、廣東省清遠市均有望夫石,後用以喻女子懷念丈夫的堅貞。李白《望夫石》:"有恨同湘女,無言類楚妃。寂然芳靄内,猶若待夫歸。"劉禹錫《望夫石(山正對和州郡樓)》:"終日望夫夫不歸,化爲孤石苦相思。望來已是幾千歲,只似當年初望時。" 爲伯首如蓬:借用《詩經》的詩篇,表明相思之情的急迫。《詩經·衛風·伯兮》,其一:"伯兮朅兮,邦之桀兮。伯也執殳,爲王前驅。"其二:"自伯之東,首如飛蓬。豈無膏沐,誰適爲容?"其三:"其雨其雨,杲杲出日。願言思伯,甘心首疾!"其四:"焉得諼草?言樹之背。願言思伯,使我心痗。"

㊻ 沉憂:亦作"沈憂",深憂。曹植《雜詩六首》二:"去去莫復道,沈憂令人老。"曾鞏《秋夜》:"清泪昏我眼,沉憂回我腸。" 驄:這裏指御史所乘的馬,即驄馬。《後漢書·桓典傳》:"〔桓典〕辟司徒袁隗府,舉高第,拜侍御史。是時宦官秉權,典執政無所回避。常乘驄馬,京師畏憚,爲之語曰:'行行且止,避驄馬御史。'……在御史七年不調,後出爲郎。"後以"驄馬使"指御史。張南史《送李侍御入茅山采藥》:"聊聽驄馬使,却就紫陽仙。"元稹曾經出任過監察御史,與重臣宦官作過對陣與較量,最終以出貶江陵告終,成爲失敗者,故以"老病"自喻。

㊼ 靜街:空曠而安靜的街道。元稹《痁卧聞幕中諸公徵樂會飲因有戲呈三十韵》:"治痦扶輕杖,開門立靜街。耳鳴疑暮角,眼暗助昏霾。"曹唐《暮春戲贈吳端公》:"深院吹笙聞漢婢,靜街調馬任奚奴。牡丹花下簾鉤外,獨凭紅肌捋虎鬚。" 曠蕩:遼闊,寬廣。《文選·王褒〈洞簫賦〉》:"彌望儻莽,聯延曠蕩。"李善注:"儻莽、曠蕩,寬廣之貌。"唐寅《山坡羊》:"烟波曠蕩,曠蕩鱗鴻杳。" 初日:剛升起的太陽。楊巨源《送定法師歸蜀法師即紅樓院供奉廣宣上人兄弟》:"鳳城

初日照紅樓，禁寺公卿識惠休。”劉禹錫《登陝州北樓却憶京師親友》：“獨上百尺樓，目窮思亦愁。初日遍露草，野田荒悠悠。”　曈曨：日初出漸明貌。《説文・日部》：“曈，曈曨，日欲明也。”沈佺期《關山月》：“漢月生遼海，曈曨出半暉。”元稹《決絶詞三首》三：“曙色漸曈曨，華星次明滅。”

㊽“飲敗肺常渴”兩句：意謂酒喝多了人常常感到乾渴難忍，人們如果受到驚嚇之後耳朵似乎聽力更好。　敗：失敗；失利。《史記・項羽本紀》：“戰勝而將驕卒惰者敗。”韓愈《唐故檢校尚書劉公墓志銘》：“韓全義敗，引軍走陳州。”這裏指飲酒失敗，亦即酒醉。　魂驚：靈魂受到驚嚇。武元衡《同洛陽諸公餞盧起居》：“蕭條寒日晏，悽慘別魂驚。寶瑟無聲怨，金囊故贈輕。”劉禹錫《酬僕射牛相公晉國池上別後至甘棠館忽夢同游因成口號見寄》：“已嗟池上別魂驚，忽報夢中攜手行。此夜獨歸還乞夢，老人無睡到天明。”　聰：聽覺靈敏。《禮記・雜記》：“視不明，聽不聰，行不正，不知哀，君子病之。”韓愈《元和聖德詩》：“皇帝神聖，通達古今。聽聰視明，一似堯禹。”

㊾“虛逢好陽艷”兩句：認爲自己的文章徒有虛名，其實内心昏昏沉沉，苦痛不堪。　陽艷：義同“明艷”，鮮明美麗，美好艷麗，這裏是指文章的文采而言。顏延之《秋胡詩》：“峻節貫秋霜，明艷侔朝日。”薛調《無雙傳》：“〔無雙〕姿質明艷，若神仙中人。”　昏憒：心神迷亂。憒，昏昧，心迷亂。賈誼《新書・道術》：“行充其宜謂之義，反義爲憒。”吳師道《目疾謝柳道傳張子長惠藥》：“積毒根胃腸，標表發昏憒。”

㊿傴僶：勉强，隨俗沉浮。《文選・陸機〈文賦〉》：“在有無而傴僶，當淺深而不讓。”李善注：“傴僶，由勉强也。”《文選・阮籍〈詠懷詩十七首〉》一六：“捷徑從狹路，傴僶趨荒淫。”張銑注：“傴僶，亦俯仰也。”白居易《爲宰相謝官表（爲微之作）》：“微臣自知才用亦遠不及元崇，若又傴僶安懷，因循保位，不惟恩德是負，實亦軍國可憂。”

移步:挪動脚步。蘇味道《和武三思於天中寺尋復禮上人之作》:“忽聞從桂苑,移步踐花臺。”駱賓王《詠美人在天津橋》:“美女出東鄰,容與上天津。整衣香滿路,移步襪生塵。” 持疑:猶豫疑,遲疑。元稹《酬翰林白學士代書一百韵》:“分臺更嶮巇,匿奸勞發掘。破黨惡持疑,斧刃迎皆碎。”孫樵《武皇遺劍録》:“武皇曾不持疑,卒詔有司,驅群髡而發之,毁其居而田之。” 省躬:反躬自省。權德輿《伏蒙十六叔寄示喜慶感懷三十韵因獻之》:“省躬日三復,拜首書諸紳。”楊於陵《郡齋有紫薇雙本予嘉其美而能久因詩紀述》:“省躬既局蹐,結思多煩紆。”

(51) 疲悴:疲勞困苦,衰弱。《後漢書・桓帝紀》:“方今淮夷未殄,軍師屢出,百姓疲悴,困于徵發。”《晉書・簡文帝紀》:“干戈未戢,公私疲悴。” 漫走:步速不快的行走。施肩吾《修仙詞》:“丹田自種留年藥,玄谷長生續命芝。世上漫忙兼漫走,不知求己更求誰?”許棐《上趙蘭坡》:“雨院炷香熏畫卷,晴窗添水浸花枝。十年漫走江湖上,咫尺蘭坡却到遲。” 倦羸僮:瘦弱困憊的僮仆。羅鄴《聞杜鵑》:“花時一宿碧山前,明月東風叫杜鵑。孤館覺來聽半夜,羸僮相對亦無眠。”李復《和徐發承議懷歸》:“駸駸長路倦羸驂,搔首飛塵苦戰酣。猿過故山驚曉帳,苔生舊釣暗秋潭。”

(52) 季月:每季的最後一月,即農曆三、六、九、十二月。郎士元《送粲上人兼寄梁鎮員外》:“季月還鄉獨未能,林行溪宿厭層冰。”崔善爲《九月九日》:“九日重陽節,三秋季月殘。” 良辰:美好的時光。阮籍《詠懷詩十七首》九:“良辰在何許,凝霜沾衣襟。”李商隱《流鶯》:“巧囀豈能無本意?良辰未必有佳期。”

(53) 晉悲焚介子:介子,即介之推,亦稱介子推,春秋晉人,從晉公子重耳(文公)出亡,歷經各國,凡十九年。文公還國爲君,賞從亡者,介之推不言禄,禄亦不及,介之推回到家鄉,文公悔悟,燒山逼令出仕,之推抱樹焚死。人民同情介之推的遭遇,相約於其忌日禁火冷食,以爲悼念,以後相沿成俗,謂之寒食。杜甫《憶昔二首》一:“犬戎直來坐御床,百官跣足隨天王。願見北地傅介子,老儒不用尚書郎。”郭鄖《寒食寄李補闕》:“人間後事悲前事,鏡裏今年老去年。介子終知禄不及,王孫誰肯一相憐?”　魯願浴沂童:典出《論語·先進》:“暮春者,春服既成,冠者五六人,童子六七人,浴乎沂,風乎舞雩,詠而歸。”　浴沂:語出《論語·先進》:“浴乎沂,風乎舞雩,詠而歸。”謂在沂水洗澡,後多用“浴沂”喻一種怡然處世的高尚情操。林逋《溪上春日》:“獨有浴沂遺想在,使人終日此徘徊。”

(54) 燧改鮮妍火:即“改火”,古代鑽木取火,四季换用不同木材,稱爲“改火”,又稱改木,亦用以比喻時節改易。《論語·陽貨》:“舊穀既没,新穀既升,鑽燧改火,期可已矣!”何晏集解引馬融曰:“《周書·月令》有更火之文,春取榆柳之火,夏取棗杏之火,季夏取桑柘之火,秋取柞楢之火,冬取槐檀之火。一年之中,鑽火各異木,故曰改火也。”劉寶楠正義引徐頲《改火解》:“改火之典,昉於上古,行於三代,迄於漢,廢于魏晉以後,復于隋而仍廢……蓋四時之火,各有所宜,若春用榆柳,至夏仍用榆柳便有毒,人易以生疾,故須改火以去兹毒,即是以救疾也。”史延《清明日賜百僚新火》:“九天初改火,萬井屬良辰。”司馬光《晉陽三月未有春色》:“清明空改火,元巳漫浮觴。”　晻澹:亦作“晻淡”,暗淡,不鮮明。岑參《天山雪送蕭沼歸京》:“晻澹寒氛萬里凝,闌干陰崖千丈冰。”元稹《江陵三夢》一:“依稀舊妝服,晻淡昔容儀。”

(55) 瑞雲:祥雲。《太平御覽》卷八引《西京雜記》:“瑞雲曰慶雲,曰景雲,或曰卿雲。”張籍《春日早朝》:“曉陌春寒朝寄來,瑞雲深處見樓臺。”　濛濛:迷茫貌。《詩·豳風·東山》:“零雨其蒙。”鄭玄箋:“歸又道遇雨,濛濛然。”吉師老《鴛鴦》:“江島濛濛烟靄微,緑蕪深處刷毛衣。”

(56) 藥:藥物,藥材。《周禮·天官·醫師》:“醫師掌醫之政令,聚毒藥以共醫事。"孫楚《爲石仲容與孫皓書》:"夫治膏肓者,必進苦口之藥。" 溉:灌溉,澆灌。《史記·河渠書》:"西門豹引漳水溉鄴,以富魏之河內。"葛洪《抱朴子·逸民》:"灌田溉園,未若溝渠之沃。"窠:量詞,用同"棵",多用於植物。陳標《蜀葵》:"眼前無奈蜀葵何?淺紫深紅數百窠。"李煜《長相思》:"秋風多,秋雨和,簾外芭蕉三兩窠。" 籬:籬笆。陶潛《飲酒二十首》五:"採菊東籬下,悠然見南山。"韓愈《題于賓客莊》:"榆莢車前蓋地皮,薔薇蘸水笋穿籬。" 幼沖:謂年齡幼小。《漢書·循吏傳序》:"孝昭幼沖,霍光秉政。"司馬光《涑水記聞》卷一:"周恭帝幼沖,軍政多決于韓通。"

⑤ 種莎憐見葉:莎,莎木,生於我國南方各省,莖稈內藏有大量澱粉,可作糧食。賈思勰《齊民要術·莎木》引《廣志》:"莎樹多枝葉,葉兩邊行列,若飛鳥之翼。其面色白,樹收面,不過一斛。" 護笋冀成筒:保護竹笋的嫩芽,希望它們能夠長大。駱賓王《陪潤州薛司空丹徒桂明府遊招隱寺》:"綠竹寒天笋,紅蕉臘月花。金繩倘留客,爲繫日光斜。"盧象《竹里館》:"柳林春半合,荻笋亂無叢。回首金陵岸,依依向北風。"

⑤ 有夢多爲蝶:《太平御覽·蝴蝶》:"莊子曰:昔周夢爲蝴蝶,栩栩然蝴蝶也,不知周也。俄覺,則蘧蘧然周也,不知周之夢爲蝴蝶與蝴蝶之夢爲周,與周與蝴蝶,則必有分也,此謂物化。"王烈《雪》:"雪飛當夢蝶,風度幾驚人。半夜一窗曉,平明千樹春。"羊士諤《齋中詠懷》:"無心唯有白雲知,閑臥高齋夢蝶時。不覺東風過寒食,雨來萱草出巴籬。" 因搜定作熊:本句借用"夢熊"的典故:古人以夢中見熊羆爲生男的徵兆,後以"夢熊"作生男的頌語,語本《詩經·小雅·斯干》:"吉夢維何?維熊維羆。"劉禹錫《蘇州白舍人寄新詩有嘆早白無兒之句因以贈之》:"倖免如新分非淺,祝君長詠夢熊詩。"李群玉《哭小女痴兒》:"平生未省夢熊羆,稚女如花墜曉枝。"

⑤ 漂沉:漂泊沉淪,升沉遂流。白居易《初入峽有感》:"自古漂

沉人,豈盡非君子?"蘇洵《木假山記》:"漂沉汩没于湍沙之間,不知其幾百年。" 　壤芥:泥土和小草,比喻微賤的事物。元稹《酬翰林白學士代書一百韵》:"浮榮齊壤芥,閑氣詠江蘺。闕下殷勤拜,樽前嘯傲辭。" 　榮茂:繁榮茂盛。《漢書·宣帝紀》:"醴泉滂流,枯槁榮茂,神光並見,咸受禎祥。"韓愈《送惠師》:"大哉陽德盛,榮茂恒留春。" 　蒼穹:蒼天。李白《門有車馬客行》:"大運且如此,蒼穹寧匪仁。惻愴竟何道?存亡任大鈞。"杜光庭《題劍門》:"誰運乾坤陶冶功,鑄爲雙劍倚蒼穹?題詩曾駐三天駕,礙日長含八海風。"

⑥ 震動:受到外力影響而顫動。司馬相如《上林賦》:"山陵爲之震動,川谷爲之蕩波。"蘇軾《後赤壁賦》:"劃然長嘯,草木震動,山鳴谷應,風起水湧。" 　千變:極言變化之多。嵇康《與山巨源絕交書》:"賓客盈坐,鳴聲聒耳,囂塵臭處,千變百伎,在人目前。"范成大《刺濆淖》:"峽江饒暗石,水狀日千變。" 　晴和:晴朗和暖。白居易《新昌新居書事四十韵因寄元郎中張博士》:"虛潤冰銷地,晴和日出天。"白居易《早春雪後贈洛陽李長官長水鄭明府二同年》:"獻歲晴和風景新,銅駝街郭暖無塵。府庭共賀三川雪,縣道分行百里春。" 　鶴一沖:即"鶴沖天",陶潛《搜神後記》卷一:"丁令威,本遼東人,學道於靈虛山,後化鶴歸遼,集城門華表柱。時有少年舉弓欲射之,鶴乃飛,徘徊空中而言曰:'有鳥有鳥丁令威,去家千歲今始歸。城郭如是人民非,何不學仙冢壘壘?'遂高上沖天,今遼東諸丁云其先世有升仙者。"後世遂以"鶴沖天"謂羽化登仙。羅燁《醉翁談錄·趙旭得青童君爲妻》:"與君宿世有奇緣,衾枕交歡豈偶然!十載爲期君記取,洞明山上鶴沖天。"也謂飛鶴直上雲天,比喻科舉登第。韋莊《喜遷鶯》:"鶯已遷,龍已化,一夜滿城車馬。家家樓上簇神仙,爭看鶴沖天。"韋莊《癸丑年下第獻新先輩》:"千炬火中鶯出谷,一聲鐘後鶴沖天。"疑元稹在這裏暗喻自己的三次科舉登第。

⑥ "丁寧摹芳侶"兩句:意謂囑咐告誡幫助我採摘的朋友,應該

選取含苞待放的鮮花。疑元稹告誡的朋友，是幫助元稹續娶安仙嬪的李景儉。　丁寧：囑咐，告誡。《漢書·谷永傳》："二者（日食、地震）同日俱發，以丁寧陛下，厥咎不遠，宜厚求諸身。"顏師古注："丁寧，謂再三告示也。"張籍《臥疾》："童僕各憂愁，杵臼無停聲。見我形顇顇，勸藥語丁寧。"　搴芳：採摘花草。謝靈運《山居賦》："愚假駒以表穀，涓隱巖以搴芳。"孟郊《湘妃怨》："搴芳徒有薦，靈意殊脈脈。"侶：同伴，伴侶。王維《輞川集·木蘭柴》："秋山斂餘照，飛鳥逐前侶。彩翠時分明，夕嵐無處所。"韓愈《利劍》："故人念我寡徒侶，持用贈我比知音。"　開叢：已經開放的花朵。元稹《生春二十首》一九："縱有心灰動，無由鬢雪融。未知開眼日，空繞未開叢。"吳融《塗中阻風》："洛陽寒食苦多風，掃蕩春華一半空。莫道芳蹊盡成實，野花猶有未開叢。"

［編年］

《年譜》編年本詩於"庚寅至甲午在江陵府所作其他詩"欄內，沒有說明理由。《編年箋注》編年本詩云："作於江陵時期，見下《譜》。"《年譜新編》編年於"元和六年至九年"，理由是："詩云：'季月行當暮，良辰坐嘆窮。'"《年譜新編》雖然排除了元和五年，比《年譜》與《編年箋注》進了一步，但仍然不够準確。

我們以爲本詩作於元和六年"季月行當暮"，亦即三月下旬即將結束之時，理由是：一、本詩"驅令三殿出，乞與百蠻同"云云，明言元稹自監察御史出貶江陵士曹參軍之事，而"冉冉著江楓"、"蠶役提筐妾，耘催荷筱翁"之句描寫的也是南方的江陵風光，本詩無疑應該作於江陵。本詩上面一首爲《江邊四十韻》，詩題下注云："此後並江陵時作。"可以作爲本詩作於江陵時期的參考證據。二、根據"季月行當暮"，不僅可以排除三月之前元稹尚没有到達江陵的元和五年，而且還應該排除三月末正在潭州回歸江陵途中的元和九年，元稹《岳陽

樓》詩云“岳陽樓上日銜窗，影到深潭赤玉幢。悵望殘春萬般意，滿檻
湖水入西江”中的“殘春”云云就是明證。三、在餘下來的元和六年三
月、元和七年三月、元和八年三月中，還應該進一步確指：元稹在本詩
中一再提及男女情事與自己的獨居，暗喻自己的續娶，如：“但賞歡無
極，那知恨亦充。洞房閑窈窕，庭院獨蔥蘢。”“撩摘芳情遍，搜求好處
終”、“挑鬟玉釵髻，刺繡寶裝攏。啓齒呈編貝，彈絲動削蔥。醉圓雙
媚靨，波溢兩明瞳”、“丁寧搴芳侶，須識未開叢”等，以及“夢熊”典故
的確切運用。而元稹續娶安仙嬪事在元和六年三月，元稹《葬安氏
志》：“始辛卯歲，予友致用憫予愁，爲予卜姓而授之，四年矣……稚子
荆方四歲，望其能念母，亦何時！”元稹《葬安氏誌》作於元和九年，當
時元稹與安仙嬪的兒子元荆才四歲，元荆無疑應該出生在元和六年，
據此元稹與安仙嬪結婚也應該在元和六年三月之時，與“辛卯歲”亦
即元和六年相切合，也與“季月”相切合。而《江邊四十韵》作於元和
五年冬天至元和六年續娶安仙嬪之前，與本詩的編年在時間上也是
前後互爲連接的。據此，本詩應該賦成於元和六年元稹續娶安仙嬪
之前的三月下旬，同時與詩題之“春”也一一切合。

◎ 月三十韵①

　　蓂葉標新朔，霜豪引細輝②。白眉驚半隱，虹勢訏全
微③。涼魄潭空洞⁽一⁾，虛弓雁畏威④。上弦何汲汲，佳色轉依
依⑤。綺幕殘燈斂，妝樓破鏡飛⑥。玲瓏穿竹樹，岑寂思幰
幃⁽二⁾⑦。坐愛規將合，行看望已幾⑧。絳河冰鑑朗，黃道玉輪
巍⑨。迴照偏瓊砌，餘光借粉闈⑩。泛池相皎潔，壓桂共芳
菲⑪。的的當歌扇，娟娟透舞衣⁽三⁾⑫。殷勤入懷什，懇款墮雲
坼⑬。素液傳烘盞，鳴琴薦碧徽⑭。椒房深肅肅，蘭路靄霏

霏(四)⑮。翡翠通簾影,琉璃瑩殿扉⑯。西園筳璿瑁,東壁射蛷蟖(鼠婦別名)⑰。老將占天陣,幽人釣石磯⑱。荷鋤元亮息,迴棹子猷歸⑲。迢遞同千里,孤高淨九圍⑳。從星作風雨,配日麗旌旗㉑。麟門寧徒設,蠅聲豈浪譏㉒!司存委卿士(五),新拜出郊畿(六)㉓。今古雖云極,虧盈不易達㉔。珠胎方夜滿,清露忍朝晞㉕?漸減嫦娥面(七),徐收楚練機㉖。卞疑雕璧碎,潘感竟床稀㉗。捐篋辭班女,潛波蔽宓妃㉘。氛埃誰定滅?蟾兔杳難希(八)㉙。須遣圓明盡,良嗟造化非㉚。如能付刀尺,別爲創璿璣㉛。

録自《元氏長慶集》卷一三

[校記]

(一)凉魄潭空洞:蘭雪堂本、叢刊本、《淵鑑類函》、《全詩》同,楊本作"剩魄潭空洞",語義不同,不改。

(二)岑寂思嶼嶹:楊本、叢刊本、《淵鑑類函》、《全詩》同,張校宋本作"岑寂隱嶼嶹",語義不同,不改。

(三)娟娟透舞衣:蘭雪堂本、楊本、叢刊本、《全詩》同,《淵鑑類函》作"娟娟逐舞衣",語義難通,不從不改。

(四)蘭路靄霏霏:蘭雪堂本、叢刊本、《全詩》、《淵鑑類函》同,楊本作"蘭路靄菲菲",語義難通,不從不改。

(五)司存委卿士:楊本、《淵鑑類函》、《全詩》同,蘭雪堂本、叢刊本作"司存委鄉士",語義不同,不改。

(六)新拜出郊畿:蘭雪堂本、叢刊本、《淵鑑類函》、《全詩》同,楊本作"親拜出郊畿",語義不同,不改。

(七)漸減嫦娥面:叢刊本、蘭雪堂本、《淵鑑類函》同,楊本作"漸減恒娥面",《全詩》作"漸減姮娥面",語義相類,不改。

（八）蟾兔杳難希：蘭雪堂本、叢刊本、《淵鑑類函》、《全詩》同，楊本作“蟾兔沓難希”，語義難通，不從不改。

［箋注］

①　月三十韻：本詩通過對月亮的各個層次多個角度的生動描繪，最後兩句抒發了詩人對人生對未來的期待，並非一般意義上的詠春之作。董思恭《詠月》：“北堂未安寢，西園聊騁望。玉戶照羅幌，珠軒明綺障。”康庭芝《詠月》：“天使下西樓，光含萬里秋。臺前疑挂鏡，簾外似懸鈎。”

②　蓂葉標新朔：蓂，即蓂莢，古代傳說中的一種瑞草，它每月從初一至十五每日結一莢，從十六至月終每日落一莢。所以從莢數多少，可以知道是何日。《竹書紀年》卷上：“有草夾階而生，月朔始生一莢，月半而生十五莢；十六日以後，日落一莢，及晦而盡；月小，則一莢焦而不落。名曰蓂莢，一曰曆莢。”故言“標新朔”，亦即新的月份的開始。杜審言《晦日宴遊》：“日晦隨蓂莢，春情著杏花。”韋應物《晦日處士叔園林燕集》：“遽看蓂葉盡，坐闋芳年賞。賴此林下期，清風滌煩想。”　霜豪：豪通“毫”，長而細的毛。《墨子·天志》：“今夫天兼天下而愛之，撽遂萬物以利之，若豪之末，非天之所爲也，而民得而利之，則可謂否矣！”霜豪即霜毫，白色獸毛，這裏借指月亮中的白兔。鮑溶《送羅侍御歸西臺》：“詩情分繡段，劍彩拂霜毫。”

③　白眉驚半隱：白眉，白色的眉毛，這裏詩人故意説有人隱去一條眉毛，祇以其中的一條顯現，以此比喻一彎新月，手法獨到。王昌齡《擊磬老人》：“雙峰褐衣久，一磬白眉長。誰識野人意，徒看春草芳？”司空圖《南至日》：“鬢髮堪傷白已遍，鏡中更待白眉新。”　虹勢：虹的氣勢。張文琮《賦橋》：“造舟浮渭日，鞭石表秦初。星文遙寫漢，虹勢尚凌虛。”李深《遊爛柯山四首》二：“宛如虹勢出，可賞不可轉。真興得津梁，抽簪永游衍。”

④ 魄：通“霸”，月初出或將没時的微光。一説指月初生或圓而始缺時不明亮處。《書·康誥》：“惟三月哉生魄。”陸德明釋文：“月三日始生兆朏，名曰魄。”孫星衍疏引馬融曰：“《説文》作‘霸’，云月始生霸然也。”揚雄《法言·五百》：“月未望則載魄於西，既望則終魄於東。”李軌注：“魄，光也。”程大昌《演繁露·月受日光》：“則其魄也，是銀圜之背日而暗者也，故暗昧無覩也……過望則月輪轉與日遠，爲之圜者，但能偏側受照而光彩不全，故其暗處遂名爲魄也。魄者，暗也。”李翀《日聞録》：“月者，太陰之精……日光照之，則見其明；日光所不照，則謂之魄。”也指月、月光。李世民《遼城望月》：“魄滿桂枝圓，輪虧鏡彩缺。”朱淑真《夜留依緑亭》一：“三更好月十分魄，萬里無雲一樣天。”沈佺期《和元舍人萬頃臨池翫月戲爲新體》：“復有相宜夕，池清月正開。玉流含吹動，金魄度雲来。” 虛弓：狀半圓之月。吉中孚妻《拜新月》：“拜新月，拜月出堂前。暗魄初籠桂，虛弓未引弦。”陸龜蒙《江城夜泊》：“漏移寒箭丁丁急，月挂虛弓靄靄明。此夜離魂堪射斷，更須江笛兩三聲。”

⑤ 上弦：農曆每月初七或初八，太陽跟地球的聯綫和地球跟月亮的聯綫成直角時，在地球上看到的月相呈“D”字形，稱“上弦”。王褒《詠月贈人》：“上弦如半璧，初魄似蛾眉。”《詩·小雅·天保》：“如月之恒。”孔穎達疏：“八日九日，大率月體正半，昏而中，似弓之張而弦直，謂上弦也。” 汲汲：急切貌，急速貌。《禮記·問喪》：“其往送也，望望然，汲汲然，如有追而弗及也。”孔穎達疏：“汲汲然者，促急之情也。”歐陽修《試筆·繫辭説》：“予之言，久當見信於人矣！何必汲汲較是非於一世哉！” 佳色：妍麗的顏色，美麗的光彩。陶潛《飲酒二十首》七：“秋菊有佳色，裛露掇其英。”張景源《奉和九月九日登慈恩寺浮圖應制》：“雲出梵天祥氛與，佳色相伴雜爐烟。” 依依：依稀貌，隱約貌。陶潛《歸園田居六首》一：“曖曖遠人村，依依墟裏烟。”張先《菩薩蠻·七夕》：“斜漢曉依依，暗蛩還促機。”

　　⑥ 綺幕：美麗的帷帳。張諤《贈吏部孫員外濟》：“名帶含香發，文隨綺幕開。披雲自有鏡，從此照仙臺。”李涉《六嘆》一：“綺幕香風翡翠車，清明獨傍芙蓉渠。上有雲鬟洞仙女，垂羅掩縠烟中語。” 殘燈：將熄的燈。白居易《秋房夜》：“水窗席冷未能卧，挑盡殘燈秋夜長。”陸游《東關》：“三更酒醒殘燈在，卧聽蕭蕭雨打篷。” 妝樓：指婦女的居室。沈佺期《侍宴安樂公主新宅應制》：“妝樓翠幌教春住，舞閣金鋪借日懸。”柳永《少年游》：“日高花榭懶梳頭，無語倚妝樓。” 破鏡：喻殘月。《玉臺新詠·古絕句》：“槁砧今何在？山上復有山。何當大刀頭，破鏡飛上天？”李白《答裴侍御先行至石頭驛以書見招期月滿泛洞庭》：“憶昨新月生，西檐若瓊鉤。今來何所似？破鏡懸清秋。”

　　⑦ 玲瓏：明徹貌。鮑照《中興歌十首》四：“白日照前窗，玲瓏綺羅中。”元稹《泛江翫月十二韵》：“闐咽沙頭市，玲瓏竹岸窗。” 岑寂：高而静，亦泛指寂静。《文選·鮑照〈舞鶴賦〉》：“去帝鄉之岑寂，歸人寰之喧卑。”李善注：“岑寂，猶高静也。”杜甫《樹間》：“岑寂雙柑樹，婆娑一院香。” 屏幃：屏帳。白居易《和楊師皋傷小姬英英》：“玳瑁床空收枕席，琵琶弦斷倚屏幃。”猶内室。白居易《贈内子》：“暗澹屏幃故，淒涼枕席秋。貧中有等級，猶勝嫁黔婁。”馮延巳《酒泉子》：“屏幃深，更漏永，夢魂迷。”

　　⑧ 規：借指日月之形。《文選·謝靈運〈游南亭〉》：“密林含餘清，遠峰隱半規。”劉良注：“隱半規，謂日落峰外隱半見，規，圓日之形也。”本詩應該是指月亮。楊萬里《海門殘照》：“萬里長江白，半規斜日黄。” 望：月相名，舊曆每月十五日（有時爲十六日或十七日），地球運行到太陽與月亮之間，當月亮和太陽的黄經相差一百八十度，太陽從西方落下，月亮正好從東方升起之時，地球上看見的月亮最圓滿，這種月相叫望。《初學記》卷一引《釋名》：“望，月滿之名也，日月遙相望也。”《易·小畜》：“婦貞厲，月幾望，君子征，凶。”孔穎達疏：

"月幾望者,婦人之制夫,猶如月在望時,盛極以敵日也。"也用以指舊曆每月十五日。《書‧召誥》:"惟二月既望。"孔傳:"周公攝政七年二月十五日,日月相望,因記之。"枚乘《七發》:"將以八月之望,與諸侯遠方交遊兄弟,並往觀濤乎廣陵之曲江。" 幾:將近,幾乎。《國語‧晉語》:"時日及矣!公子幾矣!"韋昭注:"幾,近也,言重耳得國時日近。"銀雀山漢墓竹簡《孫臏兵法‧威王問》:"威王問九,田忌問七,幾知兵矣!而未達於道也。"《史記‧劉敬孫叔通列傳》:"通曰:'公不知也,我幾不脫於虎口!'"

⑨ 絳河:即銀河,又稱天河、天漢,古代觀天象者以北極爲基準,天河在北極之南,南方屬火,尚赤,因借南方之色稱之。《漢武帝內傳》:"上元夫人遣侍女答問云:'阿環再拜,上問起居。遠隔絳河,擾以官事,遂替顏色,近五千年。'"王維《同崔員外秋宵寓直》:"月迴藏珠門,雲開出絳河。" 冰鑒:指月亮。張元幹《八聲甘州》:"夜久波光山色間。淡妝濃抹,冰鑒雲開。"也常常借喻鏡子。席豫《奉和敕賜公主鏡》:"色與皇明散,光隨聖澤來。妍媸冰鑑裏,從此媿非才。" 黃道:地球一年繞太陽轉一周,我們從地球上看成太陽一年在天空中移動一圈,太陽這樣移動的路綫叫做黃道。它是天球上假設的一個大圓圈,即地球軌道在天球上的投影。黃道和天球赤道相交於北半球的春分點和秋分點。《漢書‧天文志》:"日有中道,月有九行。中道者,黃道,一曰光道。"沈佺期《享龍池樂章‧第三章》:"龍池躍龍龍已飛,龍德先天天不違。池開天漢分黃道,龍向天門入紫微。"沈括《夢溪筆談‧象數》:"日之所由,謂之黃道。" 玉輪:月的別名。宋之問《送趙司馬赴蜀州》:"定知和氏璧,遙掩玉輪輝。"武元衡《八月十五夜與諸公錦樓望月得中字》:"玉輪初滿空,迴出錦城東。相向秦樓鏡,分飛碣石鴻。"

⑩ 迴照:應該是"迴照"之誤,迴照,這裏猶月亮的反照。李白《自代內贈》:"妾似井底桃,開花向誰笑?君如天上月,不肯一迴照。"

裴迪《輞川集二十首·茱萸沜》：“飄香亂椒桂，布葉間檀欒。雲日雖
迴照，森沈猶自寒。”　餘光：這裏指落月的光芒。杜甫《江邊星月二
首》一：“映物連珠斷，緣空一鏡升。餘光隱更漏，況乃露華凝。”張喬
《送睦州張參軍》“扁舟此中去，溪月有餘光。”　粉闈：唐宋時由尚書
省舉行的試進士的考場。闈，舊稱試院。韋渠牟《覽外生盧綸詩因以
示此》：“謀略久參花府盛，才名常帶粉闈香。”司空圖《省試》：“粉闈深
鎖唱同人，正是終南雪霽春。”

⑪皎潔：明亮潔白，本詩指月亮的明亮潔白。班婕妤《怨歌行》：
“新裂齊紈素，皎潔如霜雪。裁爲合歡扇，團團似明月。”李端《和李舍
人直中書對月見寄》：“嬋娟更稱憑高望，皎潔能傳自古愁。”　芳菲：
花草盛美，香花芳草，本詩指月亮中的桂樹的芳香。韓愈《梁國惠康
公主挽歌二首》一：“從今沁園草，無復更芳菲。”李嶠《二月奉教作》：
“乘春重遊豫，淹賞玩芳菲。”

⑫的的：光亮貌，鮮明貌。徐陵《在北齊與楊僕射書》：“至於鏐
鐺曉漏，的的宵烽。”陳子昂《宿空舲峽青樹村浦》：“的的明月水，啾啾
寒夜猿。”　歌扇：歌舞時用的扇子。戴叔倫《暮春感懷》：“歌扇多情
明月在，舞衣無意彩雲收。”也指歌女寫上曲目的摺扇。李義府《堂堂
詞》：“鏤月成歌扇，裁雲作舞衣。自憐回雪影，好取洛川歸。”　娟娟：
月光明媚貌。張九齡《晨出郡舍林下》：“晨興步北林，蕭散一開襟。
復見林上月，娟娟猶未沉。”司馬光《和楊卿中秋月》：“嘉賓勿輕去，桂
影正娟娟。”

⑬殷勤：情意深厚。韓愈《赴江陵途中寄贈王二十補闕李十一
拾遺李二十六員外翰林三學士》：“殷勤答吾友，明月非暗投。”陳羽
《伏翼西洞送夏方慶》：“洞裏春晴花正開，看花出洞幾時回？殷勤好
去武陵客，莫引世人相逐來！”　懷什：猶“懷抱”，心懷，心意。馮衍
《與陰就書》：“衍年老被病，恐一旦無祿，命先犬馬，懷抱不報，齎恨入
冥，思剖肝膽，有以塞責。”杜甫《遣興五首》三：“有子賢與愚，何其挂

懷抱？" 懇款：懇切忠誠，亦指懇切忠誠之情。王維《請施莊爲寺表》："上報聖恩，下酬慈愛，無任懇款之至。"陸游《乞致仕札子》："天實臨之，冀俯從於懇款。伏望聖慈許臣守本官職，依前致仕。"

⑭ 素液：潔白的液體。《文選·左思〈魏都賦〉》："墨井鹽池，玄滋素液。"李周翰注："玄、素，則墨井鹽池之色也。"此指鹽池中的漿液。元稹《春分投簡陽明洞天作》："瓊杯傳素液，金匕進雕胡。"此稱仙家的飲料。 盞：淺而小的杯子。《方言》第五："盞，杯也。自關而東，趙魏之間曰棫，或曰盞。"郭璞注："盞，最小杯也。"韓愈《酬振武胡十二丈》："橫飛玉盞家山曉，遠蹀金珂塞草春。" 鳴琴：彈琴。高適《登子賤琴堂賦詩三首》一："宓子昔爲政，鳴琴登此臺。"黃滔《湘中贈張逸人》："鳴琴坐見燕鴻没，曳履吟忘野徑賒。"

⑮ 椒房：即椒房殿，漢皇后所居的宮殿。殿內以花椒子和泥塗壁，取溫暖、芬芳、多子之義。《三輔黃圖·未央宮》："椒房殿在未央宮，以椒和泥塗，取其溫而芬芳也。"也泛指后妃居住的宮室。《北史·周高祖武帝紀》："椒房丹地，有衆如雲，本由嗜欲之情，非關風化之義。" 肅肅：清幽，靜謐。張衡《思玄賦》："出紫宮之肅肅兮，集大微之閶闔。"沈佺期《奉和聖製同皇太子游慈恩寺應制》："肅肅蓮花界，熒熒貝葉宮。" 霏霏：飄灑，飛揚。潘岳《西征賦》："雍人縷切，鸞刀若飛，應刃若俎，礷礷霏霏。"賈至《銅雀臺》："撫弦心斷絶，聽管泪霏霏。"

⑯ 翡翠：指翠羽，用以裝飾車服，編織簾帷。羅隱《簾二首》二："翡翠佳名世共稀，玉堂高下巧相宜。"張孝祥《鷓鴣天·上元設醮》："何人曾侍傳柑宴？翡翠簾開識聖顔。" 琉璃：一種有色半透明的玉石。《後漢書·大秦傳》："土多金銀奇寶，有夜光璧、明月珠、駭雞犀、珊瑚、虎魄、琉璃、琅玕、朱丹、青碧。"《西京雜記》卷一："雜厠五色琉璃爲劍匣。"戴埴《鼠璞·琉璃》："琉璃，自然之物，彩澤光潤逾於衆玉，其色不常。"也指用鋁和鈉的矽酸化合物燒製成的釉料，常見的有

綠色和金黃色兩種,多加在黏土的外層,燒製成缸、盆、磚瓦等。《西京雜記》卷二:"〔昭陽殿〕窗扉多是綠琉璃。"《隋書·何稠傳》:"時中國久絕琉璃之作,匠人無敢厝意,稠以綠瓷爲之,與真不異。"

⑰ 西園:園林名,漢代上林苑的別名。《文選·張衡〈東京賦〉》:"歲維仲冬,大閱西園,虞人掌焉!先期戒事。"薛綜注:"西園,上林苑也。"《資治通鑑·漢靈帝光和四年》:"帝著商賈服,從之飲宴爲樂。又於西園弄狗,著進賢冠,帶綬。"園林名,在河南省臨漳縣鄴縣舊治北,傳爲曹操所建。曹植《公宴詩》:"清夜遊西園,飛蓋相追隨。"張説《鄴都引》:"城郭爲墟人代改,但見西園明月在。" 東壁:《晉書·天文志》:"東壁二星,主文章,天下圖書之秘府也。"因以稱皇宮藏書之所。張説《恩制賜食於麗正殿書院宴賦得林字》:"東壁圖書府,西園翰墨林。" 蚰蜒:蟲名,鼠婦的別名。葉夢得《石林詩話》卷中:"古今人用事有趁筆快意而誤者,雖名輩有所不免。蘇子瞻'石建方欣洗婾厠,姜龐不解嘆蚰蜒',據《漢書》,'婾厠'本作'厠婾',蓋中衣也,二字義不應可顛倒用。"蚰蜒又作"伊威",蟲名。《詩·豳風·東山》:"伊威在室,蠨蛸在户。"陸璣疏:"伊威,一名委黍,一名鼠婦,在壁根下甕底土中生,似白魚者也。"韓愈、孟郊《城南聯句》:"暮堂蝙蝠沸,破竈伊威盈。"

⑱ 老將:久經戰陣的將領。劉長卿《獻淮甯軍節度使李相公》:"漁陽老將多回席,魯國諸生半在門。"岑參《胡歌》:"關西老將能苦戰,七十行兵仍未休。" 天陣:陣法名。《六韜·三陳》:"武王問太公曰:'凡用兵爲天陳、地陳、人陳奈何?'太公曰:'日月星辰斗杓,一左一右,一向一背,此謂天陳。'"本詩泛指一般的陣法。陳子昂《出塞》:"星月開天陣,山川列地營。晚風吹畫角,春色耀飛旌。" 幽人:幽隱之人,隱士,幽居之士。白居易《官舍》:"高樹換新葉,陰陰覆地隅。何言太守宅,有似幽人居?"蘇軾《定惠院寓居月夜偶出》:"幽人無事不出門,偶逐東風轉良夜。" 石磯:水邊突出的巨大巖石。張旭《桃

花溪》：“隱隱飛橋隔野烟，石磯西畔問漁船。”韓愈《送區册序》：“與之
翳嘉林，坐石磯，投竿而漁，陶然以樂，若能遺外聲利而不厭乎貧
賤也。”

⑲ 荷鋤：扛著鋤頭。陶淵明《歸田園居六首》三：“種豆南山下，
草盛豆苗稀。晨興理荒穢，帶月荷鋤歸。”王維《渭川田家》：“田夫荷
鋤至，相見語依依。即此羨閑逸，悵然吟式微。” 元亮：陶淵明的字。
《漢魏六朝百三家集·陶靖節傳》：“陶淵明，字元亮，或云潛，字淵明，
潯陽柴桑人也。”王績《田家三首》一：“小池聊養鶴，閑田且牧豬。草
生元亮徑，花暗子雲居。”張謂《夜同宴用人字》：“邑宰陶元亮，山家鄭
子真。平生頗同道，相見日相親。” 回棹子猷歸：這裏説的是王徽之
與戴逵的故事。《世説新語·任誕》：“王子猷居山陰，夜大雪，眠覺，
開室命酌酒，四望皎然，因起彷徨，詠左思《招隱詩》(《中興書》曰：‘徽
之任性放達，棄官東歸，居山陰也。’左詩曰：‘杖策招隱士，荒塗橫古
今。巖穴無結構，丘中有鳴琴。白雲停陰岡，丹葩曜陽林。’)。忽憶
戴安道，時戴在剡，即便夜乘小船就之，經宿方至，造門不前而返，人
問其故，王曰：‘吾本乘興而行，興盡而返，何必見戴？’” 棹：船槳。
曹操《船戰令》：“雷鼓一通，吏士皆嚴……整持櫓棹，戰士各持兵器就
船。”李咸用《和人湘中作》：“一棹寒波思范蠡，滿尊醇酒憶陶唐。”陸
游《泛舟》：“水鄉元不減吳松，短櫂沿洄野興濃。”借指船。徐陵《爲護
軍長史王質移文》：“王師艤櫂，素在中流，群帥争驅，應時殲蕩。”徐彦
伯《采蓮曲》：“春歌弄明月，歸櫂落花前。”

⑳ 迢遞：路途遥遠貌。杜甫《送樊二十三侍御赴漢中判官》：“居
人莽牢落，遊子方迢遞。”元稹《酬樂天東南行詩一百韵》：“征還何鄭
重！斥去亦須臾。迢遞投遐徼，蒼黄出奥區。” 孤高：孤立高聳。岑
參《與高適薛據同登慈恩寺浮圖》：“塔勢如湧出，孤高聳天宫。”又作
孤特高潔，孤傲自許解。元稹《唐故工部員外郎杜君墓系銘并序》：
“古傍蘇李，氣奪曹劉，掩顔謝之孤高，雜徐庾之流麗。”蘇軾《趙既見

和復次韵答之》:“先生未出禁酒國,詩話孤高常近謗。”　九圍:九州。《詩·商頌·長髮》:“帝命式於九圍。”孔穎達疏:“謂九州爲九圍者,蓋以九分天下,各爲九處,規圍然,故謂之九圍也。”柳宗元《祭獨孤氏丈母文》:“名播九圍,望高群士。”

㉑ 從星作風雨:謂月球運動進入箕、畢二星的天區。周秉鈞《尚書易解》卷三:“郭嵩燾《史記札記》卷四曰:‘月入箕則風,入畢則雨,風雨者,天之所以發生萬物也。而月從星之好以施行之,以喻宣導百姓之欲以達之君。《孔傳》以爲政教失常以從民欲,大失經旨。’按郭説極是,此喻群臣之從民欲,當潤澤斯民。”劉禹錫《奉和中書崔舍人八月十五日夜翫月二十韵》:“從星變風雨,順日助陶甄。”鮑溶《憶舊遊》:“從星使變化,任日張乾坤”　配日:即配日月,俞琰《周易集説》卷二九:“廣大配天地,變通配四時,陰陽之義配日月,易簡之善配至德(廣大配天地,謂乾坤之廣大如天地之廣大也。變通配四時,謂乾坤之變通如四時之變通也。陰陽之義配日月,謂乾坤陰陽之義與日月之陰陽相似也。易簡之善配至德,謂乾坤易簡之善與人心之至德相似也,至德即中庸之德)。”　旌旗:旗幟的總稱。曹植《懷親賦》:“步壁壘之常制,識旌旗之所停。”白居易《長恨歌》:“峨嵋山下少人行,旌旗無光日色薄。蜀江水碧蜀山青,聖主朝朝暮暮情。”

㉒ 麟鬥:《史通》卷三:“夫災祥之作以表吉凶,此理昭昭不易誣也。然則麒麟鬥而日月食,鯨鯢死而彗星出,河變應於千年,山崩由於朽壤。”劉敞《寄孫秦州》:“敵兵候月麒麟鬥,漢馬乘秋苜蓿肥。自失陰山常慟哭,更聞消息向金微。”　蠅聲:蒼蠅營營之聲,喻指低劣的詩文。徐融《夜宿金山》:“淮船分蟻喙,江市聚蠅聲。”齊己《謝人惠竹蠅拂》:“妙刮筇筤製,纖柔玉柄同。拂蠅聲滿室,指月影搖空。”

㉓ 司存:執掌,職掌。《論語·泰伯》:“籩豆之事,則有司存。”《晉書·桓沖傳》:“臣司存閫外,輒隨宜處分。”也作有司,官吏。温大雅《大唐創業起居注》卷二:“自余常事,請付司存,巨細以聞,恐疲神

思。” 卿士：指卿、大夫，後也泛指官吏。《書·牧誓》：“是信是使，是以爲大夫卿士。”孫星衍疏：“大夫卿士不云卿大夫士，蓋以此士，卿之屬也。”《史記·宋微子世家》：“殷既小大好草竊奸宄，卿士師師非度，皆有罪辜，乃無維獲，小民乃並興，相爲敵讎。”也用作周王朝的執政者，總管王朝的政事。《詩·小雅·十月之交》：“皇父卿士，番維司徒。”朱熹集注：“卿士，六卿之外，更爲都官，以總六官之事也。”《左傳·隱公三年》：“鄭武公、莊公爲平王卿士。”杜預注：“卿士，王卿之執政者。” 郊畿：京城郊外王畿之地，也泛指郊外。袁宏《後漢紀·和帝紀論》：“故郊畿固而九服寧，中國實而四夷賓。”李嶠《宣州大雲寺碑》：“山川磊落，郊畿枕端委之鄉；島嶼憑隆，烟霧合朝宗之浦。”

㉔ 今古：現時與往昔。韓愈《柳子厚墓誌銘》：“議論證據今古，出入經史百子。”蘇軾《夜直秘閣呈王敏甫》：“共誰交臂論今古？只有閑心對此君。”也謂古往今來，從古到今，也借指消逝的人事、時間。王昌齡《同從弟銷南齋玩月》：“冉冉幾盈虛，澄澄變今古。” 虧盈：缺損與盈滿，引申爲消長盛衰。武元衡《江上寄隱者》：“歸舟不計程，江月屢虧盈。靄靄滄波路，悠悠離別情。”何薳《春渚紀聞·龍尾溪月硯》：“三衢徐氏所寶龍尾溪石，近貯水處，有圓暈，幾寸許，正如一月狀。其色明暗，隨月虧盈，是亦異矣！”

㉕ 珠胎：原指蚌體中正在成長的珠子。《漢書·揚雄傳》：“〔雄〕因《校獵賦》以風，其辭曰……‘椎夜光之流離，剖明月之珠胎。’”顏師古注：“珠在蛤中若懷妊然，故謂之胎也。”張説《盧巴驛聞張御史張判官欲到不得待留贈之》：“舊庭知玉樹，合浦識珠胎。”也喻胎兒。王勃《傷裴録事喪子》：“蘭階霜候早，松露夜臺深。魄散珠胎沒，芳銷玉樹沈。”《清朝野史大觀·淫婦誣翁》：“積半年，事漸寢矣！而汪腹中暗結珠胎，百計求墮之不得。”本詩暗喻安仙嬪剛剛懷上的胎兒，亦即後來的元荆。 清露：潔净的露水。張衡《西京賦》：“立修莖之仙掌，承雲表之清露。”晏殊《浣溪沙》：“湖上西風急暮蟬，夜來清露濕紅蓮。”

朝晞：黎明時分。沈佺期《哭道士劉無得》：“縮地黄泉出，昇天白日飛。少微星夜落，高掌露朝晞。” 晞：拂曉，天明。《詩·齊風·東方未明》：“東方未晞，顛倒裳衣。”毛傳：“晞，明之始升。”

㉖ 嫦娥：又名姮娥，神話中的月中女神。《淮南子·覽冥訓》：“羿請不死之藥於西王母，姮娥竊以奔月。”高誘注：“姮娥，羿妻。羿請不死之藥於西王母，未及服之，姮娥盜食之，得仙，奔入月中，爲月精也。”姮，本作“恒”，俗作“姮”。漢代因避文帝劉恒諱，改稱常娥，通作嫦娥，也常常借指月亮。劉禹錫《七夕二首》一：“河鼓靈旗動，嫦娥破鏡斜。滿空天是幕，徐轉鬥爲車。”王安石《試院中五絶句》三：“咫尺淹留可奈何，東西虛共一姮娥。” 楚練：《左傳·襄公三年》：“楚子重伐吴……使鄧廖帥組甲三百、被練三千。”孔穎達疏引賈逵曰：“被練，帛也，以帛綴甲，步卒服之。”又引馬融曰：“被練，以練爲甲裹，卑者所服。”原指楚國步兵所穿的練袍，後以“楚練”泛指征衣，也指楚地産的白絹。楊巨源《古意贈王常侍》：“欲學齊謳逐雲管，還思楚練拂霜砧。”皎然《春夜賦得漉水囊歌送鄭明府》：“吴縑楚練何白皙！居士持來遺禪客。”本詩借白娟喻指皎潔的月光。駱賓王《宿温城望軍營》：“塞静胡笳徹，沙明楚練分。”杜甫《後出塞五首》四：“越羅與楚練，照耀輿臺軀。”

㉗ 卜疑雕璧碎：這裏説的是和氏璧的典故，元稹這裏以和氏璧暗喻月亮，故事見《韓非子·和氏》。李咸用《贈來鵬》：“既同和氏璧，終有玉人知。”亦省稱“和璧”。沈約《詠帳》：“甲帳垂和璧，螭雲張桂宫。”與之相連的還有“完璧歸趙”的故事，這裏就不再介紹。 潘感竟床稀：這裏説的是潘岳傷偶的遭遇。潘岳，西晉文學家，三十二歲時妻子亡故，賦有《悼亡詩三首》傳名後世，其中第二首云：“皎皎窗中月，照我室南端。清商應秋至，溽暑隨節闌。凛凛涼風升，始覺夏衾單。豈曰無重纊，誰與同歲寒？歲寒無與同，朗月何朧朧！輾轉眄枕席，長簟竟床空。床空委清塵，室虛來悲風。獨無李氏靈，仿佛覩爾

容。撫衿長嘆息，不覺涕沾胸。沾胸安能已，悲懷從中起。寢興目存形，遺音猶在耳。上慚東門吳，下愧蒙莊子。賦詩欲言志，此志難具紀。命也可奈何，長戚自令鄙!"元稹三十一歲時妻子韋叢在洛陽病故，也有《遣悲懷三首》傳世，元稹的不幸與潘岳的遭遇十分相似，故元稹在這裏賦詠。另外，潘岳詩中的"皎皎窗中月"，與本詩遙相呼應，也應該引起我們的注意。元稹《貽蜀五首‧李中丞表臣》："韋門同是舊親賓，獨恨潘床簟有塵。十里花谿錦城麗，五年沙尾白頭新。"進一步證明我們的推測。

㉘ 班女：即班婕妤，劉向《續古列女傳‧班婕妤》有記載云："班婕妤者……漢孝成皇帝之婕妤也。"李端《和李舍人直中書對月見寄》："名卿步月正淹留，上客裁詩怨別遊。素魄近成班女扇，清光遠似庾公樓。" 潛波：猶微波。郭璞《遊仙七首》二："閶闔西南來，潛波渙鱗起。"杜甫《中宵》："擇木知幽鳥，潛波想巨魚。親朋滿天地，兵甲少來書。" 宓妃：傳說中的洛水女神。《文選‧司馬相如〈上林賦〉》："若夫青琴、宓妃之徒，絕殊離俗。"李善注引如淳曰："宓妃，伏羲氏女，溺死洛，遂爲洛水之神。"曹植《洛神賦序》："黃初三年，余朝京師，還濟洛川。古人有言，斯水之神，名曰宓妃。"

㉙ 氛埃：污濁之氣，塵埃。杜甫《渼陂行》："主人錦帆相爲開，舟子喜甚無氛埃。"也借指塵世或俗念。陸游《嚴君平卜臺》："先生久已蛻氛埃，道上猶傳舊卜臺。" 蟾兔：蟾蜍與玉兔，舊説兩物爲月中之精，因作月的代稱。《古詩十九首‧孟冬寒氣至》："三五明月滿，四五蟾兔缺。"歐陽詹《玩月》："八月十五夕，舊嘉蟾兔光。"也指月中玉兔。富察敦崇《燕京歲時記‧兔兒爺攤子》："每屆中秋，市人之巧者用黃土搏成蟾兔之像以出售，謂之兔兒爺。"

㉚ 圓明：指圓鏡明亮光潔。白居易《以鏡贈別》："月破天暗時，圓明獨不歇。"本詩以圓鏡暗喻月亮。也用作佛教語，謂徹底領悟。玄奘《大唐西域記‧劫比羅伐窣堵國》："今產太子，當證三菩提，圓明

一切智。”　造化：自然界的創造者，亦指自然。《莊子·大宗師》：“今
一以天地爲大爐，以造化爲大冶，惡乎往而不可哉？”韋應物《贈李
儋》：“絲桐本異質，音響合自然。吾觀造化意，二物相因緣。”

　　㉛ 刀尺：喻法式規矩。貫休《上緝雲段使君》：“活民刀尺雖無
象，出世文章豈有師？”也喻品評進退人才的權力。白居易《爲人上宰
相書》：“古之善爲宰相者……蓋在於秉鈞軸之樞，握刀尺之要。”　璿
璣：北斗前四星，也叫魁。《晉書·天文志》：“魁四星爲琁璣，杓三星
爲玉衡。”泛指北斗。曹丕《讓禪表》：“下咨四嶽，上觀璿璣。”也指北
極星。《後漢書·天文志》：“天地設位，星辰之象備矣！”劉昭注引《星
經》：“琁璣者，謂北極星也。”李白《訪道安陵遇蓋寰爲予造真籙臨別
留贈》：“三災蕩璿璣，蛟龍翼微躬。”借喻權柄、帝位。蕭綱《大法頌》：
“自憑玉幾握天鏡，履璿璣而端拱。”

[編年]

　　《年譜》編年本詩於“庚寅至甲午在江陵所作其他詩”，沒有説明
理由。《編年箋注》編年本詩云：“作於江陵時期，見下《譜》。”《年譜新
編》亦編年本詩於“庚寅至甲午在江陵府所作其他詩”，也沒有説明
理由。

　　我們以爲，本詩也應該作於元和六年三月前後。理由是：一、《江
邊四十韵》題下注云：“官爲修宅，卒然有作，因招李六侍御。此後並
江陵時作。”其後即是作於元和六年三月下旬的《春六十韵》，本詩各
種版本均緊隨《江邊四十韵》、《春六十韵》之後，根據《江邊四十韵》題
注“此後並江陵時作”以及《春六十韵》作於元和六年三月下旬的前
提，本詩也應該作於元和六年。但元稹詩文集已經散亂，由後人重新
編排，有些詩文仍然是原來的次序，但也有些詩文的次序已經錯亂，
不能僅僅憑藉詩文的編排次序作爲唯一證據來進行詩文編年，還必
須有其他主要證據的支持。二、本詩中提及“潘感竟床空”，亦即潘岳

三十二歲喪妻的往事，而元和四年七月九日元稹的妻子韋叢也剛剛亡故，當年元稹三十一歲，至元和六年，元稹時年三十三歲，與本詩所云比較切合。三、本詩又有“珠胎方夜滿”之句，暗喻元稹與安仙嬪的唯一兒子元荊當時正在安仙嬪腹中成長。據元稹《葬安氏志》，元稹與安仙嬪在“辛卯”年結婚，而元荊出生於元和六年，至元和九年安仙嬪病故時“方四歲”，如此元稹與安仙嬪結婚必須在元和六年一月一日之後、元和六年三月下旬之前。而女子知道自己確切懷孕應該在受孕一個月之後，如果元稹安仙嬪結婚在春天，其知道“珠胎暗結”也應該在本年三四月之時。四月知道小妾懷孕，計其十月懷胎，至年底，元稹的兒子元荊應該來到人間，至元和九年，應該是四歲的孩童了，與元稹《葬安氏誌》所云一一切合。《莊子·天運》：“舜之治天下，使民心競，民孕婦十月生子，子生五月而能言。”《淮南子·精神訓》：“九月而躁，十月而坐，形體以成，五藏乃形。”當然，根據民間說法，婦人懷孕九月以後不足十月而生產的也不在少數，如此，我們的推算就更有依據。又《春六十韻》作於元和六年三月下旬，結合兩詩的前後編排，此詩亦應該作此時，亦即元和六年三月下旬前後，同時也與下句“清露忍朝晞”的節候相符合。

■ 酬樂天觀賞敝宅殘牡丹[(一)①]

據白居易《微之宅殘牡丹》

[校記]

（一）酬樂天觀賞敝宅殘牡丹：元稹本佚失詩所據白居易《微之宅殘牡丹》，見《白氏長慶集》、《萬首唐人絕句》、《佩文齋廣群芳譜》、《白香山詩集》、《全詩》、《全唐詩錄》，未見異文。

[箋注]

① 酬樂天觀賞敝宅殘牡丹：白居易《微之宅殘牡丹》："殘紅零落無人賞，雨打風吹花不全。諸處見時猶悵望，況當元九小庭前。"現存元稹詩文中不見有元稹酬和之篇，應該是佚失了，今據此補。　觀賞：觀看欣賞。張懷瓘《評書藥石論》："知道味者，樂在其中矣！如不知者妨於觀賞，百未減一，但不能割其少分耳！"金厚載《都盧尋橦賦》："若丹梯之已踐，類遷喬之可上。每所以恣攀援助觀賞，誠哉平子之言，先賢之勿罔。"　敝宅：對自己住宅的謙稱。元稹《和樂天秋題牡丹叢》："敝宅豔山卉，別來長嘆息。吟君晚叢詠，似見摧隤色。"白居易《題新居呈王尹兼簡府中三掾》："敝宅須重葺，貧家乏羨財。橋憑川守造，樹倩府僚栽。"　殘：剩餘，殘存。杜甫《洗兵馬》："祇殘鄴城不日得，獨任朔方無限功。"楊萬里《晴望》："枸杞一叢渾落盡，只殘紅乳似櫻桃。"　牡丹：花名，著名的觀賞植物之一，李唐尤重。裴士淹《白牡丹》："長安年少惜春殘，爭認慈恩紫牡丹。別有玉盤乘露冷，無人起就月中看。"王維《紅牡丹》："綠豔閑且靜，紅衣淺復深。花心愁欲斷，春色豈知心！"

[編年]

未見《元稹集》採錄，也未見《年譜》、《年譜新編》、《年譜新編》採錄與編年。

朱金城先生《白居易集箋校》編年白居易詩於元和五年。白居易詩"殘紅零落無人賞，雨打風吹花不全"之句，表明元稹靖安里住宅已經無人居住，故最吸引人們眼球的牡丹也無人欣賞。考元稹元和五年三月出貶江陵，同年十月，元稹的女兒保子等人也來到江陵，因此元稹在長安靖安里的住宅才如此荒涼。而元和六年四月三日白居易的母親因看花落井而亡，白居易《襄州別駕府君事狀》："夫人爲女孝如是,爲婦順如是,爲母慈如是,舉三者而百行可知矣!建中初,以府君彭城之功,封潁川縣君。元和六年四月三日,歿於長安宣平里第,享年五十七。其年十月八日,從先府君祔於皇姑焉!"白居易隨即因守制回到下邽義津鄉金氏村,直到元和九年冬天才回到京城。元和五年牡丹盛開之際,元稹家中尚有人居住,因爲保子還在長安靖安里居住。元和六年四月三日之後,白居易因守制離開長安,没有機會前往元稹靖安里住宅欣賞牡丹。故白居易詩必定賦作於元和六年四月三日之前,白居易時在長安,職任京兆府户曹參軍、翰林學士。元稹已經佚失的酬和詩篇也一定操作於元和六年四月三日前後,地點在江陵,元稹時任江陵士曹參軍之職。

◎ 新　竹(一)①

新篁繞解籜,寒色已青葱②。冉冉偏凝粉,蕭蕭漸引風③。扶疏多透日,寥落未成叢④。惟有團團節,堅貞大小同⑤。

録自《元氏長慶集》卷一四

[校記]

(一)新竹:本詩楊本、叢刊本、《全詩》、《佩文齋詠物詩選》、《佩文齋廣群芳譜》未見異文。

[箋注]

① 新竹:剛剛栽種成活的幼小竹叢。韓愈《新竹》:"筍添南階竹,日日成清閟。縹節已儲霜,黄苞猶掩翠。"柳宗元《夏初雨後尋愚溪》:"悠悠雨初霽,獨繞清溪曲。引杖試荒泉,解帶圍新竹。"白居易《酬元九對新栽竹有懷見寄(頃有贈元九詩云:'有節秋竹竿。'故元感

之,因重見寄)》:"昔我七年前,與君始相識。曾將秋竹竿,比君孤且直。中心一以合,外事紛無極。共保秋竹心,風霜侵不得。始嫌梧桐樹,秋至先改色。不愛楊柳枝,春來軟無力。憐君別我後,見竹長相憶。長欲在眼前,故栽庭户側。分首今何處?君南我在北。吟我贈君詩,對之心惻惻。"可與本詩參讀,其中本詩所云"惟有團團節,堅貞大小同"尤其應該引起讀者對元稹不改政治氣節的注意。

②　新篁:剛剛成長的竹子,與詩題"新竹"呼應。韋應物《對新篁》:"新綠苞初解,嫩氣笋猶香。含露漸舒葉,抽叢稍自長。"李嘉祐《南浦渡口》:"寂寞橫塘路,新篁覆水低。東風潮信滿,時雨稻秔齊。"篁:泛指竹子。張九齡《祠紫蓋山經玉泉山寺》:"指塗躋楚望,策馬傍荆岑。稍稍松篁入,泠泠硐谷深。"柳宗元《清水驛叢竹天水趙云余手種一十二莖》:"檐下疏篁十二莖,襄陽從事寄幽情。"　籜:竹笋皮,亦即包在新竹外面的皮葉,竹長成逐漸脱落,俗稱笋殼。《文選·于南山往北山經湖中瞻眺詩》:"初篁苞綠籜,新蒲含紫茸。"吕太一《詠院中叢竹》:"擢擢當軒竹,青青重歲寒。心貞徒見賞,籜小未成竿。"寒色:給人以寒冷感覺的顏色。宋之問《題張老松樹》:"歲晚東巖下,周顧何悽惻! 日落西山陰,衆草起寒色。"李嶠《烟》:"桑柘迎寒色,松篁暗晚暉。還當紫霄上,時接彩鸞飛。"　青葱:翠綠色。韋應物《遊溪》:"落花飄旅衣,歸流澹清風。緣源不可極,遠樹但青葱。"張季略《小苑春望宫池柳色》:"青葱當淑景,隱映媚新晴。積翠烟初合,微黄葉未生。"

③　冉冉:漸進貌,形容事物慢慢變化或移動。葛洪《神仙傳·欒巴》:"〔巴〕即平坐却入壁中去,冉冉如雲氣之狀,須臾失巴所在。"包何《同閻伯均宿道士觀有述》:"綺琴白雪無心弄,羅幌清風到曉開。冉冉修篁依户牖,迢迢列宿映樓臺。"　凝粉:留在果實或新枝上的白色細粉,這裏指新竹笋殼退去之後留在竹竿上的白色粉末。楊巨源《野園獻果呈員外》:"西園果初熟,上客心逾愜。凝粉乍辭枝,飄紅仍

帶葉。"曾豐《書張必達詩詞卷首》："詩寫水雲真,詞傳花柳神。溜脂松濯濯,凝粉竹津津。" 蕭蕭:稀疏。牟融《遊報本寺》："茶烟裊裊籠禪榻,竹影蕭蕭掃徑苔。"李綱《摘鬢間白髮有感》："蕭蕭不勝梳,擾擾僅盈搦。" 引風:微風搖動枝條,却給人以枝條招引微風的錯覺。吳融《玉堂種竹六韵》："當砌植檀欒,濃陰五月寒。引風穿玉牖,搖露滴金盤。"蘇轍《移竹》："三年生笋遍,一徑引風長。但恐翁彌老,笋枝懶復將。"

④ 扶疏:枝葉繁茂分披貌。《吕氏春秋·任地》："樹肥無使扶疏,樹墝不欲專生而族居。肥而扶疏則多粃,墝而專居則多死。"劉義慶《世説新語·汰侈》："枝柯扶疏,世罕其比。" 透日:從竹枝間透漏下來的太陽光綫。張蕭遠《履春冰》："一步一愁新,輕輕恐陷人。薄光全透日,殘影半銷春。"薛能《將赴鎮過太康縣有題》："纔入東郊便太康,自聽何暮豈龔黄! 晴村透日桑榆影,曉露濕秋禾黍香。" 寥落:稀疏,稀少。《文選·謝朓〈京路夜發〉》："曉星正寥落,晨光復泱漭。"李善注:"寥落,星稀之貌也。"谷神子《博異志·崔無隱》:"漸暮,遇寥落三兩家,乃欲寄宿耳!" 成叢:樹木個體相連,成叢成片。元稹《贈李十二牡丹花片因以餞行》："鶯澀餘聲絮墮風,牡丹花盡葉成叢。可憐顏色經年别,收取朱闌一片紅。"賈島《題鄭常侍廳前竹》:"侵庭根出土,隔壁笋成叢。疏影紗窗外,清音寶瑟中。"

⑤ "惟有團團節"兩句:白居易有《酬元九對新栽竹有懷見寄》,既有對元稹的讚揚,也多多少少流露了對元稹在險惡環境下能否堅持初衷的擔憂。元稹這首詩就是回答朋友白居易的:我雖然像新竹那樣剛剛成活,但已經生意盎然,意氣風發,但畢竟勢單力薄。儘管這樣,我的志向不會改變,"惟有團團節,堅貞大小同",詩人是以竹子的堅節比喻自己不屈的氣節。 惟有:祇有。孔融《論盛孝章書》:"海内知識,零落殆盡,惟有會稽盛孝章尚存。"蘇軾《和鮮于子駿鄆州新堂月夜二首》一:"惟有當時月,依然照杯酒。" 團團:圓貌。班婕

好《怨歌行》：“裁爲合歡扇，團團似明月。”謝惠連《七月七日夜詠牛女》：“團團滿葉露，析析振條風。”　堅貞：謂節操堅定不變。《後漢書·王龔傳》：“王公束修厲節，敦樂蓺文，不求苟得，不爲苟行，但以堅貞之操，違俗失衆，橫爲讒佞所構毀。”韋應物《睢陽感懷》：“甘從鋒刃斃，莫奪堅貞志。”　大小：大與小，大或小。《禮記·月令》：“〔孟冬之月〕審棺槨之薄厚，塋丘壟之大小。”諸葛亮《前出師表》：“愚以爲宫中之事，事無大小，悉以咨之。”陶翰《燕歌行》：“大小百餘戰，封侯竟蹉跎。歸來灞陵下，故舊無相過。”

[編年]

　　未見《年譜》編年本詩，《編年箋注》將本詩列入“未編年詩”，本詩既不見於《年譜新編》的各年詩歌編年，也不見於《年譜新編》“無法編年作品”欄内，大概因疏忽而致遺漏編年。

　　細細體味本詩詩意，應該是元和五年秋冬間所作《種竹》的續篇。白居易收到元稹的《種竹》詩以後，有《酬元九對新栽竹有懷見寄》，詩云：“昔我七年前，與君始相識。曾將秋竹竿，比君孤且直。”元稹這首詩，就是回答朋友白居易的：我雖然像新竹那樣剛剛成活，就已經生意盎然，意氣風發：“新篁才解籜，寒色已青葱。冉冉偏凝粉，蕭蕭漸引風。”但畢竟勢單力薄，“扶疏多透日，寥落未成叢”，儘管這樣，我的志向不會改變，“惟有團團節，堅貞大小同”。雖然這是一首借竹自喻的詩，但詩中有不少寫實的情節，節令還是多多少少有所表露，它應該是春末夏初的作品。上引元稹詩篇以及白居易詩歌都作於元和五年秋末冬初，那麽這首詩應該寫於元和六年春末夏初。

◎ 贈嚴童子（嚴司空孫字照郎，十歲能賦詩，往往有奇句，書題有成人風）^(一)①

衛瓘諸孫衛玠珍，可憐雛鳳好青春②。解拈玉葉排新句，認得金環識舊身③。十歲佩觿嬌稚子^(二)，八行飛札老成人④。楊公莫訝清無業，家有驪珠不復貧⑤。

録自《元氏長慶集》卷一九

[校記]

（一）贈嚴童子：《六藝之一録》、《佩文齋書畫譜》、《全詩》、《全唐詩録》同，楊本、叢刊本作“贈童子郎”。　嚴司空孫字照郎，十歲能賦詩，往往有奇句，書題有成人風：楊本、叢刊本、《全詩》、《全唐詩録》同，《六藝之一録》、《佩文齋書畫譜》無此題注。

（二）十歲佩觿嬌稚子：蘭雪堂本、叢刊本、《記纂淵海》、《全詩》、《全唐詩録》同，楊本作“十歲佩觿嬌雅子”，語義不佳，不從不改。

[箋注]

① 贈嚴童子：與元稹同時之人，同類之作不少，溢美之詞甚多，如王建《送司空神童》：“杏花壇上授書時，不廢中庭趁蝶飛。暗寫五經收部秩，初年七歲著衫衣。秋堂白髮先生別，古巷青襟舊伴歸。獨向鳳城持薦表，萬人叢裏有光輝。”楊巨源《送司徒童子》：“衛多君子魯多儒，七歲聞天笑舞雩。光彩春風初轉蕙，性靈秋水不藏珠。兩經在口知名小，百拜垂髫禀氣殊。況復元侯旌爾善，桂林枝上得鵷雛。”嚴童子：荆南節度使嚴綬的孫子，字照郎，元稹賦詩之日時年十歲。

童子：兒童，未成年的男子。《儀禮·喪服》：“童子唯當室緦。”鄭玄注：“童子，未冠之稱。”韓愈《師説》：“彼童子之師，授之書而習其句讀者，非吾所謂傳其道、解其惑者也。”　賦詩：吟詩，寫詩。《左傳·襄公二十八年》：“賦詩斷章，余取所求焉！”包佶《顧著作宅賦詩》：“幾年江海烟霞，乘醉一到京華。已覺不嫌羊酪，誰能長守兔罝？”　奇句：義同“佳句”，指詩文中精采的語句。杜甫《秋日夔府詠懷奉寄鄭監李賓客一百韵》：“遠遊凌絶境，佳句染華箋。”陸游《老學庵筆記》卷四：“劉長卿詩曰：‘千峰共夕陽’，佳句也。”　書題：指書信。岑參《祁四再赴江南別詩》：“山驛秋雲冷，江帆暮雨低。憐君不解説，相憶在書題。”洪邁《容齋續筆·高鍇取士》：“鍇知舉，誡門下不得受書題。”成人：成年。《儀禮·喪服》：“未嫁者，其成人而未嫁者也。”鄭玄注：“成人，謂年二十已笄醴者也。”劉長卿《送姨子弟往南郊》：“別時兩童稚，及此俱成人。”

②　衛瓘：晉人，深於學問，善於書法。《晉書·衛瓘傳》：“衛瓘字伯玉，河東安邑人也……累遷散騎常侍，陳留王即位，拜侍中……瓘學問深博，明習文藝，與尚書郎敦煌索靖俱善草書，時人號爲‘一臺二妙’。漢末張芝亦善草書，論者謂瓘得伯英筋，靖得伯英肉……瓘六男，無爵，悉讓二弟，遠近稱之。”李賀《惱公》：“黃庭留衛瓘，綠樹養韓馮。”李瀚《蒙求》：“袁盎却座，衛瓘撫床。于公高門，曹參趣裝。”　衛玠：衛瓘之孫，風神秀異，時人稱爲“玉人”。《晉書·衛玠傳》：“玠字叔寶，年五歲，風神秀異，祖父瓘曰：‘此兒有異於衆，顧吾年老，不見其長成耳！’總角乘羊車入市，見者皆以爲玉人，觀之者傾都。驃騎將軍王濟，玠之舅也，俊爽有風姿，每見玠，輒嘆曰：‘珠玉在側，覺我形穢！’又嘗語人曰：‘與玠同遊，冏若明珠之在側，朗然照人。’及長，好言玄理。其後多病，體羸，母恒禁其語，遇有勝日，親友時請一言，無不咨嗟，以爲入微。琅邪王澄有高名，少所推服，每聞玠言，輒嘆息絶倒，故時人爲之語曰：‘衛玠談道，平子絶倒。’澄及王玄、王濟竝有盛

名，皆出玠下，世云：‘王家三子，不如衛家一兒！’玠妻父樂廣有海內重名，議者以爲：‘婦公冰清，女婿玉潤。’……京師人士聞其姿容，觀者如堵，玠勞疾遂甚，永嘉六年卒，時年二十七，時人謂玠被‘看殺’，葬於南昌。”杜甫《花底》：“恐是潘安縣，堪留衛玠車。深知好顏色，莫作委泥沙。”耿湋《春日書情寄元校書伯和相國元子》：“衛玠瓊瑤色，玄成鼎蕭姿。友朋漢相府，兄弟謝家詩。” 珍：貴重，精美。李康《運命論》：“名與身孰親也？得與失孰賢也？榮與辱孰珍也？”葛洪《抱朴子·嘉遯》：“茅茨艷於丹楹，采椽珍於刻桷。” 可憐：可愛。《玉臺新詠·無名氏古詩〈爲焦仲卿妻作〉》：“東家有賢女，自名秦羅敷。可憐體無比，阿母爲汝求。”杜甫《韋諷錄事宅觀曹將軍畫馬圖歌》：“可憐九馬爭神駿，顧視清高氣深穩。”可喜。王昌齡《蕭駙馬宅花燭》：“可憐今夜千門裏，銀漢星回一道通。”白居易《曲江早春》：“可憐春淺遊人少，好傍池邊下馬行。”可羨。岑參《衛節度赤驃馬歌》：“始知邊將真富貴，可憐人馬相輝光。”白居易《長恨歌》：“姊妹兄弟皆列土，可憐光彩生門戶。” 雛鳳：幼鳳，比喻有才華的子弟。張説《闕題》：“婚禮知無賀，承家嘆有輝。親迎驥子躍，吉兆鳳雛飛。”李商隱《韓冬郎即席爲詩相送一座盡驚因成二絶寄酬兼呈畏之員外》一：“桐花萬里丹山路，雛鳳清於老鳳聲。”馮浩箋注：“《晉書》：陸雲幼時，閔鴻奇之，曰：‘此兒若非龍駒，當是鳳雛。’” 青春：指青年時期，年紀輕。《文選·潘尼〈贈陸機出爲吳王郎中令〉》：“予涉素秋，子登青春。”李善注：“青春，喻少也。”蘇軾《曾元恕游龍山呂穆仲不至》：“青春不覺老朱顏，强半銷磨簿領間。”

③ 拈：用兩三個手指頭夾、捏取物。杜甫《題壁上韋偃畫馬歌》：“戲拈禿筆掃驊騮，欻見麒麟出東壁。”劉過《賀新郎·春思》：“佳人無意拈針綫，繞朱閣，六曲徘徊，爲他留戀。” 玉葉：指優質箋紙。皇甫枚《三水小牘·步飛烟》：“〔趙象〕又以剡溪玉葉紙賦詩以謝。”楊萬里《題曾無已所藏高麗匹紙蔡君謨歐公筆迹》：“三韓玉葉展明蠲，諸老

銀鈎卷碧鮮。”　新句：詩文中清新優美的語句。張籍《使回留別襄陽
李司空》：“迴首吟新句，霜雲滿楚城。”王安石《與郭祥正太博書》三：
“承示新句，但知嘆愧。”　認得金環識舊身：這裏用晉代羊祜之典。
《晉書·羊祜傳》：“祜年五歲時，令乳母取所弄金鐶，乳母曰：‘汝先無
此物！’祜即詣鄰人李氏東垣桑樹中探得之，主人驚曰：‘此吾亡兒所
失物也，云何持去？’乳母具言之，李氏悲惋。時人異之，謂李氏子則
祜之前身也。”　金環：金製的環，或作信物，或作飾品。《詩·邶風·
靜女》：“靜女其孌，貽我彤管。”毛傳：“生子月辰，則以金環退之，當御
者以銀環進之，著於左手，既御，著於右手。”曹植《美女篇》：“攘袖見
素手，皓腕約金環。”　舊身：義同“前身”，佛教語，猶前生。白居易
《昨日復今辰》：“所經多故處，却想似前身。”李紳《望鶴林寺》：“每思
載酒悲前事，欲問題詩想舊身。自嘆秋風勞物役，白頭拘束一閑人。”
　　④佩觿：亦作“佩鑴”，佩戴牙錐。觿，象骨製成的解繩結的角
錐，亦用爲飾物。佩觿，表示已成年，具有才幹。《詩·衛風·芄蘭》：
“芄蘭之支，童子佩觿。”毛傳：“觿所以解結，成人之佩也。”元稹《王悅
昭武校尉行左千牛備身》：“佩觿有趨蹌之美，釋褐參待從之榮。”　嬌
稚：年輕，年少。張率《相逢行》：“大婦刺方領，中婦抱嬰兒。小婦尚
嬌稚，端坐吹參差。”義近“兒稚”，小孩。元稹《夏陽縣令陸翰妻河南
元氏墓誌銘》：“至於兒稚，不能有夏楚。”　八行：《後漢書·竇章傳》：
“更相推薦。”李賢注引馬融《與竇伯向（章）書》曰：“孟陵奴來，賜書，
見手迹，歡喜何量，見於面也。書雖兩紙，紙八行，行七字。”謂信紙一
頁八行，後世信箋亦多每頁八行，因以稱書信。王勃《宇文德陽宅秋
夜山亭宴序》：“星馳一介，留美迹於芳亭；雲委八行，抒勞思於彩筆。”
梅堯臣《王公慥東歸》：“莫嫌牛馬隔，走別八行稀。”　飛札：飛速寫成
的信。劉太真《顧十二況左遷過韋蘇州房杭州韋睦州三使君皆有郡中
燕集詩詞章高麗鄙夫之所仰慕顧生既至留連笑語因亦成篇以繼三君子
之風焉》：“莫將遷客程，不爲勝境留。飛札謝三守，斯篇希見酬。”元稹

《僧如展及韋載同遊碧澗寺各賦詩予落句云他生莫忘靈山座滿壁人名後會稀展共吟他生之句因話釋氏緣會所以莫不悽然久之不十日而展公長逝驚悼返覆則他生豈有兆耶其間展公仍賦黃字五十韵飛札相示予方屬和未畢自此不復撰成徒以四韵爲識》："紫毫飛札看猶濕，黃字新詩和未成。縱使得如羊叔子，不聞兼記舊交情。" 老成人：練達持重的人。劉禹錫《答饒州元使君書》："鄙人涉吏日淺，嘗耳剽老成人之言，熟矣！"杜牧《唐故宣州觀察使御史大夫韋公墓誌銘》："公幼不戲弄，冠爲老成人。解褐得官，出群衆中，人不敢旁戲嫚。"

⑤ 楊公莫訝清無業：典見《後漢書·楊震傳》："楊震字伯起，弘農華陰人也……震少好學……諸儒爲之語曰：'關西孔子楊伯起。'……（楊震）故所舉荊州茂才王密爲昌邑令謁見，至夜懷金十斤以遺震，震曰：'故人知君，君不知故人，何也？'密曰：'暮夜無知者。'震曰：'天知，神知，我知，子知，何謂無知？'密愧而出。後轉涿郡太守，性公廉不受私謁，子孫常蔬食步行，故舊長者或欲令爲開產業，震不肯，曰：'使後世稱爲清白吏子孫，以此遺之，不亦厚乎？'"這裏以"楊震"借喻嚴綬。元稹在這裏又巧妙運用"楊雀銜環"的典故，據吳均《續齊諧記》載，東漢弘農人楊寶少時救了一隻黃雀，後有一黃衣童子送白環四枚相報，謂當使其子孫顯貴，位登三公。後因以"楊雀銜環"爲報恩典實。李商隱《謝座主魏相公啓》："孔翬效印，未議於酬恩；楊雀銜環，徒聞於報惠。"亦作"楊生黃雀"。李翰《蒙求》："楊生黃雀，毛子白龜。" 無業：沒有職業，沒有豐厚的家業。《顏氏家訓·歸心》："非法之寺，妨民稼穡；無業之僧，空國賦算。非大覺之本旨也。"陸希聲《陽羨雜詠·弄雲亭》："自知無業致吾君，只向春山弄白雲。" 驪珠：寶珠，傳說出自驪龍頷下，故名。《莊子·列御寇》："夫千金之珠，必在九重之淵而驪龍頷下。"溫庭筠《蓮浦謠》："荷心有露似驪珠，不是真圓亦搖蕩。"比喻珍貴的人或物。《南齊書·倖臣傳論》："長主君世，振裘持領，賞罰事殷，能不逾漏，宮省咳唾，義必先知。故能窺盈縮於

望景,獲驪珠於龍睡。"

[編年]

《年譜》編年本詩於"庚寅至甲午在江陵府所作其他詩"欄内,理由是:"題下注:'嚴司空孫,字照郎。'"《編年箋注》編年:"此詩作於江陵時期。"《年譜新編》也編年本詩於"庚寅至甲午在江陵府所作其他詩"欄内,理由是:"題下注:'嚴司空孫,字照郎,十歲能賦詩,往往有奇句,書題有成人風。'"

元稹的江陵任起自元和五年六月前後,而嚴綬的江陵任起自元和六年三月十三日,元和五年元稹到達江陵之時,元和六年三月十三日之前,嚴綬尚未到江陵任,元稹没有未卜先知之本領,也實在無事先吹捧其孫子之必要。我們以爲應該根據本詩詩題和題下注,參閱嚴綬在荆南節度使任的起止時間,合理地明確:本詩賦詠時間起元和六年三月十三日,終元和九年九月十三日,而不是《年譜》、《編年箋注》、《年譜新編》所云的"庚寅至甲午在江陵府所作"、"作於江陵時期",此其一;其二,以一般的情理計,嚴綬初到江陵之日,嚴綬的下屬,包括元稹在内,一般不太可能首先涉及嚴綬的孫子照郎。但下屬如要取得上司的歡心,溢美其孫輩是最好的辦法,何況照郎七歲明"兩經"及第,也確實值得讚美。故我們以爲本詩賦詠時間,以元和六年三月十三日之後數月之内至年底較爲可能。王建與楊巨源的詩篇作於照郎"七歲"之時,估計時間應該在元稹貶任江陵和嚴綬轉任江陵府之前的元和三年,至元和六年,照郎已經"十歲",元稹遭遇嚴綬,又受到王建與楊巨源詩篇的啓發,故賦有本詩,地點在江陵。

◎有酒十章[1]

有酒有酒雞初鳴，夜長睡足神慮清[2]。悄然危坐心不平，浩思一氣初彭亨[3]。澒洞浩汗眞無名，無名胡不終渾成[(一)][4]？胡爲沉濁以升清，矗然分畫高下程[5]？天蒸地鬱群動萌，毛鱗躶介如鬡鬇(髮亂也)[6]。嗚呼萬物紛已生，我可奈何兮杯一傾[7]！

有酒有酒東方明，一杯既進呑元精[8]。尚思天地之始名，一元既二分濁清[9]。地居方直天體明，胡不八荒圢圢(平也)如砥平[10]？胡山高屹崒海泓澄[(二)]？胡不日車杲杲晝夜行[11]？胡爲月輪滅缺星□盯(俱視貌)？嗚呼不得眞宰情，我可奈何兮杯再傾[12]。

有酒有酒兮湛淥波[(三)]，飲將愉兮氣彌和[13]。念萬古之紛羅，我獨慨然而浩歌[14]。歌曰天耶地耶？肇萬物耶？儲胥大庭之君耶[15]？恍耶忽耶有耶[(四)]？傳而信耶？久而謬耶[16]？文字生而羲農作耶？仁義别而聖賢出耶[(五)][17]？炎始暴耶？蚩尤熾耶？軒轅戰耶？不得已耶[18]？仁耶聖耶？愍人之毒耶？天蕩蕩耶[19]？堯穆穆耶？豈其讓耶？歸有德耶[20]？舜其貪耶？德能嗣耶？豈其讓耶[21]？授有功耶？禹功大耶？人戴之耶？益不逮耶[22]？啓能德耶？家天下耶？榮後嗣耶[23]？於後嗣之榮則可耶？於天下之榮其可耶[24]？嗚呼遠堯舜之日耶？何棄舜之速耶[25]？辛癸虐耶？湯武革耶？順天意耶？公天下耶[26]？踵夏榮嗣私其公耶？並建萬國均其私耶？專征遞伐鬥海内耶[27]？秦掃其類威定之耶？二代而殞守不仁耶[28]？漢魏而降乘其機耶？短長理亂繫其術耶㉙？堯耶舜耶？終不可逮耶㉚？將德之者不位，位者不逮其德耶㉛？時耶時耶？時其可耶㉜？我可奈何兮，一杯又進歌且歌㉝。

有酒有酒兮黯兮溟，仰天大呼兮㉞。天漫漫兮高兮青，高兮漫兮吾孰知天否與靈㉟？取人之仰者，無乃在乎昭昭乎㊱？曰與夫日星，何三光之並照兮，奄雲雨之冥冥㊲？幽妖倏忽兮水怪族形，黿鼉岸走兮海若鬥鯨㊳。河潰潰兮愈濁，濟翻翻兮不寧㊴。蛇噴雲而出穴，虎嘯風兮屢鳴㊵。污高巢而鳳去兮，溺厚地而芝蘭以之不生㊶。葵心傾兮何向？松影直而孰明㊷？人懼愁兮戴榮，天寂默兮無聲㊸。嗚呼天在雲之上兮人在雲之下兮，又安能决雲而上征㊹？嗚呼既上征之不可兮，我奈何兮杯復傾㊺。

有酒有酒香滿尊，君寧不飲開君顔㊻？豈不知君飲此心恨，君今獨醒誰與言(六)㊼？君寧不見颶風翻海火燎原，巨鼇唐突高焰延㊽？精衛銜蘆塞海溢(七)，枯魚噴沫救池燔㊾。筋疲力竭波更大，鰭燋甲裂身已乾㊿。有翼勸爾升九天，有鱗勸爾登龍門(51)。九天下視日月轉，龍門上激雷雨奔(52)。螗蜋雖怒誰爾懼？鶡旦雖啼誰爾憐(53)？搏空意遠風來壯，我可奈何兮一杯又進消我煩(54)。

有酒有酒歌且哀，江春例早多早梅(55)。櫻桃桃李相續開，間以木蘭之秀香徘徊(八)(56)。東風吹盡南風來，鶯聲漸澀花摧隤(57)。四月清和艷殘卉，芍藥翻紅蒲映水(58)。夏龍痛毒雷雨多，蒲葉離披艷紅死(59)。紅艷猶存榴樹花，紫苞欲綻高筍牙(60)。筍牙成竹冒霜雪，榴花落地還銷歇(61)。萬古盈虧相逐行，君看夜夜當窗月，榮落虧盈可奈何(62)！生成未遍霜霰

過，霜霰過兮無奈何^(九)⁶³！靈芝敻絕荊棘多，荊棘多兮可奈
何！可奈何兮終奈何⁶⁴！秦皇堯舜俱腐骨，我可奈何兮又進
一杯歌復歌⁶⁵。

有酒有酒方爛漫，飲酣拔劍心眼亂⁶⁶。聲若雷砰目流
電，醉舞翻環身眩轉⁶⁷。乾綱倒軋坤維旋，白日橫空星宿
見⁶⁸。一夫心醉萬物變，何況蚩尤之蹎躓，安得不以熊羆
戰⁶⁹！嗚呼風后力牧得親見，我可奈何兮又進一杯除健羨⁷⁰。

有酒有酒兮告臨江，風漫漫兮波長⁷¹。水渺渺兮注海
水^(一○)，海蒼蒼兮路茫茫⁷²。彼萬流之混入兮，又安能分若畎
澮淮河與夫岷吳之巨江⁷³？味作鹹而若一，雖甘淡兮誰謂爾
爲良⁷⁴？濟涓涓而縷貫，將奈何兮萬里之渾黃⁷⁵！鯨歸穴兮
渤溢，鰲載山兮低昂⁷⁶。陰火然兮衆族沸渭，颶風作兮晝夜
猖狂⁷⁷。顧千珍與萬怪兮，皆委潤而深藏⁷⁸。信天地之潛蓄
兮，我可奈何兮一杯又進兮包大荒⁷⁹。

有酒有酒兮日將落，餘光委照在林薄⁸⁰。陽烏撩亂兮屋
上棲，陰怪跳趠兮水中躍⁸¹。月爭光兮星又繁，燒橫空兮焰
仍爍⁸²。我可奈何兮時既昏，一杯又進兮聊處廓⁸³。

有酒有酒兮再祝，祝予心兮何欲⁸⁴？欲天泰而地寧，欲
人康而歲熟⁸⁵。欲鳳鷟而鵷隨兮，欲龍亨而驥逐⁸⁶。欲日盛
而星微兮，欲滋蘭而殲毒⁸⁷。欲人欲而天從，苟天未從兮，我
可奈何兮一杯又進聊自足⁸⁸。

錄自《元氏長慶集》卷二五

[校記]

（一）無名胡不終渾成：原本、楊本、叢刊本、《全詩》均作“胡不終

元和六年辛卯(811) 三十三歲

渾成”,疑承上漏“無名”兩字,語義難通,據盧校宋本改。

(二)胡山高屹崒海泓澄:楊本、叢刊本、《全詩》同,盧校宋本作“胡爲山高屹崒海泓澄”,原本語句通順,不改。

(三)有酒有酒兮湛淥波:楊本、叢刊本、《全詩》同,宋蜀本作“有酒有酒兮湛綠波”,兩字義近,不改。

(四)恍耶忽耶有耶:楊本、叢刊本、《全詩》同,《元稹集》疑作“恍耶忽耶有耶無耶”,從語義上考究,似是。

(五)仁義別而聖賢出耶:叢刊本、《全詩》同,楊本作“仁義別而賢聖出耶”,語義相類,不改。

(六)君今獨醒誰與言:《全詩》同,楊本、叢刊本作“君人獨醒誰與言”,《元稹集》校記:“君人:疑當作‘君今’”,所疑是,但失校於馬本、《全詩》。

(七)精衛銜蘆塞海溢:《全詩》同,楊本、叢刊本作“精衛銜蘆塞海”,《元稹集》:“溢:原無,據《全詩》補。”與《編年箋注》一樣,都失校於馬本。

(八)間以木蘭之秀香徘徊:楊本、叢刊本、《全詩》同,宋蜀本作“間有木蘭之秀香徘徊”,語義相類,不改。

(九)霜霰過兮無奈何:叢刊本同,楊本、《全詩》作“霜霰過兮復奈何”,語義相類,不改。

(一〇)水渺渺兮注海水:原本作“渺渺兮注海”,楊本、叢刊本、宋蜀本、《全詩》同,“水”字尾編者所加,以暢文意。

[箋注]

① 有酒十章:元稹在《送東川馬逢侍御史回十韵》、《酬述夢四十韵》中稱許自己的詩歌云:“旋吟新樂府,便續古離騷。”“近酬新樂録,仍寄續離騷。”詩人這種寫作風格的形成,是因爲詩人長期被貶謫在外,其處境有如屈原、李白的放逐,故其哀怨之情有其共同的思想基

2889

礎；而屈原、李白的浪漫主義表現手法，也會對元稹的創作有所影響，本組詩即是其中的一例。

②有酒有酒：某些詩歌固定的樣式之一，元稹本詩大約是受了他自己元和五年詩篇《有鳥二十章》的影響，而《有鳥二十章》大約又是受了《續搜神記》的啓示："遼東城門有華表桂，忽一白鶴飛集，言曰：'有鳥有鳥丁令威，去家千載今來歸。城郭皆是人民非，何不學仙冢纍纍！'"　有：助詞，無義，作名詞詞頭。元稹《蟲豸詩七篇并序》："所舍又荆州樹木洲渚處，晝夜常有翅羽百族鬧，心不得閑静，因爲《有鳥二十章》以自達。"元稹《有鳥二十章（庚寅）》一："有鳥有鳥毛似鶴，行步雖遲性靈惡。主人但見閑慢容，許占蓬萊最高閣。"　雞初鳴：天亮前的頭遍公雞鳴叫，常指天明之前的半夜時分。《詩·鄭風·風雨》："風雨淒淒，雞鳴喈喈。"鮑照《行藥至城東橋》："雞鳴關吏起，伐鼓早通晨。"《世説新語·賞譽》"劉琨稱祖車騎爲朗詣"，劉孝標注引孫盛《晉陽秋》："（祖）逖與司空劉琨俱以雄豪著名，年二十四，與琨同辟司州主簿，情好綢繆，共被而寢。中夜聞雞鳴，俱起，曰：'此非惡聲也。'每語世事，則中宵起坐，相謂曰：'若四海鼎沸，豪傑共起，吾與足下相避中原耳！'"李白《宣城送劉副使入秦》："虎嘯俟騰躍，雞鳴遭亂離。"王建《雞鳴曲》："雞初鳴，明星照東屋。雞再鳴，紅霞生海腹。"　神慮：精神，心神。干寶《搜神記》卷一八："左右驚怖伏地，叔高神慮怡然如舊。"元晦《越亭二十韻》："臨高神慮寂，遠眺川原布。"

③悄然：憂傷貌。王通《中説·魏相》："子悄然作色曰：'神之聽之，介爾景福。'"白居易《長恨歌》："夕殿螢飛思悄然，孤燈挑盡未成眠。"寂静貌。杜甫《奉先劉少府新畫山水障歌》："悄然坐我天姥下，耳邊已似聞清猿。"　危坐：古人以兩膝著地，聳起上身爲"危坐"，即正身而跪，表示嚴肅恭敬，後泛指正身而坐。《文選·東方朔〈非有先生論〉》："吳王懼然易容，捐薦去几，危坐而聽。"吕延濟注："危坐，敬之也。"《新唐書·陸羽傳》："〔羽〕得張衡《南都賦》，不能讀，危坐效群

兒囁嚅,若成誦狀。"　　心不平:心情不平靜。曹鄴《送進士李殷下第遊汾河》:"還應一開卷,爲子心不平。殷勤説忠抱,壯志勿自輕!"姜特立《早朝》:"欹眠側耳數寒更,欲起未起心不平。何似山間渾睡足,臥看紅日上窗明?"　　浩思:猶遐想,暢想。韋應物《西郊燕集》:"盛時易徂謝,浩思生飄颺。"元稹《清都夜境》:"屏氣動方息,凝神心自靈。悠悠車馬上,浩思安得寧?"　　一氣:指混沌之氣,古代認爲是構成天地萬物之本原。《莊子·大宗師》:"彼方且與造物者爲人,而遊乎天地之一氣。"《晉書·涼武昭王李玄盛傳論》:"王者受圖,咸資世德,猶混成之先大帝,若一氣之生兩儀。"也指空氣。方慶《風過簫賦》:"風之過兮,一氣之作。"　　彭亨:鼓脹,脹大貌。《太平御覽》卷七二〇引高湛《養生論》:"尋常飲食,每令得所,多餐令人彭亨短氣,或致暴疾。"韓愈《石鼎聯句詩序》:"龍頭縮菌蠢,豕腹漲彭亨。"

④ 潗洞:綿延,彌漫。賈誼《旱雲賦》:"運清濁之潗洞兮,正重遝而並起。"司馬光《和范景仁西圻野老》:"哀聲潗洞徹四極,草木慘澹顏色傷。"水勢汹湧。蘇軾《廬山二勝·栖賢三峽橋》:"空濛烟靄間,潗洞金石奏。"虛空混沌貌。范成大《不寐》:"丹田恍潗洞,銀海眩眵黑。"　　浩汗:水盛大貌。曹丕《濟川賦》:"漫浩汗而難測,眇不覩其垠際。"《魏書·穆亮傳》:"夫一渡小水,猶尚若斯,況洪河浩汗,有不測之慮。"　　無名:没有名聲,聲名不顯於世。《國語·晉語》:"爲人子者,患不從,不患無名。"白居易《初入峽有感》:"常恐不才身,復作無名死。"不追求名聲。《莊子·逍遙遊》:"至人無己,神人無功,聖人無名。"《史記·老子韓非列傳》:"老子修道德,其學以自隱無名爲務。"道家稱天地未形成時的狀態爲"無名"。《老子》:"道可道,非常道,名可名,非常名。無名天地之始,有名萬物之母。"王弼注:"凡有皆始於無,故未形無名之時,則爲萬物之始。"又作"無名之樸"、"無名之璞",道家謂質樸自然、玄默無爲之"道"爲"無名之樸"。《老子》:"道常無爲而無不爲,侯王若能守之,萬物將自化。化而欲作,吾將鎮之以無

名之樸。鎮之以無名之樸，夫亦將無欲，無欲以靜，天下將自定。"元稹《鎮圭賦》："苟能據於道而依於德，亦可以執無名之樸而逍遙乎大庭。"未出名的樸玉，喻不爲人知的才識之士。傅玄《贈扶風馬鈞序》："又馬氏巧名已定，猶忽而不察，況幽深之才無名之樸乎?" 胡不：何不，爲什麼不。《詩·鄘風·相鼠》："人而無禮，胡不遄死?"《詩·唐風·杕杜》："嗟行之人，胡不比焉? 人無兄弟，胡不佽焉?"《史記·張耳陳餘列傳》："苟必信，胡不赴秦軍俱死?" 渾成：天然生成。葛洪《抱朴子·暢玄》："恢恢蕩蕩，與渾成等其自然；浩浩茫茫，與造化均其符契。"賈思勰《齊民要術·種桑柘》："欲作鞍橋者，生枝長三尺許，以繩繫旁枝，木橛釘著地中，令曲如橋。十年之後，便是渾成柘橋。"

⑤ 胡爲：何爲，爲什麼。《漢書·黥布傳》："胡爲廢上計而出下計?"顏師古注："胡，何也。"李白《蜀道難》："嗟爾遠道之人，胡爲乎來哉!" 濁：這裏指濁酒，用糯米、黄米等釀製的酒，較混濁。嵇康《與山巨源絕交書》："時與親舊叙闊，陳説平生，濁酒一杯，彈琴一曲，志願畢矣!"張孝祥《浣溪沙》："萬里中原烽火北，一尊濁酒戍樓東。"清：這裏指清酒，清醇的酒。《後漢書·板楯蠻夷傳》："明曰：'秦犯夷，輸黄龍一雙；夷犯秦，輸清酒一鍾。'"杜甫《哭台州鄭司户蘇少監》："情乖清酒送，望絕撫墳呼。" 矗然：高聳貌，直立貌。酈道元《水經注·廬江水》："又有孤石，介立大湖中，周迴一里，竦立百丈，矗然高峻，特爲瓌異。"范正敏《遯齋閑覽·人事》："一夕，〔士人〕大醉，嘔出一物如舌，初視無痕竅，至欲飲時，眼偏其上，矗然而起。" 分畫：亦作"分劃"，區分劃分。《管子·明法解》："故君臣相與，高下之處也，如天之與地也；其分畫之不同也，如白之與黑也。"葉夢得《石林詩話》卷上："元豐初，虜人來議地界，韓丞相名縝自樞密院都承旨出分畫。"部署，調配。《三國志·武帝紀》："兵多而分畫不明，將驕而政令不一。"司馬光《論錢穀宜歸一札子》："故能知其（天下錢穀）大數，量入爲出，詳度利害，變通法度，分畫移用，取彼有餘，濟此不足。"

高下：多和少。《管子·版法》：“凡將立事，正彼天植，風雨無違，遠近高下，各得其嗣。”尹知章注：“高下，猶多少也，謂君之賦稅因其遠近之別，以多少之差，輕重合宜，故可嗣之。”《宋史·王次翁傳》：“視民產高下以爲所輸多寡之數，約期受輸，不擾而集。”

⑥ 天蒸地鬱群動萌：意謂天氣炎熱如蒸籠，地上悶熱讓人透不過氣來，許許多多動物開始蘇醒。范純仁《秋意》：“日躔回南陸，炎氣徹厚地。鬱蒸堆火雲，飄雨良快意。”章懋《賜扇》：“祝融南來司火令，大地鬱蒸如坐甑。”以上兩詩，雖然並不是本條的書證，第二條還是明代書證，但表達的意境與本詩同。　毛鱗躶介：這裏指動物身上的毛、鱗、躶體、帶甲等等不同的形態。　毛：人體和動植物表皮上所生的絲狀物，鳥禽類的羽毛。《禮記·禮運》：“未有火化，食草木之實，鳥獸之肉，飲其血，茹其毛。”元稹《蟲豸詩七篇序》：“始辛卯年，予掾荆州之地，洲渚濕墊，其動物宜介，其毛物宜翅羽。”　鱗：魚類、爬行類和少數哺乳類動物密排於身體表層的衍生物，具有保護作用。《禮記·月令》：“〔孟春之月〕其蟲鱗。”鄭玄注：“鱗，龍蛇之屬。”孫綽《望海賦》：“鱗彙萬殊，甲産無方。”　躶：光著身子，裸露。《史記·陳丞相世家》：“平恐，乃解衣躶而佐刺船。”這裏指皮膚直接外露的動物。劉恂《嶺表錄異》卷下：“雞子魚，口有觜如雞，肉翅無鱗，尾尖而長。”介：指有甲殼的蟲類或水族。《後漢書·馬融傳》：“測潛鱗，踵介旅。”李賢注：“介謂鱗蟲之屬也。”韓愈《祭郴州李使君文》：“航北湖之空明，覿鱗介之驚透。”也常常“介鱗”並稱，即甲蟲與鱗蟲。《大戴禮記·曾子天圓》：“介蟲介而後生，鱗蟲鱗而後生，介鱗之蟲，陰氣之所生也。”《淮南子·兵略訓》：“下至介鱗，上及毛羽。”唐代無名氏《李林甫外傳》：“茲介鱗之屬，其間苦事亦不少。”　髼鬙：毛髮蓬亂貌。朱輔《溪蠻叢笑》：“胎髮不剃除，長大而無櫛箆，不裹巾，蓬垢髼鬙，自古以然，莫可化也。”也謂猙獰貌，凶惡可憎貌。元稹《酬獨孤二十六送歸通州》：“鰲釣氣方壯，鵾拳心頗尊。下觀髼鬙輩，一掃冀不存。”

⑦ 嗚呼：亦作"嗚乎"、"嗚虖"，嘆詞，表示悲傷。杜甫《茅屋爲秋風所破歌》："安得廣廈千萬間，大庇天下寒士俱歡顏！風雨不動安如山，嗚呼何時眼前突兀見此屋，吾廬獨破受凍死亦足！"元稹《有鳥二十章》三："漢後忍渴天豈知？驪姬墳地君寧覺？嗚呼爲有白色毛，亦得乘軒謬稱鶴！" 萬物：統指宇宙間的一切事物。《易·乾》："大哉乾元，萬物資始。"《史記·呂不韋列傳》："呂不韋乃使其客人人著所聞，集論……二十餘萬言，以爲備天地萬物古今之事，號曰《呂氏春秋》。"杜甫《哀江頭》："憶昔霓旌下南苑，苑中萬物生顏色。" 奈何：怎麼，爲何。《禮記·曲禮》："國君去其國，止之曰'奈何去社稷也'；大夫曰'奈何去宗廟也'；士曰'奈何去墳墓也'。"葉適《題韓尚書帖》："當時有識者皆怪訝，謂'此乃古人遺風，前輩雅韵，奈何反被劾也！'"怎麼樣，怎麼辦。《戰國策·趙策》："辛垣衍曰：'先生助之奈何？'魯連曰：'吾將使梁及燕助之，齊楚則固助之矣！'"《楚辭·九歌·大司命》："羌愈思兮愁人，愁人兮奈何？"

⑧ 東方：方位名，太陽升起的方向。《詩·邶風·日月》："日居月諸，東方自出。"司馬相如《長門賦》："觀衆星之行列兮，畢昴出於東方。" 元精：天地的精氣。王充《論衡·超奇》："天禀元氣，人受元精。"《後漢書·郎顗傳》："元精所生，王之佐臣；天之生固，必爲聖漢。"李賢注："元爲天精，謂之精氣。"陳子昂《昭夷子趙氏碑》："昭夷，禮輿子也，元精沖懿，有英雄之姿。"人體的精氣。呂巖《七言》三七："恍惚中間專志氣，虛無裏面固元精。"

⑨ 天地：天和地，指自然界或社會。《荀子·天論》："星隊木鳴，國人皆恐……是天地之變、陰陽之化，物之罕至者也。"柳宗元《封建論》："天地果無初乎？吾不得而知之也。" 一元：事物的開始。董仲舒《春秋繁露·玉英》："謂一元者，大始也。"《漢書·董仲舒傳》："《春秋》謂一元之意，一者萬物之所從始也，元者辭之所謂大也。謂一爲元者，視大始而欲正本也。"漢代《三統曆法》以四千六百一十七年爲

一元。《漢書・律曆志》：“凡四千六百一十七歲，與一元終。經歲四千五百六十，災歲五十七。”邵雍把世界從開始到消滅的一個週期叫做一元，一元有十二會，一會有三十運，一運有十二世，一世有三十年，故一元共有十二萬九千六百年。《朱子語類》卷二四：“到得一元盡時，天地又是一番開闢。”　濁清：清氣與濁氣，引申以喻天地陰陽二氣。《文選・左思〈魏都賦〉》：“夫泰極剖判，造化權輿，體兼晝夜，理包清濁。”李善注：“清輕者上爲天，濁重者下爲地。”庾信《燕射歌辭・週五聲調曲・宮調曲之一》：“氣離清濁割，元開天地分。”

　⑩ 方直：指形狀方正。張詠《方竹二首》二：“枝枝方直綠參參，林葉疏紅始見心。却恐當時惡圓佞，結根遙向楚雲深。”楊傑《辟雍硯上胡先生》：“野夫採得琢爲硯，一畫中規外方直。方直端平象地形，形壅水流流若璧。”　天體：天的形體，宇宙。《東觀漢記・和熹鄧皇后傳》：“嘗夢捫天體，蕩蕩正青滑。”《後漢書・張衡傳》：“著《靈憲》、《筭罔論》，言甚詳明。”李賢注引《漢名臣奏》：“蔡邕曰：‘言天體者有三家：一曰周髀，二曰宣夜，三曰渾天。’”太陽、地球、月亮和其他恒星、行星、衛星以及彗星、流星等宇宙間所有星辰的統稱。　胡不：何不。《詩・鄘風・相鼠》：“人而無禮，胡不遄死？”《史記・張耳陳餘列傳》：“苟必信，胡不赴秦軍俱死？”　八荒：八方荒遠的地方。《漢書・項籍傳贊》：“併吞八荒之心。”顏師古注：“八荒，八方荒忽極遠之地也。”韓愈《調張籍》：“我願生兩翅，捕逐出八荒。”　圲圲：平坦貌。除本詩之外，尚没有找到合適的書證。　砥平：平直，平坦。左思《魏都賦》：“長庭砥平，鐘簴夾陳。”范成大《館娃宮賦》：“半紫崖而砥平，訪館娃之故宮。”

　⑪ 胡：代詞，表示疑問或反詰，爲什麽，問原因。《詩・魏風・伐檀》：“不稼不穡，胡取禾三百廛兮？”歐陽修《秋聲賦》：“此秋聲也，胡爲而來哉？”　屹崒：亦作“屹崪”，高峻貌。《文選・郭璞〈江賦〉》：“虎牙嵥豎以屹崒，荆門闕竦而磐礴。”李善注：“屹崒，高峻貌。”元稹《代

曲江老人百韵》:"總干形屹崒,戛敔背嶙峋。" 泓澄:亦作"泓澂",水深而清。左思《吴都賦》:"泓澄滀濣,頃溶沉瀯。"蕭綱《玩漢水》:"雜色昆崙水,泓澄龍首渠。" 日車:太陽,太陽每天運行不息,故以"日車"喻之,亦指神話中太陽所乘的六龍駕的車。《莊子·徐無鬼》:"有長者教予曰:'若乘日之車而遊於襄城之野。'"劉禹錫《同樂天和微之深春二十首(同用家花車斜四韵)》二:"橋峻通星渚,樓暄近日車。" 杲杲:明亮貌。《詩·衛風·伯兮》:"其雨其雨,杲杲出日。"《文心雕龍·物色》:"杲杲爲出日之容,瀌瀌擬雨雪之狀。" 晝夜:白日和黑夜。張九齡《登荆州城望江二首》二:"東望何悠悠?西來晝夜流。歲月既如此,爲心那不愁?"劉長卿《罪所上御史惟則》:"誤因微禄滯南昌,幽繫圜扉晝夜長。黄鶴翅垂同燕雀,青松心在任風霜。"

⑫ 月輪:圓月,亦泛指月亮。庾信《象戲賦》:"月輪新滿,日暈重圓。"皮日休《天竺寺八月十五日夜桂子》:"玉顆珊珊下月輪,殿前拾得露華新。" 滅缺:模糊不清貌。《佩文齋書畫譜·石》:"《吴郡丞武開明碑》碑云:君字開明,名已滅缺,建和二年十一月十六日卒,其他磨滅不能盡讀(《金石録》)。" 真宰:宇宙的主宰。《莊子·齊物論》:"若有真宰,而特不得其眹。"杜甫《遣興二首》一:"性命苟不存,英雄徒自强。吞聲勿復道,真宰意茫茫。"這裏詩人暗喻自己被宰相杜佑爲庇護杜兼而迫害自己出貶江陵的事情。

⑬ 渌波:清波。曹植《洛神賦》:"迫而察之,灼若芙蕖出渌波。"江淹《別賦》:"春草碧色,春水渌波。送君南浦,傷如之何!" 彌和:心平氣和貌,志得意滿狀。吴筠《洗心賦》:"陽晶煜以景萃,陰滓焕而冰釋,體因用而彌和,心有存而轉寂。"王逢《宋封安人元贈鄱陽縣君墓道碑銘有序》:"夫人鳳秀慧,猶玉潔珠同。琴瑟彌和樂,枕席遽孤冷。"

⑭ 萬古:猶遠古。《宋書·顧覬之傳》:"皆理定於萬古之前,事微於千代之外。"葛洪《抱朴子·勖學》:"故能究覽道奥,窮測微言,觀

萬古如同日,知八荒若户庭。"猶萬代,萬世,形容經歷的年代久遠。《北齊書·文宣帝紀》:"〔高洋〕詔曰:'朕以虛寡,嗣弘王業,思所以贊揚盛績,播之萬古。'"杜甫《戲爲六絕句》二:"爾曹身與名俱滅,不廢江河萬古流。"　紛羅:雜然羅列。韓愈《施先生墓銘》:"古聖人言,其旨密微。箋注紛羅,顛倒是非。"姚合《買太湖石》:"置之書房前,曉霧常紛羅。碧光入四鄰,牆壁難蔽遮。"　慨然:感慨貌。《荀子·宥坐》:"孔子慨然嘆曰:'嗚呼!上失之,下殺之,其可乎!'"元季川《山中晚興》:"靈鳥望不見,慨然悲高梧。"感情激昂貌。李陵《答蘇武書》:"慰誨勤勤,有逾骨肉。陵雖不敏,能不慨然!"《後漢書·范滂傳》:"滂登車攬轡,慨然有澄清天下之志。"　浩歌:放聲高歌,大聲歌唱。《楚辭·九歌·少司命》:"望美人兮未來,臨風怳兮浩歌。"杜甫《玉華宫》:"憂來藉草坐,浩歌淚盈把。"

⑮ 肇:開始,創始。《楚辭·離騷》:"皇覽揆余初度兮,肇錫余以嘉名。"王逸注;"肇,始也。"韓愈《上巳日燕太學聽彈琴詩序》:"天子念致理之艱難,樂居安之閑暇,肇置三令節,詔公卿群有司,至於其日,率厥官屬飲酒以樂。"　儲胥:漢代宫館名。張衡《西京賦》:"既新作於迎風,增露寒與儲胥。"《三輔黃圖·漢宫》:"武帝作迎風館於甘泉山,後加露寒、儲胥二館,皆在雲陽。"也泛指帝王宫殿。沈佺期《晦日潼水應制》:"星移天上入,歌舞向儲胥。"歐陽修《景靈朝謁從駕還宫》:"自慚白首近時彦,行近儲胥忝侍臣。"也用以代稱朝廷。蘇舜欽《西軒垂釣偶作》:"曾以文章上石渠,忽因讒口出儲胥。"　大庭:亦作"大廷",外朝之廷。《逸周書·大匡》:"王乃召冢卿、三老、三吏、大夫百執事之人,朝於大庭。"朱右曾校釋:"庭當作廷,大廷,外朝之廷,在庫門内雉門外。"《韓非子·解老》:"故議於大庭而後言則立,權議之士知之矣!"也指朝廷。洪邁《夷堅支志景·餘干縣樓牌》:"是時趙子直家居縣市,赴省試,已而大廷唱名爲第一。"

⑯ 恍:模糊,迷離。徐幹《中論·法象》:"若夫墮其威儀,恍其瞻

視,忽其辭令,而望民之則我者,未之有也。"洪邁《夷堅丁志·張顏承節》:"京師天漢橋有官人自脫官巾引頭觸欄柱不已,觀者環視,恍莫測其由。" 忽:忽略,不經心。《書·周官》:"蓄疑敗謀,怠忽荒政。"孔傳:"怠惰忽略,必亂其政。"陳子昂《諫用刑書》:"往者不可諫,來者猶可追,無以臣微而忽其奏。" 有:擁有,保有,與"無"相對。《詩·大雅·瞻卬》:"人有土田,女反有之。人有民人,女覆奪之。"《文子·守真》:"故能有天下者,必無以天下爲也。" 傳:傳授。《論語·子張》:"君子之道,孰先傳焉?"韓愈《殿中侍御史李君墓誌銘》:"其説汪洋奧美……學者就傳其法,初若可取,卒然失之。" 信:誠實不欺。《論語·學而》:"爲人謀而不忠乎? 與朋友交而不信乎?"韓愈《論今年權停舉選狀》:"以臣之愚,以爲宜求純信之士,骨鯁之臣,憂國如家、忘身奉上者。" 久:時間長。《詩·邶風·旄丘》:"何其久也,必有以也。"韓愈《閔己賦》:"久拳拳其何故兮,亦天命之本宜。" 謬:謬誤,差錯。《書·冏命》:"繩愆糾謬,格其非心,俾克紹先烈。"孔穎達疏:"繩其衍過,糾其錯謬。"任昉《爲蕭揚州薦士表》:"豈直𧓶鼠有必對之辯,竹書無落簡之謬。"

⑰ 文字:記錄語言的書寫符號,古代多指單字。許慎《説文解字叙》:"蓋依類象形,故謂之文;其俊形聲相益,即謂之字。"按,依類象形,即獨體,爲文;形聲相益,即合體,爲字。《史記·秦始皇本紀》:"一法度衡石丈尺,車同軌,書同文字。" 羲農:伏羲氏和神農氏的並稱。《文選·班固〈答賓戲〉》:"基隆於羲農,規廣於黃唐。"張銑注:"羲,伏羲也;農,神農也。"徐陵《謝敕賜祀三皇五帝餘饌啓》:"竊以甘泉之殿,舊禮羲農;長樂之宮,本圖堯舜。" 仁義:亦作"仁誼",仁愛和正義,寬惠正直。《禮記·曲禮》:"道德仁義,非禮不成。"孔穎達疏:"仁是施恩及物,義是裁斷合宜。"韓愈《寄三學士》:"生平企仁義,所學皆孔周。" 聖賢:聖人和賢人的合稱,亦泛稱道德才智傑出者。司馬遷《報任少卿書》:"《詩》三百篇,大底聖賢發憤之所爲作也。"韓

愈《重答張籍書》：“吾子不以愈無似，意欲推而納諸聖賢之域。”聖君和賢臣的合稱。韓愈《進學解》：“方今聖賢相逢，治具畢張。”王得臣《麈史·國政》：“然萊公非賴章聖淵謀神斷，先發於中，而獨以倚成，又何以施其力哉？聖賢相濟，嗚呼盛矣！”

⑱ 炎：指炎帝神農氏。《呂氏春秋·蕩兵》：“黃炎故用水火矣！”高誘注：“炎，炎帝也。”《後漢書·馬融傳》：“自黃炎之前，傳道罔記；三五以來，越可略聞。” 暴：凶惡殘酷。《易·繫辭》：“上慢下暴，盜思伐之矣！”孔穎達疏：“小人居上位必驕慢，而在下必暴虐。”《後漢書·崔琦傳》：“暴辛惑婦，拒諫自孤。”李賢注：“暴，虐也。紂……名辛，以其暴虐，故曰暴辛。” 蚩尤：傳說中的古代九黎族首領，以金作兵器，與黃帝戰於涿鹿，失敗被殺。但古籍所載説法不一：有炎帝臣、黃帝臣、古庶人、九黎之君、古天子等説法。錢起《廣德初鑾駕出關後登高愁望二首》一：“不知涿鹿戰，早晚蚩尤死。渴日候河清，沈憂催暮齒。”劉復《遊仙》：“税駕倚扶桑，逍遙望九州。二老佐軒轅，移戈戮蚩尤。” 熾：火旺盛。王充《論衡·論死》：“火熾而釜沸，沸止而氣歇，以火爲主也。”葛洪《抱朴子·勖學》：“火則不鑽不生，不扇不熾。”軒轅：傳說中的古代帝王黃帝的名字，傳說姓公孫，居於軒轅之丘，故名曰軒轅。曾戰勝炎帝於阪泉，戰勝蚩尤於涿鹿，諸侯尊爲天子，後人以之爲中華民族的始祖。《楚辭·遠遊》：“軒轅不可攀援兮，吾將從王喬而娛戲！”《史記·五帝本紀》：“黃帝者，少典之子，姓公孫，名曰軒轅。” 不得已：無可奈何，不能不如此。《老子》：“兵者，不祥之器，非君子之器，不得已而用之。”《漢書·景帝紀》：“乃者吴王濞等爲逆，起兵相脅，詿誤吏民，吏民不得已。”顏師古注：“已，止也，言不得止而從之，非本心也。”

⑲ 仁：仁愛，相親，仁是古代一種含義極廣的道德觀念，其核心指人與人相互親愛，孔子以之作爲最高的道德標準。《禮記·中庸》：“仁者人也，親親爲人。”《論語·顏淵》：“樊遲問仁，子曰：‘愛人。’”

聖：事無不通，光大而化，超越凡人者。《書·洪範》："恭作肅，從作
乂，明作晢，聰作謀，睿作聖。"孔傳："於事無不通謂之聖。"《孟子·盡
心》："充實而有光輝之謂大，大而化之之謂聖，聖而不可知之之謂
神。" 潛：憂傷。《左傳·昭公元年》："吾代二子潛矣！"孔穎達疏引
服虔曰："潛，憂也。"蘇軾《應制舉上兩制書》："則其潛時憂世之心，或
有取於斯言也。"憐憫，哀憐。李密《陳情事表》："願陛下矜潛愚誠。"
杜甫《朱鳳行》："下潛百鳥在羅網，黃雀最小猶難逃。"愛撫，撫養。
《廣雅·釋詁》："潛，愛也。"王念孫疏證："潛、惜諸字，爲親愛之愛。"
蕩蕩：廣大貌，博大貌。《書·洪範》："無偏無黨，王道蕩蕩。"《論語·
泰伯》："大哉堯之爲君也……蕩蕩乎，民無能名焉！"朱熹集注："蕩
蕩，廣遠之稱也。"

⑳ 堯：傳說中古帝陶唐氏之號。《易·繫辭》："神農氏没，黃帝、
堯、舜氏作。"《史記·五帝本紀》："帝嚳崩，而摯代立。帝摯立不善，
而弟放勳立，是爲帝堯。" 穆穆：端莊恭敬。《書·舜典》："賓於四
門，四門穆穆。"曾運乾正讀："賓讀爲儐，四方諸侯來朝者，舜儐迎之
也。四門穆穆，《史記》云：'諸侯遠方賓客皆敬。'"《爾雅·釋訓》："穆
穆，敬也。" 讓：避開，退讓。銀雀山漢墓竹簡《孫臏兵法·威王問》：
"威王問：'敵衆我寡，敵强我弱，用之奈何？'孫子曰：'命曰讓威。'"劉
禹錫《樂天見示傷微之敦詩晦叔三君子皆有深分因成是詩以寄》："芳
林新葉催陳葉，流水前波讓後波。" 歸：歸屬。《荀子·王制》："雖王
公士大夫之子孫也，不能屬於禮義，則歸之庶人。"《後漢書·陳蕃
傳》："尺一選舉，委尚書三公，使褒貶誅賞，各有所歸。" 有德：有德
行，謂道德品行高尚，能身體力行。《周禮·春官·大司樂》："凡有道
者有德者，使教焉！"鄭玄注："德，能躬行者。"《論語·憲問》："子曰：
'有德者必有言，有言者不必有德。'"指有德行的人。《左傳·僖公二
十八年》："有德不可敵。"《禮記·禮器》："是故昔先王尚有德，尊有
道，任有能。"孫希旦集解："有德，謂有德行者。"

㉑ 舜：人名，五帝之一，傳説中我國父系氏族社會後期部落聯盟的賢明首領，姚姓，有虞氏，名重華，史稱虞舜或舜。相傳受堯禪讓，後禪位於禹，死在蒼梧。宋之問《則天皇后挽歌》：“象物行周禮，衣冠集漢都。誰憐事虞舜？下里泣蒼梧。”杜甫《風疾舟中伏枕書懷三十六韵奉呈湖南親友》：“軒轅休製律，虞舜罷彈琴。尚錯雄鳴管，猶傷半死心。”　貪：愛財。《説文·貝部》：“貪，欲物也。”姚合《新昌里》：“近貧日益廉，近富日益貪。以此當自警，慎勿信邪讒。”納賕受賄，貪污。《宋史·度宗紀》：“〔咸淳二年〕十二月丁丑，申嚴戢貪之令。”德：道德，品德。《周禮·地官·師氏》：“以三德教國子。”鄭玄注：“德行，内外之稱，在心爲德，施之爲行。”《論語·述而》：“德之不修，學之不講，聞義不能徙，不善不能改，是吾憂也。”　嗣：繼承，接續。《詩·大雅·思齊》：“太姒嗣徽音，則百斯男。”毛傳：“嗣太任之美音，謂續行其善教令。”酈道元《水經注·清水》：“故東川有清河之稱，相嗣不斷。”

㉒ 授：給予，交付。《詩·周頌·有客》：“言授之縶，以縶其馬。”《國語·魯語》：“爲我予之邑，今日必授。”韋昭注：“授，予也。”　有功：有功勞，有功績。《易·需》：“利涉大川，往有功也。”韓愈《論淮西事宜狀》：“士卒本將，一朝相失，心孤意怯，難以有功。”有功之人。《戰國策·秦策》：“明主則不然，賞必加於有功，刑必斷於有罪。”羊祜《讓開府表》：“然臣等不能推有德，進有功，使聖聽知勝臣者多，而未達者不少。”　禹：古代部落聯盟的領袖，姒姓，名文命，鯀之子，又稱大禹、夏禹、戎禹，原爲夏後氏部落領袖，奉舜命治理洪水，領導百姓疏通江河，興修溝渠，發展農業。據傳治水十三年中，三過家門而不入。後被選爲舜的繼承人，舜死後即位，建立夏代，後世視爲聖王。孟浩然《與崔二十一遊鏡湖寄包賀二公》：“帆得樵風送，春逢穀雨晴。將探夏禹穴，稍背越王城。”　戴：尊奉，擁戴。《國語·周語》：“庶民不忍，欣戴武王。”韋昭注：“戴，奉也。”韓愈《徐偃王廟碑》：“偃王雖走

死失國，民戴其嗣，爲君如初。” 益：副詞，更加。《左傳·昭公七年》：“國人益懼。”《史記·伯夷列傳》：“伯夷、叔齊雖賢，得夫子而名益彰。” 不逮：比不上，不及。《書·周官》：“今予小子，祗勤於德，夙夜不逮。”孔傳：“雖夙夜匪懈，不能及古人。”陳琳《爲曹洪與魏文帝書》：“由此觀之，彼固不逮下愚。”

㉓ 啓：繼開國之君大禹之後登位的夏朝第二位君主，大禹的兒子。《史記·夏本紀》：“十年，帝禹東巡狩至於會稽而崩，以天下授益。三年之喪畢，益讓帝禹之子啓，而辟居箕山之陽。禹子啓賢，天下屬意焉！及禹崩，雖授益，益之佐禹日淺，天下未洽。故諸侯皆去益而朝啓，曰：‘吾君，帝禹之子也。’於是啓遂即天子之位，是爲夏後帝啓。”《通志·氏族》：“啓氏，姓姒，夏后啓之後也，後燕有啓崙。”家天下：夏朝君主，父子相傳，故言。《史記·夏本紀》：“夏后帝啓，禹之子，其母塗山氏之女也。有扈氏不服，啓伐之，大戰於甘……遂滅有扈氏，天下咸朝。夏后帝啓崩，子帝太康立。帝太康失國……太康崩，弟中康立，是爲帝中康……中康崩，子帝相立。帝相崩，子帝少康立。帝少康崩，子帝予立。帝予崩，子帝槐立。帝槐崩，子帝芒立。帝芒崩，子帝泄立。帝泄崩，子帝不降立。帝不降崩，弟帝扃立。帝扃崩，子帝厪立。帝厪崩，立帝不降之子孔甲，是爲帝孔甲帝……” 榮：繁茂，茂盛。《素問·四氣調神大論》：“春三月，此爲發陳，天地俱生，萬物以榮。”陶潛《歸去來兮辭》：“木欣欣以向榮，泉涓涓而始流。”樂，快樂。《國語·晉語》：“狐偃曰：‘日，吾來此也，非以狄爲榮，可以成事也……’”韋昭注：“榮，樂也。”顯榮，富貴。《呂氏春秋·務大》：“三王之佐，其名無不榮者。”高誘注：“榮，顯也。”岳飛《辭少保第五札子》：“若夫貪慕爵禄務榮一身，而不以國家爲念，則非臣之所忍爲也。”

㉔ 後嗣：後代，子孫。劉商《同諸子哭張元易》：“素帷旅櫬鄉關遠，丹旐孤燈客舍中。伯道共悲無後嗣，孀妻老母斷根蓬。”元稹《遣

春十首》八：“繞郭高高冢，半是荊王墓。後嗣熾陽臺，前賢甘蕘路。”
天下：古時多指中國範圍内的全部土地。李世民等《兩儀殿賦柏梁
體》：“絶域降附天下平（帝），八表無事悦聖情（淮安王），雲披霧斂天
地明（長孫無忌），登封日觀禪雲亭（房玄齡）……”李隆基《校獵義成
喜逢大雪率題九韵以示群官》：“弧矢威天下，旌旗遊近縣。一面施鳥
羅，三驅教人戰。”

㉕ 堯舜：唐堯和虞舜的並稱，遠古部落聯盟的首領，古史傳説中
的聖明君主。《易·繫辭》：“黄帝堯舜，垂衣裳而天下治。”《孟子·滕
文公》：“孟子道性善，言必稱堯舜。” 何棄舜之速：詩人認爲大禹在
虞舜病故之後，立即建立夏朝。《史記·夏本紀》：“帝舜薦禹於天，爲
嗣。十七年而帝舜崩，三年喪畢，禹辭避舜之子商均於陽城。天下諸
侯皆去商均而朝禹，禹於是遂即天子位，南面朝天下，國號曰夏后，姓
姒氏。”

㉖ 辛癸：商紂、夏桀的並稱，商紂名帝辛，夏桀名履癸，兩人均爲
有名的暴君。劉知幾《史通·載文》：“觀其政令，則辛癸不如；讀其詔
誥，則勛華再出。”張方平《宰司》：“古之君子，善則稱天，過則稱人。
禹稷之贊堯舜，則引天之命；湯武之誅辛癸，則斥人之罪。”泛指暴君。
徐陵《梁貞陽侯與陳司空書》：“孤宗室之長，爰自布衣，辛癸之朝，容
身靡託。” 湯武：商湯與周武王的並稱。《易·革》：“湯武革命，順乎
天而應乎人。”《史記·穰侯列傳》：“以三十萬之衆守梁七仞之城，臣
以爲湯武復生，不易攻也。” 順：順應，依順。《易·革》：“天地革而
四時成，湯武革命，順乎天而應乎人，革之時大矣哉！”孔穎達疏：“殷
湯周武聰明睿智，上順天命，下應人心。”韓愈《送殷員外序》：“唐受天
命爲天子，凡四方萬國，不問海内外無大小，咸臣順於朝。” 天意：上
天的意旨。《墨子·天志》：“順天意者，兼相愛，交相利，必得賞；反天
意者，别相惡，交相賊，必得罰。”《漢書·禮樂志》：“王者承天意以從
事，故務德教而省刑罰。” 公：公共，共同。《禮記·禮運》：“大道之

行也,天下爲公。"鄭玄注:"公,猶共也。"《鶡冠子·天則》:"夫裁衣而知擇其工,裁國而知索其人,此固世之所公也。"

㉗ 踵:繼承,因襲。《漢書·刑法志》:"天下既定,踵秦而置材官於郡國。"顏師古注:"踵,因也。"趙彥衛《雲麓漫抄》卷五:"司馬遷易編年爲紀傳,成一家之書,自後史官莫不踵之。" 夏:朝代名,即夏后氏,是我國歷史上第一個朝代,相傳爲大禹之子啓所創立的奴隸制國家,建都安邑(今山西省夏縣北)。杜甫《上白帝城》:"城峻隨天壁,樓高更女墻。江流思夏后,風至憶襄王。"韓愈《謝自然詩》:"余聞古夏后,象物知神奸。山林民可入,魍魎莫逢旃。" 萬國:萬邦,天下,各國。《史記·東越列傳》:"今小國以窮困來告急天子,天子弗振,彼當安所告愬? 又何以子萬國乎?"杜甫《垂老別》:"萬國盡征戍,烽火被岡巒。" 專征:受命自主征伐。班固《白虎通·考黜》:"好惡無私,執義不傾,賜以弓矢,使得專征。"陶潛《命子詩》:"桓桓長沙,伊勳伊德,天子疇我,專征南國。"指擅自進行征伐。《資治通鑑·周威烈王二十三年》:"幽厲失德,周道日衰,綱紀散壞,下陵上替,諸侯專征,大夫擅政,禮之大體什喪七八矣!" 海內:國境之內,全國,古謂我國疆土四面臨海,故稱。《孟子·梁惠王》:"海內之地,方千里者九。"焦循正義:"古者內有九洲,外有四海……此海內,即指四海之內。"《史記·貨殖列傳》:"漢興,海內爲一。"

㉘ 秦:朝代名,我國歷史上第一個專制主義中央集權的封建王朝,公元前二二一年秦王政統一中原,自稱始皇帝,建都咸陽,公元前二〇六年爲漢所滅,傳二世,共十五年。《文獻通考·帝號曆年》:"秦始皇,伯翳之後,莊襄王之子,母呂,不韋姬,姓嬴氏,名政,以周亡後九年甲寅嗣立爲秦王。立二十七年庚辰盡滅六國,稱始皇帝,後十二年辛卯崩。二世皇帝名胡亥,始皇帝少子,以壬辰嗣立。三年甲午,爲趙高所弒。立二世兄子嬰。乙未漢高祖入秦,子嬰降,秦亡。右秦二世,共十五年,首庚辰,盡甲午。"李顯《幸秦始皇陵》:"政煩方改篆,

愚俗乃焚書。阿房久已滅，閣道遂成墟。"許渾《途經秦始皇墓》："龍盤虎踞樹層層，勢入浮雲亦是崩。一種青山秋草裏，路人唯拜漢文陵。"　威定：以武力平定。杜甫《行次昭陵》："舊俗疲庸主，群雄問獨夫。讖歸龍鳳質，威定虎狼都。"元稹《授劉總守司徒兼侍中天平軍節度使制》："自居劇鎮，亟立殊勛（屢敗承宗兵），威定兩藩（成德、昭義）化行八郡（盧龍諸州）。"　二代而殄：二代而亡。白居易《策林·決壅蔽》："昔秦二代好佞，趙高飾諂諛之言以壅之；周厲好利，榮夷公陳聚斂之計以壅之；殷辛好音，師涓作靡靡之樂以壅之；周幽好色，褒人納艷妻以壅之；齊桓好味，易牙蒸首子以壅之。雖所好不同，同歸於壅也。所壅不同，同歸於亂也。"劉蕡《應賢良方正能直言極諫科策》："至秦二代、漢之元成咸願措國，如唐虞致身，如堯舜而終。敗亡者以其不見安危之機，不知取捨之道，不任大臣，不辨奸人，不親忠賢，不遠讒佞……伏惟陛下察唐虞之所以興，而景行於前，鑒秦漢之所以亡，而戒懼於後。"　殄：損毀，死亡，這裏指秦朝滅亡。賈誼《弔屈原文》："遭世罔極兮，乃殞厥身。"元稹《誨侄等書》："不幸餘命不殄，重戴冠纓。"　不仁：無仁厚之德，殘暴。《易·繫辭》："小人不恥不仁，不畏不義。"《漢書·翟方進傳》："不仁而多材，國之患也。"

㉙ 漢：朝代名，公元前二〇六年劉邦滅秦，公元前二〇二年稱帝，國號漢，建都長安，史稱西漢或前漢。公元八年外戚王莽一度稱帝，國號新。公元二五年劉秀重建漢朝，建都洛陽，史稱東漢或後漢。公元二二〇年曹丕稱帝，東漢滅亡。整個漢代共歷二十四帝，四百零六年。皎然《昭君怨》："自倚嬋娟望主恩，誰知美惡忽相翻。黃金不買漢宮貌，青塚空埋異地魂。"貫休《送吳融員外赴闕》："漢文思賈傅，賈傅遂生還。今日又如此，送君非等閑。"　魏：三國之一，公元二二〇年曹丕代漢稱帝，國號魏，都洛陽，史稱曹魏。公元二六五年司馬炎重演曹丕代漢的"禪讓"故事，建晉朝，魏亡。李益《同崔邠登鸛雀樓》："漢家簫鼓空流水，魏國山河半夕陽。事去千年猶恨速，愁來一

日即爲長。”薛能《昇平詞十首》一〇：“五帝三皇主，蕭曹魏邴臣。文章惟返樸，戈甲盡生塵。” 而降：以下，以來。劉禹錫《秋日過鴻舉法師寺院便送歸江陵並引》：“梵言沙門，猶華言去欲也。能離欲則方寸地虛，虛而萬象入。入必有所泄，乃形乎詞。詞妙而深者，必依於聲律。故自近古而降，釋子以詩聞於世者相踵焉！”《建炎以來繫年要錄·紹興三年》：“春秋而降，齊有内政，晉有被廬……” 乘其機：即乘機，有機可趁，利用機會。《晉書·慕容暐載記》：“今若乘機不赴，恐燕之君臣將有甬東之悔。”韓愈《與柳中丞書》：“乘機逐利，四出侵暴。” 短長：優劣和是非，短處和長處。《鬼谷子·捭闔》：“度權量能，校其伎巧短長。”陶弘景注：“必量度其謀能之優劣，校考其伎巧之長短，然後因材而用。”劉義慶《世說新語·文學》：“〔服虔〕聞崔烈集門生講傳……每當至講時，輒竊聽户壁間，既知不能逾己，稍共諸生叙其短長。” 理亂：治理動亂，紛亂。《墨子·節葬》：“厚葬久喪，實不可以富貧、衆寡、定危、理亂乎？”王充《論衡·程材》：“取儒生者，必軌德立化者也；取文吏者，必優事理亂者也。”治與亂。《管子·霸言》：“堯舜之人，非生而理也；桀紂之人，非生而亂也，故理亂在上也。”李白《經亂離後贈江夏韋太守良宰》：“誤逐世間樂，頗窮理亂情。” 繫：拴縛。《莊子·列御寇》：“無能者無所求，飽食而遨遊，汎若不繫之舟。”韓愈《獨釣四首》一：“聊取誇兒女，榆條繫從鞍。” 術：特指君主控制和使用臣下的策略、手段。《韓非子·定法》：“術者，因任而授官，循名而責實，操殺生之柄，課群臣之能者也，此人主之所執也。”權術，計謀。《吕氏春秋·先己》：“當今之世，巧謀並行，詐術遞用。”陳善《捫虱新話》卷一三：“以予觀之，使適之不貪富貴之謀，挺不起大用之念，盧絢不憚交廣之遠，則林甫雖狡，亦安用其計，而三人者在其術中，竟以取敗，悲夫！”

⑳ “堯耶舜耶”兩句：意謂無論是堯還是舜，最終都無法追趕上他們。 逮：追上，趕上。《公羊傳·成公二年》：“郤克眣魯衛之使，

使以其辭而爲之請，然後許之，逮于袁婁而與之盟。"何休注："逮，及也，追及國佐于袁婁也。"曹植《七啓》："縱輕體以迅赴，景追形而不逮。"

㉛"將德之者不位"兩句：意謂有德之人不得其位，而有位之人却又不具備這種可貴的品德。　不位：不得其位。柳宗元《故處士裴君墓誌》："尚書之孫，大理之門。有慶實延，宜碩而繁。不位不年，晦于丘園。"皮日休《鹿門隱書六十篇》："不位而尊者曰道，不貨而富者曰文。噫！吾將謂得時乎？尊而驕者不爲矣！吾將謂失時乎？富而安者吾爲矣！"

㉜時：指天時。《荀子·天論》："受時與治世同，而殃禍與治世異。"也指時運。《左傳·文公十三年》："死之短長，時也。"《史記·項羽本紀》："力拔山兮氣蓋世，時不利兮騅不逝。"　耶：助詞，用於句末或句中，表示提頓。王褒《四子講德論》："先生獨不聞秦之時耶，違三王，背五帝，滅《詩》《書》，壞禮義，信任群小，憎惡仁智。"蒲松齡《聊齋志異·羅刹海市》："其女耶，可名龍宮；男耶，可名福海。"助詞，用於句末或句中，表示疑問。《戰國策·齊策》："威後問使者曰：'歲亦無恙耶？民亦無恙耶？王亦無恙耶？'"范仲淹《岳陽樓記》："是進亦憂，退亦憂，然則何時而樂耶？"

㉝"我可奈何兮"兩句：這首詩歌通篇是以似醉似痴的口吻，但涉及的歷史史實却並不混亂，這是詩人鬱積在心中思索的總爆發，問天責地，追思千年，一氣呵成，令人感動。句子長短不一，不受任何的限制，在藝術上很有特色。　奈何：怎麼樣，怎麼辦。張說《李工部挽歌三首》三："常時好賓客，永日對弦歌。是日歸泉下，傷心無奈何。"張紘《和呂御史詠院中叢竹》："聞君庭竹詠，幽意歲寒多。歎息爲冠小，良工將奈何？"　歌：歌唱。《易·中孚》："或鼓或罷，或泣或歌。"《史記·張釋之馮唐列傳》："使慎夫人鼓瑟，上自倚瑟而歌。"韓愈《湘中》："蘋藻滿盤無處奠，空聞漁夫叩舷歌。"作歌，寫詩。《詩·陳風·

墓門》：“夫也不良，歌以訊之。”鄭玄箋：“歌，謂作此詩也。”《文選·左思〈蜀都賦〉》：“陪以白狼，夷歌成章。”李善注：“白狼夷在漢壽西界，漢明帝時，作詩三章以頌漢德。”

㉞　黯：深黑，昏暗。蔡邕《述行賦》：“玄雲黯以凝結，集零雨之溰溰。”謝莊《宋孝武宣貴妃誄》：“重扃閟兮燈已黯，中泉寂兮此夜深。”心神沮喪貌。綦毋潛《送宋秀才》：“長劍倚天外，短書盈萬言。秋風一送別，江上黯消魂。”柳宗元《別舍弟宗一》：“零落殘魂倍黯然，雙垂別淚越江邊。”　溟：幽深，迷茫。《藝文類聚》卷二引傅咸《喜雨賦》：“遂乃重陰四會，溟邈無垠，方中降雨，亘夜迄今。”皮日休《原化》：“今西域之教，嶽其基而溟其源，亂於楊墨也甚矣！”　仰天：仰望天空，多爲人抒發抑鬱或激動心情時的狀態。《左傳·襄公二十五年》：“晏子仰天嘆曰：‘嬰所不唯忠於君、利社稷者是與，有如上帝！’”李白《南陵別兒童入京》：“仰天大笑出門去，我輩豈是蓬蒿人！”　大呼：謂大聲叫呼。王維《燕支行》：“漢兵大呼一當百，虜騎相看哭且愁。教戰雖令赴湯火，終知上將先伐謀。”岑參《輪臺歌奉送封大夫出師西征》：“四邊戍鼓雪海湧，三軍大呼陰山動。虜塞兵氣連雲屯，戰場白骨纏草根。”

㉟　漫漫：廣遠無際貌。《管子·四時》：“五漫漫，六惛惛，孰知之哉！”尹知章注：“漫漫，曠遠貌。”劉向《九嘆·憂苦》：“山修遠其遼遼兮，塗漫漫其無時。”　高：從下向上距離大，與“矮”相對而言；離地面遠，與“低”相對而言。岑參《陪封大夫宴瀚海亭納涼得時字》：“日没鳥飛急，山高雲過遲。吾從大夫後，歸路擁旌旗。”韓愈《同竇牟韋執中尋劉尊師不遇》：“院閉青霞入，松高老鶴尋。”　青：顔色名，綠色、藍色、白色、黑色都可以稱爲青色，這裏指藍色，天的顔色。劉孝孫《遊清都觀尋沈道士得仙字》：“紛吾因暇豫，行樂極留連。尋真謁紫府，披霧覿青天。”儲光羲《泊江潭貽馬校書》：“明月挂青天，遙遙如目前。故人遊畫閣，却望似雲邊。”　孰知：哪裏知道。儲光羲《漢陽即

事》：“楚國千里遠，孰知方寸違？春遊歡有客，夕寢賦無衣。”岑參《經火山》：“我來嚴冬時，山下多炎風。人馬盡汗流，孰知造化功？”　否：不，不然，表示否定。《孟子·梁惠王》：“否，吾不爲是也。”《文心雕龍·論説》：“原夫論之爲體，所以辨正然否。”　靈：應驗，靈驗。《管子·五行》：“然則神筮不靈，神龜不卜。”《文選·陸機〈漢高祖功臣頌〉》：“永言配命，因心則靈。”張銑注：“言配合天命，籌策因心而出，則如神靈，無不必中也。”神奇，靈異。《漢書·叙傳》：“及其長而多靈，有異於衆，是以王武感物而折券，呂公覩形而進女；秦皇東遊以厭其氣，呂后望雲而知其所處。”

㊱　取人：選擇人。《史記·仲尼弟子列傳》：“孔子聞之曰：‘吾以言取人，失之宰予；以貌取人，失之子羽。’”白居易《初夏閑吟兼呈韋賓客》：“世事聞常悶，交遊見即歡。杯觴留客切，妓樂取人寬。”　無乃：亦作“無迺”，相當於“莫非”、“恐怕是”，表示委婉測度的語氣。《論語·雍也》：“居敬而行簡，以臨其民，不亦可乎？居簡而行簡，無乃太簡乎？”韓愈《行難》：“由宰相至百執事凡幾位，由一方至一州凡幾位，先生之得者，無乃不足充其位邪？”　在乎：在於，表示範圍、時間、處所等。李斯《上書秦始皇》：“所重者在乎色樂珠玉，而所輕者在乎民人也，此非所以跨海内制諸侯之術也。”蘇軾《問〈小雅〉周之衰》：“成王纂承文武之烈，而禮樂文章之備，存乎《頌》，其愈削而至夷于諸侯者，在乎《王黍離》。”　昭昭：明白，顯著。《老子》：“俗人昭昭，我獨昏昏。”葛洪《抱朴子·論仙》：“鬼神之事，著於竹帛，昭昭如此，不可勝數。”

㊲　三光：日、月、星。班固《白虎通·封公侯》：“天有三光日月星，地有三形高下平。”元稹《苦雨》：“三光不得照，萬物何由蘇？安得飛廉車，礔裂雲將軀？”　雲雨：雲和雨。《詩·召南·殷其靁》：“殷其靁，在南山之陽。”毛傳：“山出雲雨，以潤天下。”李紳《南梁行》：“斜陽瞥映淺深樹，雲雨翻迷崖谷間。”　冥冥：昏暗貌。《詩·小雅·無將

大車》：“無將大車，維塵冥冥。”朱熹集傳：“冥冥，昏晦也。”蔡琰《悲憤詩》二：“沙漠壅兮塵冥冥，有草木兮春不榮。”

　　㊳　幽妖：隱藏的妖魔，喻奸臣。元稹《苦雨》：“又提精陽劍，蛟螭支節屠。陰沴皆電埽，幽妖亦雷驅。”元稹《授崔倰尚書户部侍郎制》：“惟朕憲考，亟征不廷。熏剔幽妖，擒滅罪疾。用力滋廣，理財是切。”　倏忽：亦作“倐忽”，頃刻，指極短的時間。《戰國策·楚策》：“〔黄雀〕晝遊乎茂樹，夕調乎酸醎，倏忽之間，墜於公子之手。”《淮南子·修務訓》：“且夫精神滑淖纖微，倏忽變化，與物推移。”形容行動急速。《魏書·高閭傳》：“是以古人伐北方，攘其侵掠而已。歷代爲邊患者，良以倏忽無常故也。”王讜《唐語林·補遺》：“技女自繩端躡足而上，往來倏忽，望若飛仙。”　水怪：水中的怪物。木華《海賦》：“其垠則有天琛水怪，鮫人之室。”杜甫《秋日夔府詠懷一百韵》：“風期終破浪，水怪莫飛涎。”　黿鼉：大鱉和豬婆龍。《國語·晉語》：“黿鼉魚鱉，莫不能化。”王安石《金山寺》：“扣欄出黿鼉，幽姿可時睹。”　岸走：上岸行走。李廌《出城》：“岸走舟安穩，逍遙若步虚。晴烟迷白鷺，春水見浮魚。”張鎡《題趙祖文畫》：“破烟飛鷺不排行，林外青山閣曉光。村犬吠人循岸走，見成詩句省思量。”　鯨：水栖哺乳綱動物，體形長大，外形似魚，小約一米，大至三十米，頭大，眼小，耳殼退化，前肢呈鰭狀，後肢退化，尾鰭叉形，呈水準狀，成體皮膚無毛，皮下脂肪增厚，用肺呼吸，可潛水一刻鐘至一小時，胎生。鯨的種類很多，如藍鯨、抹香鯨、海豚、江豚以及我國特有的淡水海豚即白暨豚等都屬於鯨類。《文選·左思〈吴都賦〉》：“於是乎長鯨吞航，修鯢吐浪。”劉逵注引楊孚《異物志》：“鯨魚……雄曰鯨，雌曰鯢。”韓愈《海水》：“海有吞舟鯨，鄧有垂天鵬。”

　　㊴　河：古代對黄河的專稱。《書·禹貢》：“島夷皮服，夾右碣石入於河。”曾鞏《本朝政要策·黄河》：“河自西出而南，又東折，然後北注於海。”　潰潰：水流貌。劉向《説苑·雜言》：“夫智者何以樂水也？

2910

曰：‘泉源潰潰，不釋晝夜。’”柳宗元《晉問》：“其響之所應，則潰潰潚
潚，汹汹薨薨。”　濟：古水名，古四瀆之一。《周禮·夏官·職方氏》、
《漢書·地理志》、《説文》作“沛”，他書作“濟”，包括黄河南北兩部分。
《書·禹貢》：“導沇水，東流爲濟，入於河，溢爲滎，東出於陶丘北，又
東至於菏，又東北會於汶，又北東入於海。”孔傳：“發源爲沇，流去爲
濟，在温西北平地。”阮籍《東平賦》：“其外有濁河縈其溏，清濟盪其
樊。”　翻翻：翻騰貌。《樂府詩集·善哉行》：“經歷名山，芝草翻翻。”
温庭筠《南湖》：“湖上微風入檻凉，翻翻菱荇滿回塘。”

　　⑩蛇：爬行動物，體圓而細長，有鱗，無四肢。種類很多，有的有
毒，有的無毒。捕食蛙、鼠等小動物，大蛇也能吞食大的獸類。劉向
《説苑·君道》：“齊景公出獵，上山見虎，下澤見蛇。”韓愈《雜説四首》
三：“其形有若蛇者。”　噴雲：氣霧噴出如雲，這裏指蛇噴出的毒氣。
李綱《三層峰》：“三層靈峰氣象豪，噴雲泄雨不崇朝。懸崖峭壁無人
到，只恐峰頭是碧霄。”王洋《題徐明叔海舟橫笛圖》：“噴雲裂石天宇
高，夜寒水冷魚龍起。世間俗客貪昏睡，波濤不識神靈意。”　出穴：
鑽出洞穴。王建《荆門行》：“巴雲欲雨薰石熱，麇鹿度江蟲出穴。大
蛇過處一山腥，野牛驚跳雙角折。”梅堯臣《同謝師厚宿胥氏書齋聞鼠
甚患之》：“燈青人已眠，飢鼠稍出穴。掀翻盤盂響，驚眊夢寐輟。”
虎：獸名，通稱老虎，哺乳類，猫科，毛黄褐色，有黑色橫紋，性凶猛，力
大，慣於捕食野獸，有時亦殘害人畜。《易·乾》：“雲從龍，風從虎。”
應劭《風俗通·祀典·桃梗葦茭畫虎》：“虎者陽物，百獸之長也，能執
搏挫鋭，噬食鬼魅。”　嘯風：猶呼風。王粲《大暑賦》：“仰庭槐而嘯
風，風既至而如湯。”謂呼嘯而生風。薛用弱《集異記·丁巖》：“虎乃
躍而出，奮迅躑騰，嘯風而逝。”　屢鳴：一再鳴叫。張説《岳州夜坐》：
“獨歌還太息，幽感見餘聲。江近鶴時叫，山深猿屢鳴。”元稹《酬東川
李相公十六韵》：“鸞鳳屢鳴顧，燕雀尚籬藩。徒令霄漢外，往往塵
念存。”

㊶ 污：弄髒，污染。《史記·滑稽列傳》："飯已，盡懷其餘肉持去，衣盡污。"《後漢書·黃瓊傳》："嶢嶢者易缺，皦皦者易污。"玷污，玷辱。《楚辭·九辯》："竊不自聊而願忠兮，或黯黮而污之。"王逸注："讒人誣謗，被以惡名也。"《史記·淮南衡山列傳》："王后有侍者，善舞，王幸之，王后欲令侍者與孝亂以污之。" 高巢：建造在高樹上的鳥巢，這裏指鳳凰的巢。張籍《烏夜啼引》："少婦語啼鳥：汝啼慎勿虛！借汝庭樹作高巢，年年不令傷爾雛。"海順《三不爲篇》二："籠餐詎貴，鉤餌難嘗。是以高巢林藪，深穴池塘。" 鳳：傳説中的神鳥，雄的叫鳳，雌的叫凰，通稱爲鳳或鳳凰。李世民《賦得臨池竹》："貞條障曲砌，翠葉貫寒霜。拂牖分龍影，臨池待鳳翔。"李治《七夕宴懸圃二首》一："羽蓋飛天漢，鳳駕越層巒。俱嘆三秋阻，共叙一宵歡。" 溺：尿。《莊子·知北遊》："東郭子問於莊子曰：'所謂道，惡乎在？'莊子曰：'無所不在。'東郭子曰：'期而後可。'莊子曰：'在螻蟻'……'在屎溺'。"《漢武故事》："上微行，嘗至栢谷，宿於逆旅。乞漿飲，旅翁曰：'無，正有溺，無漿也。'"撒尿。《韓非子·内儲説》："刖跪走退，及夷射去，刖跪因捐水郎門霤下，類溺者之狀。"《史記·范雎蔡澤列傳》："賓客飲者醉，更溺雎。"司馬貞索隱："溺即溲也。" 厚地：指大地。《後漢書·仲長統傳》："當君子困賤之時，踢高天，蹐厚地，猶恐有鎮厭之禍也。"白居易《重賦》："厚地植桑麻，所要濟生民。" 芝蘭：芷和蘭，皆香草。《荀子·王制》："其民之親我歡若父母，好我芳若芝蘭。"《孔子家語·在厄》："芝蘭生於森林，不以無人而不芳。"

㊷ 葵心：葵花向日而傾，比喻嚮往思慕之心。李世民《賦得白日傍西山》："蘿葉隨光轉，葵心逐照傾。晚烟含樹色，栖鳥雜流聲。"蘇軾《奉和陳賢良》："望窮海表天還遠，傾盡葵心日愈高。" 何向：猶言如何，怎樣。徐陵《報尹義尚書》："執筆潸然，不知何向？"陳師道《寄張大夫》："一別今何向？三年信不通。" 松影：松樹的樹陰。白居易《橋亭卯飲》："松影過窗眠始覺，竹風吹面醉初醒。"盧綸《題賈山人

園》：“林竹影朦朧松影長，素琴清簟好風凉。連春詩會烟花滿，半夜酒醒蘭蕙香。”

㊸　懼：恐懼，害怕。《詩·小雅·谷風》：“將恐將懼，維予與女。”《孟子·滕文公》：“公孫衍、張儀豈不誠大丈夫哉！一怒而諸侯懼，安居而天下熄。”　戴：尊奉，擁戴。《國語·周語》：“庶民不忍，欣戴武王。”韋昭注：“戴，奉也。”韓愈《徐偃王廟碑》：“偃王雖走死失國，民戴其嗣，爲君如初。”　天寂默兮無聲：請參讀《華之巫》之“廟森森兮神默默。神默默兮可奈何？願一見神兮何可得”以及《廟之神》“涕汍瀾而零落，神寂默而無嘩。神兮，神兮！奈神之寂默而不言何”等句，並與下文“嗚呼天在雲之上兮人在雲之下兮，又安能決雲而上征？嗚呼既上征之不可兮，我奈何兮杯復傾”並讀。　沉默：亦作“沈默”，猶沉静，深沉閑静。《三國志·杜微周羣等傳論》：“杜瓊沈默慎密，諸生之純也。”《文心雕龍·程器》：“若夫屈賈之忠貞，鄒枚之機覺，黃香之淳孝，徐幹之沈默，豈曰文士，必其玷歟！”　無聲：韓愈《送孟東野序》：“草木之無聲，風撓之鳴。”吞聲，不説話。杜甫《投簡咸華兩縣諸子》：“君不見空墻日色晚，此老無聲泪垂血。”

㊹　“嗚呼天在雲之上兮”三句：詩人在這裏意有所指，“天”是當今皇上，“人”是詩人自己，而“雲”應該是蒙蔽皇上也欺蒙詩人的宰相杜佑。由於“雲”的擋路，元稹無由也無法向皇上申訴。　安能：怎麼能够。儲光羲《同王十三維偶然作十首》六：“黃河流向東，弱水流向西。趨舍各有異，造化安能齊？”劉長卿《送袁處士》：“種荷依野水，移柳待山鶯。出處安能問？浮雲豈有情？”　決雲：義同“決浮雲”，截斷浮雲，衝破浮雲。《莊子·説劍》：“上決浮雲，下絶地紀。此劍一用，匡諸侯，天下服矣！”李白《古風》三：“秦皇掃六合，虎視何雄哉！揮劍決浮雲，諸侯盡西來。”亦省作“決雲”。盧綸《難綰刀子歌》：“輕冰薄玉狀不分，一尺寒光堪決雲。”　上征：上升。《楚辭·離騷》：“駟玉虬以乘鷖兮，溘埃風余上征。”王延壽《魯靈光殿賦》：“飛陛揭孽，緣雲

2913

上征。"

㊺ "嗚呼既上征之不可兮"兩句：詩人貶斥江陵滿腹怨憤,天高路遠無路可征,帝昏地暗無處可訴。他上下求索而不得,上天入地而不能,祇有也祇能以酒澆愁以詩泄憤。　傾：義近"傾杯",亦作"傾盃",傾倒杯子,指飲酒。陶潛《乞食》："談諧終日夕,觴至輒傾杯。"杜甫《又觀打魚》："東津觀魚已再來,主人罷鱠還傾盃。"

㊻ 尊：古盛酒器,用作祭祀或宴享的禮器。早期用陶製,後多以青銅澆鑄,鼓腹侈口,高圈足,形制較多,常見的有圓形及方形,盛行于商及西周。字亦作"樽"、"罇",《說文·酉部》："尊,酒器也。"段玉裁注："凡酒必實於尊,以待酌者。"朱駿聲通訓："尊爲大名,彝爲上,卣爲中,罍爲下,皆以待祭祀賓客之禮器也。"《禮記·明堂位》："泰,有虞氏之尊也;山罍,夏後氏之尊也;著,殷之尊也;犧象,周尊也。"這裏泛指一般盛酒器。李世民《春日玄武門宴群臣》："娛賓歌湛露,廣樂奏鈞天。清尊浮綠醑,雅曲韵朱弦。"張旭《春遊值雨》："欲尋軒檻列清尊,江上烟雲向晚昏。須倩東風吹散雨,明朝却待入華園。"　開顏：臉上現出高興的樣子。謝靈運《酬從弟惠連》："末路值令弟,開顏披心胸。"陳翊《登城樓作》："孤徑迴榕岸,層巒破枳關。寥寥分遠望,暫得一開顏。"

㊼ 獨醒：獨自清醒,喻不同流俗。《楚辭·漁父》："屈原曰：'舉世皆濁我獨清,衆人皆醉我獨醒,是以見放!'"杜甫《贈裴南部》："獨醒時所嫉,群小謗能深。"　與：介詞,同,跟。《史記·淮陰侯列傳》："足下與項王有故,何不反漢與楚連和,參分天下王之?"李白《蜀道難》："爾來四萬八千歲,不與秦塞通人烟。"　言：說,說話。《書·無逸》："〔殷高宗〕三年不言。"《左傳·隱公六年》："周桓公言於王曰：'我周之東遷,晉、鄭焉依!'"

㊽ 颶風：風力等於或大於十二級的風。破壞力極大。中國古籍中明以前將颱風稱爲颶風,明以後按風情不同有颱風和颶風之分。

韓愈《贈別元十八協律六首》六：“峽山逢颶風，雷電助撞捽。乘潮簸扶胥(地名，在廣州)，近岸指一髮。”李肇《唐國史補》卷下：“南海人言，海風四面而至，名曰颶風。”　翻海：形容聲響如海濤翻騰。韓愈孟郊《鬥雞聯句》：“爭觀雲填道，助叫波翻海。”范成大《丙午新正書懷十首》五：“厲風翻海雪滿天，百計逃寒息萬緣。”　燎原：火延燒原野，比喻勢態不可阻擋。潘尼《火賦》：“及至焚野燎原，埏光赫戲……遂乃衝風激揚，炎光奔逸。”元稹《有鳥二十章》九：“主人煩惑罷擒取，許占神林爲物妖。當時幸有燎原火，何不鼓風連夜燒？”　巨鰲：傳說中的海中巨龜或巨鰲。李嶠《海》：“習坎疏丹壑，朝宗合紫微。三山巨鰲湧，萬里大鵬飛。”劉禹錫《白舍人自杭州寄新詩有柳色春藏蘇小家之句因而戲酬兼寄浙東元相公》：“鰲驚震海風雷起，蜃鬥噓天樓閣成。莫道騷人在三楚，文星今向鬥牛明。”　唐突：橫沖直撞，亂闖。李白《赤壁歌送別》：“君去滄江望澄碧，鯨鯢唐突留餘迹。一一書來報故人，我欲因之壯心魄。”段成式《哭李群玉》：“酒裏詩中三十年，縱橫唐突世喧喧。明時不作禰衡死，傲盡公卿歸九泉。”　高熖：旺盛的火焰。元稹《古社》：“那言空山燒？夜隨風馬奔。壯聲鼓鼙震，高熖旗幟翻。”元稹《紅芍藥》：“芍藥綻紅綃，巴籬織青瑣。繁絲蹙金蕊，高熖當爐火。”

㊾精衛：古代神話中鳥名。《山海經·北山經》：“發鳩之山，其上多柘木，有鳥焉！其狀如烏，文首、白喙、赤足，名曰精衛，其鳴自詨。是炎帝之少女名曰女娃，女娃游於東海，溺而不返，故爲精衛，常銜西山之木石，以堙於東海。”任昉《述異記》卷上：“昔炎帝女溺死東海中，化爲精衛。其名自呼，每銜西山木石填東海。偶海燕而生子，生雌狀如精衛，生雄如海燕。今東海精衛誓水處，曾溺於此川，誓不飲其水。一名鳥誓，一名冤禽，又名志鳥，俗呼帝女雀。”後多用以比喻有仇恨而志在必報，或不畏艱難、奮鬥不懈的人。陶潛《讀山海經十三首》一〇：“精衛銜微木，將以填滄海。”范雲《望織女》：“不辭精衛

苦,河流未可填。” 銜蘆:口含蘆草,雁用以自衛的一種本能。《淮南子·修務訓》:“夫雁順風以愛氣力,銜蘆而翔,以備矰弋。”高誘注:“銜蘆所以令繳不得截其翼也。”崔豹《古今注·鳥獸》:“雁自河北渡江南,瘠瘦能高飛,不畏矰繳。江南沃饒,每至還河北,體肥不能高飛,恐爲虞人所獲,嘗銜蘆長數寸,以防矰繳焉!” 海溢:即海嘯。方勺《泊宅編》卷中:“政和丙申歲,杭州湯村海溢,壞居民田廬凡數十里。” 枯魚:這裏指困於涸轍之魚。《莊子·外物》:“周昨來,有中道而呼者。周顧視車轍中,有鮒魚焉! 周問之曰:‘鮒魚來! 子何爲者邪?’對曰:‘我,東海之波臣也,君豈有斗升之水而活我哉?’周曰:‘諾,我且南游吳越之王,激西江之水而迎子,可乎?’鮒魚忿然作色曰:‘……吾得斗升之水然活耳! 君乃言此,曾不如早索我於枯魚之肆!’”後因以爲典,喻困境、絕境。《晉書·閔王承傳》:“足下若能卷甲電赴,猶或有濟;若其狐疑,求我枯魚之肆矣!”元稹《代諭淮西書》:“以一旅之師,抗天下無窮之衆……不三數月,求諸公於枯魚之肆矣!” 噴沫:噴湧泡沫,極言其少,如果以“枯魚”連讀,更見其救火之舉無濟於事。王十朋《雙瀑賦》:“雙瀑之水從何來? 靈源千尺高崔嵬。飛流噴沫飄瓊瑰,空山落日鳴春雷。”許有壬《水簾洞和仲達韵》:“濺珠噴沫雪霏霏,怒湧雄聲動翠微。一派衝開雲峽出,兩層分斷玉虹飛。” 燔:焚燒。《莊子·盜跖》:“子推怒而去,抱木而燔死。”《漢書·東方朔傳》:“推甲乙之帳燔之於四通之衢。”顔師古注:“燔,焚燒也。”

⑤ 筋疲力竭:同“筋疲力盡”、“力盡筋疲”,筋肉疲乏,體力竭盡。韓愈《論淮西事宜狀》:“雖時侵掠,小有所得,力盡筋疲,不償其費。”李綱《病牛》:“耕犁千畝實千箱,力盡筋疲誰復傷? 但願衆生皆得飽,不辭羸病卧殘陽。” 鰭:魚類和其他水生脊椎動物的運動器官,由刺狀的硬骨或軟骨支撐薄膜而成,按它所在的部位,可分爲胸鰭、腹鰭、背鰭、臀鰭和尾鰭。《禮記·少儀》:“羞濡魚者進尾,冬右腴,夏右鰭。”

祭膴。"孔穎達疏:"鰭,謂魚脊。"《文選·郭璞〈江賦〉》:"揚鰭掉尾,噴浪飛唌。"劉良注:"揚舉其鬐鬣,摇掉其尾也。"　甲:某些動物身上的鱗片或硬殼。《山海經·中山經》:"有獸焉,其狀如犬,虎爪,有甲,其名曰獜。"郭璞注:"言體有鱗甲。"葛洪《抱朴子·廣譬》:"靈龜之甲,不必爲戰施;麟角鳳爪,不必爲鬥設。"

(51) 九天:謂天之中央與八方。《楚辭·離騷》:"指九天以爲正兮,夫唯靈修之故也。"王逸注:"九天謂中央八方也。"揚雄《太玄·太玄數》:"九天:一爲中天,二爲羨天,三爲從天,四爲更天,五爲睟天,六爲廓天,七爲減天,八爲沈天,九爲成天。"按,《吕氏春秋·有始》謂天有九野:中央曰鈞天,東方曰蒼天,東北曰變天,北方曰玄天,西北曰幽天,西方曰顥天,西南曰朱天,南方曰炎天,東南曰陽天。也謂天空最高處。《孫子·形篇》:"善攻者,動於九天之上。"梅堯臣注:"九天,言高不可測。"李白《望廬山瀑布二首》二:"飛流直下三千尺,疑是銀河落九天。"也指宫禁。王維《和賈舍人早朝大明宫之作》:"九天閶闔開宫殿,萬國衣冠拜冕旒。"楊巨源《春日奉獻聖壽無疆詞十首》九:"晴光五雲疊,春色九天深。"　龍門:科舉試場的正門。周墀《賀王僕射放榜》:"欲到龍門看風雨,關防不許暫離營。"借指科舉會試,會試中式爲登龍門。盧綸《早春遊樊川野居却寄李端校書兼呈崔峒補闕司空曙主簿耿湋拾遺》:"桂樹曾争折,龍門幾共登。"洪邁《夷堅支志丁·劉改之教授》:"〔劉過〕淳熙甲午預秋薦,將赴省試。臨岐眷戀不忍行,在道賦《水仙子》一詞……二更後,一美女忽來前,執拍板曰:'願唱一曲勸酒。'即歌曰:'别酒未斟心先醉,忽聽陽關辭故里。揚鞭勒馬到皇都,三題盡,當際會。穩跳龍門三級水,天意令吾先送喜。'"　"精衛銜蘆塞海溢"六句:這是詩人自身遭遇與處境的描繪,請聯繫詩人的不幸遭遇來讀,更見詩人隱含在詩句中的真實含義。

(52) 下視:由高處往下看。儲光羲《昇天行貽盧六健》:"天長昆崙小,日久蓬萊深。上由玉華宫,下視首陽岑。"《舊唐書·王方慶傳》:

"山徑危險，石路曲狹，上瞻駭目，下視寒心。" 日月：太陽和月亮。《易·離》："日月麗乎天，百穀草木麗乎土。"韓愈《秋懷詩十一首》一："羲和驅日月，疾急不可恃。" 雷雨：由積雨雲形成的一種天氣現象，降水伴隨著閃電和雷聲，往往發生在夏天的下午。《史記·五帝本紀》："堯使舜入山林川澤，暴風雷雨，舜行不迷。"韋莊《暴雨》："江村入夏多雷雨，曉作狂霖晚又晴。"

㊟ 螳螂：亦作"螗螂"、"螳蜋"、"螳蜋"，昆蟲名，全身綠色或土黃色，頭呈三角形，觸角呈絲狀，胸部細長，翅兩對，前腳呈鐮刀狀。捕食害蟲，對農業有益。卵塊灰黃色，稱螵蛸，產桑樹上名桑螵蛸，可入藥。許渾《溪亭二首》一："溪亭四面山，橫柳半溪灣。蟬響螳螂急，魚深翡翠間。"周曇《少孺》："寶貴親仁與善鄰，鄰兵何要互相臻？螳蜋定是遭黃雀，黃雀須防挾彈人。" 鶡旦：鳥名，即寒號蟲。《本草綱目》卷四八："時珍曰：楊氏《丹鉛錄》謂寒號蟲即鶡鴠，今從之。鶡鴠，《詩》作盍旦，《禮》作曷旦，《說文》作鶡鴠，《廣志》作侃旦，《唐詩》作渴旦，皆隨義借名耳！揚雄《方言》云：自關而西謂之鶡鴠，自關而東謂之城旦，亦曰倒懸，周魏宋楚謂之獨春。郭璞云：鶡鴠，夜鳴求旦之鳥。夏月毛盛，冬月裸體，晝夜鳴叫，故曰寒號，曰鶡旦……"《禮記·月令》："〔仲冬之月〕鶡旦不鳴。"鄭玄注："鶡旦，求旦之鳥也。"《呂氏春秋·仲冬》："鶡鴠不鳴，虎始交。"桓寬《鹽鐵論·利議》："鶡鴠夜鳴，無益於明。"

㊟ "搏空意遠風來壯"兩句：意謂阻力極大，遠大的目標無法實現，無可奈何，祇能借酒澆愁。 搏：捕捉。《詩·小雅·車攻》："建旐設旄，搏獸于敖。"《周禮·地官·司虣》："若不可禁，則搏而戮之。"孫詒讓正義："搏，猶今言捕也。"《莊子·山木》："覩一蟬，方得美蔭而忘其身；螳蜋執翳而搏之。"柳宗元《復吳子松說》："誰其搏而斲之者？" 煩：紛亂，糾結。劉劭《人物志·利害》："其功足以理煩糾衰。"韓愈《和侯協律詠笋》："乍出真堪賞，初多未覺煩。"

㊻ 江春:沿江地區的春天。杜審言《和晉陵陸丞早春遊望》:"獨有宦遊人,偏驚物候新。雲霞出海曙,梅柳渡江春。"王灣《次北固山下》:"海日生殘夜,江春入舊年。鄉書何處達?歸雁洛陽邊。" 早梅:開放較早的梅花,梅是落葉喬木,種類很多,葉卵形,早春開花,以白色、淡紅色爲主,味清香,果球形,立夏後熟,生青熟黃,味酸,可生食,也用以製成蜜餞、果醬等食品。未熟果加工成烏梅,花供觀賞。《詩・召南・摽有梅》:"摽有梅,其實七兮。"朱熹集傳:"梅,木名,華白,實似杏而酢。"李時珍《本草綱目・梅》:"梅,花開於冬而實熟于夏,得木之全氣,故其味最酸,所謂曲直作酸也。"

㊼ 櫻桃:果木名,落葉喬木,品種很多,産於我國各地,以江蘇、安徽等省栽培較多,花白色而略帶紅暈,春日先葉開放,核果多爲紅色,味甜或帶酸。《史記・司馬相如列傳》:"樗棗楊梅,櫻桃蒲陶。"司馬貞索隱:"張揖曰:'一名含桃。《吕氏春秋》:'爲鶯鳥所含,故曰含桃。'《爾雅》云爲荆桃也。"劉禹錫《和樂天宴李美周中丞宅賞櫻桃花》:"櫻桃千萬枝,照耀如雪天。" 桃李:桃花與李花。劉希夷《白頭吟》:"洛陽城東桃李花,飛來飛去落誰家?"崔國輔《怨詩二首》一:"樓前桃李疏,池上芙蓉落。織錦猶未成,蟲聲入羅幕。" 相續:相繼,前後連接。《漢書・五行志》:"是時,太后三弟相續秉政。"梅堯臣《新雁》:"泊船人不寐,月下聲相續。" 木蘭:香木名,又名杜蘭、林蘭,皮似桂而香,狀如楠樹。司馬相如《子虛賦》:"其北則有陰林巨樹,楩枏豫章,桂椒木蘭,檗離朱楊。"崔融《吳中好風景》:"洛渚問吳潮,吳門想洛橋。夕烟楊柳岸,春水木蘭橈。"也指此種植物的花。《楚辭・離騷》:"朝搴阰之木蘭兮,夕攬洲之宿莽。"劉長卿《題靈祐上人法華院木蘭花(其樹嶺南移植此地)》:"庭種南中樹,年華幾度新。已依初地長,獨發舊園春。" 徘徊:流連,留戀。曹植《上責躬詩表》:"是以愚臣徘徊於恩澤,而不敢自棄者也。"蘇舜欽《滄浪亭記》:"予愛而徘徊,遂以錢四萬得之,構亭北碕,號滄浪焉!"

⑤東風：東方刮來的風。《楚辭·九歌·山鬼》：“東風飄兮神靈雨，留靈修兮憺忘歸。”杜牧《赤壁》：“東風不與周郎便，銅雀春深鎖二喬。”指春風。《禮記·月令》：“〔孟春之月〕東風解凍，蟄蟲始振，魚上冰。”李白《春日獨酌二首》一：“東風扇淑氣，水木榮春暉。”代指春天。羅隱《綿谷回寄蔡氏昆仲》：“一年兩度錦城遊，前值東風後值秋。”南風：從南向北刮的風。《詩·邶風·凱風》：“凱風自南。”毛傳：“南風謂之凱風。”孔靈符《會稽記》：“（鄭）弘識其神人也，曰：‘常患若邪溪載薪爲難，願旦南風，暮北風。’” 鶯聲：黃鶯的啼鳴聲。白居易《春江》：“鶯聲誘引來花下，草色勾留坐水邊。”劉滄《看榜日》：“禁漏初停蘭省開，列仙名目上清來。飛鳴曉日鶯聲遠，變化春風鶴影回。”澀：説話、寫文章遲鈍、艱難、生硬，不流暢，這裏指黃鶯鳴叫聲不如初春那般清脆悦耳。杜荀鶴《題江山寺》：“沙鳥多翹足，巖僧半露肩。爲詩多語澀，喜此得終篇。”陸龜蒙《春思》：“怨鶯新語澀，雙蝶鬥飛高。作箇名春恨，浮生百倍勞。” 摧隤：猶摧頹，摧折，衰敗。元稹《和樂天秋題牡丹叢》：“敝宅艷山卉，別來長嘆息。吟君晚叢詠，似見摧隤色。”元稹《花栽二首》一：“買得山花一兩栽，離鄉別土易摧隤。欲知北客居南意，看取南花北地來。”

⑤清和：天氣清明和暖。曹丕《槐賦》：“天清和而濕潤，氣恬淡以安治。”韋莊《和同年韋學士華下途中見寄》：“正是清和好時節，不堪離恨劍門西。”也有人認爲是農曆四月的俗稱。盧象升《與蔣澤壘先生書》四：“家大人于清和閏月初二日抵白登公署。”一説指農曆二月。袁枚《隨園詩話》卷一五：“張平子《歸田賦》：‘仲春令月，時和氣清。’蓋指二月也。小謝詩因之，故曰：‘首夏猶清和，芳草亦未歇。’今人删去‘猶’字，而竟以四月爲‘清和’。”胡鳴玉《訂訛雜録·清和月》：“二月爲清和。張平子《歸田賦》：‘仲春令月，時和氣清。’謝靈運詩：‘首夏猶清和。’今以四月當之。” 芍藥：多年生草本植物，五月開花，花大而美麗，有紫紅、粉紅、白等多種顏色，供觀賞。根可入藥。

《詩·鄭風·溱洧》：“維士與女，伊其相謔，贈之以勺藥。”勺藥即“芍藥”，後因以“芍藥”表示男女愛慕之情，或以指文學中言情之作。王建《別藥欄》：“芍藥丁香手裏栽，臨行一日繞千回。外人應怪難辭別，總是山中自取來。”元稹《憶楊十二》：“去時芍藥纔堪贈，看却殘花已度春。只爲情深偏悵別，等閑相見莫相親。”　翻紅：紅色花朵綻放，或者其他顏色變成紅色。李益《詣紅樓院尋廣宣不遇留題》：“柿葉翻紅霜景秋，碧天如水倚紅樓。隔窗愛竹無人問，遣向鄰房覓户鉤。”李紳《憶至鞏縣河宿待家累追懷》：“鞏樹翻紅秋日斜，水分伊洛照餘霞。弓開後騎低初月，鶚駐前旌拂暮鴉。”　蒲：植物名，香蒲。《詩·大雅·韓奕》：“其蔌維何？維笋及蒲。”楊衒之《洛陽伽藍記·景明寺》：“寺有三池，蕉蒲菱藕，水物生焉！”植物名，指蒲席。《左傳·文公二年》：“下展禽，廢六關，妾織蒲。”楊伯峻注：“妾織蒲席販賣，言其與民爭利。”植物名。蒲柳，即水楊。《詩·王風·揚之水》：“揚之水，不流束蒲。”鄭玄箋：“蒲，蒲柳。”　映水：猶言蒲倒映在水中。劉長卿《喜晴》：“霽景浮雲滿，遊絲映水輕。今朝江上客，凡慰幾人情。”李白《金陵城西樓月下吟》：“金陵夜寂涼風發，獨上高樓望吳越。白雲映水搖空城，白露垂珠滴秋月。”

⑤⑨ 痛毒：猶毒害。吳芾《吊忠簡公長篇》：“蔡與王奸諛蔽人主，痛毒流萬邦，人怨天且怒。”魏了翁《朝議大夫知叙州魏公墓誌銘》：“誰痛毒兮，奪之速兮，民無禄兮，匪我獨兮。”　離披：分散下垂貌，紛紛下落貌。《楚辭·九辯》：“白露既下百草兮，奄離披此梧楸。”朱熹集注：“離披，分散貌。”王禹偁《弊帷詩》：“駿骨欲埋金價直，的顱猶愛雪離披。”　艷紅：指紅花。孫逖《途中口號》：“鄴城東北望陵臺，珠翠繁華去不迴。無復新妝艷紅粉，空餘故壟滿青苔。”温庭筠《河瀆神》一：“何處杜鵑啼不歇？艷紅開盡如血。”

⑥⓪ 榴樹花：即“榴花”，石榴花。李商隱《茂陵》：“漢家天馬出蒲梢，苜蓿榴花遍近郊。”劉誅《和東坡四時詞》二：“槐影橫階午簟涼，榴

花滿地風簾静。”據《南史·扶南國傳》載,頓遜國有酒樹似安石榴,采其花汁停瓮中,數日成酒,後以“榴花”雅稱美酒。蕭繹《劉生》:“榴花聊夜飲,竹葉解朝酲。”李嶠《甘露殿侍宴應制》:“御筵陳桂醑,天酒酌榴花。” 紫苞:剛剛破土而出的笋芽,外殼一般都是紫色。韓愈《竹溪》:“藹藹溪流慢,梢梢岸篠長。穿沙碧簳净,落水紫苞香。”元稹《寺院新竹》:“寶地琉璃坼,紫苞琅玕踴。亭亭巧於削,一一大如拱。” 笋牙:嫩竹的萌芽,剛剛從笋苞中鑽出的笋芽。劉言史《與孟郊洛北野泉上煎茶》:“粉細越笋牙,野煎寒溪濱。恐乖靈草性,觸事皆手親。”司馬光《送李尉以監丞致仕歸閩中》:“溪清魚影亂,竹暗笋牙肥。應悔浮名誤,空將白髮歸。”

㉛ 成竹:長成成年的竹子。崔曙《古意》:“緑笋總成竹,紅花亦成子。能當此時好,獨自幽閨裏。”杜甫《三絶句》三:“無數春笋滿林生,柴門密掩斷人行。會須上番看成竹,客至從嗔不出迎。” 霜雪:霜和雪。《莊子·馬蹄》:“馬蹄可以踐霜雪。”黄滔《寓題》:“霜雪不飛無翠竹,鯨鯢猶在有青萍。三千九萬平生事,却恨南華説北溟。” 落地:物體落到地上。韓愈《秋懷詩十一首》八:“卷卷落地葉,隨風走前軒。”元稹《牡丹二首》一:“簇蕊風頻壞,裁紅雨更新。眼看吹落地,便別一年春。” 銷歇:衰敗零落。司空曙《過慶寶寺》:“禪宫亦銷歇,塵世轉堪哀。”范成大《楚辭·交難》:“恐青女兮行秋,奄銷歇兮衆芳。”

㉜ 萬古:猶遠古。《宋書·顧覬之傳》:“皆理定於萬古之前,事徵於千代之外。”葛洪《抱朴子·勖學》:“故能究覽道奥,窮測微言,觀萬古如同日,知八荒若户庭。”猶萬代,萬世,形容經歷的年代久遠。《北齊書·文宣帝紀》:“〔高洋〕詔曰:‘朕以虚寡,嗣弘王業,思所以贊揚盛績,播之萬古。’”杜甫《戲爲六絶句》二:“爾曹身與名俱滅,不廢江河萬古流。” 盈虧:語出《易·謙》:“天道虧盈而益謙。”本謂自然之道盈滿者則虧減之,後多以“盈虧”指增減,盈滿或虧損。李白《古風》五九:“田竇相傾奪,賓客互盈虧。”指月之圓缺。沈括《夢溪筆

談·象數一》："日月之形如丸,何以知之? 以月盈虧可驗也。"　相逐行:意謂輪流來到。王建《宮詞一百首》五〇"盡送春來出内家,記巡傳把一枝花。散時各自燒紅燭,相逐行歸不上車。"白居易《發商州》："商州館裏停三日,待得妻孥相逐行。若比李三猶自勝,兒啼婦哭不聞聲(時李固言新歿)。"　夜夜:一夜又一夜,一夜連着另一夜。陳羽《江上愁思二首》二:"江上草莖枯,莖枯葉復焦。那堪芳意盡,夜夜没寒潮!"劉禹錫《代靖安佳人怨二首》二:"秉燭朝天遂不回,路人彈指望高臺。牆東便是傷心地,夜夜流螢飛去來。"　當窗月:映照在窗户内外的月亮。范成大《五雜組四首》一:"五雜俎,同心結。往復來,當窗月。不得已,話離别。"陳敬宗《夜坐即景》:"翠竹當窗月照池,焚香獨坐夜深時。興來更掃門前雪,閑看梅開第幾枝?"　榮落:榮盛與衰落。宋之問《太平公主池山賦》:"秋葉飛兮散紅樹,春苔生兮覆緑泉。春秋寒暑兮歲榮落,林巒沼沚兮日芳鮮。"范成大《秋日雜興六首》三:"樂極定自悲,誰歟此更張? 春秋無終窮,榮落殊未央!"　虧盈:減損盈滿者。《易·謙》:"天道虧盈而益謙。"孔穎達疏:"虧謂減損,減損盈滿而增益謙退者。日中則昃,月盈則食,是虧減其盈,盈者虧減,則謙者受益也。"缺損與盈滿,引申爲消長與盛衰。元稹《月三十韵》:"古今雖云極,虧盈不易違。"何薳《春渚紀聞·龍尾溪月硯》:"三衢徐氏所寶龍尾溪石,近貯水處,有圓暈,幾寸許,正如一月狀。其色明暗,隨月虧盈,是亦異矣!"

㊚ 生成:養育。《晉書·應詹傳》:"〔韋泓〕既受詹生成之惠,詹卒,遂製朋友之服,哭止宿草。"長成。杜甫《屏迹二首》二:"桑麻深雨露,燕雀半生成。"范仲淹《水車賦》:"假一轂汲引之利,爲萬頃生成之惠。"　霜霰:霜和霰。陶潛《歸園田居六首》二:"常恐霜霰至,零落同草莽。"杜甫《青陽峽》:"魑魅嘯有風,霜霰浩漠漠。"喻惡勢力。孟郊《答友人》:"道語必疏淡,儒風易凌遲。願存堅貞節,勿爲霜霰欺。"霜霰過兮無奈何:詩人常常以竹自喻,本詩兩句也應該是詩人無可奈

何的感嘆。

⑥ 靈芝：傳說中的瑞草、仙草。《文選·張衡〈西京賦〉》：“浸石菌於重涯，濯靈芝以朱柯。”薛綜注：“石菌、靈芝，皆海中神山所有神草名，仙之所食者。”《雲笈七籤·神氙養形説》：“口銜靈芝，降於形中，是謂真仙之術。”也常常比喻傑出人才。杜甫《贈鄭十八賁》：“靈芝冠衆芳，安得闕親近！” 夐絶：絶遠，絶高。陶弘景《吳太極左仙公葛公之碑》：“九垓夐絶，七度虛懸，分空置境，聚氣搆天。”《南齊書·竟陵文宣王子良傳》：“交州夐絶一垂，寔惟荒服，恃遠後賓，固亦恒事。”猶斷絶，隔絶。《舊唐書·段秀實傳》：“既至其理所，人烟夐絶，兵無廩食。朝廷憂之。”《資治通鑑·唐德宗興元元年》：“商嶺則道迂且遙，駱穀復爲盜所扼，僅通王命。惟在褒斜，此路若又阻艱，南北遂將復絶。” 荆棘：泛指山野叢生多刺的灌木。班昭《東征賦》：“睹蒲城之丘墟兮，生荆棘之榛榛。”比喻奸佞小人。《文選·袁宏〈三國名臣序贊〉》：“思樹芳蘭，剪除荆棘。”李善注：“荆棘以喻小人。”比喻紛亂。《後漢書·馮異傳》：“爲吾披荆棘，定關中。”李賢注：“荆棘，榛梗之謂，以喻紛亂。”劉長卿《和袁郎中破賊後上太尉》：“剗路除荆棘，王師罷鼓鼙。”喻艱險境地，也指芥蒂與嫌隙。孟郊《擇友》：“雖笑未必和，雖哭未必戚。面結口頭交，肚裏生荆棘。”元稹《苦樂相倚曲》：“君心半夜猜恨生，荆棘滿懷天未明。” 可奈何兮終奈何：詩人以靈芝爲喻，借喻曾經幫助過自己的恩遇與朋友；以荆棘爲喻，比喻迫害自己的勢力，遠在江陵而又勢單力薄的他，祇能徒喚奈何！

⑥ “秦皇堯舜俱腐骨”兩句：意謂遙想堯舜與秦皇當年，何等英武，權重如山，但今日還不是一樣成了地下的腐骨？我一個平平常常的人，又有什麽辦法改變這一切？唯一能做的祇有借酒澆愁，賦詩泄悶。 秦皇：指秦始皇。班彪《王命論》：“秦皇東遊以厭其氣，吕后望雲而知所處。”李白《大獵賦》：“雖秦皇與漢武兮，復何足以争雄！”腐骨：這裏指死屍。聶夷中《過比干墓》：“腐骨不爲土，應作石木根。

余來過此鄉,下馬弔此墳。"張九成《和施彥執懷姚進道葉先覺韵》:
"銅錢自如山,金印自如鬥。只今定何在?腐骨久已朽。"這首詩歌涉
及到許多具體的江陵景色,是本組詩編年的重要依據。

⑥⑥ 爛漫:雜亂繁多貌。《文選·馬融〈長笛賦〉》:"詳觀夫曲胤之
繁會叢雜,何其富也。紛葩爛漫,誠可喜也;波散廣衍,實可異也。"呂
向注:"紛葩爛漫,聲亂而多也。"謝朓《秋夜講解》:"琴瑟徒爛熳,姱容
空滿堂。"　飲酣:飲酒盡興,飲酒過度。杜甫《壯遊》:"脫略小時輩,
結交皆老蒼。飲酣視八極,俗物都茫茫。"章孝標《送進士陳嶢往睦州
謁馮郎中》:"飲酣杯有浪,棋散漏無聲。太守憐才者,從容禮不輕。"
拔劍:抽出寶劍。陳子昂《感遇詩三十八首》三五:"本爲貴公子,平生
實愛才。感時思報國,拔劍起蒿萊。"劉庭琦《從軍》:"決勝方求敵,銜
恩本輕死。蕭蕭牧馬鳴,中夜拔劍起。"　心眼:胸懷,度量。施肩吾
《登峴亭懷孟生》:"峴山自高水自綠,後輩詞人心眼俗。"見識,觀察
力。李群玉《贈方處士兼以寫別》:"所知心眼大,別自開戶牖。"鄧椿
《畫繼》卷九:"元章心眼高妙,而立論有過中處。"心意,心思。張先
《武陵春》:"菱蔓雖多不上船,心眼在郎邊。"

⑥⑦ 雷硠:如雷一般的震響聲。梅堯臣《古柳》:"腹膚藏蛟龍,半
夜雷硠諍。飛霆痕尚白,如斬馬陵麗。"解縉《西川四景·眉山天下
秀》:"娥眉春月鬥嬋娟,雷硠夜響空中泉。江南客子喜空翠,踏破平
羌江水邊。"　硠:象聲詞,多用以形容狂風暴雨、疾雷、流水及器物墜
落、碰撞、爆裂等巨大聲響,也用來形容鼓聲、槍聲、車馬聲、音樂聲
等。《文選·潘岳〈西征賦〉》:"硠揚桴以振塵,繟瓦解而冰泮。"李善
注引《字書》:"硠,大聲也。"沈遘《奉祠西太乙宮賦》:"鐘磬之音兮,硠
焉而震於耳。"　流電:閃電。《藝文類聚》卷六引李康《遊山序》:"蓋
人生天地之間也,若流電之過戶牖,輕塵之栖弱草。"王讜《唐語林·
補遺》:"馬馳不止,迅若流電。"　醉舞:猶狂舞。李白《邠歌行上新平
長兄粲》:"趙女長歌入彩雲,燕姬醉舞嬌紅燭。"辛棄疾《滿江紅·題

冷泉亭》："醉舞且搖鸞鳳影,浩歌莫遣魚龍泣。" 翻環:謂往復迴圈。元稹《董逃行》："董逃董逃人莫喜,勝負翻環相枕倚。"魏了翁《用李致政韵題臨卬陳氏所居吕仙所留回道人來四字》："負瓮城邊閑日月,翻環門上幾春秋? 東陽謾識榴皮字,南郭曾偕柳樹遊。" 眩轉:旋轉不定。蘇軾《蜜酒歌》："一日小沸魚吐沫,二日眩轉清光活。三日開甕香滿城,快瀉銀瓶不須潑。"范成大《吴船録》卷上："語脱口,燈復出,分合眩轉,若經藏然,食頃乃没。"

⑧ 乾綱:天的綱維,天道。《晉書·華譚傳》："聖人之臨天下也,祖乾綱以流化,順谷風以興仁。"朝綱,君權。范甯《春秋穀梁傳序》："昔周道衰陵,乾綱絶紐。"《舊唐書·恭懿太子佋傳》："惟天祚唐,累葉重光,中興宸景,再紐乾綱。" 坤:《易》卦名,八卦之一,象徵地。《易》卦名。六十四卦之一。坤下坤上。《易·坤》："坤。元亨,利牝馬之貞。"地,大地。《易·説卦》："坤也者,地也。"《易·説卦》："坤爲地。"《文選·王延壽〈魯靈光殿賦〉》："汩礘礘以璀璨,赫燁燁而燭坤。"李善注:"燭坤,光照下土。" 白日:太陽,陽光。王粲《登樓賦》："步栖遲以徙倚兮,白日忽其將匿。"韓愈《洞庭湖阻風贈張十一署》："雲外有白日,寒光自悠悠。"也喻指君主。《文選·宋玉〈九辯〉》："去白日之昭昭兮,襲長夜之悠悠。"張銑注:"白日喻君,言放逐去君。"武元衡《順宗至德大聖皇帝挽歌詞三首》二:"昆浪黄河注,崦嵫白日頹。" 横空:横越天空。虞世南《侍宴應詔賦得前字》："横空一鳥度,照水百花然。"陸游《醉中作》:"却騎黄鶴横空去,今夕垂虹醉月明。"横亘天空。周紫芝《水龍吟·天申節祝壽詞》:"黄金雙闕横空,望中隱約三山眇。" 星宿:星官名,二十八宿之一,朱鳥七宿的第四宿,共七星,亦泛稱二十八宿,又指指列星。《顏氏家訓·歸心》:"天地初開,便有星宿。"李頎《欲之新鄉答崔顥綦毋潛》:"銅鑪將炙相歡飲,星宿縱横露華白。"

⑩ 一夫:猶言獨夫,指衆叛親離的人,暴君。《孟子·梁惠王》:

“殘賊之人，謂之一夫。聞誅一夫紂矣！未聞弑君也。”《文選・陸機
〈五等諸侯論〉》：“一夫從橫，則城池自夷，豈不危哉？”李善注：“一夫
謂董卓也。”　心醉：佩服，傾倒。《莊子・應帝王》：“列子見之而心
醉，歸以告壺子，曰：‘始吾以夫子之道爲至矣！則又有至焉者矣！’”
《世説新語・賞譽》：“山公舉阮咸爲吏部郎。”劉孝標注引《名士傳》
曰：“太原郭奕見之心醉，不覺嘆服。”心裏陶醉。宋之問《送趙六貞
固》：“目斷南浦雲，心醉東郊柳。”　萬物：統指宇宙間的一切事物。
元稹《思歸樂》：“萬物有本性，況復人性靈。金埋無土色，玉墜無瓦
聲。”元稹《苦雨》：“良農盡蒲葦，厚地積潢汚。三光不得照，萬物何由
蘇？”　何況：用反問的語氣表達更進一層的意思。何承天《雉子游原
澤》：“卿相非所盼，何況於千金。”元稹《酬樂天赴江州路上見寄三首》
三：“雲高風苦多，會合難遽因。天上猶有礙，何況地上身。”　蚩尤：
傳説中的古代九黎族首領，與黃帝戰於涿鹿，失敗被殺，但古籍所載
説法不一。胡曾《涿鹿》：“涿鹿茫茫白草秋，軒轅曾此破蚩尤。丹霞
遙映祠前水，疑是成川血尚流。”呂巖《七言》五八：“曾戰蚩尤玉座前，
六龍高駕振鳴鑾。如來車後隨金鼓，黃帝旗傍戴鐵冠。”　蹴踏：亦作
“蹴踏”、“蹴蹻”、“蹴蹋”、“蹴躝”，踩，踏。杜甫《韋諷録事宅觀曹將軍
畫馬圖》：“霜蹄蹴踏長楸間，馬官廝養森成列。”戴叔倫《邊城曲》：“原
頭獵火夜相向，馬蹄蹴踏層上冰。”比喻蹂躝摧殘。李白《聞李太尉出
征東南請纓病還留別金陵崔侍御十九韻》：“秦出天下兵，蹴踏燕趙
傾。”陸游《春感》：“叉魚狼藉漾水濁，獵虎蹴踏南山空。”　熊羆：熊和
羆，皆爲猛獸，因以喻勇士或雄師勁旅。《書・牧誓》：“尚桓桓，如虎
如貙，如熊如羆。”楊炯《唐右將軍魏哲神道碑》：“勝殘去殺，上馮宗廟
之威；禁暴戢奸，下藉熊羆之用。”

⑩ 風后：相傳爲黃帝臣之一。《史記・五帝本紀》：“〔黃帝〕舉風
后、力牧、常先、大鴻以治民。”裴駰集解引鄭玄曰：“風后，黃帝三公
也。”張守節正義：“四人皆帝臣也。”楊炯《中書令汾陰公薛振行狀》：

"借如風后、力牧,左右軒皇,蕭何、曹參,謀猷漢室。"《雲笈七簽·軒轅本紀》:"〔黃帝〕得風后於海隅,得力牧於大澤,即舉風后以理民,初爲侍中,後登爲相。"杜甫《可嘆》:"死爲星辰終不滅,致君堯舜焉肯朽? 吾輩碌碌飽飯行,風后力牧長回首。" 力牧:傳説爲黃帝之臣,相傳黃帝夢人執千鈞之弩,驅羊數萬群,寤而嘆曰:"夫千鈞之弩,異力能遠者也;驅羊數萬群,是能牧民爲善者也。天下豈有姓力名牧者哉?"於是依占而求之,得力牧於大澤,用以爲將。趙冬曦《奉和聖製答張説扈從南出雀鼠谷》:"軒轅應順動,力牧正趨陪。道合殷爲礪,時行楚有材。"杜甫《可嘆》:"死爲星辰終不滅,致君堯舜焉肯朽? 吾輩碌碌飽飯行,風后力牧長回首。" 健羨:貪欲。《史記·太史公自序》:"至於大道之要,去健羨,絀聰明,釋此而任術。"裴駰集解引如淳曰:"知雄守雌,是去健也。不見可欲,使心不亂,是去羨也。"司空圖《釋怨》:"是以至人達觀,物我俱遺,混休戚,忘健羨。"非常仰慕,非常羡慕。封演《封氏聞見記·壁記》:"朝廷百事諸廳,皆有壁記……原其作意,蓋欲著前政履歷,而發將來健羨焉!"歐陽修《與王懿敏公仲儀》:"酒絶喫不得,聞仲儀日飲十數杯,既健羨,又不能奉信。"

⑦ 臨江:面臨江水。王勃《臨江二首》一:"泛泛東流水,飛飛北上塵。歸驂將別櫂,俱是倦遊人。"李嘉祐《至七里灘作》:"遷客投於越,臨江泪滿衣。獨隨流水遠,轉覺故人稀。" 漫漫:浩蕩貌。王建《別鶴曲》:"主人一去池水絶,池鶴散飛不相别。青天漫漫碧水重,知向何山風雪中!"王安石《胡笳十八拍》:"東風漫漫吹桃李,盡日獨行春色裏。"

⑫ 渺渺:幽遠貌,悠遠貌。《管子·内業》:"折折乎如在於側,忽忽乎如將不得,渺渺乎如窮無極。"尹知章注:"渺渺,微遠貌。"王安石《憶金陵三首》一:"想見舊時遊歷處,烟雲渺渺水茫茫。" 注海:流入大海。周紫芝《方桐川挽詞》:"善人淪没意如何? 細説平生恨轉多……欲問哭君多少泪,未能注海亦傾河。"陸游《感懷》:"外物自變

遷，内景常默存。黄流不注海，浩浩朝崐崘。” 　蒼蒼：深青色。《莊
子・逍遙遊》：“天之蒼蒼，其正色邪”。《史記・天官書》：“正月，與門、
牽牛晨出東方，名曰監德，色蒼蒼有光。”茫無邊際。《淮南子・俶真
訓》：“渾渾蒼蒼，純樸未散。”齊己《送人潤州尋兄弟》：“閑遊登北固，
東望海蒼蒼。” 　茫茫：遙遠。荀悦《漢紀論》：“茫茫上古，結繩而治。”
楊衡《桂州與陳羽念別》：“茫茫從此去，何路入秦關？”渺茫，模糊不
清。高適《苦雨寄房四昆季》：“茫茫十月交，窮陰千餘里。”王安石《吳
任道説應舉時事》：“獨騎瘦馬沖殘雨，前伴茫茫不可尋。”

　　⑬ 萬流：衆多的水流。潘岳《滄海賦》：“群溪俱息，萬流來同。”
吳筠《項橐》：“孔父慚至理，顔生賴真授。泛然同萬流，無迹世莫覿。”
畎：亦作“甽”，田間小水溝。《書・益稷》：“濬畎澮距川。”孔傳：“一畝
之間，廣尺深尺曰畎。”《漢書・劉向傳》：“欲終不言，念忠臣雖在甽
畝，猶不忘君，惓惓之義也。”顔師古注：“甽者，田中之溝也……字或
作畎，其音同耳！” 　澮：田間排水道。《周禮・地官・稻人》：“以列舍
水，以澮寫水。”鄭玄注：“澮，田尾去水大溝。”蘇舜欽《漣水軍新聞
記》：“古之障川，有防、豬、庸、遂、列、澮之法，以既見於經也。”也指小
溝。《荀子・解蔽》：“醉者越百步之溝，以爲蹞步之澮也。”章詩同注：
“澮，小溝。” 　淮：水名，即淮河，我國大河之一，源出河南省桐柏山，
東流經河南、安徽等省到江蘇省入洪澤湖，洪澤湖以下，主流出三河
經高郵湖由江都縣三江營入長江，全長約一千公里，流域面積十八萬
平方公里。《書・禹貢》：“導淮自桐柏。”《孟子・滕文公》：“水由地上
行，江、淮、河、漢是也。” 　河：古代對黄河的專稱。《書・禹貢》：“島
夷皮服，夾右碣石入於河。”曾鞏《本朝政要策・黄河》：“河自西出而
南，又東折，然後北注於海。” 　岷：長江上游支流，在四川省中部，古
代亦稱汶江。賈至《自蜀奉册命往朔方途中呈韋左相文部房尚書門
下崔侍郎》：“尚書抱忠義，歷險披荊榛。扈從出劍門，登翼岷江濱。”
杜甫《别李義》：“重問子何之？西上岷江源。” 　吳：即吳江，吳淞江的

別稱。《國語·越語》：“三江環之。”韋昭注：“三江：吳江、錢唐江、浦陽江。”毛滂《過吳淞江》：“參軍身外衹圖書，獨與吳江分不疏。”王昌齡《李四倉曹宅夜飲》：“霜天留後故情歡，銀燭金爐夜不寒。欲問吳江別来意，青山明月夢中看。”韓翃《贈別韋兵曹歸池州》：“南陵八月天，暮色遠峰前。楚竹青陽路，吳江赤馬船。”

⑭ “味作鹹而若一”兩句：這是詩人的美好祝願。覺範《禪首座自海公化去見故舊未嘗忘追想悼嘆之情季真游北游大梁聞其病憂得書輒喜爲人重鄉義久要不忘湘西時訪史資深亦或見尋此外閉門高卧耳宣和二年三月日風雨有懷其人戲書寄之》：“前時無際曾入夢，近日真游又得書。一味歲寒甘淡薄，十分歡喜説鄉閭。”黃裳《結交》：“道義出君子，勢利通小人。有無故所自，甘淡交所因。” 若一：一個模樣。李景讓《句》：“成都十萬户，抛若一鴻毛。”劉駕《樂邊人》：“在鄉身亦勞，在邊腹亦飽。父兄若一處，任向邊頭老。” 甘：甜。《詩·邶風·谷風》：“誰謂荼苦？其甘如薺。”葛洪《抱朴子·微旨》：“中有嘉味，甘如蜜。” 淡：味不濃，濃度不高。《管子·水地》：“淡也者，五味之中也。”尹知章注：“無味謂之淡。”李清照《聲聲慢》：“三杯兩盞淡酒，怎敵他、晚來風急！”

⑮ 涓涓：細水緩流貌。《荀子·法行》：“《詩》曰：‘涓涓源水，不雝不塞。’”秦觀《游湯泉記》：“丘勢坡陁，前有小澗，涓涓而流。” 縷貫：連續不斷貌。許有壬《静師觱篥歌》：“激揚初似士引角，嬌滑忽如鶯囀喉。千聲百聲若縷貫，冰鹽繹繹獨繭抽。”呂祖謙《薛常州墓誌銘》：“公講畫枝葉，扶疏縷貫，脉連於經，無不合於事。” 萬里：極言其遠。薛濤《罰赴邊上武相公二首》一：“螢在荒蕪月在天，螢飛豈到月輪邊？重光萬里應相照，目斷雲霄信不傳。”魚玄機《暮春即事》：“街近鼓聲喧曉睡，庭閑鵲語亂春愁。安能追逐人間事，萬里身同不繫舟？” 渾黄：渾濁而發黄。孟郊《憩淮上觀公法堂》：“淮水色不污，汴流徒渾黄。”劉攽《汴上二首》一：“渾黄下湍流，地勢東南瀉。潛石

激陰怒,烈風鎮相假。"

⑦６　歸穴:回歸自己居住的巢穴。元稹《渡漢江》:"萬里朝宗誠可羨,百川流入渺難分。鯢鯨歸穴東溟溢,又作波濤隨伍員。"程敏政《和提學王侍御明仲遊茅山詩韵》:"翠壁分明鬼斧裁,蕊宫亦自化城來。寰中雨罷龍歸穴,海上風生鶴唳臺。"　渤溢:水滿湧流,義近"渤潏",水沸湧貌。李白《萬憤詞投魏郎中》:"海水渤潏,人罹鯨鯢。"高適《自淇涉黄河途中作十三首》一〇:"渤潏陵堤防,東郡多悲辛。"鰲:傳説中海中能負山的大鰲或大龜。《楚辭·天問》:"鰲戴山抃,何以安之?"王逸注:"《列仙傳》曰:有巨靈之鰲,背負蓬萊之山而抃舞。"洪興祖補注:"《玄中記》云:即巨龜也。一云海中大鰲。"李白《猛虎行》:"巨鰲未斬海水動,魚龍奔走安得寧?"　載山:據古籍記載,鰲喜歡背負大山。楊萬里《天問天對解引》:"問曰:鰲戴山抃,何以安之?釋舟陵行,何以遷之?鰲,大龜也,擊手曰抃,巨靈之鰲,背負蓬萊山而抃戲於海,何以能安?龜負山若舟,使龜捨水而行於丘陵,何能遷徙此山乎?"曾豐《通潘經略啓》:"吾觀其……海鰲戴山有餘力,可任九鼎之重,進進莫料,區區何言!"　低昂:低身抬頭貌。儲光羲《田家雜興八首》八:"酩酊乘夜歸,凉風吹户牖。清淺望河漢,低昂看北斗。"杜甫《陪王侍御同登東山最高頂宴姚通泉晚携酒泛江》:"笛聲憤怨哀中流,妙舞逶迤夜未休。燈前往往大魚出,聽曲低昂如有求。"

⑦７　陰火:海中生物所發之光。王嘉《拾遺記·唐堯》:"西海之西有浮玉山,山下有巨穴,穴中有水,其色若火,晝則通曨不明,夜則照耀穴外,雖波濤瀼蕩,其光不滅,是謂'陰火'。"法振《送褚先生海上尋封煉師》:"明珠漂斷岸,陰火映中流。"燐火,俗稱鬼火。竇庠《夜行古戰場》:"泉冰聲更咽,陰火焰偏青。"地火,地熱。杜甫《奉同郭給事湯東靈湫作》:"陰火煮玉泉,噴薄漲巖幽。"仇兆鰲注:"《博物志》:凡水源有硫磺,其泉則温,故雲陰火若煮。"顧況《送從兄使新羅》:"颶風晴汩起,陰火暝潛燒。"　然:"燃"的古字,燃燒。《孟子·公孫丑》:"若

火之始然，泉之始達。"韓愈《示爽》："冬夜豈不長？達旦燈燭然。"
衆族：這裏指衆多水族。王義山《西湖倡和詩序》："嘗試登韶石之上，
望蒼梧之渺莽、九疑之聯綿，覽江山之吐吞、草木之俯仰、鳥獸（之）鳴
號、衆族之呼吸，往來唱和非有度數而均節自成者，無聲之韶也。"貝
瓊《早春》："山寒花尚遲，雪霽江已綠。懷新感遊子，咡節喧衆族。"
沸渭：水翻騰奔湧貌。蘇頲《夜發三泉即事》："沙溪忽沸渭，石道乍明
滅。"王禹偁《醴泉無源賦》："泉本靈長，皆從濫觴……但沸渭以出焉，
奚疏鑿之謂也。"形容聲音喧騰嘈雜。元稹《春鳩》："猶知造物意，當
春不生蟬。免教爭叫噪，沸渭桃花前。"貫休《行路難五首》二："沸渭
笙歌君莫誇，不應長是西家哭。" 晝夜：白日和黑夜。孟郊《答姚怤
見寄》："日月不同光，晝夜各有宜。賢哲不苟合，出處亦待時。"元稹
《遣病十首》五："憶初頭始白，晝夜驚一縷。漸及鬢與鬚，多來不能
數。" 倡狂：形容氣勢猛烈。劉禹錫《謝兵馬使朱鄭等官表》："遂使
感激之士，希勇爵以捐軀；倡狂之徒，聆聖澤而悛性。"柳宗元《答韋珩
示韓愈相推以文墨事書》："雄之遣言措意，頗短局滯澀，不若退之倡
狂恣睢，肆意有所作。"

⑦⑧ 珍：珠玉等寶物，亦泛指貴重之物。《荀子·解蔽》："此其所
以代殷王而受九牧，遠方莫不致其珍。"元稹《和樂天送客遊嶺南二十
韻》："定應玄髮變，焉用翠毛珍？" 怪：奇異，罕見。《山海經·南山
經》："又東三百八十里曰猨翼之山，其中多怪獸，水多怪魚。"郭璞注：
"凡言怪者，皆謂貌狀倔奇不常也。"王安石《遊褒禪山記》："而世之奇
偉瑰怪非常之觀，常在於險遠，而人之所罕至焉！"奇異的事物。《國
語·魯語》："木石之怪，曰夔、蝄蜽，水之怪，曰龍、罔象；土之怪，曰羵
羊。"干寶《搜神記》卷一四："漢獻帝建安中，東郡民家有怪，無故瓮器
自發，訇訇作響，若有人擊，盤案在前，忽然便失。" 委潤：義同"委
順"，順應自然。白居易《委順》："宜懷齊遠近，委順隨南北。"孫光憲
《北夢瑣言》卷一〇："〔梁新〕仕至尚醫奉御，有一朝士詣之，梁奉御

曰：‘何不早見示？風疾已深矣！請速歸處置家事，委順而已。’” 深藏：深深隱藏。李白《俠客行》：“十步殺一人，千里不留行。事了拂衣去，深藏身與名。”杜甫《秦州雜詩二十首》一三：“傳道東柯谷，深藏數十家。對門藤蓋瓦，映竹水穿沙。”

⑦⑨ 天地：天和地，指自然界或社會。李隆基《答司馬承禎上劍鏡》：“寶照含天地，神劍合陰陽。日月麗光景，星斗裁文章。”司空圖《秋思》：“身病時亦危，逢秋多慟哭。風波一摇蕩，天地幾翻覆！” 瀦蓄：亦作“瀦畜”，指蓄洪貯水。蘇軾《申三省起請開湖六條狀》：“昔之水面，半爲葑田，霖潦之際，無所瀦畜。”蘇轍《乞給還京西水櫃所占民田狀》：“於中牟管城以西强佔民田，瀦蓄雨水，以備清汴乏水之用。”這裏指指儲蓄其他物品。 大荒：這裏指荒遠的地方，邊遠的地區。《山海經·大荒東經》：“東海之外，大荒之中，有山名曰大言，日月所出。”《文選·左思〈吳都賦〉》：“出乎大荒之中，行乎東極之外。”劉逵注：“大荒，謂海外也。”

⑧⓪ 日將落：即日落，太陽西下。鮑照《日落望江贈荀丞》：“日落嶺雲歸，延頸望江陰。”王維《送邢桂州》：“日落江湖白，潮來天地青。”餘光：指落日的光芒。阮籍《詠懷詩十七首》一二：“灼灼西頹日，餘光照我衣。”杜甫《柴門》：“長影没窈窕，餘光散矯矯。” 委：通“萎”，委頓，衰敗。謝朓《暫使下都夜發新林至京邑贈西府同僚》：“常恐鷹隼擊，時菊委嚴霜。”司空曙《秋思呈尹值裴説》：“晝景委紅葉，月華銷緑苔。”懈倦，疲憊。《楚辭·嚴忌〈哀時命〉》：“欿愁悴而委惰兮，老冉冉而逮之。”王逸注：“委惰，懈倦也。”元稹《韋氏館與周隱客杜歸和泛舟》：“神恬津藏滿，氣委支節柔。” 林薄：交錯叢生的草木。《楚辭·九章·涉江》：“露申辛夷，死林薄兮！”王逸注：“叢木曰林，草木交錯曰薄。”駱賓王《從軍中行路難二首》一：“杳杳丘陵出，蒼蒼林薄遠。”

⑧① 陽烏：神話傳説中在太陽裏的三足烏。《文選·左思〈蜀都賦〉》：“羲和假道於峻歧，陽烏迴翼乎高標。”李善注：“《春秋元命包》

曰:'陽成於三,故日中有三足烏,烏者,陽精。'"徐陵《丹陽上庸路碑》:"陽烏馭日,寧懼武賁之弓;飛雨彌天,無待期門之蓋。"因用以借指太陽。《藝文類聚》卷七六引蕭繹《郢州晉安寺碑銘》:"落霞將暮,鮮雲夕布,峰下陽烏,林生陰兔。"　撩亂:繽紛。丁仙芝《餘杭醉歌贈吳山人》:"城頭坎坎鼓聲曙,滿庭新種櫻桃樹。桃花昨夜撩亂開,當軒發色映樓臺。"王安石《漁家傲》一:"燈火已收正月半,山南山北花撩亂。"　屋上栖:意謂夕陽停留在屋頂之上,這是詩人以人們的錯覺入詩。滕安上《乙酉六月十三日呈西門直卿時公痼疾未愈深居簡出方食不欲聞人聲》:"百年金石憶神交,不是柴門無處敲。屋上栖烏聞好語,牆頭新竹軋晴梢。"　陰怪:指月亮。郭祥正《稍霽二首》一:"陰怪群難數,陽光晚漸分。僅能存井邑,不復念耡耘。"　跳趠:騰躍,跳躍。元稹《書異》:"汹湧潢潦濁,噴薄鯨鯢腥。跳趠井蛙喜,突兀水怪形。"元稹《望雲騅馬歌》:"頻頻嚙掣彎難施,往往跳趠鞍不得。"　水中躍:意謂月亮從水中冉冉升起。王庭珪《次韵曾育才翠樾堂雪詩》:"哦君翠樾堂中雪,詞如劍戟相磨切。又如牛鐸應黃鍾,水中躍出兜鍪鐵。"

㉘ 橫空:橫越天空。虞世南《侍宴應詔賦得前字》:"橫空一鳥度,照水百花然。"陸游《醉中作》:"却騎黃鶴橫空去,今夕垂虹醉月明。"橫亘天空。周紫芝《水龍吟·天申節祝壽詞》:"黃金雙闕橫空,望中隱約三山眇。"　爍:照射,閃耀。鮑照《侍宴覆舟山二首》一:"明暉爍神都,麗氣冠華甸。"李白《安州應城玉女湯作》:"地底爍朱火,沙旁歊素烟。"葉隆禮《契丹國志·胡嶠陷北記》:"其一曰旱金,大如掌,金色爍人。"

㉙ 昏:天剛黑的時候,傍晚。《詩·陳風·東門之楊》:"昏以爲期,明星煌煌。"段成式《酉陽雜俎續集·貶誤》:"《禮》,婚禮必用昏,以其陽往而陰來也。"　廓:空寂,孤獨。《楚辭·九辯》:"悲憂窮戚兮獨處廓。"嚴忌《哀時命》:"廓抱景而獨倚兮,超永思乎故鄉。"

㉞ 祝:祝禱。《公羊傳·襄公二十九年》:“諸爲君者皆輕死爲勇,飲食必祝曰:‘天苟有吴國,尚速有悔於予身。’”何休注:“祝,因祭祝也。”段成式《酉陽雜俎續集·支動》:“有書生住鄧州,嘗遊郡南,數月不返。其家詣卜者占之,卜者視卦,曰:‘甚異,吾未能了,可重祝。’祝畢,拂龜改灼。”祝頌。《左傳·哀公二十五年》:“公宴於五梧,武伯爲祝。”杜預注:“祝,上壽酒。”《莊子·天地》:“請祝聖人,使聖人壽。”《吕氏春秋·樂成》:“王爲群臣祝,令群臣皆得志。”高誘注:“祝,願也。”　欲:欲望,願望。《孫子·謀攻》:“上下同欲者勝。”《孟子·梁惠王》:“吾何快於是? 將以求吾所大欲也。”桓寬《鹽鐵論·本議》:“農商工師,各得所欲。”

㉟ 泰:好,美好。《玉臺新詠·古詩爲焦仲卿妻作》:“先嫁得府吏,後嫁得郎君。否泰如天地,足以榮汝身。”《三國志·孫晧傳》:“陳事勢利害,以申喻晧。”裴松之注引習鑿齒《漢晉春秋》:“結歡弭兵,共爲一家,惠矜吴會,施及中土,豈不泰哉!”寬裕。《荀子·議兵》:“凡慮事欲孰,而用財欲泰。”　寧:安寧。《書·大禹謨》:“野無遺賢,萬邦咸寧。”孔傳:“賢才在位,天下安寧。”劉義慶《世説新語·言語》:“明公蒙塵路次,群下不寧,不審尊體起居如何?”　康:安樂,安寧。《詩·大雅·民勞》:“民亦勞止,汔可小康。”鄭玄箋:“康……安也。”張衡《東京賦》:“君臣歡康,具醉熏熏。”《陳書·世祖紀》:“今元惡克殄,八表已康,兵戈静戢,息肩方在。”豐足,豐富。《詩·周頌·臣工》:“明昭上帝,迄用康年。”高亨注:“康年,即豐年。”《後漢書·陳蕃傳》:“故緯象失度,陰陽謬序,稼用不成,民用不康。”　歲熟:亦作“歲孰”,年成豐熟。《史記·貨殖列傳》:“夫歲孰取穀,予以絲添。”韋應物《答僴奴重陽二甥》:“貧居烟火濕,歲熟梨棗繁。”

㊱ 翥:飛舉。《楚辭·遠遊》:“雌蜺便娟以增撓兮,鸞鳥軒翥而翔飛。”韓愈《石鼓歌》:“鸞翱鳳翥衆仙下,珊瑚碧樹交枝柯。”有成語“翥鳳翔鸞”,指盤旋飛舉的鳳凰,常喻美妙的舞姿。韓偓《漫作二首》

一：“暑雨灑和氣，香風吹日華。瞬龍驚汗漫，翥鳳綷雲霞。”徐元鼎《太常寺觀舞聖壽樂詩》：“翥鳳方齊首，高鴻忽斷行。雲門與茲曲，同是奉陶唐。” 鵷隨：同“鵷行”，指朝官的行列。《梁書·張緬傳》：“殿中郎缺，高祖謂徐勉曰：‘此曹舊用文學，且居鵷行之首，宜詳擇其人。’”溫庭筠《病中書懷呈友人》：“鳳闕分班立，鵷行竦劍趨。” 龍亨：謂皇帝亨通順利，皇帝的姿質風度。《後漢書·朱祐景丹等傳贊》：“婉孌龍姿，儷景同飜。”李賢注：“龍姿，謂光武也。”《晉書·劉琨傳》：“陛下龍姿日茂，叡質彌光。” 驥：駿馬。《論語·憲問》：“驥不稱其力，稱其德也。”曹操《步出夏門行·龜雖壽》：“老驥伏櫪，志在千里。烈士暮年，壯心不已。”比喻傑出的人才。《晉書·虞預傳》：“十室之邑，必有忠信，世不乏驥，求則可致。”

㊻ “欲日盛而星微兮”等七句：這是詩人善良的祝願，雖然詩人自己身處危難之中。上官儀《奉和過舊宅應制》：“大風迎漢筑，藜烟入舜球。翠梧臨鳳邸，滋蘭帶鶴舟。” 日：指人君。語本《禮記·昏義》：“故天子之與後，猶日之與月”。《史記·魏其武安侯列傳論》：“魏其之舉以吳楚，武安之貴在日月之際。”《東觀漢記·楊賜傳》：“今妾媵嬖人闍尹之徒，共專國朝，欺罔日月。” 星：星宿名，二十八宿之一，南方朱鳥七宿的第四宿。《淮南子·天文訓》：“五星、八風、二十八宿。”高誘注：“二十八宿……南方：井、鬼、柳、星、張、翼、軫也。”《藝文類聚》卷一引成公綏《天地賦》：“玄龜匿首於女、虛，朱鳥奮翼於星、張。”泛指二十八宿。《周禮·春官·占夢》：“以日月星辰占六夢之吉凶。”鄭玄注：“季冬……星迴於天。”賈公彥疏：“‘星迴於天’者，星謂二十八宿，十三月復位，此十二月未到本位，故直云‘星迴於天’，數將幾終。”本詩喻指帝后之下的臣僚。

㊼ 人欲：人的俗望嗜好。《禮記·樂記》：“人化物也者，滅天理而窮人欲者也。”孔穎達疏：“滅其天生清静之性而窮極人所貪嗜欲也。”王粲《雜詩》：“人欲天不違，何懼不合併。”但這裏的“人欲”應該

是“民欲”之避諱，民欲是民衆的欲望。《書·泰誓》：“天矜於民，民之所欲，天必從之。”《左傳·宣公十二年》：“所違民欲猶多，民何安焉？”《呂氏春秋·達鬱》：“民欲不達，此國之鬱也。”　天從：亦作“天縱”，天所放任，意謂上天賦予，後常用以諛美帝王。沈約《丞相長沙宣武王墓銘》：“㦸㦸哲人，寔惟天縱。”高適《淇上別劉少府子英》：“逸思乃天縱，微才應陸沉。”

［編年］

　　《年譜》元和五年“詩編年”條下在《有鳥二十章（庚寅）》後編入本詩，理由是：“此詩格調，與《有鳥二十章》相類，似爲一時之作。”《編年箋注》編年：“此詩作於元和五年（八一〇），元稹時在江陵士曹任。”理由是：“見下《譜》。”《年譜新編》編年元和六年，理由是：“其六云：‘江春例早多早梅。’疑元和六年作，參《有鳥二十章》。”

　　我們以爲《年譜》與《編年箋注》強調的理由未必成立：一、同一詩人甚至幾個詩人的作品格調相類十分普遍，不能作爲詩歌編年的理由。《有酒十章》與《有鳥二十章》題目接近，但這不是編爲同年之作的理由，元稹詩歌中還有一些同題目的詩歌，如《寄樂天》、《百牢關》、《春詞》等在元稹詩歌中都有兩首或者兩首以上，白居易詩歌集中這種情況更多，根據這種邏輯推理，它們是否也可以是一年所作？ 二、《有酒十章》與《有鳥二十章》它們每首詩歌都以“有酒有酒”、“有鳥有鳥”開頭，但這是詩人們的一種寫作手法，與詩歌編年沒有多少關係。如果一定要強調格調相類的問題，那末《有酒十章》與緊隨其後的《華至巫》、《廟之神》都採用楚辭的句式，用了大量的“兮”字，尤其是《有酒十章》中的第三首，“歌曰天耶地耶”的句式一路到結尾處，與我們上面引述的《廟之神》十分相類，按照《年譜》、《編年箋注》的編年方式，它是否又應與《廟之神》一起編年於元和元年？

　　我們以爲詩歌編年的最主要根據是詩歌的內容，《有酒十章》第六章云："有酒有酒歌且哀,江春例早多早梅。櫻桃桃李相續開,間以木蘭之秀香裴回。東風吹盡南風來,鶯聲漸澀花摧隤。四月清和艷殘卉,芍藥翻紅蒲映水。夏龍痛毒雷雨多,蒲葉離披艷紅死。紅艷猶存榴樹花,紫苞欲綻高笋牙。笋牙成竹冒霜雪,榴花落地還銷歇。"描寫的是江陵的春夏風光,最後兩句是詩人根據元和五年的生活經歷加以推想,並非實景。元稹元和五年三月二十四日尚在貶謫途中的曾峰館,並沒有到達江陵,他要看到江陵的早梅祇有等到元和六年的春天,所以我們可以進一步推測本組詩歌確實應編年於元稹江陵任內的元和六年,時間應該在春夏之間。

《年譜新編》的編年意見與我們大致相同,但所舉的編年理由仍然是不妥當的:"其六云:'江春例早多早梅。'疑元和六年作,參《有鳥二十章》。""江春例早多早梅"與"元和六年"之間缺乏必然的唯一的聯繫,并沒有排除元和七年、元和八年、元和九年與本詩"江春"與"早梅"的關係,祇是把不肯定的結論隨便推給讀者而已。

◎ 送王十一南行①

夏水漾天末,晚暘映遙村(一)②。風翻烏尾勁(二),眷戀餘芳罇③。解袂方瞬息,征帆已翩翻④。江豚湧高浪,槐樹搖去魂(三)⑤。遠戍宗侶泊,暮烟洲渚昏⑥。離心詎幾許?歸若復寒溫(四)⑦。此別信非久,胡爲坐憂煩⑧?我留石難轉,君泛雲無根⑨。萬里湖南月,三聲山上猿⑩。從茲耿幽夢,夜夜湘與沅⑪。

録自《元氏長慶集》卷六

［校記］

（一）晚暘映遙村：蘭雪堂本、叢刊本、《古詩鏡·唐詩鏡》、《石倉歷代詩選》、《全詩》注同，楊本、《英華》、《全詩》作"晚暘依岸村"，語義不同，各備一說，不改。

（二）風翻烏尾勁：蘭雪堂本、叢刊本、《古詩鏡·唐詩鏡》、《全詩》注同，楊本、《英華》、《全詩》作"風調烏尾勁"，各備一說，不改。《石倉歷代詩選》作"風翻馬尾勁"，刊刻之誤，不從不改。

（三）槐樹搖去魂：叢刊本、《古詩鏡·唐詩鏡》、《石倉歷代詩選》同，楊本、《英華》、《全詩》作"楓樹搖去魂"，語義不同，不改。

（四）歸若復寒溫：原本作"歸苦復寒溫"，《古詩鏡·唐詩鏡》、《石倉歷代詩選》同，楊本、《英華》、《全詩》作"驟若移寒溫"，各備一說。蘭雪堂本、叢刊本作"歸若復寒溫"，據改。

［箋注］

① 王十一：即王師魯，行十一，又稱"王協律"。元稹《送王協律游杭越十韻》詩中的"王協律"，劉禹錫《送王師魯協律赴湖南使幕（即永穆公之孫）》詩中的"王師魯協律"即是此人："翩翩馬上郎，驅傳渡三湘。橘樹沙洲暗，松醪酒肆香。素風傳竹帛，高價聘琳瑯。楚水多蘭芷，何人事搴芳？" 南行：自北向南而行。王十一即王師魯從江陵府出發，前往劉禹錫任職司馬的朗州，正是"南行"的路綫，沿途都是水路，故本詩有"風翻烏尾勁"，"解袂方瞬息，征帆已翩翻"之描述。據《舊唐書·劉禹錫傳》，時劉禹錫在朗州司馬任。王師魯與劉禹錫會面之後，在返程江陵時前往潭州，當時潭州的節度使，前面是李衆，呂溫《湖南都團練副使廳記》："元和三年冬，天子命御史中丞、隴西李公以永嘉之循政，京兆之懿則，廷錫大斾，俾綏衡湘……元和五年七月五日東平呂某記。"據《唐會要》，其離開潭州改任"恩王傅"在元和

六年九月。後面是柳公綽，柳宗元《武岡銘并序》：“元和七年四月，黔巫東鄙蠻獠雜擾，盜弄庫兵，賊脅守帥……潭部戎帥御史中丞柳公綽，練立將校，提卒五百，屯于武岡。”據《舊唐書·憲宗紀》，柳公綽至元和八年十月離開潭州，改任鄂岳。劉禹錫《送王師魯協律赴湖南使幕（即永穆公之孫）》：“翩翩馬上郎，驅傳渡三湘。橘樹沙洲暗，松醪酒肆香。素風傳竹帛，高價騁琳琅。楚水多蘭若，何人事搴芳？”就是送別王師魯赴湖南使幕之作。韋承慶《南行別弟》：“澹澹長江水，悠悠遠客情。落花相與恨，到地一無聲。”張九齡《自湘水南行》：“落日催行舫，逶迤洲渚間。雖云有物役，乘此更休閑。”

② 夏水：夏天江、河、湖之水。姜皎《龍池篇》：“龍池初出此龍山，常經此地謁龍顏。日日芙蓉生夏水，年年楊柳變春灣。”王珪《太子少師致仕上柱國天水郡開國公食邑四千五百户食實封一千四百户贈太子太師謚康靖趙公墓誌銘》：“城西南隅當大江之衝水，歲爲民患。公斷石作堤，長二百丈。其夏水暴至，幾與城平，會堤就水乃郤，至今以爲利。” 瀁：水動盪貌。謝靈運《山居賦》：“引修堤之逶迤，吐泉流之浩瀁。”權德輿《奉送韋起居老舅百日假滿歸嵩陽舊居》：“舊壑窮杳窱，新潭瀁淪漣。” 天末：天的盡頭，指極遠的地方。張衡《東京賦》：“眇天末以遠期，規萬世而大摹。”杜甫《天末懷李白》：“涼風起天末，君子意如何？” 暘：太陽。韓愈《訟風伯》：“暘烏之仁兮，念此下民，閔其光兮，不鬥其神。”蔡襄《自漁梁驛至衢州大雪有懷》：“薄吹消春凍，新暘破曉晴。” 遙村：視野裏遠方的村落。張九齡《歲初巡屬縣登高安南樓言懷》：“歸雲納前嶺，去鳥投遙村。目盡有餘意，心惻不可諼。”祖詠《夕次圃田店》：“馬煩時欲歇，客歸程未已。落日桑柘陰，遙村烟火起。”

③ 翻：飛舞。王維《輞川閑居》：“青菰臨水映，白鳥向山翻。”王安石《回文四首》三：“迸月川魚躍，開雲嶺鳥翻。”飄動，翻騰。蕭統《錦帶書十二月啓·夷則七月》：“桂吐花於小山之上，梨翻葉於大谷

之中。"韓愈《湘中》:"猿愁魚踴水翻波,自古流傳是汨羅。"　烏尾:旗幟一類的裝飾品,用於觀察風力風向。杜甫《日暮》:"日暮風亦起,城頭烏尾訛。黃雲高未動,白水已揚波。"元稹《去杭州》:"魂搖江樹烏飛没,帆挂檣竿烏尾翻。翻風駕浪拍何處? 直指杭州由上元。"　眷戀:思慕,愛戀。曹植《懷親賦》:"回驥首而永遊,赴修途以尋遠。情眷戀而顧懷,魂須臾而九反。"孟浩然《峴山送朱大去非遊巴東》:"蹉跎遊子意,眷戀故人心。"　芳罇:精緻的酒器,亦借指美酒。李頎《夏宴張兵曹東堂》:"雲峰峨峨自冰雪,坐對芳罇不知熱。"杜甫《贈虞十五司馬》:"過逢連客位,日夜倒芳樽。"

④ 解袂:分手,離別。杜甫《湘江宴餞裴二端公赴道州》:"鶬鶊催明星,解袂從此旋。"賀鑄《宿寶泉山慧日寺》:"回溪出蒙密,解袂迎長風。"　瞬息:形容極短促的時間。陶潛《感士不遇賦序》:"悲夫! 寓形百年,而瞬息已盡;立行之難,而一城莫賞。"孟郊《夏日謁智遠禪師》:"何必千萬劫! 瞬息去樊籠。"　征帆:指遠行的船。何遜《贈諸舊遊》:"無由下征帆,獨與暮潮歸。"張先《離亭宴》:"更上玉樓西,歸雁與征帆共遠。"　翩翻:飛動貌。王昌齡《灞上閑居》:"庭前有孤鶴,欲啄常翩翻。"朱淑真《春日行》:"何處飛來雙蛺蝶? 翩翻飛入尋香徑。"飄忽搖曳貌。劉向《說苑·指武》:"鐘鼓之音,上聞乎天;旌旗翩翻,下蟠於地。"

⑤ 江豚:通稱"江豬",哺乳動物,形狀像魚,無背鰭,頭短,眼小,全身黑色,吃小魚和其他水生小動物,我國長江和印度大河中常可見到。李時珍《本草綱目·海豚魚》〔集解〕引陳藏器曰:"江豚生江中,狀如海豚而小,出没水上,舟人候之占風。"《文選·郭璞〈江賦〉》:"魚則江豚海狶。"李善注引沈懷遠《南越志》:"江豚似豬。"許渾《金陵懷古》:"石燕拂雲晴亦雨,江豚吹浪夜還風。"　高浪:高大的水浪。儲光羲《江南曲四首》一:"綠江深見底,高浪直翻空。慣是湖邊住,舟輕不畏風。"杜甫《江漲》:"江發蠻夷漲,山添雨雪流。大聲吹地轉,高浪

蹴天浮。" 槐:槐樹,落葉喬木,羽狀複葉,小葉卵形至卵狀披針形,夏開蝶形花,色黃白,結莢果,圓筒形。潘岳《在懷縣作二首》二:"白水過庭激,綠槐夾門植。"韓愈《和李司勛過連昌宮》:"夾道疏槐出老根,高甍巨桷壓山原。" 魂:魂魄,魂靈。《易·繫辭》:"精氣爲物,遊魂爲變。"潘岳《馬汧督誄》:"死而有靈,庶慰冤魂。"精神,情緒,意念。《楚辭·遠遊》:"夜耿耿而不寐兮,魂煢煢而至曙。"許敬宗《謝敕書表》:"引領天庭,望丹霄而結戀;馳魂魏闕,懼黃落而長違。"

⑥ 遠戍:謂戍守邊疆。蔡邕《述行賦》:"勤諸侯之遠戍兮,侈申子之美城。"《後漢書·龐參傳》:"重之以大軍,疲之以遠戍,農功消於轉運,資財竭於徵發。"邊境的軍營、城堡。王昌齡《從軍行七首》七:"人依遠戍須看火,馬踏深山不見蹤。"在唐人的眼中,湖南已經屬於邊緣地帶,故言。 宗侶:猶宗伴。元稹《酬鄭從事四年九月宴望海亭次用舊韻》:"舟船駢比有宗侶,水雲瀲澦無始終。"宗伴,猶言家裏人,族人。范成大《大暑舟行含山道中雨驟至霆奔龍挂可駭》:"駢頭立婦子,列舍望宗伴。"周汝昌注:"宗伴,猶如説家人,族人。" 暮烟:傍晚的烟靄。何遜《慈姥磯》:"暮烟起遙岸,斜日照安流。"王昌齡《留別郭八》:"長亭駐馬未能前,井邑蒼茫含暮烟。" 洲渚:水中小塊陸地。左思《吳都賦》:"島嶼綿邈,洲渚馮隆。"杜甫《暮春》:"暮春鴛鷺立洲渚,挾子翻飛還一叢。"

⑦ 離心:別離之情。楊素《贈薛播州》:"木落悲時暮,時暮感離心。離心多苦調,詎假雍門琴?"寇準《夏日》:"離心杳杳思遲遲,深院無人柳自垂。" 幾許:多少,若干。《古詩十九首·迢迢牽牛星》:"河漢清且淺,相去復幾許?"楊萬里《題興甯縣東文嶺瀑泉在夜明場驛之東》:"不知落處深幾許? 但聞井底碎玉聲。" 歸:返回。《書·舜典》:"十有一月朔巡守……歸,格于藝祖,用特。"韓愈《送李六協律歸荆南》:"早日羈遊所,春風送客歸。" 寒溫:冷暖。元稹《祭翰林白學士太夫人文》:"〔太夫人〕減旨甘之直,續鹽酪之資,寒溫必服,藥餌必

時。"司馬光《和始平公見寄》:"違離詎幾時?,風色變寒溫。"指問候冷暖起居。干寶《搜神記》卷一六:"忽有客通名詣瞻,寒溫畢,聊談名理。"

⑧ 別:離別。《楚辭·離騷》:"余既不難夫離別兮,傷靈修之數化。"王逸注:"近曰離,遠曰別。"杜甫《石壕吏》:"天明登前途,獨與老翁別。"　信:相信。《孟子·盡心》:"孟子曰:'盡信書,則不如無書。吾於《武成》,取二三策而已矣!'"韓愈《答胡生書》:"至於是而不悔,非信道篤者,其誰能之?"　胡爲:何爲,爲什麼。《詩·邶風·式微》:"微君之故,胡爲乎中露?"李白《蜀道難》:"嗟爾遠道之人,胡爲乎來哉!"　憂煩:憂愁煩悶。韋應物《登高望洛城作》:"裴回訖旦夕,聊用寫憂煩。"白居易《別舍弟後月夜》:"平生共貧苦,未必日成歡。及此暫爲別,懷抱已憂煩。"

⑨ "我留石難轉"兩句:意謂我貶職留在江陵,猶如水流中的石塊,流水奔騰向前,而石塊却不轉動半步;而你王師魯老兄,又像是天上的浮雲,東飄西去,好像沒有根的浮萍,來去十分自由。　留:停止在某一處所或地位上不動,不離去。《詩·大雅·常武》:"不留不處,三事就緒。"《史記·越王句踐世家》:"可疾去矣!慎毋留!"　泛:同"汎",漂浮,浮游。《詩·鄘風·柏舟》:"汎彼柏舟,在彼中河。"《莊子·列御寇》:"無能者無所求,飽食而遨遊,汎若不繫之舟,虛而遨遊者也。"　無根:沒有根部。《管子·内業》:"凡道無根無莖,無葉無榮。"尹知章注:"道非如卉木,而有根莖花葉也。"杜甫《遣興三首》二:"蓬生非無根,漂蕩隨高風。"比喻行蹤無定。晁補之《憶少年·別歷下》:"無窮官柳,無情畫舸,無根行客。"

⑩ 萬里:一萬里,極言其遠。韓翃《送趙評事赴洪州使幕》:"山河映湘竹,水驛帶青楓。萬里思君處,秋江夜雨中。"獨孤及《代書寄上李廣州》:"門欄關山阻,岐路天地闊。唯憑萬里書,持用慰飢渴。"湖南:唐時稱湖南觀察使府所轄的地域爲湖南,與今天的湖南省境地

大致相同。《元和郡縣志·潭州》:"潭州(長沙,中都督府),今爲湖南觀察使理所。開元户二萬一千八百,鄉六十九。元和户一萬五千四百四十四,鄉六十九。管潭州、衡州、郴州、永州、連州、道州、邵州,管縣三十四。"劉長卿《夏口送屈突司直使湖南》:"共悲來夏口,何事更南征?霧露行人少,瀟湘春草生。"包佶《酬于侍郎湖南見寄十四韻》:"桂嶺千崖斷,湘流一派通。長沙今賈傅,東海舊于公。" 三聲山上猿:典出《水經注·江水》:"自三峽七百里中,兩岸連山,略無闕處。重巖疊嶂,隱天蔽日,自非停午夜分,不見曦月……每至晴初霜旦,林寒澗肅,常有高猿長嘯,屬引凄異,空谷傳響,哀轉久絶。故漁者歌曰:'巴東三峽巫峽長,猿鳴三聲淚沾裳。'"常建《嶺猿》:"杳杳裹裹清且切,鷓鴣飛處又斜陽。相思嶺上相思淚,不到三聲合斷腸。"皇甫冉《賦得郢路悲猿》:"悲猿何處發?郢路第三聲。遠客知秋暮,空山益夜清。" 山上:山嶺之上。沈佺期《邙山》:"北邙山上列墳塋,萬古千秋對洛城。城中日夕歌鐘起,山上唯聞松柏聲。"蔡隱丘《石橋琪樹》:"山上天將近,人間路漸遥。誰當雲裏見,知欲渡仙橋。" 猿:靈長類動物,哺乳綱,似猴而大,没有頰囊和尾巴,生活在森林中。種類很多,有猩猩、長臂猿等。《山海經·南山經》:"〔堂庭之山〕多棪木,多白猿。"郭璞注:"今猿似獼猴而大,臂脚長,便捷,色有黑有黃。鳴,其聲哀。"李白《早發白帝城》:"朝辭白帝彩雲間,千里江陵一日還。兩岸猿聲啼不盡,輕舟已過萬重山。"

⑪ 從兹:猶從此。杜甫《爲農》:"卜宅從兹老,爲農去國賒。"孫逖《下京口埭夜行》:"南溟接潮水,北斗近鄉雲。行役從兹去,歸情入雁群。" 耿:心情不安,悲傷。杜甫《遣悶》:"百年從萬事,故國耿難忘。"張元幹《永遇樂·宿鷗盟軒》:"耿無眠,披衣顧影,乍聞繞階絡緯。" 幽夢:憂愁之夢。杜牧《郡齋獨酌》:"尋僧解幽夢,乞酒緩愁腸。"隱約的夢境。張先《木蘭花》:"歡情去逐遠雲空,往事過如幽夢斷。" 夜夜:每一夜,一夜接著一夜。王昌齡《送郭司倉》:"映門淮水

綠,留騎主人心。明月隨良掾,春潮夜夜深。"劉長卿《使迴次楊柳過元八所居》:"薜蘿誠可戀,婚嫁復如何? 無奈閑門外,漁翁夜夜歌。"湘沅:湘江與沅江的並稱,二水皆在湖南省,又常並稱沅湘。東方朔《七諫·沉江》:"赴湘沅之流澌兮,恐逐波而復東。"劉向《九嘆·思古》:"違郢都之舊閭兮,回湘沅而遠遷。"

[編年]

　　《年譜》編年本詩於"庚寅至甲午在江陵府所作其他詩"欄內,沒有列舉理由,僅在元稹江陵府交遊欄目內王起名下云:"元稹有《送王十一南行》詩(《唐人行第錄》云'王十一起')。又有《晨起送使病不行因過王十一館居二首》,其一云:'逢他御史疟相仍。'其二云:'飯香魚熟近中厨。'是在江陵口吻。"《編年箋注》編年:"《送王十一南行》······作於元和五年(八一〇)至九年(八一四)期間,元稹時在江陵府士曹參軍任。見下《譜》。"《年譜新編》編年本詩於元和九年"江陵作",題下沒有說明理由,但有譜文"約本年,送······王師魯赴湖南使幕"說明,認爲"王十一"是"王師魯"。

　　我們以爲僅僅上面《年譜》引述的材料,還看不出"江陵口吻"。詩題云"送王十一南行",王十一南行的目的地又是哪里呢? 詩云:"萬里湖南月,三聲山上猿。"原來南行湖南,在元稹的多個任職地中,祇有江陵符合"南行湖南"的條件,原來王十一是從江陵出發南行的,這說明元稹這首詩是寫成於江陵任內。那末具體的寫作時間又是什麼時候呢? 詩云"夏水漾天末",時間自然是夏季。詩云:"此別信非久,胡爲坐憂煩?"知道王十一王師魯這次南行是因公幹或私事外出,並非離別江陵,不久還要回來。詩人接著又云:"我留石難轉,君泛雲無根。"元稹很羨慕王十一能夠離開江陵南行,從元稹流露的情緒來看:他人頻頻外出,而自己却祇能死死地守在江陵。根據元稹的這種心態,這首詩歌的寫作時間大致可以確定:元稹元和五年三月以後才到達江陵,如果王十一元和五年夏天南行湖南,剛剛來到江陵不久的元稹是不會發出這種感歎的。而此後元稹元和八年秋天"遊三寺",元和九年春天"拜訪張正甫",頻繁外出的元稹不當有這種牢騷。另外,根據"王協律"即王師魯先有"湖南使幕"之行,接著才有"遊杭越"之行的事實,而《送王協律游杭越十韻》編年於元和八年早春,故本詩應該賦成於元和六年夏天或七年夏天,以元和六年夏天較爲可能,地點在江陵。

除此而外,《年譜》肯定《唐人行第錄》本詩中的"王十一"就是"王十一起"是錯誤的,元稹《晨起送使病不行因过王十一馆居二首》中的"王十一"才是"王起",王師魯不應該混同於王起。《年譜新編》認爲本詩賦成於元和九年同樣是錯誤的,因爲"王十一",亦即"王協律",元和八年的春天已經離開江陵"遊杭越"。而元和九年春天,元稹自己前往潭州拜訪張正甫,不可能在江陵送別"王協律""遊杭越",幸請讀者參閱我們關於元稹《送王協律游杭越十韻》的編年理由。

◎ 祭翰林白學士太夫人文①

維元和六年七月某日,文林郎、守江陵府士曹參軍元稹,謹遣弟某、侄男,祇酌捧饌,敢昭告于白氏太夫人之靈:嗚呼!分同伯仲,古則拜親。既陪長幼之列,遂生骨肉之恩。禮由情展,情以義殷(一)。情至則爾,豈獨古人②?

況稹早歲而孤,資性疏愚,既不得爲達識者所顧(二),亦不願與順俗者同趨(三)。行過二十,塊然無徒③。及太夫人令子藝成,學茂德馨,一舉而搴芳蘭署,再舉而振藻彤庭。愚亦乘喧濫吹,謬列菁英。迹由情合(四),言以心誠。遂定死生之契(五),期於日月可盟。誼同金石(六),愛等弟兄。每均捧檄之祿，迭慶循陔之榮。用至於二門之童孺，莫不達廣孝之深情④！

逮積謫居東洛，泣血西歸。無天可告，無地可依。喘息將盡(七)，心魂已飛⑤。太夫人推擠窒之念(八)，憫絕漿之遲。問訊殘疾(九)，告諭禮儀。減旨甘之直，續鹽酪之資。寒溫必服，藥餌必時。雖白日屢化，而深仁不衰。天乎是感！人乎詎知⑥！

不幸餘生苟活，重戴冠纓。再展升堂之拜，旋爲去國之行。嗟澤畔之云幾(一○)，奄天禍之無名⑦。朋友訃告(一一)，慰問縱橫。猶恍恍而期誤，忽浪浪而淚盈。處眾憫默，入門屏營。移疾於趨府之辰，孰知潛慟。視惟幼女在側，無處言情。行吟倚嘆，夢哭魂驚。往往不寐，晨鐘坐聽(一二)。豈由禮而當爾，蓋感深之所縈⑧。

嗚呼！仁之莫報(一三)，哀不得申。緬太夫人以猶在(一四)，感今古之同塵⑨。嗚呼哀哉！太夫人族茂簪纓(一五)，仁深聖善。勵諸子以學，故大被擇鄰(一六)；示諸子以正，故寸蔥方判(一七)。保參不疑，戒軻非淺(一八)。仲則金鑾之英(一九)，季則蓬山之選⑩。豈非因地而德(二○)！所貴飭躬而顯。何昊天之不弔(二一)？罔終惠於哲人。既生賢與種德，何顛頹之相因⑪？見聚螢而肄業，知織縷之嘗勤(二二)。猶將期於萬石(二三)，曾不待夫重茵⑫。嗚呼哀哉！誰非顧復(二四)？我實酸辛(二五)。疾有萌漸，禍無因緣。哀感行路，況乃令子之交親！雖千詞之稠疊，終萬恨之莫陳。嗚呼哀哉！伏惟尚饗⑬！

録自《元氏長慶集》卷六○

［校記］

（一）情以義殷：楊本、叢刊本、《全文》同，宋蜀本、盧校作“情以義敦”，各備一説，不改。

（二）既不得爲達識者所顧：《全文》同，楊本、叢刊本作“□不得爲達識者所顧”，宋蜀本、盧校作“不得爲達識者所顧”，各備一説，不改。

（三）亦不願與順俗者同趨：楊本、叢刊本、《全文》同，宋蜀本、盧校作“不願與順俗者同趨”，各備一説，不改。

（四）迹由情合：《全文》同，楊本、宋蜀本、叢刊本作“迹由静合”，各備一説，不改。

（五）遂定死生之契：原本作“遠定死生之契”，楊本、叢刊本同，據宋蜀本、《全文》改。

（六）誼同金石：《全文》同，楊本、叢刊本作“□同金石”，宋蜀本、盧校作“堅同金石”，各備一説，不改。

（七）喘息將盡：《全文》同，楊本、叢刊本作“喘息□盡”，宋蜀本作“喘息未盡”，各備一説，不改。

（八）太夫人推擠壑之念：原本作“太夫人推濟壑之念”，楊本、叢刊本、《全文》同，據宋蜀本改。

（九）問訊殘疾：楊本、叢刊本、《全文》同，宋蜀本、盧校作“問訊殘疢”，各備一説，不改。

（一〇）嗟澤畔之云幾：楊本、叢刊本、《全文》作“□澤畔之云幾”，宋蜀本、盧校作“何澤畔之云幾”，各備一説，不改。

（一一）朋友訃告：叢刊本、《全文》同，楊本作“朋友”，疑奪兩字，不從不改。

（一二）晨鐘坐聽：楊本、叢刊本、《全文》同，宋蜀本、盧校作“晨鐘坐鳴”，各備一説，不改。

（一三）仁之莫報：楊本、叢刊本、《全文》同，宋蜀本、盧校作“仁莫之報”，各備一説，不改。

（一四）緬太夫人以猶在：楊本、叢刊本、《全文》作“□太夫人以猶在”，宋蜀本、盧校作“是太夫人以猶在”，各備一説，不改。

（一五）太夫人族茂替縲：楊本、叢刊本、《全文》作“太夫人族茂□□”，宋蜀本、盧校作“太夫人族茂姬姜”，各備一説，不改。

（一六）故大被擇鄰：宋蜀本、《全文》同，楊本、叢刊本作“故大被澤鄰”，各備一説，不改。

（一七）故寸葱方判：楊本、叢刊本、《全文》同，宋蜀本、盧校作“故寸葱方劃”，各備一説，不改。

（一八）戒軻非淺：楊本、叢刊本作“戒歌非淺”，宋蜀本、《全文》作“戒歜非淺”，各備一説，不改。

（一九）仲則金鑾之英：宋蜀本、《全文》同，楊本、叢刊本作“重則金鑾之英”，不從不改。

（二〇）豈非因地而德：楊本、叢刊本、《全文》作“豈□因地而德”，宋蜀本、盧校作“豈無因地而德”，盧校“德”，疑“得”，各備一説，不改。

（二一）何昊天之不吊：楊本、叢刊本、《全文》同，宋蜀本作“何旻天之不吊”，各備一説，不改。

（二二）知織縷之嘗勤：楊本、叢刊本、《全文》同，宋蜀本作“知織屨之嘗勤”，各備一説，不改。

（二三）猶將期於萬石：楊本、叢刊本、《全文》作“□將期於萬石”，宋蜀本、盧校作“方將期於萬石”，各備一説，不改。

（二四）誰非顧復：叢刊本、《全文》同，楊本作“雖非顧復”，各備一説，不改。

（二五）我實酸辛：楊本、叢刊本、《全文》作“我實□□”，宋蜀本、盧校作“我實艱辛”，各備一説，不改。

[箋注]

　　① 翰林白學士：即白居易，其翰林學士的職務始自元和二年十一月五日。白居易《奉敕試制書詔批答詩等五首》："元和二年十一月四日，自集賢院召赴銀臺候進旨。五日，召入翰林，奉敕試制詔等五首。翰林院使梁守謙奉宣，宜授翰林學士。數月，除左拾遺。"元和五年五月五日雖然已改官京兆府戶曹參軍，但仍然充任翰林學士之職。元稹《酬翰林白學士代書一百韵》："內人興御案，朝景麗神旗。首被呼名姓，多慚冠等衰。"張籍《寄白學士》："自掌天書見客稀，縱因休沐鎖雙扉。幾回扶病欲相訪，知向禁中歸未歸？"　太夫人：漢制，列侯之母稱太夫人。《漢書·文帝紀》："令列侯太夫人、夫人、諸侯王子及吏二千石無得擅徵捕。"顏師古注引如淳曰："列侯之妻稱夫人，列侯死，子復爲列侯，乃得稱太夫人。子不爲列侯，不得稱也。"後世官吏之母，不論存歿，亦稱太夫人。岑參《送李明府赴睦州便拜覲太夫人》："手把銅章望海雲，夫人江上泣羅幮。嚴灘一點舟中月，萬里烟波也夢君。"杜甫《送李校書二十六韵》："何時太夫人？堂上會親戚。汝翁草明光，天子正前席。"這裏指白居易的母親陳氏，元和六年四月三日，五十七歲的陳氏因在後院看花，誤墜井中而溺水身亡。白居易《襄州別駕府君事狀》："公諱季庚，字某……夫人穎川陳氏陳朝宜都之後……十五歲事舅姑，服勤婦道，凤夜九年，迨於奉蒸嘗，睦娣姒，待賓客，撫家人，又三十三年，禮無違者。故中外凡爲冢婦者，皆景慕而儀刑焉！又別駕府君即世，諸子尚幼，未就師學，夫人親執詩書，晝夜教導，恂恂善誘，未嘗以一棒一杖加之。十餘年間，諸子皆以文學仕進，官至清近，實夫人慈訓所致也。夫人爲女孝如是，爲婦順如是，爲母慈如是，舉三者而百行可知矣！建中初，以府君彭城之功，封穎川縣君。元和六年四月三日歿於長安宣平里第，享年五十七。其年十月八日，從先府君祔於皇姑焉！有子四人：長曰幼文，前饒州浮梁縣主簿。次曰居易，前京兆府戶曹參軍、翰林學士。次曰行簡，前秘

書省校書郎。幼子金剛奴，無祿早世。"到了元和九年冬天，白居易因母喪期滿復職爲太子左贊善大夫。元和十年六月，白居易因爲宰相武元衡被刺殺而上疏，懇求搜捕刺賊。宰相以宦官先臺官而言事，惡之。嫉恨白居易者又舊事重提，胡説什麼白居易之母陳氏因看花墜井亡故，而白居易竟然以"賞花"、"新井"爲題賦詩，有傷名教，奏貶江州刺史，而王涯復論白居易不當治郡，追改爲江州司馬。一件完完全全是偶然的意外事故，導致了白居易母親陳氏的亡故，多年之後，它又成爲貶降白居易爲江州司馬的藉口，這可謂是"欲加之罪，何患無辭"的典型案例。拜請讀者注意：元稹與白居易，不僅出身相似，愛好相同，而且兩人都在貧困中長大，父親早早亡故之後，都是在母親的呵護與教導下成長，兩位母親爲唐代乃至中國古代文學作出了她們的傑出貢獻。

　　② 文林郎：文散官，從九品，文散官中最後一階。散官是有官名而無固定職事之官，與職事官相對而言。漢制，朝廷對大僚重臣於本官之外加賜名號，而實無官守。魏、晉、南北朝因之。隋代始定散官之制，唐、宋、金、元因之。文散官有開府儀同三司、特進、光禄大夫等；武散官有驃騎將軍、輔國將軍、鎮國將軍等。其品秩之高下，待遇之厚薄，各代不一。《隋書·百官志》："居曹有職務者爲執事官，無職務者爲散官。"陸游《施司諫注東坡詩序》："東坡蓋嘗直史館，然自謫爲散官，削去史館之職久矣！"陳子昂《府君有周居士文林郎陳公墓誌銘》："公諱元敬，字某……二十二鄉貢明經擢第，拜文林郎，屬憂艱不仕。"孫翌《高延福墓誌銘》："府君幼而晦明，長而藏用，體敬仲之慎，兼伯楚之忠。解褐拜文林郎，守奚官丞。"　守：猶攝，暫時署理職務，多指官階低而署理較高的官職。高承《事物紀原·守官》："漢有守令守郡尉，以秩未當得而越授之，故曰守，猶今權也。則官之有守，自漢始也……《通典》曰：試，未正命也，階高官卑稱行，階卑官高稱守。"《後漢書·王允傳》："初平元年，代楊彪爲司徒，守尚書令如故。"韓愈

《送湖南李正字序》：“今愈以都官郎守東都省。”　謹遣弟某姪男：白居易母親陳氏病故於長安宣平里，元稹當時貶官在江陵，不可能親自前往祭奠，祇能委派他人代爲祭祀。元稹在父親元寬名下排序最小，這位“弟弟”，應該是祖父或曾祖父名下的堂弟，其餘不詳。至於姪子，元稹有親姪子，也有從姪子，具體究竟是誰，待考。　酌：酒。《禮記·曲禮》：“酒曰清酌。”盧恕《楚州新修吳太宰伍相廟記》：“持甘酌芬饋以交神，神在聰明正直，豈許之乎！”　饋：食物，菜肴。《論語·鄉黨》：“有盛饋，必變色而作。”韓愈《故太學博士李君墓誌銘》：“一筵之饋，禁忌，十常不食二三。”　昭告：明白地告知。《左傳·成公十三年》：“昭告昊天上帝、秦三公、楚三王。”趙璘《因話録》卷一：“〔郭子儀〕謹遣上都進奏院官傅濤，敢昭告於貞懿皇后行宮。”　伯仲：指兄弟的次第，亦代稱兄弟。《詩·小雅·何人斯》：“伯氏吹壎，仲氏吹篪。”鄭玄箋：“伯仲，喻兄弟也。”杜光庭《虯髯傳》：“問其姓。曰：‘張。’問伯仲之次。曰：‘最長。’”這裏指白居易與元稹，兩人爲異姓兄弟。　拜親：拜見朋友的父母，表示關係親密。《晉書·荀崧傳》：“〔父頠〕與王濟、何劭爲拜親之友。”《顏氏家訓·風操》：“一爾之後，命子拜伏，呼爲丈人，申父友之敬。”盧文弨補注：“古者與其子相友則拜其親，謂之拜親之交。”　長幼：指年長與年幼。《禮記·射義》：“鄉飲酒之禮者，所以明長幼之序也。”孔穎達疏：“六十者坐，五十者立侍是也。”常璩《華陽國志·漢中士女》：“其資給六子，以長幼爲差。”　骨肉：比喻至親，指父母兄弟子女等親人。《墨子·尚賢》：“當王公大人之於此也，雖有骨肉之親，無故富貴，面目美好者，誠知其不能也，不使之也。”沈亞之《上壽州李大夫書》：“亞之前應貢在京師，而長幼骨肉萍居於吳。”　禮：社會生活中由於風俗習慣而形成的行爲準則、道德規範和各種禮節。《漢書·公孫弘傳》：“進退有度，尊卑有分，謂之禮。”元稹《鶯鶯傳》：“内秉堅孤，非禮不可入。”　情：感情。《荀子·正名》：“性之好、惡、喜、怒、哀、樂，謂之情。”韓愈《原性》：“情也者，接於物而生也。”　義：謂符合正義或道德的規範。《論語·述而》：“不義而富且貴，於我如浮雲。”《韓非子·忠孝》：“湯武自以爲義而弑其君長。”　古人：古時的人。班昭《東征賦》：“盍各言志，慕古人兮！”韓愈《復志賦》：“考古人之所佩兮，閱時俗之所服。”

③ 早歲：早年。王僧達《祭顔光禄文》：“惟君之懿，早歲飛聲。”岑參《送王七録事赴虢州》：“早歲即相知，嗟君最後時。青雲仍未達，白髮欲成絲。”　孤：幼年喪父或父母雙亡。《孟子·梁惠王》：“幼而無父曰孤。”《後漢書·韓棱傳》：“棱四歲而孤，養母弟以孝友稱。”元稹八歲喪父，故言。　資性：資質，天性。《史記·魏其武安侯列傳》：“君侯資性喜善疾惡，方今善人譽君侯，故至丞相。”邵雍《教子吟》：“善惡一何相去遠？也由資性也由勤。”　疏愚：粗疏笨拙，懶散愚昧。方干《偶作》：“若於巖洞求倫類，今古疏愚似我多。”蘇軾《謝賜對衣金帶馬表》一：“伏念臣少而拙訥，老益疏愚。”　達識：富於才幹與識見，亦指富於才幹識見者。任昉《爲范尚書讓吏部封侯第一表》：“夫詮衡之重，關諸隆替，遠惟則哲，在帝猶難，漢魏已降，達識繼軌，雅俗所歸，惟稱許郭。”柳宗元《答元饒州論政理書》：“宜英達識多聞而習於事，宜當賢者類舉。”　順俗：順隨時俗。《吳子·圖國》：“安集吏民，順俗而教；簡募良材，以備不虞。”桓寬《鹽鐵論·憂邊》：“故聖人上賢不離古，順俗而不偏宜。”　塊然：孤獨貌，獨處貌。李德裕《題奇石》：“塊然天地間，自是孤生者。”楊萬里《感秋五首》四：“掩卷却孤坐，塊然與誰語？”　無徒：沒有朋友，沒有同伴。《大戴禮記·子張問入官》：“故水至清則無魚，人至察則無徒。”范仲淹《舉彭乘自代狀》：“〔彭乘〕博學不倦，孤立無徒，館殿之中，獨爲淹久。”

④ 令子：猶言佳兒，賢郎，多用於稱美他人之子。《南史·任昉傳》：“〔任昉〕四歲誦詩數十篇，八歲能屬文，自製《月儀》，辭義甚美。褚彦回嘗謂遙曰：‘聞卿有令子，相爲喜之。所謂百不爲多，一不爲少。’”李商隱《五言述德獻上杜七兄僕射》：“過庭多令子，乞墅有名

甥。”這裏指白居易。　　學茂：學問豐碩。李忱《授畢諴昭義節度使制》：“畢諴……聲馳文囿，學茂儒林。掇芳桂於月中，擅嘉名於日下。”張九齡《大唐故光禄大夫右散騎常侍集賢院學士贈太子少保東海徐文公神道碑銘》：“有子曰峻、嶠、嵬等，才以雅著，孝以特聞，學茂高曾之科旨，詞雄祖考之風格。”　　德馨：德行馨香，語出《書·陳君》：“黍稷非馨，明德惟馨。”張衡《東京賦》：“鄙夫寡識，而今而後，乃知大漢之德馨，咸在於此。”劉禹錫《陋室銘》：“斯是陋室，惟吾德馨。”　　搴芳：採摘花草。謝靈運《山居賦》：“愚假駒以表谷，涓隱巖以搴芳。”孟郊《湘妃怨》：“搴芳徒有薦，靈意殊脈脈。”這裏借喻白居易吏部乙科及第折桂。　　蘭署：即蘭臺，指秘書省。盧照鄰《山莊休沐》：“蘭署乘閑日，蓬扉狎遁栖。”李潛《和主司王起》：“蘭署崇資金色重，蓮峰高唱玉音清。”這裏指借喻白居易任職秘書省校書郎。　　振藻：謂顯揚文采。曹植《與楊德祖書》：“昔仲宣獨步於漢南，孔璋鷹揚於河朔，偉長擅名於青土，公幹振藻於海隅。”權德輿《酬穆七侍郎早登使院西樓感懷》：“夫君才氣雄，振藻何翩翩！”這裏指白居易元和元年與元稹等人一起制科及第。　　彤庭：亦作“彤廷”，漢代宮廷因以朱漆塗飾，故稱。班固《西都賦》：“於是玄墀釦砌，玉階彤庭。”後來泛指皇宮。杜甫《自京赴奉先縣詠懷五百字》：“彤庭所分帛，本自寒女出。”　　乘喧濫吹：這裏化用濫竽充數的典故：《韓非子·内儲說》：“齊宣王使人吹竽，必三百人。南郭處士請爲王吹竽，宣王説之，廩食以數百人。宣王死，湣王立，好一一聽之，處士逃。”後以“濫竽”比喻沒有真才實學的人，有時也表示自謙。蕭綱《答湘東王和受試詩書》：“使夫懷鼠知慚，濫竽自恥。”　　濫吹：比喻冒充湊數，名不副實。王融《出家懷道篇頌》：“竊服皋門上，濫吹淄軒下。”王禹偁《謫居感事》：“叨榮偕計吏，濫吹謁春司。”　　莖英：《五莖》與《六英》的並稱，皆古樂名。《周禮·春官·大司樂》：“以樂舞教國子。”賈公彦疏引《樂緯》：“顓頊之樂曰《五莖》，帝嚳之樂曰《六英》。”元稹《奉制試樂爲御賦》：“非勞輟軏，但布

《莖》《英》。”　情合：雙方感情和心意都很投合。姚合《和王郎中召看
牡丹》：“縱賞襟情合，閑吟景思通。客來歸盡懶，鶯戀語無窮。”田錫
《貽宋小著書》：“若使援毫之際，屬思之時，以情合於性，以性合於道，
如天地生於道也，萬物生於天地也。”　心誠：即“誠心”，誠懇的心意。
《後漢書・張酺傳》：“張酺前入侍講，屢有諫正，闇闇惻惻，出於誠心，
可謂有史魚之風矣！”王令《次韵朱昌叔見贈》：“雖無才力可人群，偶
有誠心與古親。”　“遂定死生之契”四句：意謂自己與白居易定下生
死不變的契言，與日月同存的盟約，友誼如金石一般堅固不變，情愛
如兄弟一般深厚。　死生：死生之交。杜甫《房兵曹胡馬》：“所向無
空闊，真堪託死生。”蘇軾《題文與可墨竹》：“誰云死生隔？相見如龔
隗。”　金石：常用以比喻事物的堅固、剛強，心志的堅定、忠貞。《荀
子・勸學》：“鍥而舍之，朽木不折；鍥而不舍，金石可鏤。”《後漢書・
獨行傳序》：“或志剛金石，而剋扞於強禦。”　捧檄：東漢人毛義有孝
名，張奉去拜訪他，剛好府檄至，要毛義去任守令，毛義拿到檄，表現
出高興的樣子，張奉因此看不起他。後來毛義母死，毛義終於不再出
去做官，張奉才知道他不過是爲親屈，感嘆自己知他不深，見《後漢
書・劉平等傳序》。後以“捧檄”作爲爲母出仕的典故。駱賓王《渡瓜
步江》：“捧檄辭幽徑，鳴榔下貴洲。”伍喬《送江少府授延陵後寄》：“束
書西上謁明主，捧檄南歸慰老親。”白居易在元和五年爲了更好地侍
奉母親與養家，特地主動辭去左拾遺的職務，改官京兆府戶曹參軍，
情況與毛義相類。　循陔：《詩・小雅》有《南陔》篇，毛傳謂：“《南
陔》，孝子相戒以養也。”其辭失傳，束皙乃據毛傳爲之補作。《文選・
束皙〈補亡詩・南陔〉》：“循彼南陔，言采其蘭。眷戀庭闈，心不遑
安。”李善注：“循陔以采香草者，將以供養其父母。”後因稱奉養父母
爲“循陔”。顏真卿《河南府參軍郭君神道碑銘》：“天寶五載，大夫總
渡瀘之師，繄君奉循陔之養。”　二門：指大門內的一道總門，喻指家
庭孝親忠國的美德。王維《唐故潞州刺史王府君夫人榮國夫人墓誌

銘》：“夫人即府君之長女，積累世之德，鍾二門之美，儀表秀整，進止詳閑，不咨保傅，動由詩禮。”張説《潁川郡太夫人陳氏碑》：“兩州接畛，二門齊望。卜妻鳴鳳，擇對乘龍。楊公有聘玉之祥，應媧獲探金之慶。” 童孺：兒童，幼年。蔡邕《童幼胡根碑》：“嗟童孺之夭逝兮，傷慈母之肝情。”儲光羲《貽王侍御出臺掾丹陽》：“紛吾家延州，結友在童孺。” 廣孝：謂將孝親之心推及他人。《禮記·坊記》：“於父之執，可以乘其車，不可衣其衣，君子以廣孝也。”李邕《端州石室記》：“當是時也，慕名者執雌而退，徇物者守心而安，求道者息慮而凝，懷書者陋古而默：有若邦伯，畢公守恭，廣孝聞家，至忠觀國。”

⑤“逮積謫居東洛”兩句：這裏指元稹元和元年九月十三日被貶謫爲洛陽河南尉，九月十六日母親鄭氏因兒子出貶而驚嚇亡故，元稹半途得此噩耗，從途中西歸奔喪長安。 謫居：謂古代官吏被貶官降職到京城以外的外地居住。高適《送李少府貶峽中王少府貶長沙》：“嗟君此別意何如？駐馬銜杯問謫居。”劉禹錫《謫居悼往二首》一：“邑邑何邑邑？長沙地卑濕。樓上見春多，花前恨風急。” 東洛：指洛陽，漢唐時以洛陽爲東都，故稱。韓愈《縣齋有懷》：“求官去東洛，犯雪過西華。”唐庚《有所嘆二首》一：“近逃臺鼎居東洛，聞道衣冠滿北軍。” 泣血：無聲痛哭，淚如血湧，形容極度悲傷。《易·屯》：“乘馬班如，泣血漣如。”歐陽修《皇祐四年與韓忠獻王書》：“某叩頭泣血，罪逆哀苦，無所告訴。”指因極度悲痛而無聲哭泣時流出的眼淚。《晉書·王敦傳》：“聞之惶惑，精神飛散，不覺胸臆摧破，泣血橫流。” 西歸：向西歸還，歸向西方。《詩·檜風·匪風》：“誰將西歸？懷之好音。”孟郊《感懷八首》五：“去去荒澤遠，落日當西歸。” “無天可告”兩句：意謂自己的苦痛，哭告無門，呼天天不應，呼地地不靈。杜審言《秋夜宴臨津鄭明府宅》：“行止皆無地，招尋獨有君。酒中堪累月，身外即浮雲。”盧仝《自詠三首》一：“爲報玉川子，知君未是賢。低頭雖有地，仰面輒無天。” 喘息：急促呼吸。《後漢書·張綱傳》：“若魚遊

釜中，喘息須臾之間耳！"白居易《早熱》："壯者不耐饑，饑火燒其腸。肥者不禁熱，喘息汗如漿。" 心魂：心神，心靈。江淹《雜體詩·效左思〈詠史〉》："百年信荏苒，何用苦心魂！"蘇舜欽《和菱溪石歌》："畫圖突兀亦頗怪，張之屋壁驚心魂。"

⑥ 擠壑：謂孤苦無依。語本《左傳·昭公十三年》："小人老而無子，知擠於溝壑矣！"宋務光《諫開拓聖善寺表》："貧者有擠壑之憂，富者無安堵之所。" 漿：即"水漿"，指飲料或流質食物。《禮記·檀弓》："故君子之執親之喪也，水漿不入於口者三日。杖，而後能起。"曾鞏《上歐陽學士第二書》："某土之民，避旱暵饑饉與征賦徭役之事，將徙占他郡，覬得水漿、藜糗，竊活旦暮。" 問訊：問候，慰問。《後漢書·清河孝王慶傳》："慶多被病，或時不安，帝朝夕問訊，進膳藥，所以垂意甚備。"陸游《次季長韻回寄》："野人蓬户冷如霜，問訊今惟一季長。" 殘疾：猶疾病，亦指患病者。韋應物《寄別李儋》："遠郡臥殘疾，涼氣滿西樓。想子臨長路，時當淮海秋。"孟郊《雪》："意勸莫笑雪，笑雪貧爲灾。將暖此殘疾，典賣爭致杯。" 告諭：曉喻，曉示。《史記·殷本紀》："盤庚乃告諭諸侯大臣。"范仲淹《答趙元昊書》："大王告諭諸蕃首領，不須去父母之邦。" 禮儀：禮節和儀式。《史記·禮書》："至秦有天下，悉内六國禮儀，采擇其善。"《北齊書·皇甫和傳》："及長，深沉有雅量，尤明禮儀。" 旨甘：美好的食物，常指養親的食品。《禮記·内則》："昧爽而朝，慈以旨甘；日出而退，各從其事；日入而夕，慈以旨甘。"慈，孝敬進奉。《漢書·張敞傳》："口非惡旨甘，耳非憎絲竹也。" 鹽酪：鹽和乳酪。《禮記·雜記》："功衰食菜果，飲水漿，無鹽酪，不能食食，鹽酪可也。"《宋書·劉瑜傳》："三年不進鹽酪，號泣晝夜不絶聲。" 寒溫：冷暖。司馬光《和始平公見寄》："違離詎幾時，風色變寒溫。"指問候冷暖起居。干寶《搜神記》卷一六："忽有客通名詣瞻，寒溫畢，聊談名理。" 藥餌：藥物。葛洪《抱朴子·微旨》："知草木之方者，則曰惟藥餌可以無窮矣！"范仲淹《奏乞

在京並諸道醫學教授生徒》：“召京城習醫生徒聽學，並教脈候，及修合藥餌。” 白日：時間，光陰。白居易《浩歌行》：“既無長繩繫白日，又無大藥駐朱顏。”歐陽修《送孔生再游河北》：“志士惜白日，高車無停輪。” 屢：多次，常常。嵇康《五言詩》：“郢人審匠石，鍾子識伯牙。真人不屢存，高唱誰當和？”韓愈《平淮西碑》：“河北悍驕，河南附起，四聖不宥，屢興師征。” 仁：仁慈，厚道。《孟子·告子》：“惻隱之心，仁也。”蘇洵《權書·高祖》：“是故以樊噲之功，一旦遂欲斬之而無疑，嗚呼！彼豈獨於噲不仁邪！” “天乎是感”兩句：意謂這些事情衹有老天知道，其他人怎麼會清楚？ 詎：副詞，表示否定相當於“無”，“非”，“不”。《文選·江淹〈別賦〉》：“至如一去絶國，詎相見期？”劉良注：“詎，無也。”《北史·盧玄傳》：“創制立事，各有其時，樂爲此者，詎幾人也？”值得在這裏再嚕蘇一句，白居易因母親病故而守喪在家，沒有了俸禄，生活自然困難異常。元稹沒有忘記白居易及陳氏此前對自己的照顧，立即寄出自己的俸禄，接濟困難中的白居易一家。白居易《寄元九》就真實記錄了元稹白居易之間的深厚友誼：“一病經四年，親朋書信斷。窮通各易交，自笑知何晚！元君在荆楚，去日唯云遠。彼獨似何人？心如石不轉。憂我貧病身，書來唯勸勉。上言少愁苦，下道加湌飯。憐君爲謫吏，窮薄家貧褊。三寄衣食資，數盈二十萬。豈是貪衣食，感君心繾綣。念我口中食，分君身上暖。不因身病久，不因命多蹇。平生親友心，豈得知深淺！”

⑦ “不幸餘生苟活”四句：這裏指元稹母喪服滿，再拜監察御史之職，出使東川，分務東臺，得罪宰相杜佑等權貴宦官，出貶江陵士曹參軍之事。《編年箋注》箋注“升堂之拜”：“《後漢書·范式傳》：范式與張劭爲友，二人一同告歸鄉里。式謂劭曰：‘後二年當還，將過拜尊親，見孺子焉。’乃約定日期。至約定之日，式果到，升堂拜劭母，飲酒盡歡而罷。古代摯友相訪，行登堂拜母之禮，表示友誼之篤厚。”《編年箋注》說來似乎有根有據，其實是沒有讀懂元稹原文。 餘生：幸

存的性命。謝靈運《擬魏太子"鄴中集"詩·陳琳》："餘生幸已多,矧
迺值明德。"《新唐書·劉黑闥傳》："我不以餘生爲王復讎,無以見天
下義士!" 苟活:苟且偷生。司馬遷《報任少卿書》："僕雖怯懦欲苟
活,亦頗識去就之分矣!何至自沈溺縲絏?"黃庭堅《書磨崖碑後》:
"南內淒涼幾苟活,高將軍去事尤危。" 重戴:折上巾又加以帽。《宋
史·輿服志》:"重戴,唐士人多尚之,蓋古大裁帽之遺制,本野夫巖叟
之服,以皂羅爲之,方而垂檐,紫裏,兩紫絲組爲纓,垂而結之頷下。
所謂重戴者,蓋折上巾又加以帽焉!宋初,御史臺皆重戴,餘官或戴
或否。"既有傘又戴帽。葉夢得《石林燕語》卷三:"唐至五代國初,京
師皆不禁打繖。五代始命御史服裁帽,本朝淳化初,又命公卿皆服
之。既有繖,又服帽,故謂之重戴。" 冠纓:指仕宦。李白《古風》一
九:"流血塗野草,豺狼盡冠纓。"羅虯《比紅兒詩》八四:"波平楚澤浸
星辰,臺上君王宴早春。畢竟章華會中客,冠纓虛絕爲何人?" 升
堂:舊謂官吏登公堂審訊案件。蘇頲《授薛稷諫議大夫制》:"故能懸
帳絕倫,升堂睹奧。披垣密勿,字列黃絭。仙闈從容,文飛赤管。箴
闕之任,惟賢是擇。俾登才子,式寵諫臣。"王燾《外臺秘要方序》:"七
登南宮,兩拜東掖,出入臺閣,二十餘載。久知宏文館圖籍方書等,縣
是睹奧升堂,皆探其秘要。" 去國:離開京都或朝廷。顏延之《和謝
靈運》:"去國還故里,幽門樹蓬藜。"張說《廣州江中作》:"去國年方
晏,愁心轉不堪。離人與江水,終日向西南。" 澤畔:這裏化用屈原
"澤畔吟"的典故,《楚辭·漁父》:"屈原既放,游於江潭,行吟澤畔。"
後常把謫官失意時所寫的作品稱爲"澤畔吟"。李白《流夜郎至西塞
驛寄裴隱》:"空將澤畔吟,寄爾江南管。"賈至《岳陽樓宴王員外貶長
沙》:"忽與朝中舊,同爲澤畔吟。停杯試北望,還欲淚沾巾。" 天禍:
上天降下的禍殃。《公羊傳·宣公十二年》:"邊垂之臣,以干天禍。"
潘岳《寡婦賦》:"何遭命之奇薄兮,遘天禍之未悔。" 無名:沒有名
義,沒有正當理由。《史記·淮陰侯列傳》:"此壯士也。方辱我時,我

寧不能殺之邪？殺之無名，故忍而就於此。"文瑩《玉壺清話》卷六：
"時雖已下荆楚，孟昶有脣亡齒寒之懼，而討之無名。"

⑧訃告：報喪。班固《白虎通·崩薨》："天子崩，訃告諸侯。"元
稹《邵同授太府少卿充吐蕃和好使制》："前命使臣泪、介臣賈持節訃
告，且明不侵不叛之誠。而泪等詿誤戎王，爲國生事，廢我成命，咎有
所歸。" 慰問：安慰問候。《後漢書·宋均傳》："均自扶輿詣闕謝恩，
帝使中黄門慰問，因留養疾。"李德裕《遣王會等安撫回鶻制》："宜令
左金吾衛大將軍兼御史大夫王會持節充安撫大使，宗正少卿兼御史
中丞李師偃充副使，專往慰問。" 縱橫：多貌。《文選·左思〈吴都
賦〉》："鈎餌縱橫，網罟接緒。"張銑注："縱橫，言多也。"鮑照《代放歌
行》："冠蓋縱橫至，車騎四方來。"交錯貌。曹植《侍太子坐》："清醴盈
金觴，肴饌縱橫陳。"王安石《即事》："縱橫一川水，高下數家村。" 恍
恍：亦作"恍忽"，心神不定貌。王度《古鏡記》："勣夢中許之，及曉，獨
居思之，恍恍發悸，即時西首秦路。"洪邁《夷堅丁志·淳安民》："逾三
年，方君爲鄂州蒲圻宰。白晝恍恍，於廳事對群吏震悸言曰：'固知翁
必來。'" 浪浪：流貌。《楚辭·離騷》："攬茹蕙以掩涕兮，沾余襟之
浪浪。"王逸注："浪浪，流貌也。"曹植《洛神賦》："抗羅袂以掩涕兮，泪
流襟之浪浪。" 憫默：因憂傷而沉默。江淹《哀千里賦》："既而悄愴
成憂，憫默自憐。"白居易《琵琶引序》："遂命酒，使快彈數曲，曲罷憫
默。" 屏營：惶恐，彷徨。《國語·吴語》："王親獨行，屏營仿偟於山
林之中。"白居易《答桐花詩》："無人解賞愛，有客獨屏營。" "移疾於
趨府之辰"四句：意謂帶病貶謫江陵，又有哪一個知道我暗中的流淚？
看著幼女在身邊哭鬧，又向誰訴自己内心哀傷的情感？ 移疾：猶移
病。《北史·高德正傳》："德正甚憂懼，乃移疾，屏居佛寺，兼學坐禪，
爲退身之計。"錢起《崔十四宅問候》："微官同寄傲，移疾阻招携。"
趨：奔赴，投身。《韓非子·難》："憂天下之害，趨一國之患，不避卑辱
謂之仁義。"《新唐書·魏元忠傳》："今捨必禽之弱，而趨難敵之强，非

計也。" 府：官署，漢至南北朝多指高級官員及諸王治事之所，後世
泛指一般官署。《周禮·天官·大宰》："以八法治官府。"鄭玄注："百
官所居曰府。"《三國志·諸葛亮傳》："建興元年，封亮武鄉侯，開府治
事。"這裏指元稹貶任江陵士曹參軍的江陵府。 慟：痛哭。曹植《王
仲宣誄》："翩翩孤嗣，號慟崩摧。"陸游《離堆伏龍祠觀孫太古畫英惠
王像》："奇勛偉績曠世無，仁人志士臨風慟。" 幼女：沒有成年的女
兒。韋應物《送楊氏女》："居閑始自遣，臨感忽難收。歸來視幼女，零
淚緣纓流。"元稹《贈咸陽少府蕭郎》："莫怪逢君淚每盈，仲由多感有
深情。陸家幼女託良婿，阮氏諸房無外生。"本文指上年剛剛由白居
易託人送往江陵的元稹當時唯一在世的女兒保子。 言情：言語之
情，指心意。皮日休《吳中言情寄魯望》："古來傖父愛吳鄉，一上胥臺
不可忘。愛酒有情如手足，除詩無計似膏肓。"陸龜蒙《奉和襲美吳中
言情見寄次韵》："菰烟蘆雪是儂鄉，釣綫隨身好坐忘。徒愛右軍遺點
畫，閑披左氏得膏肓。" 行吟：邊走邊吟詠。《楚辭·漁父》："屈原既
放，游於江潭，行吟澤畔。"李群玉《長沙春望寄涔陽故人》："風暖草長
愁自醉，行吟無處寄相思。" 夢哭：夢中哭泣。《莊子·齊物論》："夢
飲酒者，旦而哭泣。夢哭泣者，旦而田獵。方其夢也，不知其夢也。"
褚伯秀《南華真經義海纂微·齊物論》："夫夢飲酒、夢哭泣者，情變之
所致，非由人所有。" 魂驚：受驚的神態。張嘉貞《奉和聖製送張說
巡邊》："感恩同義激，悵別屢魂驚。直視前旌掣，遙聞後騎鳴。"武元
衡《送徐員外還京》："九折朱輪動，三巴白露生。蕙蘭秋意晚，關塞別
魂驚。" 寐：睡，入睡。《詩·衛風·氓》："三歲爲婦，靡室勞矣！夙
興夜寐，靡有朝矣！"鄭玄箋："常早起夜卧，非一朝然。"蔣防《霍小玉
傳》："其夕，生澣衣沐浴，修飾容儀，喜躍交並，通夕不寐。" 晨鐘：清
晨的鐘聲。庾信《陪駕幸終南山和宇文内史》："戍樓鳴夕鼓，山寺響
晨鐘。"杜甫《游龍門奉先寺》："欲覺聞晨鐘，令人發深省。"

⑨ 嗚呼：嘆詞，表示悲傷，常常在祭文中出現。陳子昂《唐故朝

議大夫梓州長史楊府君碑銘》："遇疾薨於官舍，時年六十四。嗚呼哀哉……即以某年月日，葬於西嶽習仙鄉登仙里之西麓，遵遺命也。"梁肅《恒州真定縣尉獨孤君墓誌銘》："嗚呼！處士之爲人也，入則孝，出則悌；直而不犯，柔而不懦。"　仁：仁慈，厚道。《孟子·告子》："惻隱之心，仁也。"韓愈《歐陽生哀辭》："（歐陽）詹事父母盡孝道，仁於妻子，於朋友義以誠。"　哀：悲痛，悲傷。《易·小過》："君子以行過乎恭，喪過乎哀，用過乎儉。"韓愈《汴州亂二首》一："諸侯咫尺不能救，孤士何者自興哀？"　緬：思念。杜甫《八哀詩·故秘書少監武功蘇公源明》："反爲後輩褻，予實苦懷緬。"權德輿《伏蒙十六叔寄示喜慶感懷三十韵因獻之》："受氏自有殷，樹功緬前秦。"　同塵：謂如灰塵之混雜異物，比喻混一、統一。語本《老子》："和其光，同其塵，湛兮似或存。"魏源本義："以塵之至雜而無所不同，則於萬物無所異矣！"曹植《帝堯贊》："克平共工，萬國同塵。"楊炯《益州新都縣學碑》："道尊德貴，挫鋭同塵。"

⑩　簪纓：古代官吏的冠飾，比喻顯貴。蕭統《錦帶書十二月啓·姑洗三月》："龍門退水，望冠冕以何年？鵷路頹風，想簪纓於幾載？"李白《少年行三首》三："遮莫姻親連帝城，不如當身自簪纓。"　聖善：聰明賢良。《詩·邶風·凱風》："母氏聖善，我無令人。"毛傳："聖，叡也。"鄭玄箋："叡作聖，令，善也，母乃有叡知之善德。"專用以稱頌母德。《後漢書·鄧騭傳》："伏惟和熹皇后聖善之德，爲漢文母。"　大被：《三國志·孫晧傳》："司空孟仁卒。"裴松之注引張勃《吳録》："〔孟宗〕少從南陽李肅學，其母爲厚褥大被，或問其故，母曰：'小兒無德致客，學者多貧，故爲廣被，庶可得與氣類接。'"後用爲招賢接友之典實。蕭統《錦帶書十二月啓·黄鍾十一月》："命長袂而留客，施大被以招賢。"又後漢姜肱性友愛，與弟仲海、季江俱以孝著稱。弟兄三人爲慰母心，常同被而眠。《後漢書·姜肱傳》："姜肱，字伯，淮彭城廣戚人也。家世名族，肱與二弟仲海、季江俱以孝行著聞，其友愛天至，

常共臥起。及各娶妻，兄弟相戀，不能別寢，以係嗣當立，乃遞往就室……嘗與季江謁郡，夜於道遇盜，欲殺之，肱兄弟更相爭死，賊遂兩釋焉！"後世遂以"大被"比喻弟兄友愛。　　擇鄰：選擇好的鄰居。劉向《列女傳‧鄒孟軻母》："鄒孟軻之母也，號孟母，其舍近墓，孟子之少也，嬉遊爲墓間之事，踴躍築埋，孟母曰：'此非吾所以居處子。'乃去。舍市傍，其嬉戲爲賈人衒賣之事，孟母又曰：'此非吾所以居處子也。'復徙舍學宮之傍，其嬉遊乃設俎豆揖讓進退，孟母曰：'真可以居吾子矣！'遂居之。"此爲孟母三遷擇鄰事，後世所云"擇鄰"多本此。何晏《景福殿賦》："嘉班妾之辭輦，偉孟母之擇鄰。"白居易《欲與元八卜鄰先有是贈》："每因暫出猶伴侶，豈得安居不擇鄰？"　　寸葱方判：事見《後漢書‧陸續傳》："陸續，字智初，會稽吳人也。"因"楚王英謀反"，陸續被牽涉而投入監獄。"掠考五毒，肌肉消爛，終無異辭。續母遠至京師，覘候消息。獄事特急，無緣與續相聞。母但作饋食，付門卒以進之。續雖見考苦毒，而辭色慷慨，未嘗易容。唯對食悲泣，不能自勝，使者怪而問其故，續曰：'母來！不得相見，故泣耳！'使者大怒，以爲獄門吏卒通傳意氣，召，將案之，續曰：'因食餉羹，識母所自調和，故知來耳！非人告也。'使者問：'何以知母所作乎？'續曰：'母嘗截肉，未嘗不方，斷葱以寸爲度，是以知之。'使者問諸謁舍，續母果來，於是陰嘉之，上書説續行狀，帝即赦興等事，還鄉里，禁錮終身，續以老病卒。"　　保參不疑：事見《戰國策‧秦策》："費人有與曾子同名族者而殺人，人告曾子母曰：'曾參殺人。'曾子之母曰：'吾子不殺人。'織自若。有頃焉！人又曰：'曾參殺人。'其母尚織自若也。頃之，一人又告之曰：'曾參殺人。'其母懼，投杼逾墻而走。夫以曾參之賢與母之信也，而三人疑之，則慈母不能信也。"後以"曾參殺人"比喻流言可畏或誣枉之禍。鮑照《謝隨恩被原疏》："緣臣悴賤，可悔可誣，曾參殺人，臣豈無過？"韓愈《釋言》："市有虎，而曾參殺人，讒者之效也。"這裏反用"曾參殺人"的典故，意謂陳氏對自己的兒子深信不疑。

戒軻非淺：事見劉向《列女傳·鄒孟軻母》：“孟子之少也，既學而歸，孟母方績，問曰：‘學所至矣？’孟子曰：‘自若也！’孟母以刀斷其織，孟子懼，問其故，孟母曰：‘子之廢學，若吾斷斯織也！夫君子學以立名，問則廣知，是以居則安寧，動則遠害。今而廢之，是不免於厮役，而無以離於禍患也！何以異於織績而食，中道廢而不爲寧，能衣其夫子而長不乏糧食哉？女則廢其所食，男則惰於修德，不爲竊盜，則爲虜役矣！’孟子懼，旦夕勤學，不息師事。子思遂成天下之名儒，君子謂孟母知爲人母之道矣！”　金鑾：翰林學士的美稱。《文獻通考·職官》：“前朝因金鑾坡以爲門名，與翰林院相接，故爲學士者稱金鑾以美之。”梅堯臣《送白鷳與永叔依韵和公儀》：“玉兔精神憐已久，金鑾人物世無雙。”白居易在兄弟中排行爲二，亦即“仲”，當時任職翰林學士，故言“仲則金鑾之英”。　蓬山：官署名，秘書省的別稱。王勃《上明員外啓》：“更掌蓬山之務，麟圖緝譜。”《舊唐書·劉子玄傳》：“蓬山之下，良直差肩；芸閣之中，英奇接武。”白行簡在兄弟中排行第三，時在秘書省供職校書郎，故稱。

⑪　地德：大地的本性，大地的德化恩澤。《管子·問》：“理國之道，地德爲首，君臣之禮，父子之親，覆育萬人，官府之藏，强兵保國，城郭之險，外應四極，具取之地。”尹知章注：“法地以爲政，故曰地德爲首。”董仲舒《春秋繁露·人副天數》：“天德施，地德化，人德義。”飭躬：猶飭身。《漢書·宣帝紀》：“朕之不明，震於珍物，飭躬齋精，祈爲百姓。”《續資治通鑒·宋真宗景德二年》：“士安，善人也，事朕於南府、東宮，以至輔相，飭躬畏謹，有古人之風。”　昊天：蒼天，昊，元氣博大貌。《書·堯典》：“乃命羲和，欽若昊天，曆象日月星辰，敬授人時。”《文心雕龍·正緯》：“原夫圖籙之見，迺昊天休命。”　哲人：智慧卓越的人。《詩·大雅·抑》：“其維哲人，告之話言。”韓愈《故江南西道觀察使贈左散騎常侍太原王公墓誌銘》：“氣銳而堅，又剛以嚴，哲人之常。”　生賢：謂產生賢良的思想。王符《潛夫論·交際》：“俗人

之相於也，有利生親，積親生愛，積愛生是，積是生賢，情苟賢之，則不自覺心之親之，口之譽之也。"謂生養賢良之人。王安石《賀生皇子表》七："燕謀饗德，方儲錫羨之祥；罷夢生賢，克協會昌之運。"　顛頷：憂愁，困苦。《淮南子·主術訓》："百姓黎民顛頷於天下，是故使天下不安其性。"柳宗元《上桂州李中丞薦盧遵啓》："若宗元者，可謂窮厄困辱者矣！世皆背去，顛頷曠野。"　相因：相襲，相承。《史記·酷吏列傳》："二千石繫者新故相因，不減百餘人。"羅大經《鶴林玉露》卷二："國初宰相權重，臺諫侍從，莫敢議己，至韓琦、范仲淹始空賢者而爭之，天下議論，相因而起。"

⑫ 聚螢：收聚螢光以照明。《晉書·車胤傳》："家貧不常得油，夏月則練囊盛數十螢火以照書，以夜繼日焉！"後常以"聚螢"喻指刻苦力學。《顏氏家訓·勉學》："古人勤學，有握錐投斧，照雪聚螢，鋤則帶經，牧則編簡，亦爲勤篤。"高適《奉酬北海李太守丈人》："一生徒羨魚，四十猶聚螢。"　肄業：修習課業，古人書所學之文字于方版謂之業，師授生曰授業，生受之于師曰受業，習之曰肄業。《左傳·文公四年》："衛甯武子來聘，公與之宴，爲賦《湛露》及《彤弓》。不辭，又不答賦。使行人私焉！對曰：'臣以爲肄業及之也。'"《陳書·吳興王胤傳》："胤性聰敏，好學，執經肄業，終日不倦，博通大義，兼善屬文。"織縷：織作布帛。《焦氏易林·觀》："織縷未就，針折不復。女工多態，亂我政事。"《圖書編·淡巴》："國人勤生種藝，織縷抱布，男女咸稱常業。市有交易，野無寇盜，稱樂土矣！"　萬石：《漢書·石奮傳》："奮長子建，次甲，次乙，次慶，皆以馴行孝謹，官至二千石，於是景帝曰：'石君及四子皆二千石，人臣尊寵乃舉集其門。'凡號奮爲萬石君。"或指一家有五人官至二千石或一家多人爲大官者。《新唐書·張文瓘傳》："〔張文瓘〕四子：潛爲魏州刺史，沛同州刺史，治衛尉卿，涉殿中監，父子皆至三品，時謂'萬石張家'。"漢代三公別稱萬石，後泛指官職高的人。顏師古《百官公卿表》題解："漢制，三公號稱萬石，

其俸月各三百五十斛穀。"元稹《追封孔戣母韋氏等》："潁考叔食美而思遺其親,此孝子不違於一飯也。而況於萬石在前,累茵在側,慰心不及,非贈而何?" 重茵:指雙層的坐臥墊褥。《東觀漢記·祭遵傳》："時遵有疾,詔賜重茵,覆以御蓋。"《宋史·趙普傳》："已而太宗至,設重褥地坐堂中,熾炭燒肉。"

⑬ 顧復:《詩·小雅·蓼莪》："父兮生我,母兮鞠我。拊我畜我,長我育我。顧我復我,出入腹我。"鄭玄箋:"顧,旋視;復,反覆也。"孔穎達疏:"覆育我,顧視我,反覆我,其出入門戶之時常愛厚我,是生我劬勞也。"後因以"顧復"指父母之養育。《後漢書·清河孝王慶傳》:"諸王幼稚,早離顧復,弱冠相育,常有《蓼莪》、《凱風》之哀。"元稹《告贈皇考皇妣文》:"祗命隕越,哀號不逮。追念顧復,若亡生次。" 酸辛:辛酸,悲苦。阮籍《詠懷八十二首》六四:"對酒不能言,悽愴懷酸辛。"杜甫《奉贈鮮於京兆二十韻》:"微生霑忌刻,萬事益酸辛。" 因緣:佛教語,佛教謂使事物生起、變化和壞滅的主要條件爲因,輔助條件爲緣。《四十二章經》卷一三:"沙門問佛,以何因緣? 得知宿命,會其至道?"舊時常以宿世的"因緣"來解釋人們今生的關係,猶言緣分。沈約《爲文惠太子禮佛願記》:"未來因緣,過去眷屬,並同兹辰,預此慈善。"《敦煌曲子詞·送征衣》:"今世共你如魚水,是前世因緣。兩情准擬過千年。" 行路:路人。《後漢書·范滂傳》:"行路聞之,莫不流涕。"長孫佐輔《別友人》:"誰遣同衾又分手? 不如行路本無情。"交親:謂相互親近,友好交往。《荀子·不苟》:"交親而不比。"羅隱《東歸》:"雙闕往來慚請謁,五湖歸後恥交親。" 千詞:千言萬語。元稹《見人詠韓舍人新律詩因有戲贈》:"延清苦拘檢,摩詰好因緣。七字排居敬,千詞敵樂天。"《淵鑑類函·文章》:"至於江左,輕淺淫麗,迭相唱和,聖心經體,盡墜於地,千詞一語,萬指一意。" 稠疊:稠密重疊,密密層層。杜甫《八哀詩·故司徒李公忠弼》:"三軍晦光彩,烈士痛稠疊。"梅堯臣《和楊子聰會董尉家》:"古辭何稠疊? 無乃惜芳

菲。”　萬恨：千仇萬恨。喬知之《和李侍郎古意》：“一從流落戍漁陽，懷哉萬恨結中腸。”李白《留別曹南群官之江南》：“登嶽眺百川，杳然萬恨長。”　陳：陳述，述說。《書·咸有一德》：“伊尹既復政厥辟，將告歸，乃陳戒於德。”孔傳：“告老歸邑，陳德以戒。”劉孝標《辯命論》：“故言而非命，有六蔽焉爾，請陳其梗概。”

［編年］

　　《年譜》編年本文於元和六年，理由是：“文首題：‘維元和六年七月某日，文林郎、守江陵府士曹參軍元稹。’”《編年箋注》、《年譜新編》雖然都沒有明確說明理由，但都編年本文於元和六年。

　　我們以爲，編年本文於元和六年，甚而是元和六年七月某日，都過於籠統，可以進一步細化：一、有元稹自己明白無誤的表述，本文應該不難編年，亦即撰成於元和六年七月的某日。在四月三日陳氏亡故的三個月之後的七月某日，元稹撰成此文。因爲元稹遠離長安，兩地消息並不通暢。但元稹得此噩耗，定然是連夜撰文，祭文撰成之後，也定然是緊急設法寄往長安，委託在長安的堂弟與侄子代爲祭奠好友白居易的母親太夫人陳氏。由於當時的交通條件，元稹不能預料祭文何日才能到達長安，故以“七月某日”爲期。二、據《舊唐書·地理志》，荊州江陵府“在京師東南一千七百三十里”，又據《新唐書·百官志》，以“乘傳日四驛”，“每驛三十里”的速度計，祭文送達長安也在半月以上。“維元和六年七月某日”表明的不是本文撰成的日子，而是元稹祭奠陳氏的日子。以此逆推，本文撰成應該在七月上半月或六月下半月。如果再考慮到荊州驛夫並不一定當日出發的具體情況，以及在長安元稹堂弟及侄子的準備祭奠的時間，本文無論如何應該撰成於七月上旬或六月下半月，地點在江陵，元稹時任江陵府士曹參軍。

■ 酬夢得哭吕衡州(一)①

據劉禹錫《哭吕衡州時予方謫居》、
柳宗元《同劉二十八哭吕衡州兼寄江陵李元二侍御》

［校記］

（一）酬夢得哭吕衡州：元稹本佚失詩所據劉禹錫《哭吕衡州時予方謫居》，見《劉賓客文集》、《唐詩紀事》、《英華》、《古詩境·唐詩境》、《唐詩鼓吹》、《古儷府》、《山堂肆考》、《全詩》、《全唐詩録》，基本無異文，唯《全唐詩録》詩題爲"感吕衡州時予方謫居"。柳宗元《同劉二十八哭吕衡州兼寄江陵李元二侍御》，見《柳河東集》、《古詩境·唐詩境》、《唐詩鼓吹》、《山堂肆考》、《竹莊詩話》、《後村詩話》、《山堂肆考》、《全詩》，基本無異文。

［箋注］

① 酬夢得哭吕衡州：劉禹錫《哭吕衡州時予方謫居》："一夜霜風凋玉芝，蒼生望絶去林悲。空懷濟世安人略，不見男婚女嫁時。遺草一函歸太史，旅墳二尺近要離。朔方徙歲行當滿，欲爲君刊第二碑。"柳宗元《同劉二十八哭吕衡州兼寄江陵李元二侍御》："衡岳新摧天柱峰，士林頴頷泣相逢。祇令文字傳青簡，不使功名上景鐘。三畝空留懸磬室，九原猶寄若堂封。遥想荆州人物論，幾回中夜惜元龍。"元稹雖然有《哭吕衡州六首》，但那是五言，而劉禹錫、柳宗元都是七言詩，兩者應該不是同一唱和詩組，今據此補。（原有號碼，應該改）而且味劉禹錫、柳宗元兩篇的詩意，好像是剛剛得到吕温噩耗時賦詠的詩篇，并没有來到江陵；而元稹《哭吕衡州六首》有"迴雁峰前雁，春迴盡

卻迴。聯行四人去,同葬一人來。鐃吹臨江返,城池隔霧開。滿船深夜哭,風棹楚猿哀”、“兒童喧巷市,羸老哭碑堂”之句,描繪的應該是江陵葬地安葬吕温的景象。柳宗元《唐故衡州刺史東平吕君誄》:“維唐元和六年八月日,衡州刺史東平吕君卒。爰用十月二十四日,藁葬於江陵之野。”吕温謝世在八月,而安葬在十月二十四日,兩者間隔兩三月,確實不應該是同一回事情。　哭:吊唁。《淮南子·説林訓》:“桀辜諫者,湯使人哭之。”高誘注:“哭,猶吊也。”劉長卿《哭魏兼遂》:“古今俱此去,修短竟誰分? 樽酒空如在,絃琴肯重聞?”

[編年]

　　未見《元稹集》採録,也未見《年譜》、《年譜新編》、《年譜新編》採録與編年。

　　柳宗元《唐故衡州刺史東平吕君誄》:“維唐元和六年八月日,衡州刺史東平吕君卒,爰用十月二十四日藁葬于江陵之野。”據此,知吕温在奉詔回京途中病故於江陵,時在元和六年八月,“藁葬于江陵之野”元稹與劉禹錫的《哭吕衡州時予方謫居》,柳宗元的《同劉二十八哭吕衡州兼寄江陵李元二侍御》都應該賦成於當時,亦即元和六年八月。元稹已經佚失的酬和之篇,也應該賦成於同時,元稹之佚失詩賦咏地點都應該在江陵,具體時間就在元和六年八月,元稹時任江陵士曹參軍。

■ 酬子厚哭吕衡州見寄(一)①

　　據柳宗元《同劉二十八哭吕衡州兼寄江陵李元二侍御》

[校記]

　　(一)酬子厚哭吕衡州見寄:元稹本佚失詩所據柳宗元《同劉二

十八哭吕衡州兼寄江陵李元二侍御》，見《柳河東集》、《古詩境·唐詩境》、《唐詩鼓吹》、《山堂肆考》、《竹莊詩話》、《後村詩話》、《山堂肆考》、《全詩》，有關部份無異文。

[箋注]

① 酬子厚哭吕衡州見寄：柳宗元《同劉二十八哭吕衡州兼寄江陵李元二侍御》："衡岳新摧天柱峰，士林鬒領泣相逢。祗令文字傳青簡，不使功名上景鐘。三畝空留懸磬室，九原猶寄若堂封。遥想荆州人物論，幾回中夜惜元龍。"柳宗元酬和劉禹錫的原唱是《哭吕衡州時予方謫居》，詩云："一夜霜風凋玉芝，蒼生望絶去林悲。空懷濟世安人略，不見男婚女嫁時。遺草一函歸太史，旅墳二尺近要離。朔方徙歲行當滿，欲爲君刊第二碑。"但均不見元稹與李景儉回酬，有悖常理，當以佚失論處，今據補。　子厚：即柳宗元，字子厚。劉禹錫《重至衡陽傷柳儀曹引》："元和乙未歲，與故人柳子厚臨湘水爲別。柳浮舟適柳州，余登陸赴連州。後五年，余從故道出桂嶺至前別處，而君没於南中，因賦詩以投弔。"元稹《留呈夢得子厚致用（題藍橋驛）》："暗落金烏山漸黑，深埋粉堠路渾迷。心知魏闕無多地，十二瓊樓百里西。"　吕衡州：即吕溫，病故前任衡州刺史。元稹《哭吕衡州六首》五："迴雁峰前雁，春迴盡却迴。聯行四人去，同葬一人來。"劉禹錫《段九秀才處見亡友吕衡州書迹》："交侣平生意最親，衡陽往事似分身。袖中忽見三行字，拭泪相看是故人。"

[編年]

未見《元稹集》採録，也未見《年譜》、《年譜新編》、《年譜新編》採録與編年。

元稹酬和的本佚失之篇，與劉禹錫《哭吕衡州時予方謫居》、柳宗元《同劉二十八哭呂衡州兼寄江陵李元二侍御》、元稹已經佚失的酬和之篇《酬子厚哭呂衡州見寄》,均應該賦成於同時,地點都應該在江陵呂温的藁葬地,具體時間就在元和六年的八月,元稹時任江陵士曹參軍。

附帶説明一下:詩題中提及的"李元二侍御",即是同樣貶謫在江陵的李景儉與元稹。四個永貞革新的參加者與同情者會合在一起,安葬他們的政治盟友、時任户曹參軍的呂温。我們相信,同時賦詩酬和劉禹錫、柳宗元的,除了元稹之外,還應該有李景儉,祇是由於元稹詩文的部份散佚散失,李景儉詩篇的散失幾盡,今天祇能停留在揣想的層面。

◎ 八月六日與僧如展前松滋主簿韋戴^(一)同游碧澗寺賦得扉字韵寺臨蜀江内有碧澗穿注兩廊^(二)又有龍女洞能興雲雨詩中噴字以平聲韵①

空闊長江礙鐵圍,高低雲樹倚巖扉^{(三)②}。穿廊玉澗噴紅旭,踴塔金輪拆翠微^{(四)③}。草引風輕馴虎睡^(五),洞驅雲入毒龍歸④。他生莫忘靈山别,滿壁人名後會稀⑤。

錄自《元氏長慶集》卷一八

[校記]

(一)前松滋主簿韋戴:楊本、叢刊本、《古詩鏡·唐詩鏡》、《蜀中廣記》、《全詩》同,但馬氏原本、楊本、《英華》、《全詩》各本在《僧如展及韋載同遊碧澗寺賦詩……》詩題中提及同一人時却作"韋載",各備一説,錄以備考。

（二）内有碧澗穿注兩廊：楊本、叢刊本、《古詩鏡·唐詩鏡》、《全詩》、《蜀中廣記》同，張校宋本作"内有碧澗穿經兩廊"，語義相類，不改。

（三）高低雲樹倚巖扉：原本作"高低行樹倚巖扉"，楊本、叢刊本、《全詩》同，《蜀中廣記》作"高低竹樹倚巖扉"，各備一説。《古詩鏡·唐詩鏡》作"高低雲樹倚巖扉"，據改。

（四）踴塔金輪拆翠微：楊本、叢刊本、《全詩》、《古詩鏡·唐詩鏡》同，《蜀中廣記》作"湧塔金輪接翠微"，各備一説，不改。

（五）草引風輕馴虎睡：楊本、叢刊本、《全詩》、《古詩鏡·唐詩鏡》同，《蜀中廣記》作"草引風輕馴虎□"，刊刻之誤，不從不改。

［箋注］

① 如展：江陵公安縣境内遠安寺的僧人，元稹《公安縣遠安寺水亭見展公題壁漂然淚流因書四韻》："碧澗去年會，與師三兩人。今來見題壁，師已是前身。芰葉迎僧夏，楊花度俗春。空將數行淚，灑遍塔中塵。"元稹《僧如展及韋戴同遊碧澗寺賦詩予落句云他生莫忘靈山座滿壁人名後會稀展共吟他生之句因話釋氏緣會所以莫不悽然久之不十日而展公長逝驚悼返覆則他生豈有兆耶其間展公仍賦黄字五十韻飛札相示予方屬和未畢自此不復撰成徒以四韻爲識》："重吟前日他生句，豈料逾旬便隔生。會擬一來身塔下，無因共繞寺廊行。"松滋：縣名，在當時的江陵境内，即在今天湖北省松滋市内。杜牧《竇烈女傳》："太和元年，予客遊涔陽，路出荆州，松滋縣攝令王洪爲某言桂娘事。"齊己《送王秀才往松滋夏課》："松滋聞古縣，明府是詩家。静理餘無事，歌眠盡落花。" 主簿：官名，漢代中央及郡縣官署中多置之，其職責爲主管文書，辦理事務。至魏晉時漸爲將帥重臣的主要僚屬，參與機要，總領府事。此後各中央官署及州縣雖仍置主簿，但任職漸輕，唐宋時皆以主簿爲初事之官。盧照鄰《哭明堂裴主簿》：

"締歡三十載,通家數百年。潘楊稱代穆,秦晉忝姻連。"宋之問《春日宴宋主簿山亭得寒字》:"公子正邀歡,林亭春未闌。攀巖踐苔易,迷路出花難。"　　韋戴:在元稹《僧如展及韋載同遊碧澗寺賦詩予落句云他生莫忘靈山座滿壁人名後會稀展共吟他生之句因話釋氏緣會所以莫不悽然久之不十日而展公長逝驚悼返覆則他生豈有兆耶其間展公仍賦黄字五十韵飛札相示予方屬和未畢自此不復撰成徒以四韵爲識》詩題中却作"韋載",前松滋主簿,其餘未詳。我們懷疑是元稹岳丈韋夏卿家族中的某一人,但據《新唐書》卷七四《宰相世系表》四《韋氏(郿公房)表》云:韋丹子韋寅、韋宙、韋審。並無"韋載"或"韋戴"之名,疑是韋夏卿或韋正卿兄弟中的後人。　　碧澗寺:寺名,在江陵枝江縣。贊寧《宋高僧傳·唐荆州碧澗寺道俊傳》:"釋道俊,江陵人也,住枝江碧澗精舍……天后、中宗二朝,崇重高行之僧,俊同恒景應詔入内供養。至景龍中,求還故鄉,帝賜御製詩並奘景同歸枝江,卒於本寺焉!"劉禹錫《碧澗寺見元九侍御和展上人詩有三生之句因以和》:"廊下題詩滿壁塵,塔前松樹已皴鱗。古來唯有王文度,重見平生竺道人。"　　蜀江:荆州境内的江名。《太平寰宇記·荆州》:"枝江縣……蜀江在縣南九里。"李白《荆門浮舟望蜀江》:"流目浦烟夕,揚帆海月生。江陵識遙火,應到渚宫城。"劉禹錫《赴和州於武昌縣再遇毛仙翁十八兄因成一絶》:"武昌山下蜀江東,重向仙舟見葛洪。又得案前親禮拜,大羅天訣玉函封。"《蜀中廣記·保寧府》誤將元稹此詩移植元稹通州司馬任内:"元稹《八月六日與僧如展前松滋主簿韋戴同遊碧澗寺賦詩得扉字引云寺臨蜀江内有碧澗穿注兩廊又有龍女洞能興雲雨詩中噴字以平聲韵》,詩云:'空闊長江礙鐵圍,高低竹樹倚巖扉。穿廊玉澗噴紅旭,湧塔金輪接翠微。草引風輕馴虎睡,洞驅雲入毒龍歸。他生莫忘靈山别,滿壁人名後會稀。'"　　碧澗:碧緑的山間流水。《南史·隱逸傳論》:"故知松山桂渚,非止素玩;碧澗清潭,翻成麗矚。"林逋《宿洞霄宫》:"碧澗流紅葉,青山點白雲。"　　穿注:流入與穿越。高似孫《剡錄·茶品》："會稽茶以日鑄名天下……茶生蒼石之陽,碧澗穿注,兹乃水石之靈,豈茶哉?"孫承澤《春明夢餘録·巖麓》："其崑軒揭如厌,奇秀如雲,穿注如蜂房燕壘。" 廊:正屋兩旁屋檐下面的過道,或有頂的獨立通道,如走廊、遊廊等。李商隱《正月崇讓宅》："密鎖重關掩緑苔,廊深閤迴此徘徊。"孟元老《東京夢華録·相國寺内萬姓交易》："大殿兩廊,皆國朝名公筆迹。" 龍女:傳說中的龍王女兒。《古詩源·綿州巴歌》："下白雨,取龍女,織得絹,二丈五。"梅堯臣《發長蘆江口》："篙師柂工相整衣,龍女廟中來宰豨。"雲雨:雲和雨。《詩·召南·殷其靁》："殷其靁,在南山之陽。"毛傳:"山出雲雨,以潤天下。"李紳《南梁行》："斜陽瞥映淺深樹,雲雨翻迷崖谷間。"

②空闊:空曠闊大。張九齡《自豫章南還江上作》："歸去南江水,磷磷見底清。轉逢空闊處,聊洗滯留情。"裴迪《欹湖》："空闊湖水廣,青熒天色同。艤舟一長嘯,四面來清風。" 長江:水名,古專稱江,後以"江"爲大川的通稱,始改稱長江。發源於唐古喇山脈主峰格拉丹東雪山西南側的沱沱河,流經青海、西藏、四川、雲南、湖北、湖南、江西、安徽、江蘇等省區,在上海市入東海。全長六千三百公里,爲中國第一大河,世界第三大河。韋承慶《南行別弟》："澹澹長江水,悠悠遠客情。落花相與恨,到地一無聲。"王勃《滕王閣》："閑雲潭影日悠悠,物换星移幾度秋。閣中帝子今何在? 檻外長江空自流。" 鐵圍:即鐵圍山。王褒《善行寺碑》："塵沙日月,同渤澥之輪迴;百億鐵圍,等閻浮之數量。"孟浩然《臘月八日於剡縣石城寺禮拜》："石壁開金像,香山倚鐵圍。"徐鵬注:"鐵圍,佛經言南贍部洲等四大部洲之外有鐵圍山,其中爲須彌山,外有七山八海,鐵圍山圍繞其外。" 高低:高高低低,或高或低。許渾《金陵懷古》："松楸遠近千官塚,禾黍高低六代宮。"張碧《山居雨霽即事》："斷續古祠鴉,高低遠村笛。" 雲樹:雲和樹。劉孝威《和皇太子春林晚雨》:

"雲樹交爲密，雨日共成虹。"王維《送崔興宗》："塞迴山河浄，天長雲樹微。"高聳入雲的樹木。崔櫓《華清宫三首》一："草遮回磴絶鳴鑾，雲樹深深碧殿寒。"　巖扉：巖洞的門。孟浩然《夜歸鹿門歌》："巖扉松徑長寂寥，惟有幽人自來去。"李商隱《重過聖女祠》："白石巖扉碧蘚滋，上清淪謫得歸遲。"

　　③ 穿廊：穿越走廊。韓元吉《夜雪》二："伴眼文書細作行，昏昏愁卧雪穿廊。何人恰弄風前笛，錯認梅花到枕傍?"蘇泂《月林即事》："竹穿遥徑雨穿廊，繚繞東西百步長。是處有橋通水入，四時無日不花香。"　玉澗：水色如玉色的溪流。王建《酬柏侍御聞與韋處士同遊靈臺寺見寄》："二十韵新詩，遠寄尋山儔。清泠玉澗泣，冷切石磬愁。"皮日休《鹿亭》："經時掊玉澗，盡日嗅金芝。爲在石窗下，成仙自不知。"　紅旭：紅日。楊巨源《春日奉獻聖壽無疆詞》："碧霄傳鳳吹，紅旭在龍旗。"吳融《海上秋懷》："辭無珪組隱無才，門向潮頭過處開。幾度黄昏逢罔象，有時紅旭見蓬萊。"　踴塔：佛教語，指多寶塔的湧現。據説古代東方寶浄國，有佛曰多寶如來，曾作大誓願云：滅度之後，十方國有説《法華經》處，彼之塔廟必湧現其前，以爲證明，見《法華經·見寶塔品》。蕭綱《六根懺文》："王見浄名方丈之室，多寶踴塔之瑞。"白居易《開元寺明遠大師塔碑銘》："平地踴塔，多寶示現。"金輪：佛教語，"輪"（梵語 Cakra），是印度古代戰争用的一種武器，印度古傳説中征服四方的轉輪王出生時，空中自然出現此輪寶，預示他將來的無敵力量。輪寶有金銀銅鐵四種，感得金輪寶者，爲金輪王，乃四輪之首，領東南西北四大洲。王勃《釋迦佛賦》："蓋以玉輦呈瑞，金輪啓圖。"陸游《老學庵筆記》卷九："至宣和末，又以方士劉知常所錬金輪，頒之天下神霄宫，名曰神霄寶輪。知常言其法以水錬之成金，可鎮分野兵饑之灾。"　翠微：指青翠掩映的山腰幽深處。李白《贈秋浦柳少府》："摇筆望白雲，開簾當翠微。"司馬光《和范景仁謝寄西遊行記》："八水三川路渺茫，翠微深處白雲鄉。"泛指青山。高適

《赴彭州山行之作》："峭壁連崆峒，攢峰疊翠微。"形容山光水色青翠縹緲。《文選·左思〈蜀都賦〉》："鬱葐蒀以翠微，崛巍巍以峨峨。"劉逵注："翠微，山氣之輕縹也。"韓愈《送區弘南歸》："汹汹洞庭莽翠微，九疑鑱天荒是非。"

④ 風輕：即"輕風"，輕捷的風。張協《雜詩十首》三："輕風摧勁草，凝霜竦高木。"杜牧《早春閣下寓直蕭九舍人亦直內署因寄書懷四韵》："玉漏輕風順，金莖淡日殘。" 馴虎：取自慧遠法師的故事，相傳晉代慧遠法師居廬山東林寺，送客不過溪，過溪，虎輒號鳴。王阮《九月六日汎舟航村而舟人不審誤抵道場之麓越二日登焉因過何山漫賦一首》："千巖蠹空濛，一水還葱蒨。寺從馴虎立，山作盤龍轉。"戴復古《贈洞霄道士》："馴虎巖前攀逸翠，斬蛟亭下濯征塵。練師莫笑狂夫老，乞我金丹養病身。" 毒龍：佛教故事，佛本身曾作大力毒龍，衆生受害。但受戒以後，忍受獵人剝皮，小蟲食身，以至身乾命終，後卒成佛，見《大智度論》，後用以比喻妄心。王維《過香積寺》："泉聲咽危石，日色冷青松。薄暮空潭曲，安禪制毒龍。"劉長卿《獄中見壁畫佛》："地狹青蓮小，城高白日遲。幸親方便力，猶畏毒龍欺。"

⑤ 他生：來生，下一世。李商隱《馬嵬二首》一："海外徒聞更九州，他生未卜此生休。"王安石《文師神松》："磊砢拂天吾所愛，他生來此聽樓鐘。" 靈山：印度佛教聖地靈鷲山的簡稱。王融《净行詩十首》五："朝遊净國侶，暮集靈山群。"劉禹錫《送僧元暠南遊》："彭澤因家凡幾世，靈山預會是前生。" 後會：日後相會。朱放《江上送別》："浦邊新見柳搖時，北客相逢只自悲。惆悵空知思後會，艱難不敢料前期。"元稹《別後西陵晚眺》："晚日未拋詩筆硯，夕陽空望郡樓臺。與君後會知何日？不似潮頭暮却迴。"

[編年]

《年譜》編年本詩於"庚寅至甲午在江陵府所作其他詩"欄內，理由是："詩之落句云：'他生莫忘靈山別，滿壁人名後會稀。'"《編年箋注》編年："此詩作于江陵時期。見下《譜》。"《年譜新編》編年本詩於元和六年，理由是："劉禹錫其後有和詩《碧澗寺見元九侍御和展上人詩有三生之句因以和》，元詩七律，劉詩七絕。"

我們以爲，本詩作於元稹江陵時期的"八月六日"，但元和九年"八月六日"前後元稹先"浙行"後"淮西平叛"，可以排除。元和八年秋天元稹處在大病之中，不可能出行，心態也不會如此平和，也應該排除。元和五年的"八月六日"，是韋丹的謝世之日，韓愈《唐故江西觀察使韋公墓誌銘》云："公諱丹……爲東川節度使、御史大夫……拜洪州刺史、江南西道觀察使……薨於元和五年八月六日。"雖然我們目前還不能斷定"韋載"或"韋戴"與韋夏卿、韋丹之間的確切關係，但元稹是韋夏卿的女婿則是板上釘釘的事實。韋丹在江西觀察使府謝世，距江陵不遠，而且韋丹的"通德湖舊居"就在江陵府城之東，報喪的人應該當日到達"通德湖舊居"，元稹當日就可以得知這個噩耗，在這樣的特殊時日，元稹與"韋載"或"韋戴"不會出行，即使事前不知而出行，也不會在自己的詩篇中特特地表明"八月六日"，事後肯定會作文字的改動。不作處理而公然直書"八月六日"，此"八月六日"肯定與韋丹謝世的元和五年的"八月六日"無關，因此元和五年"八月六日"也可以排除。而劉禹錫元和六年十月二十四日前來江陵會葬呂溫之時，已經看到了本詩，故有《碧澗寺見元九侍御和展上人詩有三生之句因以和》之篇，因此元和七年"八月六日"也應該排除，實際上也同時排除了元和八年、元和九年。根據以上論證，本詩應該作於元和六年的"八月六日"，地點在江陵枝江縣的碧澗寺。

應該指出，雖然我們元和六年的"八月六日"的編年結論與《年譜新編》的"元和六年"大致相近，但《年譜新編》沒有舉證能够説服他人的理由。而且《年譜新編》認爲這次元稹前來碧澗寺，就是元稹"遊三寺"活動之一："'三寺'或指玉泉寺、度門寺、碧澗寺。"而這顯然是錯誤的，希望讀者加以辨別。

◎ 僧如展及韋載同遊碧澗寺賦詩⁽一⁾予落句云他生莫忘靈山別⁽二⁾滿壁人名後會稀⁽三⁾展共吟他生之句因話釋氏緣會所以莫不悽然久之不十日而展公長逝驚悼返覆則他生豈有兆耶其間展公仍賦黃字五十韵飛札相示予方屬和未畢⁽四⁾自此不復撰成徒以四韵爲識①

重吟前日他生句，豈料逾旬便隔生②？會擬一來身塔下，無因共繞寺廊行③。紫毫飛札看猶濕，黃字新詩和未成④。縱使得如羊叔子，不聞兼記舊交情⑤。

錄自《元氏長慶集》卷八

[校記]

（一）僧如展及韋載同遊碧澗寺賦詩：《全詩》同，楊本、《英華》作“僧如展及韋載同遊碧澗寺各賦詩”，叢刊本作“僧如展及韋載同遊碧澗寺各賦”，語義相類，不改。“韋載”與《八月六日》詩題“韋戴”不同，各備一説。

（二）予落句云他生莫忘靈山別：原本作“予落句云他生莫忘靈山座”，楊本、叢刊本、《全詩》同，《英華》作“余落句云他生莫忘靈山座”，遵從原本，不改。

（三）滿壁人名後會稀：《英華》、《全詩》同，楊本、叢刊本作“滿壁人名後復稀”，語義不佳，不改。

（四）予方屬和未畢：楊本、叢刊本、《全詩》同，《英華》作“余方屬和未畢”，語義相類，不改。

[箋注]

① 釋氏：佛姓釋迦的略稱，亦指佛或佛教。沈約《究竟慈悲論》：“釋氏之教，義本慈悲。”羅隱《代文宣王答》：“釋氏寶樓侵碧漢，道家宮殿拂青雲。”　緣會：相會的緣分。陶弘景《冥通記》卷二：“幸藉緣會，得在山宅。”元稹《遣悲懷三首》三：“同穴窅冥何所望？他生緣會更難期。”　莫不：無不，沒有一個不。《詩·周頌·時邁》：“薄言震之，莫不震疊。”《左傳·成公十六年》：“民生敦厖，和同以聽，莫不盡力，以從上命。”　悽然：淒涼悲傷貌。《莊子·漁父》：“客悽然變容曰：‘甚矣！子之難悟也。’”高適《除夜作》：“旅館寒燈獨不眠，客心何事轉悽然？故鄉今夜思千里，霜鬢明朝又一年！”　久之：多時。《史記·老子韓非列傳》：“居周久之，見周之衰，迺遂去。”沈括《夢溪筆談·官政》：“慶曆中，河決北都商胡，久之未塞。”　長逝：謂逝世，去世。司馬遷《報任少卿書》：“僕終已不得舒憤懣以曉左右，則長逝者魂魄私恨無窮。”李白《夏日諸從弟登汝州龍興閣序》：“屈宋長逝，無堪與言。”　驚悼：震驚而傷悼。徐陵《爲貞陽侯答王太尉書》：“無識之徒，忽然逆戰，前旌未舉，即自披猖。驚悼之情，彌以傷惻。”蘇轍《超然臺賦》：“彼世俗之私己兮，每自予於曲全。中變潰而失故兮，有驚悼而汍瀾。”　返覆：亦作“返復”，重復多次，再三。《魏書·天象志》：“先是，去年九月至於五月，歲再犯軒轅大星；八月庚寅至二年三月，填再犯鬼積屍。歲星主農事，軒轅主雪霜風雨之神。返覆由之，所以告黃祇也。”《敦煌變文集·維摩詰經講經文》：“蟬聲返覆穿疏牖，柳影雕殘對病床。”　兆：徵兆。《荀子·王制》：“相陰陽，占祲兆。”楊倞注：“兆，萌兆，謂望其雲物，知歲之吉凶也。”《新唐書·李淳

風傳》:"其兆既成,已在宮中。又四十年而王,王而夷唐子孫且盡。"
黃字:義近"黃絹詞",亦作"黃絹辭",指優美的詩文,亦即本詩中的
"黃字新詩"。皇甫冉《洪澤館壁見故禮部尚書題詩》:"底事洪澤壁,
空留黃絹詞?"任華《雜言寄杜拾遺》:"昨日有人誦得數篇黃絹詞,吾
怪異奇特借問,果然稱是杜二之所爲。" 飛札:飛速寫成的信。元稹
《贈嚴童子》:"十歲佩觿嬌稚子,八行飛札老成人。"急送的信件。劉
太真《和友》:"飛札謝三守,斯篇希見酬。" 屬和:指和別人的詩。
《舊唐書·德宗紀》:"上賦詩一章,群臣屬和。"秦觀《觀寶林塔張燈》:
"繼聽鈞天奏,尤知屬和難。"

②前日:前些日子,往日。《孟子·公孫丑》:"孟子致爲臣而歸,
王就見孟子,曰:'前日願見而不可得,得侍同朝,甚喜。'"趙曄《吳越
春秋·闔閭內傳》:"吳不信前日之盟。"這裏指"不十日"前。 他生
句:即元稹"不十日"前所作《八月六日與僧如展前松滋主簿韋戴同遊
碧澗寺賦得扉字韻寺臨蜀江內有碧澗穿注兩廊又有龍女洞能興雲雨
詩中噴字以平聲韻》詩中的"他生莫忘靈山別,滿壁人名後會稀"之
句。耿湋《題莊上人房》:"不語焚香坐,心知道已成。流年衰此世,定
力見他生。"元稹《遣悲懷三首》三:"同穴窅冥何所望,他生緣會更難
期。唯將終夜長開眼,報答平生未展眉。" 豈料:哪裏料到。劉長卿
《江州重別薛六柳八二員外》:"生涯豈料承優詔!世事空知學醉歌。
江上月明胡雁過,淮南木落楚山多。"岑參《赴嘉州過城固縣尋永安超
禪師房》:"門外不須催五馬,林中且聽演三車。豈料巴川多勝事,爲
君書此報京華。" 逾旬:謂時間超過十天。嵇康《答難養生論》:"肴
糧入體,益不逾旬,以明宜生之驗。"周賀《投江州張郎中》:"要地無閑
日,仍容冒謁頻。借山年涉閏,寢郡月逾旬。" 隔生:猶隔世。王建
《渡遼水》:"來時父母知隔生,重著衣裳如送死。"范成大《續長恨歌七
首》二:"莫道故情無覓處,領巾猶有隔生香。"

③會:領悟,理解。于濆《擬古諷》:"余心甘至愚,不會皇天意。"

歐陽修《蝶戀花》:"草色山光殘照裏,無人會得憑欄意。"　擬:揣度,推測。《易·繫辭》:"擬之而後言,議之而後動。"孔穎達疏:"聖人欲言之時,心擬度之而後言也。"揚雄《法言·孝至》:"君子動則擬諸事,事則擬諸禮。"司馬光注:"擬,度也。"　一來:來一趟。白居易《贈曇禪師》:"五年不入慈恩寺,今日尋師始一來。"《宋史·巢谷傳》:"蘇軾責黃州,與谷同鄉,幼而識之,因與之遊。及軾與弟轍在朝,谷浮沉里中,未嘗一來相見。"　身塔:僧塔,爲僧人埋骨之所,有真身塔(肉身塔)、灰身塔(火化後以灰身立塔安葬)和舍利塔(僅取高僧火化後的舍利立塔供養)之别。王維《大唐大安國寺故大德淨覺禪師碑銘序》:"身塔不出虎溪,泪碑有同羊峴。"李紳《題法華寺五言二十韵》:"化娥騰寶像,留影閟金仙。殿湧全身塔,池開半月泉。"　無因:無所憑藉,沒有機緣。謝惠連《雪賦》:"怨年歲之易暮,傷後會之無因。"段成式《酉陽雜俎續集·金剛經鳩異》:"夢至荒野,遇大河,欲渡無因。"　寺廊:佛院中的走廊。慈恩塔院女仙《題寺廊柱》:"皇子陂頭好月明,忘却華筵到曉行。烟收山低翠黛横,折得荷花遠恨生。"王庭珪《贈度門僧》二:"半夜鐘聲殷寺廊,吹螺打鼓助錚鏦。不妨白日開門睡,更遣闍梨飯後撞。"

④ 紫毫:紫色兔毛,亦指用以製成的筆。白居易《新樂府·紫毫筆》:"江南石上有老兔,喫竹飲泉生紫毫。宣城工人采爲筆,千萬毛中選一毫。"劉滄《及第後宴曲江》:"及第新春選勝遊,杏園初宴曲江頭。紫毫粉壁題仙籍,柳色簫聲拂御樓。"　濕:潮濕,與"乾"相對。《易·乾》:"水流濕,火就燥。"許渾《神女祠》:"龍氣石床濕,鳥聲山廟空。"　新詩:新的詩作。張華《答何劭三首》一:"良朋貽新詩,示我以遊娱。"杜甫《解悶十二首》七:"陶冶性靈存底物? 新詩改罷自長吟。"和:以詩歌酬答,依照别人詩詞的題材和體裁作詩詞。《列子·周穆王》:"西王母爲王謡,王和之,其辭哀焉!"張湛注:"和,答也。"韓愈《送楊少尹序》:"吾聞楊侯之去,丞相有愛而惜者,白以爲其都少

尹，不絶其禄，又爲歌詩以勸之，京師之長於詩者，亦屬而和之。”
成：完成，實現，成功。《顔氏家訓·教子》：“帝每面稱之曰：‘此黠兒
也，當有所成。’”韓愈《送許郢州序》：“凡天下事，成於自同，而敗於
自異。”

⑤ 縱使：即使。《顔氏家訓·養生》：“縱使得仙，終當有死。”杜
甫《戲爲六絶句》三：“縱使盧王操翰墨，劣於漢魏近風騷。” 羊叔子：
即晉代名人羊祜。《晉書·羊祜傳》：“羊祜字叔子，泰山南城人
也……祜年五歲時，令乳母取所弄金鐶，乳母曰：‘汝先無此物。’祜即
詣鄰人李氏東垣桑樹中探得之，主人驚曰：‘此吾亡兒所失物也，云何
持去？’乳母具言之，李氏悲惋，時人異之，謂李氏子則祜之前身也。”
李白《憶襄陽舊遊贈馬少府巨》：“歸心結遠夢，落日懸春愁。空思羊
叔子，墮泪峴山頭。”李德裕《瀑泉亭》：“菌閣繞佳樹，菱潭有釣舟。不
如羊叔子，名與峴山留。” 不聞：没有聽説。儲光羲《田家即事答崔
二東皋作四首》四：“依依親隴畝，寂寂無鄰里。不聞雞犬音，日見和
風起。”劉長卿《酬靈徹公相招》：“石磵泉聲久不聞，獨臨長路雪紛紛。
如今漸欲生黄髮，願脱頭冠與白雲。” 兼：副詞，俱，同時。《荀子·
解蔽》：“萬物可兼知也。”柳宗元《三戒·永某氏之鼠》：“（鼠）晝累累
與人兼行。” 記：不忘，把印象保持在腦中。《書·益稷》：“撻以記
之。”孔傳：“笞撻不是者，使記識其過。”鄭思肖《夏駕湖晚步懷古》：
“空嗟落日猶如夢，不記東風幾換年。” 舊：原來，本來。《陳書·長
沙王叔堅傳》：“叔陵舊多力，須臾，自奮得脱。”陸游《沈園二絶》二：
“城上斜陽畫角哀，沈園非復舊池臺。”這裏指羊祜前世與其父母的生
育恩情。 交情：人們在相互交往中建立起來的感情。《史記·汲鄭
列傳》：“一死一生，乃知交情。一貧一富，乃知交態。一貴一賤，交情
乃見。”皎然《春夜與諸同宴呈陸郎中》：“南國宴佳賓，交情老倍親。”

［編年］

　　《年譜》編年本詩於"庚寅至甲午在江陵府所作其他詩"欄内,理由是:"詩云:'重吟前日他生句,豈料逾旬便隔生。'緊接前詩之後作。《輿地紀勝》卷六十四《荆湖北路・江陵府・景物》下云:'碧澗溪:在松滋縣西六十里,有碧澗寺。'《高僧傳》卷八《習禪篇》第三之一《唐荆州碧澗寺道俊傳》云:'釋道俊,江陵人也,住枝江碧澗精舍。'碧澗寺在荆州之松滋縣與枝江縣間。《全唐詩》卷三六五載劉禹錫《碧澗寺見元九侍御和展上人詩有三生之句因以和》詩。劉詩元和十年作,元詩作於元和十年前。"《編年箋注》編年:"此詩……作于元和五年至九年,在江陵士曹任期間。見下《譜》。"《年譜新編》引用本詩詩題以及《年譜》列舉的理由,在元和六年得出"約本年八月,'遊三寺'"、"'三寺'或指玉泉寺、度門寺、碧澗寺"的結論,意謂本詩即是元稹元和六年八月"遊三寺"時所作。

　　我們以爲,《年譜》舉證碧澗寺的地理位置與本詩編年没有直接的關係。而認爲劉禹錫《碧澗寺見元九侍御和展上人詩有三生之句因以和》作於元和十年也是不可取的,雖然《年譜》没有舉證劉詩爲什麼作於元和十年的理由,但我們揣摩《年譜》認爲劉詩是劉禹錫元和十年北歸西京時路經碧澗寺所作。元和十年劉禹錫北歸之時,應該從朗州東入洞庭湖,然後從洞庭湖進入長江東下,轉道漢水北上,這是便捷的水路。劉禹錫根本没有必要進入長江之後逆水西上,迂迴松滋與枝江之間的碧澗寺,然後再北上漢水。而且,那時元稹已經離開江陵,比劉禹錫等人先期歸京,元稹《題藍橋驛留呈夢得子厚致用》足以説明了這一點。劉禹錫《碧澗寺見元九侍御和展上人詩有三生之句因以和》詩篇,我們將在《哭吕衡州六首》中論證它應該作於元和六年十月二十四日劉禹錫、柳宗元、李景儉與元稹"四人"一起藁葬吕溫之時,此不重複。而本詩所云"重吟前日他生句,豈料逾旬便隔生",確實是編年本詩的關鍵證據,但它的前提是元稹《八月六日》究

竟作於何時,如果前提搞錯,本詩編年自然也跟著搞錯。《年譜新編》
框定的元稹"遊'三寺'"的時間,與元稹《八月六日》詩不是一回事,
"三寺"中也不應該包括"碧澗寺","三寺"應該是玉泉寺、度門寺、大
雲寺,它們都在當陽縣境內或附近,我們已經在《度門寺》、《大雲寺》
編年時指出《年譜新編》的失誤,此不重複。

我們以爲,元稹《八月六日》作於元和六年八月六日,本詩即應該
作于"八月六日"之後的"不十日"之內,亦即元和六年八月十六日之
前一二天之內,亦即八月十四日至八月十六日間。

◎ 哭呂衡州六首(一)①

氣敵三人傑,交深一紙書②。我投冰瑩眼,君報水憐
魚③。髀股惟夸瘦,膏肓豈眼除④?傷心死諸葛,憂道不
憂餘⑤。

望有經綸釣,虔收宰相刀⑥。江文駕風遠(二),雲貌接天
高⑦。國待球琳器,家藏虎豹韜⑧。盡將千載寶,埋入五
原蒿⑨。

白馬雙旌隊,青山八陣圖⑩。請纓期繫虜,枕草誓捐
軀⑪。勢激三千壯,年應四十無⑫?遙聞不瞑目,非是不
憐吳⑬。

雕鶚生難敵,沈檀死更香⑭。兒童喧巷市,羸老哭碑
堂⑮。雁起沙汀暗,雲連海氣黃⑯。祝融峰上月,幾照北
人喪⑰?

迴雁峰前雁,春迴盡却迴⑱。聯行四人去,同葬一人
來⑲。鏡吹臨江返,城池隔霧開⑳。滿船深夜哭,風棹楚

猿哀⁽三⁾㉑。

　　杜預春秋癖，揚雄著述精㉒。在時兼不語，終古定歸名㉓。耒水波文細，湘江竹葉輕㉔。平生思風月，潛寐若爲情㉕？

録自《元氏長慶集》卷八

[校記]

　　(一)哭吕衡州六首：楊本、叢刊本、《全詩》同，《英華》作"傷吕衡州二首"，録有本組詩第二、第四兩首，而《唐詩紀事》在《吕温》條下收入本組詩第一、第二、第三、第四等四首，《古儷府》、《淵鑑類函》均作"傷吕衡州詩"，均收録本組詩第四首，《英華》、《唐詩紀事》、《古儷府》、《淵鑑類函》屬於選本節選，不改。

　　(二)江文駕風遠：楊本、叢刊本、《全詩》同，錢校、《英華》作"鵬心駕風遠"，語義不同，不改。

　　(三)風棹楚猿哀：宋蜀本、蘭雪堂本、叢刊本、《全詩》同，楊本作"風掉楚猿哀"，語義不通，不從不改。

[箋注]

　　① 吕衡州：即吕温(772—811)，字和叔，河東人。師事陸質、梁蕭，《新唐書·吕温傳》："從陸質治《春秋》，梁蕭爲文章。"有文名於當時。"東平吕温、隴西李景儉、河東柳宗元"以及劉禹錫都是王叔文的死黨，是永貞革新的重要成員。貞元末年吕温奉命出使吐番，被羈留經年。歸遷户部員外郎，歷道州刺史，故稱"吕衡州"。元和六年病卒於自衡州刺史任返回京城途中之江陵境内，十月二十四日藁葬於江陵境内，新舊《唐書》有傳。對於吕温的謝世，劉禹錫也有《哭吕衡州(時予方謫居)》詩追念悼亡，詩云："一夜霜風凋玉芝，蒼生望絕士林

悲。空懷濟世安人略，不見男婚女嫁時。遺草一函歸太史，旅墳三尺近要離。朔方徙歲行當滿，欲爲君刊第二碑。"柳宗元同時也有《同劉二十八哭呂衡州兼寄江陵李元二侍御（李元二侍御，即前李深源、元克已也。〈劉夢得集〉亦有〈哭呂衡州詩〉，據公作〈呂衡州誄〉云：'溫以元和六年九月卒，詩是時作)》詩酬和劉禹錫，祭祀呂溫，詩云："衡嶽新摧天柱峰，士林憔悴泣相逢。只令文字傳青簡，不使功名上景鐘。三畝空留懸磬室，九原猶寄若堂封。遙想荆州人物論，幾回中夜惜元龍?"柳宗元詩題中的"李元二侍御"，除了元稹，另一個則是李景儉，李景儉也是永貞革新的重要成員，按照常規李景儉不會不酬和柳宗元的寄贈，但現存各種文獻未見，估計是隨着時間的推移散佚散失了。柳宗元詩題中的"李元二侍御"，《柳河東集》、《柳河東集注》、《全詩》題注爲："李濟源、元克己也。"有些選本沿用其說，傳誤後代。我們以爲，李濟源、元克己當時在零陵不在江陵，元和六年李景儉、元稹均在江陵，一爲户曹參軍，一爲士曹參軍，正堪稱爲"侍御"，竇鞏元和六年詩《江陵遇元九李六二侍御》可證。劉禹錫、柳宗元、呂溫、李景儉均爲革新集團成員，從時地、職務、情理來看，柳宗元詩所兼寄者應該是李景儉和元稹無疑。在所有哭呂溫的詩篇中，竇鞏的《哭呂衡州八郎中》詩應說也是哀悼之意充斥字裏行間之作，云："今朝血泪問蒼蒼，不分先悲旅館喪。人送劍來歸隴上，雁飛書去叫衡陽。還家路遠兒童小，埋玉泉深晝夜長。望盡素車秋草外，欲將身贖返魂香。"與上述悼念呂溫的詩歌相比，元稹的《哭呂衡州六首》更是傷情滿懷，情真意切，可以目爲劉禹錫、柳宗元、竇鞏詩的同調。在這組詩中，元稹把自己的朋友呂溫比作爲受世人尊敬的"諸葛"、"杜預"、"揚雄"，認爲他有"經綸"之才、"虎豹"之略，是國家的"球琳"之器、"千載"之寶，認爲他在世之時是政敵望而生畏的"雕鶚"，而他死後是留芳百世的"沉檀"，呂溫的志向是"請纓期系虜，枕草誓捐軀"。詩人"滿船深夜哭，風棹楚猿哀"之"哭"之"哀"，是"傷心死諸葛，憂道不憂餘"之"傷"之

"憂"。我們以爲,聯繫詩人前後對永貞革新及其成員的態度,元稹寫這樣的詩,對永貞革新成員呂溫作出如此之高的評價是毫不奇怪的。在哭呂溫這件事情上元稹與劉禹錫、柳宗元態度如此一致,感情如此相通,行動如此一致,關係如此親密,這不是又一次説明元稹對永貞革新的同情與支持的立場與態度嗎?讀者如果細讀柳宗元《唐故衡州刺史東平呂君誄》之文,相信大家一定會同意我們對元稹的評價:"維唐元和六年八月日,衡州刺史東平呂君卒。爰用十月二十四日,藁葬於江陵之野。嗚呼!君有智勇孝仁,惟其能,可用康天下;惟其志,可用經百世。不克而死,世亦無由知焉!君由道州以陟爲衡州,君之卒,二州之人哭者逾月。湖南人重社鄉飲酒,是月上戊,不酒去樂,會哭於神所而歸。余居永州,在二州中,聞其哀聲交於南北,舟船之下上,必呱呱然,蓋嘗聞於古而觀於今也。君之志與能,不施於生人,知之者又不過十人。世徒讀君之文章,歌君之理行,不知二者之於君其末也。嗚呼!君之文章,宜傳於百世,今其存者,非君之極言也,獨其詞耳!君之理行,宜及於天下,今其聞者,非君之盡力也,獨其迹耳!萬不試而一出焉!猶爲當世甚重。若使幸得出其什二三,巍然爲偉人,與世無窮,其可涯也?君所居官爲第三品,宜得謚於太常。余懼州吏之逸其辭也,私爲之誄,以志其行。其詞曰:麟死魯郊,其靈不施。濯濯夫子,故潔其儀。冠仁服義,干櫓《書》《詩》。忠貞繼佩,智勇承綦。跨騰商周,堯舜是師。道不勝禍,天固余欺。鬼神齊怒,妖孽咸疑。何付之德,而奪其時?嗚呼哀哉!命姓爲呂,勤唐以力。輔宵萬邦,受胙爾國。維師元聖,周以降德。世征五侯,伊祖之則。嗣濟厥武,前書是式。至於化光,爰耀其特。《春秋》之元,儒者咸惑。君達其道,卓焉孔直。聖人有心,由我而得。敷施變化,動無不克。推理惟公,舒文以翼。宣於事業,與古同極。道不苟用,資仕乃揚。進於禮司,奮藻含章。決科聯中,休問用張。署讎百氏,錯綜逾光。超都諫列,屢皁其囊。帝殊爾能,人服其智。戎悔厥禍,款邊求侍。盛選邦良,難乎始使。看登御史,贊命承事。風動海壖,皇威以致。來總征賦,甲兹郎吏。制用經邦,時推重器。諸臣之復,周官匪易。漢課箋奏,鮮云能備。君自他曹,載出其技。筆削自任,群儒革議。正郎司刑,邦憲爲貳。糾佞肅邪,諂諛具畏。遷理於道,民服休嘉。恩疏若昵,惕邇如遐。實閉其閤,而撫於家。載其愉樂,申以舞歌。賦無吏迫,威不刑加。浩然順風,從令無嘩。絲蠺外邑,我繭盈車。雜耕鄰邦,我黍之華。既字其畜,亦藝其麻。罄鼓斯屏,人喜則多。始富中教,興良廢邪。考績既成,王用興嗟。陟於嶽濱,言進其律。號呼南竭,謳謠北溢。欺吏悍民,先聲如失。迆租匿役,歸誠自出。兼併既息,罷羸乃逸。惟昔舉善,盜奔於鄰。今我興仁,化爲齊人。惟昔富人,或賑之粟。今我厚生,不竭而足。邦思其弼,人戴惟父。善胡召灾,仁胡罹咎。俾民伊祜,而君不壽。矯矯貪淩,乃康乃茂。嗚呼哀哉! 廩不余食,藏無積帛。內厚族姻,外賙賓客。恒是懸磬,逮兹易簀。僮無凶服,葬非舊陌。嗚呼哀哉! 君昔與余,講德討儒。時中之奧,希聖爲徒。志存致君,笑詠唐虞。揭兹日月,以耀群愚。疑生所怪,怒起特殊。齒舌嗷嗷,雷動風驅。良辰木偶,卒與禍俱。直道莫試,嘉言罔敷。王佐之器,窮以郡符。秩在三品,宜謚王都。諸生群吏,尚擁良圖。故友咨懷,累行陳謨。是旌是告,永永不渝。嗚呼哀哉!"

②氣:中國古代哲學概念,主觀唯心主義者用以指主觀精神。《孟子·公孫丑》:"我善養吾浩然之氣。"宋代及以後的客觀唯心主義者認爲"氣"是一種在"理"(即精神)之後的物質。朱熹《答黃道夫》:"天地之間,有理有氣。理也者,形而上之道也,生物之本也;氣也者,形而下之器也,生物之具也。是以人物之生必稟此理,然後有性;必稟此氣,然後有形。"樸素唯物主義者則用以指形成宇宙萬物的最根本的物質實體。《易·繫辭》:"精氣爲物,遊魂爲變。"孔穎達疏:"'精氣爲物'者,謂陰陽精靈之氣。"王充《論衡·自然》:"天地合氣,萬物

自生。"王符《潛夫論·本訓》:"麟龍、鸞鳳、蚳蟇、蠜蝗,莫非氣之所爲也。"張載《正蒙·乾稱》:"凡象,皆氣也。"王夫之注:"使之各成其象者,皆氣所聚也。"特指勇氣,豪氣。《左傳·莊公十年》:"夫戰,勇氣也。一鼓作氣,再而衰,三而竭。"郭璞《山海經圖贊·鱢魚》:"壯士挺劍,氣激白虹。"　三人傑:三位傑出的人物,有多種説法:一指漢代的張良、韓信、蕭何。《三國志·步騭傳》:"近漢高祖擥三傑以興帝業,西楚失雄俊以喪成功。"又指三國蜀的諸葛亮、關羽、張飛。《三國志·先主傳》:"進圍成都數十日,璋出降。"裴松之注引《傅子》:"劉備寬仁有度,能得人死力。諸葛亮達治知變,正而有謀,而爲之相;張飛、關羽勇而有義,皆萬人敵,而爲之將,此三人者,皆人傑也。以備之略,三傑佐之,何爲不濟也?"又指唐代的宋璟、張説、源乾曜。《新唐書·宋璟傳》:"十七年,爲尚書右丞相,而張説爲左丞相,源乾曜爲太子少傅,同日拜。有詔太官設饌,太常奏樂,會百官尚書省東堂。帝賦《三傑詩》,自寫以賜。"這裏讚譽呂温的氣概與歷史上的"三傑"相當。　交:結交,交往。《論語·學而》:"吾日三省吾身:爲人謀而不忠乎? 與朋友交而不信乎? 傳不習乎?"邢昺疏:"與朋友結交,而得無不誠信乎?"韓愈《答馮宿書》:"足下與僕交久,僕之所守,足下之所熟知。"歐陽修《送楊子聰户曹序》:"士之有文而賢者,盡交之。"一紙書:《晉書·劉弘傳》:"弘每有興廢,手書守相,丁寧款密,所以人皆感悦,爭赴之,咸曰:'得劉公一紙書,賢於十部從事。'"後用以爲典,或以"一紙書"代指書信。許渾《寄獻三川守劉公》:"長聞季氏千金諾,更望劉公一紙書。"皮日休《宏詞下第感恩獻兵部侍郎》:"空慚季布千金諾,但負劉弘一紙書。"

③ "我投冰瑩眼"兩句:意謂我對呂温非常重視另眼相看,呂温對我也如水愛憐魚兒一般待我。詩人在這裏取義《詩經·有狐三章》一"投我以木瓜,報之以瓊琚。匪報也,永以爲好也"之意,借喻兩人的關係親密無間,非同一般。　冰瑩:謂寒冰光亮透明。元稹《諭寶

2989

二首》二："鏡懸奸膽露，劍拂妖蛇裂，珠生照乘光，冰瑩環坐熱。"元稹《送崔侍御之嶺南》："冰瑩懷貪水，霜清顧痛巖。珠璣當盡擲，薏苡詎能讒！"

④ 髀：大腿骨。《禮記·祭統》："凡爲俎者，以骨爲主。骨有貴賤，殷人貴髀，周人貴肩。"《漢書·賈誼傳》："屠牛坦一朝解十二牛，而芒刃不頓者，所排擊剝割，皆衆理解也。至於髖髀之所，非斤則斧。"顏師古注："髀，股骨也。"指股部與大腿。《禮記·深衣》："帶，下毋厭髀，上毋厭脅，當無骨者。"《文選·李斯〈上書秦始皇〉》："夫擊甕扣缶，彈箏搏髀而歌嗚嗚快耳者，真秦之聲也。" 股：大腿。《詩·小雅·采菽》："赤芾在股，邪幅在下。"《戰國策·秦策》："〔蘇秦〕讀書欲睡，引錐自刺其股，血流至足。"韓愈《元和聖德詩》："萬牛臠炙，萬甕行酒。以錦纏股，以紅帕首。" 膏肓：古代醫學以心尖脂肪爲膏，心臟與膈膜之間爲肓。《左傳·成公十年》："疾不可爲也，在肓之上，膏之下，攻之不可，達之不及，藥不至焉！不可爲也。"杜預注："肓，鬲也，心下爲膏。"後遂用以稱病之難治處。孫楚《爲石仲容與孫皓書》："夫治膏肓者，必進苦口之藥；決狐疑者，必告逆耳之言。"朱熹《題謝少卿藥園二首》二："再拜藥園翁，何以起膏肓？" 暇：空閑，閑暇。《詩·小雅·何草不黃》："哀我征夫，朝夕不暇。"孔穎達疏："哀我此征行之夫，朝夕常行而不得閑暇。"韓愈《與祠部陸員外書》："以其耕之暇，讀書而爲文。"

⑤ "傷心死諸葛"兩句：呂溫有《諸葛武侯廟記》，見識獨到，文云："天厭漢德，俾絕其紐。群生墜塗，四海飛水。武侯命世，實念皇極。魏奸吳輕，未獲心膂。胥宇南陽，堅卧待主。三顧稍晚，群雄初定。必也彗掃，是資鼎立。變化消息，謀成掌中。戰龍玄黃，再得風雨。於是右揭如天之府，左提用武之國。因山分力，與水合勢，蟠亘萬里，張爲龍形。亦欲首吞咸鎬，尾束河洛。翼出中夏，飛於天衢。然後魚驅勾吳，東入晏海。大勛未集，天奪其魄。至誠無妄，炳在日

月。烈氣不散，長爲風雷。英雄痛心，六百年矣！於戲！以武侯之才，知己付託，土雖狹，國以勤儉富；民雖寡，兵以節制強。魏武雖没，晉宣非敵。而戎車荐駕，不復中原。或曰奇謀非長，則斬將覆軍無虚舉矣！或曰餽粮不繼，則築室反耕有成算矣！嘗試念之，頗曉其原。夫民無歸，德以爲歸。撫則思，虐則忘。其思也，不可使忘；其忘也，不可使思。當漢道方休，哀、平無政，王莽乃欲憑寵戚，造符命，脅之以威，動之以神，使人忘漢，終不可得也。及高、光舊德，與世衰遠。桓、靈流毒，在人骨髓。武侯乃欲開張季世，興振絶緒，諭之以本，臨之以忠，使人思漢，亦不可得也。向使武侯奉先主之命，告天下曰：'我之舉也，匪私劉宗，唯活元元。曹氏利汝乎！吾事之；曹氏害汝乎！吾除之。'俾虐魏倡從之民，聳誠感動，然後經武觀釁，長驅義聲，咸洛不足定矣！奈何當至公之運，而強人以私，此猶力爭，彼未心服，勤而靡獲，不亦宜哉！乃知務開濟之業者，未能審時定勢，大順人心，而克觀厥成，吾不信也！惜其才有餘而見未至，述於遺廟以俟通識。唐貞元十四年七月二十五日東平呂某記。"　傷心：心靈受傷，形容極其悲痛。司馬遷《報任少卿書》："故禍莫憯於欲利，悲莫痛於傷心。"陸機《吊魏武帝文》："今乃傷心百年之際，興哀無情之地，意者無乃知哀之可有，而未識情之可無乎？"　諸葛：即諸葛亮，《三國志·諸葛亮傳》："諸葛亮，字孔明，琅邪陽都人也……亮躬畊隴畝，好爲《梁父吟》。身長八尺，每自比於管仲、樂毅，時人莫之許也，惟博陵崔州平、潁川徐庶元直與亮友善，謂爲信然。時先主屯新野，徐庶見先主，先主器之，謂先主曰：'諸葛孔明者，卧龍也，將軍豈願見之乎？'先主曰：'君與俱來！'庶曰：'此人可就見，不可屈致也，將軍宜枉駕顧之！'由是先主遂詣亮，凡三往，乃見。因屏人曰：'漢室傾頹，奸臣竊命，主上蒙塵，孤不度德量力，欲信大義於天下，而智術淺短，遂用猖獗至於今日，然志猶未已，君謂計將安出？'亮答曰：'自董卓已來，豪傑並起，跨州連郡者不可勝數，曹操比於袁紹，則名微而衆寡，然操遂能克紹以弱爲强者，非惟天時，抑亦人謀也。今操已擁百萬之衆，挾天子以令諸侯，此誠不可與爭鋒。孫權據有江東已歷三世，國險而民附，賢能爲之用，此可與爲援而不可圖也。荆州北據漢沔，利盡南海，東連吳會，西通巴蜀，此用武之國，而其主不能守，此殆天所以資將軍，將軍豈有意乎？益州險塞，沃野千里，天府之土，高祖因之以成帝業。劉璋暗弱，張魯在北，民殷國富而不知存恤，智能之士思得明君，將軍既帝室之胄，信義著於四海，總攬英雄思賢如渴，若跨有荆、益，保其巖阻，西和諸戎，南撫夷越，外結好孫權，内修政理，天下有變，則命一上將將荆州之軍以向宛洛，將軍身率益州之衆以出秦川，百姓孰敢不簞食壺漿以迎將軍者乎？誠如是，則霸業可成，漢室可興矣！'先主曰：'善！'於是與亮情好日密，關羽、張飛等不悦，先主解之曰：'孤之有孔明，猶魚之有水也！願諸君勿復言！'羽飛乃止。"最終輔佐劉備建立蜀漢政權，形成三國鼎立局面。《三國志·諸葛亮傳》又曰："章武三年春，先主於永安病篤，召亮於成都，屬以後事，謂亮曰：'君才十倍曹丕，必能安國終定大事！若嗣子可輔，輔之！如其不才，君可自取！'亮涕泣曰：'臣敢竭股肱之力，效忠貞之節，繼之以死！'先主又爲詔敕後主曰：'汝與丞相從事，事之如父！'"隨後諸葛亮又輔佐後主，主持軍國大事，計平南中，率師北伐，病故軍中，"時年五十四……葬漢中定軍山，因山爲墳，冢足容棺，斂以時服，不須器物。"死後諡爲忠武侯，後世稱之爲武侯。袁宏《三國名臣序贊》："劉後授之無疑心，武侯處之無懼色。"李白《讀諸葛武侯傳書懷》："武侯立岷蜀，壯志吞咸京。"這裏元稹把吕温比作諸葛亮，可見元稹對吕温的推重。　憂道不憂餘：這裏有多層含義：首先是指諸葛亮祇擔憂劉備與自己開創的漢家基業能不能夠繼續發揚光大，其次是吕温擔憂自己的人生志向能不能得以實現，其三是詩人元稹擔憂自己的政治理想能否實現。道：宇宙萬物的本原、本體。《易·繫辭》："一陰一陽之謂道。"韓康伯注："道者，何無之稱也，無不通也，無不由也，況之曰道。"《韓非子·

解老》:“道者,萬物之所然者,萬理之所稽也。”政治主張或思想體系。《論語·衛靈公》:“道不同,不相爲謀。”劉禹錫《學阮公體三首》一:“少年負志氣,通道不從時。”好的政治局面或政治措施。《左傳·成公十二年》:“天下有道,則公侯能爲民干城,而制其腹心,亂則反之。”《史記·仲尼弟子列傳》:“子思問恥,孔子曰:‘國有道,穀。國無道,穀,恥也。’”裴駰集解引孔安國曰:“穀,禄也。邦有道,當食禄。”

　　⑥ 望:人名,即太公望吕尚,《史記·齊太公世家》:“太公望吕尚者,東海上人。其先祖嘗爲四嶽佐禹平水土,甚有功,虞夏之際封於吕。或封於申,姓姜氏……本姓姜氏,從其封姓,故曰吕尚。吕尚蓋嘗窮困,年老矣! 以魚釣……周西伯獵,果遇太公於渭之陽,與語大説,曰:‘自吾先君太公曰:當有聖人適周,周以興,子真是邪? 吾太公望子久矣!’故號之曰‘太公望’,載與俱歸,立爲師。”賈至《自蜀奉册命往朔方途中呈韋左相文部房尚書門下崔侍郎》:“豈惟太公望,往昔逢周文! 誰謂三傑才,功業獨殊倫!”蘇洵《遠慮》:“禹有益,湯有伊尹,武王有太公望,是三臣者,聞天下之所不聞,知群臣之所不知。禹與湯、武倡其機於上,而三臣共和之於下,以成萬世之功。”　經綸:整理絲縷,理出絲緒和編絲成繩,統稱經綸,引申爲籌畫治理國家大事。劉知幾《史通·暗惑》:“魏武經綸霸業,南面受朝。”李百藥《謁漢高廟》:“抑揚駕人傑,叱吒掩時雄。締構三靈改,經綸五緯同。”指治理國家的抱負和才能。崔日用《奉和送金城公主適西蕃》:“聖後經綸遠,謀臣計畫多。受降追漢策,築館計戎和。”秦觀《滕達道挽詞》:“經綸未了埋黄土,精爽還應屬鬥牛。”　釣:魚鉤。謝惠連《詠螺蚌》:“纖鱗惑芳餌,故爲釣所加。”韓愈《題秀禪師房》:“暫拳一手支頭卧,還把漁竿下釣沙。”　虞收宰相刀:典出《晉書·王覽傳》:“初,吕虔有佩刀,工相之,以爲必登三公,可服此刀。虔謂祥曰:‘苟非其人,刀或爲害。卿有公輔之量,故以相與。’祥固辭,强之乃受。祥臨薨,以刀授覽曰:‘汝後必興,足稱此刀!’覽後奕世多賢才,興於江左矣!”

⑦ 文：紋理，花紋。《史記·平準書》：“故白金三品，其一曰重八兩，圜之，其文龍。”李嶠《寶劍篇》：“背上名爲萬年字，胸前點作七星文。” 駕風：乘風而行。謝朓《侍宴華光殿曲水奉敕爲皇太子作》三：“玄塞北麾，丹徼南極。浮黿駕風，飛泳登陟。”張耒《初伏大雨呈無咎》：“初伏炎炎坐湯釜，長安行人汗沾土。誰傾江海作清涼？玄雲駕風橫白雨。” 雲貌：天空層雲千變萬化的風姿。庾信《上益州上柱國趙王二首》二：“寂寞歲陰窮，蒼茫雲貌同。鶴毛飄亂雪，車轂轉飛蓬。”陳起《李氏山林呈吳鶴林程滄洲》：“竹秋細麥登崆峒，雲貌穿駁光瞳矓。一日凉燠氣不同，玉堂二老仙才雄。” 天高：天空高遠貌。劉滄《題四皓廟》：“石壁蒼苔翠靄濃，驅車商洛想遺蹤。天高猨叫向山月，露下鶴聲來廟松。”杜荀鶴《哭山友》：“從見蓬蒿叢壞屋，長憂雨雪透荒墳。把君詩句高聲讀，想得天高也合聞。”

⑧ 球琳：球、琳皆美玉名，亦泛指美玉。《淮南子·墬形訓》：“西北方之美者，有昆侖之球琳琅玕焉！”高誘注：“球琳琅玕，皆美玉也。”顧況《遊子吟》：“層城登雲韶，玉府鏘球琳。”比喻賢才。李白《送楊少府赴選》：“山苗落澗底，幽松出高岑。夫子有盛才，主司得球琳。”韋驤《王珪》：“斥姬援祖沃君心，貞觀箴規器獨深。私廟因循遭糾劾，可嗟玼玷在球琳？” 虎豹：比喻勇猛的戰士。元稹《奉和權相公行次臨關驛逢鄭僕射相公歸朝俄頃分途因以奉贈詩十四韻》：“去速熊羆兆，來馳虎豹夫。昔憐三易地，今訝兩分途。”羅隱《春日投錢塘元帥尚父二首》一：“門外旌旗屯虎豹，壁間章句動風雷。” 韜：弓袋。《詩·周頌·時邁》：“載櫜弓矢。”孔穎達疏：“櫜者，弓衣，一名韜。故內弓於衣謂之韜弓。”《詩·小雅·彤弓》：“彤弓弨兮，受言櫜之”毛傳：“櫜，韜也。”陸德明釋文：“韜，本又作弢，弓衣也。”

⑨ “盡將千載寶”兩句：意謂像呂溫這樣千載難得的有用人才，如今却過早埋入地下，非常可惜。 五原：史籍中“五原”之名比比皆是，歸結起來有兩處，均爲地名合稱，一在今陝西省。杜甫《喜聞官軍

已臨賊境》:"五原空壁壘,八水散風濤。"仇兆鰲注引《長安志》:"長安、萬年二縣之外有畢原、白鹿原、少陵原、高陽原、細柳原,謂之五原。"二在今寧夏境内。駱賓王《早秋出塞寄東臺詳正學士》:"促駕逾三水,長驅望五原。"陳熙晉注:"五原謂龍遊原、乞地千原、青嶺原、可嵐貞原、橫槽原也。"但兩地與呂温埋葬的江陵都没有聯繫,這裏應該泛稱埋葬呂温棺柩的地方。

⑩ 白馬:古代以乘白馬表示有凶事。陳子昂《祭孫府君文》:"白馬故人,青鳥送往。"李白《古風》三一:"白馬華山君,相逢平原里。"雙旌:原指唐代節度領刺史者出行時的儀仗,也泛指高官之儀仗。儲光羲《同張侍御宴北樓》:"今之太守古諸侯,出入雙旌垂七旒。朝覽干戈時聽訟,暮延賓客復登樓。"李商隱《爲懷州李中丞謝上表》:"賜以竹符之重,遂使霍氏固辭之第,早建雙旌。"徐炯注:"雙旌唯節度領刺史者有之,諸州不與焉! 今則通用爲太守之故事矣!"這裏借指呂温出殯時的儀仗,因爲呂温生前歷官刺史之職。 青山:青葱的山嶺。《管子•地員》:"青山十六施,百一十二尺而至於泉。"徐凝《別白公》:"青山舊路在,白首醉還鄉。" 八陣圖:古代用兵的一種陣法,這裏以諸葛亮比呂温,讚揚呂温的文韜武略。《三國志•諸葛亮傳》:"推演兵法,作八陣圖。"《晉書•桓温傳》:"初,諸葛亮造八陣圖於魚腹平沙之下,纍石爲八行,行相去二丈。温見之,謂'此常山蛇勢也'。文武皆莫能識之。"八陣圖遺址傳説不一:《水經注•沔水》謂在陝西沔縣東南諸葛亮墓東。《水經注•江水》、《太平寰宇記》謂在四川奉節縣南江邊。《太平寰宇記》、《明一統志》謂在四川新都縣北三十里牟彌鎮。後以比喻巧妙難測的謀略。杜甫《八陣圖》:"功蓋三分國,名高八陣圖。江流石不轉,遺恨失吞吴。"劉禹錫《觀八陣圖》:"軒皇傳上略,蜀相運神機。水落龍蛇出,沙平鵝鸛飛。"

⑪ 請纓:《漢書•終軍傳》載:"南越與漢和親,乃遣軍使南越,説其王,欲令入朝,比内諸侯。軍自請:'願受長纓,必羈南越王而致之

闕下。’”後以“請纓”指自告奮勇請求殺敵。王勃《秋日登洪府滕王閣餞別序》：“無路請纓，等終軍之弱冠；有懷投筆，愛宗愨之長風。”杜甫《歲暮》：“烟塵犯雪嶺，鼓角動江城。天地日流血，朝廷誰請纓？”這裏比喻吕温出使吐番，謀求國家安定一事。　繫虜：擄獲，俘獲。《韓非子·奸劫弑臣》：“君臣相親，父子相保，而無死亡繫虜之患，此亦功之至厚者也。”《晉書·江統傳》：“老幼繫虜，丁壯降散。”《宋書·索虜傳論》：“强者爲轉屍，弱者爲繫虜。”　枕草：古代喪禮，孝子枕卧草上以表哀悼，也用作刻苦自勵解。《左傳·襄公十七年》：“齊晏桓子卒，晏嬰粗縗斬，苴絰、帶、杖，菅屨，食鬻，居倚廬，寢苫、枕草。”高思元《孝女抱父屍出判》：“悲纏枕草，志切投箋。”　捐軀：爲國家爲正義而死。袁康《越絶書·外傳紀策考》：“子胥至直，不同邪曲，捐軀切諫，虧命爲邦。”劉知幾《史通·品藻》：“借如陽瓚效節邊城，捐軀死敵，當有宋之代，抑劉菊之徒歟？”

⑫ 勢激三千壯：典出《莊子·逍遙遊》：“北冥有魚，其名爲鯤，鯤之大，不知其幾千里也。化而爲鳥，其名爲鵬……鵬之徙於南冥也，水擊三千里，搏扶搖而上者九萬里。”這裏是讚譽吕温的志向。　年應四十無：吕温生於唐代宗大曆七年（772），病故於唐憲宗元和六年（811），吕温病卒之年僅僅三十九歲，故言。吕温屬於英年早逝，詩人不無惋惜。　三千：泛言數目之多。陳琳《飲馬長城窟行》：“長城何連連，連連三千里。”李白《秋浦歌十七首》一五：“白髮三千丈，緣愁似箇長。”指三千大千世界。謝靈運《與諸道人辨宗論》：“三世長於百年，三千廣於赤縣；四部多於戶口，七寶妙於石沙。”　年應四十無：吕温生於唐代宗大曆七年（公元七七二年），病故於唐憲宗元和六年（公元八一一年），吕温病卒之年僅僅三十九歲，故言。吕温屬於英年早逝，詩人不無惋惜。　年：年紀，歲數。嵇康《與山巨源絶交書》：“女年十三，男年八歲，未及成人。”薛稷《餞唐永昌》：“河洛風烟壯市朝，送君飛舄去漸遙。更思明年桃李月，花紅柳綠宴浮橋。”　應：所有，

全部。蘇轍《再論京西水櫃狀》："應退出地皆撥還本主；應水占地皆以官地對還。"《紅樓夢》第三九回："凡一應事，都是他提著太太行，連老爺在家出外去的一應大小事，他都知道。"　四十：這裏指年齡。常建《贈三侍御》："誰念獨枯槁？四十長江干。責躬貴知己，效拙從一官。"韋應物《送房杭州孺復》："專城未四十，暫謫豈蹉跎！風雨吳門夜，惻愴別情多。"　無：沒有。《詩·小雅·車攻》："之子於征，有聞無聲。"毛傳："有善聞而無諠譁之聲。"孟浩然《夏日南亭懷辛大》："荷風送香氣，竹露滴清響。欲取鳴琴彈，恨無知音賞。"也可作死的婉辭解。《北齊書·神武帝紀》："王在，吾不敢有異；王無，吾不能與鮮卑小兒共事。"《南史·齊豫章文獻王嶷傳》："〔蕭嶷〕臨終，召子子廉、子恪曰：'吾無後，當共相勉勵，篤睦爲先。'"

⑬遙聞：遠遠聽說，不是親眼所見。王維《奉和聖製御春明樓臨右相園亭賦樂賢詩應制》："複道通長樂，青門臨上路。遙聞鳳吹喧，暗識龍輿度。"韋應物《寒食後北樓作》："園林過新節，風花亂高閣。遙聞擊鼓聲，蹴踘軍中樂。"　不瞑目：不閉上眼睛，即人們常說的"死不瞑目"，心猶不甘。呂溫《三受降城碑銘（并序）》："厥後賢愚迭任，工拙異勢，剛者黷武，柔者敗律……吾知韓公不瞑目於地下矣！"司馬光《乞開言路狀》："上辜太皇、太后、陛下下問之意，下負微臣平生願忠之心，內自痛悼，死不瞑目！"　非是不憐吳：意謂呂溫死不瞑目的原因雖然並非像劉備那樣"遺恨失吞吳"，但沒有實現一直孜孜以求的政治理想，也是一樣遺恨一樣哀嘆！　憐：哀憐，憐憫。《史記·項羽本紀》："籍與江東子弟八千人渡江而西，今無一人還，縱江東父兄憐而王我，我何面目見之？"韓愈《寄三學士》："上憐民無食，征賦半已休。"

⑭雕鶚：雕與鶚，猛禽。宋玉《高唐賦》："虎豹豺兕，失氣恐喙；雕鶚鷹鷂，飛揚伏竄。"譚用之《塞上二首》二："牛羊集水烟黏步，雕鶚盤空雪滿圍。"　沈檀：亦作"沉檀"，指沉香木和檀木，兩者均爲香木。

羅隱《迷樓賦》：“斯樓乃峙，榱桷沉檀，棟梁杞梓。”《新唐書‧李蔚傳》：“懿宗成安國祠，賜寶坐二，度高二丈，構以沈檀。”

⑮ 兒童：古代凡年齡大於嬰兒而尚未成年的人都叫兒童，與現在的“兒童”概念有所不同。杜甫《奉漢中王手札報韋侍御蕭尊師亡》：“不但時人惜，祇應吾道窮。一哀侵疾病，相識自兒童。”戎昱《入劍門》：“劍門兵革後，萬事盡堪悲。鳥鼠無巢穴，兒童話別離。” 巷市：古禮居天子、諸侯喪必停市，而在里巷中買賣物品以示憂戚。《禮記‧檀弓》：“天子崩，巷市七日。諸侯薨，巷市三日。”孔穎達疏：“若居天子諸侯之喪，必巷市者，以庶人憂戚，無復求覓財利，要有急需之物，不得不求，故於邑里之內而爲巷市。”這裏指呂溫藁葬江陵之時，江陵之民停市以表示哀悼，而並不懂事的兒童們，却照樣在巷市內喧鬧。 贏老：衰弱的老人。《左傳‧襄公十年》：“余贏老也，可重任乎？”歐陽修《吉州學記》：“行於其郊而少者扶其贏老，壯者代其負荷於道路。” 碑堂：即碑亭，碑亭是護碑的建築物，意謂年紀大的老人，在紀念歷代官員仁政的碑堂裏哭吊呂溫。劉禹錫《後梁宣明二帝碑堂下作》：“玉馬朝周從此辭，園陵寂寞對豐碑。千行宰樹荆州道，暮雨蕭蕭聞子規。”薛逢《君不見》：“清明縱便天使來，一把紙錢風樹杪。碑文半缺碑堂摧，祁連塚象狐兔開。”

⑯ 雁：候鳥名，每年春分後飛往北方，秋分後飛回南方，形狀略似鵝，頸和翼較長，足和尾較短，羽毛淡紫褐色，善於游泳和飛行。《詩‧小雅‧鴻雁》：“鴻雁於飛，肅肅其羽。”毛傳：“大曰鴻，小曰雁。”韓愈《量移袁州酬張韶州》：“北望詎令隨塞雁，南遷纔免葬江魚。”沙汀：水邊或水中的平沙地。江淹《靈丘竹賦》：“鬱春華於石岸，炮夏彩於沙汀。”陸游《小舟》：“雲氣分山疊，沙汀蹙浪痕。” 海氣：海面上或江面上的霧氣。《漢書‧武帝紀》：“朕巡荆揚，輯江淮物，會大海氣，以合泰山。”張子容《永嘉即事寄贛縣袁少府瓘》：“海氣朝成雨，江天晚作霞。”

⑰ 祝融峰：山峰名，衡山的最高峰。唐人盧載《祝融峰》："五千
里地望皆見，七十二峰中最高。"據《路史》云，祝融葬衡山之陽，是以
名之。崔興宗《同王右丞送瑗公南歸》："行苦神亦秀，泠然溪上松。
銅瓶與竹杖，來自祝融峰。"韓愈《謁衡嶽廟遂宿嶽寺題門樓》："須臾
靜掃衆峰出，仰見突兀撐青空。紫蓋連延接天柱，石廩騰擲堆祝融。"
北人：泛稱北方之人。皇甫松《浪淘沙》："蠻歌豆蔻北人愁，蒲雨杉風
野艇秋。"王安石《紅梅》："春半花纔發，多應不奈寒。北人初未識，渾
作杏花看。"

⑱ 迴雁峰：衡山七十二峰之一，其峰勢如雁回轉；又相傳雁至此
而止，遇春而回。盧仝《蕭二十三赴趙歙州婚期二首》一："相思莫道
無來使，迴雁峰前好寄書。"劉獻廷《廣陽雜記》卷二："在衡州時，課倪
茹二子，對句云：人歸雁後，思發花前。花藥寺前，迴雁峰後……蓋迴
雁峰在衡州城南，而花藥寺則少北，且是日適人日也，天然巧合。"
春迴盡却迴：大雁每年春分後飛回北方，秋分後飛往南方，春分在每
年的二月十五日前後，此時春天已經回歸，故言"春回"，大雁也在這
個時候飛回北方，開始新一輪的生活週期。

⑲ 聯行：即"連行"，相連而行，同行。《周禮·冬官·梓人》："連
行，紆行。"賈公彥疏："連行，魚屬者，以其魚唯行相隨，故謂之連行
也。"白居易《禽蟲十二章》三："江魚群從稱妻妾，塞雁聯行號弟兄。
但恐世間真眷屬，親疏亦是強爲名（故名也。江沱間有魚，每遊輒三，
如媵隨妻，一先二後，土人號爲婢妾魚。《禮》云'雁，兄弟行'）。"耿湋
《送絳州郭參軍》："連行麴水閣，獨入議中兵。"　　四人：參加藁葬呂溫
的四個朋友，其中包括元積、李景儉，另外兩個應該是劉禹錫與柳宗
元。劉禹錫當時在郎州爲司馬，柳宗元在柳州爲司馬，靠近江陵，估
計他們會請求上司的恩准，前來會葬呂溫。　　同葬：一起安葬。元積
《與樂天同葬杓直》："元伯來相葬，山濤誓撫孤。不知他日事，兼得似
君無?"《舊唐書·楚王靈龜妃上官氏傳》："於是備禮同葬，聞者莫不

嘉嘆。”

⑳ 鐃吹：即鐃歌，爲鼓吹樂的一部，所用樂器有笛、鼻篥、簫、笳、鐃、鼓等。蕭綱《旦出興業寺講詩》：“羽旗承去影，鐃吹雜還風。”王維《送邢桂州》：“鐃吹喧京口，風波下洞庭。” 臨江：瀕臨江邊。王勃《臨江二首》二：“去驂嘶別路，歸櫂隱寒洲。江皋木葉下，應想故城秋。”李嘉祐《至七里灘作》：“遷客投於越，臨江淚滿衣。獨隨流水遠，轉覺故人稀。” 城池：城牆和護城河。《墨子·備城門》：“我城池修，守器具，推粟足。”泛指城，城市。顧非熊《出塞即事二首》二：“賀蘭山便是戎疆，此去蕭關路幾荒。無限城池非漢界，幾多人物在胡鄉。”許玫《題雁塔》：“灞陵車馬垂楊裏，京國城池落照間。暫放塵心遊物外，六街鐘鼓又催還。” 隔霧：隔著迷霧。王建《眼病寄同官》：“天寒眼痛少心情，隔霧看人夜裏行。年少往來常不住，墻西凍地馬蹄聲。”曹松《南海》：“文鰩隔霧朝含碧，老蚌凌波夜吐丹。萬狀千形皆得意，長鯨獨自轉身難。”

㉑ 滿船：所有在船上的人或物。元稹《琵琶歌》：“月寒一聲深殿磬，驟彈曲破音繁併。百萬金鈴旋玉盤，醉客滿船皆暫醒。”白居易《送李校書趁寒食歸義興山居》：“大見騰騰詩酒客，不憂生計似君稀。到舍將何作寒食？滿船惟載樹陰歸。” 深夜：指半夜以後。李紳《鑒玄影堂》：“定心池上浮泡沒，招手巖邊夢幻通。深夜月明松子落，儼然聽法侍生公。”姚合《夏夜》：“閑齋深夜静，獨坐又閑行。密樹月籠影，疏籬水隔聲。” 風棹：風中行駛的船。慧皎《高僧傳·杯度》：“〔杯度〕至孟津河，浮木杯於水，憑之度河，無假風棹，輕疾如飛。”元稹《泛江玩月十二韵》：“飲荒情爛熳，風棹樂崢嶸。” 楚猿：楚山之猿，因其啼聲悲哀，常用以渲染悲情。張九齡《初發道中寄遠》：“日夜鄉山遠，秋風復此時。舊聞胡馬思，今聽楚猿悲。”吳融《松江晚泊》：“客是凄凉本，情爲繫滯枝。寸腸無計免，應只楚猿知。”

㉒ 杜預春秋癖：《晉書·杜預傳》：“杜預，字元凱，京兆杜陵人

也……立功之後，從容無事，乃耽思經籍，爲《春秋左氏經傳集解》，又參考衆家譜第，謂之《釋例》。又作《盟會圖春秋長曆》，備成一家之學，比老乃成……當時論者謂預文義質直，世人未之重，唯秘書監摯虞賞之曰：‘左丘明本爲《春秋》作《傳》而《左傳》遂自孤行，《釋例》本爲《傳》設而所發明，何但《左傳》故，亦孤行？’時王濟解相馬，又甚愛之，而和嶠頗聚斂，預常稱濟有馬癖，嶠有錢癖，武帝聞之，謂預曰：‘卿有何癖？’對曰：‘臣有《左傳》癖。’” 春秋：編年體史書名，相傳孔子據魯史修訂而成，所記起於魯隱公元年，止於魯哀公十四年，凡二百四十二年，叙事極簡，用字寓褒貶。爲其傳者，以《左氏》、《公羊》、《穀梁》最著。《孟子·滕文公》：“孔子懼，作《春秋》。”范仲淹《近名論》：“孔子作《春秋》，即名教之書也。善者褒之，不善者貶之，使後世君臣愛令名而勸，畏惡名而慎矣！”這裏指呂溫，呂溫學術甚高，對史傳甚有研究。《舊唐書·呂溫傳》有詳細介紹：“溫字化光，貞元末登進士第，與翰林學士韋執誼善。順宗在東宮，侍書王叔文勸太子招納時之英俊以自輔，溫與執誼尤爲叔文所睠，起家再命拜左拾遺。二十年冬，副工部侍郎張薦爲入吐蕃使，行至鳳翔，轉侍御史，賜緋袍牙笏。明年，德宗晏駕，順宗即位，張薦卒於青海，吐蕃以中國喪禍，留溫經年。時王叔文用事，故與溫同遊東宮者，皆不次任用，溫在蕃中，悲嘆久之。元和元年使還，轉户部員外郎。時柳宗元等九人坐叔文貶逐，唯溫以奉使免。溫天才俊拔，文彩瞻逸，爲時流柳宗元、劉禹錫所稱。然性多險詐，好奇近利，與竇群、羊士諤趣尚相狎。群爲韋夏卿所薦，自處士不數年至御史中丞，李吉甫尤苛待之。三年，吉甫爲中官所惡，將出鎮揚州，溫欲乘其有間傾之。溫自司封員外郎轉刑部郎中，竇群請爲知雜。吉甫以疾在第，召醫人陳登診視，夜宿于安邑里第。溫伺知之，詰旦，令吏捕登鞫問之，又奏劾吉甫交通術士。憲宗異之，召登面訊其事，皆虛，乃貶群爲湖南觀察使，羊士諤資州刺史，溫均州刺史，朝議以所責太輕，群再貶黔南，溫貶道州刺史，五年轉衡州秩滿，歸京不得意，發疾卒。溫文體富艷，有丘明班固之風，所著《凌烟閣功臣銘》、《張始興畫贊》、《移博士書》，頗爲文士所賞，有文集十卷。" 揚雄著述精：揚雄（前53—18），字子雲，蜀郡成都人也。西漢文學家、哲學家、語言學家。爲人口吃，不能劇談，以文章名世。早年好詞賦，曾模仿司馬相如賦作《長揚》、《甘泉》、《羽獵》諸賦。後來主張一切著述都應以"五經"爲準則，以爲"詞賦非賢人君子詩賦之正"，乃鄙薄爲"雕蟲篆刻，壯夫不爲"，轉而研究哲學，仿《論語》作《法言》，仿《易經》作《太玄》，提出以"玄"作爲宇宙萬物根源的學説，強調如實認識自然，認爲"有生者必有死，有始者必有終"，駁斥神仙方術的迷信，批判老莊"絶仁棄義"，認定"人之性也善惡混，修其善則爲善人，修其惡則爲惡人"，在語言學上貢獻更多，《方言》是研究西漢語言的重要文獻。 著述：撰寫文章，編纂書籍。《漢書·叙傳》："〔班固〕永平中爲郎，典校秘書，專篤志於博學，以著述爲業。"《後漢書·應劭傳》："凡所著述，百三十六篇。又集解《漢書》，皆傳於時。"

㉓ 在時：意謂在世之時。崔國輔《怨詞二首》一："妾有羅衣裳，秦王在時作。爲舞春風多，秋來不堪著。"王昌齡《浣紗女》："錢塘江畔是誰家？江上女兒全勝花。吳王在時不得出，今日公然來浣紗。" 不語：没有人講起，自己也不講起。徐彦伯《孤燭嘆》："煖手縫輕素，嚬蛾續斷弦。相思咽不語，回向錦屏眠。"祖詠《古意二首》二："閑艷絶世姿，令人氣力微。含笑默不語，化作朝雲飛。" 終古：久遠之後。《楚辭·離騷》："懷朕情而不發兮，余焉能忍而與此終古。"朱熹集注："終古者，古之所終，謂來日之無窮也。"《漢書·溝洫志》："民歌之曰：'鄴有賢令兮爲史公，決漳水兮灌鄴旁，終古舄鹵兮生稻粱。'"陳子昂《感遇詩三十八首》一八："幽居觀天運，悠悠念群生。終古代興没，豪聖莫能争。" 歸名：名實相符。鍾會《與姜維書》："公侯以文武之德，懷邁世之略，功濟巴漢，聲揚華夏，遠近莫不歸名。"

㉔ "秣水波文細"兩句：《全唐詩》將它們同時歸在權德輿散句名

下，不妥；上海古籍出版社二〇〇八年出版的《權德輿詩文集》也將其歸列在權氏名下，疏忽。這是元稹元和十一年在通州向剛剛前來山南西道接任鄭餘慶而任職山南西道節度使之職的權德輿獻詩文，此兩句即當時元稹所獻，誤入權德輿詩文之中。還有“古時樓上清明夜，月照樓前撩亂花。今日成陰復成子，可憐春盡未歸家”，這是元稹《使東川·西縣驛》中的詩句，《全唐詩》也同時誤入權德輿名下，上海古籍出版社《權德輿詩文集》同誤。　　耒水：水名，在衡州，《元和郡縣志·衡州》：“耒陽縣本秦縣，因耒水在縣東爲名，漢屬桂陽郡，隋改爲耒陰，屬衡州。後漢蔡倫即此縣人，有宅基在縣西一里。”《方輿勝覽·衡州》：“耒水：在耒陽縣，一名歷水，中有大歷，可容百斛。”　　波文：亦作“波紋”，细微的波浪形成的水纹。白居易《府西池》：“柳無氣力枝先動，池有波文冰盡開。今日不知誰計會，春風春水一時來？”白居易《宅西有流水墻下構小樓臨玩之時頗有幽趣因命歌酒聊以自娛獨醉獨吟偶題五絶句》二：“水色波文何所似？麴塵羅帶一條斜。莫言羅帶春無主，自置樓来屬白家。”　　湘江：水名，源出广西省，流入湖南省，为湖南省最大的河流。杜審言《渡湘江》：“獨憐京國人南竄，不似湘江水北流。”柳宗元《始得西山宴游记》：“遂命僕人過湘江，緣染溪，斫榛莽，焚茅茷，窮山之高而止。”　　竹葉：竹的葉子。《晉書·胡貴嬪傳》：“宮人乃取竹葉插户，以鹽汁灑地，而引帝車。”權德輿《同陸太祝鴻漸崔法曹載華見蕭侍御留後説得衡撫州報推事使張侍御却迴前刺史戴員外無事喜而有作三首》三：“衆人哺啜喜君醒，渭水由来不雜涇。遮莫雪霜撩亂下，松枝竹葉自青青。”

　　㉕ 平生：平素，往常。喬知之《哭故人》：“玉没終無像，蘭言强問虚。平生不得意，泉路復何如？”劉綺莊《故園置酒》：“卒卒周姬旦，栖栖魯孔丘。平生能幾日？不及且遨遊。”指平素的志趣、情誼、業績等。陳子昂《感遇詩三十八首》三五：“本爲貴公子，平生實愛才。感時思報國，拔劍起蒿萊。”　　風月：清風明月，泛指美好的景色。《宋

書·始平孝敬王子鸞傳》："上痛愛不已,擬漢武《李夫人賦》,其詞曰：'徙倚雲日,裴回風月。'"劉禹錫《和浙西尚書聞常州楊給事製新樓因寄之作》："文昌星象盡東來,油幕朱門次第開。且上新樓看風月,會乘雲雨一時回。" 潛寐:深眠,這裏指呂溫長眠地下。《古詩十九首·驅車上東門》："下有陳死人,杳杳即長暮。潛寐黃泉下,千載永不寤。"梁蘭《挽詩》："所傷吾道窮,善人日雲亡。深泉永潛寐,封樹經幾霜?" 若爲情:何以爲情。崔日用《餞唐永昌》："洛陽桴鼓今不鳴,朝野咸推重太平。冬至冰霜俱怨別,春來花鳥若爲情?"耿湋《新蟬》："今朝蟬忽鳴,遷客若爲情? 便覺一年謝,能令萬感生。"

[編年]

《年譜》編年本組詩於元和六年,理由是："第五首有'同葬一人來'之句,作於元和六年十月呂溫薨葬江陵之時。"《編年箋注》云："呂溫於元和六年(八一一)十月薨葬於江陵之野,其時元稹在江陵府士曹參軍任,此詩成於其時。見下《譜》。"《年譜新編》編年元和六年,排列在《有鳥二十章》、《遣春十首》、《表夏十首》、《解秋十首》、《八月六日》等詩之前。而另外列在《哭呂衡州六首》之後的文字是本組詩第六首著作權屬於權德輿還是屬於元稹的辨別,與本組詩的編年沒有關係,故不予引錄。

我們以爲,本詩不難編年,並且可以匡定到具體的年月日。柳宗元《唐故衡州刺史東平呂君誄》云："維唐元和六年八月日衡州刺史東平呂君卒,爰用十月二十四日薨葬於江陵之野。"此詩即作於元和六年的十月二十四日元稹、李景儉、劉禹錫、柳宗元四人在江陵薨葬呂溫之時。《年譜》、《編年箋注》、《年譜新編》都疏忽了柳文的寶貴記載。

呂溫的家鄉在"河中",爲何不安葬在"河中"? 呂溫當時又任衡州爲刺史,衡州百姓非常敬重呂溫,柳宗元《唐故衡州刺史東平呂君誄》："君由道州以陟爲衡州,君之卒,二州之人哭者逾月。湖南人重社飲酒,是月上戊不酒去樂,會哭于神所而歸。"既然如此,爲何不安葬在衡州? 而史實呂溫就是安葬在江陵,江陵與呂溫没有任何關係,爲何如此? 原因何在?《舊唐書·呂溫傳》:"溫貶道州刺史,五年轉衡州,秩滿歸京,不得意,發疾卒。"原來呂溫是在奉詔回京途經江陵之時發病而卒,根據"八月"江陵地區的氣候,很可能是中暑而亡,安葬江陵,屬於不得已之舉。劉禹錫《哭呂衡州時余方謫居》"旅墳三尺近要離"中的"旅墳",已經透露了其中的信息。"要離"是春秋時人,他在江陵自殺身亡,安葬江陵,兩相切合。江陵以及武昌地區的七月與八月,猶如火爐,疲於奔命的人們,往往難逃中暑而亡的命運。當時參加呂溫葬禮的元稹,決不會想到二十年後的七月,自己在巡視武昌地區水灾的時候,與呂溫一樣,也因中暑而暴亡。當然,那是後話,讀者在後面即將看到。

本組詩"聯行四人去,同葬一人來"的"四人"又是哪"四人"? 我們以爲是劉禹錫、柳宗元、元稹、李景儉。也許有人以劉禹錫、柳宗元不得離開貶地爲辭,但劉禹錫《碧澗寺見元九侍御和展上人詩有三生之句因以和》:"廊下題詩滿壁塵,塔前松樹已鱗皴。古來唯有王文度,重見平生竺道人。"既然劉禹錫在江陵的"碧澗寺"見到了元稹的"題壁詩",如果劉禹錫不到江陵,如何見到? 柳宗元《同劉二十八哭呂衡州兼寄江陵李元二侍御》"衡岳新摧天柱峰,士林顒頷泣相逢"中的"泣相逢"同樣也證明了"四人"在江陵"相逢"的事實。

◎ 劉二十八以文石枕見贈仍題絶句以將
　厚意因持壁州鞭酬謝兼廣爲四韵^{(一)①}

　　枕截文瓊珠綴篇,野人酬贈壁州鞭^{(二)②}。用長時節君須策,泥醉風雲我要眠^{(三)③}。歌眄彩霞臨藥竈^(四),執陪仙仗引爐烟④。張騫却上知何日？隨會歸期在此年⑤。

録自《元氏長慶集》卷一八

[校記]

（一）劉二十八以文石枕見贈仍題絶句以將厚意因持璧州鞭酬謝兼廣爲四韵：楊本、叢刊本、《全詩》、《佩文齋詠物詩選》同，《淵鑑類函》作"劉二十八以文石枕見贈仍題絶句以將厚意因持璧州鞭酬謝兼廣爲四韵"，首聯"璧州鞭"亦作"璧州鞭"，劉禹錫有《酬元九侍御贈璧竹鞭長句》之詩，也稱"璧竹鞭"，各備一説，不改。

（二）野人酬贈璧州鞭：楊本、叢刊本、《佩文齋詠物詩選》、《全詩》同，《淵鑑類函》作"野人酬贈璧州鞭"，各備一説，不改。

（三）泥醉風雲我要眠：楊本、叢刊本、《全詩》、《淵鑑類函》同，《佩文齋詠物詩選》作"泥醉風雲我欲眠"，語義相類，遵從原本。不改。

（四）歌盼彩霞臨藥竈：原本作"歌眆彩霞臨藥竈"，楊本、叢刊本、《淵鑑類函》同，《佩文齋詠物詩選》、《全詩》作"歌盼彩霞臨藥竈"，語義較佳，據改。

[箋注]

① 劉二十八以文石枕見贈仍題絶句以將厚意因持璧州鞭酬謝兼廣爲四韵：因永貞革新而被外貶爲朗州司馬的劉禹錫一直欽佩元稹的鬥爭勇氣，同情詩人的不幸遭遇，關心他的貶謫生涯。劉禹錫這次因藁葬、祭祀好友吕溫來到江陵，特地將文石枕惠贈元稹，安慰貶斥中的元稹，並借此對元稹作出了高度的評價，其《贈元九侍御文石枕以詩獎之》："文章似錦氣如虹，宜薦華簪綠殿中。縱使真飆生旦夕，猶堪拂拭愈頭風。"文石是有紋理的石頭及瑪瑙之名稱，文石枕是

指用這些材料做成的枕頭,文石陛是指用文石砌成的宮廷臺階,古人也常常將文石陛省稱爲文石。劉禹錫贈送元稹文石枕一語雙關寓意深刻,那就是希望元稹早日回京,再登宮廷的臺階。對劉禹錫的一番好意,元稹自然心領神會,立即有本詩回贈,比劉禹錫爲漢代的名臣"張騫",祝願劉禹錫早早回京復職。劉禹錫隨後又寄來了詩篇,表示對元稹鬥爭精神的欽佩和不幸遭遇的安慰,期盼"何時策馬同歸去",劉氏《酬元九侍御贈壁州鞭長句》:"碧玉孤根生在林,美人相贈比雙金。初開郢客緘封後,想見巴山冰雪深。多節本懷端直性,露青猶有歲寒心。何時策馬同歸去?關樹扶疏敲鐙吟。"《年譜》根本沒有真正理解元稹劉禹錫的詩意,錯誤地認爲:"劉禹錫讚揚元稹昔年彈劾'内外權寵臣'的'文章',怕他貶後變節,投靠嚴綬,詠枕詠鞭,語意雙關。"我們以爲劉禹錫的這兩首詩歌以"文章似錦氣如虹,宜薦華簪綠殿中"讚揚元稹,以"縱使真飆生旦夕,猶堪拂拭愈頭風"安慰元稹,並以"巴山冰雪"比喻劉元兩人當時所處政治環境的險惡,以壁州鞭的"端直性"與"歲寒心"來他喻自喻元稹和劉禹錫的正直品性,褒揚元稹堅持鬥爭的精神,安慰其受貶斥遭打擊的不幸,祝願元稹與自己早日歸京辯析冤情。劉禹錫爲了國家的強國富民和長治久安,在永貞革新中敢作敢爲,最後遭到政敵迫害出貶外地。在劉禹錫看來,元稹這一時期的遭遇與自己十分相似! 正因爲遭遇大致相同,相互又如此瞭解,所以劉禹錫對元稹的高度評價是比較接近也比較符合當時元稹的實際情況的,如《酬元九院長自江陵見寄》:"無事尋花至仙境,等閑栽樹比封君。金門通籍真多士,黃紙除書每日聞。"此後,劉禹錫還有不少詩歌酬贈元稹,同情詩人的命運:"時因際會遭。"讚揚元稹的品行才能:"位是才能取。"我們將在另外的詩篇中涉及。雖然對歷史人物的功過是非,仁者見仁,智者見智,人們可以有自己不同的見解,但任何對歷史人物的褒貶,都應該建立在尊重歷史尊重事實的基礎之上。讀者從劉禹錫的這三篇詩歌中,能夠得出與《年譜》類如的結論嗎？　劉二十八：即劉禹錫，因其排行二十八，故言。柳宗元《同劉二十八院長(禹錫)述舊言懷感時書事奉寄澧州張員外使君(署)五十二韻之作因其韻增至八十通贈二君子》："弱歲遊玄圃，先容幸棄瑕。名勞長者記，文許後生誇。"白居易《醉贈劉二十八使君》："舉眼風光長寂寞，滿朝官職獨蹉跎。亦知合被才名折，二十三年折太多。"文石：有紋理的石頭。《山海經·北山經》："又東北二百里，曰馬成之山，其上多文石，其陰多金玉。"《後漢書·張讓傳》："讓、忠等説帝令斂天下田畝税十錢，以修宮室。發太原、河東、狄道諸郡材木及文石，每州郡部送至京師。"文石陛的省稱。權德輿《奉和李給事省中書因呈許陳二閣老》："分曹列侍登文石，促膝閑謠接羽觴。"范成大《送汪聖錫侍郎帥福唐》："如公未可違文石，稽古何妨欠碧油。"　璧州鞭：璧州出産的竹子馬鞭，亦作"璧州鞭"、"璧竹鞭"，綠色美玉一般的竹子馬鞭，這樣的"竹子馬鞭"到處都是，不過以璧州出産的最爲著名，故以其名物。顧況《露青竹鞭歌》："鮮于仲通正當年，章仇兼瓊在蜀川。約束蜀兒採馬鞭，蜀兒採鞭不敢眠。橫截斜飛飛鳥邊，繩橋夜上層崖巔。頭插白雲跨飛泉，採得馬鞭長且堅。"張蠙《新竹》："新鞭暗入庭，初長兩三莖。不是他山少，無如此地生！垂梢叢上出，柔葉籜間成。何用高唐峽，風枝埽月明。"就是其中的一些例子。

② 文：紋理，花紋。《左傳·隱公元年》："仲子生而有文在其手。"李嶠《寶劍篇》："背上名爲萬年字，胸前點作七星文。"　瓊：美玉。《詩·衛風·木瓜》："投我以木瓜，報之以瓊琚。"毛傳："瓊，玉之美者。"張協《雜詩十首》一〇："尺燼重尋桂，紅粒貴瑤瓊。"　珠綴篇：形容文篇如珍珠連綴一起一般煥發光彩。　珠綴：連綴珍珠爲飾的什物。蕭綱《東飛伯勞歌》之二："網户珠綴曲瓊鈎，芳茵翠被香氣流。"李華《詠史十一首》一一："泥沾珠綴履，雨濕翠毛簪。"　野人：士人自謙之稱。劉希夷《春日行歌》："山樹落梅花，飛落野人家。野人何所有？滿瓮陽春酒。"張籍《寒食夜寄姚侍郎》："貧官多寂寞，不異

野人居。作酒和山藥，教兒寫道書。”

　　③ “用長時節君須策”兩句：《佩文韵府·醉》：“元稹詩：‘用長時節君須策，泥醉風雲我要眠。’”詩題標爲《泥醉》。其實兩句應該歸屬本詩，《佩文韵府》引録有誤。　　用長：運用其所長。《晉書·劉隗傳》：“周弘武巧於用短，杜方叔拙於用長。”杜甫《前出塞九首》四：“挽弓當挽强，用箭當用長。射人先射馬，擒賊先擒王。”　　時節：時光，時候。孔融《論盛孝章書》：“歲月不居，時節如流。”《朱子語類》卷六九：“那時節無可做，只得恐懼。”　　策：用鞭棒驅趕騾馬役畜等。《論語·雍也》：“孟子反不伐，奔而殿，將入門，策其馬，曰：‘非敢後也，馬不進也。’”《韓詩外傳》卷二：“馬力殫矣！然猶策之不已，所以知佚也。”引申爲駕馭。葛洪《抱朴子·暢玄》：“乘流光，策飛景，淩六虚，貫涵容。”韓愈《雜説》：“策之不以其道，食之不能盡其材。”　　泥醉：爛醉如泥，大醉。李山甫《寒食二首》二：“天地氣和融霽色，池臺日暖燒春光。自憐塵土無他事，空脱荷衣泥醉鄉。”劉敞《宿齋中書外省答永叔京尹内翰朝回馬上見寄並謝子華次韵》：“坐久獨知宫漏永，詩成誰盡玉堂歡？會須一辦如泥醉，從笑歸來筆向乾。”　　風雲：比喻時勢。《後漢書·皇甫嵩傳》：“今主上執弱於劉項，將軍權重於淮陰，指撝足以振風雲，叱吒可以興雷電。”庾信《入彭城館》：“年代殊氓俗，風雲更盛衰。”　　眠：睡覺。《列子·周穆王》：“〔古莽之國〕其民不食不衣而多眠，五旬一覺。”《後漢書·第五倫傳》：“吾子有疾，雖不省視而竟夕不眠。”這裏意謂自己對政局時勢已經失去興趣與信心。

　　④ 盱：盱盱，勤苦不休息貌。《孟子·滕文公》：“爲民父母，使民盱盱然，將終歲勤動，不得以養其父母。”趙岐注：“盱盱，勤苦不休息之貌。”恨視，怒視。《戰國策·韓策》：“楚不聽，則怨結於韓，韓挾齊魏以盱楚，楚王必重公矣！”《三國志·許褚傳》：“超負其力，陰欲前突太祖……太祖顧指褚，褚瞋目盱之，超不敢動。”　　彩霞：色彩絢麗的雲霞。常建《古意》：“仙人騎鳳披彩霞，挽上銀瓶照天閣。”溫庭筠《曉

仙謠》："碧簫曲盡彩霞動，下視九州皆悄然。" 藥竈：熬藥或煉丹的爐灶。岑參《下外江舟懷終南舊居》："敝廬終南下，久與真侶別。道書誰更開？藥竈烟遂滅。"戎昱《贈韋況徵君》："苦節難違天子命，貞心唯有老松知。回看藥竈封題密，强入蒲輪引步遲。" 仙仗：神仙的儀仗。韋莊《尹喜宅》："紫氣已隨仙仗去，白雲空向帝鄉消。"《雲笈七籤》卷六四："龍軒鶴騎，仙仗森列，駐於空界。"指皇帝的儀仗。岑參《奉和中書賈至舍人早朝大明宫》："金闕曉鐘開萬户，玉階仙仗擁千官。" 爐烟：熏爐或香爐中的烟。蕭綱《曉思詩》："爐烟入門帳，屏風隱鏡臺。"蘇軾《青牛嶺高絶處有小寺人迹罕到》："暮歸走馬沙河塘，爐烟裊裊十裏香。"舊時宫殿前丹墀設焚香爐，後因以指代宫廷、朝官。韋應物《燕李録事》："與君十五侍皇闈，曉拂爐烟上赤墀。"方干《送杭州李員外》："必恐駐班留立位，前程一步是爐烟。"

⑤ 張騫：漢代名臣。《前漢書•張騫傳》："張騫，漢中人也。建元中爲郎，時匈奴降者言：'匈奴破月氏，王以其頭爲飲器。月氏遁而怨匈奴，無與共擊之。'漢方欲事滅胡，聞此言，欲通使，道必更匈奴中。乃募能使者，騫以郎應募，使月氏。"途中被匈奴兩次拘留，前後十一年，歷盡艱辛，最終與中亞各國建立友好關係，對中外經濟、文化的交流頗多貢獻。官至大行，封博望侯。這裏以張騫他喻劉禹錫，希望同樣歷盡艱難的劉禹錫最終也像張騫一樣功成名就，爲國家作出重大的貢獻。杜甫《寄岳州賈司馬六丈巴州嚴八使君兩閣老五十韻》："憶昨趨行殿，殷憂捧御筵。討胡愁李廣，奉使待張騫。"邵謁《覽張騫傳》："採藥不得根，尋河不得源。此時虛白首，徒感武皇恩。"何日：哪一天，什麽時候。宋之問《題大庾嶺北驛》："陽月南飛雁，傳聞至此回。我行殊未已，何日復歸來？"李嶠《送司馬先生》："蓬閣桃源兩處分，人間海上不相聞。一朝琴裏悲黃鶴，何日山頭望白雲？"隨會：聽從時機的安排。 隨：跟從，追從。《老子》："音聲相和，前後相隨。"《三國志•魏延傳》："〔魏延〕以部曲隨先主入蜀，數有戰功。"

會：時機，機會。銀雀山漢墓竹簡《孫臏兵法・兵失》："兵不能昌大功，不知會者也。"《後漢書・周章傳論》："將從反常之事，必資非常之會。"李賢注："會，際也。"　歸期：歸來或歸去的日期。劉允濟《怨情》："虛牖風驚夢，空床月厭人。歸期儻可促，勿度柳園春。"李商隱《夜雨寄北》："君問歸期未有期，巴山夜雨漲秋池。"　此年：說話的這一年。孟浩然《田家元日》："桑野就耕父，荷鋤隨牧童。田家占氣候，共說此年豐。"元稹《長慶曆》："年年豈無嘆，此嘆何唧唧？所嘆別此年，永無長慶曆。"

[編年]

《年譜》編年本詩於元和六年，理由是："劉禹錫有《贈元九侍御文石枕以詩獎之》、《酬元九侍御贈璧竹鞭長句》。"《編年箋注》編年："元稹此詩作于元和六年(八一一)，時在江陵士曹任。見下《譜》。"《年譜新編》編年本詩於元和六年，理由是："劉禹錫原唱《贈元九侍御文石枕以詩獎之》，一般酬和；劉氏酬和爲《酬元九侍御贈璧州鞭長句》，一般酬和。"

我們以爲，劉禹錫的原唱與酬唱，僅僅表明劉禹錫與元稹本詩之間存在唱和關係，與本詩的編年没有直接聯繫。真正引起這次劉禹錫與元稹唱和的最直接誘因是本年八月衡州刺史吕溫在江陵謝世，十月二十四日藁葬於江陵，當時吕溫的生前好友朗州司馬劉禹錫、永州司馬柳宗元、江陵户曹參軍李景儉以及元稹都參加了會葬吕溫的儀式。元稹《哭吕衡州六首》五："迴雁峰前雁，春迴盡却迴。聯行四人去，同葬一人來。鏡吹臨江返，城池隔霧開。滿船深夜哭，風棹楚猿哀。"就真實地記録了劉禹錫、柳宗元、李景儉與元稹一起參加吕溫葬禮的情景。在會葬之後，劉禹錫特地將從朗州帶來的"文石枕"贈送元稹，并賦詩《贈元九侍御文石枕以詩獎之》給予鼓勵。元稹隨即賦本詩回酬，並將"璧州鞭"回贈，劉禹錫又有了《酬元九侍御贈璧州鞭長句》，這是一段文壇友誼的真實故事，值得珍惜。本詩即應該作於元和六年十月二十四日，地點在藁葬呂溫的江陵境內的現場。

近日，孫思旺先生在《文學遺產》二〇一二年第五期發表題爲《劉禹錫元稹枕鞭唱和詩繫年紀事辨正》的文章，認爲本詩元稹應該撰成於元和十三年。文中考證頗爲詳繁，有萬字之長，本書難於一一引證，也不便一一回應。讀者如有興趣，不妨參閱。但我們以爲：一、元和十三年，元稹在通州（州治即今四川達州市），劉禹錫在連州（州治即今廣東連州市），據《舊唐書·地理志》，“（通州）在京師西南二千三百里。”“（連州）在京師南三千六百六十五里。”兩地相距不僅有一千三百六十五里之遙，且通州也不在自連州至西京的驛道之旁，無直達的驛道，無論是自連州達通州，還是自通州到連州，都必須迂迴曲折，無法直接到達，誠如“孫文”所言，“連州、通州相距三四千里之遙”。而且道路險峻，李白《蜀道難》有“蜀道之難，難於上青天”之喻，劉禹錫贈送文石枕，元稹回酬壁州鞭，兩物雖寓意深刻，但都是區區之物，不可能讓驛使或吏人長途跋涉，專門送達。而且劉禹錫贈送文石枕并詩，元稹如果隨即回贈壁州鞭并詩，劉禹錫再回酬《酬元九侍御贈壁州鞭長句》詩篇，絕非一次長途跋涉可以完成。又劉禹錫與元稹兩人之間的贈物與酬唱，并非公務，純屬私事，兩次跋涉，代價不菲，與唐明皇爲博楊貴妃一笑而傳遞荔枝的故事也就不相上下了，可惜元稹與劉禹錫不同於唐明皇，當時都沒有這樣大的神通，可以隨隨便便動用國家的資源爲自己服務。二、劉禹錫贈送元稹文石枕并贈詩，元稹回贈壁州鞭并酬詩以及劉禹錫《酬元九侍御贈壁州鞭長句》，都發生於元和六年十月二十四日在江陵境內安葬呂溫之時。參加葬禮的劉禹錫、柳宗元、李景儉以及死者呂溫，都是永貞革新的積極參與者，元稹則是永貞革新的同情者與支持者，我們在一九八六年的《文學遺產》第五期上也曾發表《元稹與永貞革新》一文，詳細闡述與論證了元稹是永貞革新的同情者與支持者這一觀點，後來又在二〇〇八年由河南人民出版社出版的拙稿《元稹考論·元稹與永貞革新》再次詳細論述,拜請有興趣的朋友審閱。元稹、劉禹錫在安葬好友呂溫的時候而相見,互致禮物,互贈詩篇,非常自然。此兩物三詩,並非是不遠數千里而特地送贈,而是就地取材寓意深遠之物件,衷心祝福自己的朋友美好前程即將來臨。我們已經在元稹《哭呂衡州六首》的"箋注"以及"編年"裏做了清楚不過的表述,此不重複。三、"孫文"對文石枕以及璧州鞭的產地進行了詳盡的考證,其實大可不必。劉禹錫當時是朗州司馬,那裏是山區,有紋路的石頭並不罕見,商人爲了牟利,也常常將紋路類似的石頭冒稱"文石枕",真假莫辨。同樣,元稹所在的江陵地區,是竹子的盛產區,找一根類似璧州鞭的馬鞭極非難事,牟利的商人同樣不難做到。這種名牌效應的情況,古今概莫能外,如今天市場上常常見到的黃巖蜜桔並不一定出自浙江黃巖,碭山梨也不見得出自徐州碭山,黑龍江木耳很難說就產自黑龍江……何況,元稹元和六年《野節鞭》詩所詠即是送給朋友的竹鞭,這個朋友也許是李景儉,或者就是前來料理呂溫喪事的劉禹錫。《劉賓客文集》、《全唐詩》劉禹錫卷均稱《酬元九侍御贈璧竹鞭長句》,就透露了其中的消息。而"孫文"強調的元和十三年時,元稹雖然在通州司馬任,但其實際職務已經是"權知州務",劉禹錫不宜也不會再以"侍御"稱之。四、劉禹錫《酬元九侍御贈璧竹鞭長句》有"初開郢客緘封後,想見巴山冰雪深"之句,其中的"郢客"指代元稹。據《漢語大詞典》載,郢是古邑名,春秋戰國時楚國都城,今湖北省江陵縣紀南城,楚文王定都於此。公元前二七八年秦軍拔郢,其地入秦,地在紀山之南,故稱爲紀郢。又因地居楚國南境,故又稱爲南郢。《左傳·文公十年》:"〔子西〕沿漢泝江,將入郢。"《史記·楚世家》:"武王卒師中而兵罷,子文王熊貲立,始都郢。"《史記·楚世家》:"〔楚頃襄王〕二十一年,秦將白起遂拔我郢,燒先王墓夷陵。"古邑名,春秋後期和戰國時,凡楚遷都所至之處亦均稱爲郢:楚昭王十年吳師入郢,二年後昭王遷都於鄀;惠王即位之初曾遷都於鄢;頃襄王二十一年紀郢失陷,遷都於陳;考烈王十年曾遷都於鉅陽，二十二年又遷都於壽春。凡上所述楚遷都之處，均稱郢。《史記·楚世家》：“〔考烈王〕二十二年，與諸侯共伐秦，不利而去。楚東徙都壽春，命曰郢。”也解爲漢縣名，故址在今湖北省江陵縣東北，紀南城東南。《漢書·地理志》：“〔南郡屬縣〕郢，楚別邑，故郢，莽曰郢亭。”看來，被看成爲“郢客”的元稹，劉禹錫賦詠《酬元九侍御贈璧竹鞭長句》之時，應該在江陵，不是如“孫文”所稱在通州。又據《漢語大詞典》，其中的“巴”是古族名或國名，其族主要分佈在今川東、鄂西一帶，傳說周以前居今甘肅南部，後遷武落鍾離山（今湖北長陽西北），以廩君爲首領，稱廩君蠻；因以白虎爲圖騰，又稱白虎夷或虎蠻。周初封爲子國，稱巴子國。春秋時與楚、鄧等國交往頻繁。對鄂西、川東的開發有過重大貢獻。周慎靚王五年（公元前三一六年）被併於秦，秦以其地爲巴郡。其族人一支遷至今鄂東，東漢時稱江夏蠻，西晉、南北朝時稱五水蠻。一支遷至今湘西，構成武陵蠻或五溪蠻的一部分。留在四川境内的，部分稱板楯蠻。南北朝時更大量遷移，大都先後與漢族同化，一說與今湘西土家族有淵源關係。看來，“巴山”云云，與元稹任職的江陵也有著割不斷理還亂的關係。五、“孫文”最重視的論據是本詩“張騫却上知何日？隨會歸期在此年”中對“隨會”的分析，認爲是用典，最後歸結到《春秋》所用魯史紀年的文公”之“十三年”，與唐憲宗之“十三年”，與“元和十三年”强行聯繫在一起。不過我們覺得“孫文”穿鑿有點過分，讓人難以理解也難以信服，“隨會”在元稹的本詩中，祇是聽從時機安排的意思，隨是跟從、追從之意。《老子》：“音聲相和，前後相隨。”《三國志·魏延傳》：“〔魏延〕以部曲隨先主入蜀，數有戰功。”會是時機、機會之意。銀雀山漢墓竹簡《孫臏兵法·兵失》：“兵不能昌大功，不知會者也。”《後漢書·周章傳論》：“將從反常之事，必資非常之會。”李賢注：“會，際也。”其實兩句的意思意謂：你“張騫”亦即我的朋友劉禹錫歷盡艱難，最終功成名就，我雖然不知你歸京的確切日期，但我却自信自己能夠追隨你回京的馬後，歸朝的日期也一定就在今年。本來祇是普普通通的一句詩文,何必要把它搞得如此複雜難解。其實劉禹錫與元稹的情況,與所謂"隨會"的事迹出入很大,難以類比,不能算是用典。

■ 酬夢得碧澗寺見元九和展上人詩^{(一)①}

據劉禹錫《碧澗寺見元九侍御和展上人詩有三生之句因以和》

[校記]

（一）酬夢得碧澗寺見元九和展上人詩:元稹本佚失詩所據劉禹錫《碧澗寺見元九侍御和展上人詩有三生之句因以和》,見《劉賓客文集》、《萬首唐人絶句》、《唐人萬首絶句選》、《全詩》,詩文未見異文。《萬首唐人絶句》、《唐人萬首絶句選》詩題作"碧澗寺見元九和展上人詩",録以備考。

[箋注]

①　酬夢得碧澗寺見元九和展上人詩:劉禹錫《碧澗寺見元九侍御和展上人詩有三生之句因以和》:"廊下題詩滿壁塵,塔前松樹已皴鱗。古來唯有王文度,重見平生竺道人。"不見元稹酬詩,據補。　碧澗寺:寺名,在江陵枝江縣。贊寧《宋高僧傳·唐荊州碧澗寺道俊傳》:"釋道俊,江陵人也,住枝江碧澗精舍……天后、中宗二朝,崇重高行之僧,俊同恒景應詔入内供養。至景龍中,求還故鄉,帝賜御製詩並奬景同歸枝江,卒於本寺焉!"元稹《八月六日與僧如展前松滋主簿韋戴同游碧澗寺賦得扉字韵寺臨蜀江内有碧澗穿注兩廊又有龍女洞能興雲雨詩中噴字以平聲韵》:"空闊長江礙鐵圍,高低行樹倚巖扉。穿廊玉澗噴紅旭,踴埠金輪拆翠微。"元稹《僧如展及韋載同遊碧澗寺賦詩予落句云他

生莫忘靈山座滿壁人名後會稀展共吟他生之句因話釋氏緣會所以莫不悽然久之不十日而展公長逝驚悼返覆則他生豈有兆耶其間展公仍賦黃字五十韻飛札相示予方屬和未畢自此不復撰成徒以四韻爲識》：「重吟前日他生句，豈料蹈句便隔生。會擬一來身塔下，無因共繞寺廊行。」展上人：即如展，江陵公安縣境内遠安寺的僧人，元稹《公安縣遠安寺水亭見展公題壁漂然淚流因書四韻》：「碧澗去年會，與師三兩人。今來見題壁，師已是前身。」元稹《僧如展及韋戴同遊碧澗寺》：「紫毫飛札看猶濕，黃字新詩和未成。縱使得如羊叔子，不聞兼記舊交情。」

［編年］

　　未見《元稹集》採錄，也未見《年譜》、《年譜新編》、《年譜新編》採錄與編年。

　　所謂的"元九侍御和展上人詩"，即元稹《公安縣遠安寺水亭見展公題壁漂然淚流因書四韻》：「碧澗去年會，與師三兩人。今來見題壁，師已是前身。芰葉迎僧夏，楊花度俗春。空將數行淚，灑遍塔中塵。」元稹與展上人同遊在元和六年八月六日，展上人病故在其後"不十日"。劉禹錫詩題有"碧澗寺見元九侍御和展上人詩"，既然稱"見"，說明劉禹錫本人親臨江陵碧澗寺，考呂溫在奉詔回京途中病故於江陵，劉禹錫、柳宗元、元稹、李景儉四人於元和六年十月二十四日在江陵會葬呂溫，有元稹《哭呂衡州六首》"聯行四人去，同葬一人來"就是明證，劉禹錫應該在這個時候到過江陵的碧澗寺，見過元稹和展上人之詩，才有可能酬和。據此，劉禹錫詩篇應該賦成於當時，而元稹的酬和之篇也應該當場撰成，時間即在元和六年十月二十四日會葬呂溫之後，元稹時任江陵士曹參軍，劉禹錫時任朗州司馬，因會葬呂溫，都在江陵碧澗寺。

■ 江陵寄劉二十八院長^{(一)①}

据劉禹錫《酬元九院長自江陵見寄》

［校記］

（一）江陵寄劉二十八院長：元稹本佚失詩所據劉禹錫《酬元九院長自江陵見寄》，分別見《劉賓客外集》、《全詩》，文字相同，不見異文。

［箋注］

① 江陵寄劉二十八院長：劉禹錫《酬元九院長自江陵見寄》：“無事尋花至仙境，等閑栽樹比封君。金門通籍真多士，黄紙除書每日聞。”但今存元稹詩文集不見元稹原唱，應該屬於佚失，故據補。　江陵：李唐諸多節度使府之一，在今天湖北的江陵市。韓翃《送故人赴江陵尋庾牧》：“主人持節拜荆州，走馬應從一路遊。斑竹岡連山雨暗，枇杷門向楚天秋。”獨孤及《送江陵全少卿赴府任》：“冢司方眷選，劇縣得英髦。固是攀雲，何嗟趨府勞！”　寄：托人遞送。孟浩然《晚春卧病寄張八》：“南陌春將晚，北窗猶卧病。林園久不遊，草木一何盛！”李白《淮南卧病書懷寄蜀中趙徵君蕤》：“吴會一浮雲，飄如遠行客。功業莫從就，歲光屢奔迫。”贈送。貫休《閑居擬齊梁四首》三：“山翁寄術藥，幸得秋病可。”王讜《唐語林·德行》：“李師古跋扈，憚杜黄裳爲相，未敢失禮，乃寄錢物百萬，並氈車一乘。使者未敢進，乃於宅門伺候。”　劉二十八：即劉禹錫，二十八，是其在兄弟行列中的排行，李唐詩人常常以其排行相稱，習以爲常。裴度《喜遇劉二十八》：“病來佳興少，老去舊遊稀。笑語縱横作，杯觴絡繹飛。”柳宗元

《同劉二十八院長述舊言懷感時書事奉寄澧州張員外使君五十二韵之作因其韵增至八十通贈二君子(劉二十八,禹錫也,初與公同爲監察御史,故曰院長)》:"弱歲遊玄圃,先容幸棄瑕。名勞長者記,文許後生誇。" 院長:唐代御史、拾遺的別稱。李肇《唐國史補》卷下:"宰相相呼爲元老,或曰堂老。兩省相呼爲閣老,尚書丞郎郎中相呼爲曹長。外郎御史遺補相呼爲院長。"韋迢《早發湘潭寄杜員外院長》:"北風昨夜雨,江上早來涼。楚岫千峰翠,湘潭一葉黄。"按:杜甫曾任拾遺,故稱其爲院長。據柳宗元《同劉二十八院長》題注,這是對劉禹錫曾經任職"監察御史"的舊稱。

[編年]

　　未見《元積集》採録,也未見《編年箋注》採録與編年。《年譜》、《年譜新編》編年於元和九年"佚詩"欄内。

　　元積在江陵時期,與劉禹錫聯繫密切,往來甚頻,元和六年,元積有《哭吕衡州六首》,與劉禹錫、柳宗元、李景儉四人一起在江陵會葬永貞革新的成員吕温。劉禹錫隨後也有《碧澗寺見元九侍御和展上人詩有三生之句因以和》、《贈元九侍御文石枕以詩獎之》、《酬元九侍御贈璧竹鞭長句》相贈。元積也有《劉二十八以文石枕見贈仍題絶句以將厚意因持璧州鞭酬謝兼廣爲四韵》酬贈劉禹錫,元積本佚失詩即賦成於江陵時期,《年譜》、《年譜新編》斷言其賦成於元和九年,沒有舉證證據,難於取信。如元積《八月六日與僧如展前松滋主簿韋戴同游碧澗寺賦得扉字韵寺臨蜀江内有碧澗穿注兩廊又有龍女洞能興雲雨詩中噴字以平聲韵》作於元和六年八月六日,又《僧如展及韋載同遊碧澗寺賦詩予落句云他生莫忘靈山别滿壁人名後會稀展共吟他生之句因話釋氏緣會所以莫不悽然久之不十日而展公長逝驚悼返覆則他生豈有兆耶其間展公仍賦黄字五十韵飛札相示予方屬和未畢自此不復撰成徒以四韵爲識》作於元和六年八月十四日至八月十六日間,我們以爲元稹本佚失詩亦作於元和六年十月二十四日安葬呂溫稍後,與劉禹錫的"見寄"相符地點在江陵,元稹時任江陵士曹參軍。

竹部(石首縣界)(一)①

竹部竹山近,歲伐竹山竹②。伐竹歲亦深,深林隔深谷③。朝朝冰雪行,夜夜豺狼宿④。科首霜斷蓬,枯形燒餘木⑤。一束十餘莖,千錢百餘束⑥。得錢盈千百,得粟盈斗斛⑦。歸來不買食,父子分半菽⑧。持此欲何爲?官家歲輸促⑨。我來荆門掾,寓食公堂肉⑩。豈惟遍妻孥,亦以及僮僕⑪。分爾有限資,飽我無端腹⑫。愧爾不復言,爾生何太蹙⑬!

録自《元氏長慶集》卷三

[校記]

(一)竹部:本詩存世各本,包括楊本、叢刊本、《古詩鏡·唐詩鏡》、《全詩》諸本,未見異文。

[箋注]

① 竹部:本詩最後八句,值得重視,在歷代詩人的作品中,如此自遣自責者並不多見。關於竹部,《廣西通志》卷三九:"竹部:周官笙師掌教吹簫、簫、篪、篷、管五者,皆出於笙師所教,俱竹音之雅樂也。"但這不是本詩之義。《康熙字典·竹部》:"又官名,《唐書·百官志》:司竹監,掌植竹、葦,供官中百司簾籧之屬。"但這也不是本詩之義。本詩所指,應該是指以竹爲生那些山民,不能不令人想起柳宗元《捕

蛇者説》裏那些捕蛇者。　　石首縣：地名，在江陵府境内，地近長江，《舊唐書・地理志》："荆州江陵府……石首：漢華容縣，屬南郡，武德四年分華容縣置，取縣北石首山爲名，舊治石首山，顯慶元年移治陽支山下。"《編年箋注》注"石首縣"："《元和郡縣圖志・江陵府》：'石首縣，本漢南郡華容縣地，唐武德四年復置，屬荆州，以石首山爲名。'"但我們在《元和郡縣圖志・江陵府》中無法查到，因爲《元和郡縣圖志・江陵府》部份已經散佚散失，不知《編年箋注》這條材料的確切來源來自哪裏？杜甫《秋日荆南送石首薛明府辭滿告別奉寄薛尚書頌德叙懷斐然之作三十韵》："南征爲客久，西候別君初……荆門留美化，姜被就離居。"徐鉉《歐陽太監雨中視決堤因墮水明日見於省中因戲之》："聞道張晨蓋，徘徊石首東。濬川非伯禹，落水異三公。"

② 竹山：長滿竹子的大山。王禹偁《商州福壽寺天王殿碑》："吾粗衣糲食，往來竹山上，庸間得尺布斗粟，負荷而歸，積毫累銖，以至百萬。"黄庭堅《覺範師種竹頌》："往在江南住竹山，道人兩歲三來訪。聽風聽雨看成龍，牛羊折角入朝餉。"　　竹：一種多年生的禾本科木質常綠植物，嫩芽即笋，可食，莖圓柱形，中空，直而有節，性堅韌，可用作建築材料及製造各種器物，葉四季常青，經冬不凋。《詩・衛風・淇奥》："瞻彼淇奥，綠竹猗猗。"韓愈《題百葉桃花》："百葉桃花晚更紅，窺窗映竹見玲瓏。"

③ 歲深：很多年頭。許棠《憶江南》："南楚西秦遠，名遲別歲深。欲歸難遂去，閑憶自成吟。"李建勳《題魏壇二首》二："一尋遺迹到仙鄉，雲鶴沈沈思渺茫。丹井歲深生草木，芝田春廢卧牛羊。"　　深林：茂密的樹林。《荀子・宥坐》："夫芷蘭生於深林，非以無人而不芳。"賈島《詠懷》："中嶽深林秋獨往，南原多草夜無鄰。"　　深谷：幽深的山谷。陸機《從軍行》："深谷邈無底，崇山鬱嵯峨。"韋應物《送丘員外還山》："結茅隱蒼嶺，伐薪響深谷。同是山中人，不知往來躅。"

④ 朝朝：天天，每天。干寶《搜神記》卷一三："始皇時童謡曰：

'城門有血，城當陷沒爲湖。'有嫗聞之，朝朝往窺。"孟浩然《留別王維》："寂寂竟何待？朝朝空自歸。"　冰雪：冰和雪。《後漢書·西羌傳論》："〔段熲〕被羽前登，身當百死之陳，蒙没冰雪，經履千折之道，始珍西種，卒定東寇。"杜甫《人日二首》一："元日到人日，未有不陰時。冰雪鶯難至，春寒花較遲。"　豺狼：豺與狼，皆凶獸。《楚辭·招魂》："豺狼從目，往來侁侁些。"杜甫《宿江邊閣》："鸛鶴追飛静，豺狼得食喧。不眠憂戰伐，無力正乾坤。"

　⑤科首：義近"科頭"，謂不戴冠帽，裸露頭髻。《戰國策·韓策》："秦帶甲百餘萬，車千乘，騎萬匹，虎摯之士，跿跔科頭，貫頤奮戟者，至不可勝計也。"鮑彪注："科頭，不著兜鍪。"《資治通鑑·漢獻帝建安元年》："布將河内郝萌夜攻布，布科頭袒衣，走詣都督高順營。"胡三省注："科頭，不冠露髻也。今江東人猶謂露髻爲科頭。"　斷蓬：猶飛蓬，比喻漂泊無定。王之涣《九日送別》："今日暫同芳菊酒，明朝應作斷蓬飛。"柳永《雙聲子》："晚天蕭索，斷蓬蹤迹，乘興蘭棹東遊。"枯形：指病體。《淮南子·原道訓》："終身運枯形於連嶁列埒之門，而蹎蹶於汚壑穽陷之中。"高誘注："枯，猶病也。形，體也。"陸雲《涉江》："悲愁心之難狀，振枯形而獨立。撫雕容之日頹，怊焪思而弗及。"　餘木：多餘的没用的竹子遺留物，義同"餘物"。韋應物《善福精舍示諸生》"齋舍無餘物，陶器與單衾。"白居易《初除户曹喜而言志》："唯有衣與食，此事粗關身。苟免饑寒外，餘物盡浮雲。"

　⑥束：量詞，用於計量捆在一起的東西。《詩·小雅·白駒》："生芻一束，其人如玉。"杜甫《桃竹杖引》："梓潼使君開一束，滿堂賓客皆嘆息。"量詞，指物十個。《儀禮·聘禮》："釋幣制玄纁，束奠於幾下。"鄭玄注："凡物十曰束。"《禮記·雜記》："納幣一束。"鄭玄注："十箇爲束，貴成數。"　莖：量詞，用於稱長條形的東西。薛逢《長安夜雨》："當年志氣俱消盡，白髮新添四五莖。"元稹《解秋十首》一："回悲鏡中髮，華白三四莖。"這裏指竹竿。

⑦ 盈:滿,充滿。《詩·周南·卷耳》:"采采卷耳,不盈頃筐。"杜甫《自京赴奉先縣詠懷五百字》:"多士盈朝廷,仁者宜戰慄。" 斗斛:斗與斛,兩種量器,亦泛指量器,十斗曰斛。《莊子·胠篋》:"爲之斗斛以量之,則並與斗斛而竊之。"趙曄《吳越春秋·越王無餘外傳》:"調權衡,平斗斛。"

⑧ 食:糧食。《論語·顏淵》:"足食足兵,民信之矣!"《戰國策·西周策》:"薛公以齊爲韓魏攻楚,又與韓魏攻秦,而藉兵乞食於西周。"高誘注:"食,糧也。"特指米,穀物的籽實。《周禮·地官·廩人》:"凡邦有會同師役之事,則治其糧與其食。"鄭玄注:"行道曰糧,謂糒也。止居曰食,謂米也。"賈公彥疏:"案《書傳》云:'行而無資謂之乏,居而無食謂之困。'是止居曰食,謂此廩人米也。" 半菽:謂半菜半糧,指粗劣的飯食。《漢書·項籍傳》:"今歲飢民貧,卒食半菽。"顏師古注:"孟康曰:'半,五升器名也。'臣瓚曰:'士卒食蔬菜以菽雜半之。'瓚說是也。菽謂豆也。"杜甫《秦州見敕目薛三璩授司議郎畢四曜除監察與二子有故遠喜遷官兼述索居凡三十韻》:"伊昔貧皆甚,同憂心不寧。栖遑分半菽,浩蕩逐流萍。"

⑨ 官家:公家,官府。白居易《秋居書懷》:"丈室可容身,斗儲可充腹。況無治道術,坐受官家禄。"王安石《河北民》:"家家養子學耕織,輸與官家事夷狄。" 歲輸:按年必須交納的錢物。輸是交出與獻納。《左傳·襄公九年》:"魏絳請施捨,輸積聚以貸,自公以下,苟有積者,盡出之。"杜預注:"輸,盡也。"《周禮·夏官·司兵》:"及其受兵輸,亦如之。"鄭玄注:"兵輸,謂師還有司還兵也。" 促:催促。《晉書·宣帝紀》:"達與魏興太守申儀有隙,亮欲促其事,乃遣郭模詐降,過儀,因漏泄其謀。"周邦彥《早梅芳近·別恨》:"去難留,話未了。早促登長道。"

⑩ 荊門:指荊州。李白《渡荊門送別》:"渡遠荊門外,來從楚國遊。"王維《寄荊州張丞相》:"所思竟何在?悵望深荊門。"趙殿成箋

注：“唐人多呼荆州爲荆門，文人稱謂如此，不僅指荆門一山矣！”
掾：官府中佐助官吏的通稱。王灣《晚春詣蘇州敬贈武員外》：“蘇臺
憶季常，飛櫂歷江鄉。持此功曹掾，初離華省郎。”儲光羲《貽王侍御
出臺掾丹陽》：“高高瑯琊臺，臺下生箘簬。照車十二乘，光彩不足
諭。”　寓食：寄食，寄居在别人家裏生活。《南史·王鎮惡傳》：“年十三
而苻氏敗，寓食澠池人李方家。”《新唐書·李泌傳》：“泌因收其公廨錢，
令二人寓食中書舍人署。”　公堂：古代君主的廳堂。《詩·豳風·七
月》：“躋彼公堂，稱彼兕觥，萬壽無疆。”朱熹集傳：“公堂，君之堂也。”舊
時官署的廳堂。賈島《酬姚合校書》：“公堂朝共到，私第夜相留。”

⑪ 豈唯：亦作“豈惟”、“豈維”，難道衹是，何止。《左傳·襄公二
年》：“吾子之請，諸侯之福也，豈唯寡君賴之。”《新唐書·突厥傳》：
“誠能復兩渠之饒，誘農夫趣耕，擇險要，繕城壘，屯田蓄力，河隴可
復，豈唯自守而已。”　妻孥：亦作“妻帑”，妻子和兒女。《詩·小雅·
常棣》：“宜爾家室，樂爾妻帑。”毛傳：“帑，子也。”杜甫《赴青城縣出成
都寄陶王二少尹》：“老耻妻孥笑，貧嗟出入勞。客情投異縣，詩態憶
吾曹。”　僮僕：僕役。《史記·貨殖列傳》：“能薄飲食，忍嗜欲，節衣
服，與用事僮僕同苦樂，趨時若猛獸摯鳥之發。”王維《宿鄭州》：“他鄉
絕儔侶，孤客親僮僕。”

⑫ 有限：指數量不多，程度不高。陶潛《與子儼等疏》：“疾患以
來，每以藥石見救，自恐大分將有限也。”杜甫《絕句漫興九首》四：“二
月已破三月來，漸老逢春能幾迴？莫思身外無窮事，且盡生前有限
杯。”　無端：無因由，無緣無故。《楚辭·九辯》：“蹇充倔而無端兮，
泊莽莽而無垠。”王逸注：“媒理斷絕，無因緣也。”唐彥謙《柳》：“楚王
江畔無端種，餓損宫娥學不成。”

⑬ 愧：慚愧。《荀子·儒效》：“邪説畏之，衆人愧之。”楊倞注：
“衆人皆非其所爲，成功之後，故自愧也。”《漢書·文帝紀》：“以不敏
不明，而久撫臨天下，朕甚自愧。”高適《贈別王七十管記》：“逢時愧名

節,遇坎悲渝替。” 蹩:困窘,窘迫。《文選·王延壽〈魯靈光殿賦〉》:"狀若悲愁於危處,憯嚬蹙而含悴。"李善注:"《孟子》曰:'嚬蹙而言。'嚬蹙,憂貌。"《新唐書·王珂傳》:"珂益蹙,會橋毀,潛具舟將遁,夜諭守兵,無肯爲用者。"

[編年]

　　《年譜》編年本詩於"庚寅至甲午在江陵府所作其他詩"欄内,理由是:"詩云:'我來荆門掾。'題下注'石首縣界。'石首縣在江陵府。"《編年箋注》編年:"《竹部》……作于元和五年(八一○)至元和九年(八一四),元稹時在江陵府士曹參軍任。詳卞《譜》。"《年譜新編》編年本詩於元和九年"元稹潭州之行期間作",没用説明理由。

　　我們以爲,本詩有"荆門"以及"石首縣界"的題注,作於江陵任應該没有任何問題。但《年譜》、《編年箋注》的編年仍然有較大問題:詩云"伐竹歲亦深","朝朝冰雪行,夜夜豺狼宿",説明賦詩之時在冬季在歲末,元稹在江陵的絶大部份時間——春、夏、秋季都應該排除,僅僅祇是冬季,而且祇包括暮冬。詩又云"豈惟遍妻孥,亦以及僮僕",説明其時元稹已經有妻室兒女在旁,如此元和五年的"暮冬"也應該排除。衆所周知,元稹元和九年的"閏八月"之後參與淮西平叛,不在江陵,隨後奉詔回京,回到江陵帶領子女返回長安,因此元和九年"暮冬"自然應該排除。在餘下可能賦詠本詩的元和六年、七年與八年的"暮冬"時段裏,應該説都有可能,我們暫時將本詩編年於元和六年的"暮冬"。

　　《年譜新編》以爲元稹元和九年春天南行潭州或者北返江陵經由"石首縣界",因而賦詠本詩。但這個假設是不合適的,"伐竹歲亦深","朝朝冰雪行,夜夜豺狼宿",已經説明本詩是賦成於冬天"歲亦深"之時,不是春天南行潭州或者北返江陵經由"石首縣界"時的詩篇。另外,元稹作爲江陵府的屬吏,到江陵府所屬地方公幹是再正常不過的事情,並非一定要順路經由"石首縣界"之時。

元和七年壬辰（812）　三十四歲

◎ 三嘆三首⁽⁻⁾①

　　孤劍鋒刃澀，猶能神彩生②。有時雷雨過，暗吼闐闐聲③。主人閟靈寶，畏作升天行④。淬礪當陽鐵，刻爲干鏌名⑤。遠求鸊鷉（水鳥）瑩，同用玉匣盛⑥。顏色縱相類，利鈍頗相傾⑦。雄爲光電熲（火光），雌但深泓澄⁽二⁾⑧。龍怒有奇變，青蛇終不驚⑨。

　　金鳳翠皇死，葳蕤光彩低⑩。非無鴛鸞侶⁽三⁾，誓不同樹栖⑪。飛馳歲云暮，感念雛在泥⑫。顧影不自暖，寄爾蟠桃雞⑬。馴養豈無愧？類族安得齊⑭？願言成羽翼，奮翅凌丹梯⑮。

　　天驥失龍偶，三年常夜嘶⑯。哀猿噴風斷⁽四⁾，鶚旦含霜啼⁽五⁾⑰。長恐絕遺類，不復躡雲霓⑱。非無駉駉者，鶴意不在雞⑲。春來筋骨瘦，吊影心亦迷⑳。自此渥洼種，應生濁水泥⁽六⁾㉑。

録自《元氏長慶集》卷六

[校記]

　　(一) 三嘆三首：楊本、叢刊本、《全詩》作"三嘆"，本組詩三首，不改。《元稹集》、《編年箋注》失校。

　　(二) 雌但深泓澄：楊本、叢刊本、《全詩》同，宋蜀本作"雌但深澄

3025

泓”，有誤，與其他各句不押韵，不從不改。

（三）非無鴛鸞侣：楊本、叢刊本、《全詩》同，宋蜀本作“非無鴛鷺侣”，兩詞意近，不改。

（四）哀猿噴風斷：原本作“哀緣噴風斷”，楊本、叢刊本、《全詩》同，宋蜀本作“哀猿噴風斷”，語義頗佳，據改。

（五）鶡旦含霜啼：原本作“渴且含霜啼”，楊本、叢刊本、《全詩》同，宋蜀本作“鶡旦含霜啼”，語義頗佳，據改。

（六）應生濁水泥：楊本、叢刊本、《全詩》同，宋蜀本作“應在濁水泥”，語義相類，不改。

［箋注］

① 三嘆：三嘆者，是詩人對自己對社會的感嘆，對兒子的希望與期待。本組詩第一首揭示冒名的寶劍虚有其名而無其實，詩人的追求自然不在於此，自然也不希望兒子空有其名。第二首表明真正的名劍不屑與假冒之劍爲伍，兩者有本質的區别，詩人的自喻他喻之意甚明，對兒子的期待甚切。第三首詩人抒發被困江陵不得施展自己才幹的苦悶，千里馬雖然神貴，但也會産生於普普通通的地方，普普通通的人家。千里馬雖然有才，但如果没有伯樂的賞識，一切都是空話，詩人迫切希望伯樂的出現。

② 孤劍：單獨一把劍，亦借指單獨的武士。陳子昂《東征答朝臣相送》：“孤劍將何托？長謡塞上風。”吕温《淩烟閣勛臣并序》：“匹馬孤劍，爲王前驅。” 鋒刃：刀劍等的尖端和刃口，借指兵器。崔顥《江畔老人愁》：“兵戈亂入建康城，烟火連燒未央闕。衣冠士子陷鋒刃，良將名臣盡埋没。”皮日休《卒妻怨》：“河湟戍卒去，一半多不回……其夫死鋒刃，其室委塵埃。” 神彩：指景物或藝術作品的神韵風采，元稹《塞馬》：“塞馬倦江渚，今朝神彩生。”趙彦衛《雲麓漫抄》卷五：“沈傳師書如龍遊天表，虎嘯溪傍，神采自如，骨法清虚。”這裏指寶劍

的神韻風采。

　　③ 雷雨：由積雨雲形成的一種天氣現象，降水伴隨著閃電和雷聲，往往發生在夏天的下午。沈佺期《夜泊越州逢北使》：“天地降雷雨，放逐還國都。重以風潮事，年月戒回艫。”王昌齡《送吳十九往沅陵》：“沅江流水到辰陽，溪口逢君驛路長。遠謫誰知望雷雨？明年春水共還鄉。”　暗吼：不知不覺中來到的雷聲。　暗：猶言不知不覺。李商隱《雜纂》卷上：“京官似冬瓜，暗長。”韋莊《清平樂》：“野花香草，寂寞關山道，柳吐金絲鶯語早，惆悵香閨暗老。”　吼：謂風、雷、器物等發出巨響。杜甫《將適吳楚留別章使君》：“波濤未足畏，三峽徒雷吼。”梅堯臣《兩日苦風思江南》：“擺磨萬木聲，朝吼暮不止。”　闐闐：形容聲音洪大。韋應物《古劍行》：“小兒女子不可近，龍蛇變化此中隱。夏雲奔走雷闐闐，恐成霹靂飛上天。”司空曙《聞春雷》：“水國春雷早，闐闐若衆車。自憐遷逐者，猶滯蟄藏餘。”

　　④ 主人：這裏指財物或權力的支配者。陳子昂《詠主人壁上畫鶴寄喬主簿崔著作》：“古壁仙人畫，丹青尚有文。獨舞紛如雪，孤飛曖似雲。”李頎《題綦母校書別業》：“常稱挂冠吏，昨日歸滄洲。行客暮帆遠，主人庭樹秋。”　閟：謹慎，寶重。《書·大誥》：“天閟毖我成功所，予不敢不極卒寧王圖事。”孔傳：“閟，慎也，言天慎勞我周家成功所在，我不敢不極盡文王所謀之事，謂致太平。”蘇軾《答李端叔書》三：“端叔亦老矣！迨雲鬢髮已皓然，然顏極丹且渥，僕亦如此爾。各宜閟嗇，庶復相見也。”　靈寶：指寶精養神的道教修真之法。《漢武帝內傳》：“行益易者，謂常思靈寶也。靈者，神也；寶者，精也。”皎然《奉同顏使君真卿清風樓賦得洞庭歌送吳鍊師歸林屋洞》：“名山洞府到金庭，三十六洞稱最靈。不有古仙啓其秘，今日安知靈寶經？”　升天：上升於天界。王充《論衡·龍虛》：“世稱黃帝騎龍升天，此言蓋虛。”曹植《當墻欲高行》：“龍欲升天須浮雲，人之仕進待中人。”

　　⑤ “淬礪當陽鐵”兩句：意謂雖然用了最好的當陽鐵作爲鑄劍的

材料,又取了個名劍的名字干將與鏌邪,但普通的劍就是普通的劍,永遠不能成爲上乘之物冒充名劍。　淬礪:淬火磨礪。元稹《箭鏃》:"箭鏃本求利,淬礪良甚難。礪將何所用?礪以射凶殘。"陸龜蒙《樵斧》:"淬礪秋水清,携持遠山曙。丁丁在前澗,杳杳無尋處。"　當陽鐵:當陽,據《元和郡縣圖志》,江陵屬縣之一,當時出鐵,常常充當鑄造寶劍的材料。張君房《雲笈七籤》卷七八《造胤丹法第二》:"凡欲合鐵胤神丹者,必先辨諸鐵性,擇其善者乃爲之……總言之,並不如荆州當陽者最佳。"　鏌:古寶劍名。《莊子·大宗師》:"今之大冶鑄金,金踴躍曰:'我且必爲鏌鋣。'"　干:即干將,古劍名。關於干將莫邪這兩把古劍,傳説甚多。相傳春秋吳有干將、莫邪夫婦善鑄劍,爲闔閭鑄陰陽劍,陽曰"干將",陰曰"莫邪"。干將藏陽劍獻陰劍,吳王視爲重寶。又據干寶《搜神記》卷一一、《太平御覽》卷三四三引《列異志》載,楚人干將、莫邪夫婦爲楚王鑄雌雄二劍,三年乃成。干將以誤期自分必死,乃留雄劍囑其妻:"若生男,告以劍所在。"干將果被殺。其子長,得客助捨身爲父復仇。後亦以"干將"泛稱利劍。劉長卿《潁川留别司倉李萬》:"故人早負干將器,誰言未展平生意?想君疇昔高步時,肯料如今折腰事!"韓翃《送劉侍御赴陝州》:"金羈映驊騮,後騎佩干將。把酒春城晚,鳴鞭曉路長。"　莫邪:傳説春秋吳王闔廬使干將鑄劍,鐵汁不下,其妻莫邪自投爐中,鐵汁乃出,鑄成二劍。雄劍名干將,雌劍名莫邪,後因用作寶劍名。李白《竄夜郎於烏江留别宗十六璟》:"拙妻莫邪劍,及此二龍隨。慚君湍波苦,千里遠從之。"高適《送張瑶貶五溪尉》:"他日維楨幹,明時懸鏌鋣。江山遥去國,妻子獨還家。"

⑥ 遠求:謂遠方尋求來的珍異之物。《後漢書·崔駰傳》:"廣廈成而茂木暢,遠求存而良馬繫。"李賢注:"遠求謂遠方珍異之物也。存,猶止息也。言所求之物既止,不資良馬之力也。"張籍《書懷寄王秘書》:"下藥遠求新熟酒,看山多上最高樓。賴君同在京城住,每到

花前免獨遊。"法振《丹陽浦送客之海上》:"漠漠望中春自豔,寥寥泊處夜堪愁。如君豈得空高枕,只益天書遣遠求。"　鷿鵜:亦作"鷿鵜"、"鷿鷈",水鳥名,俗稱油鴨,似鴨而小,善潛水。《後漢書·馬融傳》:"鸞、雁、鷿鷈。"李賢注引揚雄《方言》:"野鳧也,甚小,好沒水中,膏可以瑩刀劍。"崔珏《和友人鴛鴦之什三首》二:"翡翠莫誇饒彩飾,鷿鵜須羡好毛衣。"古人用其脂膏塗刀劍以防銹,亦指鷿鵜膏。杜甫《奉贈太常張卿垍二十韻》:"健筆凌鸚鵡,銛鋒瑩鷿鵜。"　玉匣:玉飾的匣子,亦指精美的匣子。李白《酬張卿夜宿南陵見贈》:"寶刀隱玉匣,繡澀空莓苔。"蘇軾《龍尾硯歌》:"錦茵玉匣俱塵垢,搗練支床亦何有!"

⑦ 顏色:色彩。曹植《艷歌》:"長者賜顏色,泰山可動移。"杜甫《花底》:"深知好顏色,莫作委泥沙。"　相類:相近似。《史記·商君列傳論》:"余嘗讀商君《開塞》、《耕戰》書,與其人行事相類。"白居易《郡廳有樹晚榮早凋人不識名因題其上》:"顧我亦相類,早衰向晚成。形骸少多病,三十不豐盈。"　利鈍:鋒利與不鋒利。王充《論衡·案書》:"兩刃相割,利鈍乃知。"白居易《喜與韋左丞同入南省因叙舊以贈之》:"早年同遇陶鈞主,利鈍精粗共在鎔(憲宗朝與韋同入翰林)。金劍淬來長透匣,鉛刀磨盡不成鋒。"　相傾:謂互相對立而存在。孟郊《感興》:"拔心草不死,去根柳亦榮……萬物根一氣,如何互相傾?"皎然《答蘇州韋應物郎中》:"詩教殆淪缺,庸音互相傾。忽觀風騷韵,會我夙昔情。"

⑧ 電烻:如閃電之光,謂色紅而光亮。歐陽詹《智達上人水精念珠歌》:"皎晶晶,彰煌煌,陸離電烻紛不常,淩眸暈目生光芒。"也作閃電解。元稹《放言五首》三:"霆轟電烻數聲頻,不奈狂夫不藉身。"泓澄:水深而清。蕭綱《玩漢水》:"雜色昆侖水,泓澄龍首渠。"劉壎《隱居通議·地理》:"江西龍興市心,有一方池臨街,綠水泓澄,名曰洗馬池。"亦指清澈的水。王禹偁《與方演寺丞覓盆池》:"涵星冰月無

池沼，請致泓澄數斛盆。」

⑨ 龍：傳說中的一種神異動物，身長，形如蛇，有鱗爪，能興雲降雨，爲水族之長。韓愈《陸渾山火和皇甫湜用其韵》：「水龍鼉龜魚與黿，鴉鴟雕鷹雉鵠鶤。」本詩以龍爲比，泛指精良的劍。施肩吾《贈邊將》：「玉匣鎖龍鱗甲冷，金鈴襯鶻羽毛寒。」 奇變：出神入化的變化。《後漢書·皇甫嵩傳》：「嵩兵少，軍中皆恐，乃召軍吏謂曰：『兵有奇變，不在衆寡。』」《三國志·諸葛誕傳》：「大將軍乃使反間以奇變說全懌等，懌等率其衆數千人開門来出，城中震懼，不知所爲。」 青蛇：古寶劍名，亦泛指劍。白居易《漢高皇帝親斬白蛇賦》：「彼戮鯨鯢與截犀兕，未若我提青蛇而斬白蛇。」元稹《說劍》「白虹坐上飛，青蛇匣中吼。我聞音響異，疑是干將偶。」本詩喻指冒名的劣質寶劍。

⑩ 金鳳：臺名，這裏是借喻臺裏的人，疑指「翠皇」。《北齊書·文宣帝紀》：「至是三臺成，改銅爵曰金鳳。」徐陵《報尹義尚書》：「目懸河陽，追銅爵而無遠；神游漳水，與金鳳而俱飛。」王勃《銅雀妓二首》一：「金鳳鄰銅雀，漳河望鄴城。」 葳蕤：萎頓貌。《史記·司馬相如列傳》：「紛綸葳蕤，堙滅而不稱者，不可勝數也。」司馬貞索隱引胡廣曰：「葳蕤，委頓也。」李白《古風》三九：「緑蘿紛葳蕤，繚繞松柏枝。草木有所托，歲寒尚不移。」

⑪ 「非無鴛鸞侶」兩句：意謂不是沒有同列的朝官，但由於品性不同追求不一，天生抵觸，不肯與他們隨幫唱影廝混在一起。 非無：不是沒有。陳子良《讚德上越國公楊素》：「已踵四知舉，非無三傑名。濟世同舟檝，匡政本阿衡。」張九齡《冬中至玉泉山寺屬窮陰冰閉崖谷無色及仲春行縣復往焉故有此作》：「靈境信幽絶，芳時重暄妍。再來及兹勝，一遇非無緣。」 鴛鸞：鵷與鸞，皆鳳屬。《樂府詩集·晉朝饗樂章》：「鴛鸞濟濟，鳥獸蹡蹡。」比喻朝官、同僚。裴翻《和主司王起》：「雲霄幸接鴛鸞盛，變化欣同草木榮。」韓偓《夢中作》：「紫宸初啓列鴛鸞，直向龍墀對挹班。」

⑫ "飛馳歲云暮"兩句：意謂時間過得飛快，轉眼又到一年的年底，我們的兒子元荊呱呱落地也一年有餘，看着鮮活的小生命，我與妻子怎麼能够不時時思念刻刻顧念？　飛馳：猶疾速。《文心雕龍·樂府》："然俗聽飛馳，職競新異，雅詠溫恭，必欠伸魚睨。"李白《效古二首》一："人馬本無意，飛馳自豪雄。"　歲云暮：即歲暮，歲末，一年將終時。顏延之《秋胡詩》："歲暮臨空房，凉風起坐隅。"杜甫《自京赴奉先縣詠懷五百字》："歲暮百草零，疾風高岡裂。"喻人的晚年，這裏是詩人悲觀失望，過早地哀嘆。《漢書·劉向傳》："今堪年衰歲暮，恐不得自信。"《文選·左思〈雜詩〉》："壯齒不恒居，歲暮常慨慷。"呂向注："歲暮，謂衰暮之年也。"梅堯臣《答宣闐司理》："歲暮宣參軍，辭如鮑昭逸。"　感念：思念。陸機《爲顧彥先贈婦二首》一："修身悼憂苦，感念同懷子。"李商隱《五言述德詩一首四十韻獻上杜七兄僕射相公》："感念殽屍露，咨嗟趙卒坑。"　雛：借指小兒，幼兒。杜甫《徐卿二子歌》："丈夫生兒有如此二雛者，異時名位豈肯卑微休！"蘇軾《與孫知損運使書》："覘者多云可汗老疾，欲傳雛。雛爲人猜忌好兵，邊人盡知之。"

⑬ 顧影：自顧其影，有自矜、自負之意。本詩詩人在爲自己有了兒子能够傳宗接代而自豪自負。《後漢書·南匈奴傳》："昭君豐容靚飾，光明漢宫，顧景裴回，竦動左右。帝見大驚，意欲留之而難於失信。"王安石《明妃曲二首》一："低回顧影無顏色，尚得君王不自持。"蟠桃雞：高似孫《緯略·天雞》："《玄中記》曰：東南有桃都山，上有大樹名曰桃都枝，相去三千里，上有天雞。日初出照此木，天雞即鳴，天下雞皆隨之，物類相感。《志》曰：……蓋扶桑山有玉雞，玉雞鳴則金雞鳴，金雞鳴則石雞鳴，石雞鳴則天下之雞鳴。"李白《夢遊天姥吟留別》："半壁見海日，空中聞天雞。"桃都山是傳說中的山名。宗懔《荊楚歲時紀》引《括地圖》："桃都山有大桃樹，盤屈三千里，上有金雞，日照則鳴。"

⑭ 馴養：指細心侍侯使逐漸成長。元積《酬別致用》："君今虎在匣，我亦鷹就羈。馴養保性命，安能奮殊姿。"李紳《憶放鶴》："頃年無錫閑居，里人獻鶴雛，余馴養之。周歲羽毛既成，見其宛頸長鳴，有烟霄之志，開籠放之，一舉沖天，復回翔久之乃去。" 無愧：沒有什麼慚愧之處。《顏氏家訓·涉務》："人性有長短，豈責具美於六塗哉，但當皆曉指趣，能守一職，便無愧耳？"韓愈《潮州刺史謝上表》："〔臣之文〕編之乎《詩》《書》之策而無愧，措之乎天地之間而無虧。" 類族安得齊：類族，猶類聚，因同類而相族聚，這裏指元積盼望與家族中團聚，但始終無法如願。《易·同人》："君子以類族辨物。"孔穎達疏："族，聚也，言君子此法同人，以類而聚也。"指類屬，同類同屬。稽康《難自然好學論》："區別群物，使有類族；造立仁義，以嬰其心。"

⑮ 願言：思念殷切貌。《詩·衛風·伯兮》："願言思伯，甘心首疾。"鄭玄箋："願，念也。我念思伯，心不能已。"華岳《早春即事》："願言相約花前醉，莫放春容過海棠。" 羽翼：指輔佐的人或力量、黨羽。李乂《次蘇州》："城邑南樓近，星辰北斗遙。無因生羽翼，輕舉托還飆。"王維《贈李頎》："聞君餌丹砂，甚有好顏色。不知從今去，幾時生羽翼？"本詩是寄希望於元荊，希望其長大成人，繼承祖先開創的事業。元積《江陵三夢》一："悲君所嬌女，棄置不我隨。長安遠扵日，山川雲間之。縱我生羽翼，網羅生縶維。今宵泪零落，半爲生別滋。感君下泉魄，動我臨川思。"元積詩中所言"縱我生羽翼"，可以視爲與本詩呼應之筆。 奮翅：奮力展翅。《古詩十九首·今日良宴會》："願爲雙鳴鶴，奮翅起高飛。"皎然《答裴濟從事》："遲遲雲鶴意，奮翅知有期。三秉綱紀局，累登清白資。" 丹梯：紅色的臺階，亦喻仕進之路，元積將希望寄託在元荊身上，既可以看到詩人對自己的絕望，也可以看到元積對元荊的期望。謝靈運《擬魏太子鄴中集詩·阮瑀》："躧步陵丹梯，並坐侍君子。"黃節注："丹梯，丹墀也。"許渾《送上元王明府赴任》："官滿定知歸未得，九重霄漢有丹梯。"

⑯ 天驥：天馬，神馬，也作駿馬的美稱。《文選・張協〈七命〉》："天驥之駿，逸態超越。"李善注："天驥，天馬也。"羅虬《比紅兒詩》二六："舍卻青娥換玉鞍，古來公子苦無端。莫言一匹追風馬，天驥牽來也不看。"蘇軾《次韵子由送陳侗知陝州》："天驥皆爾雲，長鳴飽芻禾。"　偶：遇合，幸運。失龍偶，指失去天子的信任。王充《論衡・幸偶》："舉事有是有非，及觸賞罰，有偶有不偶。"韓愈《寄崔二十六立之》："不脫吏部選，可見偶與奇。又作朝士貶，得非命所施。"　三年：這裏指元稹自元和五年出貶江陵，至賦詠本詩的元和七年。正是三年。元稹《遣興十首》一〇："光陰本跳躑，功業勞苦辛。一到江陵郡，三年成去塵。"元稹《送友封二首》二："惠和坊裏當時別，豈料江陵送上船。鵬翼張風期萬里，馬頭無角已三年。"可與本詩此句並讀。夜嘶：馬在夜間的嘶鳴。《宋史・五行志》："（紹興）二十六年，郟縣地出銅馬，高三尺，制作精好，風雨夜嘶。"趙秉文《馬耳峰》："房駟落人間，入石露雙碧。月明聞夜嘶，驚落山頭石。"這裏表面是指駿馬夜裏的嘶鳴，其實何嘗不是詩人内心不平、苦悶的怒吼。所謂"不平則鳴"，此之謂也。

⑰ 哀猿：哀鳴不已的猿猴。岑參《峨眉東脚臨江聽猿懷二室舊廬》："分明峰頭樹，倒插秋江底……哀猿不可聽，北客欲流涕。"嚴維《宿法華寺》："一夕雨沈沈，哀猿萬木陰。天龍來護法，長老密看心。"鶡旦：鳥名，即寒號蟲。《禮記・月令》："〔仲冬之月〕鶡旦不鳴。"鄭玄注："鶡旦，求旦之鳥也。"《吕氏春秋・仲冬》："鶡鴠不鳴，虎始交。"桓寬《鹽鐵論・利議》："鶡鴠夜鳴，無益於明。"　含霜：猶凝霜，帶霜。戴叔倫《柳花歌送客往桂陽》："滄浪渡頭柳花發，斷續因風飛不絶。搖烟拂水積翠間，綴雪含霜誰忍攀？"李嶠《鐘》："秋至含霜動，春歸應律鳴。"

⑱ 遺類：指殘存者。《史記・高祖本紀》："項羽嘗攻襄城，襄城無遺類，皆坑之，諸所過無不殘滅。"曾鞏《福州奏乞在京主判閑慢曹

局或近京一便郡狀》：“臣既到任，屬所部之內，寇孽遺類，往往尚聚山谷，居人未寧，遠近疑駭。” 雲霓：原指虹，這裏喻橋梁。蔣渙《登栖霞寺塔》：“三休尋磴道，九折步雲霓。瀍澗臨江北，郊原極海西。”李紳《禹廟》：“山擁翠屏朝玉帛，穴通金闕架雲霓。”

⑲ 駉駉：馬肥壯貌，亦指肥壯之馬。《詩·魯頌·駉》：“駉駉牡馬，在坰之野。”毛傳：“駉駉，良馬腹幹肥張也。”韓愈《答張徹》：“觥秋縱兀兀，獵旦馳駉駉。” 鶴意不在雞：意謂鶴的本意不是與一般的家雞爭奪先後，詩人在這裏意有所指。皎然《答裴濟從事》：“遲遲雲鶴意，奮翅知有期。三秉綱紀局，累登清白資。”李新《古意》四：“野人孤鶴姿，與雲相伉儷。百禽相和鳴，了不關鶴意。”

⑳ 筋骨：韌帶及骨骼，亦引申指身體。《荀子·勸學》：“螾無爪牙之利，筋骨之強，上食埃土，下飲黃泉，用心一也。”《孟子·告子》：“故天將降大任於是人也，必先苦其心志，勞其筋骨，餓其體膚，空乏其身。”杜甫《避地》：“避地歲時晚，竄身筋骨勞。” 吊影：對影自憐，喻孤獨寂寞。謝朓《拜中軍記室辭隋王箋》：“輕舟反溯，吊影獨留。”白居易《自河南經亂關內阻飢兄弟離散各在一處因望月有感聊書所懷寄上浮梁大兄於潛七兄烏江十五兄兼示符離及下邽弟妹》：“吊影分爲千里雁，辭根散作九秋蓬。共看明月應垂淚，一夜鄉心五處同。”心亦迷：即心迷，內心迷惑不清。崔珏《有贈》：“心迷曉夢窗猶暗，粉落香肌汗未乾。兩臉夭桃從鏡發，一眸春水照人寒。”胡權《濟川用舟楫》：“心迷滄海上，目斷白雲邊。泛濫雖無定，維持且自專。”

㉑ 渥窪：即“渥洼”，水名，在今甘肅省安西縣境，傳説産神馬之處。《史記·樂書》：“又嘗得神馬渥窪水中，復次以爲《太一之歌》。”裴駰集解引李斐曰：“南陽新野有暴利長，當武帝時遭刑，屯田燉煌界，人數于此水旁見群野馬中有奇異者，與凡馬異……〔利長〕代土人持勒靽，收得其馬，獻之。”盧綸《送史兵曹判官赴樓煩》：“渥窪龍種散雲時，千里繁花乍別離。”本詩指代神馬。韓琮《公子行》：“別殿承恩

澤,飛龍賜渥窪。"蘇軾《送錢承制赴廣西路分都監》:"舞鳳尚從天目下,收駒時有渥窪姿。"　應生濁水泥:意謂神馬不一定非出現在渥窪,普通的地方也有可能產生神馬。李白《贈范金卿二首》一:"我有結綠珍,久藏濁水泥。時人棄此物,乃與燕珉齊。"獨孤及《江寧訓鄭縣劉少府兄贈別作》:"何爲青雲器,猶嗟濁水泥?役牽方遠別,道在或先迷。"　應:副詞,表示料想之詞,猶恐怕,大概。徐陵《走筆戲書應令》:"片月窺花簟,輕寒入錦巾。秋來應瘦盡,偏自著腰身。"李煜《虞美人》:"雕闌玉砌應猶在,只是朱顏改。"　生:出生。《史記·孔子世家》:"孔子生魯昌平鄉陬邑。"韓愈《唐故秘書少監独孤府君墓志銘》:"君生之年,憲公歿世,與其兄朗,畜於伯父氏。"濁水泥:渾濁的泥漿。李白《贈范金卿二首》一:"我有結綠珍,久藏濁水泥。時人棄此物,乃與燕珉齊。"趙氏《雜言寄杜羔》:"臨邛滯遊地,肯願濁水泥。人生賦命有厚薄,君但遨遊我寂寞。"

[編年]

　　《年譜》"庚寅至甲午在江陵府所作其他詩"欄內將本詩編入,理由是:"《全唐詩》卷四零一載元稹詩二十三首,第一首《寄吳士矩端公五十韵》題下注:'此後並江陵士曹時作。'"《編年箋注》云:"據周相録所考,此首作於元和七年(八一二)。"《年譜新編》編年本詩於元和七年,理由是:"其三云:'天驥失龍偶,三年常夜嘶。''天驥'爲元稹自寓。"

　　我們以爲《全詩》卷四〇一中的大部分詩歌確實是元稹江陵士曹時所作,雖然不少詩歌難於具體編年,但個別詩歌還是可以知其作年。本詩云:"天驥失龍偶,三年常夜嘶。"驥即是駿馬、千里馬,常用來比喻突出的人才。天驥亦即天子門下的突出人才,是詩人的自喻。所謂"失龍偶"即是失去天子的恩寵,結合元稹元和五年出貶江陵士曹參軍的生平和"三年常夜嘶"以及"春來筋骨瘦,吊影心亦迷"的詩句,本詩應該作於元和七年的春天。以上是我們發表在《寧夏大學學報》二〇〇一年第六期的一篇拙稿,篇名爲《元稹詩文編年新説》,文字一字未改。今再補充一句:籠統編年元稹江陵任是不合適的,僅僅編年元和七年同樣是籠統的,不確切的,應該編年元和七年的春天。

需要特別説明一下的是:我們關於元稹《三嘆》詩的編年,發表在二〇〇一年,《年譜新編》出版於二〇〇四年十一月,而且其編年的結論、理由,與我們完全一樣,沒有任何新的東西。現在不僅《年譜新編》引用時不作任何説明,"拿來"之後就認作自己的發明;而且《編年箋注》引用時也竟然説什麽"據周相録所考",這是學術研究所應該具備的誠實態度與嚴謹作風嗎? 大家不是覺得有點滑稽與可笑嗎?

◎ 和友封題開善寺十韵(依次重用本韵)(一)①

梁王開佛廟,雲構歲時遙②。珠綴飛閑鴿,紅泥落碎椒③。燈籠青熖短,香印白灰銷④。古匣收遺施,行廊畫本朝⑤。藏經霑雨爛,魔女捧花嬌(二)⑥。亞樹牽藤閣,橫查壓石橋⑦。竹荒新笋細,池淺小魚跳⑧。匠正琉璃瓦,僧鋤芍藥苗⑨。旋蒸茶嫩葉,偏把柳長條⑩。便欲忘歸路,方知隱易招⑪。

録自《元氏長慶集》卷一三

[校記]

(一) 和友封題開善寺十韵:楊本、叢刊本、《全詩》同,錢校疑作"和友封題開聖寺十韵",《年譜》據《楚歌十首》考定爲"和友封題開聖寺十韵"。我們以爲,梁代推崇佛教,佛寺布遍各地,名稱各異,開聖寺、開善寺十分常見,如"鍾山開善寺"、"靈山開善寺"、"新城縣開善

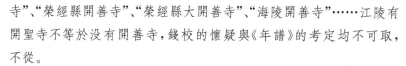

寺"、"榮經縣開善寺"、"榮經縣大開善寺"、"海陵開善寺"……江陵有
開聖寺不等於沒有開善寺,錢校的懷疑與《年譜》的考定均不可取,
不從。

（二）魔女捧花嬌:楊本、叢刊本、《全詩》同,盧校宋本作"魔女捧
香嬌",語義不同,不改。

[箋注]

① 友封:元稹朋友竇鞏的字,兩人的關係非常密切,如元稹《答
友封見贈》:"荀令香銷潘簟空,悼亡詩滿舊屛風。扶床小女君先識,
應爲些些似外翁。"元稹《送友封二首(黔府竇鞏字友封)》二:"惠和坊
裏當時別,豈料江陵送上船。鵬翼張風期萬里,馬頭無角已三年。"
開善寺:寺名,梁、陳時期各地建有許多寺院,其中名爲開善寺的也不
在少數,今天南京的紫金山以及四川榮經、廣東潮陽等地都有關於開
善寺的記載。李嘉祐《蔣山開善寺山》:"殿秋雲裏,香烟出翠微。客
尋朝磬至。僧背夕陽歸。"高適《同群公宿開善寺贈陳十六所居》:"駕
車出人境,避暑投僧家。裴徊龍象側,始見香林花。"而江陵境內的開
善寺,錢謙益以爲是開聖寺之誤,他的理由是元稹《楚歌十首》有"梁
業雄圖盡,遺孫世運消。宣明徒有號,江漢不相朝。碑碣高臨路,松
枝半作樵。惟餘開聖寺,猶學武皇妖。"從"惟餘開聖寺"的語氣來看,
錢謙益的懷疑與《年譜》的考定似乎是有一定道理的。但元稹江陵任
內還有《度門寺》、《大雲寺》諸詩,還有詩涉及"碧澗寺"、"遠安寺",證
明荊州境內除開聖寺之外,還有其他不少寺院。"惟餘開聖寺"云云,
僅僅是從梁代的角度來看,僅僅從"猶學武皇妖"的角度來解讀。

② 梁王:這裏指梁朝的梁武帝蕭衍。《梁書·武帝紀》:"高祖武
皇帝諱衍,字叔達,小字練兒,南蘭陵中都里人。"建立梁朝之後,尊儒
崇佛,在各地建立佛寺甚多,最後在侯景作亂中被活活餓死。韓愈
《論佛骨表》:"惟梁武帝在位四十八年,前後三度捨身施佛,宗廟之祭

不用牲牢，晝日一食，止於菜果，其後竟爲侯景所逼，餓死臺城，國亦尋滅，事佛求福，乃更得禍。”胡曾《金陵》：“侯景長驅十萬人，可憐梁武坐蒙塵。生前不得空王力，徒向金田自捨身。” 佛廟：即佛寺。柳宗元《柳州復大雲寺記》：“崇佛廟，爲學者居，會其徒而委之食，使擊磬鼓鐘，以嚴其道而傳其言。”元稹《松鶴》：“渚宮本坳下，佛廟有臺閣。臺下三四松，低昂勢前却。” 雲構：高大的建築物、大廈。《文選·陸機〈招隱詩〉》：“輕條象雲構，密葉成翠幄。”張銑注：“雲構，大夏也。”韋應物《登重玄寺閣》：“時暇陟雲構，晨霽澄景光。始見吳都大，十里鬱蒼蒼。” 歲時：歲月，時間。杜甫《遭田父泥飲美嚴中丞》：“名在飛騎籍，長番歲時久。”白居易《晚春登大雲寺南樓贈常禪師》：“歲時春日少，世界苦人多。愁醉非因酒，悲吟不是歌。”

③ 珠綴：連綴珍珠爲飾的裝飾品。蕭綱《東飛伯勞歌二首》二：“網户珠綴曲瓊鉤，芳茵翠被香氣流。”李華《詠史十一首》一一：“泥沾珠綴履，雨濕翠毛簪。” 紅泥：紅色泥土，也指用紅色泥土製成的各種器皿與用具。毛滂《題貴溪翠顔亭二首》二：“船中自帶紅泥竈，亭上親煎白乳泉。唯有溪山知此意，水風吹面晚蕭然。”歐陽修《寄謝晏尚書二絕》一：“送盡殘春始到家，主人愛客不須嗟。紅泥煮酒嘗青杏，猶向臨流藉落花。” 椒：木名，即花椒，芸香科，落葉灌木或小喬木，具有香氣，單數羽狀複葉，果實可做調味的香料，也可供藥用，其種子亦用以和泥塗壁。《詩·唐風·椒聊》：“椒聊之實，蕃衍盈升。”陸璣疏：“椒樹似茱萸，有針刺，莖葉堅而滑澤。”《山海經·中山經》：“琴鼓之山，其木多穀柞椒柘。”

④ 燈籠：一種籠狀燈具，其外層多以細篾或鐵絲等製骨架，而蒙以紙或紗類等透明物，內燃燈燭，供照明、裝飾或玩賞。《宋書·武帝紀》：“床頭有土鄣，壁上挂葛燈籠。”李洞《送鄴先輩歸覲華陰》：“休停硯筆吟荒廟，永別燈籠赴鎖闈。” 青焰：青藍色的火焰，常用以指燈光、磷火等。文瑩《湘山野錄》卷下“柳仲塗開因曰：‘余頃守維揚，郡

堂後菜圃纔陰雨則青焰夕起,觸近則散,何耶？'寧曰：'此磷火也！兵
戰血或牛馬血著土,則凝結爲此氣,雖千載不散。'"蘇泂《又李璉題金
陵雜興詩後十八首》一八："南軒隱約夜聲微,獨詠齊梁綺靡詩。鬼火
對山青焰短,依稀憶得獨眠時。"劉清叟《書燈》："一點蘭膏數寸心,小
窗伴我夜沉沉。暖分青焰藜烟細,喜動紅光花意深。"　香印：即印
香。白居易《酬夢得以予五月長齋延僧徒絶賓友見戲十韵》："香印朝
烟細,紗燈夕焰明。"李煜《采桑子》："緑窗冷静芳音斷,香印成灰。"亦
作"印香",用多種香料搗末和匀做成的一種香。王建《香印》："閑坐
燒印香,滿户松柏氣。"貫休《題簡禪師院》："思山海月上,出定印香
終。"　白灰：石灰。羅大經《鶴林玉露》卷四："太守王元邃以白酒之
和者、紅酒之勁者手自劑量,合而爲一,殺以白灰一刀圭,風韵頓奇。"
亦指白色的炭灰。蘇軾《書雙竹湛師房》："白灰旋撥通紅火,卧聽蕭
蕭雪打窗。"

　⑤古匣：年代久遠的匣子。劉長卿《古劍》："龍泉閑古匣,苔蘚
淪此地。何意久藏鋒,翻令世人棄？"李益《府試古鏡》："舊是秦時鏡,
今藏古匣中。"　遺施：這裏指饋送施捨之錢物。無名氏《古詩爲焦仲
卿妻作》："人賤物亦鄙,不足迎後人。留待作遺施,於今無會因。"元
稹《元和五年予官不了罰俸西歸三月六日至陝府與吳十一兄端公崔
二十二院長思愴曩遊因投五十韵》："酒醒聞飯鐘,隨僧受遺施。"　行
廊：即走廊,有屋頂的走道。元稹《憶事》："夜深閑到戟門邊,却繞行
廊又獨眠。"歐陽修《浙川縣興化寺廊記》："興化寺新修行廊四行,總
六十四間。"　本朝：稱自己曾任職的王朝。司空圖《偶書五首》二：
"自有池荷作扇摇,不關風動愛芭蕉。只憐直上抽紅蕊,似我丹心向
本朝。"唐彦謙《咸通中始聞褚河南歸葬陽翟是歲上平徐方大肆慶賞
又詔八品錫其裔孫追叙風概因成二十韵》："册府藏餘烈,皇綱正
本朝。"

　⑥藏經：佛寺收藏的經文佛典。崔興宗《同王右丞送瑗公南

歸》：“常願入靈嶽，藏經訪遺蹤。南歸見長老，且爲説心胸。”白居易《題香山新經堂招僧》：“烟滿秋堂月滿庭，香花漠漠磬泠泠。誰能來此尋真諦？白老新開一藏經。” 沾雨：受到雨水的侵襲。薛能《詠柳花》：“隨波應到海，沾雨或依塵。會向慈恩日，輕輕對此身。”皇甫曾《遇風雨作》：“陰雲擁巖端，霝雨當山腹。震雷如在耳，飛電來照目。”魔女：魔界之女人，女鬼。《楞嚴經》卷六：“上品魔王，中品魔民，下品魔女。”這裏指神女，仙女。白居易《偶於維揚牛相公處覓得箏箏未到先寄詩來走筆戲答（來詩云：但恐封寄去，魔物或驚禪）》：“玉柱調須品，朱絃染要深。會教魔女弄，不動是禪心。”蘇軾《次韵子由書清汶老所傳秦湘二女圖》：“先生室中無天遊，珮環何處鳴風甌？隨魔未必皆魔女，但與分燈遣歸去。”

⑦ “亞樹牽藤閣”兩句：意謂不高的樹木牽引着一條條紫藤，連接不遠處的小閣；河邊樹木的橫杈斜卧石橋的上空，似乎在歡迎人們的到來。 亞樹：低矮的樹木。劉商《梨樹陰》：“福庭人静少攀援，雨露偏滋影易繁。磊落紫香香亞樹，清陰滿地晝當軒。”魚玄機《夏日山居》：“移得仙居此地來，花叢自遍不曾栽。庭前亞樹張衣桁，坐上清泉泛酒杯。” 查：樹杈。李白《送祝八之江東賦得浣紗石》：“浣紗古石今猶在，桃李新開映古查。”王禹偁《啄木歌》：“嘴長數寸勁如鐵，丁丁亂鑿乾枯查。” 石橋：石造的橋。謝靈運《山居賦》：“凌石橋之莓苔，越楢溪之紆縈。”施肩吾《送端上人遊天台》：“師今欲向天台去，來説天台意最真。溪過石橋爲險處，路逢毛褐是真人。”

⑧ 竹荒：竹林荒凉貌。宋庠《感懷寄進士胡肅》：“賦苑竹荒沈舊賞，書郵梅老怨殘年。”蘇轍《葺居五首》四：“雜花生竹間，竹荒花亦瘁。” 新笋：剛剛出土的竹子嫩芽，時在春天。李頎《雙笋歌送李回兼呈劉四》：“並抽新笋色漸绿，迥出空林雙碧玉。春風解籜雨潤根，一枝半葉清露痕。”錢起《避暑納凉》：“初晴草蔓緣新笋，頻雨苔衣染舊墙。” 池淺：池塘水淺。許渾《題倪處士舊居》：“檻摧新竹少，池淺

故蓮疏。但有子孫在，帶經還荷鋤。"顧逢《善權寺》："英臺讀書地，舊刻字猶存……洞深雲氣冷，池淺鹿行渾。"　小魚：同類魚中形體比較小的魚。杜甫《又觀打魚》："小魚脫漏不可記，半死半生猶戢戢。大魚傷損皆垂頭，屈強泥沙有時立。"張籍《長塘湖》："大魚如柳葉，小魚如針鋒。"

　　⑨ 琉璃：這裏指用鋁和鈉的矽酸化合物燒製成的釉料，常見的有綠色和金黃色兩種，多加在黏土的外層，燒製成缸、盆、磚、瓦等。《西京雜記》卷二："〔昭陽殿〕窗扉多是綠琉璃。"《新唐書·南蠻傳》："有百寺，琉璃爲甓，錯以金銀，丹彩紫礦塗地，覆以錦罽，王居亦如之。"　芍藥：多年生草本植物，五月開花，花大而美麗，有紫紅、粉紅、白等多種顏色，供觀賞，根可入藥。《詩·鄭風·溱洧》："維士與女，伊其相謔，贈之以勺藥。"勺藥即"芍藥"。喬知之《下山逢故夫》："妾身本薄命，輕棄城南隅。庭前厭芍藥，山上采蘼蕪。"

　　⑩ 茶嫩葉：茶芽。陸羽《茶經》："凡採茶在二月三月四月之間，茶之筍者，生爛石沃土，長四五寸，若薇蕨始抽，凌露采焉！"獨孤及《季冬自嵩山赴洛道中作》："甘心赴國難，誰謂茶葉苦？天子初受命，省方造區宇。"　柳長條：即柳條。宋之問《折楊柳》："玉樹朝日映，羅帳春風吹。拭泪攀楊柳，長條踠地垂。"豆盧復《落第歸鄉留別長安主人》："客裏愁多不記春，聞鶯始嘆柳條新。年年下第東歸去，羞見長安舊主人。"

　　⑪ 歸路：回去的路。白居易《重到渭上舊居》："舊居清渭曲，開門當蔡渡。十年方一還，幾欲迷歸路。"姚合《寄山中友人》："昨秋今復春，役役是非身。海上無歸路，城中作老人。"　隱：隱居。《史記·樊酈滕灌列傳》："〔樊噲〕以屠狗爲事，與高祖俱隱。"王讜《唐語林·德行》："文中子隋末隱於白牛，著《王氏六經》。"指隱居的人。《顏氏家訓·歸心》："儒有不屈王侯高尚其事，隱有讓王辭相避世山林。"王利器集解："盧文弨曰：'《莊子》有《讓王篇》。辭相，如顏闔、莊周之輩

皆是。'"《宋書·周續之傳》:"時彭城劉遺民遁迹廬山,陶淵明亦不應徵命,謂之尋陽三隱。"

[編年]

《年譜》編年本詩於"元和六年春竇鞏游江陵時與元稹唱和之作",理由是詩中有"竹荒新笋細"、"旋蒸茶嫩葉,偏把柳長條"等句。《編年箋注》編年云:"元稹此詩作於元和六年(八一一),時在江陵士曹參軍任。是年春,竇鞏遊江陵,與作者唱和。見下《譜》。"《年譜新編》亦編年元和六年,理由是:"此詩云:'梁王開佛廟,雲構歲時遙。'與《楚歌十首》合。"

我們以爲,在元稹江陵任内,竇鞏前來江陵共有兩次:一次爲元和六年,是經由江陵前往黔州投奔其兄長竇群,具體時間是在"二月",竇鞏《自京師將赴黔南》:"風雨荆州二月天,問人須雇峽中船。西南一望雲和水,猶道黔南有四千。"就是最好的證據。《全詩》在竇群的名下,也收錄有一首相類如的詩《自京將赴黔南》:"風雨荆州二月天(群從湖南改黔),問人初雇峽中船。西南一望雲和水,猶道黔南有四千。"但那顯然是誤錄竇鞏之詩,其一是竇群并没有到湖南觀察使任,《舊唐書·竇群傳》:"(元和)三年八月,(李)吉甫罷相出鎮淮南,群等欲因失恩傾之……出爲湖南觀察使。數日,改黔州刺史、黔州觀察使。"《新唐書·竇群傳》以及《册府元龜》記載大致相同,時間在元和三年,那時元稹還没有貶任江陵,且"八月"與"二月天"也没有干涉。其二,湖南觀察使府治潭州,與"荆州"相距不近,兩者不應該連在一起。其三,竇群出任黔州刺史、黔州觀察使,按照當時的規定,應該有"雙旌"送行,根本不需要自己"雇"船而行。而竇鞏前往黔州投奔兄長,完全屬於私人旅行,自然需要"雇船"而行。竇鞏路過江陵,行色匆匆,不可能作長久的滯留,不當以"遊"稱之。另一次是元和六年九月之後,直至第二年的春天,因竇群卸任黔州而降職前往開州拜職刺史，一時不便帶着弟弟赴任，故竇鞏前來江陵與元稹相聚，等待恰當的時機前往兄長任職的開州。因而時間相對較長，有不少閑空遊覽江陵，此詩即應該作於元和七年的春天。元稹《送友封二首》"馬頭無角已三年"云云，所指即是元稹元和五年解職監察御史，至元和七年，正是"三年""無角"，亦已經證明了竇鞏元和七年的江陵之行。如果是元和六年，不足"三年"之數。從本詩"竹荒新笋細"、"旋蒸茶嫩葉"來看，應該是春天的詩篇。

◎ 去杭州(送王師範)(一)①

房杜王魏之子孫，雖及百代爲清門②。駿骨鳳毛真可貴，崗頭澤底何足論(近世不以勲賢之胄爲令族，而以崗盧澤李爲甲門)(二)③！去年江上識君面，愛君風貌情已敦④。與君言語見君性，靈府坦蕩消塵煩⑤。自兹心洽迹亦洽，居常並榻游並軒⑥。柳陰覆岸鄭監水，李花壓樹韋公園⑦。每出新詩共聯綴，閑因醉舞相牽援⑧。時尋沙尾楓林夕，夜摘蘭叢衣露繁⑨。今君別我欲何去？自言遠結迢迢婚⑩。簡書五府已再至，波濤萬里酬一言⑪。爲君再拜贈君語，願君静聽君勿喧⑫。君名師範欲何範？君之烈祖遺範存⑬。永寧昔在掄鑒表，沙汰沉濁澄浚源⑭。君今取友由取士，得不别白清與渾⑮？昔公事上盡忠讜(三)，雖及死諫誓不諼⑯。今君佐藩如佐主，得不陳露酬所恩⑰？昔公爲善日不足，假寐待旦朝至尊(四)⑱。今君三十朝未與，得不寸晷倍璵璠⑲。昔公令子尚貴主，公執舅禮婦執笄⑳。返拜之儀自此絶，關雎之化皎不昏(五)㉑。君今遠娉奉明祀，得不齊勵親蘋蘩㉒？斯言皆爲書

3043

佩帶，然後別袂乃可捫㉓。別袂可捫不可解，解袂開帆悽別魂㉔。魂搖江樹鳥飛没，帆挂檣竿鳥尾翻㉕。翻風駕浪拍何處⁽六⁾？直指杭州由上元㉖。上元蕭寺基址在，杭州潮水霜雪屯㉗。潮户迎潮擊潮鼓，潮平潮退有潮痕㉘。得得爲題羅刹石，古來非獨伍員冤㉙。

錄自《元氏長慶集》卷二六

[校記]

（一）去杭州（送王師範）：楊本、叢刊本、《全詩》同，《海塘録》作"去杭州送王師範"，語義易生歧義，不從不改。

（二）崗頭澤底何足論（近世不以勛賢之冑爲令族，而以崗盧澤李爲甲門）：楊本、叢刊本、《全詩》同，《海塘録》下無注文。

（三）昔公事上盡忠讜：楊本同，叢刊本、《海塘録》、《全詩》作"昔公事主盡忠讜"，語義相類，不改。

（四）假寐待旦朝至尊：楊本、叢刊本、《全詩》同，《海塘録》作"假寐待旦朝至昏"，刊刻之誤，不足爲據，不從不改。

（五）關雎之化皎不昏：原本作"關睢之化皎不昏"，刊刻之誤，據楊本、叢刊本、《全詩》改。

（六）翻風駕浪拍何處：叢刊本、《全詩》同，楊本作"翻風駕浪指何處"，語義相近，但聯繫下句"直指杭州由上元"，楊本有重複之病，不改。《海塘録》作"翻風駕浪泊何處"，語義不順，不從不改。

[箋注]

① 去：表示行爲的趨向。《漢書·溝洫志》："禹之行河水，本隨西山下東北去。"梅堯臣《絶句五首》二："上去下來船不定，自飛自語燕争忙。"從所在地到別處，往，到。宗炳《明佛論》："今自撫踵至頂以

去陵虛,心往而勿已,則四方上下,皆無窮也。"辛棄疾《摸魚兒·淳熙己亥自湖北漕移湖南同官王正之置酒小山亭爲賦》:"休去倚危欄,斜陽正在,烟柳斷腸處。" 杭州:州郡名,即今浙江杭州市。《元和郡縣志·杭州》:"《禹貢》:揚州之域,春秋時爲吳越二國之境,其地本名錢塘,《史記》云'秦始皇東遊,至錢塘,臨浙江'是也。漢屬會稽,《吳志》注云:'西部都尉理所。'陳禎明中置錢塘郡,隋平陳,廢郡爲州。州境:東西五百五十四里,南北八十九里。八到:西北至上都三千四百里,西北至東都二千五百四十里,東南取浙江至越州一百三十里,西南至睦州三百一十五里,西至歙州四百七十里,西北至宣州四百九十六里,北至蘇州三百七十里,東北至浙江入海處約一百里。管縣八:錢塘、餘杭、臨安、富陽、於潛、鹽官、新城、唐山。"張謂《送李著作倅杭州》:"水陸風烟隔,秦吳道路長。佇聞敷善政,邦國詠惟康。"崔國輔《杭州北郭戴氏荷池送侯愉》:"秋近萬物肅,況當臨水時。折花贈歸客,離緒斷荷絲。" 王師範:據本詩揭示的信息,對照史書記載,王師範應該是王珪的後代。《舊唐書·王珪傳》:"王珪,字叔玠,太原祁人也……高祖入關,丞相府司録李綱薦珪貞諒有器識,引爲世子府諮議參軍……建成誅後,太宗素知其才,召拜諫議大夫……(貞觀)十三年遇疾,勅公主就第省視,又遣民部尚書唐儉增損藥膳。尋卒,年六十九。太宗素服舉哀於別次,悼惜久之,詔魏王泰率百官親往臨哭,贈吏部尚書,謚曰懿。長子崇基襲爵,官至主爵郎中。少子敬直,以尚主拜駙馬都尉,坐與太子承乾交結,徙于嶺外。崇基孫旭,開元初爲左司郎中,兼侍御史。時光禄少卿盧崇道犯罪配流嶺南,逃歸匿於東都,爲讎家所發。玄宗令旭究其獄,旭欲擅其威權,因捕繫崇道親黨數十人,皆極其楚毒,然後結成其罪,崇道及其三子並坐死,親友皆決杖流貶。時得罪多是知名之士,四海冤之。旭又與御史大夫李傑不協,遞相糾訐,傑竟坐左遷衢州刺史。旭既得志,擅行威福,由是朝廷畏而鄙之。俄以贓罪黜爲龍川尉,憤恚而死,甚爲時之所快。"

② 房杜王魏：李唐初期著名的重臣，唐太宗李世民時期的輔助大臣房玄齡、杜如晦、王珪、魏徵。《編年箋注》認爲“王魏”是北齊的“魏收”“王昕”，大誤，《舊唐書·王珪傳》：“時房玄齡、李靖、溫彦博、戴胄、魏徵與珪同知國政。”徐夢莘《炎興下帙》：“故武王之有八凱，宣王之有吉甫、方叔、召虎，高祖之有三傑，光武之有鄧禹、耿弇、賈復之屬，太宗之有房、杜、王、魏之流。”可見房玄齡、杜如晦、王珪與魏徵並稱於李世民之朝。房指房喬，字玄齡，李世民的輔助之臣。《舊唐書·房玄齡傳》：“房喬，字玄齡，齊州臨淄人……會義旗入關，太宗徇地渭北，玄齡杖策謁於軍門，溫彦博又薦焉！太宗一見，便如舊識，署渭北道行軍記室參軍。玄齡既遇知己，罄竭心力，知無不爲……（貞觀）三年，拜太子少師……明年，代長孫無忌爲尚書左僕射，改封魏國公，監修國史……玄齡自以居端揆十五年，女爲韓王妃，男遺愛尚高陽公主，實顯貴之極，頻表辭位，優詔不許……十八年，與司徒長孫無忌等圖形於凌烟閣……太宗親征遼東，命玄齡京城留守，手詔曰：‘公當蕭何之任，朕無西顧之憂矣！’……尋薨，年七十，廢朝三日，册贈太尉、并州都督，諡曰文昭，給東園秘器，陪葬昭陵。玄齡嘗誡諸子以驕奢沉溺，必不可以地望凌人，故集古今聖賢家誡，書於屏風，令各取一具，謂曰：‘若能留意，足以保身成名。’又云：‘袁家累葉忠節，是吾所尚，汝宜師之。’高宗嗣位，詔配享太宗廟庭。子遺直嗣，永徽初爲禮部尚書、汴州刺史。次子遺愛尚太宗女高陽公主，拜駙馬都尉，官至太府卿、散騎常侍。初主有寵於太宗，故遺愛特承恩遇，與諸主婿禮秩絕異。主既驕恣。謀黜遺直而奪其封爵，永徽中誣告遺直無禮於己。高宗令長孫無忌鞫其事，因得公主與遺愛謀反之狀，遺愛伏誅，公主賜自盡，諸子配流嶺表。遺直以父功特宥之，除名爲庶人，停玄齡配享。”杜指杜如晦，與房玄齡並稱於唐太宗朝。《舊唐書·杜如晦傳》：“杜如晦，字克明，京兆杜陵人也……太宗平京城，引爲秦王府兵曹參軍，俄遷陝州總官府長史……（貞觀）三年，代長孫無忌爲尚書右

僕射……與房玄齡共掌朝政……甚獲當代之譽，談良相者，至今稱房
杜焉……尋薨，年四十六，太宗哭之甚慟，廢朝三日，贈司空，徙封萊
國公，諡曰成……子構襲爵，官至慈州刺史，坐弟荷謀逆，徙於嶺表而
卒。初荷以功臣子尚城陽公主，賜爵襄陽郡公，授尚乘奉御。貞觀
中，與太子承乾謀反，坐斬……史臣曰：房杜二公，皆以命世之才，遭
逢明主，謀猷允協，以致昇平，議者以比漢之蕭、曹，信矣……若以往
哲方之，房則管仲、子產，杜則鮑叔、罕虎矣！"王指王珪，魏指魏徵，兩
人都是李世民的輔助重臣。《舊唐書·魏徵傳》："魏徵，字玄成，鉅鹿
曲城人也。"一生輔助李世民，犯龍顏而敢直諫，建樹良多。"（唐太
宗）嘗臨朝謂侍臣曰：'夫以銅爲鏡，可以正衣冠。以古爲鏡，可以知
興替。以人爲鏡，可以明得失。朕常保此三鏡，以防己過。今魏徵殂
逝，遂亡一鏡矣……徵狀貌不逾中人，而素有膽智，每犯顏進諫，雖逢
王赫斯怒，神色不移。嘗密薦中書侍郎杜正倫及吏部尚書侯君集有
宰相之材，徵卒後，正倫以罪黜，君集犯逆伏誅，太宗始疑徵阿黨……
先許以衡山公主降其長子叔玉，於是手詔停婚，顧其家漸衰矣！徵四
子，（叔玉）、叔琬、叔璘、叔瑜，叔玉襲爵國公，官至光祿少卿，叔瑜至
潞州刺史，叔璘禮部侍郎，則天時爲酷吏所殺。神龍初，繼封叔玉子
膺爲鄭國公，叔瑜子華開元初太子右庶子。史臣曰……臣嘗閱《魏公
故事》，與文皇討論政術，往復應對，凡數十萬言。其匡過弼違，能近
取譬，博約連類，皆前代諍臣之不至者。其實根於道義，發爲律度，身
正而心勁，上不負時主，下不阿權幸，中不侈親族，外不爲朋黨，不以
逢時改節，不以圖位賣忠。所載章疏四篇，可爲萬代王者法。雖漢之
劉向、魏之徐邈、晉之山濤、宋之謝朓，才則才矣！比文貞之雅道，不
有遺行乎！前代諍臣，一人而已。"　子孫：兒子和孫子，泛指後代。
《書·洪範》："身其康彊，子孫其逢吉。"賈誼《過秦論》："自以爲關中
之固，金城千里，子孫帝王萬世之業也。"　百代：指很長的歲月、很多
的世系。王充《論衡·須頌》："《恢國》之篇，極論漢德非常，實然乃在

百代之上。"《晉書·阮種傳》:"德逮群生,澤被區宇,聲施無窮,而典垂百代。" 清門:寒素之家。杜甫《丹青引》:"將軍魏武之子孫,於今爲庶爲清門。"清貴的門第。白居易《博陵崔府君神道碑銘》:"長源遠派,大族清門,珪組賢俊,準繩濟美,斯崔氏所以綿千祀而甲百族也。"

③ 駿骨:據《戰國策·燕策》載,郭隗用買馬作喻,説古代有用五百金買千里馬的馬頭骨,因而在一年内就得到三匹千里馬,勸燕昭王厚幣以招賢,後因以"駿骨"喻傑出的人才。任昉《天監三年策秀才文》:"朕傾心駿骨,非懼真龍。"元稹《獻滎陽公詩五十韻》:"駿骨黃金買,英髦絳帳延。" 鳳毛:比喻人子孫有才似其父輩者。劉義慶《世説新語·容止》:"王敬倫風姿似父,作侍中,加授桓公公服,從大門入。桓公望之,曰:'大奴固自有鳳毛。'"余嘉錫箋疏:"南朝人通稱人子才似其父者爲鳳毛。"杜甫《奉和賈至舍人早朝大明宮》:"欲知世掌絲綸美,池上於今有鳳毛。" 可貴:值得珍視。《楚辭·離騷》:"惟兹佩之可貴兮,委厥美而歷兹。"嵇康《與山巨源絶交書》:"然使長才廣度,無所不淹,而能不營,乃可貴耳!" 崗頭澤底:唐代極重視世族,崔、盧、李、鄭爲甲門四姓,最爲顯赫,其中盧氏稱崗頭盧,李氏稱澤底李,因以"崗頭澤底"爲豪門世族的代稱。白居易《白孔六帖·崗頭澤底》:"《國史補》:張説好求山東婚姻,與張氏親者皆爲甲門四姓,鄭氏不離滎陽,又崗頭盧、澤底李、上門崔,皆爲顯族。"樓鑰《代賀錢參政兼知樞密院啓》:"某官德量恢洪,勛名赫奕。傳鼪襲紫偉岡頭澤底之家,聳壑昂霄擅日下雲間之譽。" 何足:猶言哪里值得。《史記·秦本紀》:"〔百里傒〕謝曰:'臣亡國之臣,何足問!'"干寶《搜神記》卷一六:"穎心愴然,即寤,語諸左右,曰:'夢爲虚耳,亦何足怪!'" 論:衡量,評定。《管子·立政》:"孟春之朝,君自聽朝,論爵賞校官,終五日。"顔延之《五君詠·阮步兵》:"物故不可論,途窮能無慟?"編次。司馬遷《報任少卿書》:"乃如左丘無目,孫子斷足,終不可用,退而論書策,以舒其憤,思垂空文以自見。"研究。《管子·七法》:"故聚天下

之精財,論百工之銳器。"《韓非子·五蠹》:"論世之事,因爲之備。"
勖賢:有功勛有才能的人。《後漢書·朱景王杜等傳論》:"若乃王道
既衰,降及霸德,猶能授受惟庸,勖賢皆序,如管隰之迭升桓世,先趙
之同列文朝。"元稹《故中書令贈太尉沂國公墓誌銘》:"十五年,會上
新即位,成德表帥,上曰:'非吾勖賢,莫可入者。'" 胄:謂對先輩的
承續。顏延之《宋郊祀歌二首》一:"黉威寶命,嚴恭帝祖,炳海表岱,
系唐胄楚。"韓愈《祭左司李員外太夫人文》:"胄於茂族,配此德門。"
泛指世系。葉適《陳處士姚夫人墓誌銘》:"君俛而不肯,久乃言曰:
'吾胄出太丘長寔,從婺徙台,貽範、貽序,著名神宗朝。'" 令族:指
名門世族。陶潛《贈長沙公族祖詩》:"於穆令族,允構斯堂,諧氣冬
暄,映懷圭璋。"王勃《梓州玄武縣福會寺碑》:"爰有縣令柳邊,河東令
族,大業之年,來光上邑。" 甲門:豪富權貴之家。李肇《唐國史補》
卷上:"張燕公好求山東婚姻,當時皆惡之。及後與張氏爲親者,乃爲
甲門。"《舊唐書·袁誼傳》:"此州得一長史,是隴西李宣,天下甲門。"

　　④ 江上:江岸上。《史記·伍子胥列傳》:"吳人憐之,爲立祠於
江上,因命曰胥山。"岑參《餞王崟判官赴襄陽道》:"津頭習氏宅,江上
夫人城。" 君:對對方的尊稱,猶言您。元稹《酬別致用》:"君今虎在
匣,我亦鷹就羈。馴養保性命,安能奮殊姿?"白居易《江樓夜吟元九
律詩成三十韻》:"昨夜江樓上,吟君數十篇。詞飄朱檻底,韻墜綠江
前。" 風貌:指人美好的儀表舉止與出色的精神氣質。白居易《嘆鶴
病》:"右翅低垂左脛傷,可憐風貌甚昂藏。亦知白日青天好,未要高
飛且養瘡。"溫庭筠《哭王元裕》:"篋裏詩書疑謝後,夢中風貌似潘前。
他時若到相尋處,碧樹紅樓自宛然。" 敦:厚重,篤實。《易·艮》:
"敦艮,吉。"孔穎達疏:"敦,厚也……在上能用敦厚以自止,不陷非
妄,宜其吉也。"程頤傳:"敦,篤實也。"王安石《賀留守侍中啓》:"高風
所洎,薄俗以敦。"親密,和睦。銀雀山漢墓竹簡《孫臏兵法·善者》:
"故善者制險量阻,敦三軍,利屈伸。"

⑤ 言語:説話,説。崔顥《邯鄲宮人怨》:"七歲丰茸好顏色,八歲黠惠能言語。十三兄弟教詩書,十五青樓學歌舞。"岑參《赴北庭度隴思家》:"西向輪臺萬里餘,也知鄉信日應疏。隴山鸚鵡能言語,爲報家人數寄書。" 性:人的本性。《易·繫辭》:"一陰一陽之謂道,繼之者善也,成之者性也。"孔穎達疏:"若能成就此道者,是人之本性。"韓愈《原性》:"性也者,與生俱生也。"泛指天賦,天性。王安石《上執政書》:"鳥獸、魚鱉、昆蟲、草木,下所以養之,皆各得盡其性而不失也。"靈府:指心。《莊子·德充符》:"故不足以滑和,不可入於靈府。"成玄英疏:"靈府者,精神之宅,所謂心也。"《淮南子·俶真訓》:"是故聖人託其神於靈府而歸於萬物之初。" 坦蕩:《論語·述而》:"君子坦蕩蕩,小人長戚戚。"何晏集解引鄭玄曰:"坦蕩蕩,寬廣貌。"後以"坦蕩"形容胸襟開朗,心地純潔。沈約《懷舊詩·傷王諶》:"長史體閑任,坦蕩無外求。" 塵煩:人世間的煩惱。戴叔倫《留宿羅源西峰寺示輝上人》:"一宿西峰寺,塵煩暫覺清。"韋應物《喜園中茶生》:"潔性不可污,爲飲滌塵煩。"

⑥ 洽:和諧,融洽。陶潛《答龐參軍》:"歡心孔洽,棟宇惟鄰。"司馬光《乞令皇子伴讀官提舉皇子左右人札子》:"語言不洽,志意不通。" 榻:狹長而矮的坐卧用具。《後漢書·徐稺傳》:"(陳)蕃在郡不接賓客,唯稺來特設一榻,去則縣之。"杜甫《贈李十五丈別》:"山深水增波,解榻秋露懸。" 軒:泛指車子。《左傳·哀公十一年》:"或淫於外州,外州人奪之軒以獻。"杜預注:"軒,車也。"《文選·江淹〈別賦〉》:"龍馬銀鞍,朱軒繡軸。"李善注引鄭玄曰:"軒,車通稱也。"

⑦ 柳陰:亦作"柳蔭",柳下的陰影。庾信《忝在司水看治渭橋》:"平堤石岸直,高堰柳陰長。"蘇軾《三月二十日開園三首》二:"西園牡籥夜沈沈,尚有遊人卧柳陰。" 覆:覆蓋,遮蔽。《呂氏春秋·音初》:"帝令燕往視之,鳴若謚隘,二女愛而争搏之,覆以玉筐。"王安石《禁直》:"翠木交陰覆兩檐,夜天如水碧恬恬。" 鄭監:即鄭審,曾歷職監

察御史、侍御史、諫議大夫、江陵少尹，晚年即寓居江陵，人稱其居所爲“鄭監湖”，也就是本詩的“鄭監水”。《唐詩品彙・姓氏爵里詳節》：“鄭審，開元時人，大曆初爲秘書監，杜甫有《秋日夔府詠懷寄鄭監審一百韻》者是也。又《解悶》詩云：‘何人爲覓鄭瓜州？’自註云：‘鄭秘監，審也，大曆三年出爲江陵少尹。’”杜甫《宇文晁尚書之甥崔彧司業之孫尚書之子重泛鄭監審前湖》：“郊扉俗遠長幽寂，野水春來更接連。錦席淹留還出浦，葛巾欹側未迴船。”杜甫《秋日寄題鄭監湖上亭三首》一：“碧草違春意，沅湘萬里秋。池要山簡馬，月靜庾公樓。”李花：李子樹之花。劉長卿《過蕭尚書故居見李花感而成詠》：“手植已芳菲，心傷故徑微。往年啼鳥至，今日主人非。”賈至《春思二首》一：“草色青青柳色黃，桃花歷亂李花香。東風不爲吹愁去，春日偏能惹恨長。”　壓樹：義近“壓枝”，繁花重重，壓彎了花枝。劉長卿《晦日陪辛大夫宴南亭》：“早鶯留客醉，春日爲人遲。蓂草全無葉，梅花遍壓枝。”杜甫《江畔獨步尋花七絶句》六：“黃四娘家花滿蹊，千朵萬朵壓枝低。留連戲蝶時時舞，自在嬌鶯恰恰啼。”　韋公園：即韋丹通德湖私人別業，在江陵府之東。《北夢瑣言・韋宙相足穀翁》：“唐相國韋公宙善治生，江陵府東有別業，良田美產，最號膏腴，而積稻如坻，皆爲滯穗。大中初除廣州節度使，宣宗以番禺珠翠之地，垂貪泉之戒，京兆從容奏對曰：‘江陵莊積穀尚有七十堆，固無所貪。’宣皇曰：‘此可謂之足穀翁也！’”元稹《陪諸公遊故江西韋大夫通德湖舊居有感題四韻兼呈李六侍御即韋大夫舊寮也》揭示，那裏“滿園桃李”，目接不暇：“高墉行馬接通湖，巨壑藏舟感大夫。塵壁暗埋悲舊札，風簾吹斷落殘珠。烟波漾日侵隄岸，狐兔奔叢拂坐隅。唯有滿園桃李下，脣門偏拜阮元瑜。”

⑧ 新詩：新的詩作。張華《答何劭詩二首》一：“良朋貽新詩，示我以遊娛。”杜甫《解悶十二首》七：“陶冶性靈存底物？新詩改罷自長吟。”　聯綴：連結、組合在一起。《周禮・天官・太宰》：“以九兩繫邦

國之民。”鄭玄注：“繫，聯綴也。”李商隱《與陶進士書》：“久羨懷藏，不敢薄賤，聯綴比次，手書口詠。” 醉舞：猶狂舞。李白《邠歌行上新平長兄粲》：“趙女長歌入彩雲，燕姬醉舞嬌紅燭。”辛棄疾《滿江紅·題冷泉亭》：“醉舞且搖鸞鳳影，浩歌莫遣魚龍泣！” 牽援：猶牽引，拉，拉住。《孟子·離婁》：“嫂溺則援之以手乎？”趙岐注：“見嫂溺水則當以手牽援之否邪？”酈道元《水經注·若水》：“高山嵯峨，巖石磊落，傾側縈洄，下臨峭壑，行者扳緣牽援繩索。”

⑨ 沙尾：灘尾，沙灘的邊緣。杜甫《春水》：“三月桃花浪，江流復舊痕。朝來沒沙尾，碧色動柴門。”李端《荊門歌送從兄赴夔州》：“沙尾長檣發漸稀，竹竿草屩涉流歸。” 楓林：楓樹林，楓葉至秋而變紅，甚美。張說《南中別蔣五岑向青州》：“此中逢故友，彼地送還鄉。願作楓林葉，隨君度洛陽。”宋昱《曉次荊江》：“秋色湖上山，歸心日邊樹。徒稱竹箭美，未得楓林趣。” 蘭叢：成叢的蘭花。王績《古離別》：“下階欲離別，相對映蘭叢。含辭未及吐，泪落蘭叢中。”錢起《李士曹廳對雨》：“掾曹富文史，清興對詞客。愛爾蕙蘭叢，芳香飽時澤。” 衣露：即露衣，飽含露水的地衣。杜甫《夜宴左氏莊》：“風林纖月落，衣露淨琴張。暗水流花徑，春星帶草堂。”孟郊《題從叔述靈岩山壁》：“換却世上心，獨起山中情。露衣凉且鮮，雲策高復輕。”

⑩ 自言：自己陳述。王績《古意六首》五：“桂樹何蒼蒼？秋來花更芳。自言歲寒性，不知露與霜。”陳子昂《感遇詩三十八首》三五：“自言幽燕客，結髮事遠遊。赤丸殺公吏，白刃報私讎。” 迢迢：道路遙遠貌，水流綿長貌。潘岳《内顧詩二首》一：“漫漫三千里，迢迢遠行客。”姜夔《除夜自石湖歸苕溪》：“細草穿沙雪半銷，吳宮烟冷水迢迢。”

⑪ 簡書：用於告誡、策命、盟誓、徵召等事的文書，亦指一般文牘。《後漢書·段熲傳》：“又有一生來學，積年，自謂略究要術，辭歸鄉里。熲爲合膏藥，並以簡書封於筒中，告生曰：‘有急發視之！’”錢

起《送李評事赴潭州使幕》：“謾說簡書催物役，遙知心賞緩王程。”
五府：古代五官署的合稱，所指不一。《漢書·趙充國傳》：“後臨衆病
免，五府復舉湯。”《資治通鑑·漢宣帝神爵二年》引此文，胡三省注
云：“丞相、御史、車騎將軍、前將軍，併後將軍府爲五府。”《周書·晉
蕩公護傳》：“保定元年，以護爲都督中外諸軍事，令五府總於天官。”
《資治通鑑·陳文帝天嘉二年》引此文，胡三省注云：“五府，地官、春
官、夏官、秋官、冬官也。”　波濤：江河湖海中的大波浪。《淮南子·
人間訓》：“及至乎下洞庭，鶩石城，經丹徒，起波濤，舟杭一日不能濟
也。”張喬《望巫山》：“愁連遠水波濤夜，夢斷空山雨雹時。”　萬里：極
言距離之遠。張文琮《昭君怨》：“戒途飛萬里，迴首望三秦。忽見天
山雪，還疑上苑春。”盧照鄰《雨雪曲》：“虜騎三秋入，關雲萬里平。雪
似胡沙暗，冰如漢月明。”　酬：兌現，實現。李頻《春日思歸》：“壯志
未酬三尺劍，故鄉空隔萬重山。”俞文豹《吹劍四錄》：“與人交遊，有所
期諾，時刻不違；或言不及酬，必先期告之。”　一言：一句話，一番話。
《左傳·僖公二十八年》：“楚一言而定三國，我一言而亡之。”魏徵《述
懷》：“季布無二諾，侯嬴重一言。”

　　⑫ 再拜：拜了又拜，表示恭敬，古代的一種禮節。《論語·鄉
黨》：“問人於他邦，再拜而送之。”《史記·孟嘗君列傳》：“坐者皆起，
再拜。”　贈語：猶贈言。白居易《送客春遊嶺南二十韵》：“已訝遊何
遠！仍嗟別太頻。離容君蹙促，贈語我殷勤。”李廌《曹華國之子贈詩
次韵答之》：“喜君好男兒，贈語頗剛快。弓裘解傳業，門戶兹有賴。”
靜聽：仔細地聽。劉伶《酒德頌》：“静聽不聞雷霆之聲，熟視不睹泰山
之形。”劉長卿《聽彈琴》：“泠泠七弦上，静聽松風寒。”　喧：嘈雜吵
鬧。陶潛《飲酒二十首》五：“結廬在人境，而無車馬喧。”庾信《同州
還》：“上林催獵響，河橋争渡喧。”

　　⑬ 範：模範，榜樣。揚雄《法言·學行》：“師者，人之模範也。模
不模，範不範，爲不少矣！”《三國志·鄧艾傳》：“鄧艾字士載……讀故

太丘長陳寔碑文,言'文爲世範','行爲士則',艾遂自名範,字士則。"謂示範,作爲模範。司馬光《進士策問》四:"《詩》、《書》、《春秋》,皆聖人所以儀範後世也。" 烈祖:指建立功業的祖先,古多稱開基創業的帝王。《書·伊訓》:"伊尹乃明言烈祖之成德,以訓于王。"孔傳:"湯,有功烈之祖,故稱焉!"《詩·小雅·賓之初筵》:"籥舞笙歌,樂既和奏。丞衍烈祖,以洽百禮。"這裏用於對遠祖的美稱。庾信《哀江南賦》:"余烈祖於西晉,始流播於東川。" 遺範:指前人遺留下來可作楷模的法式、規範、標準等。《晉書·樂志》:"武皇帝採漢魏之遺範,覽景文之垂則,鼎蕭唯新,前音不改。"張說《上東宮請講學》:"伏願博採文士,旌求碩學,表正九經,刊考三史,則聖賢遺範,粲然可觀。"存:保存,保全。《史記·伍子胥列傳》:"始伍員與申包胥爲交,員之亡也,謂包胥曰:'我必覆楚。'包胥曰:'我必存之。'"韓愈《殿中少監馬君墓誌》:"始余初冠,應進士貢,在京師,窮不自存。"存在,生存,存留。《易·繫辭》:"是故君子安而不忘危,存而不忘亡,治而不忘亂。"《孟子·公孫丑》:"紂之去武丁未久也,其故家遺俗、流風善政,猶有存者。"

⑭ 永寧:指王師範的祖先王珪。《舊唐書·王珪傳》:"珪每推誠納忠,多所獻替,太宗顧待益厚,賜爵永寧縣男,遷黃門侍郎,兼太子右庶子。" 掄:選擇,選拔。《國語·晉語》:"君掄賢人之後,有常位於國者而立之。"韋昭注:"掄,擇也。"劉潛《爲江僕射禮薦士表》:"枯岸之珠既掄,潤山之玉已薦。" 鑒:引爲教訓。《詩·大雅·蕩》:"殷鑒不遠,在夏後之世。"《南史·后妃傳序》:"梁武撥亂反正,深鑒奢逸。" 表:奏章的一種,多用於陳請謝賀。《釋名·釋書契》:"下言上曰表,思之於內表施於外也。"蔡邕《獨斷》卷上:"凡群臣上書於天子者有四名:一曰章,二曰奏,三曰表,四曰駁議……表者不需頭,上言'臣某言',下言'臣某誠惶誠恐,頓首頓首,死罪死罪',左方下附曰'某官臣甲上'。文多用編兩行,文少以五行。" 沙汰:亦作"沙汰",

淘汰,揀選。葛洪《抱朴子·明本》:"夫遷之洽聞,旁綜幽隱,沙汰事物之臧否,覈實古人之邪正。"杜甫《上韋左相二十韵》:"沙汰江河濁,調和鼎鼐新。"　濁:液體渾濁,與"清"相對。《楚辭·漁父》:"滄浪之水清兮,可以濯我纓;滄浪之水濁兮,可以濯我足。"徐夤《醉題邑宰南塘屋壁》:"萬古清淮碧繞環,黃河濁浪不相關。"　澄:使液體中的雜質沉澱。《三國志·孫靜傳》:"頃連雨水濁,兵飲之多腹痛,令促具罌缶數百口澄水。"　浚:疏浚,深挖。《春秋·莊公九年》:"冬浚洙。"《公羊傳·莊公九年》:"洙者何?水也。浚之者何?深之也。"　源:水流始出處。《書·禹貢》:"九川滌源,九澤既陂。"孫星衍疏:"滌源者,謂疏達其水源也。"王安石《我欲往滄海》:"我欲往滄海,客來自河源。"來源,根源。《荀子·富國》:"百姓時和、事業得敘者貨之源也,等賦府庫者貨之流也。"《文心雕龍·總術》:"務先大體,鑑必窮源。"

⑮ 取友:選取朋友,交友。《禮記·學記》:"古之教者……一年視離經辨志,三年視敬業樂群,五年視博習親師,七年視論學取友。"韓愈《別知賦》:"余取友於天下,將歲行之兩周。"　由:通"猶",如同,好像。《墨子·兼愛》:"爲彼者由爲己也。"畢沅校注:"由同猶。"《史記·李斯列傳》:"夫以秦之强,大王之賢,由竈上騷除,足以滅諸侯,成帝業,爲天下一統,此萬世之一時也。"司馬貞索隱:"言秦欲並天下,若炊婦埽除竈上之不净,不足爲難。"　取士:選取士人。《孟子·告子》:"士無世官,官事無攝,取士必得,無專殺大夫。"韓愈《答呂毉山人書》:"惠書責以不能如信陵執轡者,夫信陵,戰國公子,欲以取士聲勢傾天下而然耳!"　得不:能不,豈不。《史記·秦本紀》:"伐南山大梓。"司馬貞索隱引《録異傳》:"秦若使人被髮,以朱絲繞樹伐汝,汝得不困耶?"李德裕《次柳氏舊聞》:"志忠晚乃謬計耳!其初立朝,得不爲賢相乎?"　別白:分辨明白。《漢書·董仲舒傳》:"辭不別白,指不分明,此臣淺陋之罪也。"李綱《論君子小人札子》:"誠能別白邪正,使君子小人不至混淆,然後天下可爲。"　清渾:清澈和渾濁。喻麑

《即事》:"連山互蒼翠,二水各清渾。"張先《南鄉子·中秋不見月》:"潮上水清渾,棹影輕於水底雲。"是非,好壞。元稹《賽神》:"主人且傾聽,再爲諭清渾。"

⑯ 公:對尊長的敬稱。《漢書·溝洫志》:"太始二年,趙中大夫白公復奏穿渠。"顏師古注:"鄭氏曰:'時人多相謂爲公。'此時無公爵也,蓋相呼尊老之稱耳!"元稹《襄陽道》:"羊公名漸遠,惟有峴山碑。"本詩指王珪。　事:職守、職權、責任。《荀子·大略》:"主道知人,臣道知事。"楊倞注:"事謂職守。"《後漢書·光武帝紀》:"左中郎將劉隆爲驃騎將軍,行大將軍事。"　上:君主,皇帝。《書·君陳》:"違上所命,從厥攸好。"孔傳:"人之於上,不從其令,從其所好。"韓愈《試大理評事王君墓誌銘》:"上初即位,以四科募天下士。"　忠讜:忠誠正直。蔡邕《琅邪王傅蔡朗碑》:"規誨之策,日諫於庭,忠讜著烈,令聞流行。"吳兢《貞觀政要·論行幸》:"隋氏之亡,其君則杜塞忠讜之言,臣則苟欲自全。"　死諫:冒死進諫。柳開《李守節忠孝論》:"夫諫有三焉:有公諫,有力諫,有死諫……死諫者,言既不從,情既不移,可殺己身,以厭彼志,是爲死諫也。"黃庭堅《題摹鎖諫圖》:"使元達作此觜鼻,豈能死諫不悔哉?然畫筆亦入能品,不易得也。"　不諼:不忘。《詩·衛風·淇奧》:"有斐君子,終不可諼兮!"毛傳:"諼,忘也。"韓愈《江漢答孟郊》:"何爲復見贈?繾綣在不諼。"

⑰ 佐:輔助,幫助。《詩·小雅·六月》:"王於出征,以佐天子。"《孫子·火攻》:"故以火佐攻者明,以水佐攻者強。"　藩:這裏指唐代的節度使。楊巨源《和裴舍人觀田尚書出獵》:"聖代司空比玉清,雄藩觀獵見皇情。雲禽已覺高無益,霜兔應知狡不成。"元稹《授劉悟檢校司空幽州節度使制》:"嘗見委於先朝,屢作藩於右地。"　主:君主。《書·仲虺之誥》:"惟天生民有欲,無主乃亂。"孔傳:"民無君主則恣情欲,必致禍亂。"《禮記·曲禮》:"凡執主器,執輕如不克。"鄭玄注:"主,君也。"　陳露:陳述表露。劉禹錫《謝平章事表》:"臣恪居官次,

遐守藩維，不獲伏謝彤庭，陳露丹慊。"元稹《上令狐相公詩啓》："詞直氣粗，罪尤是懼，固不敢陳露於人。"　酬恩：謂報答恩德。羅隱《青山廟》："市簫聲咽迹崎嶇，雪恥酬恩此丈夫。"沈括《謝進守令圖賜絹表》："生負素志，不能效力於當年；没而有知，尚期酬恩於瞑目。"

⑱　爲善：猶行善。《書·泰誓》："我聞吉人爲善，惟日不足。"《國語·齊語》："夫是，故民皆勉爲善。"本詩指忠心侍候皇上。　日：從天亮到天黑的一段時間，白天。《詩·唐風·葛生》："夏之日，冬之夜，百歲之後，歸于其居。"鄭玄箋："思者於晝夜之長時尤甚。"《孟子·離婁》："仰而思之，夜以繼日。"　假寐：謂和衣打盹。《詩·小雅·小弁》："假寐永嘆，維憂用老。"鄭玄箋："不脱冠衣而寐曰假寐。"高亨注："假寐，不脱衣帽打盹。"應瑒《正情賦》："還幽室以假寐，固展轉而不安。"　待旦：等待天明。《書·太甲》："先王昧爽丕顯，坐以待旦。"李賀《送沈亞之歌》："請君待旦事長鞭，他日還轅及秋律。"　至尊：用爲皇帝的代稱。《漢書·罽賓國》："今遣使者承至尊之命，送蠻夷之賈。"杜甫《石笋行》："惜哉俗態好蒙蔽，亦如小臣媚至尊。"

⑲　朝：臣下朝見君王。《左傳·成公十二年》："百官承事，朝而不夕。"孔穎達疏："旦見君謂之朝。"宋敏求《春明退朝録》卷中："唐在京文武官職事九品以上，朔望日朝。"　與：參與。《論語·八佾》："吾不與祭，如不祭。"《禮記·王制》："五十不從力政，六十不與服戎，七十不與賓客之事。"在其中。《左傳·僖公二十三年》："秦伯納女五人，懷嬴與焉！"《漢書·食貨志》："漢軍士馬死者十餘萬，兵甲轉漕之費不與焉！"　寸晷：猶寸陰，晷，日影，借指小段時間。潘尼《贈陸機出爲吳王郎中令》："寸晷惟寶，豈無璵璠？"賈島《答王參》："寸晷不相待，四時互如競。"　璵璠：美玉。《左傳·定公五年》："季平子行東野，還未至，丙申，卒於房，陽虎將以璵璠斂。"杜預注："璵璠，美玉，君所佩。"杜甫《贈蜀僧閭邱師兄》："斯文散都邑，高價越璵璠。"

⑳　"昔公令子尚貴主"兩句：《舊唐書·王珪傳》："時珪子敬直尚

南平公主，《禮》有婦見舅姑之儀，自近代公主出降，此禮皆廢。珪曰：‘今主上欽明，動循法制。吾受公主謁見，豈爲身榮，所以成國家之美耳！’遂與其妻就席而坐，令公主親執笲行盥饋之道，禮成而退。是後公主下降有舅姑者，皆備婦禮，自珪始也。” 令子：猶言佳兒，賢郎，多用於稱美他人之子。《南史·任昉傳》：“〔任昉〕四歲誦詩數十篇，八歲能屬文，自製《月儀》，辭義甚美。褚彥回嘗謂遙曰：‘聞卿有令子，相爲喜之，所謂百不爲多，一不爲少。’”李商隱《五言述德獻上杜七兄僕射》：“過庭多令子，乞墅有名甥。” 尚：專指娶公主爲妻。《史記·張耳陳餘列傳》：“張敖已出，以尚魯元公主故，封爲宣平侯。”司馬貞索隱：“韋昭曰：‘尚，奉也，不敢言取。’崔浩云：‘奉事公主。’”王讜《唐語林·賞譽》：“郭曖尚昇平公主，盛集文士，即席賦詩，公主帷而觀之。” 貴主：尊貴的公主。《後漢書·竇憲傳》：“今貴主尚見枉奪，何況小人哉！”白居易《渭村退居寄禮部崔侍郎翰林錢舍人詩一百韻》：“貴主冠浮動，親王轡闊裝。” 舅：稱夫之父。《禮記·檀弓》：“昔者吾舅死於虎，吾夫又死焉！今吾子又死焉！”鄭玄注：“夫之父曰舅。”《穀梁傳·桓公三年》：“禮，送女，父不下堂，母不出祭門……父戒之曰：‘謹慎從爾舅之言。’母戒之曰：‘謹慎從爾姑之言。’” 笲：古代一種形制似筥的盛器，新婦向舅姑行贄禮時常用以盛乾果等。《儀禮·士昏禮》：“婦執笲棗、栗，自門入，升自西階進拜，奠於席。”鄭玄注：“笲，竹器而衣者，其形蓋如今之筥。”《禮記·昏禮》：“婦執笲棗、栗、段修以見。”陸德明釋文：“笲……器名，以葦若竹爲之，其形似筥，衣之以青繒，以盛棗、栗、腵修之屬。”

㉑ 返拜之儀：指舅姑返拜貴公主之儀式。《舊唐書·德宗順宗諸子》：“舊例：皇姬下嫁，舅姑返拜而婦不答。及是，制下，禮官定制曰：‘既成婚於禮會院，明晨，舅坐於堂東階西向，姑南向，婦執笲，盛以棗栗，升自西階，再拜，跪奠於舅席前，退降受笲，盛以腵修。升，北面再拜，跪奠於姑席前。降，東面拜婿之伯叔兄弟姊妹。已而謝恩於

光順門,婿之親族亦隨之,然後會宴於十六宅。’”錢惟《錢氏私志·尚主》:“舊例,貴主畫堂垂簾坐,舅姑拜於簾外。賢穆奏乞行常人禮,上與慈聖大喜,再三稱嘆,詔從所請。”　關雎之化:關雎是《詩·周南》的篇名,爲全書首篇,也是十五國風的第一篇。歷來對這首詩有不同理解,《詩·周南·關雎序》:“《關雎》,后妃之德也,風之始也,所以風天下而正夫婦也。”後世用此篇名作典故,含義也常不同,如借指賢淑的后妃或后妃的美德。《後漢書·光烈陰皇后》:“既無關雎之德,而有呂霍之風。”張説《祈國公碑》:“内被螽斯之德,外偃關雎之化。”皎:潔白。《穆天子傳》卷五:“皇我萬民,旦夕勿窮,有皎者駱,翩翩其飛。”《太平廣記》卷四五八引谷神子《博異志·李黄》:“少頃,白衣方出,素裙粲然,凝質皎若,辭氣閑雅,神仙不殊。”

㉒娉:古代婚禮,男方遣媒向女方問名求婚謂之娉,今通作“聘”。《説文·女部》:“娉,問也。”段玉裁注:“凡娉女及聘問之禮,古皆用此字……而經傳概以‘聘’代之。”《後漢書·袁術傳》:“〔袁術〕乃遣使以竊號告吕布,並爲子娉布女。”《魏書·韓子熙傳》:“先是,子熙與弟娉王氏爲妻,姑之女也。”引申爲嫁娶,婚配。《敦煌曲子詞·鳳歸雲》:“娉得良人爲國遠長征,争名定難,未有歸程。”　明祀:對重大祭祀的美稱。《左傳·僖公二十一年》:“崇明祀,保小寡,周禮也。”杜預注:“明祀,大皞有濟之祀。”儲光羲《尚書省受誓誡貽太廟裴丞》:“皇家有恒憲,齋祭崇明祀。”　勵:勸勉,鼓勵。《國語·吴語》:“請王勵士,以奮其朋勢。”《三國志·楊阜傳》:“阜等率父兄子弟以義相勵,有死無二。”推崇,尊重。袁宏《後漢紀·獻帝紀》:“尚書僕射士孫瑞説允曰:‘天子裂土班爵,所以庸勛也。與董太師並位俱封,而獨勵高節,愚竊不安也。’”　蘋蘩:蘋和蘩,兩種可供食用的水草,古代常用於祭祀。《左傳·隱公三年》:“蘋蘩蘊藻之菜……可薦於鬼神,可羞於王公。”左思《蜀都賦》:“雜以蘊藻,糅以蘋蘩。”泛指祭品。杜牧《聞開江相國宋下世二首》二:“月落清湘棹不喧,玉杯瑶瑟奠蘋蘩。”

《詩·召南》有《采蘋》及《采蘩》篇。《詩·召南·采蘩序》："《采蘩》，夫人不失職也。夫人可以奉祭祀，則不失職矣！"後以"蘋蘩"借指能遵祭祀之儀或婦職等。謝朓《齊敬皇后哀策文》："始協德於蘋蘩兮，終配祇而表命。"

㉓ 佩帶：佩挂之帶，繫帶。黃滔《知白守黑賦》："吾徒也，勉之哉！佩帶斯言而勿墜！"范仲淹《東染院使種君墓誌銘》："乃親入部落中，勞問如家人意，多所周給，常自解佩帶與其酋豪可語者。" 別袂：猶分袂，舉手道別。李益《城西竹園送裴佶王達》："遠行從此始，別袂重淒霜。"權德輿《送人使之江陵》："紛紛別袂舉，切切離鴻響。" 捫：執持，按住。《詩·大雅·抑》："莫捫朕舌，言不可逝矣！"毛傳："捫，持也。"韓愈《陸渾山火和皇甫湜用其韻》："要余和增怪又煩，雖欲悔舌不可捫。"

㉔ 開帆：猶開船。李白《下尋陽城泛彭蠡寄黃判官》："開帆入天鏡，直向彭湖東。"徐鉉《送龔明府九江歸寧》："解纜垂楊綠，開帆宿鷺飛。" 別魂：離別的情思。江淹《別賦》："知離夢之躑躅，意別魂之飛揚。"崔塗《巫山旅別》："無限別魂招不得，夕陽西下水東流。"

㉕ 江樹：江邊之樹。宋之問《送杜審言》："臥病人事絕，嗟君萬里行。河橋不相送，江樹遠含情。"張說《岳州別梁六入朝》："江樹雲間斷，湘山水上來。近洲朝鷺集，古戍夜猿哀。" 檣竿：船桅杆。劉禹錫《淮陰行》："好日起檣竿，烏飛驚五兩。"陸游《入蜀記》卷五："倒檣竿，立艫床，蓋上峽惟用艣及百丈，不復張帆矣！" 烏尾：亦作"鳥尾"，旗幟一類的裝飾品，用於觀察風力風向，形如鳥尾，一般挂在船尾，故言。杜甫《日暮》："日暮風亦起，城頭烏尾訛。黃雲高未動，白水已揚波。"元稹《送王十一南行》："夏水漾天末，晚暘依岸邨。風調烏尾勁，眷戀餘芳尊。"

㉖ 翻風：猶"乘風"，駕着風，憑藉風力。杜甫《短歌行贈王郎司直》："豫章翻風白日動，鯨魚跋浪滄溟開。"蘇軾《潮州修韓文公廟

記》：“天孫爲織雲錦裳，飄然乘風來帝旁。”　駕浪：乘浪，鼓浪。杜甫《寄李十四員外布十二韻》：“黃牛平駕浪，畫鷁上凌虛。”元稹《洞庭湖》：“駕浪沈西日，吞海接曙河。”　拍：擊，搏擊。張碧《惜花三首》二：“老鴉拍翼盤空疾，準擬浮生如瞬息。”蘇軾《念奴嬌·赤壁懷古》：“亂石穿空，驚濤拍岸，捲起千堆雪。”　由：經由，經過。酈道元《水經注·廬江水》：“吳郡太守張公直，自守徵還，道由廬山。”蘇洵《權書上·攻守》：“鄧艾攻蜀，自陰平由景谷，攀木緣磴，魚貫而進。”　上元：地名，在當時的潤州境內，在今天的南京市境內。《元和郡縣志·潤州》：“管縣六：丹徒、丹陽、金壇、延陵、上元、句容……上元縣：本金陵地，秦始皇時，望氣者云：五百年後金陵有都邑之氣，故始皇東遊以厭之，改其地曰秣陵，塹北山以絕其勢。及孫權之稱號，自謂當之孫盛，以爲始皇逮於孫氏四百三十七載，考其歷數，猶爲未及。晉之渡江，乃五百二十六年，遂定都焉！隋開皇九年平陳，於石頭城置蔣州，以江寧縣屬焉！武德三年，杜伏威歸化，改江寧爲歸化縣，九年改爲白下縣，屬潤州，貞觀九年又改白下爲江寧，至德二年於縣置江寧郡，乾元元年改爲昇州，兼置浙西節度使，上元二年廢昇州，仍改江寧爲上元縣。”杜牧《送杜顗赴潤州幕》：“還須整理韋弦佩，莫獨矜誇玳瑁簪。若去上元懷古去，謝安墳下與沈吟。”許渾《送上元王明府赴任》：“莫言名重懶驅雞，六代江山碧海西。日照蒹葭明楚塞，晚分楊柳見隋堤。”王師範從江陵至杭州，當經由上元。

　　㉗ 蕭寺：李肇《唐國史補》卷中：“梁武帝造寺，令蕭子雲飛白大書‘蕭’字，至今一‘蕭’字存焉！”後因稱佛寺爲蕭寺。李賀《馬二十三首》一九：“蕭寺馱經馬，元從竺國來。”白居易《重到江州感舊遊題郡樓十一韻》：“重過蕭寺宿，再上庾樓行。雲水新秋思，閭閻舊日情。”這裏指梁武帝在上元建立的諸多佛寺，應該是不止一處。　基趾：建築物的地基、基礎。《左傳·宣公十一年》：“令尹蒍艾獵城沂……議遠邇，略基趾，具餱糧，度有司，事三旬而成。”杜預注：“趾，城足。”元

積《古社》:"古社基阯在,人散社不神。" 潮水:海洋及沿海江河中受潮汐影響而定期漲落的水流。《楚辭‧九章‧悲回風》:"悲霜雪之俱下兮,聽潮水之相擊。"張若虛《春江花月夜》:"春江潮水連海平,海上明月共潮生。灩灩隨波千萬里,何處春江無月明?"孫逖《下京口埭夜行》:"南溟接潮水,北斗近鄉雲。行役從茲去,歸情入雁群。" 霜雪:霜和雪。《莊子‧馬蹄》:"馬蹄可以踐霜雪。"《大戴禮記‧曾子天圓》:"陰氣勝則凝爲霜雪。"這裏借喻潮水翻起的浪花如霜似雪。屯:聚集,積聚。《莊子‧寓言》:"火與日,吾屯也。"成玄英疏:"屯,聚也。"《新唐書‧柳宗元傳》:"日霾曀以昧幽兮,黝雲湧而上屯。"

㉘ 潮户:海上船户,因朝夕與潮水周旋,故稱。元積《和樂天重題別東樓》:"日映文章霞細麗,風驅鱗甲浪參差。鼓催潮户凌晨擊,笛賽婆官徹夜吹。"元積《和春深二十首》一三:"何處春深好?春深潮户家。濤翻三月雪,浪噴四時花。" 潮:海水受日月引力而定時漲落的現象,又江河因海潮上溯,其下游亦有此現象。枚乘《七發》:"江水逆流,海水上潮。"皎然《買藥歌送楊山人》:"夜驚潮没鸕鷀堰,朝看日出芙蓉樓。" 潮鼓:舊時海上船户於潮來時所擊的鼓,擊之以助威、鎮邪。義近"濤鼓",柳宗元《哀溺文》"吾哀溺者之死貨兮,惟大氓之爲憂世。濤鼓以風涌兮,浩溟盪而無舟。"《縣令辭疾判》:"鄭冑授山陰令,赴任行至浙江,遇風,濤鼓怒,弭棹而迴,乃辭疾解職,人告詐病。" 潮痕:潮退後留下的痕迹。朱鄲《扶桑賦》:"山晴而瑞氣初動,海晚而潮痕乍濕。"李嘉祐《仲夏江陰官舍寄裴明府》:"苔色侵衣桁,潮痕上井欄。"

㉙ 得得:特特,特地。陸龜蒙《丁隱君歌序》:"別業在深山中,非得得行不可適到其下。"孫光憲《北夢瑣言》卷二〇:"我得得爲渠入蜀,何意見怪?" 羅剎石:江中險石名,在錢塘江中。據王象之《輿地紀勝》載:秦望山附近有大石崔嵬,橫接江濤,商船海舶經此,多爲風浪所傾,因呼爲"羅剎石"。元積《寄樂天二首》二:"劍頭已折藏須蓋,

丁字雖剛屈莫難。休學州前羅剎石,一生身敵海波瀾。"齊己《寄錢塘羅給事》:"海樹青叢短,湖山點翠疏。秋濤看足否?羅剎石邊居。" **古來**:自古以來。謝靈運《擬魏太子鄴中集詩序》:"古來此娛,書籍未見。"王翰《涼州詞二首》一:"醉臥沙場君莫笑,古來征戰幾人回?" **非獨**:不但,不僅。《韓非子·六反》:"若夫厚賞者,非獨賞功也,又勸一國。"李商隱《過姚孝子廬偶書》:"聖朝敦爾類,非獨路人哀。" **伍員**:即伍子胥,春秋楚大夫,楚平王殺其父奢、兄尚,伍員經宋鄭入吳,助闔廬奪取王位,整軍經武。不久攻破楚國,掘楚平王之墓,鞭屍三百。吳王夫差時,因力諫停止攻齊,拒絕越國求和而漸被疏遠。後夫差賜劍命自殺,並以鴟夷革盛其屍浮于江上。《莊子·盜跖》:"比干剖心,子胥抉眼,忠之禍也。"李白《行路難》:"子胥既棄吳江上,屈原終投湘水濱。"

[編年]

　　《年譜》編年本詩於"庚寅至甲午在江陵府所作其他詩"欄內,理由是:"題下注:'送王師範。'《編年箋注》編年:"此詩作于元和九年(八一四),元稹時在江陵士曹任。見下《譜》。"《年譜新編》編年本詩於"庚寅至甲午在江陵府所作其他詩"欄內,理由是:"題下注:'送王師範。'詩云:'去年江上識君面。'元稹識王師範最早在元和五年,此詩當元和六年至九年作。"

　　本詩云:"柳陰覆岸鄭監水,李花壓樹韋公園。"本詩應該賦成於春天。本詩又云:"去年江上識君面。"元和五年(庚寅)肯定應該排除在外,所以《年譜》、《年譜新編》將本詩編入"庚寅至甲午在江陵府所作其他詩"欄內肯定是不合適的。而元和九年的春天,元稹前往潭州公幹,拜訪張正甫,因此元和九年(甲午)同樣也應該排除在外,《年譜》、《年譜新編》將本詩編入"元和九年(甲午)"同樣是不合適的。而《編年箋注》恰恰將本詩編年於元和九年,否決了元和六年至元和八

年本詩最可能賦詠的編年時間,而又没有列舉任何理由。而所謂的
"見卞《譜》",恰又與卞《譜》並不一樣,有這麼忽悠讀者的嗎?

我們以爲,"柳陰覆岸鄭監水,李花壓樹韋公園"兩句,是江陵特
有的春天景色,故本詩應該賦成於元稹江陵任内的某年春天。而"去
年江上識君面",毫無疑問排除了元和五年,而且元和五年春天元稹
還没有到達江陵,在春天送别王師範也是根本没有可能的。元和九
年春天,元稹不在江陵,故也無法賦詠本詩。綜上所述,本詩應該賦
成於元和六年至元和八年中某年的春天,今暫時編排在元和七年的
春天,地點在江陵。

● 友封體(黔府寶鞏字友封)⁽一⁾①

雨送浮涼夏簟清,小樓腰褥怕單輕②。微風暗度香囊
轉,朧月斜穿隔子明③。樺燭焰高黄耳吠,柳堤風静紫騮
聲④。頻頻聞動中門鎖,桃葉知嗔未敢迎⑤。

錄自《才調集》卷五

[校記]

(一)友封體(黔府寶鞏字友封):《全詩》、《全唐詩録》詩題下無
注文。

[箋注]

① 友封:元稹的朋友寶鞏,字友封,登元和進士,累辟幕府,入拜
侍御史,轉司勛員外、刑部郎中。元稹觀察浙東,奏爲副使。又從鎮
武昌,歸京師卒。鞏雅裕有名於時,平居與人言,若不出口,世稱"囁
嚅翁"。元稹與寶鞏的友誼開始於貞元末年,終於元稹謝世之當年。

元稹《酬友封話舊叙懷十二韵》："風波千里別，書信二年稀。乍見悲
兼喜，猶驚是與非。"元稹《送友封二首》二："惠和坊裏當時別，豈料江
陵送上船。鵬翼張風期萬里，馬頭無角已三年。"　體：指體裁，詩文
的風格。曹丕《典論·論文》："夫人善於自見，而文非一體，鮮能備
善，是以各以所長相輕所短。"《文心雕龍·體性》："若總其歸塗，則數
窮八體：一曰典雅，二曰遠奧，三曰精約，四曰顯附，五曰繁縟，六曰壯
麗，七曰新奇，八曰輕靡。"這裏意謂本詩是模仿竇鞏的詩題風格而
作，本詩是一首艷詩，爲竇鞏而作。

　②　浮凉：輕微的涼氣。皇甫冉《同裴少府安居寺對雨》："潺暑銷
珍簟，浮凉入綺疏。"錢起《奉和宣城張太守南亭秋夕懷友》："捲幔浮
凉入，聞鐘永夜清。"　夏簟：夏天用的竹席。江淹《別賦》："夏簟清兮
晝不暮，冬釭凝兮夜何長！"李善注引張儼《席賦》："席爲冬設，簟爲夏
施。"杜甫《寄劉峽州伯華使君四十韵》："宴引春壺酒，恩分夏簟冰。"
褥：坐臥的墊具。《後漢書·張禹傳》："乃詔禹金宮中，給帷帳床褥。"
高承《事物紀原·褥》："《黃帝内傳》曰：'王母爲帝列七寶登員之床，
敷華茸浄光之褥。'疑二物此其起爾！"

　③　微風：輕微的風。班婕妤《怨歌行》："裁爲合歡扇，團團似明
月。出入君懷袖，動搖微風發。"范成大《春晚三首》二："微風盡日吹
芳草，蝴蝶雙雙貼地飛。"　暗度：不知不覺地過去。毛熙震《何滿
子》："寂寞芳菲暗度，歲華如箭堪驚。"徐鉉《亞元舍人不替深知猥貽
佳作三篇清絶不敢輕酬因爲長歌》："光陰暗度杯盂裏，職業未妨談笑
間。"　香囊：盛香料的小囊，佩於身或懸於帳以爲飾物。繁欽《定
情》："何以致叩叩，香囊繫肘後？"秦觀《滿庭芳》："香囊暗解，羅帶輕
分。"　朧月：明月。元稹《桐花》："朧月上山館，紫桐垂好陰。"范成大
《諸惺庵枕上》："紙窗弄色如朧月，又了浮生一夜眠。"　隔子：窗格。
王建《宮詞一百首》八〇："衆中偏愛君王笑，偷把金箱筆硯開。書破
紅蠻隔子上，旋推當直美人來。"元稹《夢遊春七十韵》："隔子碧油糊，

駝鉤紫金鍍。"

④ 樺燭：用樺木皮卷成的燭。程大昌《演繁露》："古燭未知用蠟，直以薪蒸，即是燒柴取明耳！或亦剝樺皮爇之。"沈佺期《和常州崔使君寒食夜》："無勞秉樺燭，晴月在南端。"陸游《雪夜感舊》："江月亭前樺燭香，龍門閣上駄聲長。" 黃耳：狗的別名。崔豹《古今注·鳥獸》："狗一名黃耳！"《晉書·陸機傳》："初機有駿犬，名曰黃耳，甚愛之。既而羈寓京師，久無家問，笑語犬曰：'我家絕無書信，汝能齎書取消息不？'犬搖尾作聲，機乃爲書以竹筩盛之而繫其頸。犬尋路南走，遂至其家，得報還洛。"後即以"黃耳"爲狗之別名，也喻指信使。柳堤：亦作"柳隄"，植有柳樹的堤岸。白居易《湖亭晚歸》："柳堤行不厭，沙軟絮霏霏。"元稹《遣春三首》三："柳堤遙認馬，梅徑誤尋香。"紫騮：古駿馬名。《南史·羊侃傳》："帝因賜侃河南國紫騮，令試之。侃執稍上馬，左右擊刺，特盡其妙。"李益《紫騮馬》："爭場看鬥雞，白鼻紫騮嘶。"

⑤ 頻頻：屢次，連續不斷。劉知幾《史通·書志》："前志已錄，而後志仍書，篇目如舊，頻頻互出。"杜甫《送王十五判官扶侍還黔中得開字》："離別不堪無限意，艱危深仗濟時才。黔陽信使應稀少，莫怪頻頻勸酒桮。" 中門：內、外門之間的門。《周禮·天官·閽人》："掌守王宮之中門之禁。"鄭玄注："中門，於外內爲中，若今宮閤門。鄭司農云，王有五門：外曰皋門，二曰雉門，三曰庫門，四曰應門，五曰路門……玄謂雉門，三門也。"孫詒讓正義："此中門實不專屬雉門，當兼庫、雉、應三門言之。蓋五門以路門爲內門，皋門爲外門，餘三門處內外之間，故通謂之中門。"張鷟《朝野僉載·補輯》："典籤崔簡妻鄭氏初到，王遣喚……遂入王中門外小閣。" 桃葉：原是王獻之愛妾之名。《樂府詩集·桃葉歌》郭茂倩解題引《古今樂錄》："桃葉，子敬妾名……子敬，獻之字也。"張敦頤《六朝事迹·桃葉渡》："桃葉者，王獻之愛妾名也，其妹曰桃根。"這裏借指愛妾或所愛戀的女子。皇甫松

《江上送別》：“隔筵桃葉泣，吹管杏花飄。”周邦彥《三部樂·梅雪》：
“倩誰摘取，寄贈情人桃葉？”　嗔：發怒，生氣。劉義慶《世説新語·
德行》：“丞相見長豫輒喜，見敬豫輒嗔。”沈約《六憶詩四首》二：“笑時
應無比，嗔時更可憐。”責怪，埋怨。李賀《野歌》：“男兒屈窮心不窮，
枯榮不等嗔天公。”王安石《暮春》：“白下門東春已老，莫嗔楊柳可
藏鴉。”

［編年］

　　《年譜》編年本詩於元和五年，詩題下没有説明編年理由。《編年
箋注》編年：“……《友封體》……諸篇，俱作於元和五年（八一〇），元
稹時在江陵士曹任。見下《譜》。”《年譜新編》列入“無法編年作品”。

　　我們以爲，本詩是元稹自己在《叙詩寄樂天書》中所説的艷詩之
一，而寶鞏元和四年、五年元稹以監察御史分務東臺期間，頻頻出入
於元稹的家中，有元稹自己不少詩篇可以佐證，如《答友封見贈》“荀
令香銷潘簟空，悼亡詩滿舊屏風。扶床小女君先識，應爲些些似外
翁”就是其中的一例，但與題注“黔府寶鞏字友封”不合。而元稹出貶
江陵期間，寶鞏先後兩次拜訪元稹，一次在元和六年的二月，寶鞏路
過江陵前往投奔“黔府”的兄長寶群，行色匆匆，不可能作長期的停
留。一次在元和六年的九月至元和七年的春天，寶鞏在江陵等待自
“黔府”降職的兄長寶群前往開州赴任，故停留的時間較長，留下的詩
篇較多，如《和友封題開善寺十韻》、《送友封二首》等，而本詩也就作
於這一時期，亦即元和七年的初夏“雨送浮涼夏簟清”之時，地點在
江陵。

◎ 送友封二首（黔府竇鞏字友封）①

桃葉成陰燕引雛，南風吹浪颭檣烏②。瘴雲拂地黃梅雨，明月滿帆青草湖③。迢遞旅魂歸去遠，顛狂酒興病來孤④。知君兄弟憐詩句，遍爲姑將惱大巫(一)⑤。

惠和坊裏當時別(二)，豈料江陵送上船⑥。鵬翼張風期萬里，馬頭無角已三年⑦。甘將泥尾隨龜後，尚有雲心在鶴前⑧。若見中丞忽相問，爲言腰折氣衝天⑨。

録自《元氏長慶集》卷一八

［校記］

（一）遍爲姑將惱大巫：楊本、叢刊本、《全詩》、《全唐詩録》、《古詩鏡·唐詩鏡》同，盧校宋本作“遍爲拈將惱大巫”，語義不同，不改。

（二）惠和坊裏當時別：楊本、叢刊本、《全詩》、《全唐詩録》同，《古詩鏡·唐詩鏡》無，《古詩鏡·唐詩鏡》爲選本，不足爲奇。

［箋注］

① 友封：竇鞏的字，元稹親密的朋友之一。《舊唐書·竇鞏傳》：“鞏字友封，元和二年登進士第。袁滋鎮滑州，辟爲從事，滋改荊襄二鎮，皆從之，掌管記之任。平盧薛平又辟爲副使，入朝拜侍御史，歷司勳員外、刑部郎中。元稹觀察浙東，奏爲副使，檢校秘書少監兼御史中丞，賜金紫。稹移鎮武昌，鞏又從之。鞏能五言詩，昆仲之間與牟詩俱爲時所賞重。性溫雅，多不能持論，士友言議之際，吻動而不發，白居易等目爲‘囁嚅翁’。終於鄂渚，時年六十。” 黔府：竇鞏的兄長竇群元和三年之後曾任黔州觀察使、黔州刺史，元和六年二月，竇鞏

路經江陵,然後前往黔州投奔其兄竇群,謀取幕僚之職,故言“黔府竇
鞏”。元和六年九月,竇群因當地大水之後處理不善而激起民變,貶
爲開州刺史。竇鞏隨即離開黔州,但竇鞏顯然不能隨同貶職的兄長
竇群直接前往開州,而是前來江陵,會晤自己的老朋友元稹,等待兄
長在開州的進一步消息。

　　② 桃葉:桃樹的葉子。崔國輔《白紵辭二首》一:“洛陽梨花落如
霰,河陽桃葉生復齊。坐惜玉樓春欲盡,紅綿粉絮裹妝啼。”王昌齡
《古意》:“桃花四面發,桃葉一枝開。欲暮黃鸝囀,傷心玉鏡臺。”　成
陰:隨着季節的變暖,桃葉越來越多越來越大,在地上形成不小的樹
蔭。楊師道《春朝閑步》:“野徑香恒滿,山階笋屢侵。何須命輕蓋,桃
李自成陰。”包融《酬忠公林亭》:“江外有真隱,寂居歲已侵。結廬近
西術,種樹久成陰。”　燕:燕子。庾信《入彭城館》:“夏餘花欲盡,秋
近燕將稀。”歐陽修《蝶戀花》四:“海燕雙來歸畫棟。簾影無風,花影
頻移動。”　雛:泛指幼禽或幼獸。《淮南子·時則訓》:“天子以雛嘗
黍。”高誘注:“雛,新雞也。”白居易《晚燕》:“百鳥乳雛畢,秋燕獨蹉
跎。”這時元稹與小妾安仙嬪的兒子元荊已經出生,正在牙牙學語,元
稹自然觸景生情,以燕子的幼兒比喻自己的兒子。　　南風:從南向北
刮的風,南風是春夏間常見的風。《詩·邶風·凱風》:“凱風自南”毛
傳:“南風謂之凱風。”孔靈符《會稽記》:“(鄭)弘識其神人也,曰:‘常
患若邪溪載薪爲難,願旦南風,暮北風。’”　吹浪:風吹浪起。劉禹錫
《浪淘沙》:“濯錦江邊兩岸花,春風吹浪正淘沙。女郎剪下鴛鴦錦,將
向中流匹晚霞。”白居易《舟中讀元九詩》:“把君詩卷燈前讀,詩盡燈
殘天未明。眼痛燈滅猶暗坐,逆風吹浪打船聲。”　檣烏:桅杆上的烏
形風向儀,也用以比喻飄忽不定的生活。杜甫《登舟將適漢陽》:“塞
雁與時集,檣烏終歲飛。”蘇軾《和邵同年戲贈賈收秀才三首》三:“生
涯到處似檣烏,科第無心摘頷須。”

　　③ 瘴雲:猶瘴氣。王建《江陵即事》:“瘴雲梅雨不成泥,十里津

樓壓大堤。蜀女下沙迎水客,巴童傍驛賣山鷄。”張籍《送蠻客》:“柳葉瘴雲濕,桂叢蠻鳥聲。知君却迴日,記得海花名?” 拂地:與地面若接若離。楊系《小苑春望宮池柳色》:“勝游從小苑,宮柳望春晴。拂地青絲嫩,縈風緑帶輕。”劉禹錫《楊柳枝詞九首》七:“御陌青門拂地垂,千條金縷萬條絲。如今綰作同心結,將贈行人知不知?” 黄梅雨:黄梅季所下的雨,也叫“梅雨”。杜甫《多病執熱奉懷李尚書》:“思沾道暍黄梅雨,敢望宮恩玉井冰。”元稹《紀懷贈李六户曹崔二十功曹五十韵》:“白草堂檐短,黄梅雨氣蒸。” 明月:光明的月亮。韓常侍《和人憶鶴》:“拂拂雲衣冠紫烟,已爲丁令一千年。留君且伴居山客,幸有松梢明月天。”唐代無名氏《雜詩》一四:“水紋珍簟思悠悠,千里佳期一夕休。從此無心愛良夜,任他明月下西樓。” 滿帆:扯足的帆。許渾《行次虎頭巖酬寄路中丞》:“樟亭去已遠,來上虎頭巖。灘急水移棹,山回風滿帆。”方干《送僧歸日本》:“大海浪中分國界,扶桑樹底是天涯。滿帆若有歸風便,到岸猶須隔歲期。” 青草湖:湖名,古代五湖之一,亦名巴丘湖,在今湖南省岳陽市西南,和洞庭湖相連,因青草山而得名。一説湖中多青草,冬春水涸,青草彌望,故名。唐宋時湖週二百六十五里,北有沙洲與洞庭湖相隔,水漲時則與洞庭相連,詩文中多與洞庭並稱。張説《岳陽早霽南樓》:“四運相終始,萬形紛代續。適臨青草湖,再變黄鸎曲。”韓偓《贈湖南李思齊處士》:“兩板船頭濁酒壺,七絲琴畔白髭鬚。三春日日黄梅雨,孤客年年青草湖。”

④ 迢遞:遥遠貌。杜甫《送樊二十三侍御赴漢中判官》:“居人莽牢落,遊子方迢遞。”歐陽詹《蜀中將回留辭韋相公》:“明晨首鄉路,迢遞孤飛翼。” 旅魂:猶旅情。杜甫《夜》:“露下天高秋水清,空山獨夜旅魂驚。”戴叔倫《柳花歌送客往桂陽》:“定知别後消散盡,却憶今朝傷旅魂。” 顛狂:形容放浪不受約束。姚合《寄王度》:“顛領王居士,顛狂不稱時。”劉過《憶鄂渚》:“空餘黄鶴舊題詩,醉筆顛狂驚李白。”

酒興：飲酒的興致，亦指酒後精神興奮。白居易《詠懷》：“白髮滿頭歸得也，詩情酒興漸闌珊。”袁不約《送人至嶺南》：“度嶺春風暖，花多不識名……知君憐酒興，莫殺醉猩猩。”

　⑤ 兄弟：王縉《同王昌齡裴迪游青龍寺曇壁上人兄院集和兄維》：“問義天人接，無心世界閑。誰知大隱者，兄弟自追攀？”李頎《行路難》：“漢家名臣楊德祖，四代五公享茅土。父子兄弟縉銀黄，躍馬鳴珂朝建章。”這裏指竇鞏的兄弟們，並不是僅僅指竇鞏與竇群。竇常、竇牟、竇群、竇庠、竇鞏兄弟五人，都以能詩聞名於當時。　詩句：詩的句子，亦泛指詩。韓愈《和侯協律詠笋》：“侯生來慰我，詩句讀驚魂。”庚光先《奉和劉採訪緝雲南嶺作》：“鳥訝山經傳不盡，花隨月令數仍稀。幸陪謝客題詩句，誰與王孫此地歸？”　遍爲姑將惱大巫：這是一句詩人自謙的話，意謂自己識短才拙，小巫難見大巫。杜甫《贈韋左丞丈濟》：“不謂矜餘力，還來謁大巫。”　惱：引逗，撩撥。蘇軾《蝶戀花·春景》：“墙外行人，墙裏佳人笑。笑漸不聞聲漸悄，多情却被無情惱。”楊萬里《釣雪舟倦睡》：“無端却被梅花惱，特地吹香破夢魂。”　大巫：比喻自己所敬服的人，俗語有“小巫見大巫”之語，比喻相形見絀，遠遠不如。《太平御覽》卷七三五引《莊子》：“小巫見大巫，拔茅而棄，此其所以終身弗如。”《三國志·張紘傳》“紘著詩賦銘誄十餘篇”裴松之注引《吳書》：“後紘見陳琳作《武庫賦》、《應機論》，與琳書深嘆美之。琳答曰：‘……今景興在此，足下與子布在彼，所謂小巫見大巫，神氣盡矣！’”

　⑥ 惠和坊裏當時別：元和四五年間，元稹與竇鞏曾在洛陽相聚，元和五年二月元稹奉詔回京，竇鞏曾在洛陽送別。　惠和坊：東都洛陽的城坊之一，疑是竇鞏在洛陽的住所。唐庚《中秋遇雨感懷呈世澤彥直》：“初遊東都年二十，清歡趁得中秋及。高陽會中酒徒集，惠和坊裏繡鞍入。”　豈料江陵送上船：元和六年二月，竇鞏途經江陵前往黔州，投奔其兄竇群，元稹與竇鞏在江陵短暫相會之後，隨即“雇船”，

送別竇鞏前往黔州。元和六年九月,竇鞏因竇群移職開州,不便隨同降職的兄長直接前往開州,衹得來到江陵與元稹相會,等待竇群的消息。終於在元和七年離開江陵,前往開州。元稹"江陵送上船"之語,既是舊話重提,回憶去年在江陵送別竇鞏的往事;又是眼前實景的描寫,切入送別的場景。 **豈料**:哪裏料到。劉長卿《江州重別薛六柳八二員外》:"生涯豈料承優詔,世事空知學醉歌。江上月明胡雁過,淮南木落楚山多。"岑參《赴嘉州過城固縣尋永安超禪師房》:"門外不須催五馬,林中且聽演三車。豈料巴川多勝事,爲君書此報京華。"

⑦ **鵬翼**:大鵬的翅膀。語本《莊子・逍遙遊》:"鵬之背,不知其幾千里也,怒而飛,其翼若垂天之雲。"《文選・左思〈吳都賦〉》:"屠巴蛇,出象骼;斬鵬翼,掩廣澤。"李周翰注:"鵬鳥其翼垂天,今斬之,固掩蔽廣澤也。"借指鵬,比喻仕途顯達者。張説《唐故豫州刺史魏君碑》:"落鵬翼於半霄,負天之力莫展;頓龍媒於局路,追風之勢斯畢。"蘇轍《次韵劉貢父省上示同會二首》一:"流落江湖東復西,歸來未洗足間泥。偶隨鵬翼培風上,時得衙香滿袖携。" **張風**:鼓着風。目前暫時没有找到合適的書證。 **萬里**:極言前程遠大。岑參《磧西頭送李判官入京》:"一身從遠使,萬里向安西。漢月垂鄉泪,胡沙費馬蹄。"皇甫曾《送元侍御充使湖南》:"雲夢南行盡,三湘萬里流。山川重分手,徒御亦悲秋。" **馬頭無角**:活用馬生角之典,意即他人以根本不可能實現的條件限制自己的願望實現。《史記・刺客列傳論》:"世言荆軻,其稱太子丹之命,'天雨粟,馬生角'也,太過。"司馬貞索隱:"《燕丹子》曰:'丹求歸,秦王曰:"烏頭白,馬生角,乃許耳!"丹及仰天嘆,烏頭即白,馬亦生角。'《風俗通》及《論衡》皆有此説,仍云'廐門木烏生肉足'。"後用以比喻不可能實現的事,亦比喻歷盡困境,苦熬出頭。杜牧《池州送孟遲先輩》:"青雲馬生角,黄州使持節。"亦作"馬角生"。曹植《精微篇》:"子丹西質秦,烏白馬角生。" **三年**:元稹自元和五年二月被無故出貶江陵至此元和七年,時間已經三年,故

言。元稹《遣興十首》一〇："光陰本跳躑，功業勞苦辛。一到江陵郡，三年成去塵。"元稹《三嘆三首》三："天驥失龍偶，三年常夜嘶。哀緣噴風斷，渴且含霜啼。"

⑧ 泥尾：曳尾於泥塗，比喻自由自在的隱逸生活。語出《莊子·秋水》："此龜者，寧其死爲留骨而貴乎？甯其生而曳尾于塗中乎？"白居易《渭邨退居寄禮部崔侍郎翰林錢舍人詩一百韵》："泥尾休搖掉，灰心罷激昂。"朱翌《喜雪》："泥尾可能留雁使，豚蹄何敢謝龍工！不如借取公家氅，著向飛樓縹緲中。" 龜：爬行動物的一科，身體長圓而扁，背腹都有硬甲，四肢短，趾有蹼，頭、尾和四肢都能縮入甲殼内，多生活在水邊，吃植物或小動物，生命力强，耐饑渴。《禮記·禮運》："麟、鳳、龜、龍，謂之四靈。"《左傳·僖公四年》："筮短龜長。"也作龜袋的省稱。《新唐書·車服志》："天授二年，改佩魚皆爲龜。"梅堯臣《佺宰與外甥蔡騽下第東歸》："黄金鑄佩印，白玉刻佩龜。" 雲心：雲端，高空，這句喻指自己"居廟堂之高，則憂其民；處江湖之遠，則憂其君"的心態。韋應物《謝櫟陽令歸西郊贈别諸友生》："徒有排雲心，何由生羽翼！"錢起《過沈氏山居》："雞鳴孤烟起，静者能葺築。喬木出雲心，閑門掩山腹。" 鶴：鳥綱鶴科各種類的統稱，古代詩詞圖畫中常指丹頂鶴或白鶴。元稹《和樂天感鶴》："我有所愛鶴，毛羽霜雪妍。秋霄一滴露，聲聞林外天。元稹《六年春遣懷八首》一："傷禽我是籠中鶴，沉劍君爲泉下龍。重纊猶存孤枕在，春衫無復舊裁縫。"

⑨ 中丞：漢代御史大夫下設兩丞，一稱御史丞，一稱中丞，中丞居殿中，故以爲名。東漢以後，以中丞爲御史臺長官。《漢書·百官公卿表上》："御史大夫……有兩丞，秩千石。一曰中丞，在殿中蘭臺，掌圖籍秘書，外督部刺史，内領侍御史員十五人，受公卿奏事，舉劾按章。"這裏的"中丞"指竇群，竇群元和三年遷爲御史中丞，這是他最高也最得意的官職，按照唐代通用的慣例，稱人常常以最高官職，因此元稹以"中丞"稱之，竇群當時的實際職務是開州刺史。陶翰《晚出伊

關寄河南裴中丞》:"退無偃息資,進無當代策。冉冉時將暮,坐爲周南客。"元稹《貽蜀五首·李中丞表臣》:"倅戎何事勞專席? 老椽甘心逐衆人。却待文星上天去,少分光影照沈淪。" 相問:詢問。宋之問《陸渾山莊》:"野人相問姓,山鳥自呼名。去去獨吾樂,無然愧此生。"崔顥《贈盧八象》:"青山滿蜀道,綠水向荆州。不作書相問,誰能慰別愁?"元稹與竇群的關係,因元稹岳丈韋夏卿薦舉竇群而非同一般,《舊唐書·竇群傳》:"貞元中,蘇州刺史韋夏卿以丘園茂異薦,兼獻其書,不報。及夏卿入爲吏部侍郎,改京兆尹,中謝日因對復薦群,徵拜左拾遺,遷侍御史充入蕃使。秘書監張薦判官,群因入對,奏曰:'陛下即位二十年,始自草澤擢臣爲拾遺,是難其進也。今陛下以二十年難進之臣,用爲和蕃判官,一何易也!'德宗異其言,留之,復爲侍御史。" 爲言腰折氣衝天:本句表明爲了李唐的萬秋事業,爲了李唐的社稷江山,元稹雖然傷痕累累,被政敵貶到官僚集團的最下層,但他鬥爭的勇氣不減,豪氣不衰,元稹精神之可嘉正在於此。詩中表明自己雖受到宰臣、權貴、宦官的合力打擊,遭受着貶斥的命運,但決不屈服的決心,這詩表面上是送別竇鞏,並順便給曾任御史中丞的竇群捎個口信。實際上元稹是向同情他的詩友與迫害他的宿敵表明:自己雖遭權貴、宰臣和宦官集團的"腰折",但鬥爭的"正氣"、"怒氣"仍然"衝天",並不就此甘休。 腰折:折腰。《五燈會元·潙山祐禪師法嗣》:"潙山大笑,師曰:'師子腰折也!'"謂屈身事人。詹琲《癸卯閩亂從弟監察御史敬凝迎仕別作》:"五斗嫌腰折,朋山刺眼新。善辭如復我,四海五湖身。" 氣:這裏特指勇氣,豪氣。《左傳·莊公十年》:"夫戰,勇氣也。一鼓作氣,再而衰,三而竭。"韓愈《送張道士序》:"臣有膽與氣,不忍死茅茨。" 衝天:比喻志氣超邁或情緒高漲而猛烈。郭震《古劍篇》:"何言中路遭棄捐,零落漂淪古獄邊! 雖復塵埋無所用,猶能夜夜氣衝天!"元稹《酬盧秘書》:"偶有衝天氣,都無處世才。未容榮路穩,先踏禍機開。"

[編年]

　　《年譜》編年本詩"元和六年春"，引述詩篇中春天的詩句作爲理由。《編年箋注》編年云："此詩作於元和六年(八一一)，元稹時在江陵士曹任。見下《譜》。"《年譜新編》亦編年元和六年二月，主要理由是竇鞏的《自京將赴黔南》詩云："風雨荊州二月天。"

　　我們以爲，本詩有句云："馬頭無角已三年。"如果作於元和六年春天，此"三年"從何算起？元和四年與五年初，元稹在監察御史任，出使川東，分務洛陽，正雷厲風行爲君執法，震動朝野，如何能够稱作"馬頭無角"？我們以爲應該是元和五年貶職江陵，直至元和七年，朝廷沒有召回元稹的任何消息，詩人才能在本詩中有此感嘆。竇群元和六年九月自黔道觀察使改任開州刺史，是因爲大水問題治理不善而導致降職開州刺史，上任伊始，不便帶着自己的弟弟竇鞏到任，因此竇鞏祇能在元稹所在的江陵以朋友身份滯留，直到第二年春末夏初之際才離去，前往開州，本詩即作於其時。

　　竇鞏另外有《自京將赴黔南》詩，云："風雨荊州二月天，問人初雇峽中船。"從詩句的語氣顯然是第一次前往黔州，根據竇群任職黔州的時間，應該是元和六年的"二月"，那是另外一次的元稹與竇鞏的江陵相會。而本詩云："桃葉成陰燕引雛。"顯然是暮春的景色，與"風雨荊州二月天"的描述根本不相符合。而詩中所涉及的"黄梅雨"，則發生在春末夏初梅子黄熟的一段時期之内。這段時期我國長江中下游地方連續下雨，空氣潮濕，衣服等容易發黴。顧禄《清嘉録·黄梅天》："芒種後遇壬爲入黴，俗有'芒種逢壬便入黴'之語……至第十日遇壬，則黴高一丈。庋物過夜，便生黴點，謂之黄梅天。"更與"二月天"相去甚遠。而竇鞏元和六年經由江陵，目的祇是前往黔州投奔兄長竇群，沒有必要自"二月"一直逗留江陵直至夏初，所以我們以爲，本詩應該作於元和七年的夏初，不屬於元和六年元稹竇鞏江陵相會時唱和的詩篇。

◎ 公安縣遠安寺水亭見展公
題壁漂然泪流因書四韵^{(一)①}

碧澗去年會，與師三兩人^②。今來見題壁，師已是前身^③。
芰葉迎僧夏，楊花度俗春^④。空將數行泪，灑遍塔中塵^⑤。

録自《元氏長慶集》卷八

［校記］

（一）公安縣遠安寺水亭見展公題壁漂然泪流因書四韵：本詩存
世各本，包括楊本、叢刊本、《全詩》，未見異文。

［箋注］

① 公安縣：地名，在江陵。《舊唐書·地理志》：“荆州江陵
府……領江陵、枝江、長林、安興、石首、松滋、公安七縣。”《太平寰宇
記·荆州》：“公安縣……《荆州記》云：劉備敗於襄陽，本荆州，吴大帝
推先主爲左將軍、荆州牧，鎮油口，即居此城。時人號備爲公，故名其
城爲公安也。”杜甫《公安縣懷古》：“野曠吕蒙營（蒙封屬陵侯即此
地），江深劉備城（備奔吴，孫權推爲左將軍，居此。時人呼爲左公，故
名公安）。”陶弼《公安縣》：“門沿大堤入，路趁淺莎行。樹短雲根拔，
山窮地勢傾。” 遠安寺：寺名，據本詩，寺在江陵府公安縣境内。
水亭：臨水的亭子。杜審言《夏日過鄭七山齋》：“薛蘿山徑入，荷芰水
亭開。”歐陽修《花賦》：“晚浦烟霞，水亭風日。” 展公：僧人，亦即元
稹《僧如展及韋載同遊碧澗寺賦詩予落句云他生莫忘靈山别滿壁人
名後會稀展共吟他生之句因話釋氏緣會所以莫不悽然久之不十日而
展公長逝驚悼返覆則他生豈有兆耶其間展公仍賦黄字五十韵飛札相

示予方屬和未畢自此不復撰成徒以四韻爲識》、《八月六日與僧如展前松滋主簿韋戴同游碧澗寺賦得屝字韻寺臨蜀江内有碧澗穿注兩廊又有龍女洞能興雲雨詩中噴字以平聲韻》兩詩中提及的展公。　漂然：流滴貌，憂傷貌。《列子・説符》："楊子戚然變容，不言者移時，不笑者竟日。"《後漢書・鍾離意傳》："比上天降旱，密雲數會，朕戚然慚懼，思獲嘉應。"　韻：指詩賦中的韻脚或押韻的字。《文心雕龍・聲律》："異音相從謂之和，同聲相應謂之韻。"范文瀾注："同聲相應謂之韻，指句末所用之韻。"也指一聯詩句。王勃《秋日登洪府滕王閣餞別序》："一言均賦，四韻俱成。"趙與時《賓退録》卷六："路德延處朱友謙幕府，作《孩兒詩》五十韻以譏友謙。"本詩的"四韻"，可以理解爲"人"、"身"、"春"、"塵"四個押韻的字，也可理解爲四聯詩句，亦即本詩。

②"碧澗去年會"兩句：事見元稹《八月六日與僧如展前松滋主簿韋戴同游碧澗寺賦得屝字韻寺臨蜀江内有碧澗穿注兩廊又有龍女洞能興雲雨詩中噴字以平聲韻》，當時元稹與僧如展以及前松滋主簿韋戴同遊碧澗寺。　去年：剛過去的一年。杜甫《前苦寒行二首》二："去年白帝雪在山，今年白帝雪在地。"蘇軾《中秋月》一："殷勤去年月，瀲灧古城東。憔悴去年人，卧病破窗中。"　會：會合，聚會。李白《贈從弟宣州長史昭》："何意蒼梧雲，飄然忽相會。才將聖不偶，命與時俱背。"范仲淹《岳陽樓記》："遷客騷人，多會於此。"　師：對僧、尼、道士的尊稱。李公佐《謝小娥傳》："途經泗濱，過善義寺謁大德尼令。操戒新見者數十，净髮鮮帔，威儀雍容，列侍師之左右。"《喻世明言・五戒和尚破戒轉身蘇東坡　明悟禪師護法托生謝瑞卿》："佛印乘機又勸子瞻棄官修行。子瞻道：'待我宦成名就，築室寺東，與師東隱。'"　三兩：約數，表示少量。白居易《琵琶行》："轉軸撥弦三兩聲，未成曲調先有情。"蘇軾《惠崇春江晚景》："竹外桃花三兩枝，春江水暖鴨先知。"本詩指僧人如展、韋戴，加上元稹本人，正合"三兩人"

之數。

③ 題壁：謂將詩文題寫於壁上。孟浩然《秋登張明府海亭》："染翰聊題壁，傾壺一解顏。"也指題寫在壁上的詩文。沈括《夢溪筆談·藝文》："歐陽文忠嘗言曰：'觀人題壁，而可知其文章。'"楊萬里《題薦福寺》："曉起巡檐看題壁，雨聲一片隔林來。" 前身：佛教語，猶前生。王維《偶然作六首》六："老來懶賦詩，惟有老相隨。宿世謬詞客，前身應畫師。"白居易《昨日復今辰》："所經多故處，却想似前身。"

④ 芰：菱。《國語·楚語》："屈到嗜芰。"韋昭注："芰，菱也。"杜甫《佐還山後寄三首》三："隔沼連香芰，通林帶女蘿。"仇兆鰲注："《武陵記》：'兩角曰菱，三角四角曰芰。'" 僧夏：指僧尼受戒後的年數，夏，指夏臘。韋應物《起度律師同居東齋院》："釋子喜相偶，幽林俱避喧。安居同僧夏，清夜諷道言。"白居易《東都十律大德長聖善寺鉢塔院主智如和尚茶毗幢記》："大和八年十二月二十三日終於本院，報年八十六，僧夏六十五。" 楊花：指柳絮。庾信《春賦》："新年鳥聲千種囀，二月楊花滿路飛。"李白《聞王昌齡左遷龍標遙有此寄》："楊花落盡子規啼，聞道龍標過五溪。"

⑤ 數行：一行又一行，極言其多。王維《送張舍人佐江州同薛璩十韻》："送君思遠道，欲以數行灑。"王昌齡《代扶風主人答》："主人就我飲，對我還慨嘆。便泣數行泪，因歌能踏難。" 塔："佛塔"的簡稱，佛塔起源於印度，梵語爲"窣堵坡"（stūpa），晉宋譯經時造爲"塔"字，見於葛洪《字苑》、顧野王《玉篇》等書，用以收藏舍利，後亦用於收藏經卷、佛像、法器以及莊嚴佛寺等。《魏書·釋老志》："弟子收奉，置之寶瓶，竭香花，致敬慕，建宮宇，謂爲'塔'。塔亦胡言，猶宗廟也。"杜甫《江畔獨步尋花七絕句》五："黃師塔前江水東，春光懶困倚微風。"仇兆鰲注："蜀人呼僧爲師，葬所爲塔。"

［編年］

《年譜》編年本詩於"庚寅至甲午在江陵府所作其他詩"欄內，引述《舊唐書》與《新唐書》之《地理志》關於"公安縣"的文字之後，又云："元稹此詩云：'碧澗去年會，與師三兩人。'作於前詩之後一年。"《編年箋注》編年本詩"作於元和五年至九年，在江陵士曹任期間。見下《譜》。"《年譜新編》編年本詩於元和七年，沒有說明理由。

《年譜》的編年結論是"作於前詩之後一年"，而按照《年譜》的排列，"前詩"是《僧如展及韋載同遊碧澗寺賦詩予落句云他生莫忘靈山別滿壁人名後會稀展共吟他生之句因話釋氏緣會所以莫不悽然久之不十日而展公長逝驚悼返覆則他生豈有兆耶其間展公仍賦黃字五十韻飛札相示予方屬和未畢自此不復撰成徒以四韻爲識》，但這肯定是不對的，元稹的"碧澗去年會，與師三兩人"是指《八月六日與僧如展前松滋主簿韋戴同游碧澗寺賦得扉字韵寺臨蜀江內有碧澗穿注兩廊又有龍女洞能興雲雨詩中噴字以平聲韵》詩中所述。第二，"前一年"說法不够確切，因爲《八月六日》詩作於元和六年八月六日，似乎本詩應該作於元和七年的八月六日前後，亦即"秋季"之時，而這與本詩"芰葉"、"楊花"的景象不符，本詩應該作於元和七年的夏季，而不是秋季。

◎ 誚盧戡與予數約遊三寺戡獨沉醉而不行①

乘興無羈束(一)，閑行信馬蹄②。路幽穿竹遠，野迥望雲低③。素帛茅花亂，圓珠稻實齊④。如何盧進士，空戀醉如泥⑤？

錄自《元氏長慶集》卷一四

[校記]

（一）乘興無羈束：楊本、叢刊本、《全詩》同，盧校宋本作"乘興無拘束"，"羈束"與"拘束"語義相通，不改。

[箋注]

① 誚：嘲笑，譏刺。元結《與黨侍御序》："採茂宗嘗相誚戲之意，又作詩與之。"《新五代史·李業傳》："而帝方與業及聶文進、後贊、郭允明等狎昵，多爲廋語相誚戲。" 盧戡：元稹的朋友，進士及第，相識於東都履信坊，再次重逢於江陵，元和八年離開江陵，元稹《送盧戡》："紅樹蟬聲滿夕陽，白頭相送倍相傷。老嗟去日光陰促，病覺今年晝夜長。"後任桂府副使。元稹在長慶中出任浙東觀察使，與李諒、楊瓊相逢於蘇州，再次提及盧戡年輕時的往事，其《和樂天示楊瓊》："盧戡及第嚴潤在，其餘死者十八九。我今賀爾亦自多，爾得老成余白首。"白居易有《授盧戡桂府副使制》，可以參讀："戡行義有聞，積學多識。去於榮進，樂在閑放。以是爲請，宜乎得人。"筆者還有一個並不成熟的想法：那就是元稹元和五年出貶江陵途徑襄陽之時，元稹有《襄陽爲盧竇紀事（五首）》，其中的"盧"，疑即是盧戡。如果我們的懷疑成立，那末元稹在到達江陵之前，已經在襄陽與盧戡不期而遇了。 三寺：江陵府境内的三座寺院，在當陽縣境内或其附近，它們分別是玉泉寺、度門寺、大雲寺。元稹另有《遊三寺回呈上府主嚴司空時因尋寺道出當陽縣奉命覆視縣囚牽於游衍不暇詳究故以詩自誚爾》，約與本詩作於同時。 沉醉：亦作"沈醉"，大醉。《三國志·蔣琬傳》："先主嘗因游觀奄至廣都，見琬衆事不理，時又沈醉。先主大怒，將加罪戮。"李商隱《龍池》："夜半宴歸宮漏永，薛王沈醉壽王醒。"

② 乘興：趁一時高興，興會所至。劉義慶《世說新語·任誕》："王子猷居山陰，夜大雪……忽憶戴安道，時戴在剡，即便夜乘小船就

之，經宿方至，造門不前而返。人間其故，王曰：'吾本乘興而行，興盡而返，何必見戴？'"蘇軾《題永叔會老堂》："乘興不辭千里遠，放懷還喜一樽同。"　羈束：猶拘束。《文選·張協〈雜詩〉八》："述職投邊城，羈束戎旅間。"呂延濟注："羈束，猶拘束也。"白居易《早春遊曲江》："散職無羈束，羸驂少送迎。"　閑行：漫步。裴度《酬張秘書因寄馬贈詩》："滿城馳逐皆求馬，古寺閑行獨與君。代步本慚非逸足，緣情何幸枉高文！"劉禹錫《傷桃源薛道士》："壇邊松在鶴巢空，白鹿閑行舊徑中。手植紅桃千樹發，滿山無主任春風。"　信馬：任馬行走而不加約制。高適《送裴別將之安西》："絕域眇難躋，悠然信馬蹄。風塵經跋涉，搖落怨暌攜。"楊憑《秋日獨遊曲江》："信馬閑過憶所親，秋山行盡路無塵。主人莫惜松陰醉，還有千錢沽酒人。"

③　路幽：路徑幽靜無人。杜甫《桃竹杖引贈章留後》："老夫復欲東南征，乘濤鼓枻白帝城。路幽必爲鬼神奪，拔劍或與蛟龍爭。"朱慶餘《和唐中丞開淘西湖夏日遊泛因書示郡人》："紅旗路幽山翠濕，錦帆風起浪花飄。"　穿竹：穿過竹徑。張九齡《林亭詠》："穿竹非求麗，幽閑欲寄情。偶懷因壞石，真意在蓬瀛。"杜甫《自閬州領妻子却赴蜀山行三首》三："行色遞隱見，人烟時有無。僕夫穿竹語，稚子入雲呼。"　野：曠野，荒野。《易·同人》："同人於野。"孔穎達疏："野是廣遠之處。"《樂府詩集·敕勒歌》："天蒼蒼，野茫茫，風吹草低見牛羊。"迥：高。鮑照《學劉公幹體五首》二："樹迥霧繁集，山寒野風急。"馮延巳《應天長》："重簾静，層樓迥，惆悵落花風不定。"　望雲：仰望白雲，謂思念家鄉，思念父母。韋應物《郊居言志》："負暄衡門下，望雲歸遠山。但要尊中物，餘事豈相關！"杜甫《客堂》："老馬終望雲，南雁意在北。別家長兒女，欲起慚筋力。"

④　素帚：義近"苕帚"，取苕稈爲之，故名。《周禮·夏官·戎右》："贊牛耳，桃茢。"鄭玄注："茢，苕帚，所以埽不祥。"楊萬里《五月三日早起步東園示幼輿子》二："筥箕苕帚兩無蹤，竊果畦丁職不供。"

這裏比喻茅草的花如白色的掃帚一般。　茅花：茅草開的花。茅是常見的草,禾本科。《本草》謂茅有白茅、菅茅、黃茅、香茅、芭茅等,葉皆相似。又謂夏花者爲茅,秋花者爲菅,俗稱茅草者指白茅,全草可作造紙原料,根莖皆可入藥。杜甫《茅屋爲秋風所破歌》:"八月秋高風怒號,卷我屋上三重茅。"章孝標《諸葛武侯廟》:"木牛零落陣圖圖,山姥燒錢古柏寒。七縱七擒何處在? 茅花櫪葉蓋神壇。"　圓珠：形狀滾圓的珠粒。庾信《山齋》:"圓珠墜晚菊,細火落空槐。"裴休《贈黃蘗山僧希運》:"曾傳達士心中印,額有圓珠七尺身。挂錫十年栖蜀水,浮杯今日渡漳濱。"本詩比喻滾圓晶瑩的米粒如圓珠一般。　稻實：指米粒。蘇頲《奉和聖製至長春宮登樓望稼穡之作》:"敬時堯務作,盡力禹稱功……變蕪秔稻實,流惡水泉通。"趙蕃《因送客過六叔》:"荷衣綠破碎,稻實亂撑拄。秋悲空多風,雲重乃不雨。"

　　⑤ 如何：怎麼,爲什麼。韓愈《宿龍宮灘》:"如何連曉語,一半是思鄉?"歐陽修《荷葉》:"如何江上思,偏動越人悲?"　進士：古代指貢舉的人才。《禮記·王制》:"大樂正論造士之秀者,以告於王,而升諸司馬,曰進士。"鄭玄注:"進士,可進受爵祿也。"科舉時代稱殿試考取的人,明清時,舉人經會試及格後即可稱爲進士。姚合《寄舊山隱者》:"名在進士場,筆毫争等倫。"

[編年]

　　《年譜》編年本詩於"庚寅至甲午在江陵府所作其他詩"欄內,沒有列舉理由。《編年箋注》編年:"元稹此詩作於江陵時期。見下《譜》。"《年譜新編》編年本詩於元和六年,沒有説明理由,但有譜文"約於本年八月,'遊三寺'"説明。

　　我們以爲,《年譜》、《編年箋注》的編年比較籠統,甚至把嚴綬還沒有到任的元和五年也包含了進去。《年譜新編》的編年意見雖然比《年譜》、《編年箋注》具體一些,但仍然顯得籠統。我們以爲,本詩既提及"遊三寺"，應該作於《遊三寺回呈上府主嚴司空時因尋寺道出當陽縣奉命覆視縣囚牽於游衍不暇詳究故以詩自誚爾》稍前，"遊三寺"是嚴綬在江陵任時的事情，故嚴綬還沒有履任的元和五年自然應該排除在外。其二，本詩云："素帚茅花亂，圓珠稻實齊。"應該是秋天的詩作。而元和九年的秋天，元稹既有有"浙行"，又有淮西平叛之行，元和八年秋天，元稹《遣病十首》表明元稹有病在身，無法外出尋找"三寺"？都應該排除。元和六年三月十三日，嚴綬剛剛到任，元稹與嚴綬之間，還處於互相了解互相熟悉階段，不可能僅僅半年，嚴綬就對元稹如此"恩顧偏厚"，放縱讓元稹獨自外出"遊三寺"，並且隨隨便便審理當地的案件而不加過問。如此，本詩應該作於元和七年的暮秋，亦即九月之時。又據元稹《玉泉道中作》揭示的"上弦月"，"上弦月"應該在每月的初七、初八或初九之時。上弦：農曆每月初七或初八，太陽跟地球的聯綫和地球跟月亮的聯綫成直角時，在地球上看到的月相呈"D"字形，稱"上弦"。王褒《詠月贈人》："上弦如半璧，初魄似蛾眉。"《詩‧小雅‧天保》："如月之恒。"孔穎達疏："八日九日，大率月體正半，昏而中，似弓之張而弦直，謂上弦也。"而本詩賦成於元稹"遊三寺"之前，逆計江陵至當陽縣之間距離所需要的時日，本詩應該賦成於九月初，地點在江陵府。

◎ 玉泉道中作[①]

楚俗物候晚，孟冬纔有霜[②]。早農半華實，夕水含風涼[③]。遐想雲外寺，峰巒眇相望[④]。松門接官路[(一)]，泉脈連僧房[⑤]。微露上弦月，暗焚初夜香[⑥]。谷深烟靄淨，山虛鐘磬長[⑦]。念此清境遠，復憂塵事妨[⑧]。行行即前路，勿滯分寸光[⑨]。

録自《元氏長慶集》卷七

［校記］

（一）松門接官路：楊本、叢刊本、《古詩鏡·唐詩鏡》、《全詩》同，《石倉歷代詩選》以下脱八句，緊接"勿滯分寸光"，屬於脱漏，不從不改。

［箋注］

① 玉泉道：在江陵府當陽縣境内。《大清一統志》卷二六五："玉泉山在當陽縣西三十里，本名覆舟山，亦名堆藍山。唐《李白集》：荆州玉泉寺近清溪諸山，山洞有乳窟，玉泉交流其中。水邊茗草羅生，枝葉如碧玉。《名勝志》：玉泉山初名覆船山，自智顗居之，始易爲玉泉。《縣志》：山下有玉泉寺，寺東有顯烈山。又里許，有智者洞，洞左有寒亭，舊址亦名翠寒山。山中有獸，狀如鹿，上下陵谷如飛，每鳴於澗谷，則雨鳴於岡阜，則高軒過，驗之不爽。"

② 楚俗：楚地的自然風土。張繼《晚次淮陽》："微凉風葉下，楚俗轉清閑。侯館臨秋水，郊扉掩暮山。"元稹《思歸樂》："江陵道塗近，楚俗雲水清。遐想玉泉寺，久聞峴山亭。" 物候：動植物隨季節氣候變化而變化的週期現象，泛指時令。《初學記》卷三引蕭綱《晚春賦》："嗟時序之迴斡，嘆物候之推移。"盧照鄰《元日述懷》："草色迷三徑，風光動四鄰。願得長如此，年年物候新。" 孟冬：冬季的第一個月，農曆十月。《古詩十九首·孟冬寒氣至》："孟冬寒氣至，北風何慘慄！"元稹《書異》："孟冬初寒月，渚澤蒲尚青。" 霜：在氣温降到攝氏零度以下時，靠近地面空氣中所含的水汽凝結成的白色冰晶。《詩·秦風·蒹葭》："蒹葭蒼蒼，白露爲霜。"李白《秋下荆門》："霜落荆門江樹空，布帆無恙挂秋風。"

③ 早農：成熟較早的農作物。除本詩外，未見唐宋及以前書證。許有壬《六月二十一日坐田家場圃早稻已穫》："楚甸禾宜穉，天應急

早農。三登知稔歲,一葉未秋風。"　華實:花和果實。《列子·湯問》:"珠玕之樹皆叢生,華實皆有滋味,食之皆不老不死。"元稹《表夏十首》一:"華實各自好,詎云芳意沉?"　夕水:傍晚時分的河水、湖水與池水。不見唐宋及以前書證。高棅《龜湖晚釣》:"湖上夕水寒,潛鱗避深釣。野老本無營,一竿挂殘照。"孫偉《小畫二首》二:"草青不近路,日斜聊繫舟。夕水涵秋白,孤鴻自去留。"　風凉:指凉風。賈思勰《齊民要術·作酢法》:"初置甕於北蔭中風凉之處,勿令見日。"杜甫《立秋雨院中有作》:"樹濕風凉進,江喧水氣浮。"

④ 遐想:悠遠地想像或思索。袁宏《三國名臣序贊》:"孔明盤桓,俟時而動。遐想管樂,遠明風流。"杜甫《八哀詩·故著作郎貶台州司户滎陽鄭公虔》:"操紙終夕酬,時物集遐想。"　雲外寺:即玉泉寺。《方輿勝覽·荊門軍(長林當陽)》:"佛寺玉泉寺在當陽縣西南二十里玉泉山,陳光大中浮屠知顗自天台飛錫來居此,山寺雄於一方,殿前有金龜池。"張九齡《祠紫蓋山經玉泉山寺》:"指塗躋楚望,策馬傍荊岑。稍稍松篁入,泠泠硐谷深。"李白《答族侄僧中孚贈玉泉仙人掌茶》:"常聞玉泉山,山洞多乳窟。仙鼠如白鴉,倒懸深溪月。"　峰巒:連綿的山峰。杜甫《放船》:"青惜峰巒過,黃知橘柚來。"劉過《行香子·山水扇面》:"樹陰中、酒旗低懸。峰巒空翠,溪水青連。"　相望:互相看見,形容接連不斷,極言其多。《左傳·昭公三年》:"道殣相望,而女富溢尤。"《新唐書·王鍇傳》:"天子使者賜遺相望,聲焰薰灼。"

⑤ 松門:謂以松爲門,前植松樹的屋門。王勃《遊梵宇三覺寺》:"蘿幌栖禪影,松門聽梵音。"陸游《書懷絶句》一:"老僧曉出松門去,手挈軍持取澗泉。"　官路:官府修建的大道,後即泛稱大道。王褒《九日從駕》:"黃山獵地廣,青門官路長。"楊炯《驄馬》:"帝畿平若水,官路直如弦。"　泉脈:伏流地下的泉水,類似人體脈絡,故稱。謝朓《賦貧民田》:"察壤見泉脈,覘星視農正。"王維《春中田園作》:"持斧

伐遠揚,荷鋤覘泉脈。” 僧房:僧人居住的房舍。謝靈運《山居賦》:
“臨浚流,列僧房。”張籍《逢賈島》:“僧房逢著款冬花,出寺吟行日
已斜。”

⑥ 微露:微微顯露。李商隱《代越公房妓嘲徐公主》:“應防啼與
笑,微露淺深情。”李煜《一斛珠》:“曉妝初過,沈檀輕注些兒箇,向人
微露丁香顆。” 上弦:農曆每月初七或初八,太陽跟地球的聯綫和地
球跟月亮的聯綫成直角時,在地球上看到的月相呈“D”字形,稱“上
弦”。《詩·小雅·天保》:“如月之恒。”孔穎達疏:“八日九日,大率月
體正半,昏而中,似弓之張而弦直,謂上弦也。”董思恭《詠弓》:“上弦
明月半,激箭流星遠。落雁帶書驚,啼猿映枝轉。”李端《贈郭駙馬(郭
令公子曖尚昇平公主,令於席上成此詩)》二:“方塘似鏡草芊芊,初月
如鈎未上弦。新開金埒看調馬,舊賜銅山許鑄錢。” 暗焚:悄悄點
燃。元積《解秋十首》六:“露篁有微潤,清香時暗焚。夜閑心寂默,洞
庭無垢氛。” 初夜:猶初更。《後漢書·班超傳》:“初夜,遂將吏士往
奔虜營。”常建《白湖寺後溪宿雲門》:“松陰澄初夜,曙色分遠目。”

⑦ 谷深:猶“深谷”,幽深的山谷。陸機《從軍行》:“深谷邈無底,
崇山鬱嵯峨。”李德裕《憶野花》“谷深蘭色秀,村迴柳陰斜。悵望龍門
晚,誰知小隱家?” 壒:灰塵,塵埃。《魏書·中山王英傳》:“江浦無
塵,三楚卷壒。”貫休《上孫使君》:“芙蓉開帟幕,錦帳無纖壒。” 净:
乾净,清潔。劉義慶《世說新語·言語》:“卿居心不净,乃復强欲滓穢
太清邪?”指明净。楊廣《月夜觀星》:“團團素月净,翛翛夕景清。”
山虛:山嶺空曠。庾信《和王内史從駕狩》:“冬狩出離宮,還過獵武
功。澗橫偏礙馬,山虛絕響弓。”杜甫《西閣夜》:“恍惚寒山暮,透迤白
霧昏。山虛風落石,樓静月侵門。” 鐘磬:鐘和磬,佛教法器。岑參
《上嘉州青衣山中峰題惠净上人幽居寄兵部楊郎中》:“猿鳥樂鐘磬,
松蘿泛天香。”常建《題破山寺後禪院》:“山光悦鳥性,潭影空人心。
萬籟此都寂,但餘鐘磬音。” 長:指在空間的兩端之間距離大,遠,不

近。《古詩十九首·行行重行行》："道路阻且長，會面安可知？"顏真卿《登平望橋下作》："登橋試長望，望極與天平。"

⑧ 清境：清靜的境界。韋應物《慈恩精舍南池作》："清境豈云遠？炎氛忽如遺。重門布綠陰，藹藹滿廣池。"權德輿《暮春閑居示同志》："曙鐘來古寺，旭日上西軒。稍與清境會，暫無塵事煩。"塵事：塵俗之事。陶潛《辛丑歲七月赴假還江陵夜行塗口》："閑居三十載，遂與塵事冥。"孟浩然《游景空寺蘭若》："寥寥隔塵事，疑是入雞山。"

⑨ 行行：不停地前行。《古詩十九首·行行重行行》："行行重行行，與君生別離。"張孝祥《鷓鴣天》："行行又入笙歌裏，人在珠簾第幾重？"　前路：前面的道路，前方的路上。陶潛《歸去來辭》："問征夫以前路，恨晨光之熹微。"王維《早入滎陽界》："漁商波上客，雞犬岸旁村。前路白雲外，孤帆安可論？"　滯：逗留，耽擱。曹丕《雜詩二首》二："吳會非我鄉，安能久留滯？"韋莊《送李秀才歸荊溪》："楚王宮去陽臺近，莫倚風流滯少年！"　分寸：短暫的時間。《北史·高允傳》："允聞之，謂著作郎宗欽曰：'閔湛所營，分寸之間，恐爲崔門萬世之禍，吾徒無類矣！'未幾而難作。"宋祁《勸酒》："波瀾前後來，日月分寸推。"　光：光陰，時光。鮑照《觀漏賦》："姑屏憂以愉思，樂茲情於寸光。"高正臣《晦日置酒林亭》："柳翠含烟葉，梅芳帶雪花。光陰不相惜，遲遲落景斜。"

［編年］

《年譜》編年本詩於"庚寅至甲午在江陵府所作其他詩"欄內，其後引述三個長篇文獻：皇甫毗《玉泉寺碑》、董侹《荊南節度使江陵尹裴公重修玉泉關廟記》、《高僧傳·唐荊州玉泉寺恒景傳》（文章太長，恕不引錄），證明："玉泉寺在荊州當陽縣覆船山。"接著引述本詩"楚俗物候晚，孟冬纔有霜"，指出"與他貶江陵季節不同"。又引述本詩

"退想雲外寺,峰巒眇相望。松門接官路,泉脈連僧房……念此清境遠,復憂塵事妨。行行即前路,勿滯分寸光",指出"亦非遊玉泉寺口吻"。結論是:"當是(元稹)因公出差經過當陽縣覆船山下之作。"《編年箋注》編年:"據周相録所考,此詩作于元和六年(八一一)。"但在周相録《年譜新編》元和六年的詩編年中,根本尋找不到《玉泉道中作》,未見其對本詩的編年;即使在譜文"約本年八月,遊'三寺'"中,也没有一個字涉及《玉泉道中作》,不知《編年箋注》"據周相録所考"的根據究竟在哪裏? 據查找,《年譜新編》編年《玉泉道中作》於元和七年,不知《編年箋注》爲何視而不見,欺騙讀者?

我們以爲,玉泉寺在當陽縣,而玉泉寺又是元稹《誚盧戡與予數約遊三寺戡獨沉醉而不行》、《遊三寺回呈上府主嚴司空時因尋寺道出當陽縣奉命覆視縣囚牽於游衍不暇詳究故以詩自誚爾》兩詩詩題中提及的"三寺"之一,都應該與嚴綬有關。我們在元稹《誚盧戡與予數約遊三寺戡獨沉醉而不行》已經推定元稹"遊三寺"之行發生在元和七年九月。本詩云"楚俗物候晚,孟冬纔有霜。早農半華實,夕水含風涼"描述的也是暮秋的景色,同時與《誚盧戡與予數約遊三寺戡獨沉醉而不行》"素帛茅花亂,圓珠稻實齊"的描繪相一致,都應該是暮秋九月的詩作。而本詩"微露上弦月"的表述,又進一步鎖定在暮秋九月的上旬,亦即九月的初七、初八、初九三天之内。編排在《誚盧戡與予數約遊三寺戡獨沉醉而不行》之後,在《遊三寺回呈上府主嚴司空時因尋寺道出當陽縣奉命覆視縣囚牽於游衍不暇詳究故以詩自誚爾》之前,亦即元和七年暮秋九月"上弦"之時,亦即九月的初七、初八、初九三天之内。

◎ 緣　路①

　　總是玲瓏竹,兼藏淺漫溪②。沙平深見底,石亂不成泥③。烟火遙村落,桑麻隔稻畦④。此中如有問⁽一⁾,甘被到頭迷⑤。

録自《元氏長慶集》卷一四

[校記]

　　(一)此中如有問:楊本、叢刊本、《全詩》、《全唐詩録》同,《石倉歷代詩選》作"此中如遁世",語義不同,各備一説。

[箋注]

　　① 緣路:循路而行,順路而行。韓愈《路傍堠》:"堆堆路傍堠,一雙復一雙……何當迎送歸,緣路高歷歷。"司馬光《言錢糧上殿札子》:"臣近蒙恩給假,至陝州焚黄。竊見緣路諸州,倉庫錢糧例皆闕絶。"緣在這裏是循、順之義,《管子·侈靡》:"故緣地之利,承從天之指。"尹知章注:"緣,順也。"桓寬《鹽鐵論·刑德》:"法者,緣人情而制,非設罪以陷人也。"此詩前六句,似乎是不經意的數筆點染,猶如一幅生動的水墨畫,立刻就在讀者面前展現了當陽山的誘人美景。而最後兩句,又將詩人自己的痴迷感受融入美景之中,所謂詩中有畫詩中有情之謂也。

　　② 總是:總歸是,全都是。王昌齡《從軍行七首》二:"琵琶起舞換新聲,總是關山舊别情。"黄公度《青玉案》:"霜橋月館,水村烟市,總是思君處。"　玲瓏:精巧貌。李白《玉階怨》:"玉階生白露,夜久侵羅襪。却下水晶簾,玲瓏望秋月。"靈活貌。岑參《冬夜宿仙遊寺南凉

堂呈謙道人》：“空山滿清光，水樹相玲瓏。迴廊映密竹，秋殿隱深松。”顧況《尋僧二首》一：“方丈玲瓏花竹閑，已將心印出人間。家家門外長安道，何處相逢是寶山？” 藏：隱藏，潛匿。《易·繫辭》：“顯諸仁，藏諸用，鼓萬物而不與聖人同憂。”《史記·魏公子列傳》：“公子聞趙有處士毛公藏於博徒，薛公藏於賣漿家，公子欲見兩人，兩人自匿不肯見公子。” 淺漫：水流極淺，流速很慢。元稹《夢遊春七十韻》：“清泠淺漫溪，畫舫蘭篙渡。過盡萬株桃，盤旋竹林路。”《宋史·河渠志》：“而許家港、清水鎮，河極淺漫，幾於不流。”

③ 沙平：這裏指溪底沙面平整。褚亮《和御史韋大夫喜霽之作》：“野淨餘烟盡，山明遠色同。沙平寒水落，葉脆晚枝空。”岑參《終南東溪中作》：“溪水碧於草，潺潺花底流。沙平堪濯足，石淺不勝舟。” 見底：形容水流清澈。江淹《麗色賦》：“水焰景而見底，烟尋風而無極。”白居易《題潯陽樓》：“大江寒見底，匡山青倚天。” 石亂：亂石貌。杜甫《柴門》：“石亂上雲氣，杉清延月華。賞妍又分外，理愜夫何誇！”李商隱《春宵自遣》：“晚晴風過竹，深夜月當花。石亂知泉咽，苔荒任徑斜。” 成泥：與泥土柔和在一起。岑參《青門歌送東臺張判官》：“灞頭落花沒馬蹄，昨夜微雨花成泥。”秦系《題女道士居》：“不餌住雲溪，休丹罷藥畦。杏花虛結子，石髓任成泥。”

④ 烟火：指炊烟，亦泛指人烟。《史記·律書》：“天下殷富，粟至十餘錢，鳴雞吠狗，烟火萬里，可謂和樂者乎？”陸游《詹仲信以山水二軸爲壽固辭不可乃各作一絶句謝之·雪山》：“雪崦梅村一徑斜，茆檐烟火兩三家。” 村落：村莊。《三國志·鄭渾傳》：“入魏郡界，村落齊整如一。”張喬《歸舊山》：“昔年山下結茅茨，村落重來野徑移。” 桑麻：桑樹和麻，植桑飼蠶取繭和植麻取其纖維，同爲古代農業解決衣著的最重要的經濟活動。王維《渡河到清河作》：“行復見城市，宛然有桑麻。回瞻舊鄉國，渺漫連雲霞。”儲光羲《田家即事答崔二東皋作四首》一：“玄鳥雙雙飛，杏林初發花。煦偷命僮僕，可以樹桑麻。”泛

指農作物或農事。陶潛《歸園田居六首》二:"相見無雜言,但道桑麻長。"孟浩然《過故人莊》:"開筵面場圃,把酒話桑麻。"　稻畦:稻田。許渾《重遊飛泉觀題故梁道士宿龍池》:"仙客不歸龍亦去,稻畦長滿此池乾。"王安石《獨歸》:"鍾山獨歸雨微冥,稻畦夾岡半黃青。"

　　⑤ 問:詢問,詰問。《書·吕刑》:"皇帝清問下民。"蔡沈集傳:"清問,虛心而問也。"韓愈《奉和虢州劉給事使君三堂新題二十一詠·方橋》:"君欲問方橋,方橋如此作。"　甘:情願,樂意。《詩·齊風·雞鳴》:"蟲飛薨薨,甘與子同夢。"梅堯臣《食薺》:"世羞食薺貧,食薺我所甘。"　到頭:最後,直到最後。張碧《農夫》:"到頭禾黍屬他人,不知何處抛妻子?"賈島《不欺》:"掘井須到流,結交須到頭。"迷:迷惑,辨別不清。《詩·小雅·節南山》:"天子是毗,俾民不迷。"鄭玄箋:"使民無迷惑之憂。"韓愈《平淮西碑》:"蔡人有言:始迷不知,今乃大覺,羞前之爲。"迷戀,沉迷。張衡《思玄賦》:"羨上都之赫戲兮,何迷故而不忘?"

[編年]

　　未見《年譜》、《年譜新編》編年本詩,《編年箋注》列入"未編年詩"欄内。

　　我們以爲,根據本詩詩意,是詩人獨自一人行進在山路小道上,而風景美不勝收。元稹有此景況的大約有若干次:其中一次是元和五年出貶江陵,途中爲獨自一人,但節令是春夏,與本詩的"桑麻隔稻畦"的秋天節候不符。另一次是元和十年元稹出貶通州,元稹獨自前往,但時間是夏天,節候同樣不符,地理環境也有別。第三次是元和十年前往興元治病,途中同行的祇有童僕,但節候是冬天,不符的還有沿途的景色。除此之外,還有貞元年間元稹曾經多次來往於長安與洛陽之間,常常是一個人在途奔波,但又與"桑麻隔稻畦"這樣的南方景色不符。我們以爲唯一符合本詩景色的與切合本詩人事的,應該是元和七年秋天的"尋三寺"活動中的當陽山之行,詩人行進在高高低低的丘陵地區,符合本詩"總是玲瓏竹,兼藏淺漫溪。沙平深見底,石亂不成泥"的南方地理特徵。而"遊三寺"的節候在秋天,又與本詩所述"桑麻隔稻畦"景色切合。"遊三寺"是元稹奉命而行,心情比較輕鬆,本詩描述的心境,不像元和五年與元和十年沮喪的出貶,也不像元和十年前往興元的治病之行,而恰恰與七年秋天的"遊三寺"的情景相符,本詩即應該作於其時。今與《玉泉道中作》諸詩一起,編排在《誚盧戡與予數約遊三寺戡獨沉醉而不行》之後,在《遊三寺回呈上府主嚴司空時因尋寺道出當陽縣奉命覆視縣囚率於游衍不暇詳究故以詩自誚爾》之前,亦即元和七年暮秋九月的上旬。

◎ 度門寺①

北祖三禪寺(神秀禪師造)(一),西山萬樹松②。門臨溪一帶,橋映竹千重③。剪鑿基階正,包藏景氣濃④。諸巖分院宇,雙嶺抱垣墉⑤。舍利開層塔,香爐占小峰⑥。道場居士置,經藏大師封⑦。太子知栽植,神王守要衝⑧。由旬排講座,丈六寫真容⑨。佛語迦陵説,僧行猛虎從⑩。修羅攇日炬(二),樓至拔霜鋒⑪。畫井垂枯朽,穿池救喁喁(喁喁,魚出水貌)⑫。蕉非難敗壞,槿喻暫丰茸⑬。寶界留遺事,金棺滅去蹤⑭。鉢傳烘瑪瑙,石長翠芙蓉⑮。影帳紗全落,繩床土半壅(金棺已下,並寺中所有)⑯。荒林迷醉象,危壁亞盤龍(三)⑰。行色憐初月,歸程待曉鐘⑱。心源雖了了,塵世苦憧憧⑲。宿蔭高聲識,齋糧併力舂⑳。他生再來此,還願總相逢㉑。

錄自《元氏長慶集》卷一三

［校記］

（一）北祖三禪寺（神秀禪師造）：原本作"北祖三禪地（神秀禪師造）"，楊本、叢刊本、《全詩》同，《石倉歷代詩選》作"北祖三禪地"，據盧校宋本改。

（二）修羅擡日炬：原本作"修羅擡日拒"，楊本、叢刊本、《全詩》同，《石倉歷代詩選》作"修羅擡日炬"，語義順暢，據改。

（三）危壁亞盤龍：錢校、蘭雪堂本、叢刊本、《全詩》同，楊本作"危壁亞聲龍"，語義不通，不從不改。

［箋注］

① 度門寺：北宗的重要寺院之一，在當陽縣當陽山，唐武則天時所建。《舊唐書·神秀傳》："弘忍姓周氏，黃梅人。初，弘忍與道信並住東山寺，故謂其法爲東山法門。神秀既師事弘忍，弘忍深器異之，謂曰：'吾度人多矣！至於縣解圓照，無先汝者。'弘忍以咸亨五年卒，神秀乃往荊州，居於當陽山。則天聞其名，追赴都，肩輿上殿，親加跪禮。勅當陽山置度門寺，以旌其德。時王公已下及京都士庶聞風爭來謁見，望塵拜伏，日以萬數。"《宋高僧傳·唐荊州當陽山度門寺神秀傳》："東山寺五祖忍師……於上元中卒，秀乃往江陵當陽山居焉！四海緇徒，嚮風而靡，道譽馨香，普蒙熏灼。則天太后聞之，召赴都，肩輿上殿，親加跪禮，內道場豐其供施，時時問道，敕於昔住山置度門寺，以旌其德。"王庭珪《贈度門僧》："度門寺僧道成，欲鑄巨鐘，張皇佛事于山中，來求予銘。而冶工不預知，一鼓而鐘成，遂不及勒。道成悵恨不已，作二偈贈之。"劉嵩《過度門寺訪隱上人》："度門寺前溪最幽，亦有群木依崇丘。時時清磬落雲雁，箇箇輕舟並水鷗。"

② 北祖：即"北宗"，唐以神秀爲代表的佛教禪宗的一派，因流行北方，故稱。齊己《送乾康禪師入山過夏》："雲門應近寺，石路或穿

松。知在栖禪外,題詩寄北宗。"《旧唐书·僧神秀傳》:"初,神秀同學僧慧能者,新州人也,與神秀行業相埒……天下乃散傳其道,謂神秀爲北宗,慧能爲南宗。" 三禪寺:當陽境内有玉泉寺、度門寺、大雲寺,並稱"三寺"。孟浩然《陪張丞相祠紫蓋山途經玉泉寺》:"五馬尋歸路,雙林指化城。聞鐘度門近,照膽玉泉清。"李華《荆州南泉大雲寺故蘭若和尚碑》:"以和尚爲首……步至南泉,歷詮幽勝,因起蘭若,居焉!"《大清一統志·安陸府》:"荆門州,在府西九十里……當陽縣:在府西二百十里……南泉:在荆門州北二十里,源出靈鷲山。" 神秀禪師:《舊唐書·神秀傳》:"僧神秀,姓李氏,汴州尉氏人。少遍覽經史,隋末出家爲僧。後遇蘄州雙峰山東山寺僧弘忍以坐禪爲業,乃嘆伏曰:'此真吾師也!'便往事弘忍,專以樵汲自役以求其道。昔後魏末有僧達摩者,本天竺王子,以護國出家,入南海,得禅宗妙法,云自釋迦相傳,有衣鉢爲記,世相付授。達摩齎衣鉢航海而來,至梁,詣武帝,帝問以有爲之事,達摩不説。乃之魏,隱於嵩山少林寺,遇毒而卒。其年魏使宋雲於葱嶺回,見之,門徒發其墓,但有衣履而已。達摩傳慧可,慧可嘗斷其左臂,以求其法。慧可傳璨,璨傳道信,道信傳弘忍。弘忍姓周氏,黄梅人。初,弘忍與道信並住東山寺,故謂其法爲東山法門。神秀既師事弘忍,弘忍深器異之,謂曰:'吾度人多矣!至於縣解圓照,無先汝者。'弘忍以咸亨五年卒,神秀乃往荆州,居於當陽山。則天聞其名,追赴都,肩輿上殿,親加跪禮,勅當陽山置度門寺以旌其德……初,神秀同學僧慧能者,新州人也,與神秀行業相埒。弘忍卒後,慧能住韶州廣果寺。韶州山中舊多虎豹,一朝盡去,遠近驚嘆,咸歸伏焉!神秀嘗奏則天,請追慧能赴都,慧能固辭。神秀又自作書重邀之,慧能謂使者曰:'吾形貌短陋,北土見之,恐不敬吾法。又先師以吾南中有緣,亦不可違也。'竟不度嶺而死,天下乃散傳其道,謂神秀爲北宗,慧能爲南宗。" 西山:西方的山,引申为日入处。王粲《從軍詩五首》三:"白日半西山,桑梓有餘暉。"《文选·李密〈陈情事表〉》："但以劉日薄西山，氣息奄奄。"李善注引揚雄《反騷》："臨汨羅而自隕兮，恐日薄於西山。"這裏指度門寺附近位處西面的山嶺。

③ 臨：靠近。岑參《渼水東店送唐子歸嵩陽》："野店臨官路，重城壓御堤。山開灞水北，雨過杜陵西。"嚴武《題巴州光福寺楠木》："楚江長流對楚寺，楠木幽生赤崖背。臨溪插石盤老根，苔色青蒼山雨痕。"　映：遮，隱藏。《文選・顏延之〈應詔觀北湖田收〉》："樓觀眺豐穎，金駕映松山。"李善注："映，猶蔽也。"杜甫《蜀相》："映階碧草自春色，隔葉黃鸝空好音。"　千重：千層，層層疊疊。《後漢書・馬融傳》："群師疊伍，伯校千重。"陸游《長相思》一："雲千重，水千重，身在千重雲水中，月明收釣筒。"

④ 剪鑿：開鑿。李白《經亂離後天恩流夜郎憶舊遊書懷贈江夏韋太守良宰》："剪鑿竹石開，縈流漲清深。"顏竣《始興郡公沈慶之聽民鑄錢議》："嚴檢盜鑄並禁剪鑿，數年之間，公私豐贍，銅盡事息，奸偽自止。"　基階：建築物的基礎和臺階。謝靈運《登石門最高頂》："長林羅戶穴，積石擁基階。連巖覺路塞，密竹使徑迷。"《舊唐書・張廷珪傳》："或開發盤礴，峻築基階。或塞穴洞通，轉採硎輾。"　包藏：隱藏，包含。《南史・蕭正德傳》："豈謂汝狼心不改，包藏禍胎，志欲覆敗國計，以快汝心。"武翊黃《瑕瑜不相掩》："緘密誠爲智，包藏豈謂忠？停看分美惡，今得值良工。"　景氣：景色，景象。殷仲文《南州桓公九井作》："景氣多明遠，風物自淒緊。"杜審言《泛舟送鄭卿入京》："酒助歡娛洽，風催景氣新。"

⑤ 巖：山峰。謝靈運《登石門最高頂》："連巖覺路塞，密竹使徑迷。"李白《夢遊天姥吟留別》："千巖萬轉路不定，迷花倚石忽已暝。"　院宇：有院牆的屋宇，院落。薛逢《社日遊開元觀》："松柏當軒蔓桂籬，古壇衰草暮風吹。荒涼院宇無人到，寂寞烟霞只自知。"薛用弱《集異記・李清》："清巡視院宇，兼啓東西門，情意飄飄然，自謂永栖真境。"　嶺：相連的山。韓拙《山水純全集・論山》："洪谷子云：尖者

3095

曰峰,平者曰陵,圓者曰巒,相連者曰嶺。"蘇軾《題西林壁》:"橫看成嶺側成峰,遠近高低各不同。" 垣墉:墻。《書·梓材》:"若作室家,既勤垣墉,惟其塗墍茨。"《文心雕龍·程器》:"是以槃斵成而丹臒施,垣墉立而雕杅附。"

⑥ 舍利:梵語,意譯"身骨",釋迦牟尼佛遺體火化後結成的堅硬珠狀物,又名舍利子。《魏書·釋老志》:"佛既謝世,香木焚屍。靈骨分碎,大小如粒。擊之不壞,焚亦不燋,或有光明神驗,胡言謂之'舍利'。弟子收奉,置之寶瓶,竭香花,致敬慕,建宮宇,謂爲'塔'。" 塔:"佛塔"的簡稱,佛塔起源於印度,梵語爲"窣堵坡"(stūpa),晉宋譯經時造爲"塔"字。塔用以收藏舍利,後亦用於收藏經卷、佛像、法器,莊嚴佛寺等。《魏書·釋老志》:"弟子收奉,置之寶瓶,竭香花,致敬慕,建宮宇,謂爲'塔'。塔亦胡言,猶宗廟也。"杜甫《江畔獨步尋花七絕句》五:"黃師塔前江水東,春光懶困倚微風。"仇兆鼇注:"蜀人呼僧爲師,葬所爲塔。" 香爐:亦作"香鑪",焚香的器具,用陶瓷或金屬作成種種形式,其用途亦有多種,或熏衣,或陳設,或敬神供佛。《南史·梁紀·元帝》:"初,武帝夢眇目僧執香鑪,稱託生王宮。"趙希鵠《洞天清録·古鐘鼎彝器辨》:"古以蕭艾遠神明而不焚香,故無香爐。今所謂香爐,皆以古人宗廟祭器爲之。爵爐則古之爵,㹠猊爐則古之踽足豆,香球則古之鸞,其等不一,或有新鑄而象古爲之者。惟博山爐乃漢太子宮所用,香爐之制始於此。" 峰:指高而陡的山。李白《蜀道難》:"連峰去天不盈尺,枯松倒挂倚絶壁。"姚合《送殷堯藩侍御遊山南》:"人家連水影,驛路在山峰。谷静雲生石。天寒雪覆松。"

⑦ 道場:釋、道二教稱誦經禮拜的場所。《南史·庾詵傳》:"晚年尤遵釋教,宅內立道場,環繞禮懺,六時不輟。"成道修道之所。盧簡求《杭州鹽官縣海昌院禪門大師塔碑》:"胎卵濕化,無非佛種;行住作臥,皆是道場。"寺觀。趙彦衛《雲麓漫抄》卷六:"漢明帝夢金人,而摩騰竺法始以白馬馱經入中國,明帝處之鴻臚寺。後造白馬寺居之,

取鴻臚寺之義。隋曰道場,唐曰寺,本朝則大曰寺,次曰院。”　居士:梵語意譯,原指古印度吠舍種姓工商業中的富人,因信佛教者頗多,故佛教用以稱呼在家佛教徒之受過“三歸”、“五戒”者。《維摩詰經》稱,維摩詰居家學道,號稱維摩居士。慧遠《義記》:“在家修道,居家道士,名爲居士。”《南史·虞寄傳》:“寄因寶應不可諫,慮禍及己,乃爲居士服以拒絕之。常居東山寺,僞稱腳疾,不復起。”　經藏:梵文的意譯,佛教經典的一大類,與律藏、論藏合稱三藏。《華嚴經·净行品》:“自歸於法,當願眾生,深入經藏,智慧如海。”沈約《佛記序》:“博尋經藏,搜採註説;條別流分,各以類附。”　大師:佛的十尊號之一,即天人師。《瑜伽師地論》卷八二:“謂能善教誡聲聞弟子一切應作不應作事,故名大師。”後遂爲僧人的尊稱。《晉書·鳩摩羅什傳》:“〔姚興〕嘗謂羅什曰:‘大師聰明超悟,天下莫二。’”莊季裕《雞肋編》卷上:“而京師僧諱和尚,稱曰大師。”

⑧ 太子:封建時代君主的兒子中被預定繼承君位的人:周時天子及諸侯之嫡長子,或稱太子,或稱世子,秦因之。漢天子號皇帝,故其嫡子稱皇太子。金元時皇帝之庶子亦稱太子,如金有四太子兀术。明以後皇帝之嫡子稱皇太子,親王之嫡子稱世子。劉褘之《奉和太子納妃太平公主出降》:“萬户聲明發,三條騎吹通。香輪送重景,綵旗引仙虹。”宋之問《奉和幸大薦福寺》:“香刹中天起,宸遊滿路輝。乘龍太子去,駕象法王歸。”這裏借喻佛祖釋迦摩尼,他原來是中印度迦毗羅國王净飯王的長子,故言。　栽植:種植。白居易《栽松二首》一:“栽植我年晚,長成君性遲。”蘇軾《牡丹記叙》:“凡牡丹之見於傳記,與栽植接養剥治之方,古今詠歌詩賦,下至怪奇小説皆在。”　神王:佛教指護法神。酈道元《水經注·河水》:“王欲舍利,用金作斗量,得八斛四斗,諸國王、天龍、神王,各得少許。”李嶠《洛州昭覺寺什迦牟尼佛金銅瑞像碑》:“珠纓大士,登護法之筵;金杵神王,夾降魔之座。”　要衝:處在交通要道的形勝之地。《後漢書·傅燮傳》:“今凉

州天下要衝,國家藩衛。"岳飛《奏辭鎮南軍承宣使第三狀》:"況九江乃控扼之重地,連武昌爲襟帶之要衝。"

⑨ 由旬:(梵文 yojana)古印度計程單位,一由旬的長度,我國古有八十里、六十里、四十里等諸説。《法苑珠林》卷三:"八拘盧舍爲一由旬,合有四十里。"段成式《酉陽雜俎·貝編》:"積崖山高三百由旬。" 講座:高僧説法或儒師講學的座位。寶唱《比丘尼傳·寶賢尼》:"賢乃遣僧局賣命到講座,鳴木宣令諸尼不得輒復重受戒。"《朱子語類》卷七九:"〔陸象山〕於是日入道觀,設講座,説'皇極',令邦人聚聽之。" 丈六:一丈六尺,指佛的化身的長度,後亦借指佛身。《後漢書·天竺傳》:"或曰:'西方有神,名曰佛,其形長丈六尺而黃金色。'"楊衒之《洛陽伽藍記·法雲寺》:"丹素炫彩,金玉垂輝,摹寫真容,似丈六之見鹿苑;神光壯麗,若金剛之在雙林。"范祥雍校注:"丈六謂佛身,《佛説十二遊經》:'佛身長丈六尺。'" 真容:真實的容貌,亦指畫像、塑像。楊衒之《洛陽伽藍記·白馬寺》:"寺上經函,至今猶存。常燒香供養之,經函時放光明,耀於堂宇。是以道俗禮敬之,如仰真容。"《資治通鑑·唐代宗永泰元年》:"玄宗之離蜀也,以所居行宮爲道士觀,仍鑄金爲真容。"

⑩ 語:用以示意的動作或信號。周昉《與曹休箋》四:"目語心計,不宣脣齒。"裴鉶《傳奇·崑崙奴》:"知郎君穎悟,必能默識,所以手語耳!" 迦陵:"迦陵頻伽"的省稱,梵語的音譯,鳥名,意譯爲好聲鳥,佛教傳説中的妙禽。《正法念處經·觀天品》:"〔天子〕復詣普林,其普林中有七種鳥……珊瑚銀寶,爲迦陵頻伽,其聲美妙,如婆求鳥音,衆所聞樂,翶翔空中,遊戲自如。"玄應《一切經音義》卷一:"迦陵頻伽……迦陵者,好;毗伽者,聲:名好聲鳥也。"劉商《詠雙開蓮花》:"西方采畫迦陵鳥,早晚雙飛池上來。" 説:後作"悦",喜悦,高興。劉義慶《世説新語·言語》:"晉武帝始登阼,探策得'一',王者世數,繫此多少。帝既不説,群臣失色,莫能有言者。"羅大經《鶴林玉露》卷

一三："又知夫子之所以見南子者,蓋以見識議論如此,倘能改行,或者尚可輔衛靈公以有爲。子路不說,是未知夫子之心也。"　僧行猛虎從:這裏化用慧遠法師的故事,晉代慧遠法師居廬山東林寺前,前有虎溪。相傳慧遠法師送客不過溪,過此,虎輒號鳴。李白《廬山東林寺夜懷》:"霜清東林鐘,水白虎溪月。"王維《過感化寺曇興上人山院》:"暮持筇竹杖,相待虎溪頭。"

⑪　修羅:梵語 Asura 的譯音,"阿修羅"的省稱,意譯爲"不端正"或"非天",是古印度神話中的一種惡神,住在海底,常與天神戰鬥。佛教採用其名,把它列爲天龍八部之一,又列爲輪回六道之一。盧綸《栖巖寺隋文帝馬腦盞歌》:"天宫寶器隋朝物,鎖在金函比金骨。開函捧之光乃發,阿修羅王掌中月。"呂巖《敲爻歌》:"聲聞緣覺冰消散,外道修羅縮項驚。"　日炬:白日與炬火。牟融《理惑論》:"五經則五味佛道,則五穀矣! 吾自聞道已來,如開雲見白日,炬火入冥室焉!"樓至:又名樓至佛,千佛中最後之佛。《法苑珠林》卷一三《千佛篇》:"此中千佛者,拘留孫佛爲首,下至樓至,如來於賢劫中次第成佛。"李昭玘《敕謚靈慧大師傳》:"接門人吉證從師往上方,既還,已昏暮,覩介胄巨人標相威厲,徐躡廡下。師至,具以疑告,師曰:'此名樓至,如來最後得佛,有大神力護持正法,阿修羅種見即膽裂。汝以定眼觀之,勿畏也!'"　霜鋒:白亮鋭利的鋒刃。《宋書·鄧琬傳》:"白羽咽川,霜鋒照野。"裴夷直《觀淬龍泉劍》:"蓮花生寶鍔,秋日勵霜鋒。"借指明亮鋭利的刀劍。何承天《雍離篇》:"霜鋒未及染,鄢郢忽已清。"杜光庭《賀獲神劍進詩表》:"故得山川林谷,吐金焰於層崖;風雨雷霆,見霜鋒於萬里。"

⑫　畫井:飾以花紋圖案狀如覆井形的天花板。許渾《冬日宣城開元寺贈元孚上人》:"繡梁交薜荔,畫井倒芙蓉。"又作"藻井",我國傳統建築中天花板上的一種裝飾處理,一般做成圓形、方形或多邊形的凹面,上有各種花紋、雕刻和彩畫。《文選·張衡〈西京賦〉》:"蒂倒

茄於藻井，披紅葩之狎獵。"薛綜注："藻井，當棟中交木方爲之，如井幹也。"李白《明堂賦》："藻井綵錯以舒蓬，天窗鮱翼而銜霓。" 枯朽：指枯槁腐朽之物。《漢書·異姓諸侯王表》："鐫金石者難爲功，摧枯朽者易爲力。"葛洪《抱朴子·詰鮑》："夫聖人知凶醜之自然，下愚之難移，猶春陽之不能榮枯朽，炎景之不能鑠金石。"枯槁腐朽。韓愈《論佛骨表》："況其身死已久，枯朽之骨，凶穢之餘，豈宜令入宮禁？"沈括《夢溪筆談·樂律》："予曾見唐初路氏琴，木皆枯朽，殆不勝指，而其聲愈清。" 穿：挖掘，開鑿。《禮記·月令》："〔仲秋之月〕可以築城郭，建都邑，穿竇窖，修囷倉。"劉餗《隋唐嘉話》卷下："昆明池者，漢孝武所穿。" 池：水停積處，池塘。《書·泰誓》："惟宮室、臺榭、陂池、侈服以殘害於爾萬姓。"孔傳："停水曰池。"溫庭筠《菩薩蠻》四："翠翹金縷雙鸂鶒，水紋細起春池碧。"傳統的寺院中，往往都有池塘。噞喁：魚口開合貌。《文選·左思〈吳都賦〉》："葺鱗鏤甲，詭類舛錯，泝洄順流，噞喁沈浮。"劉逵注："噞喁，魚在水中群出動口貌。"劉禹錫《武陵書懷五十韻》："禽驚格磔起，魚戲噞喁繁。"借指魚。梅堯臣《重送曾子固》："誰知天上爭騰躍，偶落池中雜噞喁？"陸游《舟中作》："斷岸飲觳觫，清波跳噞喁。"

⑬ 蕉非難敗壞：典出晁迥《法藏碎金錄》，贊同古人之見，認爲人生苦短："《涅槃經》云：譬如芭蕉，生實則枯，一切衆生亦復如是。噫！予之生子，身相已衰，又見生孫，衰可知矣！去身逾遠，復憂於孫，以道眼觀，悠悠斯甚！"詩人這裏是反其意而用之，認爲人類生生不息，將永遠延續。 蕉：植物名，芭蕉、香蕉、美人蕉等芭蕉科植物的簡稱。《三國志·士燮傳》："燮每遣使詣權，致……奇物異果，蕉、邪、龍眼之屬，無歲不至。"韓愈《柳州羅池廟碑》："荔子丹兮蕉黃，雜肴蔬兮進侯堂。" 槿：這裏指槿花心，槿花心，木槿花朝開夕凋，因以"槿心"、"槿花心"比喻易變的心。王諲《後庭怨》："如君貴偽不貴真，還同棄妾逐新人。借問南山松葉意，何如北砌槿花新？"孟郊《審交》："君子

芳桂性,春榮冬更繁。小人槿花心,朝在夕不存。”　豐茸:繁密茂盛。司馬相如《長門賦》:“羅豐茸之遊樹兮,離樓梧而相撐。”李德裕《憶藥苗》:“溪上藥苗齊,豐茸正堪掇。”

⑭ 寶界:佛教語,即淨土,謂没有劫濁、見濁、煩惱濁、衆生濁、命濁等五濁垢染的清潔世界。廣宣《賀幸普濟寺應制》:“南方寶界幾由旬? 八部同瞻一佛身。”秦觀《次韻公辟州宅月夜偶成》:“翠木玲瓏藏寶界,白烟濃淡瑣華堂。”　遺事:前代或前人留下來的事迹。《漢書·藝文志》:“兵家者,蓋出古司馬之職,王官之武備也……《司馬法》是其遺事也。”張喬《送朴充侍御歸海東》:“來往尋遺事,秦皇有斷橋。”　金棺:金飾之棺。酈道元《水經注·河水》:“佛泥洹後,天人以新白緤裹佛,以香花供養,滿七日,盛以金棺,送出王宫。”李白《古風》三:“但見三泉下,金棺葬寒灰。”　去蹤:消失的蹤迹。朱放《送著公歸越》“石床埋積雪,山路倒枯松。莫學白道士,無人知去蹤。”元稹《表夏十首》四:“度霞紅漠漠,壓浪白溶溶。玉委有餘潤,飆馳無去蹤。”

⑮ “鉢傳烘瑪瑙”兩句:意謂僧人的食具由瑪瑙烘燒而成,而山石之中則長出翠葉白花的木蓮。　鉢:梵語鉢多羅(pātra)的省稱,意爲“應器”,僧人食具,底平、口略小、形圓稍扁,用泥或鐵等製成。《晉書·佛圖澄傳》:“澄即取鉢盛水,燒香呪之。”貫休《陳情獻蜀皇帝》:“一瓶一鉢垂垂老,千水千山得得來。”　傳:轉授,遺留。《淮南子·精神訓》:“故舉天下而傳之於舜。”司馬相如《喻巴蜀檄》:“終則遺顯號於後世,傳土地於子孫。”　瑪瑙:礦物名,玉髓的一種,品類甚多,顔色光美,可製器皿及裝飾品。曹丕《瑪瑙勒賦序》:“瑪瑙,玉屬也。出自西域,文理交錯,有似馬腦,故其方人因以名之。”庾信《楊柳歌》:“銜雲酒杯赤瑪瑙,照日食螺紫琉璃。”　芙蓉:木蓮,即木芙蓉,落葉大灌木,葉大掌狀淺裂,秋季開花,花大有柄,色有紅白,晚上變深紅。可插枝蕃植,供觀賞,葉和花均可入藥。江總《南越木槿賦》:

"千葉芙蓉詎相似,百枝燈花復羞燃。"宋祁《木芙蓉》:"芙蓉本作樹,花葉兩相宜。慎勿迷蓮子,分明立券辭。"

⑯ 影帳:即"紗帳",紗製帳幕,張設於殿堂,以隔內外。《後漢書·馬融傳》:"〔馬融〕常坐高堂,施絳紗帳。"雍陶《和河南白尹》:"藤架如紗帳,苔墙似錦屏。" 繩床:一種可以折疊的輕便坐具,以板爲之,並用繩穿織而成,又稱"胡床"、"交床"。《晉書·佛圖澄傳》:"迺與弟子法首等數人至故泉上,坐繩床,燒安息香,呪願數百言。"玄奘《大唐西域記·印度總述》:"至於坐止,咸用繩床。" 壅:聚積,堆積。白居易《東坡種花二首》二:"每日領童僕,荷鉏仍決渠。劃土壅其本,引泉溉其枯。"黄庭堅《次韵感春五首》三:"丈夫力如虎,爲人行灌園。椒蘭土壅蔽,未可怨芳蓀。"

⑰ 荒林:荒蕪的樹林。劉長卿《湘中紀行十首·洞山陽》:"舊日仙成處,荒林客到稀。白雲將犬去,芳草任人歸。"韋應物《送元錫楊凌》:"荒林翳山郭,積水成秋晦。端居意自違,況別親與愛。" 醉象:佛教語,瘋狂如醉的惡象,比喻爲害極大的迷亂之心。《正法念處經·觀天品》:"若有人常起,色姓財富慢,是人如醉象,不見險惡岸。"崔致遠《奏請僧弘鼎充管內僧正狀》:"所冀身挂金襴,逞養鷹之雋氣;手持玉柄,制醉象之狂徒。" 危壁:欲倒的墻壁。楊厚《早起》:"危壁蘭光暗,疏簾露氣清。閑庭聊一望,海日未分明。"周賀《送僧歸江南》:"飢鼠緣危壁,寒狸出壞墳。前峰一聲磬,此夕不同聞。" 盤龍:盤曲的龍的圖像。鮑照《代陳思王〈京洛篇〉》:"繡桷金蓮華,桂柱玉盤龍。"《南史·梁武帝紀》:"有司奏:吳令唐傭鑄盤龍火鑪,翔鳳硯蓋。"

⑱ 行色:行旅出發前後的情狀、氣派。《莊子·盜跖》:"今者闕然數日不見,車馬有行色,得微往見跖耶?"馮延巳《歸國謠》:"蘆花千里霜月白,傷行色,明朝便是關山隔。" 初月:新月。《樂府詩集·子夜四時歌春歌五》:"碧樓冥初月,羅綺垂新風。"楊萬里《癸未上元後

永州夜飲趙敦禮竹亭聞蛙醉吟》:"茅亭夜集俯萬竹,初月未光讓高燭。" 歸程:返回的路程。岑參《臨洮泛舟》:"醉眼鄉夢罷,東望羨歸程。"岑參《臨洮泛舟趙仙舟自北庭罷使還京》:"池上風迴舫,橋西雨過城。醉眠鄉夢罷,東望羨歸程。" 曉鐘:報曉的鐘聲。沈佺期《和中書侍郎楊再思春夜宿直》:"西禁青春滿,南端皓月微。千廬宵駕合,五夜曉鐘稀。"岑參《奉和中書舍人賈至早朝大明宮》:"雞鳴紫陌曙光寒,鶯囀皇州春色闌。金闕曉鐘開萬戶,玉階仙仗擁千官。"

⑲ 心源:猶心性,佛教視心爲萬法之源,故稱。盧綸《寶泉寺送李益端公歸邠寧幕》:"眼界塵雖染,心源蔽已通。蓮花國何限,貝葉字無窮。"邵雍《暮春吟》:"自問心源無所有,答云疏懶味偏長。" 了了:明白,清楚。張華《博物志》卷二:"有發前漢時冢者,宮人猶活……問漢時宮中事,說之了了,皆有次序。"李白《代美人愁鏡》:"明明金鵲鏡,了了玉臺前。" 塵世:猶言人間,俗世。王維《愚公谷三首》三:"行處曾無險,看時豈有深! 寄言塵世客,何處欲歸林?"韓翃《經月巖山》:"瑤池何悄悄? 鸞鶴烟中栖。回頭望塵世,露下寒淒淒。" 憧憧:往來不絕貌。《易·咸》:"憧憧往來,朋從爾思。"陸德明釋文引王肅曰:"憧憧,往來不絕貌。"張九齡《唐崔君神道碑》:"縉紳景慕,憧憧往來,徙宅就居,投刺成市,若衆流之赴壑也。"心不定貌。桓寬《鹽鐵論·刺復》:"方今爲天下腹居郡,諸侯並臻,中外未然,心憧憧若涉大川,遭風而未薄。"

⑳ 宿蔭:夜晚的涼爽。張九齡《奉和聖製次瓊岳韻》:"山祇亦望幸,雲雨見靈心。嶽館逢朝霽,關門解宿陰。"周紫芝《早歸》:"野日破朝霧,宿陰回暖風。人家村崦外,春夢竹輿中。" 高聲:大聲。任昉《奏彈劉整》:"整及母並奴婢等六人,來共至范屋中高聲大罵。"白居易《納粟》:"有吏夜叩門,高聲催納粟。家人不待曉,場上張燈燭。" 讖:預言吉凶的文字、圖籙。《文選·賈誼〈鵩鳥賦〉》:"發書占之兮,讖言其度,曰:'野鳥入室兮,主人將去。'"李善注:"《說文》:讖,驗也。

有徵驗之書,河洛所出書曰讖。”《後漢書·光武帝紀》:“宛人李通等以圖讖説光武云:‘劉氏復起,李氏爲輔。’”李賢注:“讖,符命之書。”迷信的人指將來要應驗的預言、預兆。柳宗元《愈膏肓疾賦》:“巫新麥以爲讖,果不得其所餐。” 齋糧:供僧道用的食糧。嚴維《送桃岩成上人歸本寺》:“道具門人捧,齋糧穀鳥銜。”薛能《子夜》:“此日相逢眉翠盡,女真行李乞齋糧。” 併力:合力,協力。《孫子·行軍》:“兵非益多也,惟無武進,足以併力、料敵、取人而已。”韓愈《論淮西事宜狀》:“知國家必不與之持久,併力苦戰。” 舂:用杵臼搗去穀物的皮殼。《穀梁傳·文公十三年》:“禮,宗廟之事,君親割,夫人親舂,敬之至也。”李白《宿五松山下荀媪家》:“田家秋作苦,鄰女夜舂寒。”

㉑ 他生:來生,下一世。李商隱《馬嵬二首》一:“海外徒聞更九州,他生未卜此生休。”王安石《文師神松》:“磊砢拂天吾所愛,他生來此聽樓鐘。” 相逢:彼此遇見,會見。張衡《西京賦》:“跳丸劍之揮霍,走索上而相逢。”韓愈《答張徹》:“及去事戎轡,相逢宴軍伶。”

[編年]

　　《年譜》編年本詩於“庚寅至甲午在江陵府所作其他詩”欄内,列舉本詩首句“北祖三禪地”以及張説《唐玉泉寺大通禪師碑銘》、《高僧傳·唐荆州當陽山度門寺神秀傳》作爲證據,證明“度門寺在荆州當陽山”。《編年箋注》編年:“此詩作於江陵時期。見下《譜》。”《年譜新編》在元和六年有譜文“約於本年八月,‘遊三寺’”,並且以《誚盧戡與予數約遊三寺戡獨沉醉而不行》、《遊三寺回呈上府主嚴司空時因尋寺道出當陽縣奉命覆視縣囚牽於游衍不暇詳究故以詩自誚爾》證明本年“遊三寺”之説,指出:“‘三寺’或指玉泉寺、度門寺、碧澗寺。”而在元和七年將《玉泉道中》編入,在元和八年又將本詩《度門寺》編入,理由是“當是元和八年自襄陽南歸途經此處所作”。我們與讀者已經被《年譜新編》繞糊塗了,我們也相信《年譜新編》的著者自己也一定被自己的荒謬搞糊塗了：元稹究竟於何年遊“三寺”？元稹所謂的“三寺”究竟是哪“三寺”？又在哪裏？

　　我們以爲，《年譜新編》“約於元和六年八月，‘遊三寺’”的説法没有舉出起碼的根據，爲什麽元稹一定是元和六年，而不是元和七年、元和八年，甚至元和九年？爲什麽一定是“八月”，而不是其他的月份？《年譜》、《編年箋注》編年本詩於“庚寅至甲午在江陵府所作其他詩”欄内也肯定不妥。

　　因爲度門寺與玉泉寺都在當陽山，是元稹前往當陽縣所遊“三寺”中的兩所寺院，故本詩應該與《誚盧戡與予數約遊三寺戡獨沉醉而不行》、《玉泉道中》、《遊三寺回呈上府主嚴司空時因尋寺道出當陽縣奉命覆視縣囚牽於游衍不暇詳究故以詩自誚爾》作於同時。而上述三首詩篇，都有秋天景色的描叙，據我們對《誚盧戡與予數約遊三寺戡獨沉醉而不行》、《遊三寺回呈上府主嚴司空時因尋寺道出當陽縣奉命覆視縣囚牽於游衍不暇詳究故以詩自誚爾》的編年理由，今與《玉泉道中作》諸詩一起，編排在《誚盧戡與予數約遊三寺戡獨沉醉而不行》之後，在《遊三寺回呈上府主嚴司空時因尋寺道出當陽縣奉命覆視縣囚牽於游衍不暇詳究故以詩自誚爾》之前，亦即元和七年暮秋九月的上旬或中旬。

◎ 大雲寺二十韵①

　　地勝宜臺殿，山晴離垢氛②。現身千佛國，護世四王軍③。碧耀高樓瓦，頳飛半壁文④。鶴林縈古道，雁塔没歸雲⑤。幡影中天颭，鐘聲下界聞⑥。攀蘿極峰頂，游目到江濆⑦。馴鴿閑依綴，調猿静守群⑧。虎行風捷獵，龍睡氣氤氲⑨。穫稻禪衣卷，燒畬劫火焚⑩。新英蜂采掇，荒草象耕

耘⑪。鉢付靈童洗,香教善女薰⑫。果枝低晉晉,花雨澤雺
雺⑬。示化維摩疾,降魔力士勛⑭。聽經神變見,説偈鳥紛
紜⑮。上境光猶在,深溪暗不分⑯。竹籠烟欲暝,松帶日餘
曛⑰。真諦成知別,迷心尚有云(一)⑱。多生沉五蘊,宿習樂三
墳⑲。諭鹿車雖設,如蠶緒正棼⑳。且將平等義,還奉聖
明君㉑。

録自《元氏長慶集》卷一三

[校記]

(一)迷心尚有云:楊本、叢刊本、《石倉歷代詩選》、《全詩》同,盧
校宋本作"迷方尚有云",語義不同,不改。

[箋注]

① 大雲寺:寺名,在荆州南泉,亦即當時荆門縣地。《舊唐書·
則天皇后紀》:(載初元年)"秋七月……有沙門十人僞撰《大雲經表》
上之,盛言神皇受命之事,制頒於天下,令諸州各置大雲寺,總度僧千
人。"李華《荆州南泉大雲寺故蘭若和尚碑》:"初至長安,和尚修謁膜
拜方半,多公喜曰:'爾非真耶?'留之座隅,密付心要。當陽弘景禪
師,國都教宗,帝室尊奉,欲以上法靈境歸之和尚,衣請京輔大德一十
四人同住南泉,以和尚爲首……荆土龍象相承,步至南泉,歷詮幽勝,
因起蘭若,居焉!"《大清一統志·安陸府》:"荆門州,在府西九十
里……當陽縣:在府西二百十里……南泉:在荆門州北二十里,源出
靈鷲山。"大雲寺距玉泉寺、度門寺不遠,應該是元稹元和六年暮秋九
月或元和七年暮秋九月所遊"三寺"之一,另外兩寺就是玉泉寺、度門
寺,疑元稹應該有《玉泉寺》詩,估計已經散失。

② 宜臺殿:疑是殿名,其餘不詳,有待智者破解。　離垢:佛教

語，謂遠離塵世煩惱。《維摩經·佛國品》：“遠塵離垢，得法眼净。”李邕《國清寺碑序》：“所以信士永言，至人馳想，不遠萬里，有以一臨離垢道場，遇之即是。”

③ 現身：謂神、佛、菩薩顯出種種身形。顧況《歸陽蕭寺有丁行者能修無生忍擔水施僧況歸命稽首作詩》：“一國一釋迦，一燈分百千。永願遺世知，現身彌勒前。”李邕《鄭州大雲寺碑》：“於是象設巨麗，法供魁殊……則有寶座蓮動，現身金光，不同於凡。” 千佛國：即“三世佛”，佛教謂過去、現在、未來三世，各有千佛出世，過去佛爲迦葉諸佛，現在佛爲釋迦牟尼佛，未來佛爲彌勒諸佛。《法華經·方便品》：“三世諸佛，説之儀式。”《敦煌變文集·維摩經押座文》：“親見無邊三世佛，故號維摩長者身。” 護世：佛教語，守護世界，佛教因四天王居須彌山之半腹，各護其一天下，故稱四天王爲“護世”。《維摩經·方便品》：“若在護世，護世中尊，護諸衆生。”虞集《大承天護聖寺碑》：“又像護法神王於西室，護世天王於東室。” 四王軍：即“四天王”，佛經稱帝釋的外將，分別居於須彌山四埵，各護一方，因亦稱護世四天王：東方持國天王（名多羅吒），身白色，持琵琶；南方增長天王（名毗琉璃），身青色，執寶劍；西方廣目天王（名毗留博叉），身紅色，執羂索；北方多聞天王（名毗沙門），身綠色，執寶叉。舊時寺廟山門兩旁多塑四天王像，身形高大，面目猙獰，又稱四大天王，俗稱四大金剛。

④ 碧：青綠色。柳宗元《溪居》：“來往不逢人，長歌楚天碧。”韋莊《菩薩蠻》：“春水碧於天，畫船聽雨眠。” 瓦：蓋瓦，鋪瓦。虞世南《凌晨早朝》：“萬瓦宵光曙，重檐夕霧收。玉花停夜燭，金壺送曉籌。”段成式《酉陽雜俎·草篇》：“大曆中，修含元殿，有一人投狀請瓦，且言瓦工惟我所能，祖父已嘗瓦此殿矣！” 赬：紅。江淹《雜三言·悦曲池》：“北山兮黛柏，南江兮赬石。”指顏色變紅。陸游《養疾》：“菊穎寒猶小，楓林曉漸赬。” 文：彩色交錯，亦指彩色交錯的圖形。《易·

繫辭》:"物相雜,故曰文。"韓康伯注:"剛柔交錯,玄黃錯雜。"《禮記·樂記》:"五色成文而不亂。"

⑤ 鶴林:佛教語,指佛入滅之處,佛於娑羅雙樹間入滅時,林色變白,如白鶴之群栖,故稱。王融《法門頌啓》:"鹿苑金輪,弘汲引以濟俗;鶴林雙樹,顯究竟以開氓。"盧照鄰《益州長史胡樹禮爲亡女造畫贊》:"花寶參差,眺鶴林其非遠;仙雲肸蠁,登鷲巖其可望。"僧寺周圍的樹林。王景《奉和九月九日登慈恩寺浮圖應制》:"無因變蹕暇,俱舞鶴林前。"劉得仁《聽夜泉》:"静裹層層石,潺湲到鶴林。流迴出幾洞? 源遠歷千岑。" 古道:古老的道路。祖詠《贈苗發員外》:"盤雲雙鶴下,隔水一蟬鳴。古道黄花落,平蕪赤燒生。"杜甫《田舍》:"田舍清江曲,柴門古道旁。草深迷市井,地僻懶衣裳。" 雁塔:玄奘《大唐西域記·摩揭陀國》:"有比丘經行,忽見群雁飛翔,戲言曰:'今日衆僧中食不充,摩訶薩埵宜知是時……'言聲未絕,一雁退飛,當其僧前,投身自殞。比丘見已,具白衆僧,聞者悲感,咸相謂曰:'如來設法,導誘隨機,我等守愚,遵行漸教……此雁垂誡,誠爲明導,宜旌厚德,傳記終古。'於是建窣堵波,式昭遺烈,以彼死雁瘞其下焉!"後因指佛塔。王勃《益州綿竹縣武都山浄慧寺碑》:"銀龕佛影,遙承雁塔之花。"沈佺期《遊少林寺》:"長歌遊寶地,徙倚對珠林。雁塔風霜古,龍池歲月深。" 歸雲:猶行雲。《漢書·禮樂志》:"流星隕,感惟風,籋歸雲,撫懷心。"潘岳《西征賦》:"吐清風之飀戾,納歸雲之鬱葰。"

⑥ 幡:旗幟。《史記·司馬相如列傳》:"垂絳幡之素蜺兮,載雲氣而上浮。"杜甫《送盧十四弟侍御護韋尚書靈櫬歸上都二十四韵》:"素幕度江遠,朱幡登陸微。" 中天:高空中,當空。《列子·周穆王》:"王執化人之袪,騰而上者,中天迺止。"杜甫《後出塞》:"中天懸明月,令嚴夜寂寥。"指上界,神仙世界。白居易《曲江醉後贈諸親故》:"中天或有長生藥,下界應無不死人。" 鐘:梵語意譯,佛寺懸挂的鐘,多用作報時、報警、集合的信號。庾信《陪駕幸終南山和宇文内

史》："成樓鳴夕鼓，山寺響晨鐘。"王勃《净慧寺碑》："九乳仙鐘，獨鳴霜雪。"　下界：指人間，對天上而言。綦毋潛《題靈隱寺山頂禪院》："招提此山頂，下界不相聞。塔影挂清漢，鐘聲和白雲。"李嘉祐《蔣山開善寺》："下界千門在，前朝萬事非。看心兼送目，葭菼自依依。"

⑦ 攀：攀登。陸機《從軍行》："舊臂攀喬木，振迹涉流沙。"韓愈《華山女》："仙梯難攀俗緣重，浪憑青鳥通丁寧。"　蘿：指松蘿，或云女蘿，蔓生植物，色青灰，緣松柏或其他喬木而生，亦間有寄生石上者，枝體下垂如絲狀。曹植《雜詩》："寄松爲女蘿，依水如浮萍。"孫綽《游天台山賦》："攬樛木之長蘿，援葛藟之飛莖。"　峰頂：山峰的頂端。韓翃《送客一歸襄陽二歸潯陽》："南驅匹馬會心期，東望扁舟愜夢思。熨斗山前春色早，香爐峰頂暮烟時。"獨孤及《早發若峴驛望廬山》："雨罷山翠鮮，泠泠東風好。斷崖雲生處，是向峰頂道。"　遊目：放眼縱觀，流覽。《楚辭·離騷》："忽反顧以遊目兮，將往觀乎四方。"班昭《東征賦》："乃遂往而徂逝兮，聊遊目而遨魂。"　江濆：江岸，亦指沿江一帶。陸雲《答吳王上將顧處微九章》四："於時翻飛，虎嘯江濆。"李白《贈僧崖公》："虛舟不繫物，觀化遊江濆。"

⑧ 馴鴿閑依綴：佛教中，有佛隱鴿影的故事。《法苑珠林·後報部》："又《智度論》云：是時有鷹逐鴿，鴿飛來佛邊住佛，經行過之影覆鴿上，鴿身安穩，怖畏即除，不復作聲。後舍利弗影到，鴿便作聲戰怖如初。舍利弗白佛言：佛及我身，俱無三毒，以何因緣，佛影覆鴿，鴿便無聲，不復恐怖？我影覆上，鴿便作聲，戰慄如故？佛言：汝三毒習氣未盡。"《廣博物志·鳥獸》："舍利弗雖復聰明，然非一切智於佛智中……是時有鷹逐鴿，鴿飛來佛邊住佛，經行過之影覆鴿上，鴿身安隱，怖畏即除，不復作聲。後舍利弗影到鴿，便作聲戰怖如初，舍利弗白佛言：佛及我身，俱無三毒，以何因緣，佛影覆鴿，鴿便無聲，不復恐怖？我影覆上，鴿便作聲，戰慄如故？佛言：汝三毒習氣未盡……"調猿：與山猿爲戲。李洞《寄南嶽僧》："不曾著事於機內，長合教山在

眼前。花落僑公房外石,調猿弄虎嘆無緣。"梅堯臣《耘鼓》:"功既由此興,餉亦從此始。固殊調猿猴,欲取兒童喜。"

⑨ 虎行:老虎奔騰跳躍貌。韋應物《答東林道士》"紫閣西邊第幾峰? 茅齋夜雪虎行蹤。遙看黛色知何處? 欲出山門尋暮鐘。"元稹《酬樂天得微之詩知通州事因成四首》三:"哭鳥晝飛人少見,悵魂夜嘯虎行多。滿身沙虱無防處,獨脚山魈不奈何。" 捷獵:相接貌,參差貌。《文選·王褒〈洞簫賦〉》:"鄰菌繚糾,羅鱗捷獵。"李善注:"捷獵,參差也。"《文選·王延壽〈魯靈光殿賦〉》:"捷獵鱗集,支離分赴。"李善注:"捷獵,相接貌。" 龍睡:龍睡眠,語本《莊子·列禦寇》:"夫千金之珠,必在九重之淵,而驪龍頷下。子能得珠者,必遭其睡也。"《南齊書·倖臣傳論》:"窺盈縮於望景,獲驪珠於龍睡。"後以"龍睡"喻指動必傷人者處於昏睡不動的狀態。《北齊書·陸法和傳》:"〔陸法和〕謂將士曰:'卿觀彼龍睡不動,吾軍之龍甚自踴躍,即攻之。'"氛氳:雲霧朦朧貌。鮑照《冬日》:"烟霾有氛氳,精光無明異。"王維《山行遇雨》:"驟雨晝氛氳,空天望不分。"

⑩ 穫稻:收穫稻穀。杜甫《暫往白帝復還東屯》:"復作歸田去,猶殘穫稻功。築場憐穴蟻,拾穗許村童。"錢起《江行無題一百首》三一:"岸草連荒色,村聲樂稔年。晚晴初穫稻,閑却采蓮船。" 禪衣:僧衣。元稹《智度師》:"四十年前馬上飛,功名藏盡擁禪衣。"梅堯臣《客鄭遇曇穎自洛中東歸》:"禪衣本壞色,不化洛陽塵。" 燒畬:燒荒種田。杜甫《秋日夔府詠懷奉寄鄭監李賓客一百韵》:"煮井爲鹽速,燒畬度地偏。"仇兆鰲注:"《農書》:荆楚多畬田,先縱火燥爐,候經雨下種……杜田曰:楚俗,燒榛種田曰畬。"劉禹錫《竹枝詞九首》九:"銀釧金釵來負水,長刀短笠去燒畬。" 劫火:佛教語,謂壞劫之末所起的大火。《仁王經》:"劫火洞然,大千俱壞。"張喬《興善寺貝多樹》:"永共終南在,應隨劫火燒。"

⑪ 新英:新開放的花。李華《春遊吟》:"初春遍芳甸,千里藹盈

矚。美人摘新英,步步酞春綠。"胡宿《又陪公素舍人晨入西閣見紫薇
初開》:"疏雨休前檻,新英艷小叢。且欣當夏日,不用憶春風。"　蜂:
膜翅類昆蟲,多有毒刺,喜群居,種類甚多,這裏特指蜜蜂。王充《論
衡‧言毒》:"蜜爲蜂液,蜂則陽物也。"蘇軾《送喬施州》:"雞號黑暗通
蠻貨,蜂鬧黃連採蜜花。"自注:"胡人謂犀爲黑暗。"　采掇:猶摘取,
語本《詩‧周南‧芣苢》:"采采芣苢,薄言掇之。"杜甫《槐葉冷淘》:
"青青高槐葉,采掇付中厨。"梅堯臣《清池》:"泠泠清水池,藻荇何參
差! 美人留采掇,玉鮪自揚鬐。"　荒草:荒蕪的野草。陶翰《經殺子
谷》:"疏蕪盡荒草,寂歷空寒烟。到此盡垂泪,非我獨潛然。"劉長卿
《送李將軍》:"征西諸將一如君,報德誰能不顧助? 身逐塞鴻來萬里,
手披荒草看孤墳。"　象:獸名,是陸地上現存最大的哺乳動物,耳朵
大,鼻子長圓筒形,能蜷曲,多有一對長大的門牙伸出口外,全身的毛
很稀疏,皮很厚,吃嫩葉和野菜等。現產于我國雲南南部、印度、非洲
等熱帶地方,有的可馴養來駄運貨物與用於耕種。《左傳‧定公四
年》:"王使執燧象以奔吳師。"韓愈《詠雪贈張籍》:"岸類長蛇攪,陵猶
巨象陀。"　耕耘:翻土除草,亦泛指耕種。桓寬《鹽鐵論‧散不足》:
"春夏耕耘,秋冬收藏。"元稹《代曲江老人》:"秋日耕耘足,豐年雨
露頻。"

　　⑫ 鉢:梵語鉢多羅(pātra)的省稱,僧人食具。宗密《盂蘭盆經
疏》卷下:"鉢和羅飯者,鉢中飯也。梵云鉢多羅,此云應量器,和字訛
也。今時但云鉢者,略也。"岑參《太白胡僧歌》:"窗邊錫杖解兩虎,床
下鉢盂藏一龍。"　靈童:仙童。《雲笈七籤》卷一一九:"則有飛天神
王,破邪金剛,護法靈童,救苦真人、金精猛獸各百億萬衆,俱侍衛是
經。"李嶠《雨》:"西北雲膚起,東南雨足來。靈童出海見,神女向臺
回。"即童真,受過十戒的沙彌。李洞《贈徐山人》:"瓦礫變黃憂世換,
髭鬚放白怕人疑。山房古竹龕於樹,海島靈童壽等龜。"　香:香料或
其製成品。曹操《内誡令》:"昔天下初定,吾便禁家内不得香熏。"陳

亮《乙巳秋與朱元晦書》："千里之遠，不能捧一觴爲千百之壽，小詞一闋、香兩片、川筆十支……薄致區區贊祝之意。" 善女：即"善女人"，信仰佛教的女子。《金剛經·無爲福勝分》："若善男子、善女人，於此經中乃至受持四句偈等，爲他人説，而此福德勝前福德。"何夢桂《僧化供疏》："若有善男善女肯將一椀飯結緣南無大慈大悲，便有十方僧讚嘆撑腸飽足，合掌摩訶。"

⑬ 果枝：果樹上有花芽而能開花結果實的枝。劉禹錫《題于家公主舊宅》："樹繞荒臺葉滿池，簫聲一絶草蟲悲。鄰家猶學宫人髻，園客爭偷御果枝。"汪元量《憶王孫》："陣前金甲受降時。園客爭偷御果枝。白髮宫娃不解悲。理征衣。一片春帆帶雨飛。" 署署：覆蓋貌。暫無其他書證。 花雨：佛教語，諸天爲讚嘆佛説法之功德而散花如雨。《仁王經·序品》："時無色界雨諸香華，香如須彌，華如車輪。"後用爲讚頌高僧頌揚佛法之詞。李華《潤州鶴林寺故徑山大師碑銘》："十里花雨，四天香雲，幢幡蓋網，光蔽日月。"李白《尋山僧不遇作》："香雲遍山起，花雨從天來。" 雾雾：飄落貌。《詩·小雅·信南山》："上天同雲，雨雪雾雾。"王禹偁《送邵察院知朗州》："我嘆今生無此事，賦詩相送泪雾雾。"

⑭ 示化：啓示化導。《册府元龜·咎徵》："若乃地名讖亡，天象示化，車服墻屋無故而隳落，衣服器皿忽焉而變故，至有賢臣、良士、行道之人而不能免者，其命也夫！"曾慥《類説·梵志》："王梵志，黎陽人。王德祖家有林檎樹，生瘿大如斗，瘦爛，德祖撒其皮，見一孩兒，掊胎而出。七歲能語，問：'誰人育我？'具以實告，因名梵天，後改曰梵志，蓋菩薩示化也。" 維摩：維摩詰的簡稱。李商隱《酬崔八早梅有贈兼示之作》："維摩一室雖多病，亦要天花作道場。"蘇軾《殢人嬌》："白髮蒼顏，正是維摩境界。"維摩詰是梵語（Vimalakīrti）意譯爲"净名"或"無垢稱"，佛經中人名。《維摩詰經》中説他和釋迦牟尼同時，是毗耶離城中的一位大乘居士，嘗以稱病爲由，向釋迦遣來問訊

的舍利弗和文殊師利等宣揚教義，爲佛典中現身説法、辯才無礙的代表人物，後常用以泛指修大乘佛法的居士。趙彥衛《雲麓漫抄》卷九："君家有天人，雌雄維摩詰。"楊萬里《贈王婿時可》："子來問訊維摩詰，分似家風一瓣香。"　降魔：佛教語，相傳釋迦牟尼在成佛前曾與魔王進行激烈鬥爭，並取得勝利，佛教史上稱爲"降魔"，後常用作降服妖魔的典故。盧綸《送契玄法師赴内道場》："降魔須戰否？問疾敢行無？深契何相秘？儒宗本不殊。"王安石《南鄉子》："作麽有疏親？我自降魔轉法輪。"　力士：力氣大的人。《公羊傳・宣公六年》："趙盾之車右祁彌明者，國之力士也。"宋祁《言三路邊防七事》："臣聞病者，療之未危；火者，防之未燃。若已危已燃，雖有嘉醫、力士，猶不能振殂爛之苦。"

⑮　經：對典範著作及宗教典籍的尊稱，如《十三經》、佛經等。《荀子・勸學》："其數則始乎誦經，終乎讀禮。"楊倞注："經，謂《詩》、《書》。"《文心雕龍・論説》："聖哲彝訓曰經，述經叙理曰論。"　變見：亦作"變現"，改變其原來的樣子而出現。《新唐書・陳夷行李紳等傳贊》："然其言荒茫漫靡，夷幻變現，善推不驗無實之事。"《新唐書・天文志序》："至於天象變見所以譴告人君者，皆有司所宜謹記也。"偈：梵語"偈佗"（Gatha）的簡稱，即佛經中的唱頌詞，通常以四句爲一偈。《晉書・鳩摩羅什傳》："羅什從師受經，日誦千偈，偈有三十二字，凡三萬二千言。"梅堯臣《寄文鑒大士》："始憶高僧將偈去，安知古寺託雲深？"　紛紜：雜亂貌。《楚辭・劉向〈九嘆・遠逝〉》："腸紛紜以繚轉兮，涕漸漸其若屑。"王逸注："紛紜，亂貌也。"柳宗元《詠史》："風波欻潛構，遺恨意紛紜。"

⑯　上：上天，天帝。《論語・述而》："禱爾於上下神祇。"劉寶楠正義引顏師古曰："上下爲天地，天神曰神，地神曰祇。"《樂府詩集・漢鐃歌》："上邪，我欲與君相知，長命無絶衰。"　境：佛教指成爲心意對象之世界，如塵境、色境、法境等。唐宋及以前暫無合適的書證。

李贄《讀若無母寄書》:"只聽人言,不查你心,就是被境轉了。被境轉了,就是你不會安心處。"龔自珍《正〈大般若經〉》:"唐圭峰大師曰:'《般若》諸經,一氣數百'非'字,一氣數百'不'字,一氣數百'無'字。'夫佛一代時教,立此一門,顯此一境,標此一諦。" 深溪:深谷。《墨子·明鬼》:"雖有深溪、博林、幽澗毋人之所,施行不可以不董。"《荀子·勸學》:"故不登高山,不知山之高也;不臨深溪,不知地之厚也。"

⑰ 籠烟:烟霧繚繞。張説《遊洞庭湖湘》:"寒沙際水平,霜樹籠烟直。"元稹《雜憶五首》二:"花籠微月竹籠烟,百尺絲繩拂地懸。憶得雙文人静後,潛教桃葉送鞦韆。" 暝:昏暗。宋玉《神女賦》:"暗然而暝,忽不知處。"孟浩然《宿業師山房期丁大不至》:"夕陽度西嶺,群壑倏已暝。"日暮,夜晚。《玉臺新詠·古詩爲焦仲卿妻作》:"晻晻日欲暝,愁思出門啼。"韓愈《病鴟》:"朝餐輟魚肉,暝宿防狐貍。" 帶日:夕陽西下。蘇頲《送吏部李侍郎東歸得歸字》:"泉溜含風急,山烟帶日微。"李端《宿洞庭》:"白水連天暮洪波帶日流風高雲夢夕月滿洞庭秋" 曛:夕陽的餘輝。謝靈運《晚出西射堂》:"曉霜楓葉丹,夕曛嵐氣陰。"鮑照《冬日》:"曛霧蔽窮天,夕陰晦寒地。"

⑱ 真諦:原爲佛教語,與俗諦合稱爲"二諦",亦泛指最真實的意義或道理。白居易《題香山新經堂招僧》:"烟滿秋堂月滿庭,香花漠漠磬泠泠。誰能來此尋真諦?白老新開一藏經。"周顒《重答張長史書》:"若謂探道家之迹,見其來一於佛者,則是真諦實義,沿文可見矣!" 迷心:迷惑的心。《宋書·索虜傳》:"如其迷心不悛,竄首巢穴,長圍既周,臨衝四至,雖欲壺漿厥篚,其可得乎?"《敦煌變文集·降魔變文》:"長者既蒙聖加護,一切迷心盡開悟。"

⑲ 多生:佛教以衆生造善惡之業,受輪回之苦,生死相續,謂之"多生"。白居易《味道》:"此日盡知前境妄,多生曾被外塵侵。"蘇軾《入寺》:"多生宿業盡,一氣中夜存。" 五蘊:梵語意譯,佛教語,指色、受、想、行、識五者假合而成的身心。色爲物質現象,其餘四者爲

心理現象。佛教不承認靈魂實體，以爲身心雖由五蘊假合而不無煩惱、輪迴。又名"五陰"、"五衆"。慧能《壇經·機緣品》："法性是生滅之體，五蘊是生滅之用。"蘇軾《答子由頌》："五蘊皆非四大空，身心河嶽盡圓融。"　宿習：佛教指前世具有的習性。劉禹錫《送宗密上人歸南山草堂寺因詣河南尹白侍郎》："宿習修來得慧眼，多聞第一却忘言。自從七祖傳心印，不要三乘入便門。"莊季裕《雞肋編》卷下："天下之事，有不學而能者，儒家則謂之天性，釋氏則以爲宿習，其事甚衆：唐以文稱，如白樂天七月而識‘之’、‘無’二字，權德輿三歲知變四聲，四歲能爲詩。"　三墳：傳說中我國最古的書籍。《左傳·昭公十二年》："是能讀三墳、五典、八索、九丘。"杜預注："皆古書名。""三墳"，三皇之書，也有認爲是指天、地、人三禮，或天、地、人三氣的。今存《三墳書》，分山墳、氣墳、形墳，以《連山》爲伏羲作，《歸藏》爲神農作，《乾坤》爲黃帝作，各衍爲六十四卦，繫之以傳，且雜以《河圖》，實係宋人僞造。

　　⑳ 鹿車：佛教語，三車之一，以鹿車喻緣覺乘（中乘）。《法華經·譬喻品》："如彼諸子，爲求鹿車，出於火宅。"李白《僧伽歌》："真僧法號號僧伽，有時與我論三車。問言誦咒幾千遍？口道恒河沙復沙。"王琦注："三車，謂羊車、鹿車、牛車也……當是以三獸之力有大小，三車之所載有多寡，喻三乘諸賢聖道力之淺深耳！"　蠶：昆蟲名，幼蟲能吐絲、結繭，有家蠶、柞蠶等，繭絲爲重要的纖維資源。《韓非子·說林》："鱣似蛇，蠶似蠋。"韓愈《潮州祭神文五首》二："蠶起且眠矣！而雨，不得老以簇也。"　緒：絲頭。焦贛《易林·豫之同人》："飢蠶作室，昏多亂纏，緒不可得。"引申爲絲或絲狀物。《孔子家語·執轡》："食草者善走而愚，食桑者有緒而蛾。"　棼：紛亂，紊亂。《左傳·隱公四年》："臣聞以德和民，不聞以亂。以亂，猶治絲而棼之也。"杜預注："棼，絲見棼緼，益所以亂。"陳子昂《麈尾賦》："天之浩浩兮物亦云云，性命變化兮如絲之棼。"

㉑ 平等：梵文意譯，亦譯作“捨”，佛教名詞，意謂無差別，指一切現象在共性或空性、唯識性、心真如性等上沒有差別。《金剛經·净心行善分》：“是法平等，無有高下，故名無上正等菩提。”顧況《從江西至彭蠡道中寄齊相公》：“本師留度門，平等冤親同。” 還奉：猶奉還。秦觀《與蘇先生簡》：“某頓首：昨所遣人還奉所賜詩書，伏蒙獎與過當，固非不肖之迹所能當也。”孫覿《與李少愚樞密書》：“伏望樞密不忘夙昔，力賜開陳，俾釋重負于邱山，還奉真祠於香火，南面稽首，恭候俞音。” 聖明：封建時代對所謂“治世”、“明時”的頌詞。孟浩然《臨洞庭》：“欲濟無舟楫，端居恥聖明。”舊時用於頌詞，佛家對穎悟超凡、無所不知之稱。《無量壽經》卷上：“一切善本皆度彼岸，悉獲諸佛無量功德，知慧聖明，不可思議。”

[編年]

《年譜》編年本詩於“庚寅至甲午在江陵府所作其他詩”欄內，理由是：“《舊唐書》卷六《則天皇后紀》云：‘（載初元年秋七月）……令諸州各置大雲寺。’元稹此詩云：‘游目到江潯。’又云：‘穫稻禪衣卷，燒畬劫火焚。’似指江陵府（荆州）之大雲寺。”《編年箋注》編年：“此詩有‘游目到江潯’之句，似指江陵府（荆州）之大雲寺。詩成於江陵時期。見下《譜》。”未見《年譜新編》編年本詩，也不見其列入“無法編年作品”欄內。

我們以爲，據李華《荆州南泉大雲寺故蘭若和尚碑》，大雲寺在南泉，而據《大清一統志·安陸府》，南泉離開當陽縣不遠，亦即與當陽縣境內的玉泉寺、度門寺相距不遠，這就是元稹詩篇《誚盧戡與予數約遊三寺戡獨沉醉而不行》、《遊三寺回呈上府主嚴司空時因尋寺道出當陽縣奉命覆視縣囚牽於游衍不暇詳究故以詩自誚爾》中的“三寺”之一。據此，本詩應該與上述兩詩以及《玉泉道中》、《度門寺》作於同時，今與上述諸詩一起編排在元和七年暮秋九月上旬或中旬。

■ 玉泉寺^{(一)①}

據元稹《遊三寺回呈上府主嚴司空時因尋寺道出當陽
縣奉命覆視縣囚牽於游衍不暇詳究故以詩自誚爾》

[校記]

（一）玉泉寺：元稹本佚失之文所據元稹《遊三寺回呈上府主嚴
司空時因尋寺道出當陽縣奉命覆視縣囚牽於游衍不暇詳究故以詩自
誚爾》，又見《全詩》卷四一三，未見異文。

[箋注]

① 玉泉寺：佛寺名，在當陽縣西南二十里。《方輿勝覽·荆門軍
（長林、當陽）》：“佛寺玉泉寺：在當陽縣西南二十里玉泉山，陳光大
中，浮屠知顗，自天台飛錫來居此。山寺雄於一方，殿前有金龜池。”
元稹《遊三寺回呈上府主嚴司空時因尋寺道出當陽縣奉命覆視縣囚
牽於游衍不暇詳究故以詩自誚爾》提到的“三寺”就是大雲寺、玉泉
寺、度門寺，而大雲寺距玉泉寺、度門寺不遠，應該是元稹元和六年暮
秋九月或元和七年暮秋九月所遊“三寺”，元稹現在詩文集中有《大雲
寺二十韻》、《度門寺》，獨無關於“玉泉寺”的詩，疑元稹的《玉泉寺》詩
已經散失，據補。孟浩然《陪張丞相祠紫蓋山途經玉泉寺》：“聞鐘度
門近，照膽玉泉清……人隨逝水没，山逐覆舟傾。”元稹《思歸樂》：“江
陵道塗近，楚俗雲水清。遐想玉泉寺，久聞峴山亭。”

[編年]

未見《元稹集》採録，也未見《年譜》、《編年箋注》、《年譜新編》採

録與編年。

　　本詩應該與《大雲寺二十韵》、《庋門寺》作於同時,今與上述諸詩一起編排在元和七年暮秋九月上旬或中旬。元稹在江陵士曹參軍任。

◎ 遠　望^{(一)①}

　　滿眼傷心冬景和,一山紅樹寺邊多^②。仲宣無限思鄉淚,漳水東流碧玉波^③。

録自《元氏長慶集》卷一八

［校記］

　　(一)遠望:本詩存世各本,包括楊本、叢刊本、《萬首唐人絶句》、《石倉歷代詩選》、《全詩》諸本,未見異文。

［箋注］

　　① 遠望:向遠處看。《後漢書·光武帝紀論》:"及始起兵還春陵,遠望舍南,火光赫然屬天,有頃不見。"王定保《唐摭言·海叙不遇》:"遠望漁舟,不闊尺八。"

　　② 滿眼:充滿視野。杜甫《贈別何邕》:"綿谷元通漢,沱江不向秦。五陵花滿眼,傳語故鄉春。"獨孤及《下弋陽江舟中代書寄裴侍御》:"屈指數別日,忽乎成兩年。百花已滿眼,春草漸碧鮮。"　傷心:心靈受傷,形容極其悲痛。駱賓王《丹陽刺史挽詞三首》三:"荒郊疏古木,寒隧積陳荄。獨此傷心地,松聲薄暮來。"盧僎《南望樓》:"去國三巴遠,登樓萬里春。傷心江上客,不是故鄉人。"　冬景:冬天的景致。吳則禮《偶憩》:"繫馬後河川,可人冬景妍。要看花到晚,付與水

浮天。”呂南公《濟道過飲偶成長句》：“冬景忽卓午，晴雲喪曇曇。室
廬絕絲竹，文字入笑談。”　一山：滿山。王建《霓裳詞十首》七：“敕賜
宮人澡浴回，遙看美女院門開。一山星月霓裳動，好字先從殿裏來。”
李德裕《思山居一十首·清明後憶山中》：“遙思寒食後，野老林下醉。
月照一山明，風吹百花氣。”　紅樹：指經霜葉紅之樹，如楓樹等。韋
應物《登樓》：“茲樓日登眺，流歲暗蹉跎。坐厭淮南守，秋山紅樹多。”
王武陵《秋暮登北樓》：“秋滿空山悲客心，山樓晴望散幽襟。一川紅
樹迎霜老，數曲清溪繞寺深。”　寺：佛教廟宇之稱，相傳漢明帝時，
天竺僧攝摩騰、竺法蘭自西域以白馬馱經至洛，舍於鴻臚寺，後建
白馬寺，遂以寺爲佛教廟宇之名。趙彥衛《雲麓漫抄》卷六：“漢明
帝夢金人，而摩騰、竺法始以白馬随經入中國，明帝處之鴻臚寺，後
造白馬寺居之，取鴻臚寺之義，隋曰道場，唐曰寺，本朝則大曰寺，
次曰院。”杜甫《東城初陷與薛員外王補闕暝投南山佛寺》：“日昃石
門裏，松聲山寺寒。香雲空静影，定水無驚湍。”楊凝《春霽晚望》：
“細雨晴深小苑東，春雲開氣逐光風。雄兒走馬神光上，静女看花
佛寺中。”

　　③ 仲宣：漢末文學家王粲的字，爲“建安七子”之一，博學多識，
文思敏捷，善詩賦，尤以《登樓賦》著稱。《文選·王粲〈登樓賦〉》：“登
兹樓以四望兮，聊暇日以銷憂。”劉良注引《魏志》：“王粲，山陽高平人
也，少而聰惠有大才，仕爲侍中。時董卓作亂，仲宣避難荆州，依劉
表，遂登江陵城樓，因懷舊而有此作，述其進退危懼之情也。”舊時常
作爲文人思鄉、懷才不遇的典故。高適《信安王幕府詩》：“作賦同元
淑，能詩匪仲宣。”劉滄《汶陽客舍》：“思鄉每讀登樓賦，對月空吟叩角
歌。”　無限：猶無數，謂數量極多。《史記·河渠書》：“漢中之穀可
致，山東從沔無限，便於砥柱之漕。”張守節正義：“無限，言多也。”白
居易《詔授同州刺史病不赴任因詠所懷》：“白髮來無限，青山去有
期。”沒有窮盡，謂程度極深，範圍極廣。《後漢書·杜林傳》：“及其

後，漸以滋章，吹毛索疵，詆欺無限。"元稹《酬段丞與諸棋流會宿見贈》："此中無限興，唯怕俗人知。" 思鄉：思念家鄉。楊炯《和鄭饒校內省眺矚思鄉懷友》："銅門初下辟，石館始沈研。遊霧千金字，飛雲五色箋。"劉長卿《送梁侍御巡永州》："蕭蕭江雨暮，客散野亭空。憂國天涯去，思鄉歲暮同。" 漳水：據《中國歷史地圖集·隋唐五代十國時期》所示，漳水是江陵府境內的河流之一，源自荊山，南流經當陽縣境，最後流入長江。駱賓王《在江南贈宋五之問》："秋江無綠芷，寒汀有白蘋。采之將何遺？ 故人漳水濱。"梁陟《送孫舍人歸湘州》："比肩移日近，抗首出郊畿。爲報清漳水，分明照錦衣。" 東流：流向東方。《書·禹貢》："嶓冢導漾，東流爲漢。"杜甫《別贊上人》："百川日東流，客去亦不息。"漳水總的流向是一直向南，但在當陽縣境內有一段彎曲向東然後又向南的彎道，這大約就是元稹賦詩時看到的漳水。碧玉波：如碧玉一般的波濤，義近"碧波"，清澄綠色的水波。李白《江夏送林公上人游衡嶽序》："欲將振五樓之金策，浮三湘之碧波。"許渾《夜泊永樂有懷》："蓮渚愁紅蕩碧波，吳娃齊唱采蓮歌。"

［編年］

　　《年譜》編年本詩於"庚寅至甲午在江陵府所作其他詩"欄內，理由是："詩云：'仲宣無限思鄉淚'與《答姨兄胡靈之見寄五十韵》之'登樓王粲望'，《過襄陽樓呈上府主嚴司空樓在江陵節度使宅北隅》之'早晚暫教王粲上'，口吻如一。"《編年箋注》編年："此詩作於江陵時期。見下《譜》。"《年譜新編》編年本詩於元和七年，引述《方輿勝覽》漳水在"當陽縣北"作爲理由。

　　我們以爲，根據《中國歷史地圖集·隋唐五代十國時期》所示，漳水流經當陽縣的情况，我們以爲本詩應該作於元稹元和六年或元和七年暮秋九月出遊"三寺"之時，"一山紅樹寺邊多"已經揭示了兩者之間的聯繫。本詩雖然提及"滿眼傷心冬景和"，但冬天是秋天的延續,本詩的"冬景"是秋末冬初之"冬景",與"遊三寺"的暮秋九月並不矛盾。

◎ 遊三寺回呈上府主嚴司空時因尋寺道出當陽縣奉命覆視縣囚牽於游衍不暇詳究故以詩自誚爾⁽⁻⁾①

謝公恣縱顛狂掾,觸處閑行許自由②。舉板支頤對山色,當筵吹帽落臺頭③。貪緣稽首他方佛,無暇精心滿縣囚④。莫責尋常吐茵吏,書囊赤白報君侯⑤。

录自《元氏長慶集》卷一八

［校記］

（一）遊三寺回呈上府主嚴司空時因尋寺道出當陽縣奉命覆視縣囚牽於游衍不暇詳究故以詩自誚爾:蘭雪堂本、叢刊本、《全詩》注同,楊本、《全詩》作"遊三寺回呈上府主嚴司空時因尋寺道出當陽縣奉命覆視縣囚牽於游行不暇詳究故以詩自誚爾","游衍"與"游行"語義有相同之處,不改。

［箋注］

① 三寺:荊州境內曾爲梁代故地,梁代推重佛教,故境內佛寺較多,寺名相重者也不在少數。據我們考證,元稹詩中的"三寺",應該在當陽縣境內或附近,應該是玉泉寺、度門寺、大雲寺。　當陽縣:《舊唐書·地理志》:"當陽:漢縣,屬南郡,武德四年於縣置平州,領當陽、臨沮二縣,六年改屬玉州,又省臨沮入當陽,屬荊州。"境內有長阪坡,三國蜀大將張飛曾於此阻擋曹軍。楊夔《寄當陽袁皓明府》:"高

3121

人爲縣在南京，竹繞琴堂水繞城。地古既資携酒興，務閑偏長看山情。"齊己《寄當陽張明府》："玉泉神運寺，寒磬詄琴堂。有境靈如此，爲官興亦長。" 奉命：接受使命，遵命。《漢書·英布傳》："淮南王曰：'請奉命。'陰叛楚與漢，末敢泄。"諸葛亮《出師表》："受任於敗軍之際，奉命於危難之間。" 覆視：查核，察看。劉禹錫《謝上連州刺史表》："權臣奏用，蓋聞虛名，實非曲求，可以覆視。"白居易《祭微之文》："覆視前篇，詞意若此，得非魂兆先知之乎？" 縣囚：縣指當陽縣，囚是犯人。《尉繚子·將理》："故善審囚之情，不箠楚而囚之情畢矣！"白居易《歌舞》："豈知閿鄉獄，中有凍死囚！" 牽：牽挂。《晉書·五行志》："庾亮初鎮武昌，出至石頭，百姓於岸上歌曰……'庾公初上時，翩翩如飛鳥。庾公還揚州，白馬牽流蘇。'"元結《招陶別駕家陽華作》："無或畢婚嫁，竟爲俗務牽。" 游衍：恣意游逛。《詩·大雅·板》："昊天曰旦，及爾游衍。"毛傳："游，行；衍，溢也。"孔穎達疏："游行衍溢，亦自恣之意也。"謝靈運《行田登海口盤嶼山》："遠遊碧沙渚，游衍丹山峰。" 不暇：沒有時間，來不及。《書·酒誥》："罔敢湎於酒，不惟不敢，亦不暇。"《顏氏家訓·勉學》："每至文林舘，氣喘汗流，問書之外不暇他語。" 詳究：詳細探究。《三國志·韋曜傳》："又見劉熙所作《釋名》，信多佳者，然物類衆多，難得詳究，故時有得失。"權德興《魏國公貞元十道録序》："貫穿切劇，靡不詳究。" 誚：責備。《書·金縢》："王亦未敢誚公。"孫星衍疏："誚者，《方言》云：'讓也。'"柳宗元《佩韋賦》："蘭疏顏以誚秦兮，入降廉猶臣僕。"嘲笑，譏刺。孔稚珪《北山移文》："列壑争譏，攢峰竦誚。"《太平廣記》卷三〇九引薛用弱《集異記·蔣琛》："敢寫心兮歌一曲，無誚余持杯以淹留。"

　　② 謝公：古代被稱爲"謝公"者不止一人，晉代謝安、南朝宋謝靈運、南朝齊謝朓即是常常被人們稱爲"謝公"者。人們常常以"謝公"的德高望重美譽自己歌頌對象的風采，這裏是以"謝公"比喻元稹的府主嚴綬。劉長卿《卧病喜田九見寄》："卧來能幾日？春事已依然。

3122

不解謝公意，翻令靜者便。"孟浩然《陪張丞相祠紫蓋山途經玉泉寺》：
"謝公還欲臥，誰與濟蒼生？"　恣縱：放任。《莊子‧天下》："莊周聞
其風而悅之，以謬悠之說，荒唐之言，無端崖之辭，時恣縱而不儻，不
以觭見之也。"成玄英疏："恣縱，猶放任也。"《後漢書‧王劉張李等傳
論》："若數子者，豈有國之遠圖哉！因時擾攘，苟恣縱而已耳！"　顛
狂：形容放浪不受約束。姚合《寄王度》："顢頇王居士，顛狂不稱時。"
劉過《憶鄂渚》："空餘黃鶴舊題詩，醉筆顛狂驚李白。"　掾：官府中佐
助官吏的通稱。王昌齡《洛陽尉劉晏與府掾諸公茶集天宮寺岸道上
人房》："良友呼我宿，月明懸天宮。道安風塵外，灑掃青林中。"孟浩
然《聞裴侍御朏自襄州司戶除豫州司戶因以投寄》："故人荊府掾，尚
有柏臺威。移職自樊沔，芳聲聞帝畿。"　觸處：到處，隨處，極言其
多。《南史‧循吏傳序》："凡百戶之鄉，有市之邑，歌謠舞蹈，觸處成
群，蓋宋世之極盛也。"崔知賢《上元夜效小庾體》："今夜啓城闉，結伴
戲芳春。鼓聲撩亂動，風光觸處新。"　閑行：漫步。錢起《奉陪使君
十四叔晚憩大雲門寺》："野寺千家外，閑行晚暫過。炎氛臨水盡，夕
照傍林多。"秦系《題洪道士山院》："霞外主人門不扃，數株桃樹藥囊
青。閑行池畔隨孤鶴，若問多應道姓丁。"　自由：由自己作主，不受
限制和拘束。《玉臺新詠‧古詩〈爲焦仲卿妻作〉》："吾意久懷忿，汝
豈得自由？"劉商《胡笳十八拍》七："寸步東西豈自由，偷生乞死非
情願。"

　③板：文書，簿冊。劉義慶《世說新語‧言語》："范甯作豫章，八
日請佛有板，衆僧疑，或欲作答。有小沙彌在坐末，曰：'世尊默然，則
爲許可。'衆從其義。"《文心雕龍‧檄移》："露板以宣衆，不可使義
隱。"　頤：指口腔的下部，俗稱下巴。《急就篇》卷三："頰、頤、頸、項、
肩、臂、肘。"顏師古注："下頷曰頤。"韓愈《送侯參謀赴河中幕》："君頤
始生鬚，我齒清如冰。爾時心氣壯，百事謂己能。"　山色：山的景色。
岑參《宿岐州北郭嚴給事別業》："郭外山色暝，主人林館秋。"歐陽修

《朝中措·平山堂》:"平山欄檻倚晴空,山色有無中。" 筵:宴席。謝朓《始出尚書省》:"既通金閨籍,復酌瓊筵醴。"韓愈《故太學博士李君墓誌銘》:"一筵之饌,禁忌十常不食二三。" 吹帽:《晉書·孟嘉傳》:"九月九日,(桓)溫燕龍山,僚佐畢集,時佐吏並著戎服,有風至,吹嘉帽墮落,嘉不之覺。"後以"吹帽"爲重九登高雅集的典故。杜甫《九日藍田崔氏莊》:"羞將短髮還吹帽,笑倩旁人爲正冠。"韓愈《薦士》:"霜風破佳菊,嘉節迫吹帽。" 臺:即指落帽臺,在江陵龍山。李群玉《重陽日上渚宮楊尚書》:"落帽臺邊菊半黄,行人惆悵對重陽。荆州一見桓宣武,爲趁悲秋入帝鄉。"魚玄機《重陽阻雨》:"滿庭黄菊籬邊拆,兩朵芙蓉鏡裏開。落帽臺前風雨阻,不知何處醉金杯!"

④ 貪緣:義近"貪求",孜孜以求,永不滿足地追求。韓愈《東都遇春》:"貪求匪名利,所得亦已併。"白居易《西掖早秋直夜書意》:"五品不爲賤,五十不爲夭。若無知足心,貪求何日了?" 稽首:古時一種跪拜禮,叩頭至地,是九拜中最恭敬者。王昌齡《就道士問周易參同契》:"稽首求丹經,乃出懷中方。披讀了不悟,歸來問稽康。"李栖筠《張公洞》:"稽首謝真侶,辭滿歸崆峒。" 他方:別處,他鄉。《三國志·文德郭皇后傳》:"諸親戚嫁娶,自當與鄉里門户匹敵者,不得因勢,强與他方人婚也。"杜審言《贈崔融二十韵》:"十年俱薄宦,萬里各他方。雲天斷書札,風土異炎涼。" 無暇:來不及,沒有空閑時間。《晉書·赫連勃勃載記》:"〔劉裕〕狼狽而返者,欲速成篡事耳!無暇有意於中原。"翁承贊《訪建陽馬驛僧亞齊》:"應笑乘軺青瑣客,此時無暇聽猿啼。" 精心:用心,專心。《漢書·董仲舒傳》:"子大夫其精心致思,朕垂聽而問焉!"司馬光《和梅聖俞詠昌言五物·縛虎圖》:"精心忽有得,縱筆何恢詭!"

⑤ 尋常:平常,普通。劉禹錫《烏衣巷》:"舊時王謝堂前燕,飛入尋常百姓家。"葉適《劉公墓誌銘》:"今不過尋常文書,肯首而退爾!"吐茵吏:即"吐車茵",典出《漢書·丙吉傳》:"吉馭吏耆酒,數逋蕩,嘗

從吉出,醉歐丞相車上。西曹主吏白欲斥之,吉曰:'以醉飽之失去士,使此人將復何所容? 西曹地忍之,此不過污丞相車茵耳!'"後因謂醉後過失爲"吐車茵"。白居易《長齋月滿戲贈夢得》:"若怕平原怪先醉,知君未慣吐車茵。"范成大《次韵太守出郊》:"聞道將軍寬禮數,不辭酩酊吐車茵。"　書囊:盛書籍的袋子。岑參《送李別將攝伊吾令充使赴武威便寄崔員外》:"詞賦滿書囊,胡爲在戰場?"元稹《酬李甫見贈十首》五:"一自低心翰墨場,箭靫抛盡負書囊。"　赤白:紅色與白色。張華《博物志》卷三:"越地深山有鳥如鳩,青色,名曰冶鳥,穿大樹作巢如升器,其戶口徑數寸,周飾以土壁,赤白相次。"《文心雕龍·章表》:"其在文物,赤白曰章。"　君侯:秦漢時稱列侯而爲丞相者。《戰國策·秦策》:"少庶子甘羅曰:'君侯何不快甚也?'"此君侯指呂不韋,不韋封文信侯,爲秦相。漢以後,用爲對達官貴人的敬稱。曹丕《與鍾大理書》:"近日南陽宗惠叔稱君侯昔有美玦,聞之驚喜。"李白《與韓荊州書》:"所以龍盤鳳逸之士,皆欲收名定價於君侯。"這裏指嚴綬。

[編年]

　《年譜》編年本詩於"庚寅至甲午在江陵府所作其他詩"欄内,理由是:"詩云:'舉板支頤對山色。'據《新唐書》卷四十《地理志》四《山南道·江陵府(江陵郡)·當陽縣》云:'有南紫蓋山、北紫蓋山。'"《編年箋注》編年:"此詩作于江陵時期,見下《譜》。"《年譜新編》編年本詩於元和六年,有譜文"約於本年八月,'遊三寺'"説明。

　我們以爲,《年譜》、《編年箋注》舉證的理由不足爲編年本詩的理由,"舉板支頤對山色"是一個非常平常的動作,不一定非發生在江陵。而所舉《新唐書·地理志》的"有南紫蓋山、北紫蓋山",本詩并没有涉及。而且"庚寅"亦即元和五年嚴綬還没有到江陵履任,如何能够成爲元稹的"府主"?《年譜新編》的編年意見比《年譜》、《編年箋注》具體許多,但所舉證松滋縣有"碧澗寺",認爲"'三寺'或指玉泉寺、度門寺、碧澗寺",但松滋縣在江陵之西南,位處長江之南,而當陽縣在江陵之西北,位處長江之北,不知這一南一北,不僅隔江,而且距離不近,《年譜新編》如何會捏合在一起?

我們以爲,從嚴綬與元稹都在江陵的角度考慮,首先應該排除元和五年,這是不容置疑的。元稹另有《誚盧戡與予數約遊三寺戡獨沉醉而不行》,既以"遊三寺"爲目的,與本詩應該是前後之作,該詩云:"素帬茅花亂,圓珠稻實齊。"應該是秋天的詩作,恰恰與七年秋天元稹的"遊三寺"的情景相符,本詩即應作於"遊三寺"之後,今與《玉泉道中作》諸詩一起編排,但次序應該在最後,賦詩的地點應該在江陵,時間應該在元和七年的九月底十月初之時。

■ 元和七年前佚失詩篇三四六篇^{(一)①}

據元稹《叙詩寄樂天書》

[校記]

(一)元和七年前佚失詩篇三四六篇:元稹本佚失詩所據元稹《叙詩寄樂天書》,又見《唐文粹》、《文章辨體彙選》、《全文》,未見異文。

[箋注]

① 元和七年前佚失詩篇三四六篇:元稹《叙詩寄樂天書》:"自十六時至是元和七年,已有詩八百餘首。色類相從,共成十體,凡二十卷。"紀昀《四庫全書總目・元氏長慶集》:"自十六時至元和七年,有詩八百餘首,成二十卷。又稱昨巴南道中有詩五十一,文書中得七年

以後所爲,向二百篇。然則稹三十七歲之時,已有詩千餘首。《唐書》本傳稱:稹卒時年五十三,其後十六年中,又不知所作凡幾矣!"我們點檢拙稿《新編元稹集》之"編年目録",包括現存詩文與佚失詩文在内,得"元和七年"前,包括元和七年在内所作的詩文計六九八篇,除去文篇二四三篇,共有詩篇四五五篇,與元稹自己所説"八百餘首"之數,亦即至少是八〇一首不符,餘下的至少還有三四六篇,應該是屬於在流傳過程中的佚失之數,據此補入元稹佚失詩歌之列。

[編年]

未見《元稹集》採録,也未見《年譜》、《編年箋注》、《年譜新編》採録與編年。

根據元稹《叙詩寄樂天書》自述,這三百四十六篇詩歌,應該作於"自十六時至是元和七年"間,今暫時列編元和七年之末。期間賦詩地點多變,官職數遷,前面已經詳述,此不重複。

■ 自編詩集序(一)①

據元稹《叙詩寄樂天書》

[校記]

(一)自編詩集序:元稹本佚失之文所據元稹《叙詩寄樂天書》,又見《唐文粹》、《文章辨體彙選》、《全文》,未見異文。

[箋注]

① 自編詩集序:元稹《叙詩寄樂天書》:"稹九歲學賦詩,長者往往驚其可教。年十五六,粗識聲病……適值河東李明府景儉在江陵

時，僻好僕詩章，謂爲能解，欲得盡取觀覽，僕因撰成卷軸……自十六時至是元和七年，已有詩八百餘首。色類相從，共成十體，凡二十卷。"《叙詩寄樂天書》中，元稹没有揭示這次編集的名稱，我們姑且稱之爲"自編詩集"吧！元稹一生，先後八次結集，一般都有序言：如元和十一年元稹在興元養病期間，向權德輿進獻詩文時有《上興元權尚書啓》；元和十五年，元稹向令狐楚進獻詩篇有《上令狐相公詩啓》；長慶元年二月十六日前後，元稹又向唐穆宗進獻"雜詩十卷"，也有《進詩狀》説明緣由；同年十月，元稹因受到裴度的彈劾而被迫離開翰林承旨學士任，改任工部侍郎，元稹將制誥文章結集爲制誥文專集，有《制誥(有序)》述説結集的目的；長慶二年，元稹因受誣陷出貶同州，將自己在憲宗朝、穆宗朝任内的諸多表奏結集，也有《表奏(有序)》闡明結集的動因。據此，我們以爲元稹在《自編詩集》之時，應該有"序"説明結集的理由，如上引"稹九歲學賦詩……色類相從，共成十體，凡二十卷"所表述的文意，應該也是元稹《自編詩集序》的部份内容，但今存元稹詩文不見，故據補。

［編年］

未見《元稹集》採録，也未見《年譜》、《編年箋注》、《年譜新編》採録與編年。

據元稹《叙詩寄樂天書》所述，元稹這次將自己的詩篇八百餘首編爲二十卷，是應李景儉之求，而《叙詩寄樂天書》有"自十六時至元和七年矣"之語，其中的"自十六時"云云，應該是元稹對自己十八九年前生平模糊的大概的記憶，並不確切，實際應該開始於"十五歲時"，所以元稹《自編詩集》應該起貞元九年元稹十五歲時，終元和七年李景儉離開江陵時，故本文也應該賦成於李景儉離開江陵之前，亦即元和七年，撰文地點自然在江陵，元稹時任江陵士曹參軍之職。

◎ 酬別致用^{(一)①}

　　風行自委順，雲合非有期^②。神哉心相見，無睽安得離^③！我有懇憤志，三十無人知^④。修身不言命，謀道不擇時^⑤。達則濟億兆，窮亦濟毫氂^⑥。濟人無大小，誓不空濟私^⑦。研機未淳熟^(二)，與世忽參差^⑧。意氣一爲累，猜伫良已隨^⑨。昨來竄荆蠻，分與平生隳^⑩。那言返爲遇，獲見心所奇^⑪！一見肺肝盡，坦然無滯疑^⑫。感念交契定，泪流如斷縻^⑬。此交定生死，非爲論盛衰^⑭。此契宗會極，非謂同路岐^⑮。君今虎在匣，我亦鷹就羈^⑯。馴養保性命，安能奮殊姿^⑰！玉色深不變，井水撓不移^⑱。相看各年少，未敢深自悲^{(三)⑲}。

録自《元氏長慶集》卷三

[校記]

　　（一）酬別致用：宋蜀本、《全詩》同，楊本、叢刊本作"訓別致用"，語義難通，不改。

　　（二）研機未淳熟：叢刊本同，楊本、《全詩》作"研幾未淳熟"，各備一說，不改。

　　（三）未敢深自悲：楊本、叢刊本、《全詩》同，宋蜀本作"未敢深自非"，各備一說，不改。

[箋注]

　　①酬別：設酒席或賦寫詩文送別。高適《酬別薛三蔡大留簡韓十

3129

四主簿》："迢遞辭京華，辛勤異鄉縣。登高俯滄海，迴首泪如霰。"劉禹錫《福先寺雪中酬別樂天》："龍門賓客會龍宮，東去旌旗駐上東。二八笙歌雲幕下，三千世界雪花中。"　致用：李景儉，行六，字寬中，元稹的朋友。我們發現祇有元稹才在詩篇中稱李景儉爲"致用"，如《哀病驄呈致用》、《送致用》，大約是李景儉的別字吧！元稹《飲致用神麴酒三十韻》："每耻窮途哭，今那客泪零？感君澄醴酒，不遺渭和涇。"元稹《留呈夢得子厚致用（題藍橋驛）》："暗落金烏山漸黑，深埋粉堠路渾迷。心知魏闕無多地，十二瓊樓百里西。"本詩是元稹表露自己人生追求的重要詩篇，詩人"達則濟億兆，窮亦濟毫氂。濟人無大小，誓不空濟私"的主張，與白居易在《與元九書》中繼承孟子之説，"志在兼濟，行在獨善"的表述，各不相同，相去甚遠，幸請讀者留意比較。

　　② 風行：風操品行。《後漢書·劉愷傳》："愷之入朝，在位者莫不仰其風行。"柳宗元《謝襄陽李夷簡尚書委曲撫問啓》："伏惟尚書鶚立朝端，風行天下。"　委順：順應自然。白居易《委順》："宜懷齊遠近，委順隨南北。歸去誠可憐，天涯住亦得。"孫光憲《北夢瑣言》卷一〇："〔梁新〕仕至尚醫奉御，有一朝士詣之，梁奉御曰：'何不早見示？風疾已深矣！請速歸處置家事，委順而已。'"　雲合：雲集，集合。揚雄《解嘲》："天下之士，雷動雲合。"岳珂《桯史·鄭廣文武詩》："海寇鄭廣，陸梁莆福間，飅駠兵犀，雲合亡命，無不一當百，官兵莫能制。"期：邀約，約定。《詩·鄘風·桑中》："期我乎桑中，要我乎上宮，送我乎淇之上矣！"《史記·留侯世家》："與老人期，後，何也？"

　　③ 神：神奇，神異。《易·繫辭》："陰陽不測之謂神。"韓康伯注："神也者，變化之極妙，萬物而爲言，不可以形喆者也。"《吕氏春秋·博志》："荆廷嘗有神白猿，荆之善射者，莫之能中。"　相見：彼此會面。《禮記·曲禮》："諸侯未及期相見曰遇。"舊題李陵《與蘇武詩三首》三："行役在戰場，相見未有期。"　無朕：没有迹象或先兆。嚴遵

《道德指歸論・用兵》："與敵相距,變運無形,奇出無朕,錯勝無窮。"
歐陽修《三皇設言民不違論》："化被而物不知,功成而迹無朕。"　　離:
離開,分開。《史記・太史公自序》："神大用則竭,形大勞則敝,形神
離則死。"錢起《鑾駕避狄歲寄別韓雲卿》："關山慘無色,親愛忽
驚離。"

④　懇憤:義近"激憤",激勵發憤。《孔子家語・困誓》："吾聞之,
君不困不成王,烈士不困行不彰,庸知其非激憤厲志之始於是乎在。"
《後漢書・桓帝紀》："激憤建策,內外協同。"　　三十無人知:元稹左拾
遺任之前,不能説默默無聞,但並沒有在李唐的政治舞臺上展露自己
的頭角,發表自己的政見。直到拜職左拾遺之後,才有所作爲:《舊唐
書・元稹傳》:"元和元年四月……制下,除右拾遺。稹性鋒鋭,見事
風生,既居諫垣,不欲碌碌自滯,事無不言。"當年元稹二十八歲,所謂
"三十",是約而言之;"右拾遺",應該是"左拾遺"之誤。

⑤　修身:陶冶身心,涵養德性,儒家以修身爲教育八條目之一。
獨孤及《酬常郿縣見贈》:"愛君修政若修身,鰥寡來歸乳雉馴。堂上
五弦銷暇日,邑中千室有陽春。"元稹《授杜元穎户部侍郎依前翰林學
士制》:"慎獨以修身,推誠以事朕。"　　不言:不説。孫綽《天台山賦》:
"恣語樂以終日,等寂默於不言。"韓愈《秋懷詩十一首》九:"空堂黃昏
暮,我坐默不言。"　　命:天命,命運。《易・乾》:"乾道變化,各正性
命。"孔穎達疏:"命者,人所禀受若貴賤夭壽之屬是也。"朱熹本義:
"物所受爲性,天所賦爲命。"嵇康《釋難宅無吉凶攝生論》:"夫命者,
所禀之分也。"　　謀道:探求事理和道義等,謂用心於學。《論語・衛
靈公》:"君子謀道不謀食。"王令《奉寄黃任道》:"久諳末俗難謀道,益
厭庸兒妄問儒。"　　不擇:不挑選。《韓非子・難》:"不擇日而廟禮太
子。"《舊唐書・裴行儉傳》:"行儉嘗謂人曰:'褚遂良非精筆佳墨未嘗
輒書,不擇筆墨而妍捷唯予及虞世南耳!'"　　時:指天時。《荀子・天
論》:"受時與治世同,而殃禍與治世異。"時機,機會。《論語・陽貨》:

"好從事而亟失時,可謂知乎?"時運。《左傳·文公十三年》:"死之短長,時也。"《史記·項羽本紀》:"力拔山兮氣蓋世,時不利兮騅不逝。"

⑥ 達:暢通。《荀子·君道》:"然後明分職,序事業,材技官能,莫不治理,則公道達而私門塞矣!公義明而私事息矣!"《呂氏春秋·古樂》:"民氣鬱閼而滯著,筋骨瑟縮不達,故作爲舞以宣導之。" 濟:救助。《易·繫辭》:"知周乎萬物,而道濟天下。"韓愈《原道》:"爲之醫藥,以濟其夭死。" 億兆:指庶民百姓,猶言衆庶萬民。蔡邕《太尉汝南李公碑》:"憲天心以教育,沐垢濁以揚清,爲國有賞,蓋有億兆之心。"司馬光《陳治要上殿札子》:"蓋以王者奄有四海,君臨億兆,若事無巨細,皆以身親之,則所得至寡,所失至多矣!" 窮:特指不得志,與"達"相對。《孟子·盡心》:"窮則獨善其身,達則兼善天下。"《戰國策·秦策》:"窮而不收,達而報之,恐不爲王用。" 毫氂:比喻極微細,毫、厘均是微小的量度單位。《漢書·郊祀志》:"曠日經年,靡有毫氂之驗。"葛洪《抱朴子·漢過》:"官高勢重,力足拔才,而不能發毫厘之片言,進益時之翹俊也。"白居易《與元九書》:"故僕志在兼濟,行在獨善。奉而始終之,則爲道;言而發明之,則爲詩。謂之諷諭詩,兼濟之志也;謂之閑適詩,獨善之義也。故覽僕詩,知僕之道焉!"白居易的主張與元稹的"達則濟億兆,窮亦濟毫氂"的主張其實並不相同,兩者有著明顯的區別,希望讀者注意。

⑦ 大小:大與小,大或小。《禮記·月令》:"〔孟冬之月〕審棺槨之薄厚,塋丘壟之大小。"諸葛亮《前出師表》:"愚以爲宮中之事,事無大小,悉以咨之。" 濟私:語出《宋書·南郡王義宣傳》:"籍西楚强力,圖濟其私。"後以"濟私"謂使自己得益。晁補之《西漢雜論》:"然益以患談害已用種微謀,而發之託公以濟私,雖外若忠其,實誠不足道也。"

⑧ 研機:亦作"研幾",窮究精微之理。《易·繫辭》:"夫易,聖人之所以極深而研幾也。"韓康伯注:"極未形之理則曰深,動適微之會

則曰幾。"曹植《文帝誄》:"研幾六典,學不過庭。潛心無妄,亢志清冥。"　淳熟:純熟。《壇經·付囑品》:"蓋爲汝等信根淳熟,決定無疑,堪任大事。"張寧《慶大卿夏先生八十壽序》:"古人至是當益淳熟,孟子所謂天下達尊,今尚有見乎?"　參差:不一致,矛盾。《莊子·秋水》:"無一而行,與道參差。"劉知幾《史通·申左》:"夫以一家之言一人之説,而參差相背,前後不同,斯又不足觀也。"

⑨意氣:志向與氣概。《管子·心術》:"是故意氣定,然後反正。"袁淑《效曹子建〈白馬篇〉》:"意氣深自負,肯事郡邑權?"　猜仍:義近"猜嫉",猜疑忌妒。《梁書·侯景傳》:"(高)澄天性險忌,觸類猜嫉,諂諛迭進,共相搆毀。"元稹《紀懷贈李六户曹崔二十功曹五十韵》:"過從愁厭賤,專静畏猜仍。旅寓誰堪託?官聯自可憑。"

⑩昨來:近來。蘇晉《過賈六》:"昨來屬歡遊,於今盡成昔。努力持所趣,空名定何益!"岑參《河西春暮憶秦中》:"別後鄉夢數,昨來家信稀。"　竄:放逐,驅逐。《書·舜典》:"流共工於幽州,放驩兜於崇山,竄三苗于三危,殛鯀於羽山,四罪而天下咸服。"孔穎達疏:"竄者,投棄之名。"《新唐書·韋安石傳》:"昔張説被竄,匿陳氏以免。"荊蠻:古代中原人對楚越或南人的稱呼。《史記·吳太伯世家》:"太王欲立季歷以及昌,於是太伯、仲雍二人犇荊蠻,文身斷髮,示不可用。"白居易《晉謚恭世子議》:"周之衰也,楚子以霸王之器,奄有荊蠻,光啓土宇,赫赫楚國,由之而興。"　平生:指平素的志趣、情誼、業績等。韋應物《悲故友》:"念子從此終,黄泉竟誰訴?一爲時事感,豈獨平生故!"張謂《夜同宴用人字》:"邑宰陶元亮,山家鄭子真。平生頗同道,相見日相親。"　隳:毀壞,廢棄。《老子》:"故物或行或隨,或歔或吹,或强或羸,或載或隳。"陸德明釋文:"隳,毀也。"《吕氏春秋·必己》:"合則離,愛則隳。"高誘注:"隳,廢也。"

⑪那言:豈知,豈料。元稹《古社》:"主人議芟斫,怪見不敢前。那言空山燒,夜隨風馬奔。"雍裕之《折柳贈行人》:"那言柳亂垂,盡日

3133

任風吹。欲識千條恨,和烟折一枝。" 遇:相逢,不期而會。《書·胤征》:"入自北門,乃遇汝鳩、汝方。"孔傳:"不期而會曰遇。"《史記·高祖本紀》:"還至栗,遇剛武侯,奪其軍。"韓愈《祭十二郎文》:"又四年,吾往河陽省墳墓,遇汝從嫂喪來葬。" 獲:得到,取得。《易·明夷》:"入于左腹,獲明夷之心,於出門庭。"《顏氏家訓·名實》:"勸其立名,則獲其實。" 奇:珍奇,稀奇。《荀子·非相》:"今世俗之亂君,鄉曲之儇子,莫不美麗、姚冶,奇衣、婦飾。"楊倞注:"奇衣,珍異之衣。"韓愈《唐故監察御史衛府君墓誌銘》:"我聞南方多水銀丹砂,雜他奇藥,燃爲黃金,可餌以不死。"

⑫ 肺肝:比喻內心。《禮記·大學》:"人之視己如見其肺肝然。"曹植《三良》:"黃鳥爲悲鳴,哀哉傷肺肝。" 坦然:形容心裏平静無顧慮。葛洪《抱朴子·安塿》:"怡爾執待免之志,坦然無去就之謨。"元稹《捉捕歌》:"主人坦然意,晝夜安寢痌。" 滯疑:拘泥和疑慮。張説《酬崔光禄冬日述懷贈答》:"名畫披人物,良書討滯疑。興來光不惜,歡往迹如遺。"文珦《嘉況》:"外患忘饑渴,中心散滯凝。超然出天地,不止似壺冰。"

⑬ 交契:交情,情誼。王勃《與契苾將軍書》:"僕與此公,早投交契,夷險之際,始終如一。"張孝祥《浣溪沙》:"去路政長仍酷暑,主公交契更情親。" 斷縻:斷繩,形容下淚之多,暫無唐宋及以前書證。李夢陽《甄氏女詩》:"沉思仰天嘆,泪下如斷縻。"陳良謨《三窮辭爲周侍御作》:"深閨嫠婦心獨驚,蘭膏無焰爆有聲。盈盈泪落如斷縻,妾心有苦誰則知?"

⑭ 交:兩者相接觸。《易·泰》:"天地交而萬物通也。"孔穎達疏:"由天地氣交而生養萬物。"《左傳·成公九年》:"兵交,使在其間可也。" 生死:生和死,生或死。《荀子·禮論》:"禮者,謹於治生死者也。生,人之始也;死,人之終也。"白居易《夢裴相公》:"五年生死隔,一夕魂夢通。" 盛衰:興盛與衰敗。《韓詩外傳》卷七:"伍子胥前

功多,後戮死,非知有盛衰也,前遇闔閭,後遇夫差也。"司馬光《燕臺歌》:"萬古蒼茫空盛衰,燕臺賢客姓名誰?"

⑮ 契:盟約,要約。繁欽《定情歌》:"時無桑中契,迫此路側人。"李公佐《南柯太守傳》:"時年四十七,將符宿契之限矣!"　宗會:總和,集大成。《世說新語‧政事》:"講《阿毗曇》。"劉孝標注引慧遠《阿毗曇叙》:"《阿毗曇心》者,三藏之要領,詠歌之微言,源流廣大,管綜衆經,領其宗會。"　路岐:歧路,岔道。《初學記》卷一六引王廙《笙賦》:"發千里之長思,詠別鶴於路歧。"劉駕《相和歌辭‧賈客詞》:"金玉四散去,空囊委路岐。"

⑯ 匣:盛物器具,大的叫箱,小的叫匣,一般呈方形,有蓋。高適《送渾將軍出塞》:"城頭畫角三四聲,匣裏寶刀晝夜鳴。"這裏同"柙",關猛獸或犯人的籠子。《太平御覽》卷八九〇引《論語》曰:"虎兕出於匣,是誰之過與?"　羈:拘繫。《漢書‧終軍傳》:"願受長纓,必羈南越王而致之闕下。"《後漢書‧杜篤傳》:"南羈鉤町,水劍强越。"李賢注:"羈,係也。"

⑰ 馴養:飼養野生動物使逐漸馴服,這裏以動物喻人。《魏書‧劉靈助傳》:"靈助馴養大鳥,稱爲己瑞,妄説圖讖,言劉氏當王。"《新唐書‧師子國傳》:"師子,能馴養師子,因以名國。"　性命:中國古代哲學範疇,指萬物的天賦和稟受。《易‧乾》:"乾道變化,各正性命。"孔穎達疏:"性者,天生之質,若剛柔遲速之別;命者,人所稟受,若貴賤天壽之屬也。"朱熹本義:"物所受爲性,天所賦爲命。"齊己《酬元員外見訪》:"易中通性命,貧裏過流年。"宋明以來理學家專意研究性命之學,因以指理學。陳亮《上孝宗皇帝第一書》:"舉一世安于君父之讎,而方低頭拱手以談性命,不知何者謂之性命乎!"　安能:怎麼能夠,怎麼可以。儲光羲《同王十三維偶然作十首》六"黃河流向東,弱水流向西。趨舍各有異,造化安能齊?"劉長卿《送袁處士》:"種荷依野水,移柳待山鶯。出處安能問? 浮雲豈有情?"　殊姿:特異非凡的

資質。應瑒《慜驥賦》:"懷殊姿而困遇兮,願遠迹而自舒。"不同的姿態,與衆不同的姿態。杜甫《楊監又出畫鷹十二扇》:"殊姿各獨立,清絕心有向。"白居易《井底引銀瓶》:"憶昔在家爲女時,人言舉動有殊姿。"

⑱ 玉色:比喻堅貞的操守。《楚辭·東方朔〈七諫·自悲〉》:"邪氣入而感内兮,施玉色而外淫。"王逸注:"淫,潤也,言讒邪之言雖自内感己志而猶不變,玉色外潤而内愈明也。"《三國志·管寧傳》:"經危蹈險,不易其節;金聲玉色,久而彌彰。" 井水撓不移:元稹常常在詩文中以井水比喻自己始終不變的本性。元稹《分水嶺》:"君門客如水,日夜隨勢行。君看守心者,井水爲君盟。"元稹《種竹序》:"昔樂天贈予詩云:'無波古井水,有節秋竹竿。'予秋來種竹廳下,因而有懷,聊書十韵。" 撓:攪動,拌和。《文子·道德》:"以智生患,又以智備之,譬猶撓水而欲求其清也。"王儉《褚淵碑文》:"汪汪焉,洋洋焉,可謂澄之不清,撓之不濁。" 移:變動,改變。《書·畢命》:"既歷三紀,世變風移,四方無虞。"孔傳:"言殷民遷周已經三紀,世代民易,頑者漸化,四方無可度之事。"《莊子·秋水》:"物之生也,若驟若馳。無動而不變,無時而不移。"

⑲ 相看:互相注視,共同觀看。蕭綱《對燭賦》:"迴照金屏裏,脈脈兩相看。"杜甫《又呈竇使君》:"相看萬里外,同是一浮萍。" 年少:年輕。《戰國策·趙策》:"寡人年少,涖國之日淺,未嘗得聞社稷之長計。"韓愈《論淮西事宜狀》:"恐其年少,未能理事。" 自悲:自我悲傷。張循之《巫山》:"流景一何速!年華不可追。解佩安所贈?怨咽空自悲。"岑參《郡齋閑坐》:"頃來廢章句,終日披案牘。佐郡竟何成?自悲徒碌碌。"

[編年]

《年譜》編年本詩於"庚寅至甲午在江陵府所作其他詩"欄内,所述理由是:"詩云:'昨來竄荊蠻。'"《編年箋注》編年:"此詩作於江陵時期。見下《譜》。"《年譜新編》編年本詩於元和五年"元稹貶江陵所作詩",理由是:"詩云:'我有懇憤志,三十無人知……昨來竄荊蠻,分與平生臆。那言返爲遇,獲見心所奇。'元稹本年三十二歲,故暫繫於此。"

我們以爲《年譜》、《編年箋注》的編年過於籠統。元稹因妻父韋夏卿的關係,早就與韋夏卿的幕僚李景儉相識。元和三年李景儉受竇群的牽連貶職江陵,元和五年元稹貶職江陵,與李景儉在江陵相逢。同年六月十四日即與李景儉等四人泛江玩月,有《泛江玩月十二韻并序》爲證。兩人在江陵期間交往甚密,元和六年李景儉曾撮合元稹與安仙嬪的婚事,元稹《葬安氏誌》:"予稚男荊母曰安氏,字仙嬪……始辛卯歲,予友致用憫予愁,爲予卜姓而授之。"他們唱和的詩作不少,如《江邊四十韻》、《飲致用神曲酒三十韻》等詩即是其例。從元稹《送致用》、《酬別致用》兩詩來看,李景儉先元稹離開江陵,因此籠統地將本詩編年元稹江陵任內顯然不妥。因爲元和七年元稹因李景儉之請曾經將自己的詩歌八百餘首編爲二十卷,元稹《叙詩寄樂天書》云:"適值河東李明府景儉在江陵時癖好僕詩章,謂爲能解,欲得盡取觀覽,僕因撰成卷軸……自十六時至元和七年矣! 有詩八百餘首,色類相從共成十體,凡二十卷。"由此可見李景儉元和七年尚在江陵。而元稹之所以要在元和七年答允李景儉編集自己的詩文,最大的可能是當時李景儉即將告別元稹離開江陵前往它地任職。我們以爲,本詩即作於元和七年李景儉離開江陵之前,《送致用》有句:"遥看逆浪愁翻雪,漸失征帆錯認雲。"如果兩句可以認作地上之雪與水中浪花相映的實景描繪,那麼大致可以認定李景儉於元和七年的冬天離開江陵。而《年譜新編》對"我有懇憤志,三十無人知"的解讀是錯誤的,故其編年本詩於元和五年也自然是錯誤的,《葬安氏誌》與《叙詩寄樂天書》也已經清楚回答了這一問題。

◎ 送致用①

　　泪霑雙袖血成文，不爲悲身爲別君②。望鶴眼穿期海外，待烏頭白老江濱⁽一⁾③。遙看逆浪愁翻雪，漸失征帆錯認雲⁽二⁾④。欲識九回腸斷處，潯陽流水九條分⁽三⁾⑤。

録自《元氏長慶集》卷一八

［校記］

　　（一）待烏頭白老江濱：楊本、叢刊本、《全詩》同，《記纂淵海》作"待烏頭白老江濱"，語義相類，不改。

　　（二）遙看逆浪愁翻雪，漸失征帆錯認雲：楊本、叢刊本、《全詩》同，《記纂淵海》無此兩句，刊刻之誤，不改。

　　（三）潯陽流水九條分：楊本、叢刊本、《記纂淵海》、《全詩》注同，《全詩》作"潯陽流水逐條分"，語義不同，不改。

［箋注］

　　① 送：送行，送別。《詩·邶風·燕燕》："之子于歸，遠送于野。"崔湜《送梁卿王郎中使東蕃吊册》："梁侯上卿秀，王子中臺傑。贈册綏九夷，旌旐下雙闕。" 致用：即李景儉，元稹的朋友。元稹《哀病驄呈致用》："櫪上病驄啼褭褭，江邊廢宅路迢迢。自經梅雨長垂耳，乍食菰蔣欲折腰。"元稹《酬別致用》："玉色深不變，井水撓不移。相看各年少，未敢深自悲。"

　　②"泪霑雙袖血成文"兩句：意謂送別朋友之時，眼泪情不自禁流落下來，眼泪流乾了，最後流下來是血泪，在雙袖之上形成斑斑點點的泪痕血痕，似一幅圖畫又像一篇文字。我之所以這樣傷心，不是

在悲傷自己的不幸遭遇，而是爲離別你這樣的朋友而痛苦而感傷。霑：浸潤，沾濕。《詩・小雅・信南山》：“既霑既足，生我百穀。”孔穎達疏：“既已沾潤，既已豐足。”江淹《別賦》：“掩金觴而誰御？ 橫玉柱而霑軾。”

③ 望鶴：義近“鶴望”，企足引頸而望。《三國志・張飛傳》：“今寇虜作害，民被荼毒，思漢之士，延頸鶴望。”盧綸《早春遊樊川野居却寄李端校書兼呈崔峒補闕司空曙主簿耿湋拾遺》：“白水遍溝塍，青山對杜陵。晴明人望鶴，曠野鹿隨僧。” 眼穿：猶言望眼欲穿，形容殷切盼望。韓愈《酒中留上襄陽李相公》：“眼穿常訝雙魚斷，耳熱何辭數爵頻！”梅堯臣《獨酌偶作》：“眼穿南去翼，耳冷北來音。” 海外：四海之外，泛指邊遠之地。《詩・商頌・長髮》：“相土烈烈，海外有截。”鄭玄箋：“四海之外率服。”《史記・孟子荀卿列傳》：“先列中國名山大川，通谷禽獸，水土所殖，物類所珍，因而推之，及海外之所不能睹。”烏頭白：“烏頭白馬生角”的緊縮語，烏頭變白，馬首長角，比喻不可能實現的事情。《燕丹子》卷上：“燕太子丹質於秦，秦王遇之無禮，不得意，欲求歸。秦王不聽，謬言令烏頭白，馬生角，乃可許耳！ 丹仰天嘆，烏即白頭，馬生角，秦王不得已而遣之。”白居易《答元郎中》：“我歸應待烏頭白，慚愧元郎誤歡喜。”李商隱《人欲》：“秦中已久烏頭白，却是君王未備知。” 老：終老，度晚年。《左傳・襄公二十七年》：“成請老于崔，崔子許之。”杜預注：“成欲居崔邑以終老。”杜甫《爲農》：“卜宅從兹老，爲農去國賒。” 江濆：江岸，亦指沿江一帶。陸雲《答吳王上將顧處微九章》四：“於時翻飛，虎嘯江濆。”李白《贈僧崖公》：“虛舟不繫物，觀化遊江濆。”這裏指江陵。

④ 遙看：猶遠望。徐陵《太極殿銘》：“甘泉遠望，觀正殿之崢嶸，函谷遙看，美皇居之佳麗。”李白《望廬山瀑布二首》二：“日照香爐生紫烟，遙看瀑布挂前川。” 逆浪：頂著波浪。《樂府詩集・長干曲》：“逆浪故相邀，菱舟不怕搖。”杜甫《別董頲》：“窮冬急風水，逆浪開

帆難。" 翻雪：《宋書·符瑞志》："大明五年正月戊午元日，花雪降殿庭。時右衛將軍謝莊下殿，雪集衣，還白，上以爲瑞，於是公卿並作花雪詩。"後因用爲典實。李商隱《酬崔八早梅有贈兼示之作》："謝郎衣袖初翻雪，荀令熏爐更換香。"這裏形容形容白浪翻滾。 漸失征帆錯認雲：意謂朋友李景儉的船越來越遠，慢慢在視野裏消失，但送行的詩人却仍然在痴情地遠望，錯把飄動在天際的白雲當成朋友遠行船隻上的白帆。 漸失：漸漸消失在視野之外。白居易《夢仙》："半空直下視，人世塵冥冥。漸失鄉國處，纔分山水形。"呂陶《殘葉和韵》："曉色向風生別意，夜聲隨雨入愁吟。已嗟禽鳥幽栖淺，漸失園林幾處深。" 征帆：指遠行的船。何遜《贈諸舊遊》："無由下征帆，獨與暮潮歸。"張先《離亭宴》："更上玉樓西，歸雁與征帆共遠。" 錯認：錯誤地分辨、認識。《唐律疏議·雜律·錯認良人爲奴婢》："諸錯認良人爲奴婢者，徒二年。"王定保《唐摭言·無名子謗議》："主司頭腦太冬烘，錯認顏標作魯公。" 雲：由水滴、冰晶聚集形成的在空中懸浮的物體。《易·小畜》："密雲不雨，自我西郊。"韓愈《別知賦》："雨浪浪其不止，雲浩浩其常浮。"喻指輕柔舒卷如雲之物。因雲彩常常是白色的，而風帆也常常用白色布做成，故常常容易錯認。

⑤ 九回：迂回曲折，常常形容心情的極度悲痛。司馬遷《報任少卿書》："是以腸一日而九迴，居則忽忽若有所亡，出則不知其所往。"李益《效古促促曲爲河上思婦作》："促促何促促，黃河九回曲。嫁與棹船郎，空床將影宿。" 腸斷：形容極度悲痛。干寶《搜神記》卷二○："臨川東興有人入山，得猿子，便將歸。猿母自後逐至家，此人縛猿子於庭中樹上以示之。其母便搏頰向人，欲乞哀狀，直謂口不能言耳！此人既不能放，竟擊殺之，猿母悲喚，自擲而死。此人破腸視之，寸寸斷裂。"白居易《長恨歌》："行宫見月傷心色，夜雨聞鈴腸斷聲。" 潯陽：江名，長江流經江西省九江市北的一段。蘇味道《九江口南濟

北接蘄春南與潯陽岸》："江路一悠哉,滔滔九派來。遠潭昏似霧,前浦沸成雷。"白居易《琵琶行》："潯陽江頭夜送客,楓葉荻花秋索索。"流水:流動的水,活水。《詩·小雅·沔水》："沔彼流水,朝宗於海。"李頎《題盧五舊居》："物在人亡無見期,閑庭繫馬不勝悲……憶君淚落東流水,歲歲花開知爲誰?" 九條:即"九派",長江在湖北、江西一帶,分爲很多支流,因以九派稱這一帶的長江。郭璞《江賦》："源二分於崛嵊,流九派乎潯陽。"孟浩然《自潯陽泛舟經明海作》："大江分九派,淼漫成水鄉。"

[編年]

　　《年譜》編年本詩於"庚寅至甲午在江陵府所作其他詩"欄內所述理由是:"詩云:'望鶴眼穿期海外,待烏頭白老江濱……欲識九回腸斷處,潯陽流水逐條分。'"《編年箋注》編年:"元稹此詩作於江陵時期。見下《譜》。"《年譜新編》編年本詩於"元和七年"欄內,但其根據是元稹《敘詩寄樂天書》,結論卻是:"這說明元和七年李景儉尚在江陵,詩當是其後至九年作。"按照《年譜新編》對元稹《酬別致用》編年於元和五年的結論,我們實在不明白,讀者也一定不清楚,李景儉究竟何時告別元稹離開江陵?想來連《年譜新編》著者自己也糊塗了吧?定然也是說不清楚了吧?

　　我們以爲本詩與元稹的《酬別致用》爲同時之作,亦即作於元和七年的冬天。不過《酬別致用》應該賦詠在前,李景儉當時應該看到《酬別致用》之篇;而本詩吟誦在李景儉乘船離開之後,當時的李景儉沒有看到本詩。

◎ 塞 馬^{(一)①}

塞馬倦江渚,今朝神彩生②。曉風寒獵獵,乍得草頭行③?夷狄寢烽候,關河無戰聲④。何由當陣面,從爾四蹄輕⑤?

錄自《元氏長慶集》卷四

[校記]

(一)塞馬:本詩存世各本,包括楊本、叢刊本、《全詩》諸本在內,未見異文。

[箋注]

① 塞馬:原喻世事多變,得失無常,吉凶莫測,亦用以表示超然於得失禍福之外。杜牧《贈李侍御》:"冥鴻不下非無意,塞馬歸來是偶然。"司馬光《自嘲》:"有心齊塞馬,無意羨川魚。"本詩是指塞上的馬。李益《臨潟沱見蕃使列名》:"漠南春色到潟沱,邊柳青青塞馬多。萬里關山今不閉,漢家頻許郅支和。"劉商《胡笳十八拍·第七拍》:"男兒婦人帶弓箭,塞馬蕃羊卧霜霰。"

② 江渚:江中小洲,亦指江邊。王播《淮南遊故居感舊酬西川李尚書德裕》:"昔年獻賦去江渚,今日行春到却悲。三徑僅存新竹樹,四鄰惟見舊孫兒。"李紳《渡西陵十六韻》:"海門凝霧暗,江渚濕雲橫。" 今朝:今晨。《詩·小雅·白駒》:"縶之維之,以永今朝。"今日。白居易《井底引銀瓶》:"瓶沉簪折知奈何,似妾今朝與君別。"指目前,現今。趙孟頫《題耕織圖二十四首奉懿旨》二:"所冀歲有成,殷勤在今朝。" 神彩:指人面部的神氣和光采,這裏指景物、生物、藝術

3142

作品的神韵風采。劉禹錫《九華山歌引》："九華山在池州青陽縣西南,九峰競秀,神采奇異。"馮待徵《虞姬怨》："君王是日無神彩,賤妾此時容貌改。拔山意氣都已無,渡江面目今何在?"

③ 曉風:清晨之風。張謂《燕鄭伯璵宅》："正月風光好,逢君上客稀。曉風催鳥囀,春雪帶花飛。"　獵獵:象聲詞。鮑照《上潯陽還都道中》："鱗鱗夕雲起,獵獵晚風遒。"李白《永王東巡歌十一首》三:"雷鼓嘈嘈喧武昌,雲旗獵獵過潯陽。"梅堯臣《泛舟城隅呈永叔》："孤舟穿緑荷,獵獵新雨過。"　乍得:怎麼能够。王建《原上新居十三首》一:"訪僧求賤藥,將馬市豪家。乍得新蔬菜,朝盤忽覺奢?"裴翻《和主司王起》："雲霄幸接鵷鸞盛,變化欣同草木榮。乍得陽和如細柳,參差長近亞夫營?"　草頭:草端,這裏指茫茫的草原,塞馬原來生活、馳騁的地方。孟雲卿《行行且遊獵篇》："少年多武力,勇氣冠幽州。何以縱心賞? 馬啼春草頭。"岑參《衛節度赤驃馬歌》："騎將獵向南山口,城南狐兔不復有。草頭一點疾如飛,却使蒼鷹翻向後。"　行:行走,奔馳。《詩·唐風·杕杜》："獨行踽踽。豈無他人? 不如我同父。"杜甫《無家別》："賤子因陣敗,歸來尋舊蹊。久行見空巷,日瘦氣慘悽。"元稹《八駿圖詩序》："良馬無世無之,然而終不得與八駿並名,何也? 吾聞八駿日行三萬里,夫車行三萬里而無毀輪毀轊之患,蓋神車者。人行三萬里而無喪精褫魄之患,亦神之人也。"

④ 夷狄:古稱東方部族爲夷,北方部族爲狄,常用以泛稱除華夏族以外的各少數民族。白居易《江南遇天寶樂叟》："歡娱未足燕寇至,弓勁馬肥胡語喧。幽土人遷避夷狄,鼎湖龍去哭軒轅。"王安石《河北民》："家家養子學耕織,輸與官家事夷狄。"　寢:止息,廢置。《商君書·開塞》："一國行之,境内獨治;二國行之,兵則少寢;天下行之,至德復立。"《漢書·刑法志》："三代之盛,至於刑錯兵寢者,其本末有序,帝王之極功也。"劉知幾《史通·惑經》："蓋明鏡之照物也,妍

媸必露，不以毛嫱之面或有疵瑕而寢其鑒也。” 烽候：亦作“烽堠”，烽火臺，常常指戰火。李敬方《近無西耗》：“遠戍兵壓境，遷客淚橫襟。烽候驚春塞，縲囚困越吟。”周曇《三代門·幽王》：“狼烟篝火爲邊塵，烽候那宜悅婦人？厚德未聞聞厚色，不亡家國幸亡身。” 關河：指函谷等關與黃河。《史記·蘇秦列傳》：“秦四塞之國，被山帶渭，東有關河，西有漢中。”張守節正義：“東有黃河，有函谷、蒲津、龍門、合河等關。”章碣《焚書坑》：“竹帛烟銷帝業虛，關河空鎖祖龍居。”戰聲：戰爭的聲息。王維《從軍行》：“笳悲馬嘶亂，爭渡黃河水。日暮沙漠陲，戰聲烟塵裏。盡繫名王頸，歸來獻天子。”杜甫《悲陳陶》：“孟冬十郡良家子，血作陳陶澤中水。野曠天清無戰聲，四萬義軍同日死。”詩人這裏是以馬爲喻，渴望自己有施展才能的地方，並非盼望戰爭的到來。

⑤ 何由：從何處，從什麼途徑。王昌齡《送韋十二兵曹》：“出處兩不合，忠貞何由伸？”蔡絛《鐵圍山叢談》卷六：“晉張華有鸚鵡，每出還，輒説僮僕好惡。一日寂無言，華問其故，曰：‘被禁在瓮中，何由得知？’”又作怎能解。謝靈運《石門新營所住四面高山回溪石瀨修竹茂林》：“美人游不還，佳期何由敦？” 陣面：場面。李頻《贈李將軍》：“走馬辭中禁，屯軍向渭州。天心待破虜，陣面許封侯。”殷文圭《贈池州張太守》：“神珠無纇玉無瑕，七葉簪貂漢相家。陣面奔星破犀象，筆頭飛電躍龍蛇。” 從：這裏是任憑、聽憑之意。項斯《題令狐處士溪居》：“爲月窗從破，因詩壁重泥。”蔣捷《霜天曉角·折花》：“人影窗紗，是誰來折花？折則從他折去。知折去，向誰家？” 四蹄：動物的四足，這裏指馬匹的四足。沈佺期《驄馬》：“西北五花驄，來時道向東。四蹄碧玉片，雙眼黃金瞳。”杜甫《驄馬行》：“吾聞良驥老始成，此馬數年人更驚。豈有四蹄疾於鳥，不與八駿俱先鳴。” 輕：靈巧、輕便。庾信《和詠舞》：“洞房花燭明，燕餘雙舞輕。”柳宗元《植靈壽木》：“循翫足忘疲，稍覺步武輕。”

［編年］

　　本詩未見《年譜》編年,《編年箋注》列入"未編年詩",《年譜新編》不見於各年"詩編年"條下,也不見於"無法編年作品"欄內。

　　細讀本詩,詩人以塞馬自喻,抒發自己生不逢時、不能爲國家效力的苦悶。詩人結合眼前實景"江渚",江陵府地處長江邊上,長江裏以及附近湖泊中小洲如星羅棋佈。慣於在草原上馳騁的北方戰馬却被浩浩江水死死地困在長江以及湖泊中的小洲之上動彈不得,無法施展自己的才能。這詩應作於元稹江陵任內,在元稹任職的其他地方,無論是通州、同州還是浙東,都沒有水中小洲的景色。武昌軍節度使任雖然也在長江邊上,但詩人當時身爲方面大員,已不是困在江渚的塞馬了。"夷狄寢烽候,關河無戰聲"兩句雖祇是用來比喻塞馬無用武之地,但據《舊唐書·憲宗紀》所載,亦與元和五年至元和九年九月前外族和好、藩鎮朝請、沒有戰事的形勢相符。元稹《叙詩寄樂天書》:"又不幸年三十二,時有罪譴棄,今三十七矣！五六年之間,是丈夫心力壯時,常在閑處,無所役用。性不近道,未能淡然忘懷。又復懶於他欲,全盛之氣注射語言,雜糅精粗,遂成多大。"可以作爲本詩編年的旁證。而從"曉風寒獵獵"句可以知道此詩應作於冬天,我們以爲本詩即作於元和五年冬天至八年冬天之江陵士曹參軍任內,而根據元稹本人《三嘆三首》"天驥失龍偶,三年常夜嘶。哀猿噴風斷,鶗旦含霜啼"的詩句,本詩應該編排於元和七年冬天爲是。

■ 酬樂天見寄^{(一)①}

據白居易《寄元九》

[校記]

（一）酬樂天見寄：元稹本佚失詩所據白居易《寄元九》，見《白氏長慶集》、《白香山詩集》、《全詩》，未見異文。

[箋注]

① 酬樂天見寄：白居易《寄元九》：“晨雞纔發聲，夕雀俄斂翼。晝夜往復來，疾如出入息。非徒改年貌，漸覺無心力。自念因念君，俱爲老所逼。君年雖校少，頰領謫南國。三年不放歸，炎瘴消顏色。山無殺草霜，水有含沙蜮。健否遠不知，書多隔年得。願君少愁苦，我亦加飡食。各保金石軀，以慰長相憶。”而現存元稹詩文不見酬和之篇，據補。　見：用在動詞前面表示被動，相當於被，受到。張九齡《酬宋使君見贈之作》：“時來不自意，宿昔謬樞衡。翊聖負明主，妨賢慚友生。”李嶠《酬杜五弟晴朝獨坐見贈》：“平明坐虛館，曠代幾悠哉！宿霧分空盡，朝光度隙來。”　寄：贈送。劉長卿《酬張夏別後道中見寄》：“離群方歲晏，謫宦在天涯。暮雪同行少，寒潮欲上遲。”韋應物《酬秦徵君徐少府春日見寄》：“終日愧無政，與君聊散襟。城根山半腹，亭影水中心。”

[編年]

未見《元稹集》採錄，也未見《年譜》、《編年箋注》、《年譜新編》採錄與編年。

　　據朱金城先生編年白居易詩於元和七年,但在《白居易箋校‧白居易年譜簡編》中又誤編白居易詩於元和六年。白居易詩有"君年雖校少,顦顇謫南國。三年不放歸,炎瘴消顏色"之句,應該是元和七年詩,白居易當時在下邽金氏村,元稹在江陵士曹參軍任。

■ 酬樂天自吟拙什因有所懷(一)①

據白居易《自吟拙什因有所懷》

[校記]

　　(一)酬樂天自吟拙什因有所懷:元稹本佚失詩所據白居易《自吟拙什因有所懷》,見《白氏長慶集》、《白香山詩集》、《全詩》,未見異文。

[箋注]

　　① 酬樂天自吟拙什因有所懷:白居易原唱《自吟拙什因有所懷》:"懶病每多暇,暇來何所爲? 未能拋筆硯,時作一篇詩。詩成淡無味,多被衆人嗤。上怪落聲韵,下嫌拙言詞。時時自吟詠,吟罷有所思:蘇州及彭澤,與我不同時。此外復誰愛? 唯有元微之。謫向江陵府,三年作判司。相去二千里,詩成遠不知。"現存元稹詩文中未見酬和之篇,據此補。　　自吟:自己獨自吟詠。于良史《自吟》:"出身三十年,髮白衣猶碧。日暮倚朱門,從朱污袍赤。"李質《宿日觀東房詩》"古木愁撑月,危峰欲墮江。自吟空向寂,誰共倒秋缸?"　　拙什:稱自己作品的謙詞,義近"拙作"。鄭澣《中書相公任兵部侍郎日後閣植四松逾數年澣忝此官因獻拙什》:"丞相當時植,幽襟對此開。人知舟檝器,天假棟梁材。"劉宰《通史尚書》:"拙作三篇,皆十年前所,作錄去

資一笑。” 所懷：懷抱，心中所想。揚雄《劇秦美新》：“所懷不章，長恨黄泉。”嵇康《琴賦序》：“故綴叙所懷，以爲之賦。”憂傷，哀憐。曹操《苦寒行》：“延頸長嘆息，遠行多所懷。”

[編年]

未見《元稹集》採録，也未見《年譜》、《編年箋注》、《年譜新編》採録與編年。

元稹元和五年出貶江陵，白居易詩有“謫向江陵府，三年作判司”之句，白居易詩應該是元和七年詩，元稹的酬和之篇也應該賦成於元和七年。白居易當時在下邽金氏村，元稹在江陵士曹參軍任。

元和八年癸巳(813) 三十五歲

◎ 送王協律游杭越十韻①

去去莫栖栖,餘杭接會稽②。松門天竺寺,花洞若耶溪③。浣渚逢新艷,蘭亭識舊題④。山經秦帝望^(一),壘辨越王栖⑤。江樹春常早,城樓月易低^(二)⑥。鏡呈湖面出^(三),雲疊海潮齊⑦。章甫官人戴,莼絲姹女提⑧。長干迎客鬧^(四),小市隔烟迷⑨。紙亂紅藍壓,甌凝碧玉泥⑩。荆南無底物^(五),來日爲儂携⑪。

録自《元氏長慶集》卷一一

［校記］

（一）山經秦帝望:原本作"山經秦帝葬",叢刊本、《英華》、《石倉歷代詩選》同,楊本闕,錢校宋本、《全詩》、《浙江通志》作"山經秦帝望",據改。

（二）城樓月易低:楊本、叢刊本、《石倉歷代詩選》、《浙江通志》、《全詩》同,《英華》作"城頭月易低",各備一説,不改。

（三）鏡呈湖面出:原本作"鏡澄湖面嶄",楊本、叢刊本、《石倉歷代詩選》同,錢校、《英華》、《全詩》、《浙江通志》作"鏡呈湖面出",據改。

（四）長干迎客鬧:楊本、叢刊本、《石倉歷代詩選》、《浙江通志》、《全詩》同,《英華》作"長竿迎客鬧",各備一説,不改。

（五）荆南無底物：原本作“荆南無抵物”，楊本、叢刊本、《全詩》同，錢校、《會稽掇英總集》、《石倉歷代詩選》、《浙江通志》、《全詩》注作“荆南無底物”，據改。

［箋注］

① 王協律：即王師魯，疑即王師範之同宗兄弟。劉禹錫《送王師魯協律赴湖南使幕（即永穆公之孫）》：“翩翩馬上郎，驅傳渡三湘。橘樹沙洲暗，松醪酒肆香。素風傳竹帛，高價騁琳琅。楚水多蘭若，何人事搴芳？”就是間接的證據。而元稹《授王師魯等嶺南判官制》：“敕：王師魯等：古稱南海爲難理，蓋蠻蜑獠倈之雜俗，有珠璣瑇瑁之奇貨，爲吏者不能潔身，無以格物，是以非吴處默之清德，不可以耀遠人；非孫子荆之長才，不可以參密畫。爾等皆當茂選，取重元戎，更職命官，各如來奏。可依前件。”就是關於王師魯的後續信息。　協律：協律都尉、協律校尉、協律郎等樂官的省稱。韓愈《送李六協律歸荆南（翱）》：“早日羈遊所，春風送客歸。柳花還漠漠，江燕正飛飛。”白居易《閑夜詠懷因招周協律劉薛二秀才》：“世名撿束爲朝士，心性疏慵是野夫。高置寒燈如客店，深藏夜火似僧鑪。”　杭越：杭州與越州，即今天的杭州市與紹興市。李白《送王屋山人魏萬還王屋》：“揮手杭越間，樟亭望潮還。濤卷海門石，雲橫天際山。”白居易《元微之除浙東觀察使喜得杭越鄰州先贈長句》：“郡樓對翫千峰月，江界平分兩岸春。杭越風光詩酒主，相看更合與何人？”

② 去去：謂遠去。蘇武《古詩四首》三：“參辰皆已没，去去從此辭。”孟郊《感懷八首》二：“去去勿復道，苦飢形貌傷。”　栖栖：忙碌不安貌。《詩·小雅·六月》：“六月栖栖，戎車既飭。”朱熹集傳：“栖栖，猶皇皇不安之貌。”姚合《武功縣中作三十首》一五：“誰念東山客，栖栖守印床？”孤寂零落貌。白居易《膠漆契》：“陋巷飢寒士，出門甚栖栖。”范成大《潨陵》：“春草亦已瘦，栖栖晚花少。”　餘杭：杭州下屬八

縣之一,詩文中常常代稱杭州。《元和郡縣志·杭州》:"管縣八:錢塘、餘杭、臨安、富陽、於潛、鹽官、新城、唐山……餘杭縣,本吳地,《吳興記》云:秦始皇三十七年,將上會稽,塗出此地,因立爲縣,捨舟航於此,仍以爲名。"劉長卿《奉餞郎中四兄罷餘杭太守承恩加侍御史充行軍司馬赴汝南行營》:"星使三江上,天波萬里通。權分金節重,恩借鐵冠雄。"顧況《酬房杭州》:"郡樓何其曠! 亭亭廣而深。故人牧餘杭,留我披胸衿。"　會稽:越州下屬七縣之一,也是越州古代的原名,常常代稱越州。《元和郡縣志·越州》:"管縣七:會稽、山陰、諸暨、餘姚、蕭山、上虞、剡。會稽縣:山陰,越之前故靈文國也。秦立以爲會稽、山陰,漢初爲都尉。隋平陳,改山陰爲會稽縣,皇朝因之。《吳越春秋》云:'禹巡行天下,會計修國之道,因以會計名山,仍爲地號。'"劉長卿《送李校書赴東浙幕府》:"方從大夫後,南去會稽行。森森滄江外,青青春草生。"方干《贈會稽楊長官》:"直鉤終日竟無魚,鐘鼓聲中與世疏。若向湖邊訪幽拙,蕭條四壁是閑居。"

③ 松門:謂以松爲門,前植松樹的屋門。王勃《遊梵宇三覺寺》:"蘿幌栖禪影,松門聽梵音。"陸游《書懷絕句》一:"老僧曉出松門去,手挈軍持取澗泉。"　天竺:山峰名,亦爲寺名。在浙江杭州市靈隱山飛來峰之南。白居易《答客問杭州》:"山名天竺堆青黛,湖號錢塘寫綠油。"山上有上、中、下三天竺寺。上、中天竺寺建在唐代之後,而下天竺寺是隋代開皇中就晉代慧理翻經院改建。李白《送崔十二遊天竺寺》:"還聞天竺寺,夢想懷東越。每年海樹霜,桂子落秋月。"崔顥《遊天竺寺》:"晨登天竺山,山殿朝陽曉。厓泉爭噴薄,江岫相縈繞。"均指下天竺寺。　若耶溪:溪名,出浙江省紹興市若耶山,北流入運河,相傳爲西施浣紗之所。杜甫《奉先劉少府新畫山水障歌》:"若耶溪,雲門寺,吾獨胡爲在泥滓? 青鞋布襪從此始。"辛棄疾《漢宮春·會稽蓬萊閣懷古》:"誰向若耶溪上,倩美人西去,麋鹿姑蘇?"

④ 浣浦逢新艷:《會稽志·諸暨縣》:"浣江在縣東南一里,俗傳

西子浣沙之所，一名浣浦，又名浣渚。" 浣渚：即浣紗溪，渚是水邊。這裏即指浣紗溪，亦即若耶溪，在今浙江省紹興縣南若耶山下，溪旁有浣紗石，相傳爲西施浣紗處。《淵鑑類函・浙江省》："浣浦：在諸暨，一名浣渚，西子浣紗於此。"司空圖《楊柳枝》："何似浣紗溪畔住？綠陰相間兩三家。" 浣：洗滌。《公羊傳・莊公三十一年》："何以書？譏何譏？爾臨民之所漱浣也。"何休注："去垢曰浣。"王符《潛夫論・實貢》："且攻玉以石，治金以鹽，濯錦以魚，浣布以灰。夫物固有以賤治貴，以醜治好者矣！" 渚：水邊。《楚辭・九歌・湘君》："朝騁騖兮江皋，夕弭節兮北渚。"王逸注："渚，水涯也。"陸機《豫章行》："汎舟清川渚，遙望高山陰。" 逢：遇到，遇見。《詩・王風・兔爰》："我生之初，尚無爲。我生之後，逢此百罹。"揚雄《羽獵賦》："逢之則碎，近之則破。" 新艷：新奇艷麗。常衮《詠冬瑰花》："獨鶴寄烟霜，雙鸞思晚芳。舊陰依謝宅，新艷出蕭墻。" 新：初次出現的，與"舊"相對。《詩・豳風・東山》："其新孔嘉，其舊如之何？"和凝《小重山》："新榜上，名姓徹丹墀。" 艷：艷麗，特指人的容色美好動人。司馬相如《美人賦》："臣之東鄰，有一女子，雲髮豐艷，蛾眉皓齒。"沈既濟《任氏傳》："偶值三婦人行於道中，中有白衣者，容色姝麗……鄭子戲之曰：'美艷若此，而徒行，何也？'" 蘭亭：亭名，在浙江省紹興市西南之蘭渚山上，東晉永和九年(353)王羲之與謝安等同游於此，羲之作《蘭亭集序》。劉長卿《送人遊越》："梅市門何在？蘭亭水尚流。西陵待潮處，落日滿扁舟。"崔峒《送薛良史往越州謁從叔》："孤雲隨浦口，幾日到山陰？遙想蘭亭下，清風滿竹林。" 詫：誇耀。《史記・司馬相如列傳》："田罷，子虛過詫烏有先生，而無是公在焉！"裴駰集解引郭璞曰："詫，誇也。"《資治通鑑・唐昭宗大順元年》："李嗣源性謹重廉儉，諸將相會，各自詫勇略，嗣源獨默然。" 舊題：原來題寫的字或畫，這裏指王羲之的《蘭亭集序》。武元衡《夏日陪馮許二侍郎與嚴秘書遊昊天觀覽舊題寄同里楊華州中丞》："三伏草木變，九城車馬煩。碧霄

迴騎射,丹洞入桃源。"白居易《酬和元九東川路詩十二首·駱口驛舊
題詩》:"拙詩在壁無人愛,鳥污苔侵文字殘。唯有多情元侍御,繡衣
不惜拂塵看。"

　　⑤　秦帝望:指秦望山,在今浙江省紹興市西南,相傳秦始皇東巡
時曾登上此山以望南海,故名。酈道元《水經注·漸江水》:"又有秦
望山,在州城正南,爲衆峰之傑,陟境便見。《史記》云:秦始皇登之以
望南海。"李白《送友人尋越中山水》:"東海横秦望,西陵繞越臺。"王
琦注:"施宿《會稽志》:'秦望山在會稽縣東南四十里,舊經云衆嶺最
高者。'"　越王栖:即越王臺,在今浙江紹興種山,相傳爲春秋時越王
勾踐登臨之處。任昉《述異記》卷上:"吳既滅越,栖勾踐於會稽之上,
地方千里。勾踐得范蠡之謀,乃示民以耕桑,延四方之士,作臺於外
而館賢士,今會稽山有越王臺。"竇鞏《南遊感興》:"傷心欲問前朝事,
惟見江流去不回。日暮東風春草緑,鷓鴣飛上越王臺。"

　　⑥　"江樹春常早"兩句:表述江陵城的景色,由杭越而江陵,再由
江陵而杭越,讀者的思緒也隨之躍動。　江樹:江邊之樹。張説《同
趙侍御望歸舟》:"山庭迴迴面長川,江樹重重極遠烟。形影相追高翥
鳥,心腸併斷北風船。"張若虛《春江花月夜》:"斜月沈沈藏海霧,碣石
瀟湘無限路。不知乘月幾人歸? 落月遥情滿江樹。"　春常早:春天
的信息常常比較早地來到。皇甫冉《送蔣評事往福州》:"江上春常
早,閩中客去稀。登山怨迢遞,臨水惜芳菲。"劉敞《暮冬寄鹽城弟二
首》二:"海上春常早,相思正一涯。北風吹雪盡,遙想折梅花。"　城
樓:城門上的瞭望樓。《後漢書·鄧禹傳》:"光武舍城樓上,披輿地
圖。"白居易《代書詩一百韻寄微之》:"驛路緣雲際,城樓枕水湄。思
鄉多繞澤,望闕獨登陴。"　低:與"高"相對,謂由下至上距離小。孟
浩然《途中遇晴》:"已失巴陵雨,猶逢蜀坂泥。天開斜景遍,山出晚雲
低。"白居易《和劉郎中學士題集賢閣》:"朱閣青山高庫齊,與君才子
作詩題。傍聞大内笙歌近,下視諸司屋舍低。"

⑦ 鏡呈湖面出：鏡湖在今浙江紹興會稽山北麓，東漢永和五年（140）在會稽太守馬臻主持下修建，以水準如鏡，故名。宋之問《泛鏡湖南溪》："邐嶂開天小，叢篁夾路迷。猶聞可憐處，更在若耶溪。"賀知章《回鄉偶書二首》二："離別家鄉歲月多，近來人事半銷磨。唯有門前鏡湖水，春風不改舊時波。"　出：出現，顯露。韓愈《獨釣四首》四："遠岫重疊出，寒花散亂開。所期終莫至，日暮與誰回？"蘇軾《後赤壁賦》："江流有聲，斷岸千尺。山高月小，水落石出。曾日月之幾何？而江山不可復識矣！"　海潮：海洋潮汐，指海水定時漲落的現象。庾信《哀江南賦》："海潮迎艦，江萍送王。"葉適《上陳提舉》："金鐵所藏，山脈有夷傷之患；魚鹽通饋，仰海潮枯竭之餘。"　齊：相同，一樣。《論語·里仁》："見賢思齊焉！"朱熹集注："思齊者，冀己亦有是善。"《宋書·謝靈運傳》："其竹則二箭殊葉，四苦齊味。"

⑧ 章甫：亦作"章父"，商代的一種冠。《禮記·儒行》："丘少居魯，衣逢掖之衣；長居宋，冠章甫之冠。"孫希旦集解："章甫，殷玄冠之名，宋人冠之。"《莊子·逍遙遊》："宋人資章甫而適諸越，越人斷髮文身，無所用之。"稱儒者之冠。梅堯臣《楊畋赴官荆州》："吳鈎皆尚壯，章甫幾為儒？"指仕宦。楊衒之《洛陽伽藍記·正始寺》："輒以山水為富，不以章甫為貴，任性浮沉，若淡兮無味。"　官人：做官的人，官吏。《荀子·强國》："士大夫益爵，官人益秩，庶人益禄，是以為善者勸，為不善者沮。"楊倞注："官人，群吏也。"陳子昂《上蜀川安危事》："蜀中諸州百姓所以逃亡者，實緣官人貪暴，不奉國法。"請注意，唐代之後，"官人"的稱呼逐漸普及化。趙翼《陔餘叢考》卷三七載：唐以前唯有官者方稱官人，至宋已為時俗通稱，明代以後遍及士庶，奴僕稱主及尊長呼幼，皆可稱某官人。　蒓絲：蒓菜。杜甫《陪王漢州留杜綿州泛房公西湖》："豉化蒓絲熟，刀鳴鱠縷飛。"蘇軾《送劉攽卒海陵》："秋風昨夜入庭樹，蒓絲未老君先去。"　姹女：亦作"奼女"，少女，美女。《後漢書·五行志》："河間姹女工數錢，以錢為室金為堂。"羅鄴《自

遣》:"春巷摘桑喧姹女,江船吹笛舞蠻奴。"

⑨ 長干:古建康里巷名,故址在今江蘇省南京市南。《文選·左思〈吳都賦〉》:"長干延屬,飛甍舛互。"劉逵注:"江東謂山岡間爲'干',建鄴之南有山,其間平地,吏民居之,故號爲'干',中有大長干、小長干,皆相屬。"王象之《輿地紀勝》卷一七:"長干是秣陵縣東里巷名,江東謂山隴之間曰干。"這裏以建康的里巷比喻杭越的里巷。迎客:迎接客人。《禮記·曲禮》:"客至於寢門,則主人請入爲席,然後出迎客。"岑參《漢川山行呈成少尹》:"山店雲迎客,江村犬吠船。"小市:小集市。王褒《僮約》:"販於小市,歸都擔枲。"蘇軾《新年》:"小市人歸盡,孤舟鶴踏翻。"　迷:迷失道路,不辨方向。《韓非子·解老》:"凡失其所欲之路而妄行者之謂迷,迷則不能至於所欲至矣!"王安石《秣陵道中口占二首》一:"經世才難就,田園路欲迷。"

⑩ 紅藍:菊科,一年生草本植物,高三四尺,其葉似藍,夏季開紅黃色花,古代以之製胭脂及紅色顏料。崔豹《古今注·草木》:"燕支葉似薊,花似蒲公,出西方,土人以染,名爲燕支,中國亦謂爲紅藍,以染粉爲婦人色,謂之燕支粉。"《北堂書鈔》卷一三五引習鑿齒《與燕王書》:"此下有紅藍花,足下先知之不? 北方人採紅藍,取其華,染緋黃,按取其英鮮者作烟支,婦人粉時爲顏色。"　壓:覆蓋,籠罩。李賀《雁門太守行》:"黑雲壓城城欲摧,甲光向日金鱗開。"陳師道《舟中二首》一:"疾如萬騎千里來,氣壓三江五湖上。"　甌:盆盂一類的瓦器。《方言》第五:"自關而西謂之盆,其大者謂之甌。"《淮南子·說林訓》:"狗彘不擇甌瓵而食,偷肥其體,而顧近其死。"杯、碗之類的飲具。李煜《漁父》:"花滿渚,酒滿甌。"　碧玉:礦物名,含鐵的石英石,呈紅色、褐色或綠色,可作裝飾品,也稱碧石。《山海經·北山經》:"又北三百里曰維龍之山,其上有碧玉,其陽有金,其陰有鐵。"歐陽修《歸田錄》卷二:"余家有一玉罌,形制甚古而精巧。始得之,梅聖俞以爲碧玉。"元稹本詩對會稽風土人情描寫可謂深入而細緻,有如身臨其境;

詩人做夢也没有想到，十年之後，元稹竟然成了會稽的節度使、越州的刺史，有了與會稽山水終日爲伴的機會，歷史常常這樣給人以意想不到的驚喜與巧合。

⑪ 荆南：荆州一帶。《文選‧陸機〈辯亡論〉》："吳武烈皇帝慷慨下國，電發荆南。"張銑注："堅起兵於荆州，故云荆南也。"《宋書‧王弘傳》："敷政江漢，化被荆南。"唐代時爲方鎮名，轄今湖北、湖南、四川間部分地區。　底物：何物。杜甫《解悶十二首》七："陶冶性靈存底物？新詩改罷自長吟。"杜荀鶴《釣叟》："渠將底物爲香餌，一度擡竿一箇魚？"　來日：明日，次日。孟浩然《歲除夜有懷》："漸與骨肉遠，轉於奴僕親。那堪正飄泊，來日歲華新！"白居易《晚春酤酒》："百花落如雪，兩鬢垂作絲。春去有來日，我老無少時。"　儂：你。長孫無忌《新曲二首》一："阿儂家住朝歌下，早傳名。結伴来游淇水上，舊長情。"王維《酬黎居士淅川作》："儂家真箇去，公定隨儂否？着處是蓮花，無心變楊柳。"

[編年]

《年譜》編年本詩於"庚寅至甲午在江陵府所作其他詩"欄內，理由是："詩云：'荆南無抵物，來日爲儂携。''王協律'似即王師範，姓相同，所遊之地相同，二詩皆作於江陵。"《編年箋注》編年："此詩作於任江陵士曹期間，見下《譜》。"《年譜新編》編年本詩於"庚寅至甲午在江陵府所作其他詩"欄內，理由是："'王協律'當是王師範。"

《年譜》所云"所遊之地相同"不確，《去杭州》詩中的"王師範""所遊之地"祇是"杭州"，而不是"杭越"，兩者並不完全"相同"。如果以"姓相同"來作爲判斷是否就是同一人的依據，那恐怕要鬧出大笑話來的。還有，王師範前往杭州是"遠結迢迢婚"，而王協律祇是"遊杭越"而已，這是很大的不同，理應加以區別。《編年箋注》編年《去杭州》於元和九年，又接受《年譜》"'王協律'似即王師範"的主張，編年本詩"作於任江陵士曹期間"，那麼我們要問，王師範，亦即《年譜》認爲的"王協律"究竟什麼時候離開江陵？最後，還需要指出《年譜新編》一個小小的失誤，亦即本詩詩題被隨便篡改成"送王協律遊杭越二十韵"，也很不應該。

需要説明的是，"王協律"與"王師範"不應該是同一個人。王協律就是元稹詩《送王十一南行》中的"王十一"，也就是劉禹錫《送王師魯協律赴湖南使幕(即永穆公之孫)》詩中的王師魯協律，而王師範就是王師範，可能與王師魯是兄弟行的，但兩者决不能等同一人。"王十一"先前往湖南使幕，但很快就回到江陵府，元稹《送王十一南行》"此別信非久，胡爲坐憂煩？我留石難轉，君泛雲無根。萬里湖南月，三聲山上猿。從兹耿幽夢，夜夜湘與沅"就是明證。而在湖南，"王十一"亦就是"王協律"，就成了劉禹錫詩中的"王師魯協律"。在元稹與劉禹錫詩中，"王十一"也就是"王協律"的目的地是"湖南月"、"湘與沅"，而"王師魯協律"的目的地也是"湖南使幕"，則更充分説明了這一點。"王協律"回到江陵之後，可能不久就有"遊杭越"之行。但"王協律"的"遊杭越"之行，不同於"王師範"的"去杭州"之行，"王師範""去杭州"的目的是"遠結迢迢婚"，與"王協律""遊杭越"的目的並不相同。

根據"荆南無底物"的表述，本詩應該作於元稹任職江陵府士曹參軍期間。根據"江樹春常早"的描述，本詩應該賦成於早春。而本詩既然賦詠於早春，根據元稹在江陵的行蹤，元和五年與元和九年應該排除在外，亦即本詩應該作於元和六年、元和七年或元和八年的早春，根據"王協律"先有"湖南使幕"之行，接著才有"遊杭越"之行的事實，本詩以元和八年早春賦成比較合情合理，地點在江陵。

◎ 松　鶴①

渚宮本坳下，佛廟有臺閣②。臺下三四松，低昂勢前却③。是時晴景麗，松梢殘雪薄④。日色相玲瓏，纖雲映羅幕⑤。逡巡九霄外，似振風中鐸⑥。漸見尺帛光，孤飛唳空鶴⑦。徘徊耀霜雪，顧慕下寥廓⑧。蹋動樛盤枝，龍蛇互跳躍⑨。俯瞰九江水，旁瞻萬里壑⑩。無心盻烏鳶(一)，有字悲城郭⑪。清角已沉絕(二)，虞韶亦冥寞⑫。騫翻勿重留(三)，幸及鈞天作(四)⑬。

錄自《元氏長慶集》卷三

［校記］

（一）無心盻烏鳶：盧校宋本同，楊本作“無心盼烏鳶”，叢刊本作“無心盻鳥鳶”，《石倉歷代詩選》、《全詩》作“無心盼烏鳶”，語義不佳，不從不改。

（二）清角已沉絕：楊本、叢刊本、《全詩》同，《石倉歷代詩選》作“清角已沈廢”，語義不同，遵從原本，不改。

（三）騫翻勿重留：盧校宋本、《石倉歷代詩選》同，楊本、叢刊本、《全詩》作“騫翻勿重留”，兩字相通，不改。

（四）幸及鈞天作：楊本、叢刊本、《石倉歷代詩選》、《全詩》同，張校作“半及鈞天作”，語義不同，遵從原本，不改。

［箋注］

① 松鶴：松與鶴，多比喻標格出衆者。常建《白龍窟泛舟寄天台

學道者》："泉蘿兩幽映，松鶴間清越。"方干《題長洲陳明府小亭》："松鶴認名呼得下，沙蟬飛處聽猶聞。"

②渚宮：春秋楚國的宮名，故址在今湖北省江陵縣。《左傳・文公十年》："〔子西〕沿漢泝江，將入郢，王在渚宮，下，見之。"李商隱《宋玉》："落日渚宮供觀閣，開年雲夢送烟花。"代指江陵。劉長卿《送裴使君赴荆南充行軍司馬》："故節辭江郡，寒笳發渚宮。漢川風景好，遙羨逐羊公。"劉禹錫《元和癸巳歲仲秋詔發江陵凱旋之辰卒爾成詠寄荆南嚴司空》："蠻水阻朝宗，兵符下渚宮。"　坳：地面窪下處。《莊子・逍遙遊》："覆杯水於坳堂之上，則芥爲之舟，置杯焉則膠，水淺而舟大也。"韓愈《詠雪贈張籍》："坳中初蓋底，垤處遂成堆。"　佛廟：佛寺。柳宗元《柳州復大雲寺記》："崇佛廟，爲學者居，會其徒而委之食，使擊磬鼓鐘，以嚴其道而傳其言。"李綽《尚書故實序》："綽避難圃田，寓居佛廟。"　臺閣：臺與閣的並稱，亦泛指亭臺樓閣等建築物。劉向《説苑・反質》："今陛下奢侈失本，淫泆趨末，宮室臺閣，連屬增累。"羅鄴《舊侯家》："臺閣層層倚半空，繞軒澄碧御溝通。"

③臺下：臺榭的下面。《春秋・文公十八年》："丁丑，公薨於臺下。"《韓詩外傳》卷二："顏淵侍坐，魯定公於臺，東野畢御馬於臺下。"低昂：起伏，升降。《楚辭・遠遊》："服偃蹇以低昂兮，驂連蜷以驕驁。"蘇軾《同秦仲二子雨中游寶山》："立鵠低昂烟雨裏，行人出没樹林間。"　前却：進退。《吳子・治兵》："前却有節，左右應麾。"梅堯臣《旌義港阻風》："遠渚時出没，輕舟自前却。"

④是時：這個時候。崔湜《塞垣行》："是時軍兩進，東拒復西敵。蔽山張旗鼓，間道潛鋒鏑。"吳少微《怨歌行》："君王厭德不忘新，況群艷冶紛來陳。是時別君不再見，三十三春長信殿。"　晴景：晴天的景致。張九齡《高齋閑望言懷》："高齋復晴景，延眺屬清秋。風物動歸思，烟林生遠愁。"儲光羲《田家即事》："桑柘悠悠水蘸堤，晚風晴景不妨犁。高機猶織卧蠶子，下阪飢逢餉饁妻。"　松梢：松枝的末端。蘇

頌《興州出行》：“松梢半吐月，蘿薜漸移曛。旅客腸應斷，吟猿更使聞。”周渭《贈龍興觀主吳崇岳》：“枕中經妙誰傳與？肘後方新自寫將。百尺松梢幾飛步，鶴栖板上禮虛皇。” 殘雪：尚未化盡的雪。杜審言《大酺》：“梅花落處疑殘雪，柳葉開時任好風。”于良史《冬日野望寄李贊府》：“風兼殘雪起，河帶斷冰流。”

⑤ 日色：太陽的顏色。《宋書·五行志》：“後廢帝元徽三年三月乙亥，日末没數丈，日色紫赤無光。”日光。李白《長相思》：“日色欲盡花含烟，月明如素愁不眠。” 玲瓏：明徹貌。《文選·揚雄〈甘泉賦〉》：“前殿崔巍兮，和氏玲瓏。”李善注引晉灼曰：“玲瓏，明見皃也。”鮑照《中興歌十首》四：“白日照前窗，玲瓏綺羅中。” 纖雲：微雲，輕雲。《文選·傅玄〈雜詩〉》：“纖雲時仿佛，渥露霑我裳。”張銑注：“纖，輕也。”韓愈《八月十五夜贈張功曹》：“纖雲四卷天無河，清風吹空月舒波。” 羅幕：絲羅帳幕。《文選·陸機〈君子有所思行〉》：“邃宇列綺窗，蘭室接羅幕。”張銑注：“羅幕即羅帳。”岑參《白雪歌送武判官歸京》：“散入珠簾濕羅幕，狐裘不暖錦衾薄。”

⑥ 逡巡：從容，不慌忙。《莊子·秋水》：“東海之鱉，左足未入，而右膝已縶矣！於是逡巡而却。”成玄英疏：“逡巡，從容也。”谷神子《博異志·楊真伯》：“年可二八，冠碧雲鳳翼冠，衣紫雲霞日月衣，精光射人，逡巡就坐。” 九霄：天之極高處，高空。葛洪《抱朴子·暢玄》：“其高則冠蓋乎九霄，其曠則籠罩乎八隅。”武元衡《同幕中諸公送李侍御歸朝》：“巴江暮雨連三峽，劍壁危梁上九霄。”道家謂仙人居處。《文選·沈約〈游沈道士館〉》：“鋭意三山上，託慕九霄中。”張銑注：“九霄，九天仙人所居處也。”李白《明堂賦》：“比乎昆山之天柱，矗九霄而垂雲。”王琦注：“按道書，九霄之名，謂赤霄、碧霄、青霄、絳霄、黅霄、紫霄、練霄、玄霄、縉霄也。一説以神霄、青霄、碧霄、丹霄、景霄、玉霄、琅霄、紫霄、火霄爲九霄。” 鐸：檐鈴，風鈴，一般爲金屬製造，唐代也有懸挂碎玉片的，風吹作響。楊衒之《洛陽伽藍記·永寧

寺》：“寶鐸含風，響出天外。”王仁裕《開元天寶遺事·占風鐸》：“岐王宮中於竹林内懸碎玉片子，每夜聞玉片子相觸之聲，即知有風，號爲占風鐸。”

⑦　尺帛：長一尺的帛，言其少。《戰國策·趙策》：“公子魏牟過趙，趙王迎之，顧反至坐，前有尺帛，且令工以爲冠。”《新唐書·劉君良傳》：“〔劉君良〕四世同居，族兄弟猶同産也，門内斗粟尺帛無所私。”　唳：鶴鳴。王充《論衡·變動》：“夜及半而鶴唳，晨將旦而鷄鳴。”鮑照《舞鶴賦》：“唳清響於丹墀，舞容飛於金閣。”　鶴：鳥綱鶴科各種類的統稱。李嶠《鶴》：“黄鶴遠聯翩，從鸞下紫烟。翱翔一萬里，來去幾千年？”崔融《和梁王衆傳張光禄是王子晉後身》：“漢主存仙要，淮南愛道機。朝朝緱氏鶴，長向洛城飛。”

⑧　徘徊：往返迴旋，來回走動。《荀子·禮論》：“今夫大鳥獸則失亡其群匹，越月逾時，則必反鉛；過故鄉，則必徘徊焉！鳴號焉！蹢躅焉！踟躕焉！然後能去之也。”楊倞注：“徘徊，迴旋飛翔之貌。”宋代無名氏《異聞總録》卷一：“〔父〕即佯爲販鬻者，徘徊道上。”　霜雪：喻高潔的情操。孔融《薦禰衡疏》：“忠果正直，志懷霜雪。”常景《嚴君平》：“嚴君性沉静，立志明霜雪。”　顧慕：眷念愛慕，嚮往。《文心雕龍·通變》：“漢之賦頌，影寫楚世；魏之篇製，顧慕漢風。”范仲淹《臨川羨魚賦》：“弗經營於綱網，空顧慕於鰭鯊。”　寥廓：遼闊的天空。《漢書·司馬相如傳》：“觀者未覩指，聽者未聞音，猶焦朋已翔乎寥廓，而羅者猶視乎藪澤，悲夫！”顔師古注：“寥廓，天上寬廣之處。”楊萬里《筠庵》：“故老談李仙，昔日上寥廓。隨身無長物，止跨一隻鶴。”

⑨　樛盤：亦作“樛蟠”，曲折盤結。元稹《松樹》：“可憐孤松意，不與槐樹同。閑在高山頂，樛盤虬與龍。”王禹偁《八絶詩·垂藤蓋》：“古藤何樛蟠！低蔭庶子泉。童童若青蓋，挂在絶壁前。”　龍蛇：喻指植物屈曲的枝幹。李商隱《武侯廟古柏》：“蜀相階前柏，龍蛇捧閟宫。”劉學鍇等集解：“段文昌《古柏文》：武侯祠前，柏壽千齡。盤根擁

門，勢如龍形。"陸游《眉州驛舍睡起》："斜陽生木影，龍蛇滿窗紙。"
跳躍：亦作"跳趯"，跳動騰躍，跳越。《淮南子·修務訓》："夫馬之爲
草駒之時，跳躍揚蹏，翹尾而走，人不能制。"李咸用《空城雀》："啾啾
空城雀，一啄數跳躍。寧尋覆轍餘，豈比巢危幕！"

⑩ 俯瞰：從高處往下看。柳宗元《苦竹橋》："俯瞰涓涓流，仰聆
蕭蕭吟。差池下烟日，嘲哳鳴山禽。"吳筠《遊仙二十四首》一七："晨
登千仞嶺，俯瞰四人居。原野間城邑，山河分里閒。" 九江：眾多江
河。宋之問《洞庭湖》："楚臣悲落葉，堯女泣蒼梧。野積九江潤，山通
五嶽圖。"劉允濟《經廬岳回望江州想洛川有作》："九江杳無際，七澤
紛相錯。雲雨散吳會，風波騰鄘鄂。" 旁瞻：四望，環顧。薛季宣《春
陰三首》二："山頭霧露白，檐前砌苔青。旁瞻隔遠到，内與愁思並。"
曹彥約《帥相泛巨舟東下水淺不可進盤旋三日僅至菱黃浦率同行就
此作別簡以小詩》："坐久欠身頭觸篷，卧多輾轉衣成摺。旁瞻盡鷁如
飛動，絕似茅茨望梁棟。" 萬里：極言距離之遠之長。鄭愔《塞外三
首》一："海暗雲無葉，山春雪作花。丈夫期報主，萬里獨辭家。"李元
紘《相思怨》："燕語時驚妾，鶯啼轉憶君。交河一萬里，仍隔數重雲。"
壑：山谷，坑地。《文選·張衡〈西京賦〉》："麏兔聯猭，陵巒超壑。"李
善注："壑，阬谷也。"韓愈《送惠師》："遂登天台望，眾壑皆嶙峋。"

⑪ 無心：猶無意，沒有打算。《東觀漢記·寇恂傳》："皇甫文，峻
之腹心，其所計事者也，今來不屈，無心降耳！"陶潛《歸去來辭》："雲
無心以出岫，鳥倦飛而知還。"佛教語，指解脱邪念的真心。修雅《聞
誦法華經歌》："我亦當年學空寂，一得無心便休息。"齊己《送略禪師
歸南嶽》："勞生有願應回首，忍著無心與物違。" 盻：恨視，怒視。
《戰國策·韓策》："楚不聽，則怨結於韓，韓挾齊魏以盻楚，楚王必重
公矣！"《三國志·許褚傳》："超負其力，陰欲前突太祖……太祖顧指
褚，褚瞋目盻之，超不敢動。" 烏鳶：烏鴉和老鷹，均爲貪食之鳥。
《莊子·列御寇》："莊子將死，弟子欲厚葬之……曰：'吾恐烏鳶之食

夫子也。’”韋莊《聞官軍繼至未睹凱旋》：“陣前鼙鼓晴應響，城上烏鳶飽不飛。”　有字悲城郭：典見《淵鑑類函·鶴》：“《列仙傳》曰：王子喬見桓良曰：‘告我家，七月七日待我緱氏山頭。’至期，果乘白鶴住山巔，望之不得到。又曰：蘇耽去後，忽有白鶴十數隻，夜集郡東門樓上，一隻口畫作書字言曰：‘城郭是，人民非，三百甲子當復歸。’咸謂是耽。”　有字：歷史記載。岑參《酬暢當嵩山尋麻道士見寄》：“開雲種玉嫌山淺，渡海傳書怪鶴遲。陰洞石幢微有字，古壇松樹半無枝。”王貞白《金陵懷古》；“御路疊民塚，臺基聚牧童。折碑猶有字，多記昔英雄。”　悲：哀痛，傷心。《詩·豳風·七月》：“女心傷悲，殆及公子同歸。”溫庭筠《玉蝴蝶》：“搖落使人悲，斷腸誰得知？”　城郭：亦作“城廓”，城墙，城指内城的墙，郭指外城的墙。《禮記·禮運》：“大人世及以爲禮，城郭溝池以爲固。”孔穎達疏：“城，内城；郭，外城也。”杜甫《越王樓歌》：“孤城西北起高樓，碧瓦朱甍照城郭。”泛指城市。《史記·萬石張叔列傳》：“城郭倉庫空虛，民多流亡。”蘇軾《雷州八首》六：“殺牛撾鼓祭，城郭爲傾動。”

⑫ 清角：雅曲名。傅毅《舞賦》：“揚《激徵》，騁《清角》。”李善注：“《激徵》、《清角》，皆雅曲名。”嵇康《琴賦》：“揚《白雪》，發《清角》。”沉絕：消失絕迹。司馬光《答謝公儀書》：“光始愧中疑，終而釋然，知兹禮之來，非光之爲，而爲臺閣之美，不可使遂委草莽而沈絕不繼也。”劉攽《月夜吹簫》：“賈客或垂泪，羇人多失聲。湘絃苦沉絕，曲盡一含情。”　虞韶：謂虞舜時的《韶》樂。班固《幽通賦》：“《虞韶》美而儀鳳兮，孔忘味於千載。”陳陶《閑居雜興五首》一：“虞韶九奏音猶在，只是巴童自棄遺。”　冥寞：猶冥寂，玄默。岑參《文公講堂》：“豐碑文字滅，冥寞不知年。”蘇轍《題王生畫三蠶蜻蜓二首》二：“一飽困竹稍，凝然反冥寞。”

⑬ 騫翻：飛翔貌。唐之淳《述懷》：“微軀故有託，夢寐徒騫翻。側聞敵騎逼，萬里空藩垣。”胡布《雜言二十首》九：“蓁蓁梧桐枝，梟蔽

南園。囚飛與盜啅,映日相騫翻。" 騫:通"鶱",飛起。《文選·沈約〈齊故安陸昭王碑文〉》:"乃鴻騫舊吳,作守東楚。"呂向注:"騫,飛也。"柳宗元《觀八駿圖說》:"觀其狀甚怪,咸若騫若翔,若龍鳳麒麟,若螳蜋然。" 鈞天:天的中央,古代神話傳說中天帝住的地方。《呂氏春秋·有始》:"中央曰鈞天。"高誘注:"鈞,平也。爲四方主,故曰鈞天。"蘇軾《潮州韓文公廟記》:"鈞天無人帝悲傷,謳吟下招遣巫陽。"

[編年]

　　《年譜》編年本詩於"庚寅至甲午在江陵府所作其他詩"欄內,理由是:"詩云:'渚宮本坳下。'《通典》卷一八三《州郡》十三《古荆州·江陵郡(荆州)·江陵縣》云:'又有⋯⋯楚渚宮。'"《編年箋注》編年:"此詩⋯⋯作於元和五年(八一○)至元和九年(八一四),元稹時在江陵府士曹參軍任。詳卞《譜》。"《年譜新編》亦編年本詩於"庚寅至甲午在江陵府所作其他詩"欄內,沒有說明理由。

　　我們以爲,本詩中的"渚宮"確實在江陵府的江陵縣,有《左傳·文公十年》、李商隱《宋玉》、劉長卿《送裴使君赴荆南充行軍司馬》、劉禹錫《元和癸巳歲仲秋詔發江陵凱旋之辰卒爾成詠寄荆南嚴司空》可證,特別是後者,作於元和八年,亦即"元和癸巳歲",與本詩作於同年,特別珍貴。本詩云:"是時晴景麗,松梢殘雪薄。"所詠是嚴冬之後的初春天氣。這樣,元和五年毫無疑問應該排除,元和九年春天元稹前往潭州拜訪張正甫,也應該排除在外。《年譜》、《編年箋注》、《年譜新編》編年本詩的中"庚寅"、"甲午"都不是本詩的作年。在餘下的元和六年、元和七年、元和八年中,還可以進一步精確本詩作年:元和六年的初春,元稹的女兒保子上年"下元日",亦即十月十五日來到江陵,職事與生活處在非常尷尬狼狽的境地,元稹《葬安氏志》:"始辛卯歲,予友致用憫予愁。"在這樣的境況中,元稹絕不可能拋開剛剛來到江陵的年幼女兒保子,也丟開自己最好朋友李景儉,單獨一人遊覽渚宫。元和七年的初春,元稹的兒子元荆剛剛降生人間不久,元稹雖然不會親自侍候安仙嬪母子,但在這個時候,元稹也不太可能拋開安仙嬪母子於不顧,同時丟開自己最好朋友李景儉,自説自話一個人出外遊覽渚宫。元和八年初春,李景儉已經離開江陵,元稹的家庭生活也大致安頓,元稹才有可能外出遊覽,本詩即應該作於元和八年初春"松梢殘雪薄"之時。

◎ 早春登龍山静勝寺時非休澣司空特許是行因贈幕中諸公(一)①

　　謝傅知憐景氣新,許尋高寺望江春②。龍文遠水吞平岸,羊角輕風旋細塵③。山茗粉含鷹觜嫩,海榴紅綻錦窠匀④。歸來笑問諸從事,占得閑行有幾人⑤?

　　　　　　　　　　　　　録自《元氏長慶集》卷一八

[校記]

　　(一)早春登龍山静勝寺時非休澣司空特許是行因贈幕中諸公:楊本、叢刊本、《全詩》同,《古詩鏡·唐詩鏡》作"贈幕中諸公",各本體例不同,不改。

[箋注]

　　① 早春:初春。李涉《過招隱寺》:"每憶中林訪惠持,今來正遇早春時。"花蕊夫人《宫詞》二九:"早春楊柳引長條,倚岸綠堤一面高。"　龍山:地名,在江陵,以孟嘉落帽聞名於世。戎昱《九日賈明府見訪》:"同人願得長携手,久客深思一破顔。却笑孟嘉吹帽落,登高

何必上龍山！"元稹《答姨兄胡靈之見寄五十韻》："登樓王粲望，落帽孟嘉情。"句後自注："龍山落帽臺去府城二十里。" 静勝寺：寺名，在江陵龍山之上。張説《遊龍山静勝寺》："每上襄陽樓，遙望龍山樹。鬱茀吐岡嶺，微濛在烟霧。"《大清一統志·荆州府》："静勝寺：在江陵縣西十五里，唐咸亨間建。" 休瀚：亦作"休浣"，指官吏按例休假，唐代規定十天休瀚一日。鮑照《玩月城西門廨中》："休瀚自公日，宴慰及私辰。"包何《和程員外春日東郊即事》："郎官休浣憐遲日，野老歡娱爲有年。" 司空：官名，相傳少昊時所置，周爲六卿之一，即冬官大司空，掌管工程。漢改御史大夫爲大司空，與大司馬、大司徒並列爲三公，後去大字爲司空，歷代因之。楊巨源《薛司空自青州歸朝》："天眷君陳久在東，歸朝人看大司空。黄河岸畔長無事，滄海東邊獨有功。"劉禹錫《江陵嚴司空見示與成都武相公唱和因命同作》："南荆西蜀大行臺，幕府旌門相對開。名重三司平水土，威雄八陣役風雷。"特許：特別許可。姚合《牧杭州謝李太尉德裕》："皇恩特許拜杭壇，欲謝旌旄去就難。偷擬白頭瞻畫戟，四神俱散髮毛寒。"夏竦《蔡州到任謝上表》："垂死餘息，特許生還。陪京近藩，仍容卧治。再造之賜，九殞莫酬。" 幕："幕府"的簡稱，古代將帥的府署。《晉書·劉琨祖逖傳論》："劉琨弱齡，本無異操，飛纓賈謐之館，借箸馬倫（司馬倫）之幕。"白居易《寄王質夫》："我守巴南城，君佐征西幕。"

　　② 謝傅："謝太傅"的省稱，指晉代謝安，安卒贈太傅，故稱。李白《書情贈蔡舍人雄》："嘗高謝太傅，携妓東山門。"楊巨源《酬盧員外》："謝傅旌旗控上游，盧郎罇俎借前籌。"這裏借指嚴綬，加以讚美。知憐：賞識愛護。《南史·王彧傳》："〔彧〕幼爲從叔球所知憐，美風姿，爲一時推謝。"歐陽修《回吕内翰書》："凡在縉紳，皆同慶抃；況於庸鄙，最荷知憐。" 景氣：景色，景象。殷仲文《南州桓公九井作》："景氣多明遠，風物自凄緊。"杜審言《泛舟送鄭卿入京》："酒助歡娱洽，風催景氣新。" 高寺：高山上的寺院。司空曙《贈衡嶽隱禪師》

“擁褐安居南嶽頭，白雲高寺見衡州。石窗湖水搖寒月，楓樹猨聲報夜秋。”楊巨源《將歸東都別令狐舍人》：“岐路未關今日事，風光欲醉長年人。閑過綺陌尋高寺，强對朱門謁近臣。”　江春：沿江春色。杜審言《和晉陵陸丞早春遊望》：“獨有宦遊人，偏驚物候新。雲霞出海曙，梅柳渡江春。”蘇頲《曉發興州入陳平路》：“旌節指巴岷，年年行且巡。暮來青嶂宿，朝去綠江春。”

③ 龍文：指如龍鱗紋的東西。李白《九日登巴陵置酒望洞庭水軍》：“長風鼓横波，合遝蹙龍文。”董思恭《詠星》：“歷歷東井舍，昭昭右掖垣。雲際龍文出，池中鳥色翻。”這裏指水的微波。　遠水：望得見但距離很遠的河流或湖泊。張九齡《江上》：“長林何繚繞？遠水復悠悠。盡日餘無見，爲心那不愁？”張均《和尹懋秋夜遊灃湖二首》一：“遠水沈西日，寒沙聚夜鷗。平湖乘月滿，飛棹接星流。”　平岸：低平的河岸。劉禹錫《和牛相公遊南莊醉後寓言戲贈樂天兼見示》：“薔薇亂發多臨水，鸂鶒雙遊不避船。水底遠山雲似雪，橋邊平岸草如烟。”白居易《泛溢水》：“繫纜步平岸，迴頭望江州。城雉映水見，隱隱如蜃樓。”　羊角：旋風。《莊子·逍遙遊》：“搏扶搖羊角而上者九萬里。”成玄英疏：“旋風曲戾，猶如羊角。”劉禹錫《送李策秀才還湖南因寄幕中親故兼簡衡州吕八郎中》：“身棄言不動，愛才心尚驚。恨無羊角風，使爾化北溟。”　輕風：輕捷的風，微風。張協《雜詩十首》三：“輕風摧勁草，凝霜竦高木。”杜牧《早春閣下寓直蕭九舍人亦直内署因寄書懷四韵》：“玉漏輕風順，金莖淡日殘。”　細塵：顆粒細小的灰塵。宋之問《和趙員外桂陽橋遇佳人》：“江雨朝飛浥細塵，陽橋花柳不勝春。金鞍白馬來從趙，玉面紅妝本姓秦。”張祜《平陰夏日作》：“西來漸覺細塵紅，擾擾舟車路向東。可惜夏天明月夜，土山前面障南風。”

④ 山茗：山中產的茶葉。白居易《七老會詩》：“山茗煮時秋霧碧，玉杯斟處彩霞鮮。臨階花笑如歌妓，傍竹松聲當管弦。”蘇軾《和錢安道寄惠建茶》：“我官于南今幾時？嘗盡溪茶與山茗。”　粉含：即

含粉，葉面上的茸粉。徐陵《侍宴》："園林才有熱，夏淺更勝春。嫩竹猶含粉，初荷未聚塵。"韋應物《夏至避暑北池》："綠筠尚含粉，圓荷始散芳。" 鷹觜：茶名。劉禹錫《西山蘭若試茶歌》："宛然爲客振衣起，自傍芳叢摘鷹觜。"徐鉉《和門下殷侍郎新茶二十韵》："才教鷹觜拆，未放雪花妍。" 海榴：即石榴，又名海石榴，因來自海外，故名，古代詩文中多指石榴花。江總《山庭春日》："岸綠開河柳，池紅照海榴。"李白《詠鄰女東窗海石榴》："魯女東窗下，海榴世所稀。"王琦注引《太平廣記》："新羅多海紅並海石榴。" 紅綻：紅花初放貌。杜甫《陪鄭廣文遊何將軍山林十首》四："賖水滄江破，殘山碣石開。綠垂風折笋，紅綻雨肥梅。"李商隱《贈歌妓二首》一："水精如意玉連環，下蔡城危莫破顏。紅綻櫻桃含白雪，斷腸聲裏唱陽關。" 錦窠：錦上的界格花紋，亦比喻排列在一起的花朵。陸暢《薔薇花》："錦窠花朵燈叢醉，翠葉眉稠裏露垂。莫引美人來架下，恐驚紅片落燕支。"司空圖《少儀》："昨日登班綴柏臺，更慚起草屬微才。錦窠不是尋常錦，兼向丘遲奪得來。"

　　⑤ 歸來：回來。《楚辭·招魂》："魂兮歸來！反故居些！"李白《長相思》："不信妾腸斷，歸來看取明鏡前。" 笑問：帶有詼諧口吻的詢問。賀知章《回鄉偶書二首》一："少小離鄉老大回，鄉音難改鬢毛衰。兒童相見不相識，笑問客從何處來？"白居易《商山路驛桐樹昔與微之前後題名處》："與君前後多遷謫，五度經過此路隅。笑問中庭老桐樹，這回歸去免來無？" 從事：官名，漢以後三公及州郡長官皆自辟僚屬，多以從事爲稱。張說《和尹從事懋泛洞庭》："平湖一望上連天，林景千尋下洞泉。忽驚水上光華滿，疑是乘舟到日邊。"韓翃《送江陵元司錄》："新領州從事，曾爲朝大夫。江城竹使待，山路橘官扶。" 閑行：漫步。張籍《與賈島閑遊》："城中車馬應無數，能解閑行有幾人？"白居易《魏王堤》："花寒懶發鳥慵啼，信馬閑行到日西。"

[編年]

　　《年譜》編年本詩於"庚寅至甲午在江陵府所作其他詩"欄內,理由是:"《全唐詩》卷八十六張説《游龍山靜勝寺》云:'每上襄陽樓,遙望龍山樹。'"《編年箋注》編年:"元稹此詩作於江陵時期。見下《譜》。"《年譜新編》編年本詩於"庚寅至甲午在江陵府所作其他詩"欄內,理由是:"嚴綬至江陵時已過元和六年早春,故詩七年至九年作。"

　　我們以爲,《年譜》列舉的理由其實與本詩編年沒有多少關係,而且《年譜》、《編年箋注》編年元和五年、元和六年肯定是不對的,因爲元稹到達江陵在元和五年三月之後,而嚴綬任職江陵在元和六年三月,兩年的"早春"已經成爲"過去時",不可能是本詩賦詠的時間。《年譜新編》的編年比《年譜》、《編年箋注》稍稍接近史實,但仍然籠統有餘,具體不足。元稹賦詠本詩,應該是在元和七年、八年、九年的"早春"季節,而不是"七年至九年"三年的整段時間的一千多天。而且我們認爲,元稹元和九年春天前往潭州拜見張正甫,直到三月即將結束之時才回到江陵,雖然出發的具體日期大家並不能肯定,但從行程推測,似乎不應該包含在本詩賦詠的時間之內。根據以上情況,我們編年本詩於元和七年、元和八年的"早春"季節,暫時不將元和九年的"早春"包含在內,暫時編列本詩於元和八年的"早春"季節。